WERNER SCHIFFAUER
DIE MIGRANTEN AUS SUBAY
TÜRKEN IN DEUTSCHLAND: EINE ETHNOGRAPHIE

KLETT-COTTA

Verlagsgemeinschaft Ernst Klett Verlag –
J. G. Cotta'sche Buchhandlung

Printed in Germany
Umschlag: Klett-Cotta-Design
Gesetzt aus der Garamond 10 Punkt
von Ludwig Auer GmbH, Donauwörth
Gedruckt auf holzfreiem und säurefreiem
Werkdruckpapier
und gebunden von Ludwig Auer GmbH,
Donauwörth

Die Deutsche Bibliothek – CIP-Einheitsaufnahme
Schiffauer, Werner:
Die Migranten aus Subay : Türken in Deutschland :
ein Ethnographie / Werner Schiffauer. – Stuttgart :
Klett-Cotta, 1991
ISBN 3-608-93170-8

Für Leonie und Jonas

Inhalt

Einleitung . . . 11
Die Frage . . . 11
Die Migranten . . . 16
Der Aufbau der Arbeit . . . 19
Die Aussagekraft . . . 25

Individuum und Gesellschaft in Subay . . . 34

Süleyman: Eine komplizierte Vater-Sohn-Beziehung . . . 50
Der Vater . . . 50
Die äußere Geschichte . . . 52
Die innere Geschichte . . . 65

Person und Migration . . . 84
Saisonale Migration: Das Dorf als Lebensmittelpunkt . . . 84
Binnenmigration und der Zerfall der traditionalen Selbstverständlichkeiten . . . 86
Internationale Arbeitsmigration: Die Person als Gesellschaftsatom . . . 91
Wert und Würde . . . 110

Yaşar: Der Werdegang eines Fundamentalisten . . . 120
Die Rebellion gegen den Vater . . . 120
Istanbul . . . 125
Das Leben im Arbeiterwohnheim: 1972–1976 . . . 129
1976–1979: Erster Aufenthalt der Ehefrau und erneute Trennung . . . 131
1979–1989: Der Zweite Aufenthalt von Yaşars Frau in Deutschland und erneute Trennung . . . 133
Die Bewertung der Migration . . . 137
Eine islamische Bildungsgeschichte . . . 139

Zeitstrukturen und Selbstwahrnehmung . . . 161
Die Herrschaft über die Zeit . . . 163
Die Schwierigkeiten der Rückkehr . . . 166

Die Unheimlichkeit der Zeit 169
Zeitstrukturen des Alltags 177
Zeiterfahrung und Selbstbild 183

Fatma: Die Auseinandersetzung mit der männlichen Ordnung 196
Karataş, Kurşunlu, Istanbul 196
Die ersten Jahre in Berlin 201
Das Erwachen der islamischen Begeisterung 207
Die Auseinandersetzung mit der männlichen Ordnung 215

Familie, Wertewandel und Strukturen der Subjektivität . . . 226
Die Stellung der Familie in der Gesellschaft 226
Die Veränderungen in der Eltern-Kind-Beziehung 237
Familialer Wandel und Wertesystem 245
Entfaltung neuer Strukturen der Subjektivität 252

Memed: Die Last des väterlichen Auftrags 263
Kindheit und Jugend in der Türkei 263
Als illegaler Arbeiter in Deutschland: 1972–1975 270
Die erste Zeit der Ehe mit Monika: 1975–1977 273
Das Scheitern der Ehe mit Monika 279
Das Überwinden der Krise 283

Identitätsverwerfungen und Sinnproblematik 292
Lebensgeschichte und Identität 294
Die Angst vor der Freiheit 298
Die Bewältigung von Enttäuschungen 304
Die reflektive Bewältigung von Erfahrungen 309

Asiz: Die durchaus erträgliche Leichtigkeit des Seins 314
Der jüngste Sohn 314
Jahre der Ungebundenheit 321
Die zweite Phase in Deutschland: 1978–1985 331

Die eigene und die fremde Kultur –
Strukturelle Veränderungen des Weltbildes 338
Fremdbild und Selbstbild in Subay 338

Die Architektonik der Blicke 342
Die drei Weltbilder 351
Die Auseinandersetzung mit den Bauern 367

Literatur 378

Giorgio de Chirico: Der verlorene Sohn, 1922

Einleitung

Die Frage

Giorgio de Chiricos Gemälde »Der verlorene Sohn« bannt die in diesem Buch aufgeworfenen Fragen in einem Bild – und zwar so genau, daß es ihm als Emblem vorangestellt werden soll.

Der Sohn tritt nach Jahren der Abwesenheit seinem Vater gegenüber. In der Art ihrer Begrüßung spiegelt sich ein schwieriges Verhältnis. Sie fallen sich bei dieser ersten Begegnung nicht etwa in die Arme, sondern legen statt dessen einander die Hände fast scheu auf die Schultern. Diese Bewegung ist im innersten ambivalent, sie signalisiert gleichzeitig Nähe und Distanz. Es ist nicht ausgemacht, ob die Hände den Körper des anderen heranziehen – oder ob sie ihn fernhalten. Die Bewegung der Köpfe läßt das erste vermuten – sie sind einander zugeneigt, fast berührt die eine Stirn die andere. Die Haltung der Körper deutet auf die zweite Vermutung. Sie biegen sich voneinander weg, ihre Bewegung könnte fast als Widerwillen gegen körperliche Nähe und damit gegen Unmittelbarkeit gedeutet werden. In der Berührung spiegeln sich die Sehnsucht nach Nähe und die Unmöglichkeit, sie herzustellen, die Liebe und das Wissen, einander fremd geworden zu sein.

Die Jahre der Trennung haben offenbar bewirkt, daß Vater und Sohn sich in ihrem Innersten voneinander zu unterscheiden begannen. Heute, am Tag der Begegnung, fällt es schwer, noch eine Gemeinsamkeit zwischen ihnen zu entdecken. Auf der einen Seite der Vater: ein Denkmal, das nur eben zur Begrüßung den Sockel verlassen hat, auf dem es sonst steht. Er strahlt Würde aus, Unantastbarkeit, Unerschütterlichkeit – aber auch Versteinerung, Härte, Kälte. Auf der anderen Seite der Sohn: eine Gliederpuppe; montiert aus den Insignien der Moderne und der Kunst: einer Staffelei, Zeichendreiekken und Linealen, einer Sporthantel, mithin Instrumenten, mit denen geschaffen, gebildet, entworfen wird. Während der Vater in sich selbst ruht, eins mit sich selbst ist (und zwar in allen seinen Teilen), ist der Sohn zusammengesetzt: Die Einheit, die er trotz und bei aller Heterogenität wahrt, ist die der Gestalt; nur sie bewahrt die Figur vor dem Auseinanderfallen. Es handelt sich um eine Einheit a posteriori, weit fragiler als die Einheit a priori des Vaters. Oder anders: Dem Vater hat sich wahrscheinlich das Problem der Einheit nie gestellt – er ist in sich geschlossen. Der Sohn dagegen wird sich wohl häufiger gefragt haben, ob es Notwendigkeit oder Zufall war, der die verschiedenen Teile zusammengebracht hat, aus denen er konstituiert ist. Als Gliederpuppe ist er beweglicher als das Denkmal: Das Gewicht ist auf Standbein und Spielbein verteilt; bestimmt ist der Sohn leichter, biegbarer, »flexibler« und »anpassungsfähiger« als der Vater. Aber er zeichnet sich noch durch etwas anderes aus: Das Material, aus dem er gebildet ist, ist Holz – es ist organisch. Die Farbpalette hebt den Gegensatz zusätzlich hervor: Der Vater ist in der Art einer Grisaille ausgeführt – der Sohn dagegen in warmen Rot- und Brauntönen. Es ist keine Frage, wer lebendiger und gefühlvoller ist. Während der Vater ganz als Mensch gestaltet ist (und vor allem ein Gesicht ahnen läßt), ist er doch in einer spezifischen Weise unmenschlich – er hat die Unmenschlichkeit des Monuments. Der Sohn dagegen, der als Puppe viel Menschliches verloren hat, zeigt doch Wärme und Emotionalität. Der Künstler identifiziert sich offenbar mit ihm – er zeigt ihn von vorne und plaziert ihn links (dort, wo der durch unsere Schrift konditionierte Blick zuerst hinfällt).

Wodurch sind sie einander fremd geworden? Das Bild zeigt die jeweiligen Welten, die sie geformt haben. Der Vater steht dem Haus, dem *domus* (ganz wörtlich) vor: eine Welt im Schatten[1]*, also abgelegen, und nach innen gewandt – bezeichnenderweise sind die Fensterläden geschlossen. Hier war er und bleibt er – und aus seiner Verpflichtung dem Haus gegenüber bezieht er sein Selbstverständnis. Die Welt des Sohnes ist die Weite – ein grünes Land jenseits einer weiten grauen und trockenen Ebene; ein Land voller Versprechungen. Wahrscheinlich ist es auch ein Land der enttäuschten Hoffnungen (der Titel, der auf die biblische Parabel anspielt, weist darauf hin). In dieses Land ist er hinausgegangen und wieder zurückgekehrt – als ein anderer, der damit *seine* Geschichte hat. Gerade diese Tatsache, daß

* Die Anmerkungen befinden sich jeweils am Ende des Kapitels.

er so anders geworden ist, macht es mehr als zweifelhaft, ob er je der Nachfolger seines Vaters werden wird, ob er je den Sockel rechts unten vor dem Haus besteigen wird. Anders als in der biblischen Geschichte wird es keine Versöhnung der Gegensätze geben. Vater und Sohn werden sich fremd bleiben.

Das Bild erzählt die Geschichte des Prozesses der Moderne: den Traum der Beherrschung des eigenen Lebens, die Entfaltung der Individualität in der Geschichte, die Herausbildung einer neuen Form der Subjektivität und das Problematischwerden der Identität. Gleichzeitig zeigt es die Ambivalenz dieses Prozesses auf: In der Gesichtslosigkeit des Sohnes spiegelt sich die Herrschaft des »Man«[2], in der Figur der Gliederpuppe das Ausgeliefertsein einer Marionette, in ihrer Zusammensetzung die innere Zerrissenheit, in den Accessoires eine Orientierung an instrumenteller Vernunft.

Dies sind die Prozesse, um die es in dieser Untersuchung geht. Anhand der intensiven Fallanalyse von fünf Personen, die aus einem peripheren Dorf des Pontischen Gebirges in der nördlichen Türkei stammen und seit 15 bis 20 Jahren in der Bundesrepublik Deutschland und Österreich leben, soll aufgezeigt werden, wie die Erfahrung der Moderne zur Herausbildung von Bewußtseinsstrukturen führte, die sie ihren Vätern (und Brüdern) im Dorf haben fremd werden lassen.

Für diese Gruppe bedeutete die Öffnung des Internationalen Arbeitsmarktes die Möglichkeit, aus ihrem Heimatdorf auszubrechen; die Arbeit in der Fremde schien die Chance zu bieten, innerhalb von kurzer Zeit die Grundlage für den Aufstieg in der eigenen Gesellschaft zu schaffen. Im Vergleich zur Migration innerhalb der Türkei schien dieser Weg schwieriger, aber auch ungleich lohnender. In vielem scheint die Existenz des Arbeiters auf dem Internationalen Arbeitsmarkt die Erfahrungen in einer besonderen Weise zu bergen, die mit dem Leben in der Moderne verbunden sind: das Versprechen der Selbstermächtigung und die Erfahrung von Fremdheit – in all ihren Schattierungen von Freiheit und Isolierung, von kognitiver Emanzipation und Entfremdung.

Wenn in dieser Arbeit die Frage des Eintritts in die Moderne anhand von fünf Biographien von Arbeitsmigranten erörtert wird, dann heißt dies den Versuch zu machen, einen spezifisch ethnologischen Beitrag zur Theorie der Moderne zu leisten – zu einer Theorie, deren Rahmen von Simmel[3], Weber[4], Elias[5], Adorno und Horkheimer[6] und schließlich Foucault[7] abgesteckt wurde.

Spezifisch ethnologisch ist zunächst die Orientierung an der Analyse von Einzelfällen. Damit soll, wie Geertz (1983) es formuliert hat, den großen Gemälden, die die anderen Sozialwissenschaften entworfen haben, eine Miniatur beigesellt werden. Die Beschränkung der Analyse auf eine kleine Gruppe ermöglicht etwas, was sich den groß angelegten Untersuchungen systematisch entzieht: Sie erlaubt nämlich eine umfassende Analyse der verschiedenen Lebensbezüge und bekommt derart ihre Interdependenz in den Blick. Dies erlaubt es, die Relevanz einer Veränderung, ihren »Ort im Leben« einzuschätzen[8] – etwas, was den großen Längsschnittuntersuchungen entgeht, die die Veränderungen zum Beispiel in den Alltagssitten (Elias 1969), in den Auffassungen von Kindheit und Tod (Ariés 1976, 1979) und bei Disziplinierungstechniken (Foucault 1976) über lange Zeiträume hinweg verfolgen.

Zum zweiten soll in dieser Arbeit ein Blick »von unten« auf den Prozeß der Moderne geworfen werden. Es ging mir darum, gerade eine Gruppe von Personen darzustellen – Industriearbeiter –, die gemeinhin eher als Opfer denn als Träger des »Projektes der Moderne« gesehen werden. Die Frage war, wie sich der Prozeß der Moderne für diejenigen darstellt, die gerade keine kulturellen Virtuosen sind: Wie sich biographische Strukturen für diejenigen entfalten, die sich nicht bemüßigt fühlen, Autobiographien zu verfassen und auf sich selbst in bewußter Anstrengung synthetisch zurückzublicken; wie sich das Bewußtsein von Subjektivität für diejenigen verändert, die nicht in philosophischen Seminaren darüber reflektieren; wie sich neue Strukturen von Weltbildern bei denen entfalten, die sich niemals in Institutionen legitimer Meinungsbildung äußern.

Schließlich entspricht der ethnologischen Perspektive ein Interesse am Alltag. Im Vordergrund steht die Analyse von kaum sichtbaren Strukturen, die wegen ihrer Selbstverständlichkeit wenig bewußt sind – und die damit das Denken, das Bild von sich und dem anderen besonders nachdrücklich formen, die ein bestimmtes Verhältnis zur Gesellschaft und zu sich selbst als selbstverständlich erscheinen lassen[9]. Es geht darum zu zeigen, wie bestimmte Formen des Sich-zu-sich-selbst-Verhaltens aus Alltagsstrukturen erwachsen, wie zum Beispiel spezifische Auffassungen von Subjektivität in einem besonders strukturierten Alltag als ganz »natürlich« erscheinen.

Dieser Versuch, die Veränderungen im Verhältnis von Individuum und Gesellschaft in der Migration zu fassen, kann sich auf einige andere Arbeiten stützen: Sie knüpft zunächst an Ansätze an, die Arbeitsmigration unter dem Aspekt des Eintritts in die Moderne analysierten[10] – als Übergang vom »Bauern zum Industriearbeiter« (Kleff) –, versucht jedoch die in Proletarisierungstheorien gesetzte Vorgabe eines politischen Zieles[11] wie auch einen häufig anzutreffenden »miserabilistischen« Zug[12] zu überwinden. Daneben ist eine Reihe von Untersuchungen wichtig, die versuchen, die Binnenperspektive dieses Prozesses zu analysieren. Entscheidend sind hier vor allem die Studien von Abdelmalek Sayad zu nordafrikanischen Migranten in Frankreich (Sayad 1979 a, 1979b, 1980, 1983a, 1983 b): Sayad arbeitet am überzeugendsten die existentiellen Probleme der Arbeitsmigration heraus. Was ich ihm schulde, wird im einzelnen aus den Verweisen im Text ersichtlich. Die deutschsprachigen Arbeiten, die sich dieser Perspektive zuordnen lassen, sind thematisch enger gefaßt als diejenigen von Sayad. Hier ist zunächst die Arbeit von Barbara Wolbert (1984) zur Heiratsmigration türkischer Frauen zu erwähnen: Sie arbeitet die Handlungsprobleme, die diese spezifische Form der Migration aufwirft, heraus (eine bislang nicht bekannte Abhängigkeit von einem Gatten, dem man ins Ausland folgt) und schildert überzeugend die Antworten, die junge Frauen auf diese Situation gegeben haben. Vor allem ein verändertes Verhältnis zur Familie wird sehr deutlich. Allerdings konzentriert sich diese Arbeit auf das Verstehen einer sehr speziellen Form der Migration. Ingrid Pfluger-Schindlbeck (1989) analysiert anhand eines Vergleichs von Bauern eines Dorfes in Sivas mit den in Berlin lebenden Migranten des gleichen Dorfes die Veränderungen im Sozialisationsverhalten, die sich mit der Migration ergeben. Die Arbeit besticht durch die Genauigkeit der Beobachtungen: Aus ihr treten die Veränderungen im Verhältnis zu Normen und Werten deutlich hervor. Die Schwäche dieser Arbeit besteht darin, daß die Veränderungen im Erziehungsverhalten kaum in Bezug zu den Veränderungen im weiteren Umfeld gesetzt werden. So bleibt offen, welche Erfahrungen sich hier genau niederschlagen. Die Arbeit von Ursula Mıhçıyazgan (1986) vergleicht anhand einer sehr genauen textanalytisch geschulten Betrachtung das Selbstverständnis einer Migrantin mit dörflichem Hintergrund mit dem einer städtischen Türkin. Der Vergleich ist wichtig, insofern er die Eigenständigkeit der Erfahrung der Migration gegen andere urbane Erfahrungen abhebt: Aber auch hier kommen die äußeren Erfahrungen nur knapp zu Wort. All diesen Ansätzen ist gemeinsam – und das verbindet sie mit der hier vorgelegten Arbeit –, daß in ihnen biographisches Material nicht nur illustrativ verwendet wird, sondern versucht wird, die Thesen aus dem Gesamtzusammenhang von Biographien abzuleiten.

Ich möchte betonen, daß diese Arbeit hier keine »Ethnologie der Arbeitsmigration« darstellt – wenn sie natürlich auch dazu beiträgt. Es gibt zahlreiche Fragen, die hier kaum berührt werden und die einer weiteren Untersuchung bedürfen: etwa Fragen des Kulturkontaktes und Kulturkonfliktes und, damit zusammenhängend, Probleme von Subkulturbildung[13]. Ein weiteres Problemfeld wäre die Bildung von Migrantenkolonien – Netzwerke, Strukturen von Patronage[14]. Ein dritter Problembereich – der hier kaum angesprochen wird – wäre die weitere Spezifikation der jeweiligen soziokulturellen Umgangsformen mit Fremden in den unterschiedlichen Aufnahmegesellschaften[15].

Die Migranten

Bei zwei Feldforschungsaufenthalten wurden 1977 und 1983 im Dorf Subay die notwendigen Hintergrundinformationen für diese Arbeit gesammelt. Die Darstellung des Verhältnisses von Individuum und Gesellschaft in diesem Dorf ist inzwischen unter dem Titel »Die Bauern von Subay« publiziert. Während dieser Aufenthalte sammelte ich Material über die Familien der in Europa lebenden Migranten.

1977 nach der Rückkehr nach Deutschland führte ich eine erste Serie von Interviews mit den damals hier lebenden acht Migranten durch; 1985 folgte eine zweite mit den noch verbliebenen fünf Migranten. Es zeigte sich, daß die zeitliche Tiefe erhebliche Vorteile hatte: Die Perspektiven auf sich und das eigene Leben hatten sich in den acht Jahren erheblich verschoben. Dies erlaubte sehr viel weitergehende und gründlichere Analysen der Bewußtseinsstrukturen, als dies bei nur einer Interviewserie der Fall gewesen wäre. Aus diesem Grund verzichte ich auch auf eine umfangreiche Darstellung der drei Migranten, die 1985 bereits zurückgekehrt waren. Ich werde sie allerdings gelegentlich zitieren.

Die Interviews wurden frei und auf türkisch geführt. Bei den Gesprächen versuchte ich so wenig wie möglich zu intervenieren – was bei der Eloquenz der Gesprächspartner nicht schwierig war. Die Absicht war, dadurch die Relevanzen zu erfassen, die die Gesprächspartner setzten. Über die Gesprächssituationen im einzelnen gibt eine Anmerkung zu Beginn der biographischen Kapitel Auskunft. Die Gespräche wurden mit einer Ausnahme auf Band aufgezeichnet und auf türkisch transkribiert.

Eine knappe Personencharakteristik mag das Lesen erleichtern. Die fünf in dieser Arbeit ausführlich dargestellten Migranten sind:

Süleyman Doğan (1950) verließ als zwölfjähriger das Dorf. Nach abgebrochener Mittelschule arbeitete er als Konditor in Istanbul. Seine Frau Alime migrierte 1973 nach Linz (Österreich) und holte ihn ein halbes Jahr später nach. Gegenwärtig lebt er mit seiner Frau Alime, seiner Schwiegermutter und seinen beiden Söhnen in Traun (Österreich).

Yaşar Fuad (1949) verließ als fünfzehnjähriger das Dorf und arbeitete in einer Textilfabrik in Istanbul. Er heiratete 1972 und migrierte kurz darauf nach P. in Süddeutschland. Seine Frau kam 1980 mit den Kindern nach und kehrte 1986 in die Türkei zurück. Yaşar lebt seitdem allein in P. Yaşar ist Mitglied einer radikalen islamischen Gemeinde.

Fatma Eren (1950) wurde als fünfzehnjährige mit ihrem Mann Ramis verheiratet. Sie lebte zunächst in seinem Heimatdorf und später in Istanbul. Sie migrierte 1972 als erste und holte nach einem Jahr Ramis nach. Seitdem lebt sie mit ihm und ihren Kindern in Berlin. Auch sie gehört einer radikalen islamischen Gemeinde an.

Memed Akkaya (1944) hat eine abgeschlossene Mittelschulausbildung. Er arbeitete in der Türkei bei der Post. 1969 heiratete er zum ersten Mal. Aus dieser Ehe stammt ein Sohn. 1972 trennte er sich von seiner Frau und migrierte illegal nach Deutschland. Dort arbeitete er bis 1975 in verschiedenen Bereichen. 1975 heiratete er Monika Pfeil, eine Deutsche. Aus dieser Ehe stammen zwei Kinder. 1981 kam es zur Scheidung. Als ich ihn das letzte Mal sah (1986), lebte er allein.

Asiz Subayoğlu (1942) verließ das Dorf mit zwölf Jahren. Nach einer abgebrochenen Ausbildung zum islamischen *hoca* erledigte er verschiedene Gelegenheitsarbeiten. Er migrierte 1969 nach Deutschland. Die ersten Jahre führte er ein unruhiges Leben mit vielen Arbeitsplatzwechseln. 1979 holte er seine Frau und seine beiden Söhne nach Deutschland. Die Familie lebt heute in München.

Die drei Migranten, die nur einmal befragt werden konnten, sind:

Salih Akkaya (1941) floh als zwölfjähriger nach Konflikten mit seinem Vater aus dem Dorf; er wohnte zunächst bei Verwandten in Karabük; später arbeitete er als Konditor in Ankara und Istanbul. Anschließend unterschiedliche Tätigkeiten als ungelernter Arbeiter in Izmir und Istanbul. 1970 migrierte er nach Recklinghausen, wo er Arbeit im Bergbau aufnahm. 1972 heiratete er. 1977 lebte er mit seiner Frau und einem Sohn in Recklinghausen.

Hasan Akkaya (1938) arbeitete von 1958–1964 als Fahrer bei den städtischen Verkehrsbetrieben in Istanbul. 1964 kam er als erster der hier vorgestellten Migranten nach Deutschland und arbeitete zunächst als Planierraupenfahrer auf dem Bau, später als Arbeiter in der chemischen Industrie. 1972 ließ er sich von seiner ersten Frau scheiden und heiratete seine gegenwärtige Frau Fatma. Er hat einen Sohn aus der ersten Ehe. Die zweite blieb kinderlos.

Asiz Hasanoğlu (1951) stammt aus einem der ärmsten Haushalte des Dorfes Subay. Er verließ im Alter von 15 das Dorf und arbeitete in Istanbul und Bolu als Marmorhauer. Er heiratete 1966; aus der Ehe entstanden zwei Kinder. 1973 kam er nach Wuppertal und nahm Arbeit in einer Textilfabrik auf. Er wohnte die ganze Zeit in Deutschland im Arbeiterwohnheim. Er war (als einziger meiner Gesprächspartner) extrem einsilbig. Ich führte deshalb mit ihm und den Kollegen, mit denen er im Arbeiterwohnheim zusammenlebte, ein Gruppengespräch. Dies schien mir gerechtfertigt zu sein, weil in einem derart engen Zusammenleben soziale Deutungen in der Regel gemeinsam entwickelt werden. In diesem Gespräch kamen außer Asiz

Hasanoğlu auch *Nail Mutlu* und *Wahdet Öztürk*, beide aus Nevşehir, zu Wort. Sie werden in dieser Arbeit gelegentlich zitiert werden.

Der Aufbau der Arbeit

In der Abfolge der Kapitel wird die Frage nach dem Verhältnis von Individuum und Gesellschaft alternierend von der Seite des Individuums und der Seite der Gesellschaft gestellt. Damit werden die beiden Blickrichtungen, die in der Biographieforschung dominieren, immer wieder abwechselnd eingeschlagen: In den »biographischen« Kapiteln wird der Lebenslauf als Bildungs- und Entfaltungsgeschichte eines einmaligen und unverwechselbaren Individuums gefaßt[16], in den »analytischen Kapiteln« wird untersucht, inwieweit sich in den besonderen Lebensgeschichten allgemeine Bedingungen ausdrücken. Es wird rekonstruiert, wie spezifischen gesellschaftlichen Erfahrungen bestimmte Strukturen der Selbstbezüglichkeit entsprechen[17].

Für die biographischen Kapitel ist die Perspektive entscheidend, die Sartre in seinem Werk »Marxismus und Existentialismus« (1964) entworfen und in seiner monumentalen Flaubertanalyse (1977–79) umgesetzt hat.

Sartre entwirft hier eine Dialektik von Konstitution und Transzendierung. Der junge Flaubert ist konstituiert durch einen schwierigen Ort in der Familie – schwierig wegen der Geschichten des Vaters und der Mutter, schwierig auch wegen seiner Stellung in der Geschwisterreihe. In Sartres Rekonstruktion ist es die (aus all diesen Faktoren resultierende) Erfahrung der Lieblosigkeit der ersten Lebensjahre, die ein spezifisches Verhältnis zur Welt und zu sich selbst nach sich zieht. Bei Flaubert schlägt sich dies im Verhältnis zu den Zeichen nieder. Der kleine Flaubert erkennt sich und seine Welt nicht in den nichtsprachlichen und sprachlichen Zeichen wieder – ihn prägt eine fundamentale Fremdheit zur Welt und zu sich. Es ist gleichsam, als ob die anderen in ihm sprechen. Flaubert wird nun zu Flaubert in der Art und Weise, in der er diese Konstitution transzendiert – in dem, *wie* er mit dieser Konstitution umgeht, in dem, *was* er aus ihr »macht«. So lebt er zunächst diese Konstitution in der Art und Weise der »aktiven Passivität«, d.h. einer Weise, in der er die Welt ins Unrecht setzt, indem er leidet, d.h. sich selbst aufgibt. Er transzendiert die »passive Aktivität« später in der Rolle des »Idioten der Familie«, erneut dann in der Existenz des Schauspielers und Narren, und schließlich in der des Autors. All diese Transzendierungen lassen sich als Lösungsversuche des Dilemmas erkennen – wobei es sich in diesen Lösungsversuchen immer wieder hinterrücks und in neuer Form durchsetzt.

Diese unterschiedlichen Lösungsversuche scheitern an der Welt – und müssen deshalb immer wieder neu unternommen werden. Dies bedeutet nichts anderes, als daß sich die Welt Flaubert in seinen Versuchen erschließt, seine Konstitution immer wieder erneut zu transzendieren: Sie konfrontiert ihn mit den Schwächen seiner Entwürfe und erzwingt so einen erneuten Versuch, die Probleme zu lösen. Indem er handelte, zeigte sich seine Welt in ihrer Eigengesetzlichkeit, offenbarte sie ihre Grenzen und ließ bestimmte Möglichkeiten erkennen. Allgemeiner gesprochen: In und durch den Entwurf strukturieren sich die Phänomene der Welt, sie werden voneinander geschieden und einander zugeordnet, sie werden gewichtet, ihre Verbindungen durch Wege, Seitenwege, Entfernungen und Geschwindigkeiten werden sichtbar. Erst wenn man handelnd auf die Welt eingeht, offenbart sich eine Ordnung der Dinge. Entwurf des Selbst, Handeln und Struktur der Welt bilden einen Verweisungszusammenhang, bei dem sich kein Aspekt ohne den anderen analysieren läßt.

Die entscheidende Bedeutung der Freiheit, der Geschichtlichkeit des Menschen – jenseits von aller Determiniertheit – wird an einer Stelle noch einmal besonders hervorgehoben, an der Sartre den Heideggerschen Begriff des »Geworfen-Seins« ganz wörtlich nimmt:

»Der Würfelwurf wird den Zufall niemals aufheben, denn er enthält den Zufall in seinem praktischen Wesen; dennoch führt der Spieler eine Handlung aus, er wirft seine Würfel in einer ganz bestimmten Art, er reagiert auf die eine oder andere Weise auf die geworfenen Zahlen und versucht dann, sein Glück oder Pech zu benutzen: das heißt den Zufall leugnen und eigentlich ihn in die *Praxis* integrieren als ihr unauslöschliches Kennzeichen« (1977:59).

Dies mag genügen, um den Blick zu skizzieren, der in den biographischen Kapiteln eingenommen wird. In ihnen wird versucht, zu beschreiben, wie sich die Welt von der Konstitution und den Versuchen der Transzendierung der Konstitution entfaltet. Das heißt es wird versucht zu erfassen, wie jeder der Migranten in seiner Kindheit ein spezifisches Verhältnis zur Welt und zu sich selbst aufbaute, und es wird versucht zu rekonstruieren, wie er dieses Weltverhältnis handelnd transzendierte. Das Augenmerk gilt dabei der je besonderen Welt des einzelnen Migranten – darauf, wie das Allgemeine sich vom Besonderen her erschließt.

In den »analytischen Kapiteln« wird der umgekehrte Weg eingeschlagen. Das gleiche Material wird daraufhin befragt, wie in den besonderen Lebensgeschichten jeweils das Allgemeine zum Ausdruck kommt. Mit anderen Worten: Es wird gefragt, wie sich die Gesellschaft im Individuum reproduziert – wie objektive Strukturen sich in subjektiven Strukturen niederschlagen. Dabei ging es entscheidend darum, hier einen mechanistischen Determinismus zu vermeiden: Die gesellschaftliche Situation wurde auf Handlungsmöglichkeiten und -grenzen hin untersucht, die bestimmte Möglichkeiten offenlassen und andere ausschließen; Handlungs- und Definitionsprobleme wurden herausgearbeitet, die das Individuum vor bestimmte Aufgaben stellen, ihm bestimmte Fähigkeiten abverlangen – und die darüber bestimmte Strukturen der Selbstbezüglichkeit entstehen lassen[18].

Die Strukturen der Selbstbezüglichkeit werden in der sozialwissenschaftlichen Forschung oft sehr unscharf und global unter dem Begriff der Identität subsumiert. Dies ließ es mir für diese Untersuchung ratsam erscheinen, das Begriffsfeld weiter auszudifferenzieren und – unter Berufung auf die philosophische Klärung der Struktur des Sich-zu-sich-selbst-Verhaltens (Tugendhat 1979) Personalität, Subjektivität, Individualität und Identität zu unterscheiden.

Zentral für die Argumentation ist zunächst der Begriff der *Person*. Er wird hier in einer ähnlichen Weise gebraucht wie in der Rechtswissenschaft: Person bezeichnet den Träger von Rechten und Pflichten in einer Gesellschaft. Der Begriff bezeichnet damit einen Status, der an- und aberkannt werden kann. Der Begriff definiert so, wer als Mitglied der Gesellschaft anerkannt wird – und wer ausgeschlossen wird. Die Anerkennung als Person wird wohl in jeder Gesellschaft mit dem Versprechen einer würde- und sinnvollen Existenz verknüpft. Gerade sie wird Nicht-Personen (Fremden, Außenseitern,

Verbrechern, Verrückten – je nachdem) abgesprochen. Sie werden auf die eine oder andere Weise ausgegrenzt.

Die Kategorie der Person ist dabei nicht statisch: Sie ist verknüpft mit der Idee der Legitimität und damit der Sinnhaftigkeit einer sozialen Ordnung. Auseinandersetzungen um personale Rechte und Verpflichtungen kreisen darum: So ist es durchaus möglich, daß ein Außenseiter sich dennoch als Person fühlt – und gerade die Tatsache seiner Ausgrenzung durch die etablierte Gesellschaft als Beweis für die Illegitimität der Ordnung ansieht[19].

Dabei ist für die hier vorgelegte Arbeit entscheidend, daß in der Kategorie der Person die Frage der Sinnhaftigkeit der Gesellschaft mit der Frage der Sinnhaftigkeit der eigenen Existenz untrennbar verknüpft ist: Sie betrifft die Frage, welche Ansprüche seitens der Gesellschaft an den einzelnen als legitim, sinnvoll und damit notwendig erachtet werden – welche Ansprüche damit für ihn Sinn machen, beziehungsweise aus welchen er den Sinn seiner Existenz ableiten kann. Dabei interessieren gerade die Umstrukturierungsprozesse, die dazu führen, daß sich der Sinn der eigenen Existenz gerade aus dem Widerstand gegen eine, als überholt empfundene, soziale Ordnung ableiten kann (und umgekehrt das Erfüllen der Verpflichtungen in einer als illegitim betrachteten Gesellschaft mit dem Stachel der Sinnlosigkeit verküpft ist).

Die Kategorie der Person ist zu unterscheiden von der des *Individuums* und der *Individualität*. Während mit dem Begriff der Person die Allgemeinheit des Status gesetzt wird, sollen mit Individualität die Eigenschaften und Merkmale bezeichnet werden, durch die ein Wesen als einzigartiges, einmaliges Individuum identifiziert wird. Dies läßt sich an einer Metapher für soziale Situationen, nämlich an der des Spieles erläutern[20]: Die Frage der Person stellt die Frage nach der Berechtigung, »Mitspieler« zu sein, und nach den Gründen, wann jemand aus dem Spiel ausgeschlossen wird; die Frage nach der Individualität stellt die Frage, was einen Spieler von den anderen unterscheidet, was ihn als besonderen auszeichnet. Darin scheint mir in der Geschichtlichkeit des Menschen der entscheidende Grund dafür zu liegen, daß Individualität mehr ist als bloßes Identifizierbar-Sein. Es ist (um in der Metapher zu bleiben) nicht die Nummer auf dem Trikot, die individuiert[21], sondern der Stil, wie gespielt wird , d.h. die spezifische Einheit und Wiedererkennbarkeit, die die Abfolge der Spielzüge über die Zeit hin charakterisiert[22].

Erhebliche Unterschiede gibt es dabei von Gesellschaft zu Gesellschaft indes hinsichtlich der Frage, wie die durch Geschichtlichkeit gesetzte Besonderheit und der Personenstatus in Beziehung gesetzt werden: Daraus ergibt sich, wie Geschichtlichkeit bewertet wird, ob sie positiv oder negativ gesehen wird, ob sie geleugnet oder stilisiert wird, ob sie zu überwinden oder zu pflegen ist[23].

Während die Kategorie der Individualität die Besonderheit des Individuums in der diachronen Dimension beschreibt, faßt die Kategorie der *Subjektivität* die verschiedenen Stellungnahmen zu sich selbst, d. h. zum eigenen Fühlen, Denken und Handeln in synchroner Hinsicht. Diese sind eng verwoben mit der Struktur der Intersubjektivität. Martin Buber (1979) hat darauf hingewiesen, daß ein Ich immer auf ein Du beziehungsweise ein Es verweist – und daß das Wort Ich etwas anderes meint, je nachdem, ob es im Verkehr mit einem Du oder einem Es gebraucht wird. Dies läßt sich verallgemeinern: Es ist nicht nur das Du und das Es, sondern auch das Wir und das Ihr, das ein spezifisches Verhältnis zu sich selbst impliziert – und das hinter dem Wortgebrauch stehende faktische soziale Gerüst von Solidaritäten und Oppositionen[24]. Die derart strukturierte Intersubjektivität bestimmt, wie mit Gefühlen umgegangen wird, wie sich Wollen artikulieren darf und welche Urteile als angemessen gelten.

Auch hier mag ein Blick auf die Parallele von Spiel und sozialer Situation hilfreich sein, um das Gemeinte zu verdeutlichen: Jedes Spiel verlangt den Mitspielern jeweils charakteristische (und von anderen Spielen unterschiedene) Fähigkeiten ab – je nachdem werden Kreativität, Kraft, Geschicklichkeit, Kooperation oder Kombinatorik abverlangt. Die Spieler werden an der Bewältigung dieser Aufgaben »wachsen« – sie werden die Seiten entwickeln, die gefordert sind. Und dementsprechend wird ihr Selbstbewußtsein sich entfalten: Besondere Hierarchien von Fähigkeiten werden für die Fremd- und Selbsteinschätzung entscheidend werden – und das Selbstwertgefühl prägen.

Ein vierter Aspekt des Sich-zu-sich-selbst-Verhaltens betrifft die Frage der *Identität* – eine Frage, die hier enger gefaßt werden soll, als es in den Sozialwissenschaften oft üblich ist. Im Prinzip wird die

Frage nach der Einheit des Selbst im Wechsel seiner Zustände bereits bei der Diskussion von Individualität und Subjektivität aufgeworfen. Wenn die Frage nach der Identität noch einmal gesondert gestellt wird, dann weil es sich lohnt, den Blick auf die Schwierigkeiten zu werfen, die sich angesichts bestimmter Zeitstrukturen und in bestimmten Lebenswelten in Hinblick auf die Wahrung einer elementaren Einheit stellen. Dies läßt klarer erkennen, welche Kompetenzen in verschiedenen Lebenswelten den einzelnen für ihre Identitätsarbeit abverlangt werden[25].

Von dem so gefaßten Problem der Identität soll schließlich das Problem des Weltentwurfes unterschieden werden, das ebenfalls oft unter ihm subsumiert wird (nämlich dann, wenn Identität als Frage der Verortung des Selbst gefaßt wird, d.h. als Frage nach der Zuordnung beziehungsweise Zugehörigkeit zu einer Gruppe). So gestellt, wird die Frage, wie Greverus zu Recht moniert (1978:234), gerade der Komplexität der modernen Gesellschaft nicht gerecht. Dieser Kritik soll Rechnung getragen werden, indem die Frage in die der Formation von Weltbildern überführt wird: Wenn man so fragt, zeigt sich, daß in der Moderne grundsätzlich andere Modi der Selbst-Verortung eine Rolle spielen, als in der traditionalen Gesellschaft.

In der Abfolge der »biographischen« und der »analytischen« Kapitel sollen damit die Individuen mit ihrer je besonderen »Geschichtlichkeit« dargestellt werden – ihrer prinzipiell nicht reduzierbaren Freiheit –, und gleichzeitig soll die Bedingtheit dieser Geschichtlichkeit in der sozialen Situation erarbeitet werden[26]. Die Absicht ist, Differenz in der Einheit darzustellen – ohne die Einheit in der Differenz zu kurz kommen zu lassen. Es geht bei aller Darstellung der Unterschiedlichkeit der psychologischen Bedingtheit der einzelnen, wesentlich darum, herauszuarbeiten, wie sie sich als Gruppe von der Vätergeneration unterscheiden.

Die Aussagekraft

Welche Aussagekraft hat eine Fallstudie? Welche Relevanz kommt den Erfahrungen einer sehr kleinen Gruppe von Migranten zu? Inwiefern haben die hier erworbenen Einsichten Relevanz über diese Gruppe hinaus, lassen sich aus ihnen Aussagen für den Prozeß der Moderne treffen?

Ich bin der Meinung, daß Clifford Geertz (1983) auf die Frage der Verallgemeinerbarkeit von Fallanalysen eine schlüssige Antwort gegeben hat. Er verwirft bei der Diskussion dieser Frage zunächst zwei naheliegende Positionen: Die erste besteht in der Annahme, die untersuchte Gruppe (hier also die fünf Migranten aus der Türkei) sei in irgendeiner Hinsicht typisch oder charakteristisch für eine Gesamtheit – also hier für Industriearbeiter der ersten Generation (Geertz bezeichnet dieses Modell als das »Jonesville-ist-Amerika«-Modell (1983:31)). Die Idee des Typischen zerspellt bereits bei dem ersten Blick. Genausowenig ist die Position haltbar, die untersuchte Situation stelle gleichsam ein »natürliches Labor« dar, in dem eine Population bestimmten Bedingungen ausgesetzt sei – so daß im Kulturvergleich abhängige und unabhängige Variablen isoliert und damit Gesetzmäßigkeiten menschlichen Verhaltens erfaßt werden könnten. Auch dies würde Einzelfallstudien einerseits ein Gewicht zumessen, das sie nicht haben (wie sollten denn Gesetzmäßigkeiten einigermaßen zuverlässig erfaßt werden, wenn, wie Geertz es sagt, nicht ein einziger der Parameter manipulierbar ist); gleichzeitig werden die Erkenntnismöglichkeiten, die Fallstudien nun tatsächlich bieten, negiert. Diese scheinen mir mit Geertz darin zu liegen, daß Fallstudien eine spezifische *Arbeit am Begriff* erlauben. Man untersucht nicht Dörfer oder Migranten, sondern man untersucht *in* Dörfern oder denkt *über* Migranten nach.

Die Relevanz einer ethnologischen Untersuchung besteht so zum einen in den Einsichten, die sie über Schlüsselkonzepte (hier beispielsweise dem der Moderne) bereitstellt, in dem, was sie zu ihrer Konkretion, Präzisierung und unerwarteten Anwendung hinzuaddiert. Am Einzelfall kann man sich vergegenwärtigen, was ein Begriff, ein Konzept »bedeutet«. Damit ist die Arbeit der Ethnologie in einem genauen Sinn »Dekonstruktion« – und zwar in der Bedeutung, in der das Wort in der Philosophie gebräuchlich ist: hinter dem Begriffsapparat der Sozialwissenschaften wird die ursprüngliche Erfahrung wieder sichtbar gemacht, die Erfahrung, die in einem Begriff geborgen, die aber allzuoft durch den gleichen Begriff auch verborgen ist[27]. Die Arbeit des Ethnologen liefert damit einen Einspruch gegen begriffliche Erstarrung. Zum anderen erlaubt es gerade die Reflexion des Einzelfalls, eine neue Begrifflichkeit zu entwickeln. Die Arbeit besteht ja darin, zu reflektieren, wie sich das untersuchte Phänomen »begreifen« und »erfassen« läßt, mit anderen Worten, wie es sich »auf den Begriff« bringen läßt. Die Allgemeinheit, die anzustreben ist, ist damit nicht die Allgemeinheit der Sachverhalte, sondern die Allgemeinheit der Begriffe.

Die Einsichten, die eine Fallstudie bereitstellt, erlauben es nicht, Erscheinungen bei anderen Gruppen (hier also bei den türkischen Migranten, anderen Migranten etc.) zu prognostizieren – sie erlaubt es aber, diese anderen Gruppen besser zu diagnostizieren. »Untersuchungen bauen auf anderen Untersuchungen auf, nicht in dem Sinne, daß sie da weitermachen, wo andere aufgehört haben, sondern in dem Sinne, daß sie mit besseren Kenntnissen und Begriffen ausgerüstet noch einmal tiefer in die gleichen Dinge eintauchen« (Geertz, 1983: 36): Die Arbeit am Begriff dient tendenziell der Erarbeitung der richtigen Fragen und nicht der richtigen Antworten. Dies korrespondiert übrigens mit einer zentralen ethnologischen Erfahrung, nämlich der, daß man im Umgang mit Fremden erst lernen muß, welche Fragen man sinnvollerweise stellen kann.

Die *Relevanz* einer ethnologischen Untersuchung ergibt sich dabei aus dem Spannungsbogen von individuellem Fall und Allgemeinheit der Begriffe. Je größer der Bogen ist, desto »spannender«, d.h. »aussagekräftiger« die Untersuchung. Eine Untersuchung, etwa zu bestimmten Ritualen, ist um so interessanter, je allgemeiner die Einsicht ist, die sich aus der Vertiefung in den konkreten Fall ergibt. Der *Wahrheitsgehalt* korrespondiert mit der Zwanglosigkeit der Konstruktion. Das Problem ist es, im Individuellsten das Allgemeinste sichtbar werden zu lassen, sich in das Besondere so zu versenken, daß in ihm das abstrakte Allgemeine in anschaulicher Konkretheit aufscheint.

Wie ist das zu bewerkstelligen? Es gilt, die allgemeine Frage, den allgemeinen Begriff, auf den konkreten Fall anzuwenden, und dabei Schritt für Schritt die Besonderheit so präzis wie möglich zu konstatieren. In dieser Untersuchung geht es somit darum, sukzessive zu präzisieren, wie sich der Eintritt in die Moderne (1) für internationale Arbeitsmigranten in der zweiten Hälfte des zwanzigsten Jahrhunderts; (2) für türkische Migranten; (3) für Migranten aus dem Dorf Subay mit seinem spezifischen Hintergrund und seinem besonderen Migrationsmuster darstellen[28]. Es gilt so, wie es die klassische Formulierung besagt, vom Allgemeinen zum Konkreten aufzusteigen – und nicht etwa das Konkrete dem Allgemeinen zu subsumieren (und es beispielsweise auf eine Illustration zu reduzieren). Indem derart so genau wie möglich konstatiert wird, was die Besonderheit ist, fällt ein Licht auf das Allgemeine: nämlich deshalb, weil über die Angabe der Grenze, der spezifischen Bedingung, auch »aufscheint«, was das Besondere nicht ist – omnis negatio est determinatio. In dieser negativen Form erscheint das Allgemeine: als ein Feld, das durch den Begriff markiert (und damit befragbar) wird, aber gerade nicht ausgefüllt ist. Es ist, als würde man bei einer Serie von Landkarten sukzessive Detailkarten mit immer größerem Maßstab betrachten.

Diese Fokussierung des Blickes bedeutet eine bewußte Absage an das Herstellen einer »Allgemeinheit in der Breite« und gleichzeitig den Versuch, eine »Allgemeinheit in der Tiefe« herzustellen und dadurch Details und Strukturen zu erfassen, die dem großen Überblick entgehen. Auf diese Form der Allgemeinheit zielt der Begriff der »totalen sozialen Tatsache« bei Mauss[29]. Es geht darum, die Begriffe anzureichern, ihre Konnotationen herauszuarbeiten, zu zeigen, was sie zum Verständnis der vollen Lebenswirklichkeit beitragen. Diese spezifische Arbeit am Begriff ist genau das Gegenteil zu der Arbeit der »Operationalisierung« eines Begriffes, wie er in der empirischen Sozialforschung üblich ist.

Der Gegensatz läßt sich an einer Untersuchung verdeutlichen, die zum Teil ein sehr ähnliches Erkenntnisinteresse formuliert, nämlich der Arbeit von Hartmut Esser (1980) zur Arbeitsmigration. Diese Untersuchung zielt auf die Erfassung von zwei Aspekten, zum einen auf die Stabilitätsprobleme, die sich für die Aufnahmegesellschaft durch die Migranten ergeben, zum anderen aber auf die Veränderungen bei den Migranten, auf die »Prozesse und Faktoren, durch die der Migrant zu einer Reorganisation seiner psychischen Orientierung und seiner sozialen Beziehungen gelangt, durch die er die zur Alltagsgestaltung in der Aufnahmegesellschaft erforderliche Routinisierung von Problemlösungen gewinnt, sich in Rollenausübung und Statusbesetzung den Einheimischen angleicht und eine Identifikation mit der Aufnahmegesellschaft entwickelt« (Esser, nach Nauck 1985:193[30]).

Sieht man einmal von einer gewissen Engführung der Fragestellung auf das Problem der Integration ab, so ist eine Nähe zu der für diese Arbeit entwickelten Problemstellung unübersehbar. Diese Nähe wird zum weiteren dadurch unterstrichen, daß Esser von einem durchaus ähnlichen Begriff des sozialen Handelns ausgeht. Er unterscheidet bei der Beschreibung einer Handlung (1) Motivation: Zielsituationen werden antizipiert und danach bewertet, ob sie zu einer Bedürfnisbefriedigung beitragen; (2) das Wissen (das sich aus Erfahrungen, Vermutungen, Vertrauen konstituiert) darüber, ob man eine der erstrebten Situationen herstellen kann; (3) die Attribuierung: Die Einschätzung, ob der Erfolg überhaupt vom Handelnden abhängt (oder von der Situation); (4) Kosten, die Begleit- und Nebenerscheinung einer Handlung. Dies wird noch weiter durch die Einführung von Persönlichkeitstypen modifiziert.

Von den durchaus nicht sehr weit voneinander entfernten Ausgangspunkten, schlagen nun Esser und ich in der Art und Weise, wie wir mit diesen Begriffen arbeiten, geradezu diametral entgegengesetzte Wege ein. Während es mir darum geht, diese Begriffe durch den Bezug auf den konkreten Kontext immer vielsagender zu machen, geht es Esser darum, sie durch Befreiung von jedem situativen Kontext immer eindeutiger und allgemeiner zu machen. Esser reinigt die Begriffe von allem Besonderen so lange, bis sie auf alles Besondere anwendbar sind. Das Ziel ist die Quantifizierbarkeit. Der Endpunkt der purgatorischen Arbeit ist dann bei der Hypothesenbildung erreicht. Es reicht, ein Beispiel zu nennen:

»Je intensiver die Motive eines Wanderers in bezug auf eine bestimmte Zielsituation; je stärker die subjektiven Erwartungen eines Wanderers sind, daß diese Zielsituation über assimilative Handlungen und/oder assimilative Situationen erreichbar ist; je höher die Handlungsattribuierung für assimilative Handlungen ist; und je geringer der Widerstand für assimilative Handlungen ist, um so eher führt der Wanderer – ceteris paribus – assimilative Handlungen (aller Art; einschließlich Bewertungen, Wahrnehmungen und Informationssuche) aus« (Esser 1980:211).

Was durch diese Begriffsstrategie erreicht wird, ist eine Allgemeinheit des Sachverhalts: Ich glaube durchaus an den prognostischen Wert der Aussagen; mit Sicherheit wird man mit derart aufgearbeiteten Daten beispielsweise voraussagen können, ob Italiener sich schneller assimilieren als Türken. Was jedoch verlorengeht, ist die Bedeutung, die dieser Schritt hat. Umgekehrt versucht die hier vorgelegte Untersuchung, die Relevanz dieser Prozesse zu rekonstruieren – muß dabei aber darauf verzichten, Aussagen über die Allgemeinheit der konstatierten Aussagen zu treffen. Es scheint mir, daß aus systematischen Gründen jedes Licht, das eine Untersuchung auf einen Sachverhalt wirft, einen spezifischen Schatten erzeugt[31].

Anmerkungen

[1] Der Schatten entspringt nicht den Lichtverhältnissen! Geht man von dem Schatten aus, den die Personen werfen, so müßte der Platz vor dem Haus hell erleuchtet sein.

[2] Hierzu die wichtigen Passagen in Sein und Zeit, § 27 (S.126–130).

[3] Wichtig war für mich vor allem die »Philosophie des Geldes« (1989) – und die ihr zugrundeliegende Auffassung von Geschichte als einer steten Restrukturierung von Bindung und Lösung, Verpflichtung und Freiheit – wobei sich Freiheit oft nur als Wechsel der Verpflichtung entzaubert (1989:375).

[4] Entscheidend war für mich Webers große Vision des Prozesses der Moderne als Prozeß des Umschlags von Rationalität in Irrationalität – die immer rationalere Durchdringung von gesellschaftlichen Teilsphären führt zur Irrationalität des Ganzen (entfaltet vor allem in den »Richtungen und Stufen religiöser Weltablehnung« 1973:441–483): Die zunehmende Beherrschung der Welt und des Selbst (nachgezeichnet vor allem in der Protestantischen Ethik) schlägt um in ein Ausgeliefert-Sein, das in das Heraufkommen des letzten Menschen mündet, wie ihn Nietzsche gezeichnet hat, des »Fachmenschen ohne Geist, Genußmenschen ohne Herz« (»Asketischer Protestantismus und kapitalistischer Geist« 1973:380).

[5] Hier vor allem der im »Prozeß der Zivilisation« (1969) beschriebene Prozeß des Umschlagens von Fremdzwängen in Selbstzwänge. Dabei sind einige modifizierende Bemerkungen nötig: Während es mir scheint, daß Elias die Dynamik des Zivilisationsprozesses richtig erfaßt, scheint mir seine Schilderung der Ausgangssituation – sein reichlich phantastisches Bild des mittelalterlichen Menschen – nicht mehr haltbar zu sein. Eine ethnologische Kritik daran wurde in jüngerer Zeit von Duerr (1988) formuliert. Allerdings schüttet Duerr das Kind mit dem Bade aus. Die hier vorgelegte Arbeit läßt sich auch als Vorschlag lesen, wie die Perspektive von Elias weiterentwickelt und ausdifferenziert werden kann – und wie sie sinnvoll auch zum Verständnis von Personen angewendet werden kann, die einer expliziten Schamkultur entstammen.

[6] Hier das in der Dialektik der Aufklärung (1947) gezeichnete Bild der Entwicklung von Herrschaft über die innere und äußere Natur: Um der Natur nicht zum Opfer zu fallen, bringt sich der Mensch selbst zum Opfer.

[7] In diesem Zusammenhang sind vor allem die Schriften von Foucault nach seiner Wendung zur Machttheorie bedeutsam – vor allem »Überwachen und Strafen« (1976). Wichtig ist seine Sensibilität für die Fragen der Ausgrenzung und für die Aspekte der Dressur und der Disziplinierung, die den Prozeß der Moderne von Anfang an begleiten. An Foucault finde ich allerdings das Fehlen eines Begriffes vom Subjekt störend (dieses erscheint erst in den letzten Schriften 1986a, 1986b): So erscheint die Disziplinierung als etwas, was sich unmerklich und nachdrücklich an den Individuen vollzieht – aber nicht als ein Prozeß, der von ihnen selbst getragen wird.

[8] Dieser holistische Blick charakterisiert die Ethnologie auch dann, wenn sie ein Einzelphänomen in das Zentrum stellt – eine religionsethnologische Arbeit untersucht etwa die Totalität der Lebensbezüge aus der Perspektive der Religion: Die Frage ist nicht, was Religion für sich bedeutet (dies ist die Frage der Religionswissenschaft); noch wie Religion sich im Zug von makrosoziologischen Veränderungen transformiert, sondern in welchem Verhältnis Religion zu anderen Lebensbezügen steht. Siehe hierzu auch Augés Diskussion von Marcel Mauss und Lévi- Strauss (1988:61).

[9] Zur zentralen Bedeutung des Konzeptes Alltag für die Ethnologie siehe Greverus (1987:97ff.). Allerdings ist meine Verwendung des Begriffs etwas anders akzentuiert als bei Greverus. Greverus schließt sich Leithäuser (1979) an, und meint, daß »man in einem kritischen Sinne des Begriffes sinnvoll erst von Alltagsleben reden kann, wenn die Segmentierung des Produktionssektors historisch stattgefunden hat« (Leithäuser nach Greverus 1983:1). Alltag wird damit der Freizeit aber auch der Kultur (im populären Sinn) gegenübergestellt. Ich verstehe diese Einschränkung auf die Moderne nicht – und bin durchaus der Meinung, daß man etwa vom Alltag in einer dörflichen Gesellschaft sprechen kann: Hier wäre »Alltag«

der Gegenbegriff etwa zu »Fest« , zu »Traum«, zu »Phantasie«, aber auch zu exaltierten Phasen, wie »Liebe« oder auch »Trauer«: Alltagsstrukturen sind der sprichwörtliche »Boden der Realität«, auf den man zurückgeholt wird: In ihnen bewährt sich oder an ihnen scheitert das Außergewöhnliche. Auf diesem Boden entfaltet sich der *common sense*. Da diese Struktur des Alltags von der Lebenswelt determiniert ist, unterscheidet sich der *common sense* eines Bauern von dem eines Industriearbeiters.

10 Die beiden wichtigsten Arbeiten stammen von Kudat (1975) und Kleff (1984): Beide ordnen den Prozeß der Migration meines Erachtens zu Recht in einen weiteren Rahmen von Industrialisierung und Urbanisierung ein.

11 So kreist die Debatte in dem von Blaschke und Greussing herausgegebenen Band zur Arbeitsmigration (1980) darum, ob die Migranten noch Bauern (Shanin), ob sie Bauern und gleichzeitig Arbeiter (Blaschke/Greussing) oder nur noch Subproletarier (Meillasoux) seien. Zur Kritik siehe Giordano (1988).

12 Beispiele sind Thompson (1980) oder Kammerer (1980). Wenn man etwa Kammerer liest: »Vor allem in der Fähigkeit, bestimmte Belastungen auszuhalten (Lärm, Eintönigkeit, Tempo) und Fremdverfügung über die eigene Person zu akzeptieren, besteht die besondere Qualität unqualifizierter Arbeit. Dieser Auslese- und Erziehungsprozeß ist ungeheuer qualvoll...« So ist es nicht nachvollziehbar, warum gerade Bauern die industrielle Arbeit *auch* als Befreiung erscheinen kann. Das gleiche gilt für die Prozesse der Zeitdisziplinierung, auf die Thompson hinweist.

13 Hier ist die Arbeit von Straube (1987) zu erwähnen.

14 Hierzu liegt in bezug auf Migranten in Deutschland nur die journalistische Arbeit von Geiersbach (1989) vor; die angekündigte Arbeit von Schöning-Kalender zu einer Kolonie in Mannheim steht noch aus.

15 So ist anzunehmen, daß unterschiedliche Auffassungen zu Staatsbürgerschaft etwa in Deutschland und Frankreich den Umgang mit Fremden prägen (Katoriyano 1990).

16 In der Biographieforschung steht dafür für mich am überzeugendsten Bude (1984, 1987).

17 Dies ist eine Erweiterung der Perspektive, die Kohli (1985) skizziert hat.

18 Diese Perspektive ist Oevermanns Ansatz zur Analyse sozialer Deutungsmuster verpflichtet (Oevermann 1973).

19 Eine enge und sehr genaue Bestimmung des Begriffs der Person findet sich in dem Artikel von E.E.Hirsch im »Wörterbuch der Soziologie« (Bernsdorf 1969). Entscheidend für die Einführung dieses Begriffs in die Soziologie war Durkheim (1981); eine historische Analyse der Geschichte der Person lieferte Mauss (1978) in einem Fragment. In der Ethnologie erfuhr die Diskussion dieses Begriffs eine Renaissance in den siebziger Jahren. Zu nennen sind hier vor allem zwei *reader*: Dieterlen (1973) und Carrithers/Collins/Lukes (1985).

[20] Mit dem Heranziehen dieser Metapher greife ich einen Gedanken von Elias (1970:75–109) auf und versuche, ihn um die Dimension der Selbstbezüglichkeit zu erweitern.

[21] Durkheim hat dies in seiner Abwertung der Individuierung übersehen. Individuierung ist für ihn nichts anderes als die durch den Körper gesetzte Identifizierbarkeit als einzelner. Als Folge davon reduziert sich für ihn Individualität auf die je besondere Perspektive, unter der das Kollektive wahrgenommen wird: »... ein Individualisierungsfaktor ist nötig. Der Körper spielt diese Rolle. Wie sich die Körper untereinander unterscheiden, wie sie verschiedene Punkte im Raum und in der Zeit einnehmen, so stellt jeder einzelne eine Sonderwelt dar, in der die kollektiven Vorstellungen sich widerspiegeln und verschieden färben« (1981:367).

[22] In der religiösen Kultur wurde dieser Gedanke in dem Komplex von Jüngstem Gericht, unsterblicher Seele und Lebensbuch gefaßt: Der einzelne muß sich für seine Geschichte vor Gott rechtfertigen – er wird erkannt, beschrieben und bewertet. H.R. Jauß untersucht die Säkularisierung dieses Konzeptes in der Lebengeschichte: Besonders deutlich ist die Kontinuität und das Einholen des Gedankens in das Diesseits bei Rousseau (Jauß 1979:708ff.).

[23] Hier sind vor allem die Arbeiten zu den Zeitkonzepten entscheidend: Zur Theorie von Zeitlichkeit vor allem Elias 1984.

[24] Hierzu auch die Analyse der Fürwörterserie als Figurationsmodell bei Elias (1970:132ff.).

[25] Aus der Bestimmung geht bereits hervor, daß Identität hier im Sinn eines dynamischen Konzeptes gebraucht wird – also im Sinn von Krappmann (1969).

[26] Dies versucht die Kritik von Horkheimer am Existentialismus aufzunehmen (1968:9–31). Auch Sartre ist sich der Notwendigkeit, Geschichtlichkeit im Zusammenhang mit subjektunabhängig sich vollziehender Geschichte zu sehen, bewußt – er skizziert ihn in »Marxismus und Existentialismus« unter dem Begriff der »progressiv-regressiven Methode«. In der Durchführung löse ich mich hier stärker von seiner Perspektive als bei den biographischen Kapiteln.

[27] Dieses Janusgesicht der Objektivierung durchzieht natürlich alle kulturellen Bereiche: Troeltsch (1977) hat sie zum zentralen Thema seiner Religionssoziologie gemacht: Die Objektivierung ist einerseits notwendig zum Bergen der in diesem Fall religiösen Erfahrung, und gleichzeitig verbirgt sie sie – wird das Ritual zur bloßen Form, wird der Begriff zur bloßen Formel. Das gleiche Phänomen gibt es im Bereich der Bildenden Künste.

[28] Die entscheidende Bedeutung dieses Faktors wird etwa aus der Untersuchung von Engelbrektsson (1982) deutlich: Sie vergleicht die Sozialstrukturen von zwei Dörfern und die jeweiligen Migrationsmuster miteinander: Dabei zeigt sich, daß die Migranten aus einem Dorf mit starken Abstammungsgruppen zu Kettenmigration und Koloniebildung tendierten; wäh-

rend die Migranten aus einem Dorf ohne bedeutende Abstammungsgruppen zu individualistischer Migration neigten.

29 Man sollte wohl hinzufügen: in einer seiner Bedeutungen. Der Begriff der totalen sozialen Tatsache schillert: Er bezeichnet einerseits Phänomene wie den Potlatsch oder den offiziellen Besuch zwischen zwei Stämmen, bei denen die Totalität der Gesellschaft und ihrer Institutionen im Spiel ist. Dies sind Phänomene die gleichzeitig ökonomisch, politisch und sozial sind. Dies ist der Standpunkt, wie er in der »Gabe« auf den ersten Seiten vertreten wird (1975:18). Von dieser *empirischen* Verwendung des Begriffs ist die *analytische* zu unterscheiden, die besagt, daß sich (ein beliebiges) Phänomen nur dann angemessen verstehen läßt, wenn man es gleichzeitig soziologisch, historisch und psychologisch erfaßt (1975:139).

30 Ich zitiere hier Naucks Paraphrasierung von Esser (1980:16), weil sie in einigen Punkten sprachlich klarer ist, als das Original.

31 Der Gegensatz von qualitativen und quantitativen Arbeiten läßt sich somit aus systematischen Gründen *nicht* auflösen, indem man qualitiative Arbeiten als Vorstudien zu quantitativen Arbeiten betrachtet: Gerade weil quantitative Arbeiten grundsätzlich anders mit Begriffen umgehen, sind die Ergebnisse einer Fallstudie in einer quantitativen Arbeit nie »aufgehoben«.

Individuum und Gesellschaft in Subay

Das Dorf Subay[1] liegt im Pontischen Gebirge, in einem der wenigen geschlossenen Waldgebiete der Türkei. Es ist relativ abgelegen; ein nur mit Traktoren und Jeeps befahrbarer Feldweg verbindet es mit der geschotterten Hauptstraße, die zum Kreis- und Marktort Andıraz[2] führt. 1976 hatte es 260 Einwohner in 51 Haushalten. Die Bevölkerungszahl ist auf Grund der großen Abwanderung seit Beginn der 50er Jahre in das 70 km entfernte Karabük, nach Ankara und Istanbul nahezu gleichgeblieben. Man muß sich das Ausmaß der Migration vergegenwärtigen: Das Dorf hätte heute zweieinhalbmal so viele Einwohner, wenn alle geblieben wären. Acht Migranten aus dem Dorf leben in Europa, fünf von ihnen werden in diesem Buch beschrieben.

Die Wirtschaft des Dorfes beruht auf Weizenanbau, der ergänzt wird durch Viehzucht und Gartenbau. Es wird kaum für den Markt produziert; man lebt also fast gänzlich von den selbst angebauten Produkten. Diese Subsistenzproduktion wird ergänzt durch sekundäre Tätigkeiten – wie beispielsweise Holzfällen im Auftrag der Regierung, Schafzucht, Handwerk. Das hier erzielte Geldeinkommen dient primär symbolischen Zwecken, Hochzeitszahlungen, der Bewirtung.

Die soziale Ordnung von Subay entspricht derjenigen zahlreicher west- und zentralanatolischer Dörfer[3]. Zwei bis drei Generationen leben in einem Haushalt zusammen; diese Familien sind die entscheidenden wirtschaftlichen, sozialen und politischen Einheiten: Wirtschaftseinheiten, weil in den Haushalten gemeinsam produziert und konsumiert wird; soziale Einheiten, weil die soziale Absicherung nur durch die Familie verbürgt ist; politische Einheiten, weil nur die Solidarität der Haushaltsangehörigen angesichts der relativ abgelegenen Lage des Dorfes die Rechtssicherheit und den politischen Status des einzelnen gewährleistet. Die Abstammungsgruppen haben nur relativ geringe Bedeutung.

In dieser Ordnung beruht das Verhältnis des einzelnen zur Gesellschaft auf dem symbolischen Tausch. Alle Rechte und Pflichten gegenüber dem (und den) anderen werden aus der Notwendigkeit abgeleitet, Gegenseitigkeit herzustellen. Dabei sind allerdings unterschiedliche Ausprägungen von Reziprozität zu unterscheiden.

Hier ist zunächst die, in dem als zentral anerkannten Wert der Ehre (*namus*) implizierte, Forderung der »negativen Reziprozität« zu erwähnen, das heißt der im Konfliktfall verlangten Gegenseitigkeit im Abtausch von Schlägen beziehungsweise Herausforderungen. Es sind dabei die Haushalte (und nicht die Individuen!), denen Ehre zugeschrieben beziehungsweise abgesprochen wird: Die einzelnen gelten nur dann als ehrenhaft, wenn sie einem Haushalt angehören, der als ehrenhaft anerkannt wird. Die Ehre eines Hauses ist verknüpft mit der Frage seiner Integrität und Unantastbarkeit. Wenn diese Integrität in irgendeiner Form verletzt wird, sei es durch die Provokation eines seiner Angehörigen oder durch das Antasten von Besitzrechten, verlangt es die Ehre, angemessen zu antworten. Dies gilt insbesondere für den Fall einer Infragestellung der sexuellen Unantastbarkeit der Frauen, die pars pro toto die Ehre des Gesamthaushaltes symbolisiert. Wenn die Männer (vor allem die Söhne) in einem solchen Fall nicht äußerst empfindlich reagieren, wenn sie nicht auf jede Herausforderung mit einer Gegenherausforderung antworten, ist die Ehre und damit der Rechtsstatus des Gesamthaushaltes in Frage gestellt. Das Gewicht, das Ehrfragen beigemessen wird, drückt die entscheidende Bedeutung des Haushaltes aus.

Die Zuschreibung von Ehre, das heißt die Fähigkeit, sich in diesem System des Schlagabtausches zu behaupten, ist in gewissem Sinn Voraussetzung dafür, in den »positiven Tausch«, den Austausch von Gaben einbezogen zu werden. Der Gabentausch ist die Form, mit der dorfinterne Bündnisse zwischen Haushalten geschlossen beziehungsweise immer wieder bekräftigt werden. Der Begriff der »Gabe« ist dabei sehr weit zu fassen: Er umfaßt ökonomische Leistungen (also Gaben im engeren Sinn: Arbeitshilfe, das Gewähren von Krediten usw.) nicht weniger als politische Leistungen (Unterstützung bei Wahlen und vor Gericht zum Beispiel) und soziale Leistungen (wie zum Beispiel die Heirat, die als Gabe der Tochter an einen anderen Haushalt gesehen wird). Kurz: Es gibt keine Transaktion, die nicht als Gabe konzipiert würde. Hier verlangt es der Wert des *şeref*, des

Ansehens, Gegenseitigkeit herzustellen, das heißt darauf zu achten, dem anderen nichts schuldig zu bleiben. Allerdings nicht nur das: Hier wie in anderen auf Gegenseitigkeit basierenden Gesellschaften ist ein Moment des Wettbewerbs eingebaut. Oft kommt es nicht nur darauf an, dem anderen gleichzuziehen, sondern auch, ihn durch Großzügigkeit, wenn nicht gar Verschwendung, zu übertreffen, um sein Ansehen zu steigern.

Die beiden beschriebenen Formen der Reziprozität betreffen den Tausch *zwischen* den Haushalten: Es handelt sich um einen Tausch zwischen Gleichen, bei dem Gaben und Gegengaben (beziehungsweise Herausforderung und Gegenherausforderung) in einem erkennbaren zeitlichen Bezug aufeinander folgen und ungefähr[4] äquivalent sind. Auch die Beziehungen *innerhalb* der Haushalte werden in die Sprache der Gegenseitigkeit gefaßt. Allerdings handelt es sich hier um eine »asymmetrische« Form der Gegenseitigkeit zwischen Ungleichen, bei der die Gaben lange in eine Richtung fließen, damit nicht mehr überschaubar sind und als Folge eine allgemeine Obligation stiften.[5] So heißt es in Subay, daß die einseitige Pflege und Hingabe während der Kindheit ein Recht der Eltern (*ana hakkı* beziehungsweise *süt hakkı*) begründe, dem auf der Seite des Kindes die Verpflichtung zur Achtung (*saygı*) korrespondiere, d.h. eine prinzipielle Verpflichtung zu Gehorsam, Loyalität und Unterstützung im Alter. Dies wird unter anderem durch eine Idee ausgedrückt, auf die wir noch wiederholt treffen werden – nämlich der Idee des Fluches (*beddua*): Gerade die prinzipielle Schuld, in der die Kinder den Eltern gegenüber stehen, verleihe letzteren die Kraft zu verfluchen[6].

Der Haushaltsvorstand vertritt die Angehörigen seines Hauses im Tausch mit anderen Häusern: Man partizipiert also am innerdörflichen symmetrischen Tausch nur vermittels einer Beziehung des asymmetrischen Tausches.

Die hier skizzierte Ordnung des Tausches läßt sich graphisch in der Form eines unregelmäßigen Netzes darstellen:

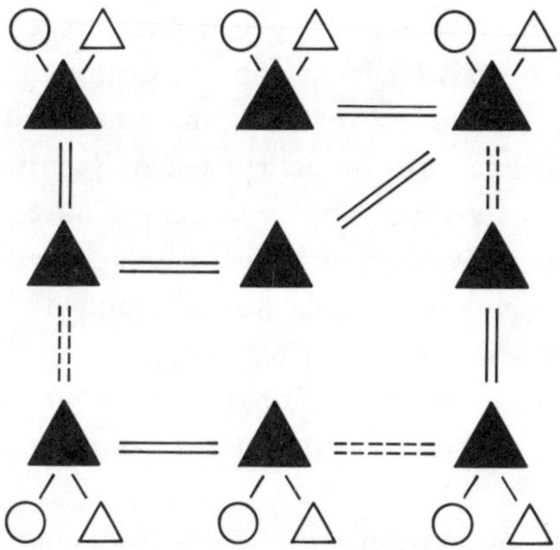

Die Haushalte (die jeweils von ihren Haushaltsvorständen repräsentiert werden) stehen zueinander in Beziehungen positiver (═══) oder negativer (= = =) symmetrischer Reziprozität. Innerhalb der Haushalte stehen die einzelnen Mitglieder in Beziehungen asymmetrischer Reziprozität (——) zu den Haushaltsvorständen; sie sind ihnen gegenüber zu *saygı*, zu Achtung und Gehorsam verpflichtet. Die Haushaltsvorstände sind durch die schwarzen Dreiecke symbolisiert; die anderen Haushaltsmitglieder durch die weißen Dreiecke und Kreise.

Welche Konsequenzen hat das Leben in einem derart strukturierten sozialen Feld für das Selbstverständnis der Mitglieder dieser Gesellschaft? Wenden wir uns dabei zunächst dem Problem der Person zu (wie es in der Einleitung umrissen wurde): Wer wird als volles Mitglied in dieser bäuerlichen Gesellschaft anerkannt – und was bedarf es, um diese Mitgliedschaft nicht zu verlieren?

Aus dem oben Gesagten ergibt sich, daß in Subay der als Person anerkannt wird, der einen Ort im Netz der Reziprozitäten hat und ihm gerecht wird. Man muß also Angehöriger eines Haushalts sein oder zumindest einem Haushalt zugeordnet werden (etwa als Gast): Man könnte, vielleicht etwas formal, sagen, daß man in einer Beziehung von asymmetrischer Reziprozität zu jemandem stehen muß, der bereits als Person anerkannt ist. Diesen Status kann man allerdings verlieren, wenn man die an den Ort geknüpften Verpflichtungen nicht erfüllt – wenn man gegen die in den Werten der Ehre, des Ansehens und der Achtung gefaßten Gegenseitigkeitsverpflichtungen verstößt. Wenn ein einzelner sich gegen diese Regeln verhält, ist es Sache des Haushaltes als Ganzem, ihn zur Ordnung zu rufen beziehungsweise bei gravierenden Vorfällen, ihn zu verstoßen. Ansonsten riskiert der Haushalt, Schritt für Schritt seinen Rechtsstatus zu verlieren und ausgegrenzt zu werden – was dann Konsequenzen für alle Angehörigen hätte. Man wird nicht mehr besucht werden, man wird die Söhne nicht mehr verheiraten können, und die Integrität wird schließlich nicht mehr respektiert werden.

Daraus ergeben sich mehrere Konsequenzen für die Haltung und Einstellung zu den an den Personalstatus geknüpften Verpflichtungen.

1. Der Ort, den ein einzelner in diesem Netz einnimmt, wird ihm zugewiesen; er kann ihn sich nicht wählen. Innerhalb der Familie hängt er vom Geschlecht, von der relativen Position in der Geschwisterfolge, vom Heiratsstatus ab; innerhalb des Dorfes erbt man gleichsam (als Mann) die positiven und die negativen Beziehungen des Vaters – und übernimmt (als Frau) die des Ehemanns. Die sozialen, ökonomischen und politischen Aufgaben, die der einzelne in seinem Leben zu bewältigen hat, werden im großen und ganzen von außen an ihn herangetragen. Sie sind ihm vorgegeben – das gibt ihnen den Schein des Selbstverständlichen und Natürlichen.

2. Die an den Ort geknüpften Verpflichtungen sind umfassend. Bei Gabe und Gegengabe handelt es sich, mit den Worten von Marcel Mauss, um »totale gesellschaftliche Phänomene«, um Phänomene, die gleichzeitig ökonomisch, politisch und sozial sind (Mauss 1968:17). Aus einem Kredit (also einer im engeren Sinn ökonomischen Gabe) kann die Forderung nach Beistand vor Gericht (also politische Unterstützung) oder gar nach der Heirat der Tochter (also eine soziale Gegengabe) abgeleitet werden. Die Totalität dieser Verpflichtungen begründet übrigens, warum man im Tausch zwischen den Haushalten auf dem Recht besteht, eine Gegengabe zu leisten. Weil ein einseitiger Gabenfluß niemals nur eine ökonomische Schuld, sondern immer auch eine soziale und politische Obligation begründet, würde durch ihn mit der Zeit ein Herr-Knecht-Verhältnis gestiftet. Aus dem umfassenden Charakter der Verpflichtungen folgt ebenfalls, daß der einzelne in dieser Gesellschaft (zu einem gegebenen Zeitpunkt) einen und nur einen Ort innehat[7].

3. Da alle Haushaltsmitglieder gemeinsam über den Haushaltsvorstand am dörflichen Tausch partizipieren (und damit *eine* Rechtsperson bilden), sind ihre Status untereinander verwoben. Man haftet gleichsam für die Handlungen der anderen Familienmitglieder und weiß, daß die anderen für die eigenen Handlungen haftbar gemacht werden. Wer seine Verpflichtungen nicht erfüllt, bedroht so nicht nur seinen eigenen Rechtsstatus, sondern gleichzeitig den seiner Angehörigen. Besonders deutlich ist dies im negativen Tausch: Eine Frau, die Ehebruch begeht, ein Mann, der sich als schwach erweist, verletzen damit nicht nur ihre individuelle Ehre, sondern die der ganzen Familie. Gerade die Verantwortung für den Haushalt als ganzen, die damit gesetzt ist, gibt den Verpflichtungen einen verbindlichen Charakter. Umgekehrt gilt aber auch, daß man von dem Ansehen, das ein Haushaltsmitglied erwirbt, selbst profitiert. Wir werden in diesem Buch Beispiele dafür diskutieren.

4. Ein Tauschakt stiftet immer eine bilaterale Beziehung zwischen einem Geber und einem Nehmer. Man ist nicht der Gesellschaft als ganzer verpflichtet, sondern immer nur dem konkreten anderen; ebenso muß man sich gegen den konkreten anderen behaupten. Dies führt unter anderem dazu, daß man in einem Konfliktfall demjenigen recht geben wird (und ihm beistehen wird), zu dem man Beziehungen positiver Reziprozität pflegt – nicht aber demjenigen, der nach abstrakten Begriffen recht hat.

Dem entspricht, was man als »Konkretheit« des Personengedankens in Subay bezeichnen könnte. »Konkret« bedeutet hier zunächst: »körperlich«. Die Selbstbehauptung verlangt von den Männern, mit ihrem Leben, also ihren Körpern, für die Integrität der Familie einzustehen. Ebenso hängt der Personenstatus von Frauen an ihrer »Fähigkeit«, Söhne zu gebären. »Konkret« bedeutet ebenfalls: Nur persönliche *face to face*-Beziehungen sind relevant. Man kann ein Recht oder einen Anspruch nicht durchsetzen, indem man an allgemeine Prinzipien appelliert, sondern nur, indem man »seine Beziehungen« spielen läßt. Das persönliche Netzwerk, die Addition bilateraler Beziehungen, garantiert die Rechtssicherheit.

Fassen wir zusammen: Der einzelne sieht sich in dieser dörflichen Gemeinschaft mit Aufgaben konfrontiert, die vorgegeben, umfassend, verbindlich und konkret sind. Diese Aufgaben zu bewältigen, erscheint als realitätsgerechtes Handeln: Wer sie erfüllt, erfährt sich als in seiner Gesamtheit gefordert und als unverzichtbar. Er hat »seinen Platz« in der Gesellschaft, dem gerecht zu werden nicht nur das eigene Wohl, sondern auch das der Angehörigen verlangt. Mit dem Ort ist so ein konkret Allgemeines gesetzt, das vor und unabhängig von dem Individuum – dem jeweiligen Platzinhaber – existiert, das es also transzendiert und verpflichtet. Dies geht unter Umständen bis zur Forderung, sich für den Haushalt zu opfern[8]. Eine transzendierende Aufgabe ist auch eine sinngebende: Wenn es auch sehr hart sein kann, die Verpflichtungen zu erfüllen, so dürfte es doch nie als sinnlos erscheinen.

Was folgt aus all dem für die Individualität – für die Anerkennung der Einzigartigkeit und Einmaligkeit des Individuums? Einen Hinweis liefert die Art und Weise, in der individuelle Geschichte in diesem sozialen Kontext betrachtet wird. Zwei Phänomene sind für das Verhältnis von Geschichte und Position relevant: erstens die erhebliche Bedeutung der Lebensphase und zweitens das System der Eigennamen.

Die Lebensphase bestimmt nachdrücklich die Zäsuren im Leben des einzelnen – seine Rechte und Pflichten – und man tendiert umgekehrt sehr stark dazu, auf die Lebensphase zu rekurrieren, wenn es um die Erklärung eines Verhaltens geht. Dies ist besonders auffällig bei den Konflikten zwischen Schwiegermutter und Schwiegertochter, wo man den Eindruck hat, daß primär die relativen Positionen und erst sekundär persönliche Eigenheiten als Explanans genommen wurden. Besonders deutlich ist dies auch bei dem Verhalten junger Männer (*delikanlı* – »Heißsporne«): Ein Normbruch von diesem Personenkreis wird oft mit dem Satz: *Tabii delikanlı* – »klar, das ist ein Heißsporn« gleichsam ungeschehen gemacht. Die Betonung der Lebensphase bedeutet, daß die individuelle Geschichte der sozialen Geschichte untergeordnet wird – und jedenfalls in den entscheidenden Zäsuren nicht als je eigene Geschichte erscheint[9].

Für das Verhältnis von Individualität und Position ist darüber hinaus das System der Namen aufschlußreich. Jeder hat zunächst einen offiziellen Namen, der aus Vor- und Familiennamen, sowie aus dem Namen des Vaters besteht (zum Beispiel Asiz Akkaya, Sohn von Mustafa). Dieser Name, der den Ort im Gemeinwesen ausdrückt und den einzelnen sozusagen eindeutig »lokalisiert«, wird bei den Gesprächen untereinander verwendet. Er ist Besitz der jeweiligen Haushalte und wird vererbt. Jeder Mann hat nun neben diesem offiziellen Namen einen Spitznamen, einen radikal individuellen Namen, der sich auf persönliche Eigenschaften oder auf Phasen der Lebensgeschichte bezieht (zum Beispiel: »Schnecke«, »Epileptiker«, »die Perverse«, »Beifahrer«). Diese Namen werden ausschließlich als *terms of reference* im Gespräch über jemanden verwendet, sie gehören dem Klatsch an, der (nicht selten) schmähenden Rede. Es gilt als im äußersten Grad beleidigend, jemanden mit diesem Namen an Stelle seines offiziellen Namens anzusprechen. Was hinzu kommt, ist, daß man sich zwar im Allgemeinen bewußt darüber ist, welche Geschichten über einen selbst im Dorf kursieren – aber kaum in der Lage ist, Einfluß darauf zu nehmen. Dies alles bestimmt, wie individuelle Geschichte wahrgenommen wird: Persönliche Besonderheit wird wie Nacktheit gesehen – als beschämende und entwürdigende Bloßstellung – und somit als eine Dimension des Selbst, auf die man von außen festgelegt wird und die tendenziell bedrohlich ist. Etwas pointiert könnte man sagen, daß man im Dorf, um handlungsfähig zu bleiben, seiner Geschichte entgehen muß.

Individuelle Geschichte wird somit entweder dem sozialen Ort untergeordnet oder als Verletzung der an diesen Ort geknüpften Verpflichtungen thematisiert. Individualität und Ort werden in der dörflichen Gesellschaft nicht miteinander vermittelt. Es wird vom einzelnen nicht erwartet, daß er seine Rolle beziehungsweise Position individuell ausgestaltet, sondern daß er gleichsam hinter ihr verschwindet, hinter ihr unsichtbar wird.

Einige Konsequenzen dieses Sachverhalts wurden bei einem Gespräch mit Asiz Subayoğlu deutlich, einem Arbeitsmigranten, der seinen Urlaub im Dorf verbrachte. Wir erörterten die Implikationen des Erwachsenenstatus. Dieser sei an die Tatsache der Verheiratung geknüpft. Das Wort eines unverheirateten Mannes gelte im Gemeinwesen nicht viel. Man könne zwar reden und etwas vorschlagen, aber es würde von vornherein nicht beachtet und als irrelevant eingeschätzt werden (*küçük görünür*). Asiz kritisierte dies: Es sei doch eine Frage persönlicher Qualitäten, ob jemand als Erwachsener betrachtet werden müsse und könne nicht vom Heiratsstatus abhängig gemacht werden. Schließlich heirate der eine mit 15, der andere mit 25. Auch gebe es Männer, die könnten gut sprechen, seien intelligent, hätten eine Ausbildung: Bloß weil sie unverheiratet seien, gelte ihr Wort weniger als das eines verheirateten Mannes, auch wenn dieser dumm sei und keine Schule besucht habe.

In dieser Szene deutet sich bereits das Umdenken an, das bei den Arbeitsmigranten stattgefunden hat. In diesem Zusammenhang interessiert uns nur die Charakterisierung des Dorfes. Aus Asiz' Klage werden zwei Punkte deutlich: 1. Individuelle Besonderheit hat nichts Legitimierendes. Man kann keine Rechte auf seine individuelle Geschichte beziehungsweise Erfahrung gründen oder irgendwelche Ansprüche daraus ableiten. 2. Umgekehrt kann kein Recht auf Grund individueller Schwächen verweigert werden. Wer einen gewissen Status im Gemeinwesen hat, hat einen Anspruch auf die daran geknüpften Rechte. Kurz: Im Dorf wird so getan, als seien die Inhaber eines Status völlig austauschbar – als spielten individuelle Eigenschaften keine Rolle.

Die entscheidende Bedeutung des Ortes für das Selbstverständnis zeigt sich nicht nur an dem Verständnis von Individualität, sondern an dem von Subjektivität. Mit »Subjektivität« soll hier der Selbstbezug des denkenden, handelnden und fühlenden Subjekts gemeint sein, ein Selbstbezug, der gesetzt ist, wenn man das Wort »Ich« gebraucht. Die Frage nach dem »Ich« verweist (ich erinnere an die Einleitung) auf die Beziehung, in der es gebraucht wird, auf ein »Du« beziehungsweise ein »Es« . Die Frage nach der Subjektivität erfordert die Klärung der Struktur der Inter-Subjektivität, in die sie eingebettet ist und die sie konstituiert.

Die Struktur der Intersubjektivität ist zum einen durch die Verwobenheit des individuellen Personenstatus mit dem der anderen Haushaltsangehörigen bestimmt. Dies führt dazu, daß das Individuum sich und andere nie getrennt von der jeweiligen Gruppe wahrnimmt. In der Sprache Bubers läßt sich der Gedanke vielleicht etwas mühsam aber klar formulieren: Ein »Ich« im Dorf ist immer Teil eines »Wir«, das als »Wir« einem »Ihr« gegenübersteht. Bei einer Beziehung zwischen zwei Personen aus verschiedenen Haushalten tritt ein »Ich« als Teil eines »Wir« einem »Du« gegenüber, das Vertreter eines »Ihr« ist. Handelt es sich um eine Beziehung innerhalb eines Haushalts, so tritt ein »Ich« einem »Du« gegenüber, das, zusammen mit dem »Ich« Teil eines »Wir« ist. Bildlich gesprochen: Das »Du« innerhalb eines Haushalts ist nicht der andere »gegenüber« von mir, sondern der andere »neben« mir. Jede Handlung des »Du« betrifft mich mit; das gibt mir das grundsätzliche Recht (und sogar die Pflicht), »Dich« ebenso zu kontrollieren wie »mich«. Allgemein formuliert: Im Dorf tritt ein »Ich« einem »Du« niemals als je einzelner gegenüber, sondern »Ich« und »Du« sind jeweils eingebettet in weitere Beziehungen.

Die Struktur der Intersubjektivität ist zweitens bestimmt durch den totalen Charakter der Verpflichtungen beziehungsweise der dörflichen Beziehungen. Er hat zur Folge, daß zwischen einem »Ich« und einem »Du« niemals eine rein soziale Beziehung existiert, sondern daß jede Beziehung auch eine ökonomische und politische Bedeutung hat. Anders formuliert: Keine Beziehung wird ausschließlich um ihrer selbst willen geschlossen, sondern jede hat einen zweckorientierten und damit auch einen utilitaristischen (nicht selten sogar: instrumentalistischen) Charakter. Ebensowenig wie es rein soziale Beziehungen gibt, gibt es auch reine wirtschaftliche oder politische Zweckbeziehungen. Jede Beziehung im Dorf enthält beides: Sie trägt sowohl den Charakter einer unmittelbaren Ich-Du-Beziehung, als auch den einer über einen Zweck vermittelten Ich-Es-Beziehung.

Die Folgen aus dem Gesagten für ein »Ich« beziehungsweise für ein »Du« lassen sich am besten an den Überlegungen zur Verheiratung darstellen. Eine Verheiratung ist ja einerseits die Stiftung einer Wir-Ihr-Beziehung. Eine junge Frau, die bislang Vertreterin einer anderen Gruppe war, wird nun ein Teil von »uns«; durch die Heirat wird außerdem die Beziehung zwischen »uns« und »euch« gefestigt. Darüber hinaus bedeutet eine Verheiratung sowohl das Begründen einer sozialen Beziehung, als auch den Erwerb einer Arbeitskraft und die Aufnahme einer Person, für die man nun politisch verantwortlich ist.

All dies drückt sich besonders deutlich in den Überlegungen vor einer Heirat aus: Man fragt sich, ob die Verbindung zwischen den Familien von ökonomischem und politischem Nutzen ist, ob man erwarten kann, daß die Braut sich mit der Schwiegermutter versteht, ob man auf die Unterstützung durch die Braut im Alter zählen kann, ob sie auch zupacken kann usw. Angesichts der Komplexität der Erwägungen erscheint es nun als unrealistisch, die Entscheidung über eine Eheschließung dem subjektiven Willen, sprich der Liebe der jungen Leute zu überlassen. Das hieße, auf das Austarieren der unterschiedlichen Interessen zu verzichten und die Zukunft des Haushalts der Willkür zu überantworten. Auch den jungen Leuten erscheint es als selbstverständlich, daß die Wahl vom Gesamthaushalt, vertreten vom Haushaltsvorstand, gefällt wird.

Wenn nun zwar die positive Wahl der »Wir«-Gruppe überlassen bleibt, so wird doch dem einzelnen – Männern wie Frauen – ein Vetorecht zugestanden. Subjektivität kann sich legitimerweise negativ äußern, als »Nein« zu einer unzumutbaren Beziehung, niemals jedoch positiv, als eigenständige Suche nach einem Partner. In der Praxis heißt das, daß für die jungen Menschen im Dorf meist mehrere Partner gleich ernsthaft in Betracht kommen. In der dörflichen Gesellschaft formuliert ein »Ich« nicht, was es will, sondern was es nicht will. Es erkennt damit die vorgeordnete Bedeutung des »Wir«, des Kollektivs, an, setzt ihm aber Grenzen.

Eine andere als legitim erachtete Form, subjektiven Willen zu formulieren, ist gleichsam »im nachhinein«. Fatma Eren, eine der hier im Buch beschriebenen Migrantinnen, beschrieb dies in folgenden Worten:

> »Wenn eine Frau einen Mann nicht liebt, dann wird sie in den ersten Monaten der Ehe keinen Finger rühren und widerspenstig sein. Und er wird sich scheiden lassen. Wenn ein Mann seine Frau nicht liebt, wird auch er sie schlecht behandeln. Sie wird sich dann scheiden lassen« (Gedächtnisprotokoll, 1977).

Es ist leicht zu erkennen, daß es sich hier nur um eine Variante der negativen Artikulation des Willens handelt: Die Fortdauer der Ehe wird nicht an eine positive (ob man sich liebt), sondern an eine negative Bedingung geknüpft. Der Artikulation des Willens wird es auch hier nicht einfach gemacht: Zunächst muß man eine Zeitlang durch eine eheliche Hölle gehen, bevor man sich legitimerweise trennen kann.

Mit dieser Struktur korrespondiert das Verhältnis zu Gefühlen und Bedürfnissen. Zunächst ist auffallend, daß ein sehr deutlicher Unterschied zwischen elementaren Bedürfnissen – Nahrung, Kleidung, Unterkunft und Sexualität – und sekundären Bedürfnissen gemacht wird. Es gibt eine feste Regel, daß es absolut notwendig ist, die primären Bedürfnisse zu befriedigen – wenn man nicht den einzelnen zu einem gesellschaftswidrigem Verhalten drängen will. So erregte ich eines Tages ein bemerkenswertes Aufsehen, als ich erzählte, daß in Deutschland (jedenfalls in meiner Kindheit) zum Verweigern von Nahrung als erzieherischer Sanktion zurückgegriffen wurde. Dies – so der bäuerliche Kommentar – hieße doch nichs anderes, als ein Kind zum Dieb zu machen. Eine ähnliche Sorge spricht aus der Kritik an dem bereits zitierten Asiz Subayoğlu, der seine Frau jahrelang im Dorf gelassen hatte, ohne sie zu besuchen:

»Das ist schlimm. Man muß doch seine Frau respektieren (*izzet etmek*) und auch an ihren Genuß (*zevk*) denken. Sie ist hier ohne Mann. Er [dagegen] wohnt mit einer Italienerin zusammen und kann sich dort befriedigen. Irgendwann wird der Zeitpunkt kommen, wo sie mit einem anderen schläft« (Gedächtnisprotokoll, 1977).

Während auf die Befriedigung elementarer Bedürfnisse genau geachtet wird, werden sekundäre beziehungsweise sublimere Gefühle (Zuneigung, Zärtlichkeit etc.) kaum berücksichtigt. Man ist in der Regel der Meinung, das diese sich schon von selbst ergeben werden, wenn nur die primären Bedürfnisse erst erfüllt sind. Vom einzelnen verlangt man, daß er seine Verpflichtungen erfüllt – was er dabei empfindet, ist verhältnismäßig uninteressant. Man muß seine Frau respektieren, braucht sie aber nicht zu lieben[10]; man muß dem Vater Achtung zeigen (*göstermek*), braucht sie aber nicht zu empfinden (*duymak* beziehungsweise *hissetmek*), man muß den Gast aufnehmen, braucht ihn aber nicht zu schätzen. Dies wird erst dann problematisch gesehen, wenn die Gefühle umzuschlagen drohen, wenn also jemand beginnt, seinen Vater, seine Frau oder seinen Gast so zu hassen, daß er nicht mehr in der Lage ist, seinen Verpflichtungen nachzukommen. Es wird deshalb sehr bewußt darauf geachtet, dem anderen einen Spielraum einzuräumen, man legt Wert darauf, niemanden in eine Ecke zu treiben und so möglicherweise zu verzweifelten Handlungen zu zwingen. Deshalb gilt es zum Beispiel als falsch, ein Waisenkind zu schlagen, denn »Gott hat es bereits geschlagen«. Ein ähnlicher Geist spricht aus der anerkannten Regel, daß eine Frau sich zu ihren Eltern flüchten können muß, wenn das Eheleben unerträglich wird – womit innerdörfliche Heiraten begründet werden.

Sublimere Bedürfnisse und Gefühle werden also erst dann berücksichtigt, wenn zu befürchten ist, daß durch sie die Erfüllung der Verpflichtungen in Frage gestellt wird. Dies ist mit Sicherheit hart, drückt aber andererseits einen grundsätzlichen Respekt vor dem anderen aus: Es wird als sehr entscheidend erachtet, niemanden zu brechen.

Dem skizzierten Verhältnis zu sich selbst als wollendem und fühlendem Subjekt entspricht schließlich das Verhältnis zu sich selbst als urteilendem Subjekt. Es wird genau, fast ritualistisch, darauf geachtet, daß die Normen, die das Gewebe der Positionen ausdrücken, beachtet werden – sowohl innerhalb der Wir-Gruppe als auch in der Wir-Ihr-Beziehung. Ich habe dies ausführlicher an anderer Stelle beschrieben (vgl. Schiffauer 1983:87 ff.). Hier genügt es darauf hinzuweisen, daß selbst dann noch an der Norm festgehalten wird, wenn der »Geist der Regel« (wie wir sagen würden) längst verletzt ist. Besonders deutlich ist dies bei einigen Interaktionsregeln zu beobachten. Die Regel, daß man jemand, dem man Achtung schuldet, nicht kritisieren darf, kann man buchstäblich genau einhalten und gleichzeitig umgehen, wenn man die Kritik nicht ihm ins Gesicht, sondern einem Dritten im Raum (Kinder bieten sich besonders an), unter Umständen sogar einem Tier oder einem Stück Holz, mitteilt. Der Kritisierte kann nichts machen – er würde sich ja den Schuh selbst anziehen. Beim Urteilen hält man also starr an der Regel fest; es käme niemandem in den Sinn, sie zur Diskussion zu stellen. Andererseits sieht man darüber hinweg, wenn jemand die Regel umgeht oder sich ihr entzieht; dadurch wird man den flexiblen Anforderungen des Alltags gerecht. Die objektive Gültigkeit der Regel wird durch dieses Verfahren immer wieder bestätigt; das subjektiv als angemessen Empfundene kann sich »hinterrücks« artikulieren. Es wird akzeptiert, so lange die Regel »formal« eingehalten bleibt.

Es bleibt schließlich, die Konsequenzen aus dem bisher Gesagten für die Frage der Identität zu skizzieren. Identität bezeichnet die strukturelle Notwendigkeit[11], ein Gefühl beziehungsweise ein Wissen um die Einheit des Selbst in seinen unterschiedlichen Bezügen herzustellen. Die zentrale Bedeutung des sozialen Ortes in dieser Gesellschaft prägt nun auch die Art und Weise, *wie* Identität hergestellt wird. Auch dieser Frage kann man sich durch die Analyse einer kleinen Szene nähern.

»Ein junges Ehepaar sitzt mit der Ethnologin in einem Raum. Beide necken sich und ziehen sich gegenseitig auf. Die Stimmung ist freundlich und entspannt. Sie schlägt jedoch in dem Augenblick um, in dem der Vater des Ehegatten, der Haushaltsvorstand, den Raum betritt. Plötzlich ist die Atmosphäre gespannt. Der junge Mann gibt seiner Frau knappe Befehle, die sie ohne Widerspruch ausführt« (mündliche Mitteilung von Andrea Petersen).

Dieses Beispiel steht für viele: Die Interaktion zwischen zwei Personen ist abhängig von Dritten. Es wird in dieser Gesellschaft nicht erwartet, daß man dem anderen immer in der gleichen Haltung gegenübertritt – im Gegenteil: In der hier beschriebenen Szene wäre es als massive Respektlosigkeit (*saygısızlık*) gegenüber dem Vater erschienen, wenn der Ehemann weiterhin Zärtlichkeit gegenüber seiner Frau gezeigt hätte. Die abrupte Verhaltensänderung des Ehemanns wirft indessen keine Probleme der Kontinuität auf, weil in diesem sozialen Universum des Dorfes jedem bewußt ist, wie die Status sich einander zuordnen, d.h. wie jeder zu jedem steht. Dies läßt sich verallgemeinern: Identität muß in der türkischen dörflichen Gesellschaft nicht vom Individuum selbst hergestellt werden, sondern sie wird gleichsam außerhalb des einzelnen durch die Transparenz des sozialen Rahmens gestiftet[12].

Fassen wir zusammen: Das Selbstverständnis in der bäuerlichen Gesellschaft von Subay ist bestimmt von der Idee des festen Ortes eines jeden einzelnen in dieser Gesellschaft. Der Personenstatus verlangt es, diesem Ort gerecht zu werden, das heißt die Verpflichtungen zu erfüllen, die vorgegeben, umfassend, verbindlich und konkret sind. Wer sich dem unterwirft hat »seinen Platz« in der Gesellschaft, mit allen Konnotationen einer würde- und sinnvollen Existenz, die diese Redewendung beinhaltet. Hinter diesem Platz verschwindet die Individualität und Subjektivität des einzelnen. Individualität wird zwar wahrgenommen, das Wissen um die Besonderheit des einzelnen bleibt jedoch irrelevant. Es gibt keine Vermittlung von Ort und Individualität, anders gesagt: Es gibt keine individuelle Ausgestaltung einer Rolle. Subjektivität schließlich kann sich als Negation äußern: Der einzelne kann nicht durchsetzen, was er will – er hat aber ein Recht, sich dem zu verweigern, was er nicht will. Seine Bedürfnisse werden im Alltag nicht berücksichtigt, sondern nur in Grenzsituationen, in denen Leidenschaften das Erfüllen von Verpflichtungen unmöglich machen würden. In den Urteilen wird die Norm nicht in Frage gestellt, aber es wird hingenommen, daß sie umgangen wird. Identität schließlich wird in diesem System nicht vom Individuum selbst, sondern gleichsam außerhalb des Individuums durch den sozialen Kontext gestiftet.

Anmerkungen

1 Der Name wurde pseudonymisiert.
2 Pseudonym.
3 Vergl. hierzu die Monographien von Balaman (1982), Erdentuğ (1956, 1959), Stirling (1965), Yasa (1955), Paleczek (1987). Zu unterscheiden von diesem besonderen Typus des Dorfes wären etwa südostanatolische Dörfer mit Großgrundbesitz (hierzu Yalman 1971) sowie tribale Dörfer in Ostanatolien (Yalçın 1986). Die Arbeit von Engelbrektsson (1982) zeigt am Vergleich von zwei Dörfern den Zusammenhang von dörflicher Struktur und Migrationsmustern auf. Nach der Klassifikation von Karpat (1976:175–188), der montane, semimontane und Taldörfer unterscheidet und mit Migrationsmustern in Beziehung setzt, ist Subay ein montanes Dorf.
4 Ein genaues Äquivalent ist erst denkbar, wenn die Gaben in Geld ausgedrückt werden. Selbst in Fällen, wo dies gegeben ist, wird in Subay wie in anderen Gesellschaften, die auf Reziprozität basieren, darauf geachtet, kein präzises Äquivalent herzustellen – dies würde als Kauf und damit als Beendigung der Beziehung verstanden werden. Bourdieu analysiert die Strategien, die dadurch ermöglicht werden (1976:11–14).
5 Dies entspricht der von Sahlins getroffenen Unterscheidung von *pooling* und *reciprocity* (Sahlins 1965:147).
6 Der Gedanke der prinzipiellen Verschuldung der Kinder gegenüber den Eltern wurde folgendermaßen von einem anderen Gesprächspartner formuliert: Als ich ihm gegenüber von einer schlaflosen Nacht berichtete, die mein Sohn mir bereitet hatte, sagte er scherzhaft: *Hesabını soracaksın* – »du wirst (später) die Rechnung einreichen«.
7 Die Eindeutigkeit des Ortes eines Individuums ist charakteristisch für traditionale Gesellschaften. Was Gellner in bezug auf segmentäre Gesellschaften schreibt, läßt sich verallgemeinern: »Aber während ein *Wechsel* der Zugehörigkeit möglich ist, bleibt die *Doppel*zugehörigkeit ausgeschlossen. Indem er einen neuen Platz findet, verliert der Betreffende stets seinen alten, und dafür sorgt, unter anderem, die Öffentlichkeit des Rituals, mittels dessen er seinen Platz erlangt. Zu jedem beliebigen Zeitpunkt

muß der unverwechselbare Platz, den jemand im System der Rechte und Pflichten innehat, unzweideutig klar sein« (Gellner 1985:115, Hervorhebungen von mir).

8 Etwa wenn ein Sohn ausersehen wird, eine Rache zu vollziehen. Ali Türker, ein junger Mann, der sich dieser Pflicht entzogen hat, darf sich nicht mehr im Dorf sehen lassen (Schiffauer 1987:48).

9 Die Erklärungsrelevanz von Lebensphasen wurde mir bei der Erstellung eines Gerichtsgutachtens im Zusammenhang eines Vergewaltigungsfalles besonders deutlich, der sich in Berlin zugetragen hatte. Hier tendierten die Familien der angeklagten Jugendlichen dazu, das Verhalten der jungen Männer mit den Worten: »Es waren eben Heißsporne« zu erklären. Einem Angehörigen einer Kultur, in der die individuelle Biographie eine erhebliche Bedeutung hat, erscheint das wie eine Entschuldigung (Schiffauer 1983).

10 Dies bedeutet *nicht* die Abwesenheit von Phantasien und Träumen über Liebe: Gerade die Trennung von Liebe und Alltag hat, wie ich zu zeigen versuchte, die Folge, daß diese Träume eine besondere Intensität besitzen (Schiffauer 1987:203 ff.).

11 Dies ist eine »strukturelle Notwendigkeit«, weil sie die Voraussetzung von Kommunikation ist. Nur wenn ein Ich ein Grundgefühl seiner Identität hat, kann es Erfahrungen in identische und nicht-identische gliedern – sie somit benennen, klassifizieren und ausdrücken.

12 Dies gilt auch in lebenszeitlicher Perspektive. Ein besonders beeindrukkendes Beispiel für den Zusammenhang von Identität und Lebensphase schildert Dwyer (1978:1 ff.): In der Einleitung ihres Buches beschreibt sie »Aisha«, die in ihrer Lebensgeschichte beeindruckend die Unterdrückung durch die Schwiegermutter schildert – um wenig später der eigenen Schwiegertochter dasselbe vorzuwerfen, was ihr vorgeworfen wurde. Was der amerikanischen Ethnologin wie ein Bruch vorkam, stellte offenbar für die marokkanische Bäuerin kein Problem dar. Es war einfach etwas anderes, weil sich der soziale Bezugsrahmen geändert hatte.

Süleyman: Eine komplizierte Vater-Sohn-Beziehung

Der Vater

Süleyman Doğan[1] wurde 1950 in Subay als ältester Sohn des »Schwarzen Veli« und seiner Frau Güllü geboren. Veli und Güllü hatten nach ihm noch einen weiteren Sohn und fünf Töchter.

Der Vater, der »Schwarze Veli«, ist ein unternehmungsfreudiger, energischer, von sich selbst eingenommener Mann mit einer Faszination für Dorfpolitik. Er wirkt ruhelos. In den Gesprächen mit ihm schimmern immer wieder Lust an Macht, Freude an Auseinandersetzungen und ein fast unbegrenztes Selbstvertrauen durch. Bezeichnend für ihn ist vielleicht der mir gegenüber einmal eingestandene Tagtraum, Ministerpräsident der Türkei zu sein.

Der »Schwarze Veli« hatte eine schwierige Kindheit gehabt. Sein eigener Vater, Teyfik, hatte um 1940 eine zweite Frau genommen[2] – was im Dorf moralisch verurteilt wird, wenn, wie in diesem Fall, die erste Frau bereits Söhne geboren hat. Velis Mutter verließ ihn daraufhin, um mit ihren beiden Söhnen nach Istanbul zu Verwandten zu ziehen. Es muß eine schwierige Zeit für Mutter und Sohn gewesen sein. Veli fand damals, als zwölfjähriger, Arbeit in einem Café. Etwas von dem Leiden dieser Zeit spiegelt sich in der Bitterkeit, mit der er heute noch dem Vater vorwirft, *mehur*, ein »Weiberheld« gewesen zu sein. Trotz der Bitternis gegenüber seinem Vater entschloß sich Veli, zu ihm ins Dorf zurückzukehren, um ihm in innerdörflichen Auseinandersetzungen beizustehen.

Wie alle anderen Bauern in Subay arbeitete Veli in den fünfziger Jahren nur in den Sommermonaten im Dorf; in den Wintermonaten verdingte er sich als Saisonarbeiter auf Baustellen in Istanbul. Während die meisten anderen jedoch diese Form der Migration als sehr unangenehm empfanden und sie aufgaben, als Ende der fünfziger Jahre das Einkommen aus der Waldarbeit sie nicht mehr unbedingt erforderlich machte, hielt Veli an dieser unruhigen Existenzform fest. Im Dorf begann er, zusätzlich zur bäuerlichen Produktion weitere Verdienstmöglichkeiten zu erschließen. In den sechziger Jahren brannte und verkaufte er einfache Dachziegel. Er bewarb sich einmal nach Deutschland, wurde aber nicht genommen, weil er zu dem Zeitpunkt bereits zu alt war.

Im Dorf gilt er als streitsüchtig. Man erzählt sich, daß die Trennung von seinem Bruder Muzaffer nicht ohne erhebliche Konflikte verlief. Veli beanspruchte damals, gegen die ausdrückliche Verfügung des Vaters, einen Obstgarten. Diese Auseinandersetzungen mündeten einmal sogar in eine Schlägerei. Besonders folgenreich war eine Prügelei 1960 mit dem Lehrer Zifer und dessen Verwandten Asiz Hakimoğlu. Dabei wurde Asiz verletzt und starb zwei Monate später – es war nicht ganz eindeutig, ob sein Tod mit der Verletzung zusammenhing oder nicht. Veli kam damals für acht Monate ins Gefängnis. Der Gefängnisaufenthalt und eine Geldstrafe von 17 000 TL belasteten die wirtschaftliche Situation des Haushaltes erheblich. Veli sah sich gezwungen, Äcker zu verkaufen.

Die zahlreichen Feinde, die sich Veli derart im Dorf erworben hatte, brachten es mit sich, daß er in der Dorfpolitik die meiste Zeit über nur im Hintergrund wirkte. Er unterstützte tatkräftig seinen Freund Mustafa, »die Schnecke«, bei den Wahlen zum Dorfvorsteheramt. Nur einmal – 1978 – schien seine Stunde gekommen. Er hatte sich an die Spitze einer Bewegung gesetzt, die den Vorsitzenden der Kooperative, den »gewundenen Dursun«, stürzte. Veli wurde sein Nachfolger, konnte sich jedoch selbst nur ein Jahr lang halten. 1979 wurde er seinerseits in einer tumultartig verlaufenen Sitzung gestürzt. Aus dieser Zeit hatte er zwölf Gerichtsverfahren wegen Amtsmißbrauches anhängig – eine Tatsache, mit der er sich brüstete.

Veli bezog seine Söhne in seine wirtschaftlichen Pläne ein. Er plante, sie ausbilden zu lassen – Süleyman wurde auf die Mittelschule geschickt, Ismail besuchte die Offiziersschule. Mit dieser Ausbildung sollte gleichsam ein städtisches Standbein geschaffen werden. Die Söhne würden mit ihr in die Lage versetzt, zu emigrieren und eine Existenz in der Stadt aufzubauen. Er selbst würde den Hof weiterführen. Wenn es sich als erforderlich erweisen würde, würden ihm seine Söhne (im Urlaub) und seine Schwiegertöchter bei der Arbeit helfen.

Später könnte man sogar daran denken, den Hof aufzugeben und in der Stadt ein Unternehmen unter seiner Leitung aufzubauen, vielleicht eine Konditorei. Die Diversifizierung des ursprünglich bäuerlichen Familienbetriebs würde das Einkommen erhöhen, Flexibilität ermöglichen und Sicherheit bieten. Im Alter würde dann entweder einer der Söhne ins Dorf zurückkehren und den Hof übernehmen, oder aber er würde zu ihnen in die Stadt ziehen.

Dies waren die Pläne, gegen die Süleyman rebellieren sollte.

Die äußere Geschichte

Die Jugend

Süleymans Bericht über sich selbst setzt mit der Zeit ein, in der er als zwölfjähriger nach Abschluß der fünfjährigen Grundschule im Dorf auf die Mittelschule nach Andıraz geschickt wurde. Dies war 1960, kurz nachdem der Vater aus dem Gefängnis entlassen worden war. Wegen der schwierigen Situation des Hofes bedeuteten die Kosten für die Unterbringung im Internat wohl ein erhebliches Opfer für die Familie. Süleyman hatte gute Noten, was ihm jedoch zu schaffen machte und die Schule vergällte, war die ärmliche Kleidung:

»... Ich konnte diesen Zustand nicht ertragen. Das habe ich meinem Vater gesagt, meinem Großvater auch ... Der hatte damals eine Kriegsrente bezogen. Auch ihm hatte ich es gesagt, aber sie haben mir keinen Anzug gekauft« (1978:97).

Diese Frage war für ihn so belastend, daß er die Schulausbildung bereits nach einem Jahr abbrach: Der unmittelbare Anlaß war eine nicht bestandene Prüfung. Süleyman weigerte sich, für die Wiederholungsprüfung zu lernen:

»Ich sagte: ›Vater, ich werde nicht lernen. Ich werde die Schule verlassen.‹ Mein Vater fragte mich: ›Was willst du denn sonst machen ... Lerne!‹, sagte er, ›es gibt so viele Leute ohne Ausbildung, was können denn die Schlechtausgebildeten schon machen?‹« (1978:99)

Relativ unvermittelt taucht in der Erzählung von diesem Jahr in Andıraz die Erinnerung an ein Mädchen auf, das sich in ihn verliebte und ihn eines Tages am Schultor abpaßte. Ein Schritt dieser Art ist sehr mutig – er bedeutet in einer Kleinstadt wie Andıraz, daß ein Mädchen seinen Ruf aufs Spiel setzt. Süleyman ging nicht darauf ein. Wir werden auf diese Episode, die gleichwohl sehr bedeutsam für ihn war, weiter unten zurückkommen.

Über die nun folgende Zeit in Istanbul ging er in dem Gespräch schnell hinweg und berichtete nur, daß er dort das Konditorenhandwerk erlernte. Er wurde dann einberufen und kehrte nach der Militärzeit ins Dorf zurück. Die Zeit danach ist in seiner Erinnerung bestimmt durch Auseinandersetzungen mit dem Vater über die Verheiratung:

»Bevor ich vom Militär entlassen wurde, hat er mir einen Brief geschrieben, in dem stand: ›Ich denke daran, Dich mit dem und dem Mädchen zu verheiraten. Du sollst heiraten.‹ Damals antwortete ich meinem Vater: ›Vater, das ist nicht sehr gut. Es ist noch zu früh. Laß mich noch etwas nachdenken, dann ja.‹ Mein Vater sagte zu mir – es war wegen der Arbeit, weil die Bauernarbeit so schwer war: ›Ich brauche aber Hilfe.‹ Besonders als ich dann ins Dorf kam, konnten wir uns nicht verstehen. Was ich wollte, wollte er nicht, und was er wollte, wollte ich nicht. Zwischen uns kam Verstimmung auf« (1978:47).

»Bei uns ist es von altersher Brauch, daß ein Vater seinem Sohn sagen kann, was er will, daß er ihn herumkommandieren kann, wie er will. Ein Sohn muß sich seinem Vater gegenüber immer gut erzogen (*terbiyeli*)[3] verhalten. Er muß ihm Achtung (*saygı*) erweisen. Gegen deinen Vater kannst du nichts sagen. Also wenn man was sagt ... dann verfluchen sie einen. Man möchte den Fluch nicht auf sich nehmen. Das Herz des Vaters soll nicht zerbrechen... und so habe ich ... [nur] gesagt: ›Vater, gut, denk nach. Wenn es mit dem Mädchen, das du genannt hast, nicht geht, dann geht es vielleicht mit einem anderen. In unserem Dorf gibt es ja nicht nur ein Mädchen, sondern einige, vielleicht 15, vielleicht 20. Die sind alle im heiratsfähigen Alter. Laß uns eine andere von ihnen nehmen.‹ Er war einverstanden. ›Wenn ich dir die Tochter von Hacı Şakır gebe, nimmst du sie dann?‹ fragte er. Ich sagte: ›Die nehme ich.‹ Aber mit diesem Mädchen wurde es nichts. Und dann sagte er: ›Nehmen wir Sakine.‹ Ich sagte: ›Vater, verzeih mir. Mach es nicht erforderlich, daß ich allzuviel spreche. Gott, der Allmächtige, hat uns (das heißt Sakine und ihn) nicht für ein Haus erschaffen ... wir sind nicht füreinander geschaffen.‹ Ich sagte: ›Ich werde nach Istanbul gehen!‹ Ich habe ihn verlassen und bin nach Istanbul gegangen« (1978:49).

Der Widerstand gegen die Heirat mit Sakine verdient Beachtung: Sakine ist die Tochter des bereits erwähnten Mustafas – »die Schnecke« – des ehemaligen Dorfvorstehers und engen Bündnispartners von Veli. Als Veli Sakine ins Gespräch brachte, war offenbar eines der Motive, das politische und freundschaftliche Bündnis durch eine Allianz zu untermauern. Der Widerstand von Süleyman richtete sich damals weniger gegen Sakine als Person, als dagegen, vom Vater für seine Pläne eingespannt zu werden. »Ich wollte nichts mit den Angelegenheiten meines Vaters zu tun haben. Deswegen wollte ich nicht ›Schneckes‹ Tochter«, sagte Süleyman, als er 1985 auf diese Episode zurückkam.

Süleyman hatte jedoch nicht nur in bezug auf die Verheiratung das Gefühl, für die Pläne des Vaters eingespannt zu werden. Der Vater drängte ihn damals, nach Deutschland zu emigrieren – wozu Süleyman zu der Zeit keinerlei Lust zeigte:

»Es war hauptsächlich mein Vater, der wollte, daß ich emigriere ... Er wollte es so: Ich sollte gehen und ihm dann das Geld ins Dorf schicken, damit er dort seine Sachen machen kann. Er wollte im Dorf ›ein Mann‹ (*bir adam*) sein. Dazu brauchte er Geld. Er wollte immer nur, daß ich ihm Geld schicke. Er hat immer nur an seine eigenen Sachen gedacht – niemals an meine« (Gedächtnisprotokoll, 1985).

Süleyman nahm dem Vater nicht nur übel, daß er ihn für seine Zwecke ausnützte, sondern auch, daß er ihm vorschrieb, was er zu machen beziehungsweise zu lassen hatte. Von besonderer Bedeutung war dies in Zusammenhang mit einem Plan Süleymans, einen *köfte* Stand in Camlıca zu eröffnen, einem Ausflugsort mit grandioser Aussicht über Istanbul. Hier erscheint der Vater als derjenige, der ihm seine Träume zerstört hat:

»Wenn ich das gemacht hätte, hätte ich in der Zwischenzeit viel Geld verdient. Ich wollte es zusammen mit einem Freund aus der Militärzeit machen. Aber mein Vater war dagegen. Er war sowieso gegen alles, was ich mache. Ja, es wäre wie ein Glücksspiel gewesen. Ich hätte verlieren können. Aber im Grunde ist doch sowieso alles ein Glücksspiel: ›Komm her, setze was ein, gewinne oder verliere.‹ Wer nichts einsetzt, der wird niemals etwas gewinnen. So ist es im Kaffeehaus, so im Leben. Aber es war eben so: Mein Vater wollte es nicht« (Gedächtnisprotokoll, 1985).

Die Konflikte um die Verheiratung

In dem Bericht über die nun anschließende Zeit in Istanbul taucht wiederum relativ unvermittelt, das heißt ohne *zunächst* erkennbaren

Zusammenhang mit vorher oder später Erzähltem, die Episode einer jungen Frau auf, die sich in ihn verliebt. Wie schon vorher in Andıraz zog er sich zurück. »Ich habe ihr immer gesagt: ›Es ist nur ein Verhältnis unter Kollegen.‹« Die junge Frau versuchte damals, Selbstmord zu begehen, wurde aber gerettet.

In dieser Zeit wurde er von einem Verwandten auf Alime, seine künftige Frau, aufmerksam gemacht. Alime stammte aus einem Dorf der Provinz Sinop und lebte damals bei einem Pflegevater in Istanbul. Süleymans Verwandter, ein Nachbar dieser Familie, fragte Süleyman, ob er an einer Heirat interessiert wäre. Süleyman war prinzipiell nicht abgeneigt: »Ich sagte: ›Natürlich muß ich sie erst sehen ... Wenn ich oder wir einen Fehler an ihr entdecken, wird nichts aus der Sache.‹«

Daraufhin wurde ein Besuch von Süleyman und dem als Mittler dienenden Verwandten arrangiert. Alime wurde die eigentliche Absicht des Besuches verheimlicht: Ihr Pflegevater hatte ihr erzählt, der Besuch hätte Kaufabsichten für das Haus. Diese Fiktion wurde noch aufrechterhalten, als sie schon über den Brautpreis verhandelten – und es Alime allmählich deutlich wurde, daß das Gespräch sich um sie drehte:

»Ein Mann kam, eine Frau[4] kam ... Dann kamen noch zwei Männer zur Tür herein. Wieder war da die gleiche Frau, sie war keinen Moment ruhig, sie betrachtete mich, sie sah mich an. Dann sagten sie, als ob sie sich verständigen würden: ›Onkel, wann verkaufst du denn dein Haus?‹ Er sagte: ›Ich werde es verkaufen. Wieviel gebt Ihr denn?‹ – ›10 000 TL!‹[5] Ah, dachte ich. Verkauft man denn ein Haus für 10 000 TL?« (Alime 1985:62).

Es kam indes zu Komplikationen. Der eigentliche Vater von Alime war mit den Vereinbarungen, die der Pflegevater getroffen hatte, nicht einverstanden: »Er sagte: ›Unmöglich, ich gebe sie nicht her, so ohne zu fragen, woher er kommt und was er ist.‹« Inzwischen hatte sich jedoch eine Beziehung zwischen den jungen Leuten selbst angebahnt. Sie hatten begonnen, sich heimlich zu sehen. Daraufhin beschloß Alimes Familie, sie nach Österreich zu einem Verwandten zu schicken: »Sie sagten: ›Sobald sie Europa sieht, wird sie ihn verlassen... Wie auch immer, sie wird dort einen Mann finden.‹« Alime und Süleyman beschlossen daraufhin, sich zu verloben, bevor Alime gehen würde. Alime griff in dieser Situation zu einer der letzten Waffen, die einer jungen Frau offenstehen, wenn Hochzeitsverhandlungen sich derart festgefahren haben: »Ich sagte: ›Ich werde durchbrennen‹ ... Nun, und dann machten sie eben die Verlobung. Obwohl sie nicht damit einverstanden waren.«

Süleyman hatte wohlweislich seinen Vater über diese Entwicklungen zunächst nicht informiert – erst nach der Verlobung setzte er ihn davon in Kenntnis. Der Schwarze Veli, der durch die Verlobung seine eigenen, auf das Dorf gerichteten, Absichten durchkreuzt sah, war naturgemäß wenig begeistert. Süleyman erinnerte sich mit Bitterkeit an die Unterredung.

»Am Anfang hat er mir gar nicht geglaubt, daß ich heiraten werde ... Ich habe ihm gesagt: ›Vater, ich habe mich verlobt.‹ Und er hat mir gesagt: ›Du lügst. Du willst nur nicht ›Schneckes‹ Tochter heiraten. Deswegen sagst du: ›Ich habe mich verlobt.‹ Der eigene Vater sagt zu mir: ›Du lügst.‹ Ist das denn menschlich?« (Gedächtnisprotokoll, 1985)

Alime wurde nach der Verlobung nach Österreich geschickt. Die Pläne ihrer Verwandten, das Paar auseinanderzubringen, gingen indes nicht auf. Das Paar blieb in Kontakt. Alime:

»Ich kam nun schließlich hierher. Ich habe mich mit ihm (Süleyman) ständig geschrieben. Ich habe ihm geschrieben: ›Ich werde nicht hierbleiben, ich werde zurückkehren, ich kann nicht hierbleiben!‹ Er schrieb: ›Beiß die Zähne zusammen, auch ich werde dorthin kommen, wir werden zusammenarbeiten. Ihr Wunsch. ... wird nicht in Erfüllung gehen. Sie werden uns nicht auseinanderbringen, wir werden heiraten ...‹« (Alime 1985:64)

Es ist bezeichnend – und realistisch –, daß Süleyman offenbar seiner Ehe bei einer Rückkehr nach Istanbul wenig Chancen einräumte: Das Paar wäre einem auf die Dauer wohl zermürbenden Druck seitens der Verwandten ausgesetzt gewesen[6]. Vor diesem Hintergrund ist zu sehen, daß er sich trotz seiner ursprünglichen Abneigung gegen eine Auswanderung doch zu einer Emigration nach Österreich entschloß. Um ein Visum zu bekommen, mußte er indes vorher heiraten. Trotz des Briefwechsels schien er sich jedoch diesbezüglich Alimes nicht ganz sicher gewesen zu sein, denn er griff zu einer List, um sie dazu zu bewegen, in die Türkei zurückzukommen. Alime beschreibt dies in folgenden Worten:

»Nach fünf Monaten kam eines Tages der Postbote und drückte mir ein Telegramm in die Hand. Ich öffnete das Telegramm: ›Dein Vater ist schwer krank, komm schnell. Hasan.‹ Also der Name meines Onkels.Ich sagte mir damals: ›Wieso sollte denn der Mann krank sein?‹ Dann kam noch ein Brief, in dem stand: ›Ich bin krank.‹ Aha, dachte ich mir. Er ist wahrscheinlich gestorben. Warum sollten sie mich sonst rufen. Was könnte ich denn für einen kranken Mann machen. Und dann bin ich in die Türkei geflogen. Aber er (Süleyman) hat das gemacht. Er hat das Telegramm mit der Lüge geschickt. Damit ich komme. Damals haben wir uns dann verheiratet.«

Über die Frage der Hochzeit brachen noch einmal die Auseinandersetzungen zwischen Süleyman und seinem Vater in voller Schärfe auf:

»Ich habe gesagt: ›Vater, so und so. Ich möchte heiraten, damit ich nach Österreich gehen kann.‹ Wieder (wie anläßlich der Verlobung) hat er gesagt: ›Du lügst!‹ Ich habe gesagt: ›Vater. Die ganze Zeit sagst du, daß ich nach Österreich gehen soll – und jetzt bist du wieder dagegen!‹ ... Er ist dann nicht einmal zur Hochzeit gekommen: die Hochzeit war in Üsküdar und er war in Ümraniye[7] – und er ist nicht gekommen. Das ist wirklich Zurückgebliebenheit! ... Ich habe dann zwei Jahre nicht mit ihm gesprochen. Ich wollte nichts mehr mit ihm zu tun haben. Ja – ich habe ins Dorf geschrieben, aber nur an meine Mutter, an meinen Vater habe ich nicht geschrieben. Er war nicht mehr mein Vater!« (Gedächtnisprotokoll, 1985)

Ebelsberg und Traun

Unmittelbar nach der Hochzeit 1974 fuhr das Ehepaar nach Linz. Sie wohnten zunächst bei dem Onkel seiner Frau; später dann zur Untermiete bei einem Freund. Es dauerte zwei Monate, bis Süleyman über die Vermittlung eines Dolmetschers Arbeit bei einer Konservenfabrik in Ebelsberg, einem Dorf bei Linz, fand. Bei der Firma handelte es sich um einen kleinen Familienbetrieb, bei dem er und ein weiterer türkischer Migrant die einzigen ganzjährig angestellten Arbeitskräfte waren. Alime arbeitete weiterhin in der Brillenfabrik, die sie bisher beschäftigt hatte. Da die Arbeitsplätze 30 km auseinander lagen, lebte das Ehepaar die ersten zwei Jahre getrennt. Sie konnten sich nur an den Wochenenden sehen. 1976 wurde der Sohn Fatih geboren. Wegen der Wohnsituation wollten sie ihn zu Alimes Eltern in die Türkei bringen. Zufällig trafen sie auf dem Busbahnhof in Istanbul Süleymans Vater, mit dem sie zwei Jahre lang jeden Kontakt vermieden hatten:

Süleyman: »Wir wollten das Kind zu meinen Schwiegereltern geben. Als wir dann in Istanbul waren, haben wir am Busbahnhof zufällig meinen Vater gesehen! Ich wußte nicht, was ich tun sollte. Er fuhr mit dem gleichen Bus wie wir. Ich habe zu meiner Frau gesagt: ›Laß uns schnell einsteigen!‹«

Alime: »Im Bus haben wir uns dann normal unterhalten (lacht). Er hat gesehen: Jetzt ist ein Kind da – jetzt wird er mich nicht mehr los!«

Süleyman: »Als er dann das Kind gesehen hat, hat er gesagt, er nimmt es mit ins Dorf. Er wollte seinen Enkel bei sich haben. So sind wir dann also nach Subay gefahren (anstatt in Alimes Dorf in Sinop)« (Gedächtnisprotokoll, 1985).

Es war ihnen indes klar geworden, daß die Wohnsituation in Österreich unhaltbar war. Süleyman konnte damals erreichen, daß seine Frau ebenfalls in der Konservenfabrik eingestellt wurde. Das Ehepaar zog in den ersten Stock eines heruntergekommenen Gartenhauses, das zu dem Anwesen der Firma gehörte. Eine grob gedielte Küche, dann ein Durchgangszimmer, das das Ehepaar als Wohnzimmer benutzte, und schließlich das Schlafzimmer. Die Toilette befand sich außerhalb auf dem Treppenabsatz. Ein früherer Mieter hatte den Rost des Ofens durchbrennen lassen und nicht wieder ersetzt; der Ofen war deshalb nur mit Holz beheizbar. Das Zimmer war mit Möbeln aus zweiter Hand eingerichtet. Eine dunkle Spiegelkommode neben einem hellen Schrank im Stil der fünfziger Jahre, ein einfacher weißgestrichener Holztisch, ein Bett, eine Couch. Auf der Spiegelkommode eine Häkeldecke, Bilder von der Hochzeit und von Fatih, dem einjährigen Sohn. Süleyman sah sich veranlaßt, sich für die kärgliche Einrichtung zu entschuldigen: »Wir sind nur vorübergehend hier. Deshalb haben wir uns nicht richtig eingerichtet. Also – entschuldige« (Gedächtnisprotokoll, 1978).

In Süleymans Erzählungen von dieser Zeit treten primär die Schwierigkeiten und Auseinandersetzungen mit seinem Arbeitgeber hervor. Ein erster Konflikt hatte sich aus der Frage der Arbeitserlaubnis ergeben, die der Arbeitgeber nur mit großem Widerwillen beantragte. Süleyman konnte sich damals durchsetzen. Eine andere wesentliche Quelle von Ärgernissen war die Bezahlung von Überstunden. Im ersten Sommer hatte Süleyman zur Erntezeit in einem Monat 300 Stunden gearbeitet, also 140 Überstunden gemacht. Diese Überstunden wurden jedoch nicht als Überstunden sondern als reguläre Stunden bezahlt:

»Natürlich – später haben wir verstanden, daß er uns das antun konnte, weil er unsere kritische Lage ausnützte. ... Dabei ist es geblieben. Wir hatten Schwierigkeiten, anderswo Arbeit zu finden. Ich habe keine gefunden. Ich bin geblieben, habe gearbeitet« (1978:59).

Geradezu schlitzohrig mutet in dieser Hinsicht auch die Regelung an, die die Arbeitgeber in bezug auf die Miete praktizierten: Es war vereinbart worden, daß für die Miete zwanzig Arbeitsstunden vom Lohn abgezogen wurden. Dies wurde nun so gehandhabt, daß dies von der Gesamtstundenzahl abgezogen wurde, daß also zunächst die Überstunden zum Opfer fielen.

Neben dem Ärger über die Tatsache, daß die eigene schwierige Situation systematisch ausgenutzt wurde, trat die Wut über das diskriminierende Verhalten seiner Arbeitgeber:

»Ich bin unzufrieden mit dem, was er macht. Wenn sie wütend sind, betrachten sie uns nicht als Menschen – sie sagen [dann] alles [was ihnen in den Sinn kommt]. Er fängt an und sagt: ›*Keine Mensch*‹ (auf deutsch) – Gut, was soll das besagen? ›*Keine Mensch*‹ (auf deutsch) – bin ich etwa kein Mensch? Ein Mensch ... muß doch unbedingt als ein Mensch betrachtet werden. Wenn du zu einem Menschen: ›*Keine Mensch* (auf deutsch)‹ sagst – gut, was ist dieser Mensch denn dann? Ein Vogel? Ein Schwein? Ein Pferd? Ich weiß nicht. Wenn sie derart mit mir sprechen,[bezeichnen] sie mich auch mit dem Schimpf[wort] ›Vogelkopf‹ (gemeint ist wohl: Du hast einen Vogel – im Türkischen hat *kuş kafalı* die Konnotation von ›Spatzenhirn‹). Wenn ich ein Mensch mit einem Vogelkopf bin, ist es dann nicht etwas komisch, daß ich aus 3000 Kilometern hierhergekommen bin, eine Arbeit gefunden habe, deine Sprache verstehe und für dich arbeite? .... So reden sie. Aber wenn sie so reden – was soll man ihnen dann entgegenhalten? Was wird man ihnen sagen? ›Du bist auch ein Vogelkopf?‹ – das ist etwas schwierig. Wenn du das sagst, denkst du sowieso ... ein bißchen an dich. An das Problem, entlassen zu werden und ohne Unterkunft dazustehen. So mußt du es einfach ertragen. So können sie auch ziemlich schwerwiegende Sachen sagen. Sie sagen ›*Blöder Hund*‹ (auf deutsch), ›Vogelkopf‹, ›Du bist kein Mensch‹ (1978:63).

Ein zweites großes Thema neben der Situation am Arbeitsplatz sind Erzählungen über Kulturschock und Diskriminierung in dem österreichischen Dorf. Eine Erzählung, die beide Themen miteinander vereint, ist die über eine österreichische Nachbarin, die sie kennengelernt und einmal zu sich eingeladen hatten. Die Nachbarin hatte sie zu einen Gegenbesuch gedrängt.

»Als wir nun ins Haus kamen, lagen die beiden Söhne ausgestreckt auf dem Bett. Sie hatten ihre Schuhe an. Nicht einmal ihre Schuhe hatten sie ausgezogen. Der Vater saß auch da. Sie hatten die Beine bis zum Schoß des Vaters ausgestreckt. Bis zum Schoß des Vaters waren sie ausgestreckt! Und der Mann saß da, und stand weder auf, noch sagte er: ›Guten Tag.‹ Auch die Söhne. Sie sagten nicht: ›Guten Tag‹ zu uns. Der eine war 16, der andere 17 Jahre alt ... Als wir uns setzten, sprachen sie nicht mit uns ... Als sie nichts sagten, sagte die Frau: ›Ich koche einen Kaffee.‹ Natürlich sagten wir da nicht: ›Nein!‹ Wenn jemand zu uns kommt, dann bestehen wir ja auch darauf: ›Du wirst Kaffee trinken.‹ Nun, es war geboten, Kaffee zu trinken und wir tranken also. Wir saßen so 25 Minuten da ... Niemand redete mit uns. Sich noch länger dort aufzuhalten, wäre etwas dumm gewesen. Die Frau gab uns die Erlaubnis, wir standen auf, gingen weg und kamen nach Hause ... Die Frau kam damals nicht mehr zu uns. Wenn wir die Frau nun sehen, was manchmal auf der Straße vorkommt, dann geht sie an uns vorbei, als ob sie uns nicht kennengelernt hätte, als ob wir Fremde wären« (1978:79).

Die Geschichte spiegelt unterschiedliche Facetten des Kulturschocks: Die Doğans waren zunächst befremdet von dem Mißachten der Gastfreundschaft und von dem Verhalten der Söhne, das allen Regeln der Achtung und des Anstands wie auch der sexuellen Vermeidung (die Söhne hatten die Beine bis zum Schoß ausgestreckt) zuwider läuft[8]. Hinzu kam das Gefühl mangelnder kultureller Kompetenz: Obwohl die Doğans sehr schnell merkten, daß sie nicht willkommen waren, wußten sie doch nicht, wie sie sich aus dieser Situation befreien konnten, und folgten in ihrer Ratlosigkeit den türkischen Normen – im vollen Bewußtsein der Tatsache, daß es ihre und nicht die Normen ihres Gegenübers sind. Die dritte Erfahrung schließlich ist die der Ablehnung und Feindseligkeit, die ihnen in einer beklemmenden Unverhülltheit entgegenschlägt.

Erfahrungen dieser Art prägten auf eine tiefgreifende Weise das Leben der Familie Doğan in Ebelsberg. Sie hatten keinerlei Kontakt zu den Einheimischen. Sie mieden aus dem Gefühl heraus, nicht gerne gesehen zu werden, die örtlichen Gaststätten. Nach Linz zu fahren, wo andere türkische Familien lebten, war wegen der Verkehrssituation – eine Stunde hin und eine zurück – nur an den Wochenenden möglich. So gestaltete sich der Alltag zu dieser Zeit eher bedrückend:

»Also – was können wir gegen die Langeweile machen? Es gibt nichts, was man unternehmen könnte. Samstag, Sonntag machen wir zum Beispiel im Augenblick (Februar) Brennholz ... Wir hören Kassetten, Radio – die türkischen Sendungen. Samstag und Sonntag kommen Sportsendungen, sie zeigen Fußballspiele usw ... Ja, das hören wir uns an. So verbringen wir die Zeit, ein anderes Vergnügen haben wir nicht. Ja, das ist etwas schwierig, etwas erdrükkend. Etwas erdrückend, ziemlich erdrückend. Manchmal wird es zuviel. Aber schließlich muß man sich an Schwierigkeiten anpassen« (1978:81).

Eigentlich wollte ich etwas mehr Bücher lesen, aber leider finden wir die auch nicht hier. [Türkische] Zeitungen gibt es nur in Linz. Aber es ist für mich unmöglich, noch nach Linz zu fahren, wenn ich um halb fünf mit der Arbeit aufhöre« (1978:93).

Die äußere Isolation führte indes dazu, daß sich zwischen den Gatten ein auffallend partnerschaftliches Verhältnis entwickelte. Sie teilten weitgehend die Hausarbeit. »Meine Frau arbeitet auch. Was soll's. Natürlich teilen wir uns die (Haus)arbeit. Wir sind in der gleichen Situation.«

Noch auffälliger war ein sehr freundlicher Umgangston zwischen den Gatten. Es kam nicht selten vor, daß Alime ihren Mann freundlich neckte – etwa wenn er auf seine Erlebnisse mit Frauen zu sprechen kam und sie ihm scherzhaft vorhielt: »Du hast noch mehr [Verliebtsein] empfunden als sie.« Nicht selten unterstützte sie ihn liebevoll – wir werden unten auf eine Episode zu sprechen kommen. Man hatte so den Eindruck, daß sie sich gegenseitig halfen, die sehr unwirtliche Situation in Ebelsberg zu bewältigen.

Ende 1977 wurde Alime ein zweites Mal schwanger. Im Sommer 1978 holte Süleyman den Erstgeborenen, Fatih, aus der Türkei nach Österreich. Die Mutter Alimes kam damals mit, um die Kinder zu versorgen und den Haushalt zu führen. Nach der Geburt eines zweiten Sohnes kehrte Alime nicht mehr zu ihrem Arbeitsplatz in Ebelsberg zurück, sondern fand Beschäftigung in einer Brillenfabrik in Traun. Auch Süleyman suchte nach einer Alternative. Er besuchte einen Schweißerkurs, den er aus eigener Tasche finanzierte, konnte aber dennoch keine andere Beschäftigung finden. Trotz der unbefriedigenden Situation dauerte deshalb das Arbeitsverhältnis noch bis 1981.

Der endgültige Bruch mit dem Arbeitgeber erfolgte nach einem Konflikt über Urlaub. Über Weihnachten hatte Alimes Firma Betriebsurlaub, und die Familie plante in die Türkei zu fahren. Als Süleyman trotz wiederholten Vorstößen keinen Urlaub bekam, ließ er sich ein Telegramm zusenden, in dem mitgeteilt wurde, sein Bruder habe einen Unfall gehabt. Für Unglücksfälle dieser Art mußte gesetzeshalber Urlaub gegeben werden. Das Ganze war indes zu durchsichtig, als daß es folgenlos hätte bleiben können, und Süleyman wurde gekündigt.

Danach zog die Familie nach Traun in eine Wohnung, die eher noch schlechter war als die bereits sehr armselige Wohnung in Ebelsberg: Sie bewohnen zwei Zimmer in einem Haus, das wohl um die Jahrhundertwende als Lagerhalle für eine angrenzende Fabrik errichtet worden war. In der Wohnung selbst befindet sich kein Wasseranschluß – um zum Waschbecken oder zur Toilette zu gelangen, muß man über den Hof gehen und das Gebäude am anderen Ende wieder betreten. Die sanitären Anlagen werden von einer weiteren Mietpartei mit benutzt. Die Wände sind feucht. Süleyman hat sie mit einer Styroportapete tapeziert, aber trotz dieser Maßnahme schlägt an einigen Stellen die Nässe durch. Geheizt wird mit einem Ölofen. Vom Hof aus betritt man direkt die Küche, hinter der dann das Wohnzimmer liegt. Die Einrichtung der Küche besteht aus einem hölzernen Küchenschrank, von dem die Farbe abblättert, zwei Tiefkühltruhen, einem Sofa, Tisch und Stühlen; im Wohnzimmer befindet sich ein Kleiderschrank, drei Couchen, die wie ein Divan angeordnet sind, und ein Farbfernseher.

Süleyman und Alime betonten indes in dem Gespräch 1985, daß sie mit der Wohnung zufrieden seien: Die Miete sei niedrig (500 Schilling, also 70,– DM), die Kinder könnten auf dem Hof unbehelligt spielen, und das Verhältnis zur anderen Mietpartei sei gut.

Süleymans Schilderung der Zeit in Traun kreiste um eine Gaststätte, die er zusammen mit einem Teilhaber eröffnet hatte, nachdem er ein Jahr arbeitslos gewesen war. Zusammen investierten sie 100 000 Schilling (12 500 DM). Sie verzichteten, um Steuern zu sparen, darauf, eine Lizenz auf Alkoholausschank zu erwerben – was sie nicht hinderte, unter der Hand Whisky zu verkaufen.

Offenbar über die Unvorsichtigkeit seines Partners in dieser Hinsicht kam es zu Auseinandersetzungen und schließlich zum völligen Zerwürfnis. Die Folge war, daß sie die Gaststätte schlossen. Süleyman betonte, daß er ohne größere Verluste aus dem Geschäft herauskam. »Also wir sind sauber herausgekommen, also hatten keine Schulden mehr.« Dennoch muß ihm das Scheitern sehr zugesetzt haben: Im Dorf erzählte man sich, er habe zu spielen begonnen und erhebliche Summen verloren. Seit 1983 arbeitet er in der gleichen Fabrik wie seine Frau.

Die Pläne

Wie auch die anderen Migranten aus Subay planen die Doğans, eine selbständige Existenz in Istanbul zu begründen. Die Rückkehr ins Dorf wird von ihnen kategorisch ausgeschlossen. Es geht mit der Verwirklichung der Pläne indes nicht so recht voran. Bis 1985 – also nach zwölf Jahren Aufenthalt in Österreich – hatten die Doğans nur ein kleines Haus im *gecekondu*[9] und ein Grundstück in Ümraniye erworben. Außerdem investierte Süleyman ungefähr 4 500,– DM in eine Konditorei, die im Augenblick von einem Partner betrieben wird. Seine eigentlichen Träume hängen jedoch an einem anderen Vorhaben: »Ich würde gerne einen modernen Bierausschank eröffnen... Den würde ich dann selbst betreiben. Den anderen Laden, ... die Konditorei, die würde mein Vater betreiben ...« (1985:14).

1985 meinte er, noch mindestens zwei Jahre in Österreich bleiben zu müssen: Dann würde er seinen Kredit (20 000 Schilling) abgetragen und noch etwas Geld als Rücksicherung zurückgelegt haben:

> »Ich weiß ja nicht, was alles passiert. Vielleicht werde ich in Zukunft krank werden, oder werde nicht mehr arbeiten können. Vielleicht werde ich auch das Haus nicht mehr errichten können. Deshalb sage ich mir: Wenn ich auf der Bank Geld habe, kann ich auf etwas zurückgreifen, wenn ich nicht mehr arbeiten kann. Oder meine Kinder können davon leben. Sie sind ja noch in der Schule. Deshalb möchte ich das Geld auf der Bank nicht angreifen« (1985:13).

Der langsame Fortschritt, den die Pläne machten, wurde zum Problem, als die Einschulung der Kinder anstand. Süleyman hatte in dem Gespräch 1978 geäußert, daß die Familie bis ungefähr 1980 es geschafft haben müsse, eine Existenz in der Türkei aufzubauen: Zu diesem Zeitpunkt stand die Einschulung des Ältesten an. Eine Unterbrechung der Schullaufbahn wäre schädlich für das Fortkommen: »Ich kann das Kind nicht 13 Jahre lang hier ausbilden lassen ... Es müßte in der Türkei weitermachen. Aber dann würde es Sprachschwierigkeiten haben.«

1980 war jedoch deutlich, daß an eine Rückkehr in absehbarer Zukunft nicht zu denken war – die Folge war, daß er seinen Sohn wider besseres Wissen doch in Österreich einschulte. Hier traten nun weitere Probleme auf, mit denen Süleyman nicht gerechnet hatte – nämlich, daß der Sohn bereits in der österreichischen Schule massive Probleme haben würde. Er wurde wegen Sprachschwierigkeiten nicht in die zweite Klasse versetzt. Süleyman zeigte sich von dem Zeitverlust sehr irritiert:

»Der Ältere hat bis jetzt schon zwei Jahre verloren. Er hat ein Jahr in der Vorschule gelernt, ein Jahr dann in der ersten Klasse, zwei Jahre. In der ersten Klasse ist er dann sitzengeblieben, drei Jahre: 3 Jahre für eine Klasse« (1985:10).

Auch der mittlerweile eingeschulte zweite Sohn hatte Schwierigkeiten: »Er hat Schwierigkeiten mit dem Lesen ... Er ist intelligent, er möchte lernen, aber er kann es nicht.« Süleyman glaubt, daß sich die schulischen Probleme lösen könnten, wenn die Kinder wieder in der Türkei wären – eine Hoffnung, die angesichts seiner früheren Einsichten über die Probleme eines Schulwechsels wie ein Selbstbetrug klingt:

»Es wird natürlich wieder [schulische] Schwierigkeiten geben. Aber es ist doch so: Wenn er jetzt dort Schwierigkeiten hat, wird er doch keine mehr haben, wenn er sie einmal überwunden hat. Und dann kann er in Zukunft seine Ausbildung fortsetzen ... Wenn wir ihn in die Türkei bringen, wird er anfangen, türkisch lesen zu lernen. Und er wird in Zukunft keine Probleme mehr haben« (1985: 10/11).

1985 hatte das Ehepaar das Gefühl, in dieser Frage zu einer Entscheidung kommen zu müssen. Damit standen sie vor einem Dilemma: Die Notwendigkeit, wegen der Kinder zurückzukehren, mußte gegen die Notwendigkeit abgewägt werden, um der Realisierung der wirtschaftlichen Ziele willen noch einige Jahre zu bleiben. Als Ausweg planten sie, sich eine Zeitlang von den Kindern zu trennen. Im Sommer 1986 sollten die Kinder mit Alimes Mutter nach Istanbul zurückkehren, um dort die schulische Ausbildung fortzusetzen. Sie würden dort in dem *gecekondu*-Haus leben, das bis dann von Süleymans Vater wieder hergerichtet sein würde. Die mit einer Trennung verbundenen Probleme wurden von dem Ehepaar eher heruntergespielt. Süleyman meinte:

»Die Kinder sind jetzt zehn Jahre bei uns. Sie werden allenfalls zwei Jahre von uns getrennt sein... Deshalb empfinde ich auch jetzt keine Trauer. Ich glaube nicht, daß es ein Problem gibt. Und dann ist die [materielle] Situation auch heute ganz anders als zu der Zeit, als ich geboren und aufgewachsen bin (1985:15) ... Außerdem werde ich sie sehen, während des Urlaubs um Weihnachten herum« (1985:14).

Er wurde in dieser Position von Alime bekräftigt.

»Um wieviele Monate handelt es sich denn? Um vier bis fünf Monate, die man getrennt ist. Außerdem kann man am Telefon miteinander sprechen« (1985:14).

Dilemmata dieser Art stellen sich den meisten Migrantenfamilien. Wir werden auf sie systematisch weiter unten zurückkommen.

Die innere Geschichte

Die sich in der Dynamik der Lebensgeschichte spiegelnde Persönlichkeit Süleymans ist geprägt von der komplizierten Beziehung zum Vater. Süleyman ist sich dessen bewußt. 1985 erzählte er mir, daß er in einem Streit seinem Vater ins Gesicht gesagt habe: »Vater, du bist das größte Problem, das ich habe (*Baba, en büyük problemim sensin*).« Der Kern dieses Problems scheint mir ein unauflösbarer Konflikt zwischen Autonomie und Bindung zu sein: In diesem Abschnitt sollen zunächst die Dimensionen dieses Konfliktes beschrieben und anschließend die psychischen Strategien analysiert werden, in die sich Süleyman flüchtet.

Die Beziehung zum Vater

Auf der manifesten Ebene – der Ebene, die wir bisher wiedergegeben haben – ist die Beziehung geprägt von dem Widerstand gegen einen dörflich patriarchalen Vater. Süleyman hat das Gefühl, für seinen Vater primär als Werkzeug für die Verfolgung seiner Ziele interessant zu sein, Ziele die sich der Sohn nicht mehr zu eigen machen kann[10]. Er vermittelte in den Gesprächen das Gefühl, daß er sich selbst aufgegeben hätte, wenn er sich auf diese Erwartungen eingelassen hätte. Süleyman entzog sich in mehreren Schritten und insgesamt erfolgreich den väterlichen Anforderungen. Er brach die Schule ab, er widersetzte sich dem väterlichen Wunsch zu emigrieren, er leistete Widerstand gegen die Heiratspläne und setzte schließlich seine Hochzeit mit Alime durch. Trotz dieser Erfolge ist der Vater auf eine innere Weise präsent, die erstaunlich ist. Bei meinem Aufenthalt in der Familie 1985 brach bei einem Gespräch die ganze Bitterkeit über die Beziehung aus dem nunmehr 35jährigen Mann. Hier erzählte er von den inzwischen sehr lang zurückliegenden Episoden mit einer Emphase, als ob sie sich gestern zugetragen hätten[11]: Es war deutlich, daß er in all den Jahren keinerlei Distanz zu den Konflikten gewonnen hatte. Halten wir als erste Dimension dieser Beziehung das Bild des Sohnes fest, der sich dem Vater entziehen muß, um nicht zu ersticken – und der sich dennoch nicht von der Gegenwart des Vaters befreien kann.

Darunter – etwas verschlüsselter – wird jedoch noch ein anderes Bild sichtbar. Es ist das Bild des Sohnes, der sich nach der Liebe und Anerkennung seines Vaters sehnt – dem aber die Wege verbaut sind, auf denen er sie erhalten könnte. An mehreren Stellen kommt zum Ausdruck, daß er unter der Ablehnung des Vaters leidet. Dies tritt etwa aus der Passage hervor, in der er die armselige Kleidung beklagte, die ihm den Aufenthalt an der Schule in Andıraz vergällte. Es bezeugt die Bedeutung dieser Episode für ihn, daß er in unserem zweiten Gespräch 1985 unvermittelt auf sie zurückkam. Die spätere Fassung macht den Kern des Konfliktes deutlich:

»Wir lieben unsere Kinder. Wir wollen, daß sie eine gute Erziehung haben, weil wir sie lieben … Zu meiner Schulzeit war es beispielsweise so: *Meine Eltern erfüllten mir meine Wünsche nicht.* Ich weiß nicht: Ließ es die materielle Situation nicht zu? Aber ich weiß es, ich weiß es [sogar] sehr gut, daß mein Vater damals viel Geld hatte. Die materielle Situation meines Vaters war damals gut. Denn auch mein seliger Großvater hatte Geld, weil er eine Pension vom Staat hatte, er war [nämlich] ein Befreiungskrieger gewesen. *Also sie nahmen das nicht wichtig.* ›Es ist eben ein Kind, es geht zur Schule, lernt, fertig.‹ Deshalb möchte ich das nicht. Also was sie auch wollen, was beide (die beiden Söhne) auch wollen, kaufe ich sofort und bringe es hierher, oder ich drücke ihnen das Geld in die Hand, daß sie es selbst kaufen können. Also wenn sie ein Heft wollen, kaufe ich noch eines zusätzlich, kaufe ich zwei Hefte. Wenn sie beispielsweise einen Stift wollen, gehe ich und bringe drei Stück, bringe ich [noch] zwei zusätzlich mit. Ich sage mir also: Es soll reichlich sein, sie sollen keinen Mangel erleiden. [Meine Söhne] sollen nicht sagen, ihr Vater habe ihnen nichts gekauft, er habe nichts gemacht« (1985:59).

Die Darstellung unterscheidet sich von der von 1978 zunächst darin, daß der Gefängnisaufenthalt des Vaters nicht mehr erwähnt wird, der damals die wirtschaftliche Situation des Haushaltes belastet hat. Die Möglichkeit, daß materielle Schwierigkeiten die Weigerung des Vaters begründeten, wird zwar noch einmal kurz erwähnt, aber gleich darauf mit Emphase (»ich weiß es, ich weiß es sogar sehr gut«) zurückgewiesen. Der Vater *wollte* ihm nicht entgegenkommen! Damit wird ein möglicher Einwand gegen die den Abschnitt strukturierende Iuxtaposition gleichsam von vornherein verworfen. Die Gesamtaussage läßt sich somit in den Worten zusammenfassen: Ich liebe meine Kinder und erfülle ihnen deshalb alle Wünsche – mein Vater liebte mich nicht, denn er versagte mir meine zentralen Wünsche[12].

Aus dem Satz: »Es ist eben ein Kind, es geht zur Schule, lernt, fertig« spricht das Gefühl, als Person mit seinen Wünschen und Interessen nicht ernstgenommen zu werden. Dieses Grundgefühl teilt sich auch aus anderen Äußerungen Süleymans mit, vor allem aus den bereits zitierten Sätzen, in denen er beklagt, daß sein Vater nur ein instrumentelles Interesse an ihm gehabt habe. Süleyman legt also nahe, daß der Vater ihn nicht liebt – und sich deshalb nur insofern für ihn interessiert, als er ihn für seine Pläne einsetzen kann. Nun könnte man aber auch den umgekehrten Zusammenhang konstruieren und vermuten, daß der Vater sich ihm gegenüber ablehnend verhält, *weil* er von ihm enttäuscht ist, weil er die Schulausbildung abgebrochen hat, sich den Plänen entzogen hat usw. Tatsächlich ist dies der Eindruck, den der Vater vermittelt. Wie es sich nun auch ursächlich verhält – festzuhalten ist, daß Süleyman eine mögliche Strategie *nicht* einschlägt, um diesen Konflikt zu lösen: Es wäre ja denkbar, daß er sich in dieser Konstellation unterordnet und sich dem Vater fügt, entweder um seine Liebe nicht zu verlieren oder um sie erst (oder doch wieder) zu gewinnen. Die Sehnsucht nach der Liebe und die

Unmöglichkeit, sich so zu verhalten, daß er sie erhalten könnte, ist die zweite Dimension dieser Beziehung.

Es könnte in diesem Zusammenhang von Bedeutung sein, daß in dem Gespräch von 1978 völlig übergangslos die Erinnerung an das Mädchen aus Andıraz eingefügt ist, das ihn am Tor zum Schulhof abpaßt. Das Fehlen einer äußeren Motivierung läßt auf eine innere schließen: Und diese dürfte das Thema des Geliebt-Werdens sein. Es wirkt fast so, als folgte auf die Äußerung: Du wirst nicht geliebt/du bist nicht liebenswert, fast trotzig – oder sehnsüchtig – die Entgegnung: Und ich werde es doch. Das Motiv scheint mir ebenfalls hinter der Erwähnung der Frau in Istanbul zu stehen, die seinetwegen einen Selbstmordversuch unternimmt. Diese Deutung wird durch die Art und Weise gestützt, in der er über diese Episoden berichtet. Die Erzählungen ähneln sich. Es genügt daher, eine der beiden Schilderungen näher zu betrachten:

»Ich habe den Schulgarten verlassen, um zum Markt zu gehen, [da] trat sie vor die Tür, vor die Tür des Gartens, und sprach mich an. Auch ich habe angesetzt, etwas zu sagen: ›Warum wartest du hier?‹ – ›Ich warte auf dich.‹ Ich sagte. ... : ›Du kennst meine Situation, was das Ausgehen betrifft‹, sagte ich, ›ich kann einmal am Samstag ausgehen. Das ist bald. Wie lange wartest du schon?‹ – ›Eine Stunde‹, sagte sie, ›habe ich gewartet.‹ – ›Und‹, sagte ich, ›eine Stunde hast du hier gewartet – in der Umgebung der Schule ist das nicht gut für dich, für dich ist das keine gute Situation von seiten der Schule, der Lehrer oder des Direktors« (1978:97).

An dieser Episode fällt auf, daß sie mit den kulturellen Erwartungen in bezug auf männliches Verhalten zwar nicht gerade bricht, aber doch zu ihnen in Spannung steht. In der türkischen Kultur wird Männlichkeit sehr eng mit aktivem, phallischem Verhalten assoziiert[13]. Süleymans Erzählung ist aber kein Bericht von einer »Eroberung«, mit der man prahlen könnte: Er stellt sich nicht als den aktiven Teil dar, sondern als denjenigen, dem man sich zuwendet. Er läßt erkennen, daß er mit der Frau kein körperliches Verhältnis hatte und zeichnet sich eher als den um den Ruf des Mädchens besorgten Beschützer denn als Liebhaber. Die Struktur, die dieses Liebesverhältnis charakterisiert, korrespondiert enger mit dem kulturellen Muster der innerfamilialen Beziehungen als mit dem der Mann-Frau-Beziehung. Die ganz besondere Bedeutung, die dieses (und das Istanbuler) Liebeserlebnis für ihn hat, scheint somit darin zu liegen, daß er *um seiner selbst*, ohne aktiv werden zu müssen, geliebt wird, oder anders: daß er so, wie er ist, liebenswert ist. Dies scheint für ihn wichtiger zu sein denn als Eroberer zu gelten. Es mag diese Einfärbung der Erzählung sein, die es auch erlaubt, sie in Gegenwart seiner Frau vorzutragen. Die ganz spezielle Bedeutung, die diese Beziehungen für ihn haben, dürfte auch der Grund dafür sein, daß er als einziger der hier beschriebenen Migranten außereheliche Beziehungen erwähnte.

Das Thema der Liebe taucht noch in einer weiteren Erzählung auf, die den Bruch mit seiner Schwester kurz nach seiner Emigration nach Österreich zum Thema hat:

»Ich habe sie (seine Schwester) sehr geliebt ... Ich habe ja daran gedacht, sie hierherzubringen, nach Österreich. Ich habe gesagt: ›Komm nach Österreich, arbeite sechs Monate, ein Jahr in Österreich. Wenn du in diesen sechs Monaten, einem Jahr keine Arbeit finden kannst, gehst du eben zurück. Wenn du aber Arbeit finden kannst ..., wirst du Geld verdienen, bis du heiraten wirst. Dieses Geld wird dein eigenes sein, es wird nicht mir gehören. Ich werde das Geld nicht von dir nehmen.‹ Und ich habe auch gesagt: ›Ich werde dir selbst etwas Geld geben, und dieses Geld‹, habe ich gesagt, ›kannst du, wenn du verheiratet bist, deinem Mann geben, da mische ich mich nicht ein ...‹ Ich habe auch gesagt: ›Ich kann dir auch ein Stück Land kaufen, ein Stück Land, dort kannst du ein Haus errichten, und es wird dein Land bleiben‹« (1985:16/17).

Der Vater verbot nun nicht nur der Schwester zu kommen, sondern er verheiratete sie außerdem mit dem Sohn des Onkels mütterlicherseits, den Süleyman als seinen persönlichen Feind betrachtete:

»Es liegt eine größere Sache zwischen uns vor ... Mein Onkel mütterlicherseits hat für einen seiner Söhne eine Frau genommen. Sie war damals noch ein Mädchen, sie war in der Grundschule. Ich habe das Mädchen geliebt. Ich hätte dieses Mädchen geheiratet. Als ich nach Istanbul gegangen bin, um dort zu arbeiten, kam mein Onkel, um dieses Mädchen für seinen Sohn zu werben. Deshalb spreche ich definitiv nicht mit meinem Onkel. Meine Eltern wußten das. Und meine Schwester wußte das auch sehr gut. Und weil sie das wußten, war für mich alles zu Ende, als meine Schwester in dieses Haus als Ehefrau kam« (1985:18).

Die Episode ist wichtig, weil sie die bisherige Analyse um die psychosexuelle Dimension erweitern hilft. Sie wirkt wie die Aktivierung eines ödipalen Traumas: Die Schwester wird mit einem Mann verheiratet, dessen Bruder vorher eine von Süleyman geliebte Frau geheiratet hat. Süleyman drückt deutlich aus, daß er diese erste Heirat als tiefe Demütigung empfand: Es war eine Entehrung – zwar nicht politisch-rechtlich, aber psychisch. Man hat ihm die Frau weggenommen. Es ist nun entscheidend, daß in der türkischen Kultur dies in zahlreichen Redewendungen nicht nur als Angriff auf Männlichkeit, sondern geradezu als Akt der Entmännlichung selbst dargestellt wird[14]. Durch die Heirat der Schwester in den gleichen Haushalt gibt nun der Vater diesem ursprünglichen Akt der Demütigung nicht nur implizit seine Zustimmung, sondern er wiederholt ihn geradezu. Und nicht nur das: Wenn man so will, erscheint er als der Vater, der seinen Sohn nicht nur kastriert, sondern ihm ebenso die Kompensation für die Kastration verweigert, die in der Exogamie liegt.

Es ist nun entscheidend, daß die Wut Süleymans sich nur gegen die Schwester richtet – und damit eine relativ unschuldige Person trifft. In Subay haben die Töchter, wie wir gesehen haben, wenig Einfluß, wenn es um die Verheiratung geht. Süleyman konzidiert dies:

»Ich bin wütend, weil mir meine Schwester keinen Brief geschrieben hat ... Wenn sie nur geschrieben hätte: ›Lieber Bruder, so und so verhält es sich, meine Eltern möchten mich mit dem und jenem verheiraten‹ – sie hätte ja sowieso nicht sagen dürfen: ›Den und jenen möchte ich heiraten‹ – wenn sie gefragt hätte: ›Was meinst du dazu?‹ Dann wäre ich nicht wütend auf meine Schwester geworden. Und ich hätte keinen Zorn empfunden. Seit elf Jahren habe ich nun kein Wort zu meiner Schwester mehr gesagt. Und ich werde nicht mehr mit ihr sprechen, selbst wenn sie sterben sollte, werde ich nicht mehr mit ihr sprechen« (1985:18).

So bleibt am Vorwurf eigentlich nur, daß sie es versäumt habe, ihn vor der Hochzeit zu informieren – was wohl ein völlig folgenloses Entgegenkommen gewesen wäre. Ich räume ein, daß gerade die psychischen Komplikationen dieses Falles, wie auch die Enge und Intensität der Beziehung, das Versäumnis gravierend machen. Und dennoch erscheint es mir seltsam, daß die Schwester die ganze Last der Wut tragen sollte, die eigentlich die Familie insgesamt und insbesondere den Vater treffen müßte. Es wirkt, als müßte sie die Rolle des Sündenbocks spielen, auf den sich die ganze Wut und Enttäuschung richten *darf*, weil es gefahrlos ist. Anders formuliert: Es scheint, als ob sich die Vorwürfe an den Vater nur *indirekt* äußern dürfen. Diese

Struktur läßt aufhorchen, weil sie auch in der Episode über die armselige Kleidung nachzuweisen ist: Auch dort war auffallend, daß die Vorwürfe an den Vater durch Iuxtaposition *ausgedrückt*, aber nicht direkt *formuliert* werden. Damit wird eine dritte Ebene dieser Vater-Sohn-Beziehung sichtbar, eine Ebene, die durch Furcht vor der Übermacht des Vaters geprägt ist.

Es gibt eine Stelle im Text, wo die Übermacht besonders deutlich zum Ausdruck kommt, nämlich wenn er die Auseinandersetzungen der Jugend schildert. Wir haben sie bereits oben zitiert:

»Gegen deinen Vater kannst du nichts sagen. Also wenn man etwas sagt. ... dann verfluchen sie einen, die Väter verfluchen einen. Man möchte den Fluch nicht auf sich nehmen. Das Herz des Vaters soll nicht zerbrechen« (1978:49).

In Subay heißt es, der Fluch des Vaters erfülle sich, weil die Söhne ihm gegenüber in einem Verhältnis von Schuldnern stehen[15]. Es ist die noch nicht erfüllte Gegenseitigkeit, die Existenz eines noch offenen Anspruches, die dem Fluch metaphysische Macht verleiht. Wenn die Bauern Glaubensvorstellungen wie den Fluch (durchaus auch kontrovers) erörtern, dann berufen sie sich in der Regel auf innere Erfahrungen. So erklärte mir etwa ein Bauer, daß seiner Meinung nach auch ein zu Unrecht ausgestoßener Fluch verhängnisvolle Folgen zeigen könne, denn: »Man opfert als Eltern so viel für die Kinder, wenn man sie aufzieht« (Schiffauer, 1987:250). Angesichts der Tatsache, daß ein Konzept wie der Fluch ein seelisches Phänomen symbolisiert, ist es wenig überraschend, daß die Relevanz, die ihm beigemessen wird, von Person zu Person sehr unterschiedlich ist. Für einige hat die Furcht vor dem Fluch einen zentralen Stellenwert (und sie verzichten beispielsweise aus Furcht vor ihm auf die Migration), während andere ihm gar keine Bedeutung zumessen.

Süleymans Erwähnung des Fluches läßt also auf sein besonderes Verhältnis zum Vater schließen. In ihm findet die innere Abhängigkeit, die innere Verpflichtung dem Vater gegenüber Ausdruck. Indem indes die Tatsache, in der Schuld zu stehen, *auf diese Weise* symbolisiert wird, wird sie geradezu dämonisch überhöht. Der Vater erscheint nicht nur als jemand, von dem man psychisch abhängig ist, sondern auch als jemand, dem man physisch unterworfen ist. Ein offener Bruch ist deshalb nicht möglich. So erscheint Süleyman drittens als jemand, dem es einerseits unmöglich ist, sich dem Vater zu unterwerfen, und dem es andererseits unmöglich ist, sich offen zu widersetzen, weil er sonst verflucht werden würde. Dieser kaum zu lösende Widerspruch strukturiert unter anderem die Erzählung über die Auseinandersetzungen mit dem Vater über die Hochzeit. Süleyman wirkt halbherzig und zögerlich. Er pendelt zwischen Widerstand (»Vater, es ist noch zu früh«), dann wieder Entgegenkommen (»Wenn es mit dem Mädchen, das du genannt hast, nicht geht, dann geht es vielleicht mit einem anderen«), und wieder Widerstand (»Ich wollte weg aus dem Dorf«). Dann wiederum wird der Widerstand zwar formuliert, aber gleich wieder mit einer allgemeinen Maxime relativiert, wenn nicht zugedeckt. Bezeichnend ist etwa die Passage:

»Nach meinem Militärdienst war das Verhältnis zu meinem Vater – natürlich, er ist, wie auch immer, Vater – auch wenn [das Verhältnis vom Vater] zum Sohn immer gut sein soll oder vom Sohn [zum Vater] immer gut sein soll. Aber wie auch immer – wiederum ganz natürlich – ein fünfzehn, sechzehnjähriger junger Mann kann nicht immer Achtung zeigen, er denkt nicht. Ein bißchen kommt auch Bitterkeit gegenüber dem Vater auf. Er lehnt sich natürlich ein bißchen gegen den Vater auf, er wird unruhig. Aber wie auch immer, mein Vater trat dem normal gegenüber« (1978:47)[16].

Die Äußerung ist an Gewundenheit schwerlich zu überbieten. Eine Äußerung wird noch nicht einmal zu Ende ausgesprochen, da wird sie schon widerrufen. Süleyman versucht zu neutralisieren und zu bagatellisieren. Die Gefühle werden verkleinert, fast unsichtbar gemacht, »ein bißchen« kommt Bitterkeit und Auflehnung auf; es scheint, als dürften sie sich nur so artikulieren. Würde man nur diese Passage kennen, so hätte man den Eindruck, es handle sich um einen längst vergangenen, nicht einmal besonders wichtigen Konflikt, der heute keinerlei Relevanz mehr besitzt.

Die hier näher analysierten Passagen – die Schulepisode und die Episode um die Schwester – lassen schließlich noch eine vierte Dimension der Vater-Sohn-Beziehung erkennen: Nicht nur der Sohn steht in der Schuld gegenüber dem Vater, sondern auch der Vater steht in der Schuld gegenüber dem Sohn. Der Vater ist in den beiden Fällen verantwortlich für die Demütigung des Sohnes. In der Schulzeit verweigert er Süleyman die Kleidung, mit der er angemessen hätte auftreten können; mit der Verheiratung der Schwester fällt der

Vater ihm in einer entwürdigenden Ehrangelegenheit in den Rücken – anstatt, wie es die Regeln erfordert hätten, ihn zu unterstützen. Während hier der Vorwurf, daß der Vater schuld an seinem Elend sei, eher implizit erhoben wird, so wird er explizit formuliert, als Süleyman auf die sehr schlimmen Erfahrungen in Ebelsberg zu sprechen kommt: »Wenn ich selbst solche Schwierigkeiten ertragen muß, dann ist es auf jeden Fall deswegen, weil mein Vater keine solchen Schwierigkeiten auf sich genommen hat.« Das Gewicht gerade dieses letzten Satzes ergibt sich auch daraus, daß er in seinem Sachgehalt einfach nicht stimmt: Süleyman ist nicht, wie der Satz nahelegt, emigriert, weil er wegen väterlicher Versäumnisse keine ökonomische Zukunft in der Türkei gehabt hätte, sondern primär, um seine Ehe zu retten. Außerdem hatte sein Vater versucht, ihm unter schwierigen Umständen eine Ausbildung zu ermöglichen. Der Vater wird also auch dann für das eigene Leiden verantwortlich gemacht, wenn er objektiv nicht daran schuld ist. Gerade angesichts dieser Vorwürfe ist es nun erstaunlich, daß Süleyman nicht nur den endgültigen Bruch vermeidet, sondern geradezu den Vater in die Zukunftspläne einbezieht: Ganz selbstverständlich geht er trotz der Leidensgeschichte davon aus, daß sie zusammen eine Konditorei in Istanbul leiten werden. Der Vater erscheint also schließlich auch als derjenige, der für alles Elend verantwortlich gemacht wird – und von dem er sich dennoch nicht lösen kann.

Entwertung und Selbstfindung

Diese komplexe widersprüchliche Vater-Sohn-Beziehung hatte massive Konsequenzen für das Verhältnis von Süleyman zu sich selbst. Sie führte zu einem massiven Zweifel an sich selbst, an seinem eigenen Wert. Gerade *weil* der Vater nicht loyal ist, ihn nicht unterstützt, wird die äußere Bestätigung wichtig – wird es mit anderen Worten wichtig, geachtet zu werden, und wird Kleidung erst zum Problem[17]. Bemerkenswerterweise verstehen Vater und Großvater das Problem offenbar gar nicht: »Er ist eben ein Kind, geht zur Schule, lernt, fertig.« Auch später tendiert Süleyman dazu, Äußerungen als Demütigungen zu interpretieren, die möglicherweise nicht so gemeint waren. Durchaus bezeichnend für ihn war, wie er auf den Vorschlag reagierte, er solle doch ohne offizielle Arbeitserlaubnis arbeiten:

»Er sagte: ›Arbeitet doch so!‹ Ich sagte: ›Warum soll ich denn so arbeiten? Wenn ich so arbeiten muß, kann ich auch gleich in mein Land gehen und dort arbeiten. Als ich ... hierhergekommen bin, bin ich nicht aus Hunger hierhergekommen. Ich habe dort gearbeitet. Ich hatte so und so eine Arbeit, die habe ich aufgegeben und bin hierhergekommen. Ich bin nicht allein wegen der Arbeit gekommen‹« (1978:57).

Aus der Antwort geht hervor, daß er den Vorschlag als ehrenrührig einstuft: Er sieht sich gezwungen zu betonen, daß er kein Nichts sei. Der Vergleich mit den anderen Migranten zeigt, daß darin durchaus ein persönlicher Zug zum Tragen kommt. Memed Akkaya etwa, dem der gleiche Vorschlag gemacht wurde, faßte ihn keineswegs als diskriminierend auf, sondern nahm ihn sozusagen auf einer arbeitstechnischen Ebene. Um es mit einem Wort zu sagen: Süleyman ist empfindlicher als die anderen. So ist es kein Zufall, daß seine Lebensgeschichte als Abfolge von Demütigungen erscheint. Ich will die schlimmen Erfahrungen in Ebelsberg nicht relativieren, dennoch aber festhalten, daß sie ausgerechnet von jemandem gemacht wurden, der in dieser Hinsicht sehr sensibel ist.

Eine ähnliche Abwertung sieht Süleyman seinen Unternehmungen entgegengebracht:

»Ich bin 37 Jahre alt, und mein Vater hat bisher kein einziges Mal gesagt: ›Was du machst, ist gut!‹ Immer findet er alles schlecht, was ich mache. Was meinen Plan in Camlıca betrifft; auch was das Haus im *gecekondu* betrifft: Als ich das gekauft hatte, sagte er zu mir: ›Yahu, mein Sohn, was hast du da gemacht? Du hast ein Stück Land gekauft, ohne daß du einen Besitztitel hast. Du hast nichts in der Hand.‹ Er sieht nicht, daß ich Sachen mache, die gut sind« (Gedächtnisprotokoll, 1985).

Diese Einschätzung deckt sich mit meinen eigenen Beobachtungen. Bei einem Besuch in Subay 1985 äußerte sich der Vater sehr herablassend über seinen Sohn und ließ sich ausführlich darüber aus, was er inzwischen alles verwirklicht hätte, wenn er an der Stelle seines Sohnes stünde. In diesem Zusammenhang ist wichtig, daß sich die vom Vater erfahrene Abwertung, auch auf Süleymans Haltung zu den eigenen Unternehmungen übertragen hat. Läßt man sein Leben Revue passieren, so ist es sehr deutlich, daß sich eine reaktive Grundhaltung durchzieht. Was er unternimmt, ist weniger von dem bestimmt, was er will, als von dem, was er nicht will. So bricht er die Schule ab, ohne daß man sagen könnte, daß die Arbeit als Lehrling in einer Konditorei nun das wäre, was er positiv anstrebt[18]. Oder er lehnt die Frau, die sein Vater ihm vorschlägt, mit dem für ihn bezeichnenden Hinweis ab, daß es »vielleicht 15, vielleicht 20« andere Frauen gäbe, die in Betracht kämen. Auch die Emigration ist primär der Defensive entsprungen – nämlich der Verteidigung seiner Ehe mit Alime. Dies gilt schließlich auch für die Eröffnung der Gastwirtschaft: Sie war eher ein Ausweg nach einer langen Periode der Arbeitslosigkeit als ein von sich aus angestrebtes Ziel – was sich auch darin zeigt, daß er aufgab, als sich Schwierigkeiten mit dem Partner ergaben. Von dem einzigen Projekt, an dem er offenbar mit seinem ganzen Herzen hing, nämlich dem Köfteverkauf in Camlıca, ließ er sich dagegen von seinem Vater abbringen. Kurz: Auch in bezug auf die Unternehmungen erscheint er stark genug, sich dem Vater zu widersetzen, aber zu schwach, um ein Ziel zu entwickeln, mit dem er sich identifizieren kann, in dem er sich wiedererkennen kann. Die Folge ist eine bemerkenswerte Distanz zu den eigenen Unternehmungen und Tätigkeiten. Bezeichnend ist eine Äußerung, mit der er den Abbruch der Schulausbildung relativiert:

»Es ist doch immer so, wenn man einen Beruf ausübt: Den ganzen Tag im Zimmer zu sitzen, zu schreiben, jeden Tag das gleiche zu machen, fällt einem Menschen schwer. Ganz bestimmt: Jeder Beruf fällt einem Menschen schwer, sobald man sich sagt: Ich mache ihn« (1978:101)[19].

Vielleicht ist selbst seine Ehe mit Alime auf diese Weise zustande gekommen (man erinnert sich, daß er sich zu dieser Zeit gegen die Heiratspläne seines Vaters zur Wehr setzte), doch habe ich das Gefühl, daß hier – vielleicht zum einzigen Mal in seinem Leben – diese Grundstruktur aufgesprengt wurde. Er kämpfte um Alime, und ich habe keinen Zweifel daran, daß er sie sehr liebte. Möglicherweise ist es auf die Ehe zurückzuführen, daß er noch nicht verzweifelt ist.

Eine ähnliche Distanz prägt auch sein Verhältnis zu seinen Überzeugungen. Er äußert sich gerne und beredt zu Fragen der Religion, der Politik und der Ethik, scheint aber nicht das Bedürfnis zu haben, diese Äußerungen auf seine Alltagspraxis zu beziehen. Nach einer längeren Erörterung islamischer Fragen faßte er zusammen:

»... Wenn um Geld zu spielen *haram* (rituell verboten) ist, ... dann ist es auch *haram*. Darüber kann es keine Diskussionen geben, meine Herren ... Punktum, das ist verboten. Auch Zins zu nehmen ist *haram*. Jemand sagt: ›Ich habe Geld verdient, ich habe Geld, ich möchte es nicht verlieren ... und er bringt es auf die Bank ... Er kann sagen: ›Ich habe zur Bank gesagt, ich möchte [die Zinsen] nicht, aber die Bank zahlt trotzdem.‹ Nein, das gibt es nicht, was er auch sagen mag, es bleibt *haram*. Punktum ... Wenn du Geld hast, dann kauf dir eine Kasse, eine eiserne Kasse, lege es hinein, dort soll es bleiben (1985:36) ... Wenn im Islam der Alkohol verboten ist, wenn der Koran sagt, er sei verboten, dann ist er auch verboten. Dann braucht man nicht mehr darüber nachzudenken. Also folgendes geht einfach nicht. (Man darf nicht sagen:) ›Ich bin nach Deutschland gekommen und habe dort meinen Glauben verloren.‹ Du weißt, daß Alkohol *haram* ist, also trinke keinen. Trink Mineralwasser oder Limonade oder Tee oder Kaffee. Wenn du ins Gasthaus gehst, brauchst du nicht gleich vom Glauben abzufallen« (1985:43).

Diese Äußerung, die an Klarheit und Eindeutigkeit kaum zu überbieten ist, hinderte Süleyman weder daran, sein Geld auf der Bank anzulegen, noch von dem Projekt eines Bierausschankes zu träumen; ja, am Abend nach diesem Gespräch führte er mich in eine türkische Gastwirtschaft in Traun, wo er dann nicht nur Wein trank, sondern auch um Geld spielte. Auf die Diskrepanz angesprochen, entschuldigte er sich damit, daß ein islamisches Leben erst in einer islamischen Gesellschaft möglich sei.

Dieser Verzicht, die Meinungen und Auffassungen auf die gelebte Erfahrung zu beziehen (und dann notwendigerweise das eine oder das andere in Frage zu stellen), läßt die Meinungen und Äußerungen klischeehaft, fast wie Fassaden erscheinen. Oft wirkt es so, als würden Versatzstücke aus unterschiedlichen Kontexten nebeneinandergestellt – und in ihrer Widersprüchlichkeit kaum bedacht. So argumentiert er streckenweise wie ein überzeugter islamischer Fundamentalist und fordert den islamischen Staat; etwas später plädiert er dann für weltanschauliche Neutralität des Staats und für das Prinzip individueller Verantwortlichkeit und bekennt sich zur Gleichberechtigung aller Religionen. Alles hat irgendwie seine Richtigkeit, das *şeriat* ebenso wie das Prinzip des Laizismus, die türkischen Normen und Werte ebenso wie die österreichischen. Kurzum: Süleyman schwadroniert gerne. Es korrespondiert mit dieser Verselbständigung der Rede, daß er sich gerne in etwas hineinsteigert. Dies ist etwa in der Passage der Fall, mit der wir diese Analyse begonnen haben. Er will seine Liebe zu seinen Söhnen ausdrücken und beginnt damit, daß er jeden Wunsch sofort erfüllt, und dies – so fährt er fort – nicht nur einfach, sondern doppelt und dreifach, so daß sich Alime zu dem trockenen Einwurf genötigt sieht: »Wie sollen die Kinder denn dann den Wert von Gegenständen kennenlernen?«[20] In der wiedergegebenen Passage über das Erlaubte und Verbotene im Islam ist eine ähnliche Struktur etwas verborgener enthalten: Süleyman bezieht in der Frage um die Zinsen eine Stellung, die selbst innerhalb der fundamentalistischen Gruppen umstritten ist[21] – nimmt also auch hier eine besonders konsequente Haltung ein.

Wenn alles in gewissem Sinn seine Richtigkeit hat, dann ist es nur logisch zu vermeiden, sich in etwas einzumischen, für etwas Stellung zu beziehen. In diesem Sinn wirkt eine Überlegung zur Erziehung seiner Kinder:

»Sie (die Söhne) sollen soviel wie möglich sehen und kennenlernen, sie sollen wissen, was in der Welt passiert. Andererseits sollen sie nicht zu Aufwieglern werden, sie sollen nicht zu weit gehen, sie sollen ihre Nasen nicht in alles stecken und sich dabei verbrennen. Denn das gibt es ständig in der Welt. Wenn du dich in dieser Welt in allzu viele Dinge einmischst, wenn du dich für alles interessierst, wenn du ständig versuchst, die Fehler der anderen zu korrigieren, stößt du dir die Nase an. Sie sollen also nicht zu weit gehen, aber sie sollen Bescheid wissen. Sie sollen über die Gefahren Bescheid wissen« (1985:54).

Dieser Relativismus wirkt auf der einen Seite blaß, erlaubt auf der anderen jedoch eine gewisse Offenheit. Süleyman ist der einzige Migrant, der auch Neugier auf eine fremde Gesellschaft als Motiv zur Migration angibt. In einer Wendung kritisiert er die Österreicher, die ihm unterstellen, er sei nur des Geldes wegen emigriert: »Aber das ist nicht unser Ziel ... meine Sache ist der Mensch, den Menschen kennenzulernen, ein wenig die Welt zu kennen ...« (1978:65)

Es ist bezeichnend für ihn, daß er, auch hierin der einzige unter den Migranten aus Subay, einmal aus Neugier eine Kirche besucht hat. Als Alime dies in unserem Gespräch erwähnt, fühlt er sich genötigt, sich zu rechtfertigen – wahrscheinlich um jeden Verdacht auf Konversionsabsichten von vornherein auszuschließen:

»So viele Leute, die in die Türkei fahren, gehen in die Moschee, gehen spazieren, schauen. Gut – ist das denn schlecht? Ich bin eben auch gegangen. Ich bin hier in die Kirche gegangen, habe geschaut, was sie innen und außen alles machen und wie sie es machen. Wie sie beten. Das ist doch normal, oder? Was wir nicht wissen, müssen wir lernen ...« (1978:110/111)

Gerade seine Distanz zu sich selbst und sein Relativismus erlaubt es ihm, sich dem Fremden zu öffnen: Weil es für Süleyman ausgeschlossen scheint, sich durch das Fremde in Frage stellen zu lassen, kann er es mit einem gewissen Wohlwollen betrachten.

Süleyman nimmt sich sowohl in seinen Handlungen wie in seinen Urteilen zurück. Seine Haltung könnte man in den Worten paraphrasieren: »Es ist nicht wichtig, was ich mache oder sage« und letztendlich: »Ich selbst bin nicht wichtig«. An einer Stelle sagte er dies explizit:

»Als ich nach Österreich kam, hatte ich überhaupt keine Probleme. Nach einem Jahr mußte ich mir einen Zahn ziehen lassen. Wenn sie auf diese Weise mit dir reden, was sollst du denn machen? Du sagst: Geduld – und beißt die Zähne aufeinander. Auf jeden Fall ist es dein Schaden ... Wir müssen das machen, um unsere Arbeit, unseren Verdienst zu sichern, um leben zu können. Auf einen Menschen folgt noch ein anderer (d.h.: er hat Nachkommen). ... Das alles ist nicht nur für mich ... Ich habe jetzt meine eigene Zukunft aufgegeben. Ich bin im Augenblick dabei, dreißig Jahre alt zu werden. Ich sage mir: ›Ob ich noch ein Jahr lebe oder nicht (ist unklar), vielleicht sterbe ich in 10 Jahren‹ – in jedem Fall aber sollen meine Nachkommen nicht ertragen, was ich ertragen mußte« (1978:65).

Er war gerade dreißig Jahre alt, als er sich selbst derart als alten Mann zeichnete. 1985, inzwischen 37, kam er von sich wieder auf das Thema zu sprechen:

Süleyman: »Seitdem wir uns das letzte Mal gesehen haben, sind sieben Jahre vergangen. Vor sechs Jahren hast du mich in einer ganz anderen Situation vorgefunden. Das sieht man ganz plötzlich. Mein Aussehen hat sich ganz plötzlich von dem eines 15jährigen in das eines Greises verwandelt.«

Schiffauer: »Ich empfinde das nicht so. Vielleicht ähnelst du etwas mehr deinem Vater.«

Süleyman: »Wenn du sagst, daß ich meinem Vater zu ähneln beginne – mein Vater ist 60 Jahre alt. Wenn du sagst, daß ich meinem Vater zu ähneln beginne, heißt das, daß ich innnerhalb von sechs Jahren sehr alt geworden bin.«

Alime: »Süleyman, nein, das stimmt doch nicht« (Gedächtnisprotokoll).

Aus diesen Worten spricht ein depressiv gestimmtes Lebensbild: Er sieht sich als jemand, der abgestorben ist, der selbst keine Zukunft mehr hat; für den die Welt nichts Lohnendes mehr bietet. Die einzige Aufgabe, die ihm bleibt, ist, für die Kinder eine lohnendere Zukunft zu schaffen. Nur in der Bestätigung durch die Kinder kann er noch etwas von dem eigenen Wert erfahren.

Dennoch mutet das Insistieren merkwürdig an. Obwohl Alime und ich widersprechen, beharrt er darauf, wie ein Greis auszusehen. Das macht mißtrauisch. Es scheint, als *wolle* er alt aussehen. Er besteht darauf, nichts zu sein, zu leiden. Ich habe den Eindruck, daß er in dem Leiden sich selbst empfindet. Hier scheint die Distanz zu sich selbst aufgehoben zu sein, die er bei seinen Handlungen und Überzeugungen empfindet; hier ist er ganz er selbst. In dem Leiden scheint er den Wert zurückzugewinnen, den der Vater ihm abgesprochen hat. Das Leiden werde ihm (so hofft er) in den Augen seiner Kinder einen Wert geben; diese werden für sein Opfer dankbar sein. Die Aussage : »Mein Vater hat mir nichts gekauft. [Meine Söhne] sollen nicht sagen, ihr Vater habe es nicht gemacht« kann man auch umkehren und sagen: »Meine Söhne sollen sagen: ›Unser Vater hat alles für uns gemacht.‹« Nicht weniger wichtig scheint zu sein, daß er durch sein Leiden sich legitimiert fühlt, den Vater zu verurteilen. Dieser wird ins Unrecht gesetzt:

»Wenn auch mein Vater so wie ich gedacht hätte und so viel Schwierigkeiten ertragen hätte oder wenn er alle Möglichkeiten, die er gehabt hatte, ausgenützt hätte, dann wäre ich sicherlich nicht nach Europa gekommen. Das ist natürlich das Ziel: Wenn ich jetzt diesen Schwierigkeiten standhalten kann, wenn ich sie ertragen kann, wird es morgen etwas besser. Nicht für mich. Schließlich ist es nicht wichtig, ob es mir besser geht oder nicht. Aber wenn ich eine Investition für das Kind machen kann, das ich aufziehe ... wird mein Kind sicherlich in Ruhe leben können« (1978:67).

In dem Leiden gewinnt er seine Identität zurück. In ihm ist die Distanz aufgehoben, die durch das ambivalente Verhältnis zum Vater gestiftet wurde. Gleichzeitig ist das Verhältnis zum Vater umgekehrt.

Er, der immer in der Situation des Angeklagten war, wird nun zum Kläger.

*

Das psychische Drama von Süleyman ist mit der Migration eng verknüpft. Oder anders formuliert: Eine Generation vorher hätte sich das Drama des ungeliebten Kindes mit hoher Wahrscheinlichkeit anders abgespielt. Die Widersprüche in dem Verhältnis zum Vater sind zu einem erheblichen Teil die Folge der Tatsache, daß es Süleyman unmöglich war, dem Vater, dessen Liebe er ersehnte, entgegenzukommen beziehungsweise sich dem Vater, dessen Fluch er fürchtete, zu unterwerfen. Dadurch erst kam es zur Rebellion, dem Versuch, sich zu entziehen, und der Konfrontation mit der Tatsache, dem Vater dann doch nicht entkommen zu können; und es kam zu dem Gefühl, daß der Vater für alles Elend verantwortlich sei und der gleichzeitigen Unmöglichkeit, ihm den Rücken zu kehren. Dieses Gefühl, daß es um seiner selbst willen notwendig war, sich gegen den Vater durchzusetzen, artikuliert sich in dem Aufschrei: »Ich wollte weg aus dem Dorf. Ich wollte nichts mit den Angelegenheiten meines Vaters zu tun haben.« Dies aber ist das Gefühl einer ganzen Generation. Wir werden in diesem Buch der Rebellion gegen die Väter immer wieder begegnen, seine Archäologie soll im nächsten Kapitel unternommen werden. Besonders für Süleyman ist jedoch die spezifische Form, die dieser Vater-Sohn-Konflikt annahm und die psychischen Verwerfungen, die er zur Folge hatte.

Anmerkungen

[1] Die Familie Süleymans kannte ich aus Subay. Dort führte ich mehrere Gespräche mit dem Vater, dem Bruder und einem Cousin. Von den Gesprächen wurden am gleichen oder am folgenden Tag Gedächtnisprotokolle angefertigt. Die Darstellung des Vaters basiert auf diesen Gesprächen.

Ich führte das erste Interview mit Süleyman im Februar 1978 in seiner Wohnung in Ebelsberg. Seine Frau Alime setzte sich gelegentlich zu uns, beschränkte ihre Kommentare aber auf knappe Einwürfe. Das zweite Interview fand im Oktober 1985 in der Wohnung des Ehepaars in Traun statt. Die Interviews wurden auf türkisch geführt und auf Band aufgezeichnet. Besonders wichtig war bei dem zweiten Besuch ein anschließendes Gespräch am nächsten Morgen, von dem ich ein Gedächtnisprotokoll anfertigte. In diesem Gespräch erzählte er viel von dem Vater.

2 Der in der Türkei übliche Ausdruck für diese Form der Ehe: »*Bir kadın üstüne koymak*« – »eine Frau über [sie] – nämlich die Ehefrau – zu stellen«, verweist auf die Demütigung, die eine polygame Ehe für die erste Frau bedeutet. Auch im Fall der Kinderlosigkeit ist diese Eheform heute am Aussterben: 1977 gab es zwei polygame Ehen in Subay; 1983 keine mehr (vergl. Schiffauer, 1987:160).

3 Erklärungen werden im folgenden in runde Klammern (( )) gesetzt, wörtliche Ergänzungen des zitierten Textes in eckige [[ ]].

4 Offenbar eine Verwandte Süleymans.

5 Dies ist eine verschleierte Verhandlung über den Brautpreis (*başlık*).

6 In der Darstellung von Subay habe ich das Schicksal einer Ehe beschrieben, die ähnlich wie diejenige von Süleyman gegen den Willen der Eltern geschlossen wurde und schließlich unter dem Druck der Familie zerbrach (1987:192 ff.). Fälle dieser Art waren natürlich Süleyman bekannt.

7 Üsküdar und Ümraniye sind Stadtviertel von Istanbul.

8 In dieser Episode erscheint das Verhalten der Familie geradezu als Inversion des Verhaltens, das in der türkischen Kultur gefordert wird; diese Struktur werden wir weiter unten ausführlicher analysieren.

9 *Gecekondus* sind die türkische Version der *bidonvilles*, also wild besiedelte Gebiete, die inzwischen wie ein Gürtel die meisten Städte der Türkei umgeben. Besonders in neu besetzten Gebieten, bei denen noch die Gefahr der Räumung droht, kann man billig Land erwerben. Hier bestehen zum Teil die Chancen erheblicher Spekulationsgewinne (wenn das Gebiet legalisiert wird), aber auch das Risiko des Verlustes. Die beste Arbeit zu den *gecekondus* ist nach wie vor die von Karpat, 1976.

10 Der Hintergrund dieser Haltung ist der Sinnverfall der dörflichen Existenz. Er führt dazu, daß der Konflikt mit dem Vater auch bei den anderen Migranten eine zentrale Rolle spielt und von den meisten relativ ausführlich geschildert wird. Dieser Sinnverfall wird im nächsten Kapitel ausführlich geschildert werden.

11 Hier kamen all die Episoden zur Sprache, auf die wir in diesem Zusammenhang eingegangen sind: Vergl. S. 54, S. 56 und unten S. 108/109.

12 Geben ist in der dörflichen türkischen Kultur ein Symbol der Liebe – und zwar im strengen Sinn des Wortes Symbol. Es besteht eine notwendige Beziehung zwischen Bezeichnendem und Bezeichnetem: Man könnte es so formulieren, daß nach Auffassung der Bauern Geben Liebe *ist* – und sie nicht nur (zeichenhaft) ausdrückt. Ein sehr schönes Beispiel für diese Wertung der Gabe findet sich bei Mıhçıyazgan 1986:275.

[13] Hierzu Schiffauer 1983, 1986; Dundes, Leach, Özkök, 1970.

[14] Eine der am häufigsten gebrauchten ritualisierten Beschimpfungsformeln lautet: »Ich ficke deine Frau und Mutter.« Dundes, Leach und Özkök machen meines Erachtens zu Recht darauf aufmerksam, daß die phallische Aggression gegen Ehefrau, Mutter oder Schwester gleichzusetzen ist mit einer phallischen Aggression gegen den Betroffenen selbst: »Eines der wichtigsten Ziele dieser Beschimpfungen ist es, den Gegner zu einer weiblichen passiven Rolle zu zwingen ... Das Opfer muß sich entweder selbst der phallischen Aggression unterwerfen oder hilflos zusehen, wie die phallische Aggression an seinen weiblichen Angehörigen, an seiner Mutter oder seiner Schwester vollzogen wird. Natürlich bleibt der Angegriffene dabei nicht passiv. Vielmehr versucht er seinerseits den Angreifer in eine passive weibliche Rolle zu versetzen. Auf diese Weise verteidigt und behauptet ein junger Mann seinen Status in der Gruppe der Gleichaltrigen, indem er darauf pocht, daß sein Phallus den Anus jedes Rivalen bedroht, der eine Herausforderung wagt. Es ist wichtig, die aktive Rolle in einer homosexuellen Beziehung einzunehmen; es ist beschämend und demütigend, wenn man die passive Rolle einnehmen muß« (1970:326, dt. Schiffauer).

Das psychische Problem, das in diesem Beschimpfungsritual zum Ausdruck kommt, wird folgendermaßen charakterisiert:

»Um seine Zugehörigkeit zur Welt der Männer zu beweisen, muß ein Junge in der türkischen Kultur demonstrieren, daß er ein Mann und keine Frau ist – dies kann er tun, indem er durch Handlungen oder Worte zeigt, daß er einen mächtigen aggressiven Phallus besitzt. Die Schwierigkeit, in einer solchen Männerwelt zu leben, besteht jedoch darin, daß man jederzeit durch einen stärkeren Mann gezwungen werden kann, die weibliche Position einzunehmen« (1970: 347, dt. Schiffauer).

[15] Der Institution liegt der Gedanke eines letztendlichen Ausgleiches aller Schulden zugrunde, der durch Gott garantiert wird (Schiffauer 1987:244 ff.).

[16] Wörtlich: Askerliğimi bittirdikten sonra babamdan aramız tabii ne kadar olsa da babadır bir evladına karşı her zaman da iyi olmayı veyahut evladının iyi olması mecbur haliyle ama ne kadar olsa yine de tabii bir genç 15, 16 yaş pek ihtiram edemiyor düşünmüyor pek biraz babasına karşı da acı geliyor, tabii biraz aykırı oluyor, hareketli oluyor, ama ne de olsa babam buna normal karşılıyor« (1978:47).

[17] Vergl. hierzu auch die unmotivierte Erwähnung der Frauen, die ihn liebten.

[18] Man vergleiche etwa dazu die ganz andere Stimmung bei Memed Akkaya, der ebenfalls die Ausbildung abgebrochen hat.

[19] Dieser Satz gewinnt vor dem Hintergrund der kulturellen Deutungen noch zusätzlich an Gewicht: Süleyman scheint die Wertungen, die »sauberer Schreibtischarbeit« besonderen Wert zuweisen, zu mißachten. Er sagt

– zumindest was die Gegenwart betrifft: Es ist egal, ob ich Beamter oder Arbeiter bin.

[20] Anmerkungen dieser Art sind für die Interpretation sehr wichtig, weil sie zeigen, daß es sich etwa bei Süleymans Haltung nicht um kulturelle Muster – um fraglos Gegebenes –, sondern um individuelle Stellungnahmen handelt (hierzu auch die methodologischen Erwägungen bei U. Mıhçıyazgan 1986, besonders 345 ff.).

[21] Von den vier in der Bundesrepublik vertretenen fundamentalistischen Gruppierungen, der *Tebliğ Cemaatı* (Verkündigungsgemeinde); der *Milli Görüş* (Nationalen Sicht); den *Nurcu* (Gemeinde des Lichtes) und den *Süleymanlı* (benannt nach dem Begründer Süleyman Hilmi Tunalı), vertreten die *Süleymanlı* die Position, daß Zinsen in Europa erlaubt seien. Sie begründen dies mit der klassischen Unterscheidung von *dar ul harb* (wörtl.: Gebiet des Krieges – d.i. außerislamisches Gebiet) und *dar ul Islam* (islamisches Gebiet). Diese Auslegung wird von den anderen bestritten. Ich gehe in den Fallanalysen von Yaşar Fuad und Fatma Eren genauer auf diese Gruppen ein.

Person und Migration

In Süleymans Auseinandersetzungen mit dem Vater artikuliert sich ein kollektives Umdenken in Hinblick auf die Legitimität von Rechten und Verpflichtungen. Dieser Prozeß ist eng verknüpft mit der Entwicklung der Arbeitsmigration und der damit verbundenen Umstrukturierung des Verhältnisses von Individuum und Gesellschaft. Den einzelnen Etappen dieses Prozesses gilt es nun, sich näher zuzuwenden.

Saisonale Migration: Das Dorf als Lebensmittelpunkt

Alle Männer in der Generation von Veli[1] – und wahrscheinlich auch in der Generation vorher – hatten bis in die fünfziger Jahre saisonal mehrere Monate im Jahr in Gärtnereien oder auf Baustellen in Istanbul gearbeitet. Die mehrmonatige Abwesenheit im Jahr tastete jedoch die zentrale Bedeutung des Hofes nicht an: Er bestimmte die Imperative des Lebens und das Denken. Bezeichnend für die Haltung dieser Generation ist die Erzählung, mit der Veli begründet, warum er trotz des Konfliktes mit dem Vater ins Dorf zurückgekehrt ist.

»Eigentlich bin ich zurückgekommen, weil mir ein Wort ständig im Kopf herumging. Ich hatte als Junge Vieh gehütet. Du kennst den Lehrer Zifer, nicht wahr? Der war damals Dorfvorsteher. Er nahm das Vieh, beschlagnahmte es[2] und führte es in seinen Stall. ›Gib mir 25 *kuruş* (Buße), und du kannst dein Vieh wieder abholen!‹ 25 *kuruş*, das war damals eine Menge Geld. Man konnte dafür eine Schachtel Zucker kaufen. Ich sagte zu ihm: ›Wenn ich groß bin, hole *ich dein* Vieh und sperre es ein.‹ Eben diese Worte wollten mir in Istanbul nicht aus dem Kopf. Deswegen bin ich ins Dorf zurückgekommen. Noch ein zweites kam hinzu. Mein Vater hatte ein Kind in der Nachbarschaft geschimpft. Das Kind hatte gesagt: ›Wenn ich groß bin, werde ich mich rächen!‹ Auch diese Worte wollten mir nicht aus dem Kopf. Aus diesem Grund bin ich aus Istanbul ins Dorf zurückgekommen« (Gedächtnisprotokoll, 1983).

Die innerdörflichen Ehrauseinandersetzungen, die empfundene Notwendigkeit, eine Gegenherausforderung auf eine In-Frage-Stellung der Integrität zu formulieren, sowie – umgekehrt – das Erfordernis, sich gegen eine ausgesprochene Herausforderung zu wappnen, ließen Veli in Istanbul nicht los, das »Wort (ging) ihm ständig im Kopf« herum. Wegen der dorfpolitischen Imperative verzichtete er auf eine dauerhafte Migration nach Istanbul und nahm – fast innerlich getrieben – seinen Platz im Dorf an der Seite seines Vaters ein. Er erfüllte damit die personalen Verpflichtungen, die er dem Vater nach dörflichen Vorstellungen ganz wörtlich schuldete. Das ganze Gewicht dieser Handlung geht daraus hervor, daß er in das Dorf zurückkehrte, obwohl er den Vater wegen des Verhaltens gegenüber der Mutter ablehnte und verurteilte. Deutlicher könnte nicht zum Ausdruck kommen, daß die Gefühle und Empfindungen zweitrangig sind angesichts der Imperative, die die Wahrung der Interessen des Domus setzt. An die ständige innere Präsenz des Dorfes zu dieser Zeit fühlte er sich auch in einem anderen Gespräch erinnert:

»Wenn ich nach Istanbul fahre, muß ich immer denken: ›Geben sie meiner Frau Wasser [zur Bewässerung des Gartens], treiben sie Vieh in meinen Garten, lassen sie es auf meinen Feldern weiden?. . . . .[Es ist] wie in der alten Zeit« (Gedächtnisprotokoll, 1977)[3].

Süleymans Vater versuchte jedoch nicht nur, für die Integrität und Ehre seines Hauses einzutreten, ihm lag auch viel daran, sich auch im positiven Gabentausch hervorzutun und das Ansehen (*şeref*) seines Hauses zu mehren. Er wollte im Dorf, wie Süleyman es formuliert, »ein Mann« sein. Sein Bemühen um ein politisches Amt zeugt davon: In Subay verleiht ein Amt wie das des Vorsteher der Kooperative Prestige, es bedeutet aber auch eine große Belastung. Der Amtsinhaber genießt den Statusgewinn, wenn hohe Gäste – der Landrat zum Beispiel – bei ihm absteigen, aber er trägt auch die erheblichen Kosten, die eine standesgemäße Bewirtung abverlangt. Nicht wenige Amtsinhaber haben sich in der Zeit verausgabt und sind verarmt.

Binnenmigration und der Zerfall der traditionalen Selbstverständlichkeiten

In der Mitte der fünfziger Jahre änderte sich die Form der Migration grundlegend. Zum einen ermöglichte die wirtschaftliche Entwicklung nun eine dauerhafte Migration nach Istanbul, Ankara oder Karabük; zum anderen eröffnete sich auch für das Dorf eine wichtige Einkommensquelle, da der Staat begann, die Bauern mit Forstarbeiten zu betrauen.

Diese Veränderungen hatten zur Folge, daß die saisonale Migration aufgegeben wurde und sich das Ideal des Haushaltes veränderte. Galt es bis dahin als wünschenswert, daß alle Söhne mit ihren Familien bis zum Tod des Patriarchen in einem Haushalt zusammenlebten, so setzte sich jetzt die Idee eines integrierten Stadt-Land-Haushaltes durch. Diese besagte, daß alle Söhne bis auf einen (in der Regel den Jüngsten) in die Stadt emigrieren sollten. Dies wurde explizit nicht als Trennung (*ayrılma*) verstanden – vielmehr wurden die Stadthaushalte als eine Art »Dependance« des Hofes aufgefaßt. Sie bildeten zusammen mit dem dörflichen Haushalt weiterhin eine politische, soziale und ökonomische Einheit, die durch den Vater personifiziert war. Dieses von Veli (wie auch von den anderen Eltern der hier vorgestellten Arbeitsmigranten) angestrebte Ideal schien mit einem Mal einen Ausweg für all die Probleme darzustellen, vor die sich das dörfliche Wirtschaften gestellt sah: Der Druck auf das Land würde gemildert werden, weil die emigrierten Söhne zwar nicht endgültig auf das Land verzichten, aber doch die Nutzung dem im Dorf verbliebenen Bruder überlassen würden. Der über das Jahr sehr schwankende Bedarf an Arbeitskräften könnte ausgeglichen werden: In den Sommermonaten (von Mai bis Oktober) würden die Frauen der Söhne mit den Enkelkindern ins Dorf kommen; zur Erntezeit selbst könnten dann außerdem noch die Söhne Urlaub nehmen und helfen. Das ständige Problem der Geldknappheit wäre ebenfalls gelöst. Schließlich wäre eine Dependance in der Stadt auch hilfreich, wenn Arztbesuche anstehen oder eine Bleibe für einen jungen Mann gesucht wird, der eine Ausbildung machen soll.

Das Zentrum eines Haushaltes lag weiterhin im Dorf. Die Väter erwarteten von ihren Söhnen, ihre städtische Existenz aufzugeben, wenn Konflikte, Krankheiten oder ähnliches den Hof in Schwierigkeiten gebracht hatten. Aber auch in weniger dramatischen Fällen war der Alltag der städtischen Familien stark durch die Imperative des dörflichen Haushaltes bestimmt. Um im Dorf auszuhelfen, waren monatelange Trennungen der Familienangehörigen jedenfalls in der ersten Zeit selbstverständlich.

Dennoch zeigte es sich, daß diese Idee eines Stadt-Land-Haushaltes nicht von Bestand sein würde. Der dauerhafte Umzug brachte es nämlich mit sich, daß für die Migranten die Stadt zum Lebensmittelpunkt wurde. Damit machten sie Erfahrungen, die ihr Denken und Weltbild radikal umstrukturierten.

Die erste und entscheidende Erfahrung betraf die ökonomische Ebene: Hier hatte die Verlegung des Lebensmittelpunktes zu einer neuen Bewertung der verschiedenen Erwerbsquellen geführt. Hatten die saisonalen Migranten das in der Stadt erworbene Geld noch als Zusatzeinkommen zu der dörflichen Produktion wahrgenommen, so wurde für die nun dauerhaft in der Stadt lebenden Migranten das Lohneinkommen entscheidend – und die aus dem Dorf mitgebrachten Nahrungsmittel wurden sekundär. Damit aber veränderte sich alles. Im Dorf war das in der Stadt erzielte Geldeinkommen neben andere Tätigkeiten der Subsistenzökonomie gestellt worden, es war *ergänzend* neben die der Eigenversorgung dienende Getreideproduktion, die Viehwirtschaft und den Gartenbau getreten. Die auf Gelderwerb abzielenden Tätigkeiten standen deshalb nicht für sich, sondern hatten nur Sinn im Zusammenhang mit der Tätigkeit aller anderen Haushaltsangehörigen (ähnlich wie im Kontext der Subsistenzproduktion das Schneiden von Getreide ja auch nur im Zusammenhang mit den Tätigkeiten der Weiterverarbeitung ihren Sinn hat)[4]. In der Stadt dagegen war das Lohneinkommen zentral – und die aus dem Dorf mitgebrachten Produkte wurden als ein zusätzliches Einkommen betrachtet, das nur eben in Naturalien entrichtet wurde, dessen Wert aber prinzipiell nach Marktpreisen kalkulierbar war. Die zunächst unscheinbare (und wohl auch unmerklich stattfindende) Akzentverschiebung führte dazu, *daß sich die Logik der Lohnarbeit gegen die Logik der Subsistenzproduktion durchsetzte.*

Dies zog als erste Konsequenz nach sich, daß die Migranten in der Stadt sich nicht mehr als selbstverständliche Mitglieder der arbeitsteiligen Gruppe des Hofes verstanden. Mit der Durchsetzung der Lohnarbeit setzte ein Prozeß ein, den Simmel mit folgenden Worten beschrieb:

» ... das Geld [ist] eine Anweisung auf die Leistungen anderer ... Während in vorgeldwirtschaftlichen Zeiten der einzelne unmittelbar auf seine Gruppe angewiesen war und der Austausch der Dienste jeden eng mit der Gesamtheit verband, trägt nun jeder seinen Anspruch auf die Leistungen von anderen in verdichteter potenzieller Form mit sich herum. Er hat die Wahl, wann und wo er ihn geltend machen will« (Simmel 1989:463).

Der Bezieher eines Lohneinkommens ist im Prinzip unabhängig – und dies individuiert: Die Söhne in der Stadt begannen, das Einkommen als »ihr« Einkommen zu sehen. Wenn sie von diesem Einkommen etwas in das Dorf schickten, dann traten sie in ihrem Selbstverständnis etwas an den dörflichen Haushalt ab – was sie genausogut (oder gar besser) für sich hätten verwenden können.

Damit verkehrte sich nun der Blickwinkel: Das Verhältnis vom Individuum zum Gesamthaushalt wurde nun nicht mehr vom Gesamthaushalt, vom Kollektiv her gedacht, sondern umgekehrt vom Individuum her. Der Gesamthaushalt wurde nicht mehr als a priori gegebene Wirtschaftseinheit gesehen, sondern mußte sich nun *in den Augen der Individuen* ausweisen. Die Migranten begannen, etwa die Leistungen, die sie für den väterlichen Haushalt im Dorf erbrachten, mit den Leistungen aufzurechnen, die sie vom väterlichen Haushalt erhielten. Dabei schnitt das Dorf schlecht ab. »Wir hätten inzwischen eine Wohnung haben können. Aber wir haben geschickt, geschickt, geschickt. Und zurück ist nichts gekommen«, erklärte mir Asiz, der in Istanbul lebende Bruder von Mustafa, dem Riesen. In den sechziger und siebziger Jahren – dem für uns relevanten Zeitraum der Jugend der Migranten – schien sich die Idee des Stadt-Land-Haushaltes den meisten Migranten »nicht mehr auszuzahlen«[5].

Auch die Form der Arbeitsverhältnisse hatte individuierende Konsequenzen: Zwar waren gerade in der ersten Phase der Migration verwandtschaftliche und familiale Beziehungen entscheidend, um einen Arbeitsplatz zu *erhalten*, aber die *Erledigung* der Arbeit war nun ausschließlich Sache des einzelnen. Dies führte dazu, daß die Migranten zunehmend unwilliger wurden, wenn der Haushaltsvorstand (im Interesse des Gesamthaushaltes) ihnen hineinredete oder, wie sie es formulierten, »sich einmischte« (*karışmak*). Die massivste und am belastendsten empfundene Form der »Einmischung« war es, wenn der Vater einen der Migranten zu sich ins Dorf zurückholte, um dort den Hof weiterführen zu lassen, weil er zu alt war. Als mildere Form der »Einmischung« wurde es empfunden, wenn der Vater (wie im Fall Süleymans) in die Projekte hineinredete, die die Söhne in der Stadt geplant hatten. Auch hier ist es der veränderte Blickwinkel, auf den es ankommt: Im Kontext der Subsistenzproduktion war die Arbeit eine Verpflichtung (*görev*), die der einzelne dem durch den Vater personifizierten Gesamthaushalt schuldete; der Gehorsam, den man dem Vater im Interesse der Einheit des Hauses schuldete, wurde im Alltag durch den Gehorsam bei der Ausführung der Arbeit ausgedrückt. Hier nun sind soziale Beziehung und Arbeit getrennt; und jedes Eingreifen des Vaters wird als *von Außen kommende Intervention* in ein von ihm unabhängiges Verhältnis wahrgenommen.

In den sechziger und siebziger Jahren begann sich diese Sicht der Dinge allmählich auch im Dorf durchzusetzen. Eine wichtige Rolle in diesem Prozeß spielten Männer der Generation von Veli, die emigriert waren, aber im Interesse des Gesamthaushaltes ins Dorf zurückgeholt worden waren. Ein Beispiel ist Hacı Şakır (derselbe, der als Schwiegervater für Süleyman ins Auge gefaßt worden war). Er hatte, auf Veranlassung seines Vaters, eine versicherte[6] Arbeit an der Messe in Istanbul aufgegeben. Hinzu kam, daß er mehrere Brüder hatte, denen es in der Stadt sehr gut ging. All dies führte dazu, daß er das Gefühl hatte, das schlechtere Los gezogen zu haben; offen sprach er aus, daß er es bereue, ins Dorf zurückgekommen zu sein. Die Folge von Berichten dieser Art war, daß sich in der Generation der hier untersuchten Migranten das Gefühl ausbreitete, es lohne sich nicht mehr, den dörflichen Haushalt aufrechtzuerhalten. Alle Männer unter dreißig, mit denen ich 1977 sprach, erklärten, lieber heute als morgen migrieren zu wollen[7]. Sie träumten im Dorf von Istanbul – und unterschieden sich damit ganz entscheidend von Veli, den in Istanbul das Dorf nicht losließ. Die Idee des Stadt-Land-Haushaltes zerbrach letztendlich an der Tatsache, daß keiner der Söhne im Dorf bleiben wollte. Die Einschätzung, die diese Generation vom Stadt-Land-Haushalt hat, zeigt am besten ein Zitat von Süleyman:

»Es gibt keinen Ausweg (*care*) dort ... Freilich brauchen sie nicht zu hungern, aber das ist schon alles ... Sie säen auf ihren Äckern, sie graben ihre Gärten um, sie mähen, sie essen. Sie essen reichlich. Sie haben Vieh, Kühe, Ziegen und Schafe. Sie schlachten, wenn sie Fleisch brauchen ... Sie haben auch Milch ... Sie arbeiten im Wald und verdienen etwas Geld. Sie können Kleider kaufen. Aber *ihre Arbeit ist ohne Ende*. Was ich eigentlich sagen wollte, ist nicht, daß sie Hunger leiden ... In dieser Hinsicht sind ihre Lebensbedingungen nicht schlecht. Auch die Luft ist sehr gut. *Aber sie können sie nicht nützen*. Sie wissen nicht, wie sie *Profit* aus dieser sauberen Luft ziehen können« (1985:15).

Das Zitat verrät durch seine Akzentuierung die Erfahrung der Lohnarbeit: Süleyman räumt ein, daß keine Not herrsche – im Gegenteil, sie hätten sogar »reichlich« zu essen. Das Problem ist vielmehr, daß die Arbeit kein Geld bringt. Die dörfliche Produktion wird unter dem Kriterium der Effizienz betrachtet: Eine Arbeit ist um so besser, je mehr Gewinn sie abwirft – und eine Arbeit, die keinen Gewinn abwirft, ist deshalb sinnlos. Dies wird mit einem anderen Gedanken verknüpft – nämlich dem, daß die Arbeit »ohne Ende« sei: Dies kann man so lesen, daß in der dörflichen Produktion die Zäsuren fehlen, die für die Lohnarbeit bezeichnend sind, die Zahltage, an denen man das Resultat einer Arbeit überblicken kann. Man kann dies aber auch auf dem Hintergrund des anderen Gedankens lesen, daß die dörfliche Arbeit ohne »Ausweg« sei. Hier klingt ein Gedanke an, den wir im nächsten Abschnitt ausführlicher diskutieren werden: Eine Arbeit, die sich nicht in Geld abbildet, erlaubt es auch nicht, auf dem Weg zu einem individuellen Ziel voranzukommen. Die dörfliche Wirtschaft erscheint vor allem deshalb problematisch, weil sie Subsistenzproduktion ist.

Nicht nur in ökonomischer, auch in sozialer Hinsicht brach die Idee einer vorgängigen Einheit des Gesamthaushaltes zusammen. Die Kernfamilien der in der Stadt lebenden Söhne verstanden sich zunehmend als unabhängige soziale Einheiten. Der Stadt-Land-Haushalt wurde außer in wirtschaftlicher auch in sozialer Hinsicht immer mehr als Last empfunden. Die Patriarchen, die vom Gesamthaushalt her dachten, sahen im Stadt-Land-Haushalt eine geradezu elegante Lösung des Problems des schwankenden Arbeitskräftebedarfs. Die Söhne betrachteten dagegen die Forderungen ihrer Eltern immer mehr als Belastung für *ihre eigenen* Familien. Es wurde als immer unterträglicher empfunden, sich für sechs Monate im Jahr von den Frauen zu trennen.

Je mehr der Hof als lästiger und subventionsbedürftiger Anhang zum Stadthaushalt wahrgenommen wurde – allenfalls gut noch als Altersheim für die Elterngeneration –, war schließlich auch die Idee der vorgängigen politischen Einheit dem Verfall ausgesetzt. Für die Migranten war es nicht mehr wichtig, daß der Haushalt seine Stellung gegenüber anderen Haushalten behauptete oder ausbaute. Sie identifizierten sich nicht mehr mit dem Dorfhaushalt und fanden es immer belastender, wenn sie in innerdörfliche Auseinandersetzungen hineingezogen wurden.

Internationale Arbeitsmigration: Die Person als Gesellschaftsatom

Die Möglichkeit der Arbeit im Ausland führte zur endgültigen Lösung der Arbeit von allen traditionalen sozialen und politischen Zusammenhängen und damit zur Durchsetzung der Auffassung von Arbeit als Ware, die frei auf dem Markt angeboten wird. Der Prozeß, der durch die Binnenmigration eingeleitet worden war, wurde damit gleichsam radikalisiert und zugespitzt. Während die Öffnung des Binnenmarktes den Zerfall der traditionalen Selbstverständlichkeiten mit sich gebracht hatte, führte die Öffnung des internationalen Arbeitsmarktes zur Artikulation eines neuen Konzeptes von Person und damit zur endgültigen Durchsetzung einer neuen Vorstellung vom Verhältnis von Individuum und Gesellschaft. Diese Entfaltung einer expliziten Auffassung von personalen Rechten und Verpflichtungen gilt es nun darzustellen – und zwar in Hinblick auf das neue Verhältnis zur Gesellschaft, auf das Verhältnis zum väterlichen Haushalt und auf das Verhältnis zu sich selbst.

Für die meisten Migranten aus Subay (Süleyman ist in diesem Fall eine Ausnahme) gab die für türkische Verhältnisse enorme Höhe des im Ausland gebotenen Gehaltes den Ausschlag, zu emigrieren. Die Entscheidung ist ihnen unterschiedlich schwergefallen. Wie Süleyman lag keinem von ihnen ursprünglich an einem Aufenthalt im Ausland. Hasan Akkaya zum Beispiel wollte einen Rückzieher machen, als die Bewilligung kam und mußte von einem Freund zur Entscheidung gedrängt werden. Es war eine Entscheidung, in der sich die reine Zweckrationalität gegen alle Bedenken – Ängste vor der neuen Situation, Trennung, Sorge vor Unbequemlichkeit – durchsetzte: Mit der Entscheidung, ins Ausland zu gehen, verbanden die meisten nichts anderes, als ihre Arbeitskraft an denjenigen zu verkaufen, der das meiste bot – und zwar an jemanden, mit dem man keine andere Beziehung hatte (und wollte) als die über die Arbeit gestiftete und vertraglich geregelte.[8]

Derart versachlichte Arbeitsverhältnisse gibt es zwar auch auf dem Binnenmarkt – sie sind aber eher die Ausnahme. Häufig werden Arbeitsverhältnisse, wie oben erwähnt, nicht auf Grund einer rein ökonomischen Logik eingegangen und gelöst, sondern auf Grund von Beziehungen. Mit anderen Worten: In der Türkei sind die rein sachlichen Arbeitgeber-Arbeitnehmer-Beziehungen nicht selten überlagert von sozialen und politischen Beziehungen. So wurde in Subay offen ausgesprochen, daß die Stellen in den staatlichen Stahlwerken von Karabük nicht nach Qualifikation, sondern nach Parteizugehörigkeit – von den Angestellten erwartete und erhielt man dann Solidarität in politischer Hinsicht – und nach verwandtschaftlichen Gesichtspunkten vergeben wurden. Auch Süleymans Tätigkeit in den Konditoreien ist bezeichnend. Das Konditorei-Gewerbe ist ein »regionales Gewerbe« (*memleket mesleği*) – ein Gewerbe, das seine Mitarbeiter aus bestimmten Regionen rekrutiert: Neben Gaziantep ist auch Andıraz, die Kreisstadt von Subay, ein Zentrum dieser Produktion.[9] Für die Migranten aus Subay waren es diese Beziehungen, über die sie häufig die ersten Arbeitsplätze in der Stadt erhielten. Diese Überlagerung von ökonomischer und sozialer Rationalität hatte ihren eigenen Sinn: Für die Arbeitgeber bedeutete die Einstellung über Beziehungen, daß man sich denjenigen verpflichtete, dem man den Gefallen erwies, einen Verwandten oder einen Sohn einzustellen. Man konnte auf ihn setzen, was die Kontrolle der Arbeitsleistung des Neuankömmlings oder was seine Disziplinierung im Fall eines Konfliktes betraf. Nur durch diese soziale Einbindung konnten es beispielsweise viele Konditoreien umgehen, der staatlichen Versicherungspflicht nachzukommen. Die jungen Männer, die sie in der Stadt einzuklagen versuchten, riskierten Konflikte mit ihren Vätern, die ihnen diese Stellen besorgt hatten.

All dies bedeutet, daß man bei Entscheidungen, die das Arbeitsverhältnis betreffen, immer (und zwar sowohl auf seiten des Arbeitgebers wie des Arbeitnehmers) gezwungen ist, soziale und politische Rücksichten zu nehmen. Diese überlagern oft die rein ökonomischen Überlegungen (die Arbeitsbedingungen und Löhne betreffen).

Der im nächsten Kapitel beschriebene Fall von Yaşar Fuad zeigt, wie die Öffnung des Internationalen Arbeitsmarktes auch auf die Beziehungen auf dem Binnenmarkt zurückwirkte. Er war seinem Chef in der Firma, in der er vor der Migration gearbeitet hatte, persönlich verbunden gewesen. Dieser war ein Freund seines Vaters gewesen, war für ihn als Heiratsvermittler aufgetreten und schätzte Yaşar offenbar auch als Freund. Yaşar schilderte seine Überlegungen mit folgenden Worten:

»Wenn er mir damals mehr Geld gegeben hätte, wäre ich nicht nach Deutschland gegangen. Er hat [zwar] zu mir gesagt: ›Ich werde dein Gehalt erhöhen‹ – aber er hat nicht gesagt um wieviel. Ich habe damals vielleicht 1000 Lira verdient. Wenn er mir damals gesagt hätte: ›Ich gebe dir 1500, 2000 Lira, mein Sohn ...‹« (1987:241).

Hier führte die schiere Höhe des im Ausland gebotenen Gehaltes zur Aufwertung des ökonomischen Aspektes der Arbeit – und korrespondierend zur Abwertung der sozialen Komponente. Yaşar wurde angesichts der neuen Möglichkeiten zu einer Art Kosten-Nutzen-Analyse veranlaßt. Der Chef, von dem hier die Rede ist, wertete Yaşars Verhalten übrigens ganz in der Logik von multideterminierten Beziehungen als »Treuebruch« – als Bruch eines Vertrauensverhältnisses, das weit über gegenseitige wirtschaftliche Erwartungen hinausgeht. Damit begründete Yasar, daß er nicht mehr zu dieser Firma hätte zurückgehen können.

Auf dem Binnenmarkt war (und blieb, trotz aller Aufwertung des wirtschaftlichen Momentes) die Arbeit *auch* Ware; im Fall der Migration ins Ausland wurde sie *nur* Ware. Dies hat noch eine weitere Konsequenz. Die Entscheidung zur Migration in die Fremde impliziert nämlich auch, daß man *nur* seine Arbeit verkauft. In multideterminierten Beziehungen bindet ein Arbeitsverhältnis den Arbeitnehmer nicht nur in ökonomischer Hinsicht – sondern auch in sozialer und politischer Hinsicht.[10] Das damit gestiftete Abhängigkeitsverhältnis ist umfassend – es tendiert zu einem Knechtschaftsverhältnis. Man verkauft also nicht »nur« seine Arbeitskraft, sondern auch sich selbst. Der Arbeiter, der auf Grund politischer Beziehungen eine Stelle erhält, verkauft auch seine politische Meinung. Der genau umgrenzte, vertraglich festgelegte Charakter der Arbeit im Ausland dagegen, der nicht mehr das Recht auf eine Person, sondern nur auf einen Teil der Zeit begründet, wurde von Yaşar Fuad mit folgenden Worten umrissen:

»Nun, wir sind hierher als Arbeiter gekommen, wir sind nicht als Sklaven gekommen ... Dieser Landsmann, dieser Deutsche ist Chef. Er läßt uns arbeiten, damit sein Land vorankommt. Wenn sie keinen Nutzen von uns hätten, würden sie uns nicht arbeiten lassen ... Ich habe einen Antrag gestellt, einen Vertrag gemacht. Man sagte mir: ›Ich geb dir das und das Geld, du wirst die und die Stunden in meiner Fabrik arbeiten. Im Monat gebe ich dir soundsoviel.‹ Also: So einen Vertrag hat man mit mir gemacht. Also: ›Wenn du nicht zur Arbeit kommst, entlasse ich dich.‹ Also so etwas« (1985:52).

Mit diesem Hinweis auf die Tatsache, daß der Arbeitsvertrag ihn nur in einer Hinsicht binde, weist Yaşar Fuad zurück, was er als Zumutungen seitens der deutschen Gesellschaft empfindet, nämlich daß sie sich in die Erziehung seiner Kinder einmische. Die ganze Passage liest sich wie ein Kommentar zu Simmel:

»Das gewachsene Selbstgefühl des modernen Arbeiters muß damit zusammenhängen: er empfindet sich nicht mehr als Person untertänig, sondern gibt nur eine genau festgestellte – und zwar auf Grund des Geldäquivalents so genau festgestellte – Leistung hin, die die Persönlichkeit als solche gerade um so mehr freiläßt, je sachlicher, unpersönlicher, technischer sie selbst und der von ihr getragene Betrieb ist« (1989:452).

Wie wenig selbstverständlich dies gerade im dörflichen Kontext war, zeigt eine Auseinandersetzung von Süleyman Doğan mit einem Verwandten. Dieser assoziierte mit dem Arbeitsverhältnis noch ganz traditional ein Knechtschaftsverhältnis, das den einzelnen auch weltanschaulich bindet:

»Einige Tage vor der Abreise nach Österreich kam der Sohn meiner *hala* (Schwester des Vaters) zu mir. ... Er sagte: ›Gut, was wirst du dort machen? Du wirst Schweinefleisch essen!‹ Ich sagte: ›Warum soll ich denn Schweinefleisch essen? Wenn ich's nicht esse, esse ich's nicht. Wir als Türken, als Muslime essen kein Schweinefleisch.‹ Und ich sagte: ›In Österreich wird mich niemand festhalten und in meinen Mund mit Gewalt Schweinefleisch stopfen. Man kann mich nicht zwingen, etwas zu essen. ...‹ – ›Gibt es dort eine Moschee oder eine Kirche?‹ – ›Was soll ich dort machen‹, sagte ich, ›wenn's dort eine Kirche gibt. Diejenigen, die wollen, gehen in die Kirche, die nicht wollen, nicht.‹ Dann: ›Du wirst dort Schweinefleisch essen‹, sagte er. Das sagte er mir ins Gesicht! ›Wenn du dort hingehst, wirst du anders werden. Du wirst ein *gavur*, ein Gottloser werden. Du wirst ein Christ werden‹, sagte er . ›Ich‹, sagte ich, ›warum soll ich denn Christ werden. Ganz bestimmt sagt niemand: ›Laß deinen Glauben, werde Christ, laß die Moschee, komm in die Kirche. Du wirst kein Schaffleisch essen, du wirst Schweinefleisch essen ...‹« (1977:17)

Diese Passage ist zunächst interessant, weil sie die dörfliche Konzeption einer multideterminierten Beziehung beschreibt. Sie zeigt aber auch, wie fremd Süleyman diese Folgerung schon geworden ist. Wenn er nach Österreich geht, dann ist es eine rein zweckrationale Entscheidung. Man könnte das Argument geradezu auf den Kopf stellen: Die Entscheidung für die Migration nach Österreich – in das christliche Ausland – war ja nur deshalb möglich geworden, weil man sich klar war, daß man *nur* arbeiten und Geld verdienen würde.

Der eindimensionale Charakter der rationalen Arbeit impliziert nicht nur in der Frage der Über- und Unterordnung den Zusammenbruch der symbolischen Bewertung von Arbeit, sondern auch (und fast noch auffallender) in Hinsicht auf die geschlechtsspezifische Gliederung der verschiedenen Tätigkeiten nach Frauen- und Männerarbeiten. Auch in dieser Hinsicht markiert die Entscheidung zur Migration den Endpunkt einer Entwicklung, die bereits im Dorf einsetzte.

Auch im Dorf stand die Tatsache der Bezahlung in einer prinzipiellen Spannung zu einer symbolischen Verknüpfung von Arbeit und

Status. Sie führte dazu, daß eine Arbeitstätigkeit in dem Moment ihren diskriminierenden Status als Frauenarbeit verlor, sobald sie gegen Geld ausgeübt wurde. Es hatte nichts Demütigendes, wenn beispielsweise Wolfshasan bei dem Forstbeamten gegen Bezahlung kochte und saubermachte. Hier kündigt sich bereits eine neue symbolische Verknüpfung von Geschlecht und Arbeit an, die sich dann in der Stadt durchsetzen sollte: Männerarbeit wurde immer mehr die Lohnarbeit außer Haus; während die Frauenarbeit zunehmend die unbezahlte Hausarbeit wurde. Der Gegensatz von innen und außen wurde also (mit wenigen Ausnahmen) noch einmal überlagert durch den Gegensatz von unbezahlt – bezahlt. Dies veränderte sich erneut mit der Öffnung des Internationalen Arbeitsmarktes. Hier wurden zu bestimmten Phasen fast ausschließlich Frauen angeworben: Auch hier war es wieder die Höhe des Lohnes, die die Bedenken zweitrangig erscheinen ließ, nun auch von der städtischen Regelung von Männer- und Frauenarbeit abzuweichen. Von den Migranten aus Subay gingen immerhin in drei Fällen die Frauen zuerst.

Dabei ist die Selbstverständlichkeit bemerkenswert, mit der etwa die Familie Alimes, immerhin eine Familie mit dörflichem Hintergrund, ihre Tochter ins Ausland gehen ließ. Dies wirkt als übe der Markt einen eigentümlichen Sog aus. Die Logik des Verkaufs als Ware – und damit des Marktes – impliziert offenbar auch, daß es widersinnig ist, eine Ware, die man verkaufen kann, *nicht* anzubieten. Gelegentlich wird, wie wir sehen werden, noch Widerstand laut werden, werden die alten Ehrbedenken vorgebracht werden, aber nur, um dann sehr schnell vom Tisch gefegt zu werden. Für viele andere steht etwa folgende Passage aus dem Gespräch mit Hasan Akkaya:

> »Nun, weil sie dumm sind, denken sie (die Bauern) so etwas: ›Arbeitet eine Frau?‹ Eine Frau arbeitet. Warum sollte sie denn nicht arbeiten? Nicht wahr? Eine Frau arbeitet. Über eine Frau, die geradewegs zur Arbeit geht, kann man nichts Schlechtes sagen. Nun, sie sind eben dumm.«

Ein zweckrationales, von der Logik des Kaufes und des Verkaufes bestimmtes Arbeitsverhältnis ist schließlich zeitlich befristet. Es endet – ganz im Gegensatz zu einer Beziehung, die auf Gabentausch basiert – tendenziell mit jedem Akt der Bezahlung: Käufer und Verkäufer der Ware Arbeitskraft sind damit quitt und können auseinandergehen. Diese zeitliche Begrenzung ist unentbehrlich für das Funktionieren eines Marktes, für das Spiel von Angebot und Nachfrage. Auch hier ist es deutlich, daß dieser befristete Charakter bei den Arbeitsverhältnissen im Ausland *von vornherein* eine zentrale und ausschlaggebende Rolle spielte. Die Bereitschaft zur Migration setzte das Bewußtsein von Arbeitsverhältnissen auf Zeit zwingend voraus. Auch hier zeigt sich der Unterschied zum Binnenmarkt: Der oben erwähnte Vorwurf des Arbeitgebers an Yaşar zeigt, wie schwer ein multideterminiertes Arbeitsverhältnis kündbar ist.

Die Entscheidung zur Arbeitsmigration ins Ausland bedeutet so die Durchsetzung eines Konzeptes von Arbeit, das zweckrational, eindimensional, entsymbolisiert und vertraglich ist. Dem korrespondiert die Durchsetzung des Konzeptes von Person als gesellschaftlichem Atom, das frei seine Bindungen eingehen und lösen sollte und das anderen gesellschaftlichen Atomen prinzipiell gleichgestellt ist. Der einzelne soll nun nicht mehr seinem vorgegebenem Platz in der Gesellschaft gerecht werden, sondern er soll sich seinen eigenen Weg durch die Gesellschaft suchen. Dies bedeutet, daß die Idee der Person nun endgültig von der Idee des konkreten Ortes im Tausch gelöst wird. Die einzelnen sind Rechtspersonen, *unabhängig* von dem je besonderen Platz, an dem sie sich befinden. Vorher und nachher werden sie andere Plätze in der Gesellschaft einnehmen. In einem derartigen System kann die Idee der Person nur als *Recht auf freien Zugang zu jedem Ort* interpretiert werden. Nun wird eine Einschränkung dieser Bewegungsfreiheit als grundsätzliche Beschränkung der Personenrechte empfunden. Verdeutlichen wir uns dies anhand der Analyse einer kleinen Szene:

»In einem Gespräch mit mir und seiner Frau berichtete Ramis, er habe eine Stelle bei einer Gartenbaufirma gefunden und sei zum Arbeitsamt gegangen, um eine Arbeitserlaubnis für diese Stelle zu erhalten. Der Beamte habe ihn abgewiesen und gesagt, auf diese Stelle setze er einen deutschen Arbeitslosen. Ramis erzählte, er sei daraufhin aufgebraust: Ob er denn erst jemanden zusammenschlagen müßte, um sein Recht zu bekommen? Der Beamte habe daraufhin mit der Polizei gedroht. ›Wenn ich ihn zusammengeschlagen hätte, hätte ich dann Recht oder Unrecht gehabt?‹ wandte sich Ramis an seine Frau und mich. ›Unrecht‹, sagte Fatma, ›Recht‹, beharrte er. Dennoch: Er werde sich nicht hinreißen lassen, sie suchten ja nur nach einem Grund, um ihn abzuschieben« (Gedächtnisprotokoll, 1977).

Hinter Ramis Position steht implizit der Gedanke, daß auf dem Hintergrund der prinzipiellen Freiheit und Gleichheit der Anbieter von Arbeitskraft jede äußere Einschränkung der Wahlfreiheit als Diskriminierung, d.h. als Infragestellung von Personenrechten aufgefaßt wird. Er empfand es als Einschränkung, daß ihm eine bestimmte Stelle nicht auf Grund rationaler Kriterien (mangelnder Qualifikation beispielsweise), sondern auf Grund zugeschriebener Kriterien (in diesem Fall seine Herkunft) verweigert wurde. Was also dem traditionalen Personenverständnis selbstverständlich ist – nämlich daß jeder einzelne auf Grund seines zugeschriebenen Status bestimmte Rechte und Pflichten hat – erscheint auf dem Hintergrund des rationalen Personenverständnisses als Diskriminierung[11]. Was in dieser wie in jeder Klage über Diskriminierung implizit enthalten ist, wurde von Memed Akkaya explizit formuliert:

»In der modernen Gesellschaft gibt es einen Platz für jeden. Ein Mensch ist ein Mensch, *was du machst, macht der auch*. So gibt es auch, entschuldige, keinen Unterschied mehr zwischen Frauen und Männern. *Was er macht, macht sie auch*. Was eine Frau macht, entspricht dem, was ein Mann macht. Das ist eben meine Meinung. Nimm sie an. Unter den heutigen Bedingungen kann man in diesem Land keinen Unterschied mehr sehen. *Nur noch Menschen. Sie haben alle die gleichen Rechte. Du, ich, wir haben alle die gleichen Rechte*« (1977:357).

Während im Dorf der Personenstatus über Alter und Geschlecht konkret bestimmt war – und sich dies über die symbolisch bewertete Arbeit abbildete (so daß man mit Fug und Recht sagen konnte: »Was du machst, macht der andere nicht«) – so wird jetzt der Personenstatus von jeder Konkretion gelöst und abstrakt am Menschsein festgemacht. Die Aussage »was du machst, macht der auch« wird man als Ausdruck des allgemeinen Lohnverhältnisses interpretieren dürfen: Wo das Wesen und der Sinn der Arbeit in der Erwirtschaftung von Geld gesehen wird, sind tatsächlich alle Arbeiten gleich – sie unterscheiden sich allenfalls quantitativ, nicht mehr aber qualitativ voneinander. Memed Akkaya paraphrasiert im ersten Schritt seiner Argumentation also Marx:

»Indem sie ihre verschiedenartigen Produkte einander im Austausch als Werte gleichsetzen, setzen sie ihre verschiedenen Arbeiten einander als menschliche Arbeit gleich. Sie wissen das nicht, aber sie tun es« (MEW 23:89).

Memeds Äußerung zeigt, daß sie sehr wohl ein Wissen davon haben! Im zweiten Schritt seiner Argumentation zieht er dann die logische Konsequenz aus dieser Erfahrung und konstatiert die elementare Gleichheit aller Anbieter von Arbeit auf dem Markt. Damit ist das neue Verhältnis von Individuum zur Gesellschaft auch kognitiv erfaßt.

Individuum und Haushalt: Die rationale Verpflichtung

Im Hinblick auf die Gesellschaft bedeutete die Öffnung des Internationalen Arbeitsmarktes die Durchsetzung der Konzeption der Arbeit als Ware und der Idee der Person als gesellschaftliche Monade. Im Hinblick auf das Verhältnis zum väterlichen Haushalt führte sie zur Formulierung eines neuen Begriffs von *görev*, von Verpflichtung. Dieser Begriff verlangte im Dorf, sich seinem sozialen Platz entsprechend zu verhalten. Die erste Generation in der Stadt war, wie wir gesehen haben, zerrissen zwischen den Anforderungen aus dem Dorf und den Plausibilitäten städtischen Lebens. Die Migration ins Ausland bedeutete nun zunächst, daß die Migranten sich völlig aus dem bäuerlichen Netz von Reziprozitätsverpflichtungen lösten. Was dies für das Verhältnis zur eigenen Familie bedeutete, wurde am deutlichsten von Memed Akkaya formuliert:

»Erst muß der Lebensunterhalt gesichert werden, dann kann an das Wertvolle gedacht werden. *Wer nicht an sich selbst denkt, kann nicht an die anderen denken. Wenn ich nicht zuerst an mich denke, kann ich auch nicht an meine Mutter denken.* Warum? Wenn ich hier meinen Lebensunterhalt nicht selbst sichern kann, bin ich für sie von keinerlei Nutzen oder kann für sie nicht sorgen« (1977:18).

Hier wird ein Konzept der rationalen (im Gegensatz zur symbolischen) *görev* formuliert: Nicht in und durch die Arbeit (etwa im väterlichen Hof) löst man sein Verpflichtungen ein, sondern man muß *zuerst* arbeiten, um *dann* seine *görev* einzulösen. Es ist damit impliziert, daß derjenige am besten seine Verpflichtungen einlöst, der am effizientesten arbeitet, und zwar deshalb, weil er von seinem Verdienst seinen Angehörigen am meisten zur Verfügung stellen kann. Damit ist eine in sich rationale Antwort auf die traditionale Logik des Ortes in der Gesellschaft – und auf die Konzeption des Stadt-Land-Haushaltes – formuliert.

Mit dem Konzept der rationalen *görev* läßt sich positiv und offensiv *begründen* (und nicht nur empfinden), daß ineffektive Lebensformen (also etwa der Hof) aufgegeben werden sollten. Die Eltern mögen im Dorf bleiben, so lange sie sich versorgen können: Dann aber sollten sie sich entschließen, in die Stadt zu kommen. »Ich meine, ein Vater müßte sagen: ›Es ist notwendig um der Zukunft meines Sohnes willen, daß ich zu ihm ziehe‹«, formulierte Ilhan Akkaya die Konsequenz aus diesem Konzept. Man könnte sagen, daß die Logik auf den Kopf gestellt wird, die noch das Handeln der Generation vorher bestimmt hat. Zog Hacı Şakır schweren Herzens ins Dorf als sein Vater ihn zurückrief, weil er nicht mehr in der Lage war, die dörflichen Arbeiten zu bewältigen, verlangte jetzt etwa Yaşar Fuad das Umgekehrte von seinem Vater. Während sich im Dorf die wirtschaftliche Logik der sozialen und politischen Logik unterordnen muß, muß sich nun die soziale Logik der wirtschaftlichen unterordnen.

Mit dem Konzept der rationalen *görev* läßt sich auch positiv begründen, warum der Vater nicht in den Beruf hineinreden sollte: Die Sicherung der Zukunft ist die Sache des Sohnes, seine alleinige Verantwortung. Anders formuliert: Die Pflichterfüllung gegenüber der Familie wird nun von der Pflicht zum Gehorsam getrennt. Und man kann argumentieren, daß man sich im Interesse einer vernünftigen Pflichterfüllung manchmal dem Vater geradezu widersetzen *muß* – im nächsten Kapitel werden wir ein Beispiel analysieren. Kurzum: Mit dem Begriff der rationalen *görev* läßt sich offensiv rechtfertigen, warum das Verhältnis des einzelnen zu seiner Gruppe sinnvollerweise nur vom einzelnen her gedacht werden kann.

Dies hat zwei komplementäre Konsequenzen: Zum einen wächst die individuelle Freiheit und Beweglichkeit – bei einzelnen bis hin zu dem Punkt, daß man den Verdacht bekommt, das Bekenntnis zur Erfüllung der Verpflichtungen ist nur noch ein Lippendienst, den man eben zollen muß. Diesen Verdacht bekommt man etwa im Fall der Familie von Asiz Subayoğlu: Hier gewinnnt man den Eindruck, daß die drei Brüder die Last der Versorgung der Mutter von dem einen auf den anderen schieben – und sich der konkreten Verantwortung jeweils mit »guten Gründen« entziehen können.

Umgekehrt kann aber auch die nun rational definierte *görev* einen verpflichtenden Charakter annehmen, den sie in der traditionalen Gesellschaft nie hatte. Dort – so könnte man argumentieren – konnte man seiner Verpflichtung relativ einfach gerecht werden; man brauchte nur zu erfüllen, was von den Eltern verlangt wurde. Jetzt aber kann sich die Erfüllung seiner Verpflichtung zu einem lebensbestimmenden Programm auswachsen. Dies scheint mir im Fall von Yaşar, aber auch im Fall von Süleyman gegeben zu sein: Yaşar, der seine Familie gezwungen hatte, nach Istanbul zu ziehen, betrachtete es nun als seine Verpflichtung, sie in der neuen Situation auch mit Wohnungen und Ausbildungen auszustatten und sie in Schwierigkeiten zu unterstützen. Nicht weniger umfassend scheint die Last der Verpflichtung auch bei Süleyman zu sein. Er hat gegen seine herkömmliche Verpflichtung verstoßen, indem er gegen den Willen seines Vaters geheiratet hat und nach Deutschland migriert ist. Er bewältigt diesen Verstoß, indem er versucht, für den Vater eine Konditorei einzurichten. Die weitaus größere Last der so gefaßten *görev* leitet sich daraus ab, daß man nicht mehr nur eine vorgegebene Aufgabe erfüllen muß, sondern gleichsam etwas Neues schaffen muß, um ihr gerecht zu werden. Während man die dörfliche Verpflichtung erfüllen konnte, ist die rationale Verpflichtung tendenziell offen: Sie impliziert, daß man im Prinzip immer noch mehr machen könnte.

Der Traum der selbstgewählten Zukunft

Die Öffnung des Arbeitsmarktes veränderte nun nicht nur die Vorstellungen über die Rechte und Pflichten einer Person – sie hatte auch weitgehende Implikationen auf die Ausgestaltung und Ausformulierung eines neuen Ideals von Person.

Dieses neue Ideal ist mit der Idee von *istikbal* verbunden, der Idee der abstrakten Zukunft. In den Auseinandersetzungen (auch der Binnenmigranten) mit den Eltern wird oft angeführt, daß es darum geht, »eine Zukunft zu begründen« (*bir istikbal kurmak*). Im Dorf, so wird gesagt, gebe es »keine Zukunft« (*köyde istikbal yok*). Diese Verwendungsweise des Wortes »Zukunft« ist uns vertraut. Auch im Deutschen sagt man etwa, der und jener Beruf habe »keine Zukunft« und meint damit nicht »Zukunft« schlechthin, sondern eine besondere Form der Zukunft, nämlich eine, die sich durch »Perspektivlosigkeit«, »Abstieg« usw. auszeichnet. »Zukunft« (*istikbal*) positiv gebraucht bezeichnet im Gegensatz zu dem »Künftigen« (*gelecek*) ein Anderes, das nicht in der Gegenwart angelegt, sondern ihr entgegengesetzt ist.

Eine Formulierung von Yaşar Fuad verknüpft wie selbstverständlich die Idee des einzelnen mit der der Zukunft:

»Unser Dorf ist zurückgeblieben. Alle, die jetzt heranwachsen, das heißt diejenigen, die Köpfchen haben, fliehen in die Stadt, nach Istanbul, Ankara, Izmir, Adana zum Beispiel, in die großen Städte: ›Laßt uns als einzelne (*tek olarak*) eine Zukunft gewinnen‹« (1978:203).

Dieses Konzept der Zukunft kam nun im Kontext der internationalen Migration voll zum Tragen: Die Höhe der Gehälter in Deutschland ließ den Traum der *»istikbal«*, der immer auch ein Traum des Ausbruchs aus der Gegenwart ist, zum ersten Mal *für eine breite Gruppe*[12] realisierbar erscheinen. Man müßte nur einige Jahre im Ausland arbeiten – dann wäre man soweit.

Süleymans Traum von der Zukunft ist dabei durchaus kennzeichnend: Er arbeitet für ein Haus und träumt von der Einrichtung einer Konditorei (*pastahane*) und eines »modernen Bierausschanks«. Seine Liebe gilt dabei dem zweiten Projekt. An ihm ist die symbolische Bedeutung wichtig: »Bierausschänke« sind eine neue Einrichtung in der Türkei – die Assoziationen, die sich daran heften, dürften denen ähnlich sein, die sich bei uns mit den ersten »Bars« in den fünfziger Jahren verbanden: Sie reflektieren den Glanz neuer großstädtischer Einrichtungen, die von Angehörigen der oberen Mittelschicht frequentiert werden – ein Glanz, dessen Schillern durch eine leichte Anrüchigkeit durchaus gesteigert wird. Nicht zufällig sind die Bierausschänke Ziel der Attacken der fundamentalistischen Muslime. Süleymans Traum von *istikbal* wäre es, in einem solchen Geschäft »Patron« zu sein – und damit einen festen und geachteten Platz in der modernen urbanen Türkei einzunehmen. Das mit diesen Gedankenspielen verbundene neue Ideal von Person spricht auch aus folgendem Satz Süleymans:

»Stell dir doch jemanden vor, der fleißig arbeitet. Jemand, der zum Nutzen des Landes arbeitet. Jemand, der seine Steuern zahlt, der dem Elektrizitätsamt zahlt, der der Gemeinde Geld abführt. Die Rechte dieses Mannes werden anerkannt. In der Türkei ebenso wie hier« (1985:6).

Noch vielsagender ist der Traum von Memed Akkaya. 1977 malte er sich aus, ein eigenes Haus in Yalova zu besitzen – einem ehemaligen Luxusort der osmanischen Oberschicht am Marmarameer: Dort würde er nun ein Grundstück mit einem Garten kaufen. Allerdings möchte er sich dort nicht einfach zur Ruhe setzen:

»Wenn ich alt bin, möchte ich meine Zeit nicht in der Ecke eines Cafés verbringen, sondern ich möchte mich dort mit etwas beschäftigen können, also ich möchte wenigstens ein Büro eröffnen« (1985:19).

An anderer Stelle beschreibt er diesen Plan, ein Büro zu eröffnen, mit folgenden Worten:

»Ich habe nicht die Absicht [in der Fabrik] zu arbeiten, weil ich nicht Befehle empfangen will. Für mich ist es besser, unabhängig zu sein, eine eigene Sache zu machen. Wenn ich ein kleines Beratungsbüro (*dilekçe bürosu*) aufmachen könnte, würde es reichen. Ich stell einen Tisch rein, ein Telefon, zwei Sessel und setze mich hin. Ich selbst brauche dann keine Gänge zu unternehmen. Ich stelle Leute ein. Zwei, drei Sekretäre, eine Schreibmaschine. Die lasse ich dann die Bittgesuche schreiben. Es reicht – sollen sie das Geld verdienen. Das ist sowieso die Arbeit, die mir liegt. Die Papierarbeit ist meine Sache: Korrespondenz, Auseinandersetzungen, jemandem bei seiner Sache behilflich sein. Ich kann Geld verdienen, indem ich die Wünsche der anderen erfülle« (1977:371).

Es lohnt sich, den Tagtraum auszumalen: Die Szenerie ist die eines türkischen Beratungsbüros. Ein großes Zimmer, ein wuchtiger Schreibtisch, hinter dem der Chef (unter dem Bild des Staatspräsidenten oder Mustafa Kemal Atatürks) sitzt; ihm gegenüber an der Wand aufgereiht mehrere Sessel, in denen Bittsuchende, aber auch andere Geschäftsleute aus der Nachbarschaft oft stundenlang sitzen und sich mit ihm unterhalten. Im Nachbarzimmer die Schreibstube, in der die Angestellten sitzen, die gelegentlich zum Chef zitiert und mit einem Auftrag losgeschickt werden.

Aus diesem Bild treten einige weitere Facetten einer achtbaren Existenz hervor: Zunächst scheint diese mit einem Abhängigkeitsverhältnis als Arbeiter oder Angestellter zwar nicht unbedingt unvereinbar zu sein, aber doch in einem Spannungsverhältnis zu stehen. Memed sagt, er empfange nicht gerne Befehle. Auch die anderen Migranten aus Subay heben das Demütigende einer abhängigen Tätigkeit hervor: Nicht nur, daß man herumkommandiert werde, man müsse auch Kränkungen hinnehmen. Wichtig scheint für Memed auch zu sein, daß die unangenehmen, niedrigen Tätigkeiten auf die Angestellten abgewälzt werden können: Die Gänge und das Verfassen von Bittgesuchen. Für ihn als Chef blieben dann die Beratungsgespräche, das Repräsentieren und das Empfangen von Besuchern übrig – kurz die ehrenden und Ansehen verleihenden Tätigkeiten.

Hier kommt eine kennzeichnende Berufskonzeption zum Ausdruck: Die Berufe werden sehr scharf in zwei Kategorien sortiert – von denen die eine mit Achtung assoziiert wird und die andere nicht. Boos Nüning und Reich charakterisieren dieses Muster (das auch die Berufsorientierung türkischer Jugendlicher in der Bundesrepublik bestimmt) sehr zutreffend:

»Die Einteilung der Berufe enthält kaum Zwischengruppen mit Ausnahme einzelner Tätigkeiten, wie Bankangestellter, Polizist, Beamter: Entweder man ist gebildet, hat einen ›meslek‹, oder man arbeitet ohne Wissen; entweder man arbeitet mit dem Kopf und hat einen sauberen Beruf, der keine körperliche Arbeit verlangt, oder man muß mit den Händen schmutzige Arbeiten durchführen; entweder man hat eine Ausbildung absolviert, man ist Chef und hat zu bestimmen oder man ist Arbeiter und hat zu gehorchen und auszuführen« (Boos-Nüning/Reich, 1986:330).

Nun wirkt diese polare Klassifikation von Berufen etwas antiquiert[13] – sie wird nicht der Komplexität der modernen Türkei gerecht, insbesondere nicht der Entstehung einer modernen, selbstbewußten Arbeiterschicht und der Genese neuer Mittelschichten[14]. Die Deutlichkeit, mit der Memed (und die Gesprächspartner von Boos-Nüning und Reich) daran festhalten, scheint mir deshalb ein Hinweis auf ihre bäuerliche Herkunft zu sein. Ein »überholtes« Gesellschaftskonzept findet sich wahrscheinlicher bei Gruppen, die von außen kommen. Ihr Traum ist es, auf die andere Seite des Schreibtisches zu kommen –

in einer Situation allerdings, in der sich die klare Gegenüberstellung mehr und mehr verwischt[15].

Hervorgehoben wird von Memed zweitens, daß durch die Arbeit anderen geholfen wird: Man verpflichtet sie sich dadurch. Ein Bittgesuchschreiber ist der Vertreter von anderen auf den Behörden, er ist ihr »Mann« auf den Ämtern. Sie sind auf ihn angewiesen. Ansehen bringt diese Tätigkeit jedoch auch, weil sie von allgemeinem gesellschaftlichen Nutzen ist. Sie trägt dazu bei, mehr Gerechtigkeit in der Gesellschaft herzustellen. Ein Punkt, der für Memeds Selbstbild zentral ist: »Also wo ich auch bin, möchte ich einen ungerechten oder unerträglichen Zustand niemals billigen« (1977:15). Diese Tätigkeit als Makler könnte als das städtische Pendant zu Velis Wunsch, »ein Mann« im Dorf zu sein, betrachtet werden. Auch ihr liegt im übrigen das duale Bild einer städtischen Organisation zugrunde: Der Bittgesuchschreiber ist genau derjenige, der zwischen Statusinhabern und Statuslosen vermittelt – und dieser Beruf wird mit der Aufweichung dieser Grenzen und der zunehmenden Professionalisierung verschwinden.

Beachtung verdient auch ein dritter Aspekt des Traumes, nämlich die befriedigende Synthese von Müßiggang und Arbeit, die Memed ebenso wie Süleyman vorschwebt. Die Tätigkeit hinter dem Schreibtisch beziehungsweise hinter der Kasse ist einerseits der eigentlichen produktiven Arbeit (die von den Angestellten erledigt wird) und andererseits dem Müßiggang entgegengesetzt, den Memed ebenfalls nicht will. Dieses Ideal scheint dem antiken Konzept der Muße näher zu sein als der nordeuropäischen Idee des Berufes.

Als vierter und letzter Punkt wäre schließlich bei Memed, wie bei Süleyman, die Assoziation von geachteter Existenz mit städtischem Leben zu erwähnen. Auch dies scheint eine generelle Eigenheit der türkischen Migranten zu sein, die sie auf eine bezeichnende Weise von griechischen, süditalienischen und irischen Migranten unterscheidet, »deren Traum, reich und erfolgreich in das eigene Dorf zurückzukehren ... die große Utopie [war], um die die Migranten Strategien, Normen und Ansprüche gruppierten« (Shanin 1980:81). Auch hier schimmert die traditionelle kulturelle Wertung von Stadt in der islamischen Zivilisation hindurch: Die Stadt galt als das Zentrum von Kultur – als der Ort, wo man den Islam zur Gänze leben konnte[16].

Aber auch hier schimmert noch etwas Ergänzendes hindurch, was bei Memed deutlicher als bei den anderen zum Ausdruck kommt. Yalova steht nicht nur für Stadt und damit für Kultur – sondern auch für Natur und Schönheit. Die Synthese, die er für den Bereich der Arbeit anstrebt, strebt er auch für den Bereich des Wohnens an.

Diese Träume lassen ein Personenideal erkennen, das dem Individuum verpflichtet ist. Memed und Süleyman formulieren Ziele, die eindeutig die ihren sind. Das »Haus«, die Dynastie, spielt in diesen Träumen keine Rolle mehr.

Die Konflikte mit dem Vater

Wir haben nun die Bausteine zusammen, um uns erneut dem Vater-Sohn-Konflikt von Süleyman und Veli zuzuwenden. Wir können nun verstehen, inwiefern er jenseits aller individuellen und familialen Bedingtheiten auch ein allgemeiner, d.h. ein Generationenkonflikt ist – inwiefern er also nicht nur das Drama eines ungeliebten Sohnes darstellt, sondern auch ein allgemeines Umdenken in Hinsicht auf personale Rechte und Verpflichtungen ausdrückt.

Süleyman wäre es als Selbstaufgabe erschienen, wenn er sich dem Vater gebeugt hätte, weil er damit auf seine individuelle Zukunft – seine persönliche *istikbal* – verzichtet hätte, und zwar *zugunsten eines Systems von Rechten und Pflichten, das für ihn seine Legitimität eingebüßt hatte*. Wenn er sich dem Vater untergeordnet hätte, wäre das für ihn aus diesem Grund ein Verzicht auf eine sinnvolle Existenz gewesen. Dieses Grundgefühl teilte er mit den anderen Angehörigen seiner Generation.

Die erste offene Artikulation von Widerstand war bei Süleyman – wie bei den anderen Migranten – der Zeitpunkt der Verheiratung. Dies ist kein Zufall, weil die jungen Menschen mit der Verheiratung auf eine geradezu existentielle Weise mit der Logik des Haushaltes konfrontiert werden. Anderen Anforderungen (etwa an Arbeitshilfe, an Unterstützung) kann man nachgeben – sie sind reversibel. Mit der Heirat jedoch bindet man sich für das Leben. 1985 kam Süleyman auf diese Phase seines Lebens zurück und begründete noch einmal ausführlicher seinen Widerstand.

»Sie wollen dir ein Mädchen aus dem Dorf geben, weil sie wissen: Wenn du dir jemand aus der Stadt nimmst, dann kommt die *gelin* (Schwiegertochter) nie ins Dorf[17] ... Ich wollte weg aus dem Dorf. Ich wollte nichts mit den Angelegenheiten meines Vaters zu tun haben. Deswegen wollte ich auch nicht ›Schneckes‹ Tochter heiraten. (Erregt, fast wie ein Aufschrei): Ich wußte genau: Wenn ich Schneckes Tochter heirate, dann holt sie mein Vater ins Dorf. Und was mache ich dann in Istanbul – alleine? Warum heirate ich denn, wenn meine Frau dann bei meinem Vater ist? Nein – meine Frau soll bei mir bleiben, sie soll bei mir leben« (1985, Gedächtnisprotokoll).

In dem »Nein« zur Hochzeit artikuliert sich so der Widerstand, sich wirtschaftlich, politisch und sozial an den Haushalt zu binden. Hinter dem ganzen Abschnitt steht deutlich eine Sicht der Dinge, die sich von der des Vaters unterscheidet: Süleyman geht in seinem Denken von zwei Haushalten aus – dem eigenen und dem des Vaters – und empfindet deshalb die Erwartungen des Vaters als Zumutung.

In der Erregung, mit der diese Passage formuliert wird, schwingt noch etwas anderes mit: nämlich das Gefühl, in dem sorgfältig gewebten sozialen Netz, an dem der Vater bastelt, zu ersticken – ein Gefühl, das wohl erst entstehen konnte, als sich die Möglichkeit eines anderen Lebens eröffnete.

Die Begründung eines anderen Migranten, von Asiz Subayoğlu aus München, macht dabei noch eine andere Facette dieser Entscheidung sichtbar, die ebenfalls bei Süleyman eine Rolle gespielt haben mag, ohne daß er sie explizit anführte. In dem durch Reziprozität bestimmten Denken der Bauern von Subay wird die Hochzeit auch als Gabe einer Frau vom Vater (der den Brautpreis aufbringt) an den Sohn verstanden. Sie bindet den Sohn dadurch noch mehr an den Vater, verpflichtet ihn noch mehr – und macht demzufolge ein Losbrechen noch schwieriger.

Es stellte einen weiteren entscheidenden Schritt des Widerstands gegen den Vater dar, daß er gegen dessen Willen emigrierte. Auch in diesem Punkt gibt es eine auffallende Gemeinsamkeit in den hier diskutierten Migrantenschicksalen. Drei der vier hier dargestellten Männer migrierten ohne Wissen und Einwilligung des Vaters – was darauf hinweist, daß der Vater die Erlaubnis wohl versagt hätte. Der einzige, der seinen Vater fragte, ob er nach Deutschland gehen dürfe (Yaşar Fuad), hatte sich übrigens bereits vorher durchgesetzt und seinen Vater gezwungen, nach Istanbul zu migrieren.

In mancher Hinsicht hatte Süleyman, auch was diese Fragen betraf, größere Probleme mit seinem Vater als die anderen Migranten. Veli, der ausgeprägte dorfpolitische Ambitionen hatte, verlangte von Süleyman weit mehr materielle Unterstützung als die anderen Väter. Er beanspruchte wie selbstverständlich einen Zugriff auf das Einkommen seines Sohnes, um die Ausgaben zu bestreiten, die es bereitete, wenn man im Dorf politischen Einfluß ausüben wollte. Aus seiner Perspektive war es ebensogut sein Einkommen wie das seines Sohnes; auch würde ja sein Sohn an dem Ansehen partizipieren, das er damit erwerben würde. Der Widerstand von Süleyman zeigt indes, wie wenig ihm noch an dem Ansehen liegt, das sein Vater im Dorf genießt. Er, dessen Lebensmittelpunkt nie mehr im Dorf liegen wird, wird keinen Nutzen davon haben. Wenn sein Vater »ein Mann« sein wollte, dann war das nun ausschließlich seine eigene Sache[18]. Und nicht nur das: Der Vater untergräbt mit seinen Wünschen nach Geld geradezu die Träume, die der Sohn für seine eigene Person hat. Dem erscheint deshalb die, dem Ansehen verpflichtete, *conspicuous consumption* als bloße Verschwendung und der Vater geradezu als jemand, dem man kein Geld anvertrauen kann:

»Ich habe ihm nie viel Geld mitgebracht. Immer nur 2 000 oder 3 000 Mark. Du kannst ihm nicht mehr Geld geben, sonst gibt er es für Dorfvorsteherwahlen aus oder für die Kooperative« (Gedächtnisprotokoll, 1985).

Die große Geste des Vaters kann Süleyman nur noch mit Wut registrieren:

»Er denkt nur an sich selbst. Als wir das letzte Mal im Dorf waren, wollte er, daß ich mit dem Auto bis vor sein Haus fahre. Wir haben es gemacht: Du kennst die Wege nach Subay. Man kann auf ihnen kaum fahren, und sie sind gefährlich. Er denkt nicht daran, daß er das Leben seines Sohnes und seines Enkels riskiert. Ich habe zu ihm gesagt: ›Du denkst nicht an die Zukunft deiner Enkel.‹ Er setzt die Zukunft seiner Enkel aufs Spiel. Und dann mit dem Auto. Was passiert denn, wenn das Auto auf dem Weg ins Dorf kaputtgeht? Es ist in meinem Paß eingetragen. Wenn ich es nicht wieder mitbringe, kann ich nicht wieder über die Grenze. Ich werde eine Menge Schwierigkeiten haben« (Gedächtnisprotokoll, 1985)[19].

Was für den Vater mit Status und Stolz assoziiert wird, ist für den Sohn nur überflüssige und dabei gefährliche Angeberei. Der Bürger, der sich Sorgen um den Zoll macht, reibt sich am Bauern, der im Dorf repräsentieren will. Diese Distanz zur Dorfpolitik spiegelt sich schließlich in der Bewertung der Gerichtsverhandlung, mit der die politische Karriere des Vaters als Vorsitzender der Kooperative ihr Ende fand:

»Als wir im Sommer in die Türkei kamen, hat er zu mir gesagt: ›Ich bin in zwölf Gerichtsverfahren freigesprochen worden‹. Zwölf Gerichtsverfahren! Wie kommt man jemals zu zwölf Gerichtsverfahren? Ich komme in meinem ganzen Leben nicht zu zwölf Gerichtsverfahren. Ich habe zu meinem Vater gesagt: ›Vater, wie kommst du zu zwölf Gerichtsverfahren? Wenn du dich in die Sachen anderer Leute einmischst, dann bringen sie dich vor Gericht. Wenn du nichts machst, lassen sie dich in Frieden dort leben. Warum mischst du dich denn überhaupt ein? Laß diese Kooperativengeschichte, laß die Politik.‹ Freispruch in zwölf Gerichtsverfahren! *Aber was das kostet, darüber denkt er nicht nach*. Mein Vater denkt nur an heute: Heute ist Mittwoch. So weit! Aber was ist am Mittwoch in einem Jahr? Daran denkt er nicht. Ich sage: Ich möchte auch an den Mittwoch in einem Jahr denken« (Gedächtnisprotokoll, 1985).

Ich hatte von dieser Geschichte selbst bei meinem Aufenthalt in Subay 1983 gehört. Der Unterschied zwischen der Version des Vaters und der des Sohnes hätte nicht größer sein können: Womit der Vater (und im übrigen auch sein Gegenspieler, der Dorfvorsteher) sich rühmte – nämlich das erfolgreiche Bestehen eines dörflichen Konfliktes –, erscheint dem Sohn nur noch eine hohle und sinnlose Aktivität, die nichts als Scherereien und Kosten einbringt. Die Großzügigkeit der Verschwendung erscheint hier nur noch als Leben in den Tag hinein. Auch das dorfübliche Instrumentalisieren der Gerichte für die Auseinandersetzung in Fehden ist dem Sohn fremd geworden: Ihm geht es um das Vermeiden von gerichtlichen Auseinandersetzungen, und er wird deshalb in seinem »ganzen Leben nicht zu zwölf Gerichtsverfahren« kommen.

Der Konflikt zwischen den Generationen um Rechte und Verpflichtungen durchzieht alle hier diskutierten Lebensgeschichten. Die Analyse dieser Eltern-Kind-Beziehung eignet sich deshalb als Leitmotiv, das die biographischen Kapitel durchzieht[20]. Gleichzeitig ist deutlich, daß der Konflikt von Person zu Person unterschiedlich ausgeprägt ist. Süleyman hatte auf eine besondere Weise unter dem Vater zu leiden – und dies artikuliert sich auch in der Wut und dem

Ressentiment, mit der er die personalen Vorstellungen des Vaters kommentiert und die ihn in bestimmter Hinsicht schärfer blicken läßt als andere.

Wert und Würde

Georg Simmel skizziert in seiner Philosophie des Geldes die Entwicklung der menschlichen Gesellschaft unter dem Aspekt einer ständigen Restrukturierung von Verpflichtungen und Freiheiten. Was zunächst als Befreiung erscheint, entpuppt sich bald als ein bloßer »Wechsel der Verpflichtungen« – wobei das subjektive Gefühl der Befreiung aus dem Fortfall des alten Druckes entsteht. Bald jedoch macht die neue Pflicht, »die wir zuerst gleichsam mit bisher geschonten und deshalb besonders kräftigen Muskelgruppen tragen, mit der allmählichen Ermüdung derselben ihr Gewicht geltend« (1989:375). Die Internationale Arbeitsmigration macht diesen Prozeß in besonderer Schärfe deutlich. In diesem sozialen Feld gelten die Gesetze des Marktes reiner und unverbrämter als anderswo. Dies erlaubt einerseits, wie wir gesehen haben, die Erfahrung der Befreiung von den herkömmlichen Verpflichtungen. Es führt aber auch zu einer besonders deutlichen Konfrontation mit den komplementären Aspekten dieser Befreiung: zur Erfahrung neuer Formen von Entwürdigung, Unfreiheit und Ungleichheit. Zeichnen wir diesen Prozeß nach.

Die Freiheit, Bindungen einzugehen und zu lösen, wurde vor allem in der Anfangszeit von den meisten Migranten selbstbewußt und selbstverständlich wahrgenommen. Asiz, Memed, Hasan und Salih kündigten, wenn eine Arbeit ihren Erwartungen nicht entsprach und nahmen die Chancen wahr, die sich ihnen eröffneten. Die Haltung zur Anfangszeit spricht deutlich aus dem Bericht von Hasan Akkaya:

»Ich bin einmal, um eine Lohnerhöhung zu erhalten, zum Direktor gegangen. Der Direktor sagte: ›Ich zahl dir das gleiche wie den anderen zehn Fahrern, die hier angestellt sind. Der Stundenlohn ist der gleiche für einen Deutschen und für einen Ausländer.‹ ... Als er so redete, konnte ich natürlich nichts [mehr darauf] sagen. Und ich habe meine Arbeit weitergemacht und draußen gearbeitet. Aber die Arbeit als Bulldozerfahrer ist hart ... : Stoß zurück, fahr vorwärts, planiere, richte den Boden her, mach eine Straße ... Mitten während der Arbeit beginnt der Kopf zu schmerzen, der Kopf wird, wie soll ich sagen, wie ein Korb. Und dann sagte ich zu mir: ›Los, ich geh', für den gleichen Lohn arbeite ich in der Fabrik‹ ... Ich habe gekündigt und mich bei einer Firma in Neuss beworben ... Sie stellen dort Autovergaser her, für Ford und Opel. Dort habe ich dann vier Jahre gearbeitet ... und dann bin ich hier, bei BAYER, eingetreten. Eines Tages kam nämlich ein Freund zu mir und sagte: ›So und so. Bayer zahlt besser. Komm auch du, laß uns zusammen arbeiten.‹ So kam ich« (1977:5).

Es zeigte sich indes, daß die Stellung des einzelnen, gerade auf dem Internationalen Arbeitsmarkt, an seiner prinzipiellen Fähigkeit hängt, seine Arbeitskraft auch anderswo zu verkaufen. Oder anders: Die Migranten machten bald auf eine beklemmende Weise die Erfahrung, daß ihre Stellung sehr direkt und unverblümt mit ihrem »Marktwert« zusammenhing. Süleyman erlebte dies auf Grund der speziellen Situation in Niederösterreich etwas früher als die anderen: Er mußte feststellen, daß sein Arbeitgeber sehr bewußt seine Schwierigkeiten ausnützte, anderswo eine Arbeit zu finden – und sich etwa nicht an Absprachen hielt:

»Letztes Jahr hat er alle anderen Kollegen entlassen. Sie sind gegangen und haben anderswo Arbeit gefunden. Mich dagegen hat er wieder genommen, als ich aus dem Urlaub kam. Als ich die Arbeit wiederaufnahm, sagte ich: ›Ich arbeite nicht für den gleichen Lohn. Erhöhe meinen Arbeitslohn. Bis jetzt können wir kein rechtes Leben führen.‹ Er sagte: ›O.K. In Ordnung. Ich zahle dir morgen mehr.‹ Aber er machte es nicht. Wieder die gleiche Situation. Er hielt sein Wort nicht. Für mich ist es jetzt schwierig, weiter zu sprechen, *weil es Winter ist und die Arbeiten schlechtgehen* ... Er sagte: ›Ich geb dir Geld.‹ Er gab es aber nicht. Trotzdem haben wir natürlich begonnen zu arbeiten. Er wußte genau, daß ein Mann, der 75 000 Schilling Schulden hat, definitiv arbeiten muß. Ganz bestimmt kündigt so ein Mann nicht, auch wenn er sagt, daß er mehr Geld haben will« (1978:61).

Dabei sah Süleyman – mit einer bemerkenswerten Klarheit – den zentralen Unterschied zur Lage auf dem Arbeitsmarkt in der Türkei in der Machtstruktur begründet, die sich aus der jeweiligen Arbeitsmarktlage ergibt.

»Nun habe ich bis jetzt auch in der Türkei nicht für mich gearbeitet, sondern bin gegangen und habe wieder für einen Patron, einen Chef gearbeitet. Auch zu der Zeit habe ich mich mit einigen Kollegen nicht verstanden, auch mit einigen Chefs nicht. Aber ich konnte natürlich, weil es mein eigenes Land war, nach drei Tagen an einem anderen Ort Arbeit finden ... Als Handwerker hatte ich die Möglichkeit. Ich habe zu der Zeit dem Chef nichts erlaubt. Ich weiß nicht: ›Was sagst du? – Du schimpfst mit mir, du zürnst mit mir? ...‹ – sagte ich – ›Was habe ich mit dir zu schaffen. Schluß‹, sagte ich, stand auf und ging. Aber ich kam nach Europa, nach Österreich, wieder das gleiche ... Wenn ich hier in der gleichen Situation wäre, wenn ich gleich eine andere Arbeit finden könnte, wenn ich von hier wegginge, dann würde ich dieses Gerede von einem Österreicher, dieses ›Kein Mensch‹, auf keinen Fall einstecken und würde es nicht ertragen. Aber leider ist es sehr schwer, sich zu retten« (1978:73).

So aber war er die erste Zeit geradezu seinem Arbeitgeber ausgeliefert. Nun ist sicher Süleymans Erfahrung besonders radikal: Der Unternehmer, den er beschreibt, scheint in vielem geradezu frühkapitalistische Züge zu tragen. Auch scheint der Umgangston Ausländern gegenüber auf dem flachen Land in Niederösterreich besonders rauh zu sein. Dennoch ist bei ihm die allgemeine Erfahrung nur besonders zugespitzt. Alle Migranten machten die Erfahrung, daß die Arbeitsmarktlage und ihr zunehmendes Alter ihren Spielraum, zu gehen, immer mehr einengten. Asiz, der keineswegs zu Klagen neigt, konstatiert ziemlich nüchtern, daß er wegen der Angst, keine andere Beschäftigung mehr zu finden, Demütigungen hinnimmt, die er früher nicht akzeptiert hätte. Aus der gleichen Sorge heraus verzichtet er auf die Maximierung des Lohnes durch Arbeitsplatzwechsel und nimmt für eine Arbeit, die er als krisensicher einschätzt, auch geringere Löhne in Kauf.

»Also seit 8 Jahren arbeite ich bei dieser Firma. Diese Firma ist eine Brotfirma, eine krisensichere Firma, eine Firma ohne Produktionsausfall. Brot wird immer hergestellt werden, das Volk will ernährt werden ... Es ist mir nicht wichtig, ob ich zweihundert oder dreihundert Mark mehr oder weniger verdiene, weil es dort krisensicher ist. Was geht es mich an, wenn eine Firma in eine Krise gerät? Ich habe dann den Schaden ... Ich muß dann zum Arbeitsamt gehen ... Ich werde dann arbeitslos sein, ich werde auf Arbeitslosengeld angewiesen sein. Als Arbeitsloser kann ich ein Jahr lang Geld bekommen. Dann gibt es noch Arbeitslosenhilfe, ein halbes Jahr lang. Das macht anderthalb Jahre. Wenn ich in anderthalb Jahren keine Arbeit finden kann, schmeißen sie mich raus. Also die deutsche Polizei ... Nach deutschem Recht sagt man dann: ›Auf Wiedersehen‹« (1985:2).

Der letzte Punkt ist zentral. Er zeigt, daß die Migranten sich als Teil einer industriellen Reservearmee fühlen: Wenn sie nicht mehr gebraucht werden, können sie – nach einer Schonfrist – abgeschoben werden. Dies aber wäre gerade für sie katastrophal: Es hieße, zurückkehren zu müssen, bevor man mit seinen Plänen so weit ist, daß man sich in der Türkei über Wasser halten kann. Aus lebensgeschichtlichen Gründen trifft die Drohung der Arbeitslosigkeit so die Migranten stärker als ihre deutschen Kollegen.

Dieses Gefühl spitzt sich bei Hasan Akkaya, dem ältesten der Migranten, noch einmal dahingehend zu, daß er das Gefühl hat, man warte nur auf einen Vorwand, ihn abschieben zu können:

»Aber plötzlich gibt es in Deutschland zwei Millionen türkische Arbeiter zuviel. ... Die Zahl der anwesenden (ausländischen Arbeiter) hat zugenommen. Und was ist dann passiert? Dann begann die Arbeitslosigkeit. Was begann dann? Sie (die Deutschen) haben jetzt begonnen, die Ausländer abzulehnen. Was machen sie also? ›Was‹, sagen sie, ›du hast dies gemacht, mein Gott, du hast das gemacht!‹ – das heißt: *Du sollst wütend werden auf sie, aufbrechen und weggehen* ... Jetzt hast du kein Bedürfnis mehr nach mir. ›Ich habe genug Leute‹, sagst du und lehnst mich ab. Was passiert dann? Eine Kluft tritt auf« (1977:301).

Das Gefühl, zur Reservearmee und damit zum schwächsten Glied der Kette zu gehören[22], führt dazu, daß die Migranten hilflos zusehen müssen, wie sich die Arbeitsbedingungen zunehmend verschlechtern:

»In der Fabrik werden die schwierigsten Arbeiten den Türken, Griechen und Italienern gegeben. Zum Beispiel gibt es an den Maschinen, an denen ich arbeite, keinen einzigen Deutschen. Die Deutschen arbeiten als Vorarbeiter. ... Nun haben sie ja auch junge Leute eingestellt ... Diese haben ein, zwei Monate gearbeitet, dann haben sie krankgemacht und haben nicht mehr gearbeitet ... Das kommt daher, daß die Arbeitsbedingungen sich sehr verschlechtert haben. Früher haben wir zwei bis drei Maschinen beaufsichtigt, jetzt aber fünf Maschinen, acht Maschinen, zehn Maschinen, fünfzehn Maschinen. In dieser Hinsicht haben sich die Arbeitsbedingungen sehr verschlechtert« (Yaşar Fuad 1985:7/8)[23].

Besonders belastend wird dabei die Erfahrung empfunden, nicht krank werden zu dürfen:

»Sobald du einmal krankgemacht hast, sobald du öfter krankmachst, rufen sie dich ins Büro. ›Warum machst du krank?‹ Der Meister zürnt: ›Warum machst du so oft krank?‹ Sie nehmen dich von der Maschine ... und stecken dich an einen anderen Ort ... Das heißt, weniger verdienen. Du wirst dann als Springer eingeteilt ... Jetzt kennst du die Arbeit, die Arbeit ist [zwar] schwer, aber du kennst sie. [Wenn du Springer bist] kann dich jeder rufen. Geh nach rechts, geh nach links, du hast keine Ruhe mehr. Und dann verdienst du wenig Geld ... Deshalb können wir nicht krankmachen.« (Yaşar Fuad 1985:9).

Die Migranten sehen sich so immer mehr in einer Situation, in der die ursprüngliche Freiheit von der Bindung an einen gesellschaftlichen Ort in eine fast beklemmende Unfreiheit umschlägt. Die Freiheit, einen Ort selbst wählen zu können, nützt nichts, wenn man keinen Ort mehr hat, wo man hingehen könnte. Nichts bringt dies so pointiert zum Ausdruck wie die Tatsache, daß die ursprünglich befreiende Möglichkeit wegzugehen umschlägt in die Angst, vertrieben zu werden. Es klingt nun zynisch, wenn man gesagt bekommt, man solle doch gehen:

»Rechne: Von 1964 bis 1973 habe ich niemals krankgemacht. Ich brauchte keinen Arzt. Seit ich aber bettlägrig wurde, seit ich Schmerzen bekam, seit dieser Zeit höre ich: ›Eh‹, sagt man zu mir, ›du wurdest krank. Dein Magen schmerzt. Bei Magenschmerzen geh nach Hause, geh in dein Land (zurück).‹ Das hat man früher nicht gesagt. Aber jetzt« (Hasan Akkaya 1977:12).

»Wenn wir heutzutage am Arbeitsplatz zum Meister sagen: ›Meister, wir können diese Arbeit nicht machen, ich bin krank, ich kann sie nicht machen‹ – sobald wir das sagen, sagt er: ›Wenn du die Arbeit nicht machen kannst, nimm dein Tasche und geh‹!« (Yaşar Fuad 1985:12)

Süleyman ist sich nun der Tatsache sehr bewußt, daß die Verschlechterung der Arbeitsbedingungen nicht nur gegen die Migranten durchgesetzt wird, sondern auch – und zwar gerade mit ihnen – gegen die deutschen Arbeiter. Er hat das Gefühl, ausgespielt zu werden.

»Die Arbeitgeber sind deshalb zufrieden (mit den türkischen Arbeitern). Sie können sie arbeiten lassen. Ob es nun regnet, ob das Wetter schlecht ist, er sagt: ›Die Arbeit muß heute fertig gemacht werden. Macht Überstunden‹, sagt er. Der Österreicher dagegen geht. Er sagt: ›Ich komm morgen wieder, das Wetter ist kalt. Deshalb werden die Ausländer geliebt. Die Arbeitgeber ergreifen für sie Partei. Aber natürlich sind die österreichischen Arbeiter wütend. Sie sagen: ›Wir haben heute nicht gearbeitet – warum arbeitet ihr denn? Warum verhaltet ihr euch nicht so wie wir uns verhalten?‹ Aber wir können uns nicht so verhalten. Denn wenn wir uns so verhalten würden, würde uns der Chef gleich entlassen, gleich rausschmeißen. Er würde sagen: ›Wie könnt ihr euch den Österreichern gleichstellen, wie könnt ihr euch verhalten wie sie?‹ Das kommt vor. Deshalb passiert das selten, deshalb liebt er uns« (Süleyman Doğan 1985:31)[24].

Die Migranten sind sich so klar darüber, daß Konkurrenzdruck und Ausländerfeindlichkeit zusammenfallen. Damit schlägt auch die andere zentrale Erfahrung des rationalen Personengedankens in sein Gegenteil um: Unter den Bedingungen von Konkurrenz und Wettbewerb gebiert die prinzipielle Gleichheit immer wieder erneut Versuche der Ausgrenzung[25]. Es ist bemerkenswerterweise das gleiche Argument, das Memed gebrauchte, um die Erfahrung der prinzipiellen Gleichheit in der Moderne zu formulieren – »was du machst, macht der auch« –, das sich nun als Protest gegen Diskriminierung wiederfindet. Und was Memed als Überlegung zu einem Humanismus der Moderne äußert: »In der modernen Gesellschaft gibt es einen Platz für jeden ... das heißt, ein Mensch ist ein Mensch, ...«, findet sich fast paraphrasiert in einer Klage über Unmenschlichkeit:

»Früher erwiesen sie (die Deutschen) den Türken Achtung und Liebe. Als im Jahr 1960 das Ganze (die Migration) begann, da haben sie sich den Türken gegenüber sehr gut verhalten. Seit 1969/70 werden die Türken als Fremde betrachtet und Unterschiede werden gemacht (oder: sie werden diskriminiert). Seitdem ich 1972 gekommen bin, verhalten sie sich ganz anders ... Sie erniedrigen die Ausländer (*küçümser*), sie machen sie schlecht. Menschlichkeit ist doch das gleiche in der ganzen Welt. *Jeder muß doch acht bis zehn Stunden arbeiten.* Menschliches Verhalten ist doch möglich. Dennoch aber sagen heute manche Deutsche zu Menschen: ›Tiere!‹ Sie sagen es, weil wir ihre Sprache nicht verstehen und keine Antwort geben können. *Wenn du eine Antwort gibst, schafft er es, daß du gehen mußt.* Weil du Ausländer bist, entläßt er dich oder er beschwert sich oben über dich beim Chef. In dieser Hinsicht wurden in den letzten Jahren zunehmend nicht nur Türken, sondern auch andere Ausländer diskriminiert‹ (das türkische *ayrım yapmak* enthält noch die Wurzel von »Diskriminierung« – nämlich: einen Unterschied machen)« (Yaşar Fuad 1977:11).

Anmerkungen

1 Also der heute Sechzigjährigen.

2 Offenbar hatte der »Schwarze Veli« das Vieh auf Dorfland getrieben. Der Dorfvorsteher hat dann so gehandelt, wie er qua Amt handeln mußte: Dies

hinderte Veli indes nicht daran, seine Handlung als persönliche Aggression aufzufassen.

3 Diese Äußerung fiel im Zusammenhang einer Kritik am amtierenden Dorfvorsteher, dem er Schwäche vorwarf.

4 Dies wurde durch die *rituelle Bedeutung* des Geldes unterstrichen. Bargeld ist auch heute im Dorf nicht nur abstrakter Anspruch auf Dienstleistungen; es ist auch ein Symbol für Wert und Wertvolles. Damit tritt es neben Gold, das eine ähnliche Funktion hat. Bezeichnend ist der Brauch, zur Hochzeit der Braut Geld anzustecken.

5 Dies braucht kein irreversibler Prozeß zu sein: In Zeiten erhöhter wirtschaftlicher Unsicherheit kann das Dorf als Ort der Rückversicherung für Zeiten der Arbeitslosigkeit, als Alterssitz etc. wieder größere Bedeutung gewinnen. Damit kann die Idee des Stadt-Land-Haushaltes wieder aufgewertet werden. Was jedoch meines Erachtens irreversibel ist, ist die Blickrichtung: Der Gesamthaushalt muß sich vor den Individuen ausweisen. Oder anders: er muß sich rational legitimieren.

6 Die Bauern machen eine genaue Unterscheidung zwischen »versicherten« und »nicht versicherten« Arbeiten. Eine feste Stelle mit Kranken- und Rentenversicherung wird sehr hoch geschätzt.

7 Dieser Vergleich mit den in der Stadt lebenden Brüdern war wichtiger als die Tatsache, daß es den im Dorf Zurückgebliebenen besser ging als jemals einer Bauerngeneration zuvor in Subay. Als Folge der Migration stand nun genügend Boden zur Verfügung; der Einsatz von Dünger hatte die Produktion erleichtert; Innovationen, wie die Dreschmaschine, erledigten die Arbeit von drei Wochen an einem halben Tag. In bezug auf Subay läßt sich die Migration nicht aus bäuerlicher Verelendung erklären.

8 Dieses rein kontraktuelle Moment korrespondiert in der Anfangsphase der Migration durchaus auch dem Selbstverständnis der Migranten.

9 Eine der bedeutendsten Konditoreibetriebe der Türkei, die Firma Hacı Bekir, wurde 1777 von einem Mann aus Andıraz in Istanbul gegründet und beschäftigt seit damals (!) fast ausschließlich Leute aus Andıraz: Nail Tan fand bei seiner Untersuchung heraus, daß 1979, also zweihundert Jahre nach der Firmengründung, 72 von 83 Beschäftigten im Istanbuler Stammhaus aus Andıraz kamen. Die Angestellten gründeten ihrerseits oft wieder Firmen, so daß heute immerhin 5,43% aller Ankaraner Zuckerbäkker aus dem Distrikt Andıraz stammen (Nail Tan 1982:25). Aus Subay direkt stammt auch Ruşen Bey, der Inhaber einer der größten Ankaraner Konditoreien: Auch er stellt fast ausschließlich Migranten aus dem Dorf ein.

10 Hier gibt es einen großen Spielraum. Das Ausmaß der Bindung schwankt erheblich mit dem Charakter der Beziehung.

11 Alle Bestimmungen von Diskriminierung fassen genau diesen Punkt. Ich möchte hier nur auf ein autobiographisches Beispiel verweisen. V.S. Naipaul charakterisiert die bedrückende Erfahrung des Aufwachsens in einer

Agrarkolonie mit folgenden Worten: »Ich war in einer statischen Kolonialzeit geboren; und in Trinidad, wo ich meine ersten achtzehn Jahre verbrachte, hatte ich die Armut und die geistige Beschränkung einer Agrarkolonie kennengelernt, in der es, wie einmal ausgerechnet wurde, nur achtzig verschiedene Berufe gab« (Naipaul 1984:78). Die Einschränkung der Wahlfreiheit erscheint hier als das entscheidende: Der Kontrast zu einem traditionalen Verständnis, wo man auf *einen* Weg festgelegt ist, ist auffallend (wenn Wahlmöglichkeit existiert, dann als explizite Ausnahme: religiöse Laufbahnen etwa für religiöse Virtuosen; politische für ihre weltlichen Pendants).

[12] Individuelle Ausbrecher und Aufsteiger gab es natürlich schon immer: ein Beispiel aus der kleinen Gruppe, die wir hier betrachten, ist der ältere Bruder von Asiz Subayoğlu.

[13] Diese mit Status assoziierte Berufskonzeption scheint auf dem Boden der osmanischen Stadt genauso gewachsen zu sein wie der Begriff des Berufs auf dem Boden der nordeuropäischen Stadt. Vergleiche die Darstellung bei Weber (»Die nichtlegitime Herrschaft« in: *Wirtschaft und Gesellschaft*, 1972), die gleichsam die Vorgeschichte zur protestantischen Ethik schildert. Zur vor-protestantischen Berufsethik siehe auch Troeltsch (1922: 311 ff.). Die osmanische Stadt entspricht dem Weberschen Typus Herrschaftsstadt (Grunebaum 1955, Wirth 1966), die europäische Stadt dem Typ der Handelsstadt. Der zentrale Unterschied ist, daß die osmanische Stadt durch den Gegensatz von Herrschaftskaste (*askeri*) und ethnisch gegliederten Untertanen (*reaya*) geprägt war (Mardin, 1969); die nordeuropäische Stadt dagegen von einem selbstbewußten städtischen Bürgertum. Der einen Ordnung würde eine strenge Klassifikation nach Statusinhaber und Statuslosen entsprechen, der anderen eine Orientierung an Klassen und Schichten.

[14] Vergl. Neyzih (1973), Magnarella (1974).

[15] Auf diesem Hintergrund ist auch das Ergebnis einer Untersuchung von Czarina Wilpert wichtig, daß ein längerer Aufenthalt in Deutschland offenbar dazu beiträgt, dieses polare Denken zu sprengen: Je länger die Familie in Deutschland ist, desto häufiger wollen türkische Kinder Facharbeiter und desto seltener Handwerker (= Selbständige) oder Akademiker werden (Wilpert 1980:58).

[16] Bezeichnenderweise haben die Wörter für Stadt – *medine* – und für Zivilisation – *medeniyet* – die gleiche Wurzel. Das Weiterleben dieser Konzeption zeigt sich vor allem am Gebrauch des Konzeptes *»kültür«* (Kultur) bzw. *»kültürsüzlük«* (Kulturlosigkeit). Letztere wird von Städtern summarisch den Migranten ländlicher Herkunft unterstellt. Sie wird assoziiert mit Kinderreichtum, einer bestimmten Kleidung, Verpflichtung der Ehre gegenüber usw.

[17] Ein »Mädchen aus der Stadt« ist nicht unbedingt ein Mädchen aus einer alten städtischen Familie: Tatsächlich waren die Frauen aller Migranten in

Dörfern aufgewachsen. Die Bemerkung von Süleyman ist dennoch richtig: Nur von einem Mädchen aus dem eigenen Dorf kann man – weil sie verwandtschaftlich eingebunden ist – erwarten, daß sie ins Dorf kommt, wenn ihr Schwiegervater dies für erforderlich hält.

[18] Der im Dorf lebende Sohn des »Tabakhändlers« dagegen, des langjährigen Dorfvorstehers und politischen Gegners von Veli, unterstützte seinen Vater rückhaltlos bei dem verschwenderischen Konsum. Es war deutlich, daß auch er von dem Ruf profitierte, den sich sein Vater erwarb. Inzwischen ist er selbst Dorfvorsteher geworden.

[19] Diese Passage gehört – wie auch die folgende – strenggenommen nicht hierher, weil sie die Erfahrung widerspiegelt, die erst später, nämlich in Österreich gemacht wurde. Wenn ich sie trotzdem hier zitiere, dann deshalb, weil ich den Eindruck habe, daß sich hier ein Unbehagen artikuliert, das weit älter ist – und das deshalb eher in den Kontext der Ursachen als der Konsequenzen der Migration gehört.

[20] Die Rebellion als Motiv der Migration ist bisher nicht beachtet worden. In der Regel wird eine ökonomische Zwangslage als Ursache der Migration unterstellt. Dem üblichen Miserabilismus huldigt etwa Heckmann, wenn er schreibt: »›Entschluß‹ [zur Migration] ist allerdings ein Euphemismus, der nur schlecht die ökonomische Zwangslage umschreiben kann, in welcher sich der Auswanderer befindet« (1980:11). Er selbst nimmt aber wenig später diese Einschätzung zurück und spricht von einer »Revolution der Erwartungen«. Der Widerspruch wird von ihm nicht weiter analysiert.

[21] Hier muß angemerkt werden, daß die Arbeitsmigranten aus Subay (wie die meisten türkischen Migranten) kaum von der Erteilung einer unbegrenzten Aufenthaltserlaubnis Gebrauch machen. Eine unbegrenzte Aufenthaltserlaubnis kann nach acht Jahren beantragt werden. Allerdings müssen die Antragsteller mit einer Überprüfung ihrer sämtlichen Lebensumstände rechnen: Dies reicht von einer Überprüfung ihrer Deutschkenntnisse bis hin zum Überprüfen der Wohnsituation. Setzt die restriktive Praxis der Ausländerbehörden bereits der Einforderung dieses Rechtes enge Grenzen, so kommt auf seiten der Migranten noch ein zweites hinzu. Die weitverbreitete Zerstückelung des Lebensplanes in kleine Abschnitte (s.u.S. 296) mindert die Bereitschaft, eine als demütigend empfundene Praxis hinzunehmen: Warum sollte man die Schwierigkeiten der Antragstellung auf sich nehmen, wenn man ohnehin vorhat, nach zwei weiteren Jahren zurückzukehren?

[22] Dieses Gefühl, überzählig zu sein, dürfte ebenfalls mit der Tatsache zusammenhängen, daß die türkischen Migranten im Vergleich mit anderen Einwandererethnien nach wie vor die unterste Stellung einnehmen – und in jüngster Zeit zunehmend von Aus- und Übersiedlern verdrängt werden. In diesem Zusammenhang ist zum einen wichtig, daß die Türkei kein EG-Mitglied ist; zum anderen, daß die türkischen Migranten »als zeitlich letzte

Ethnie in eine Aufnahmegesellschaft (mit stagnierendem ökonomischem Sektor)« eintrafen (Nauck 1985:223). Zur Stellung der türkischen Arbeitsmigranten im Nationalitätenvergleich siehe Kremer/Spangenberg (1980).

[23] Shanin stellt den allgemeinen Charakter dieser Erfahrung heraus: Die Unterschichtung in den Industrieländern bedeutete, daß sich das Gesetz der industriellen Reservearmee nur modifiziert realisierte: »Es entwickelte sich eine neue Situation, in der die Arbeitsmigranten von den einheimischen Arbeitern die am schlechtest bezahlten, ›schmutzigsten‹ und unangenehmsten Arbeiten übernehmen; die einheimischen Arbeiter ziehen den Rückfall in die Arbeitslosigkeit vor, gehen lieber stempeln als solche Arbeiten noch annehmen« (Shanin 1980:80; vergl. auch Heckmann 1980:97 und Mehrländer 1969:69).

[24] Der makroökonomische Aspekt dieser Erfahrung wurde von Kammerer (1980) angesprochen: Er sieht die internationale Arbeitsmigration im Kontext einer »Rationalisierung der demographischen Zusammensetzung«: der Entfaltung »einer der industrielle(n) Entwicklung funktionale(n) räumliche(n) Verteilung der Bevölkerung, hohe(n) Erwerbsquoten, einem von traditionellen Vorurteilen relativ unbelastete(n) Verhältnis zur Arbeitsplatz- und Berufswahl« (89). Mit anderen Worten: Die internationale Arbeitsmigration ist nicht nur ein Feld, in dem sich die Ware-Geld-Beziehung uneingeschränkter darstellt als anderswo, sie ist auch ein Mittel zur Herstellung »reinerer« Marktbedingungen; sie führt dazu, daß die Arbeitnehmer insgesamt in Wettbewerbsbeziehungen treten.

[25] Hierzu auch Matter (1987:57).

Yaşar: Der Werdegang eines Fundamentalisten

Die Rebellion gegen den Vater

Yaşar Fuad[1] wurde 1949 als ältester Sohn von Ibrahim geboren; nach ihm kamen noch sechs weitere Kinder auf die Welt, vier Söhne und zwei Töchter.

»Mein Vater ist aus kümmerlichen Verhältnissen gekommen und arm gewesen. Er war *üvey* (Stiefkind), d.h. mein Großvater hatte meine Großmutter, die Mutter meines Vaters [verstoßen] und ein zweites Mal geheiratet. Sie haben meinen Vater hintangestellt« (1978:251)[2].

Der Vater brachte es dennoch im Dorf zu einem gewissen Wohlstand, indem er die Dorfmühle übernahm und außerdem gelegentlich Holz schlug.

»Mein Vater rauchte viel, trank viel Tee, dann brauchte er Geld für Zucker. Und dann hat mein Vater uns trotz der vielen Schwierigkeiten sehr gut ernährt. Also zu Hause litten wir keine Not. Er hat Zucker, Honig, Butter, Salz immer reichlich eingekauft. Er hat sich um alles gekümmert, obwohl er arm war ... Mein Vater hat ... die Dorfmühle übernommen, um uns gut zu ernähren, um niemanden als Hirten in einen anderen Haushalt zu geben ... In dieser Hinsicht stehe ich in der Schuld meines Vaters, in großer Dankesschuld ...« (1985:70)

Wie das Verhalten Veli Doğans war das von Ibrahim Fuad an dem Erwerb von Ansehen (*şeref*) orientiert:

»Mein Vater hat sich einen Namen gemacht, also der Waldhüter, der Landrat, die Beamten kamen in das Haus meines Vaters und wurden bewirtet. Mein Vater hat auch immer für sie ein Huhn geschlachtet, ein Lamm geschlachtet. Das war seine Gastfreundschaft. In dieser Hinsicht war mein Vater eine angesehene Person« (1985:71).

Yaşar besuchte die fünfklassige Dorfschule; danach wollte der Vater, dem ein Stadt-Land-Haushalt vorschwebte, ihn zur Mittelschule schicken. Yaşar lehnte ab:

»Mein Vater sagte, er werde den Acker verkaufen, um mich ausbilden lassen zu können. Ich sagte zu ihm: ›Vater, wir haben sowieso nur vier Äcker. Wenn du sie verkaufst, was werden dann die Brüder essen?‹ Er sagte: ›Misch dich nicht ein!‹ Ich sagte: ›Ich werde keine Ausbildung machen!‹ ... Ich kannte die Situation meines Vaters. Wenn ich in die Schule gegangen wäre, hätte mein Vater nicht für meine Unkosten aufkommen können. Etwa was die Kleidung betrifft ... « (1985:69)

»Mein Vater zog mich [den anderen Brüdern] vor ... Aber ich wollte nicht, daß mein Vater, um mich auszubilden, die Zukunft meiner Brüder verkaufte« (1978:1).

Als Yaşar 15 Jahre alt war, kam es über die Frage der Migration zu einer ernsten Auseinandersetzung mit dem Vater:

»Ich habe gesagt: ›Ich möchte nach Istanbul gehen!‹ Mein Vater war damals dagegen: ›Ich werde dich schlagen. Ich werde dich abstechen!‹ Dann hat er seine Freunde mit mir sprechen lassen: ›Der Junge soll nicht gehen!‹ Ich wiederum habe gesagt: ›Mein Vater schlägt mich, mein Vater verflucht mich, aber ich werde dennoch fliehen.‹ Warum [ich das gemacht habe]? Weil mein Vater im Grunde gar kein Einkommen hatte! Er hatte nur wenige Äcker, und als die Zahl der Kinder zunahm, wuchsen auch die Ausgaben. Wir hatten zwar Vieh – Büffel, ein Pferd – und mein Vater hatte einen Namen im Dorf ... Aber er hatte kein Einkommen. Deshalb dachte ich daran, nach Istanbul zu gehen und Geld zu verdienen« (1985:66).

Die Heftigkeit der Auseinandersetzung macht stutzig, hatte doch der Wunsch, den Sohn ausbilden zu lassen, das prinzipielle Einverständnis mit einer späteren Migration erkennen lassen. Nicht die Tatsache der Migration als solcher dürfte die Gemüter erhitzt haben, sondern der Wunsch, genau zu diesem Zeitpunkt zu emigrieren. Wie Yaşar viel später erzählte, hatte der Vater nämlich vor, ihn im gleichen Jahr mit einer Verwandten aus dem Dorf zu verheiraten, und alles deutet darauf hin, daß Yaşar sich diesen Plänen entziehen wollte. Das Alter von 15 gilt auch in Subay als sehr niedrig für eine Heirat; es ist nur zu rechtfertigen, wenn die Wirtschaftslage des Hofes dringend eine weibliche Arbeitskraft erforderlich macht. Nun teilte Yaşar die Einschätzung seiner Generation, daß ein Aufrechterhalten des Hofes sinnlos war, und er war der Überzeugung, daß die Familie lieber heute als morgen nach Istanbul übersiedeln sollte. Dies aber ließ das persönliche Opfer einer so frühen Heirat nicht mehr als gerechtfertigt erscheinen.

Die Rebellion gegen den Vater hat also eine vergleichbare Ausgangslage wie die Süleymans: Sie leitet sich aus dem allgemeinen Sinnverfall dörflichen Wirtschaftens ab und artikuliert sich zunächst als Widerstand gegen die Verheiratung. Wie auch bei den anderen wird sie mit der Sorge um die Zukunft (*istikbal*) begründet: In der ersten Fassung des Konfliktes, die Yaşar gab, berichtete er, er habe zu den Freunden des Vaters, die zu vermitteln suchten, gesagt: »Mein Vater soll meinem Broterwerb nicht im Wege stehen. Ich konnte nicht auf die Schule gehen und etwas lernen. Jetzt möchte ich wenigstens in die Stadt gehen und meine Zukunft retten« (1978:2).

Dennoch unterscheidet sich die Konfliktlage ganz wesentlich von der Süleymans: Entscheidend ist, daß er sich, ganz anders als dieser, der Liebe seines Vaters sicher fühlt. Dies spricht deutlich aus der Schilderung des Vaters. Sie besteht im wesentlichen aus einer Aufreihung dessen, was dieser für ihn getan hat. Am wichtigsten war wohl, daß der Vater ihn und seine Brüder vor dem Schicksal bewahrt hat, als Hirte in einem anderen Haushalt zu arbeiten. Dies wäre ein sehr grausames Los gewesen: Hirten müssen hart arbeiten und stehen in einem sehr demütigenden Knechtschaftsverhältnis zu ihren Herren. Das Wort »Hirte« (*çoban*) ist bezeichnenderweise ein Schimpfwort im Dorf. Die Armut des väterlichen Haushaltes hatte offenbar diese Gefahr wie ein Damoklesschwert über Yaşar schweben lassen. Dann erwähnt er, daß sein Vater es im Haushalt an nichts fehlen ließ, und zwar auch an Produkten nicht, die eingekauft werden mußten, was vor dem Hintergrund der Subsistenzökonomie und der dadurch bedingten Knappheit von Geld zu lesen ist. Auch hier wird (wie bereits von Süleyman) die reichliche Befriedigung von Bedürfnissen in der ländlichen Kultur als Ausdruck von Liebe gewertet. Schließlich ist die Aussage von besonderer Bedeutung, daß sein Vater sich ihm persönlich besonders zugewandt und ihn seinen Brüdern vorgezogen habe. Diese Form persönlicher Zuwendung hat gerade in der statusorientierten dörflichen Gesellschaft ein besonderes Gewicht. Sie bedeutet eine Anerkennung als Individuum jenseits und unabhängig von seiner Rolle und dürfte entscheidend für die Herausbildung eines stabilen Selbstwertgefühls sein[3].

All dies mag es Yaşar erlaubt haben, sich weit unbefangener mit dem Vater zu identifizieren als Süleyman. Er zollt ihm deutlich Anerkennung, wenn er beschreibt, wie sich sein Vater durch Großzügigkeit einen Namen im Dorf geschaffen hat. Anders als Süleyman scheint er dem Interesse an Repräsentation wohlwollend gegenüberzustehen, wenn nicht gar es zu teilen. Allerdings muß hier eingeräumt werden, daß der Vater zur Zeit, als diese Worte gesprochen wurden, bereits in der Stadt lebte – so daß Yaşar, anders als Süleyman, nicht unter einem Interessenkonflikt leiden mußte.

Die erfahrene Wertschätzung dürfte aber auch die Ursache für ein weit größeres Selbstvertrauen in Konfliktsituationen sein. Yaşar setzt sich weit offensiver gegenüber dem Vater durch als Süleyman. Eine bemerkenswerte Parallelstelle macht den Unterschied deutlich. Während Süleyman sagt: »Man möchte den Fluch nicht auf sich nehmen ... ich habe aus diesem Grunde nichts zu meinem Vater gesagt, es soll nichts zerbrechen« (*intizar almak istemezler ... ben de o yüzden demedim babama hiç bir şey kırılmazsın*), äußert Yaşar fast trotzig: » ... mein Vater schlägt und verflucht mich, aber ich werde dennoch fliehen« (*babam beni döver, söver, fakat kaçarım*). Süleyman versucht, den Zorn des Vaters zu vermeiden und die Auseinandersetzung zu umgehen; Yaşar rechnet mit dem Zorn und sieht ihn als unvermeidlich.

Eine Rebellion gegen einen Vater, den man liebt und dem man verpflichtet ist, wirft allerdings das Problem der Undankbarkeit auf. Dieses Problem scheint Yaşar bewältigt zu haben, indem er sich selbst gegenüber ein Versprechen ablegte:

»[Ich hatte mir damals gesagt:] Weil es im Dorf keine Zukunft gibt, möchte ich nach Istanbul gehen, Geld verdienen und so meinen Eltern und Brüdern helfen. Und wenn sie dann älter sind, werde ich sie zu mir nach Istanbul nehmen« (1985:86/87).

Das Versprechen wird allerdings zu dieser Zeit eher den Charakter eines Traumes, einer Phantasie, gehabt haben als den einer inneren Verpflichtung: Ein fünfzehnjähriger Bauernjunge, der, nur mit elementarer Schulbildung ausgestattet, versucht, in einer fremden Großstadt Fuß zu fassen, dürfte zunächst voll und ganz damit beschäftigt sein, sich irgendwie durchzuschlagen. Das Versprechen verrät gleichzeitig eine gewisse Eitelkeit. Yaşar träumt sich offenbar in die Rolle eines zweiten Familienoberhauptes – und zwar desjenigen, der seine Familie aus dem Dorf in die Stadt führen wird. Nun ist die Rolle bei einem ältesten Sohn in einer türkischen Bauernfamilie angelegt: Er ist bei Abwesenheit des Vaters sein Stellvertreter (Pfluger-Schindlbeck 1989:77 ff.). Dennoch ist das Ausmaß ungewöhnlich, mit dem der fünfzehnjährige sich mit dieser Rolle identifiziert: Es steht im Kontrast mit einer sonst dieser Lebensphase zugeschriebenen Leichtherzigkeit. Die Faszination dieser Rolle dürfte darin bestehen, daß sie den Widerspruch zwischen Rebellion und Identifikation auflöst – Yaşar bricht nicht mit der Familie, sondern wird sozusagen der bessere Vater.

Der Konflikt wird also – kaum bricht er auf – in das Streben nach einer neuen Synthese überführt. Darin spiegelt sich noch ein zweites – nämlich eine Sehnsucht nach sozialer Gerechtigkeit, Gleichheit und Harmonie. Es ist wahrscheinlich, daß Yaşar dieses Ideal vom Vater vermittelt wurde: Immerhin hebt Yaşar in den wenigen Worten, die er über den Vater äußerte, die Tatsache hervor, daß dieser als Stiefkind genau das Gegenteil erfahren habe – nämlich Ungleichheit, Ungerechtigkeit und Unfrieden. Dies deutet darauf hin, daß es sich hier um ein Familienthema handelt.

In diesem Zusammenhang ist es interessant, daß bereits der zwölfjährige Yaşar in der Auseinandersetzung um die Schule die Argumente des Vaters *gegen* diesen verwendet. Dieser solle (so läßt sich Yaşars Argumentation lesen) nicht seinerseits die Fehler wiederholen, unter denen er in seiner Jugend selbst zu leiden hatte. Dies wirkt etwas altklug – und auch nicht ganz ehrlich: Schließlich nennt er neben dem altruistischen Motiv auch die Furcht, daß sein Vater ihn nicht richtig würde kleiden können – mit anderen Worten die Furcht vor den Demütigungen, unter denen auch Süleyman zu leiden hatte. Dennoch wird auch hier bereits deutlich, daß er die Rolle des Vaters beansprucht – was dieser auch durchaus als Anmaßung empfunden haben dürfte: Die Äußerung, Yaşar solle sich nicht »einmischen«, weist darauf hin.

Dieser Wunsch, einen Konflikt möglichst schnell in eine neue Synthese überzuführen – und so Harmonie wiederherzustellen –, mag auch einen zunächst befremdlichen Aspekt der Beschreibung des Streits mit dem Vater erklären. Yaşar erwähnt in dieser Schilderung zunächst das eigentliche Motiv, nämlich die Heiratspläne des Vaters, nicht. Er unterschlägt hier einen Punkt der Auseinandersetzung, bei dem ein Kompromiß schlechterdings nicht möglich ist, und nennt einen, der die künftige Versöhnung bereits in sich birgt.

All diese Prozesse spielen sich nicht nur auf der kognitiven Ebene ab. Der Habitus von Yaşar, dessen Aufbau zu dieser Zeit – dem Ende der Pubertät – abgeschlossen sein dürfte, zeigt, daß er von dieser Grundhaltung »durchdrungen« ist, daß sie ihn auch körperlich geformt hat. Er strahlt Schwere, Ruhe und Freundlichkeit aus. Der Sprachgestus ist langsam, manchmal umständlich und wiederholend – oft sucht er nach einer gewichtigen Formulierung. Er ist ganz der ältere Bruder – verantwortungsbewußt, berechenbar, jemand, bei dem man das Gefühl hat, sich unbedingt auf ihn verlassen zu können.

Istanbul

In Istanbul wohnte er damals bei einer Schwester seiner Mutter. Er fand zunächst Arbeit in einer Hosenfabrik; wechselte aber bald in eine Textilfabrik über. Dabei war ihm ein Freund seines Vaters behilflich, der dort Verkaufsdirektor war. Die Sommerurlaube verbrachte er im Dorf, um bei der Ernte zu helfen. Er machte in dieser Zeit auch die ersten Schritte, um das sich selbst abgelegte Versprechen einzulösen: Als sein Bruder mit der Schule fertig war, holte er ihn zu sich nach Istanbul. Mit dieser grundsätzlichen Bejahung von sozialen Bindungen dürfte auch zusammenhängen, daß er seine Arbeitsstelle nicht mehr wechselte: Die Haltung steht in bemerkenswertem Kontrast zu der der anderen Migranten (vor allem Memed Akkayas), für die Istanbul zunächst die Chance eines freien und unabhängigen Lebens bedeutete.

Nach vier Jahren mußte er zum Militär; danach kehrte er in die gleiche Firma wieder zurück. »Weil ich dort gut gearbeitet hatte, stellten sie mich wieder ein.« »Dann«, sagte er, »habe ich die Heiratssache in Angriff genommen.« Es war der ihn protegierende Verkaufsdirektor, der versuchte, ihn mit einem wohlhabenden Mädchen zu verheiraten.

»Ich habe mir gedacht, ich bin ein Bauernkind ... ich werde mich mit einem Mädchen der besseren Gesellschaft nicht vertragen können ... also einem reichen Mädchen ... Selbst eine Wohnung hätten sie mir gegeben ... Also ich habe damals nicht eingewilligt. Ich wollte eine Frau aus der gleichen Schicht wie ich war, eine Frau mit der ich mich verstehen würde, ein Mädchen, das gemäß dem Islam lebt« (1985:63).

Der Direktor schlug ihm daraufhin eine Frau vor, die aus einem Dorf der Provinz Çankırı stammte.

»Wir sind dorthin gegangen, wir haben geschaut, ob sie zu mir paßt, wir haben [mit der Familie] gesprochen. Natürlich kann man bei uns nicht mit einem Mädchen spazierengehen. Mit Hilfe von vielen Vermittlern haben wir ... uns verständigt ... Dann haben wir geheiratet. Auch mein Vater, meine Mutter und alle Verwandten waren einverstanden. Erst wenn bei uns die Familie einverstanden ist, wird etwas aus der Sache. Wir heirateten in Istanbul, in einem Hochzeitssalon ... Man muß sich an die Stadt anpassen ... Auf dem Land heiraten sie zwischen zwei Dörfern, mit *davul* (Trommel) und *zurna* (Flöte) oder auch ohne. Wir haben in Istanbul nach dortigem Brauch einen Salon genommen« (1978:197)[4].

Dieser Bericht über die Verheiratung wirft ein bezeichnendes Licht auf Yaşars Situation kurz vor der Migration: Wie schon im Dorf bekennt er sich zur eigenen Familie und verfolgt nichtsdestotrotz seinen eigenen Weg völlig unbeirrt. Indem er sich selbst eine Frau sucht, erteilt er der Idee eines Stadt-Land-Haushaltes endgültig eine Absage – seine Frau, die aus einer anderen Gegend kommt, wäre schwerlich bereit gewesen, sich über die Sommermonate von ihm zu trennen und in einem ihr fremden Dorf auszuhelfen oder sich gar dort auf Dauer niederzulassen. Anders als Veli Doğan akzeptiert Ibrahim Fuad diese Entscheidung. Dies macht es Yaşar wiederum möglich, sich – jedenfalls pro forma – dem Einverständnis der Familie zu unterwerfen und so den Regeln der Achtung Genüge zu tun (»erst wenn bei uns die Familie einverstanden ist, wird etwas aus der Sache«). Vor allem die beiläufige Selbstverständlichkeit, mit der er ausspricht, daß er (und nicht etwa seine Familie) »nun die Heiratssache anging«, zeigt, daß die Konflikte von früher ausgestanden sind und die neue Situation von allen anerkannt ist: Yaşar hat seinen eigenen städtischen Haushalt gegründet, der für sich und unabhängig vom Dorf besteht.

Die Verankerung in der Stadt drückt sich ebenfalls in der Wahl seiner Frau aus. Bei Yaşar stehen nicht mehr innerdörfliche Koalitionen oder Fragen der Arbeitskraft zur Diskussion, sondern Fragen, ob man »zusammenpaßt« – wobei Klassenlage und Lebensstil entscheidend werden. Auch die Form, in der die Heirat vermittelt wurde, ist urban: Sie zeigt, daß für Yaşar an die Stelle der dörflichen Beziehungen ein städtisches Netzwerk getreten ist, in dem offenbar die Beziehung zu dem Direktor besonders gewichtig ist. Dieser neuen sozialen Situation, so Yaşar, müsse man sich etwa bei der Ausrichtung der Hochzeit anpassen – was bedeutet, daß sie in einem der relativ kostspieligen Hochzeitssalons gefeiert wird.

Nur drei Monate nach der Hochzeit stellte Yaşar – verlockt durch die Höhe der Löhne – beim Internationalen Arbeitsamt den Antrag, als Arbeiter nach Deutschland gehen zu können. Bereits nach vier Monaten kam, früher als erwartet, eine Zusage.

»Meine Frau war damit einverstanden. ... Sie sagte: ›Er soll zwei Jahre dort arbeiten. Wenn er länger bleibt, soll er mich zu sich nehmen‹« (1978:201).

Auch der Vater erteilte ihm seine Erlaubnis (»Wenn auch nicht für so lange Zeit«). Dennoch ging er nicht leichten Herzens:

»Mein Land zurückzulassen und nach Deutschland zu gehen, war für mich ein Problem: Ich konnte die Sprache nicht, meine Eltern waren in der Türkei, meine Verwandten ebenfalls. Ich war wie ein Flüchtling, ein Nomade. Ich hatte ohnehin mein Dorf schon aufgegeben und war nach Istanbul gekommen. In Istanbul hatte ich Probleme und Schwierigkeiten. Und dann erst recht in Deutschland« (1985:61).

Widerstand kam von dem väterlichen Freund in Istanbul, der ihn offenbar mit Nachdruck bat, zu bleiben:

»Mein Arbeitgeber in der Fabrik war nicht einverstanden, daß ich hierher kam. ›Ich werde dein Gehalt erhöhen‹, sagte er, ›geh nicht, bleib. Bald wirst du Obermeister (*usta başı*) sein. Ich werde dir helfen, was das Geld betrifft. Bleib hier, geh nicht‹« (1978:241).

Die Entscheidung zur Migration zog einen Bruch mit diesem Freund nach sich – einen Bruch, der bei all dem, was dieser Freund für ihn getan hatte, Yaşar sehr schwergefallen sein dürfte.

Wenn er sich trotz aller Probleme und Brüche für die Migration nach Deutschland entschied, dann wohl deshalb, weil sie für ihn die Möglichkeit darstellte, seinen alten Traum, die Familie aus dem Dorf nach Istanbul zu bringen, in eine realistische – d.h. zeitlich kalkulierbare – Perspektive überzuführen. Dies scheint mir um so wichtiger, weil ich den Eindruck habe, daß sich im gleichen Maß, wie er in der Stadt Fuß faßte, das ehemals vage Versprechen, in einen ethischen Imperativ verwandelt hatte – einen Imperativ, den er 1977 in folgende Worte faßte:

»Unser Dorf ist zurückgeblieben. Alle, die jetzt heranwachsen, das heißt diejenigen, die Köpfchen haben, fliehen in die Stadt ... ›Laßt uns als einzelne eine Zukunft gewinnen, retten wir uns aus dem Dorf.‹ [Dies ist gerechtfertigt] *unter der Bedingung, daß man dann den Vater, die Mutter, die Geschwister zu sich nimmt.* Unser Dorf bringt keinen Ertrag, es ist zurückgeblieben ... Unsere Erträge reichen gerade für uns. Nach außen verkaufen wir nichts ... Und weil wir nichts verkaufen, kommt kein Einkommen ins Dorf. Und weil kein Einkommen da ist, ziehen wir selbst die Fremde vor. Deshalb habe auch ich mich, als ich 16 war und zu Verstand kam, in die Fremde geworfen und begonnen, eine Zukunft zu suchen, um meinen Lebensunterhalt zu bestreiten, um meinen Kindern helfen zu können. [Das war gerechtfertigt] *unter der Bedingung, nach meinen Eltern zu sehen*« (1978:203).

Es ist kaum anzunehmen, daß sein Gehalt es ihm damals erlaubt hätte, die hier formulierte innere Verpflichtung in die Praxis umzusetzen. Wenn man diese Passage ernst nimmt, dann *mußte* er die Schwierigkeiten der Migration auf sich nehmen, weil sie die einzige Möglichkeit bot, seine ursprüngliche Revolte zu legitimieren. Die Passage ist auch deshalb interessant, weil sie in zwei Teile zu zerfallen scheint: Der erste Teil (den wir deshalb auch bereits oben einmal zitiert haben) reflektiert sehr genau die Aufbruchstimmung des Sechzehnjährigen: Hier steht zunächst der Traum von der individuellen Zukunft im Vordergrund. Der zweite Teil enthält dann die Bewertung des Mittzwanzigers – und zwar die Formulierung der rationalen Verpflichtung (*görev*): Die individualistische Selbstverwirklichung tritt nun hinter den Pflichten gegenüber der Familie zurück – ohne allerdings ganz zu verschwinden.

Das Leben im Arbeiterwohnheim: 1972–1976

Am 27. November 1972 kam Yaşar nach P. in Süddeutschland. Er nahm Arbeit in der Textilfirma auf, in der er auch heute noch beschäftigt ist. Damals zog er in das, auf dem Firmengelände gelegene, Arbeiterwohnheim:

»Das Heimleben: Im Heim leben und schlafen 50, 100 Menschen. Dann gibt es solche, die nachts um 10 Uhr arbeiten und solche, die zu normalen Zeiten arbeiten. Alle machen eben Schichtarbeit. Dann kommen von rechts und links Besucher. Außerdem gibt es viel Lärm ... Auch Streit kommt vor. Klar – es ist ein Ort von Junggesellen. Die Männer kommen von draußen betrunken nach Hause, schreien und reden Schlechtes. Das kann nun wieder ein anderer nicht ertragen: Ein Streit, eine Auseinandersetzung entsteht« (1978:221).

Diese Einschätzung des Heimlebens ist für ihn bezeichnend – andere Migranten haben sich positiver dazu geäußert (und beispielsweise die dort erlebte Solidarität hervorgehoben)[5]. Das Heim scheint für ihn geradezu eine Gegenwelt zur Familie zu sein. Dennoch blieb er dort wohnen, um die Lebenshaltungskosten gering zu halten. Gleichzeitig versuchte er, sein Einkommen zu maximieren und machte so viele Überstunden wie möglich. Er verdiente zwischen 1 400,– und 1 800,– DM im Monat. Von diesem Geld verbrauchte er 450,– bis 500,– DM selbst; zwischen 300,– und 400,– DM überwies er alle zwei Monate in die Türkei, um den Lebensunterhalt seiner Familie zu finanzieren; den Rest sparte er. Mit dem Ersparten setzte er nun mit bemerkenswerter Konsequenz die Aufgabe um, die er sich gesetzt hatte. Er kaufte in Istanbul ein Haus und holte seine Familie aus dem Dorf. Die Eltern folgten widerwillig:

»Wie oft hat mein Vater nicht gesagt, [einer der Söhne solle im Dorf bleiben]. Aber weil das Dorf arm ist und die Äcker nicht ertragreich sind, möchte keiner von uns Brüdern ins Dorf gehen ... Wir haben gesagt, es ist besser, in Istanbul zu leben, als im Dorf Not zu leiden ... « (1985:65). »Er kam gegen seinen Willen [nach Istanbul]. Er kam, um uns einen Gefallen zu tun, also weil er uns liebte, weil er seine Nachkommen liebte ... Damals haben meine Eltern gesagt: ›Sind wir verrückt? Wir haben so viel im Dorf gearbeitet, wir haben dort ein Haus gebaut, wir haben Äcker gekauft. All das bleibt jetzt leer zurück. Niemand bleibt dort. Warum haben wir das alles gemacht?‹ Aber später sagte mein Vater: ›Wenn ich anstatt so viel zu arbeiten damals nach Istanbul gegangen wäre und dort gearbeitet hätte, dann hätte ich ein Haus kaufen können, dann wäre es mir besser gegangen.‹ Der Mann hat dort (im Dorf) sehr große Schwierigkeiten gehabt, er hat uns dort ernährt und aufgezogen; aber jetzt möchte auch er nicht mehr ins Dorf zurückkehren ... In gewisser Hinsicht ist es bitter, ist es traurig, sowohl in bezug auf die Umgebung wie auf die Tatsache, daß das Dorf die Heimat meines Vaters ist« (1985:66/67).

Offenbar gab der Vater dem gemeinsamen Druck der Brüder nach. Dies kommt nicht häufig vor: Die meisten alten Männer in Subay wehren sich gegen diesen Schritt, so lange es geht. Um sich durchzusetzen, drohen sie nicht selten mit der Verfluchung. Ihnen geht es dabei darum, die letzte Phase ihres Lebens nicht in einer fremden Umgebung zu verbringen.[6] Bei Yaşars Vater kam noch ein weiteres hinzu: In der rhetorischen Frage: »Sind wir denn verrückt« klingt an, daß die Entscheidung zur Migration nach Istanbul für den Vater die Entwertung alles dessen bedeutet, was er bis dahin aufgebaut hatte. In Istanbul ist er ein alter Mann, dem man das Heft aus der Hand genommen hat – ein bemerkenswerter Kontrast zu dem Bild, das Yaşar vom kraftvollen Vater im Dorf zeichnet.

Yaşar hat also seinen Traum der Kindheit verwirklicht: Er hat in dem Moment, in dem er die Familie nach Istanbul brachte, die Rolle des Familienoberhauptes übernommen. Dennoch ist unverkennbar, daß gleichzeitig das Opfer, das dem Vater abverlangt wird, einen dunklen Schatten auf den Erfolg wirft.

Die faktische Übernahme der Rolle des Familienoberhauptes zog weitere Konsequenzen nach sich. Es scheint, daß Yaşar, der seine Familie nach Istanbul gebracht hat, nun auch an sich den Anspruch stellte, weiter für sie zu sorgen. Er ließ seine Frau bei den Eltern wohnen und verheiratete in den folgenden Jahren zwei seiner Brüder, das heißt er brachte die Hochzeitsgaben auf und richtete das Fest aus.

1976–1979: Erster Aufenthalt der Ehefrau und erneute Trennung

Yaşars Leben in der ersten Phase der Migration war so bestimmt von der Sorge um seine väterliche Familie: Die Einlösung des anderen Ziels der Migration – nämlich des Aufbaus einer eigenen Existenz – trat dagegen in den Hintergrund: Dies führte zum einen dazu, daß Yaşar, nach vier Jahren Aufenthalt, noch kaum Geld für sich selbst gespart hatte; es scheint auch der Grund dafür zu sein, daß seine Pläne in bezug auf die eigene Zukunft (im Vergleich zu denen der anderen Migranten) auffallend unklar waren: Fest stand für ihn nur, daß er sich irgendwie eine selbständige Existenz aufbauen wollte.

So zeichnete sich 1976 ab, daß er mindestens noch zwei weitere Jahre bleiben würde. Auf Grund dieser Situation entschied sich das Ehepaar dafür, daß Yaşars Frau nach Deutschland kommen sollte. Die 1973 geborene Tochter sollte zunächst bei den Großeltern in Istanbul bleiben. Yaşar zog aus dem Heim aus und nahm sich eine Wohnung:

»Meine Frau war in Deutschland überhaupt nicht zufrieden. Meine Frau war die Tochter eines Bauern. Sie war jemand, dem das schicke Leben[7] nicht gefiel, und deshalb hat ihr die Situation in Deutschland nicht gefallen … Sie arbeitete nicht, sie war Hausfrau. Aber sie sah die Situation der Menschen draußen … Wir wohnten zum Beispiel in einem deutschen Haus. Unten wohnten Deutsche, oben wir … Dort, wo wir wohnten, lebten kaum Türken. Weil es keine Türken gab, war [das größte Problem] die Sprache; das zweite die Einsamkeit, das dritte, daß sie als Fremde nicht wie in der Türkei überall Besuche machen konnte … Meine Frau hat die Entbehrungen der Fremde sehr empfunden. Dann wurde mein Vater krank. Als er krank wurde, schrieb er mir: ›Komm zu mir zurück!‹ Ich konnte aber nicht von hier aus für immer zurückkehren. Und weil ich nicht zurückkehren konnte, schickte ich meine Frau wieder zu meinem Vater. Im Augenblick (1978) wohnen sie alle zusammen in Istanbul: Mein Vater, meine Mutter, meine Brüder … Eine Schwester ist auch noch zu Hause und geht in die zweite Klasse« (1978:209).

Es mag auch die Trennung von der dreijährigen Tochter gewesen sein, die die Mutter zur Rückkehr bewegte. So blieb das Zusammenleben ein kurzes Zwischenspiel. Eine Äußerung von 1978 zeigt, daß

Yaşar die erneute Trennung wie eine Neuauflage des ursprünglichen Migrationsgedankens gesehen hat: Man trennt sich für zwei Jahre, um dann in der Türkei besser zusammenzuleben:

»Meine Frau ist zurückgekehrt, weil sie es selbst wollte. Auch ich habe gesagt: ›Ich komme in zwei Jahren nach, dann komme ich zu euch. Dann retten wir uns von hier‹ (1978:211) ... Wenn sie hier wäre, könnte ich das Geld, das ich spare, nicht sparen. Es ist das Beste, in kürzester Zeit hier drei oder fünf *kuruş* zu verdienen und zurückzukehren« (1978:229).

Nach der Abreise seiner Frau kehrte Yaşar nicht ins Heim zurück, sondern zog mit drei türkischen Freunden in eine Wohnung, die zimmerweise vermietet wurde. Obwohl die Situation wesentlich angenehmer war als im Heim, litt Yaşar doch unter der Trennung von seiner Familie:

»Die Lebensbedingungen hier: Wir arbeiten acht Stunden am Tag. Raus aus der Arbeit, Essen kochen, Wäsche waschen. Dann zu Hause Einsamkeit, keine Kinder, keine Frau, keine Eltern, an deiner Seite keine Bekannte, Verwandte oder Freunde. Sogar zu Hause fühlen wir uns einsam. In dieser Hinsicht empfinden wir viele Belastungen. Aber wir sagen uns: ›Ertragen wir das Dasein hier, machen wir in kürzester Zeit drei oder fünf *kuruş* ... (1978:229).Von zwölf Monaten verbringe ich einen Monat Urlaub [in der Türkei]. Unter diesen Umständen leidet natürlich meine Frau dort, ich hier, wir beide. Wir vermissen eine Lebensnotwendigkeit[8]. Das alles, um drei bis fünf *kuruş* verdienen zu können« (1978:227).

Die Belastung wurde unerträglich, als sich 1979 abzeichnete, daß immer noch nicht an eine Rückkehr zu denken war. Es wird aus Yaşars Darstellung nicht ganz deutlich, warum der Plan scheiterte, einen Laden oder ein Taxi in Istanbul zu erwerben. Einmal erwähnte er unvorhergesehene Ausgaben. Dies dürfte sich vor allem auf die Hochzeit eines weiteren Bruders beziehen, die Yaşar damals ausrichtete – Kosten in der Höhe von 10 000,– DM sind bei einem solchen Ereignis nicht unwahrscheinlich. Sehr hohe Ausgaben dürften auch durch die jährlichen Urlaubsreisen in die Türkei entstanden sein. Andere Migranten beziffern die Ausgaben für eine Reise in die Türkei auf 6 000,– bis 7 000,– DM, wobei Geschenke keinen geringen Teil des Reisebudgets verschlingen. Schließlich hat sich die ökonomische Situation in der Türkei in diesen Jahren drastisch verschlechtert. Investitionen waren deshalb mit einem erheblichen Risiko behaftet.

Unter diesen Umständen war eine weitere Trennung von der Familie nicht zu ertragen – zumal in der Zwischenzeit ein weiteres Kind, diesmal ein Sohn, geboren worden war. 1979 kam Yaşars Frau zum zweiten Mal nach Deutschland, dieses Mal mit den beiden Kindern. 1980 wurde noch eine Tochter, 1982 noch ein Sohn geboren.

1979–1989: Der zweite Aufenthalt von Yaşars Frau in Deutschland und erneute Trennung

Der Nachzug der Familie nach Deutschland bedeutete, daß die Lebenshaltungskosten drastisch stiegen. Die Familie bezog einen Altbau in der Innenstadt von P. Yasar beschrieb 1985 die neue Situation:

»Natürlich kann ich weniger sparen, aber ich lebe besser ... Also mit seiner Frau zusammenzuleben ist einfach eine andere Sache, als als Junggeselle zu leben ... Es geht mir besser, aber ich spare weniger Geld« (1985:5).

»Ich verdiene jetzt 2000,– DM. Überlege mal: Wir sind jetzt hier fünf Leute, dann habe ich noch ein Auto. Wir sind also zu sechst. Nun denke einmal daran, was wir für uns sechs ausgeben müssen. Das Haus, in dem wir wohnen, ist alt. Schau, ich gebe jetzt im Augenblick 230,– DM für Miete aus. ... Um Geld zu sparen, schränken wir uns ein. Wir führen kein Luxusleben, wir haben kein Luxusauto, keine Luxuswohnung, keine Luxuskleidung. So also hoffen wir, hier Geld zu sparen, so mühen wir uns ab ... Ich komme [trotzdem] im Augenblick in Deutschland mit 1500,– DM nicht aus ... Es reicht einfach nicht« (1985:4).

Die Entscheidung, einen längeren Aufenthalt in Deutschland zu akzeptieren, bedeutete nicht, daß das Gefühl der Fremdheit gegenüber der deutschen Gesellschaft abnahm. Daran war nicht zuletzt die Verschlechterung des wirtschaftlichen und sozialen Klimas schuld – vor allem die bereits oben erwähnte Verschlechterung der Arbeitsbedingungen.

Yaşar fand deshalb das Anfang der achtziger Jahre gemachte, und auf ein halbes Jahr befristete, Angebot der deutschen Regierung, sich die Renten auszahlen zu lassen, im Prinzip attraktiv. Wenn er dennoch davon keinen Gebrauch machte, dann deshalb, weil die Auszahlung in der Türkei erfolgte. Dies hätte für ihn keinen Sinn gehabt, weil es wesentlich wirtschaftlicher ist, das Geld hier für Investitions- und Konsumgüter auszugeben als in der Türkei (wo man das Doppelte bis Dreifache zahlt)[9]:

»Wenn sie mir das Rentengeld gleich auszahlen würden, würde ich gehen. Ich kann es nicht mehr ertragen. In Deutschland werden wir in der letzten Zeit so sehr unterdrückt. Du verstehst: Am Arbeitsplatz haben wir keine Ruhe, zu Hause haben wir keine Ruhe, bei Versammlungen haben wir keine Ruhe, die Deutschen betrachten uns wie Feinde. Die Gründe dafür wissen wir nicht« (1985:14).

Noch belastender als die Situation am Arbeitsplatz und die Erfahrung der Diskriminierung waren jedoch für Yaşar die Probleme, die der Aufenthalt in der Fremde für die Kinder mit sich brachte. Da war zunächst das Problem der Einschulung. Schult man die Kinder in Deutschland ein, steht man vor dem Problem, entweder ihre Ausbildung unterbrechen zu müssen, wenn man heimkehrt, oder zu bleiben, bis die Kinder ihren Abschluß haben, was – wenn man wie Yaşar vier Kinder hat – eine unerträgliche Verlängerung des Aufenthaltes mit sich bringen würde. Auf Grund dieser Überlegung erscheint es ihm sinnvoll, seine Tochter nach den ersten fünf Schuljahren auf eine höhere Schule in der Türkei zu schicken:

»Das Kind kann sowieso seine Ausbildung nicht abschließen. Wenn es die Ausbildung abschließen wollte, müßte es bis zu seinem zwanzigsten Lebensjahr hier in die Schule gehen. Außerdem müßte es schön Deutsch können. Und ich müßte für die Ausbildung meines Kindes hierbleiben. Ich kann mein Kind nicht hier lassen und gehen. Deshalb möchte ich, daß meine Kinder, sobald sie die fünfte Klasse abgeschlossen haben, in der Türkei mit einer höheren Schule fortfahren. Wenn sie lernen möchten. Wenn nicht, sollen sie dort Arbeiter werden« (1985:18).

Aber selbst, wenn man bereit wäre, um der Schulausbildung der Kinder willen länger hierzubleiben, ist es nicht gesagt, daß dies auch möglich ist:

»Und dann ist es nicht klar, ob man auch hierblieben kann, wie es die Ausbildung der Kinder erfordert. Heute hat man Arbeit, aber ob man morgen Arbeit hat, das ist nicht klar. Deswegen kann man die Kinder hier nicht ausbilden. Was macht man also? Wenn das Kind hier fünf Jahre Grundschule hinter sich hat, bringt man es in die Türkei und bildet es dort aus. Hier: Das ist nur ein Provisorium (*geçici bir yer*), also hier, das ist wie ein Hotel. Wenn man zu uns heute in Deutschland sagt: ›Los, geh!‹ Dann kann ich nicht sagen: ›Ich geh nicht.‹ Jeder muß schließlich in sein eigenes Land gehen« (1985:60).

Es ist deutlich, wie die im letzten Kapitel analysierte Unsicherheit auf die Lebens- und Ausbildungsplanung zurückwirkt. Das Gefühl, zur industriellen Reservearmee zu gehören, läßt jede Planung, die den Zeitraum von zwei, drei Jahren überschreitet, als illusorisch erscheinen.

Neben diesen allgemeinen Überlegungen – die in dieser oder ähnlicher Form fast von allen Migranten angestellt werden – hatte Yaşar als Vater einer Tochter noch mit besonderen Problemen zu kämpfen. In Deutschland rechnete er mit besonderen Gefährdungen:

»Ich hatte eine Tochter hier. Nach unserem islamischen Glauben dürfen Mädchen oder fremde Frauen nicht mit Männern zusammenkommen. So ist es. Sie dürfen nicht zusammenkommen, sie dürfen nicht zusammensitzen, sie dürfen nicht miteinander schlafen. Heutzutage gehen die türkischen Kinder mit den deutschen Kindern ... also selbst die Mädchen, sie gehen alle zusammen ins Schwimmbad. Zwölfjährige, fünfzehnjährige Mädchen. Das ist gegen unseren Glauben, das steht im Widerspruch zu unserem Glauben, nicht wahr? Jede Nation (*millet*) hat ihre eigene Religion. Auch ich habe meine Religion, meinen Glauben. Warum also zwingst du mein Kind? Zwingst es, ins Schwimmbad zu gehen? Es ist falsch? ... Nun, sie sind vor Gericht gegangen. Das Gericht hat ihnen recht gegeben ... Aber das (der Urteilsspruch) wird heute nicht praktiziert, und die Glaubensbrüder hier, diejenigen, die dem Glauben verbunden sind, wenden sich nicht mehr an die Gerichte, sondern versuchen ihr Kind zu retten. Warum wird eine derartige Unterdrückung ausgeübt?« (1985:54)

Ein denkbarer Ausweg für ihn wäre ein islamisches Internat in Deutschland gewesen. Es ist deshalb wohl kaum ein Zufall, daß er die Haltung der deutschen Gesellschaft gegenüber islamischen Bildungseinrichtungen als besonders belastend empfindet:

»Schau, heutzutage beschäftigen sich selbst in Deutschland viele mit den Korankursen. Warum? Weißt du, was sie sagen? Die Kinder würden in den Korankursen geschlagen, also geprügelt, ihnen würde etwas Falsches eingeimpft.[Man wird aufgefordert], die Kinder nicht dorthin zu schicken. Bei uns (den Türken) gibt es [auch] einige, die über den Islam nicht Bescheid wissen, die gegen die Korankurse sind. Auch die deutsche Gesellschaft ist dagegen.

Dennoch: Die deutsche Gesellschaft hat kein Recht, dagegen zu sein. Warum, die deutsche Gesellschaft hat mit uns einen Vertrag gemacht, als Arbeiter ... Sie hat aber mit unserem Kind und unserer Frau keinen Vertrag gemacht ... Wenn ich will, schicke ich mein Kind in den Korankurs; wenn ich will, schicke ich es in die Schule; wenn ich will, schicke ich es nirgendwohin. Habe ich dieses Recht? Nein, aber ich müßte es normalerweise haben. ... Aber heute haben sie sich auf internationaler Ebene geeinigt und üben Unterdrückung aus. Weißt du, was sie mir sagen? ›Du wirst dein Kind schicken! ... Wenn du es nicht schickst, werden wir dich bestrafen. Wir werden dir eine Geldstrafe auferlegen! Oder du mußt dein Kind nehmen und in deine Heimat, in die Türkei schicken.‹ Warum unterdrücken sie uns so sehr? Was ist der Grund dafür?« (1985:52/53)

Die Passage ist die erregteste im ganzen Gespräch. Die Wut, die aus ihr spricht, hängt damit zusammen, daß die Haltung der deutschen Gesellschaft das ohnehin vorhandene Dilemma fast unerträglich verstärkt. Yaşar sah sich 1984 gezwungen, sich von seiner Tochter zu trennen, um sie in der Türkei in einem islamischen Internat einzuschulen. Er erwähnte, daß es ihr in Istanbul nicht gutginge – vermied es allerdings, genauer zu werden. Hinzu kam, daß bald eine ähnliche Entscheidung in bezug auf seinen Sohn auf ihn zukommen würde – und dies alles in einer Situation, in der er ökonomisch nicht weiterkam. Diese Situation ließ es ihm damals unmöglich erscheinen, noch sieben Jahre bis zum Erwirtschaften eines Rentenanspruches in Deutschland zu bleiben – was rein ökonomisch das Sinnvollste wäre:

»... Ich kann nicht länger als ein, zwei Jahre mehr hierbleiben. Ich kann vielleicht bis 1986, 1987 bleiben ... Es ist auf jeden Fall erforderlich, nach Hause zu gehen. Mein Mädchen geht dort zur Schule, und auch mein Sohn wird jetzt älter; er geht jetzt in die zweite Klasse. Dieses Kind würde große Schwierigkeiten haben, wenn es nach der fünften Klasse in die Türkei geht, und seine Eltern sind nicht bei ihm. Das haben wir jetzt von unserem Mädchen gelernt. Die Schwierigkeiten unserer Tochter waren für uns ein großes Problem. ... Wenn das Kind die fünfte Klasse abgeschlossen haben wird, werde auch ich zurückkehren – so gegen Ende 1987. Also jetzt endlich ein paar Mark sparen, sich von diesem Arbeiterdasein retten, eigenständig eine Arbeit machen« (1985:20).

Nicht nur in bezug auf die Kinder ist die Trennung problematisch, sondern auch in Hinsicht auf die Eltern:

»Auch jetzt sagt mein Vater wieder: ›Komm zurück, oder laß wenigstens deine Frau hier bei uns. Es reicht nun. Komm! Wir werden bald sterben! Laß uns noch etwas beisammen wohnen.‹ Er ist sowieso schon sehr alt jetzt. Er sagt: ›Komm, laß uns noch etwas beisammenbleiben.‹ Nun, und wir sagen: ›Vater, im Moment haben wir noch nicht genügend Geld in unserer Hand, um etwas aufzubauen. Deshalb müssen wir noch etwas arbeiten. Du hast jemand, der dir hilft, die Mutter ist bei dir, die Brüder.‹ Also, mein Vater war einverstanden. Aber irgendwie möchte er natürlich, daß ich komme« (1985:61).

Zum Zeitpunkt des Gesprächs, im Oktober 1985, hatte die Familie noch geplant, zwei weitere Jahre in Deutschland zu bleiben; bei meinem nächsten Besuch, im April 1986, hatten sie sich dann entschieden, daß Frau Fuad mit den Kindern heimkehren sollte. Und wieder war der Plan, daß Yaşar noch zwei weitere Jahre bleiben sollte, um allein genügend Geld zu erwerben. Er zog in eine sehr schäbige und dunkle Einzimmerwohnung in der Altstadt um. Auch dieses Mal ging der Plan nicht auf. Wieder stand die Hochzeit eines Bruders (nun allerdings die letzte) an. Auch erfüllte sich Yaşar einen sehnlichen Wunsch und machte 1988 seine Pilgerfahrt nach Mekka.

1988 hatte er einen Laden in Istanbul und eine eigene Wohnung angeschafft. Was er jetzt noch brauche seien 40 000,– bis 50 000,– DM Kapital, um Waren anzuschaffen. Im Moment habe er allerdings 9 000,– DM Schulden gemacht – womit er die Wohnung in der Türkei eingerichtet habe. Noch einmal betonte er, daß er sofort gehen würde, wenn man ihm die Versicherung ausbezahlen würde.

Die Bewertung der Migration

Die Migration nach Deutschland hatte Yaşar in die Lage versetzt, sein »Lebensprogramm«, die Familie aus dem Dorf zu holen, mit bemerkenswerter Konsequenz umzusetzen; angesichts der Größe seiner Familie eine große und schwierige Aufgabe. Sie bewältigt zu haben, bestimmt nach wie vor sein Selbstbild und Selbstwertgefühl. 1985 sagte er:

»Bei uns haben vor allem die ältesten Söhne Verantwortung. Sie sind fast wie Väter für die jüngeren Geschwister. Natürlich ist das nicht bei allen und in jeder Familie der Fall. Aber was mich betrifft – ich habe für meine Brüder alles gemacht, was mir möglich war. Ich habe ihnen gegenüber die Pflichten eines älteres Bruders, *eines Vaters,* erfüllt, so gut ich konnte« (1985:65).

Mit dem Hinweis auf die anderen, die ihre Pflichten nicht so ernst nahmen wie er, dürfte er andeuten, daß er prinzipiell auch anders hätte handeln können, daß die Erfüllung der Pflichten freiwillig war, was ihren ethischen Wert unterstreicht.

Gleichzeitig wurde mit den Jahren in der Migration der Preis dieses Lebensentwurfes immer deutlicher. Ein Preis, den zunächst er selbst zu entrichten hatte: Er sah sich in Deutschland gefangen, in einer Situation, die er von Anfang an als unangenehm empfunden hatte. Noch schlimmer dürfte es indes gewesen sein, daß mit zunehmender Dauer der Migration auch die Belastung für die Familie, die er selbst gegründet hatte, immer größer wurde. Die Geschichte der Trennungen, Vereinigungen und der erneuten Trennungen spricht für sich selbst. 1985 wurden auch noch andere Töne, eine gewisse Bitterkeit, deutlich:

»Also eigentlich wäre es mir möglich gewesen, bis jetzt zwei oder drei Wohnungen zu kaufen. Es wäre möglich gewesen, mich von hier zu retten und nach Hause zurückzukehren. Aber schau: Ich habe ständig für *sie* Ausgaben gehabt, ich habe für *sie* Geld ausgegeben ... Ich habe meine Verpflichtungen erfüllt. Deshalb konnte ich mich noch nicht aus Deutschland retten, deshalb bin ich noch hier ... Ich habe *ihnen* geholfen, geholfen, geholfen« (1985:65).

Eine deutliche Akzentverschiebung zu 1978 ist unüberhörbar: Damals sah er sich noch als jemand, der »seine« Familie aus dem Dorf holt – etwa, wenn er sich damals mit den Worten charakterisierte: »Ich habe sechs Geschwister. Der älteste bin ich, eine Person, die ihre Brüder, ihren Vater und ihre Mutter sehr liebt.« Wenn er damals das Wort »wir« in den Mund nahm, dürfte er diese Gruppe im Auge gehabt haben. Aus diesem »wir« ist ein »sie« geworden – und es ist anzunehmen, daß dieses »sie« nun dem »wir« gegenübersteht, das durch seine Familie in Deutschland gebildet ist.

Ähnlich wirkt es, wenn man die Äußerungen zu Kosten und Nutzen der Migration nebeneinander stellt. Als ich ihn 1977 nach seiner Einschätzung der Migration fragte, sagte er:

»Gott sei Dank, materiell habe ich nichts zu klagen, materiell war es sehr nützlich. Mit dem Geld, das ich hier verdient habe, habe ich Vater und Mutter aus dem Dorf gerettet« (1978:219).

Als ich im gleichen Gespräch die Trennung von Frau und Kindern ansprach, versteckte er sich hinter einem allgemeinen Diskurs über das »Materielle« und »Symbolische«:

»Wenn ich heute mit meiner Familie zusammen wäre, mit ihr zusammen säße, hätte ich kein Geld, kein Haus, kein Dorf. Das Materielle und das Seelische müssen beide gegeben sein. Meiner Meinung nach. Wenn ich heute kein Geld hätte, wäre es noch schlechter« (1978:243).

Eine ganz andere Gewichtung trat aus dem Gespräch 1985 hervor:

»Damals war ich noch jung, 24 Jahre alt, ich war eben vom Militär gekommen, ich habe nicht alles verstanden, ich habe nicht alles begriffen. Aber inzwischen bin ich in ein reifes Alter gekommen ... jetzt bin ich in der Lage, an die Vor- und Nachteile, an meine Kinder, an meinen Lebensunterhalt zu denken. Damals konnte ich nicht denken ... Ich war frisch verheiratet; acht Monate nach unserer Hochzeit kam ich nach Deutschland. Schau, ich war mit meiner Frau noch nicht einmal ein Jahr zusammen. Nur weil sie in Deutschland viel Geld zahlen, habe ich meine dortige Arbeit verlassen und bin nach Deutschland gekommen. ... Also wenn ich gewußt hätte, wie viele seelische Werte ich aufgeben muß, wäre ich nicht gekommen« (1985:22/23).

Der ursprüngliche Traum der Versöhnung von eigener Zukunft und familialer Verpflichtung ist nicht in Erfüllung gegangen. Yaşar hatte zwar die Verpflichtungen gegenüber seinen Eltern erfüllt, war dabei aber selbst zu kurz gekommen.

Ich habe den Eindruck, daß im gleichen Maße, in dem sich die Enttäuschung abzeichnete, der Islam für Yaşar an Bedeutung gewann. Diesem Zusammenhang gilt es nun sich zuzuwenden.

Eine islamische Bildungsgeschichte

Die Migration von Yaşar führte einerseits zu einer Zerrissenheit der Lebensumstände, andererseits war sie die Voraussetzung für eine islamische Bildungsgeschichte. Yaşar beschrieb seinen spirituellen Werdegang mit folgenden Worten:

»Bei uns im Dorf ... sind die Eltern selbst nicht gebildet genug; sie schicken ihre Kinder auch nicht zu jemandem, der Bescheid weiß. Schau: Ich bin [zwar], als ich jung war, mit meinem Vater gemeinsam zur Moschee gegangen. [Aber erst] als ich nach Istanbul kam, hat bei mir die Liebe zum Glauben begonnen. Ich habe mir zum Beispiel Bücher über den Glauben gekauft, als ich nach Istanbul kam (1985:4) ... Was gab es in Istanbul? Eine Gemeinde existierte dort ... Ich habe dort gute Menschen gefunden, ich habe gute Freundschaften geschlossen, ich bin mit ihnen zusammen losgegangen, um den *hocas* zuzuhören und in der Moschee den *namaz* zu beten. Ich habe mich selbst erzogen. Aber wie sollten sie sich im Dorf selbst erziehen können? Bei uns im Dorf wird in der Moschee nur das Freitagsgebet praktiziert. Nur an den Feiertagen gehst du in die Moschee. Zu anderen Zeiten triffst du die Gemeinde nicht an (1985:36). Als ich dann nach Deutschland gekommen bin, habe ich einen zweiten Schritt gemacht, ich habe hier Gemeinden kennengelernt, die in der Türkei verboten sind (Gedächtnisprotokoll, 1986) ... [Der Islam] wurde wichtiger für mich. In der Türkei habe ich den *namaz* praktiziert, ich bin in die Moschee gegangen, in Ordnung, ich habe den *hocas* zugehört. Also auch schon, bevor ich nach Deutschland gekommen bin. Aber ich habe noch nicht so viel verstanden. In Deutschland habe ich [viel] gelernt. [Auch] können wir unsere Glaubenspflichten in Deutschland besser erfüllen. In der Türkei können wir sie nicht erfüllen, weil die Türkei ein laizistischer Staat ist ... Also, wir haben unser Glaubenswissen in Deutschland erweitert ... Wir haben unseren *hocas* zugehört, wir haben den Kassetten [mit Predigten] zugehört, auch sind wir etwas älter geworden. Hier können wir uns ... verschleiern, einen Bart tragen, wir können in jeder Hinsicht frei leben« (1985:30,31).

Die hier skizzierte Kontinuität der spirituellen Geschichte steht in einem bemerkenswerten Kontrast zur Zerrissenheit der Lebensgeschichte. Wenden wir uns den einzelnen Phasen zu, die Yaşar unterscheidet.

Der dörfliche Islam

Der dörfliche Islam, den der junge Yaşar über seinen Vater kennenlernt, ist geprägt von dem spezifischen Verhältnis von dörflicher Gesellschaft und islamischer Gemeinde: Da das Dorf *auch* religiöse Gemeinde ist, ist der andere, mit dem man in politisch-rechtlichen Gegenseitigkeitsbeziehungen steht, immer auch der Glaubensbruder, den man am Freitag in der Moschee sieht und mit dem man die großen Feste gemeinsam begeht. Dies bedeutet, daß die dörfliche Gesellschaft, in einem durch den islamischen Kalender vorgegebenen

Rhythmus, zwischen zwei Zuständen oszilliert. Zu den säkularen Zeiten erscheint das Dorf als eine Gruppe von weitgehend autonomen Haushalten, deren Beziehungen auf den Werten von Ehre (*namus*) und Achtung (*saygı*) beruhen und die auf Gegenseitigkeit im Tausch von Gabe und Herausforderungen achten. Diese Gesellschaft verwandelt sich zu den sakralen Zeiten (den fünf Gebetszeiten, den Freitagvormittagen, dem Fastenmonat, den heiligen Nächten und den großen Festen) in eine »Gemeinschaft«. In den islamischen Ritualen wird eine soziale Ordnung ausgedrückt, in der man dem anderen nicht gegenüber, sondern in der man neben ihm steht; in der man nicht gegeneinander die Ehre wahrt, sondern gemeinsam Gott verehrt; in der man nicht tauscht, sondern teilt; in der Güter nicht auf Grund von Gegenseitigkeitsverpflichtungen, sondern auf Grund von Bedürftigkeit gegeben werden; in der nicht Wettbewerb und Konflikt dominieren, sondern Einheit herrscht.

Das Oszillieren zwischen säkularer und sakraler Ordnung verdeutlicht, daß alle Beziehungen nicht nur einen »gesellschaftlichen« (also politisch-rechtlichen), sondern auch einen »gemeinschaftlichen« (also ethisch-moralischen) Charakter besitzen. Beide Aspekte stehen in einem komplementären Verhältnis, sie ergänzen und korrigieren einander. Die Bauern sind sich einig darüber, daß man ein Gemeinwesen nicht ausschließlich auf dem einen oder anderen gründen kann. Ein Gemeinwesen, in dem ausschließlich politisch-rechtliche Gegenseitigkeitsbeziehungen gelten würden, würde zerfallen, weil sich jeder nur seiner eigenen Familie oder Gruppe verpflichtet fühlen würde, das Recht des Stärkeren würde dominieren, und es gäbe keine Möglichkeit, einen Schlagabtausch oder eine Fehde zu beenden. Es heißt: »Nur wer Gott fürchtet, erkennt auch deine Rechte an« und »Fürchte dich vor denjenigen, die Gott nicht fürchten«. Ebensowenig aber kann man ein Gemeinwesen ausschließlich auf dem Gedanken der Gemeinschaft gründen. Es wäre illusorisch zu glauben, man könne in Rechtssicherheit leben, weil alle anderen ebenfalls Muslime sind. Man appelliert zwar daran (und sagt etwa: »Warum tust du mir das an, bin ich ein *gavur*, bin ich ein Christ?«), weiß aber, daß man letztendlich nur bestehen kann, wenn man Gegenseitigkeit herstellt, wenn man also eine Herausforderung mit einer Gegenherausforderung beantwortet. So schön es wäre, wenn die Ordnung des Gemeinwesens durch die gemeinsame Furcht vor Gott aufrechterhalten werden könnte – der Alltag lehrt doch, daß zu ihr auch die Furcht vor dem Nachbarn hinzutreten muß.

Das komplementäre Verhältnis von säkularer und sakraler Ordnung bedeutet, daß man einen Status in beiden Ordnungen haben muß, um als Person in Subay anerkannt zu werden. Man muß sowohl Muslim sein als auch einer Familie angehören, deren Ehre und Ansehen unbestritten ist. Fehlt eines von beiden, wird man ausgegrenzt. Diese politische Bedeutung der Religion im Dorf prägt die bäuerliche Religiosität.

Zunächst hängt mit ihr der »zeichenhafte« Charakter des dörflichen Islam zusammen: Auf Grund der politischen Bedeutung der Gemeindezugehörigkeit, drückt man durch die Teilnahme am Ritual nicht nur sein Verhältnis zu Gott aus, man formuliert auch einen Anspruch auf Zugehörigkeit im Gemeinwesen. Ebenso kann man nicht einfach den Moscheebesuch unterlassen, ohne daß man politische Folgen spüren würde. Ich möchte nicht so weit gehen und behaupten, daß die politische Bedeutung des Rituals die religiöse völlig verdrängt; dennoch scheint sie sie oft zu überlagern und bestimmend zu sein. In diesem Sinn läßt sich die Äußerung eines anderen jungen Muslim aus Subay lesen, der in der Stadt mit spirituelleren Formen des Islam in Berührung gekommen war und auf diesem Hintergrund die bäuerliche Praxis einer scharfen Kritik unterzog.

»In die Moschee gehen sie, weil jeder dorthin geht. Sie sehen: Das Volk geht in die Moschee. Also gehen sie auch. Wenn sie dann beten, dann auch nicht mit Konzentration und Versunkenheit, sondern sie denken an ihr Vieh und an das, was sie kaufen wollen ... Wenn die Absicht fehlt, dann ist das *namaz* Gebet nichts anderes als eine Turnübung. Das ist bei fast allen der Fall. Sie sind nur Muslime im folgenden Sinn: Wenn jemand kommt und ihnen ein Stück Land wegpflügt, dann kommen sie und sagen: ›Warum verletzt du mein Recht, das Recht eines Muslim?‹ Sie sind nur Muslime, solange es um ihre Rechte geht« (Gedächtnisprotokoll, 1977).

Hier sind allerdings manche Züge aus einer städtischen Perspektive karikierend überspitzt. Vielleicht sollte man hinzufügen, daß die zeichenhafte Verwiesenheit von politischem und religiösem Bereich einer religiösen »Innigkeit« keinen Abbruch tut. Das Gegenteil scheint der Fall. Gerade weil die Bauern zwischen Ritual und Alltag einen engen Bezug herstellen, erkennen sie sich in der Religion wieder – im Ritual werden ganz konkrete Ideale und Hoffnungen artikuliert.

Die politische Bedeutung des dörflichen Islam prägt auch den Charakter des religiösen Diskurses. Dieser ist weniger durch ein Suchen nach Wahrheit bestimmt als durch die Vergegenwärtigung von gemeinsamen und geteilten Auffassungen. Dabei geht es meist um die Klassifikation von Handlungen: welche geboten, oder nur empfohlen, welche verpönt oder verboten sind. Erörtert werden Fragen wie die, ob die Sünde des Schweinefleischessens größer oder geringer sei, als die des Rakı-Trinkens, oder man überlegt, womit man sich den größten religiösen Verdienst erwerben könne. Ebenso gerne werden die jenseitigen Konsequenzen der Mißachtung von Regeln geschildert. Die religiöse Rede mutet juristisch an. Kein grüblerisches Suchen um den Sinn eines Textes oder einer Regel, kein Spekulieren um Gott und die Welt bestimmt sie; es geht vielmehr um das Beschwören von Gesetzen und Ausführungsvorschriften, auf denen die Ordnung des Gemeinwesens beruht. Meist kommt längst Vertrautes und Selbstverständliches zur Sprache. Dies wirkt nicht selten so, als werde aus einer Truhe der gemeinsam ererbte Schatz wieder einmal hervorgeholt, vor Augen geführt und wieder zurückgelegt: ein ebenso befriedigendes wie gemeinschaftsstiftendes Unterfangen. Kurz: Der Diskurs stellt auf der Ebene des Wissens die Gemeinschaft her. In diesem Kontext ist auch eine Äußerung des bereits zitierten jungen Kritikers zu lesen: »Wenn der *hoca* etwas verbietet, sagen sie: ›Der und jener macht es genauso‹ und machen es weiter«: Im Kontext einer kommunalen Religion ist tatsächlich wichtiger, was der Nachbar sagt als das, was der *hoca* sagt – und ein individuelles Bemühen um Wahrheit stört eher die Gemeinschaft, als daß es ihr nützt.

Diese Einbettung in den Diskurs führt zu einer spezifischen Interpretation der Forderungen, die der Islam an den einzelnen stellt – vor allem der Pflicht zum Beten, zum Freitagsgottesdienst, zum Almosen, zum Fasten und zur Pilgerreise. Man gewinnt den Eindruck, daß die Bauern das Verhältnis zu Gott ähnlich interpretieren, wie das Verhältnis zum anderen – genauer: zum Vater. Sie sehen sich in beiden Fällen in einer prinzipiellen Schuld – im Sinn von etwas schuldig sein – und betrachten die Erfüllung ihrer »Verpflichtung« (in beiden Fällen wird das Wort *görev* gebraucht) als Möglichkeit, ihre »Schulden« nun zwar nicht ganz abzutragen, aber nach Möglichkeit zu verringern, gegenüber dem Vater, indem sie ihm Achtung erweisen, gegenüber Gott, indem sie die rituellen Gebete durchführen und das Fasten einhalten. Diese Verpflichtungen werden ganz unumwunden als Last empfunden. Das entwertet sie nicht etwa, sondern verleiht ihnen Gewicht. Nur Unverständnis wird demjenigen gegenüber empfunden, der glaubt, auch ohne Erfüllung dieser unangenehmen Verpflichtungen, erlöst werden zu können. Ihm wird unterstellt, er greife sich gleichsam die angenehmen Seiten des religösen Lebens heraus.

Diese Auffassungen von religiösen Verpflichtungen als einem Schuldenberg drücken sich am deutlichsten in der dörflichen Interpretation des *kaza* aus, der im Islam prinzipiell vorgesehenen Möglichkeit, religiöse Pflichten nachzuholen. Die jüngeren Männer setzen auf diese Möglichkeit; sie umgehen das Fasten und Beten mit der Absicht, das Versäumte dann im Alter nachzuholen (wenn – so wird es in innerdörflichen Witzen angedeutet – das Interesse daran, Sünden zu begehen, ohnehin auf natürliche Weise erlischt). Entsprechend wird mit zunehmendem Alter das Gefühl, Schuldner gegenüber Gott zu sein, als immer drückender empfunden. Man beginnt regelmäßig zu beten, um, wie man sagt, »nicht schuldig vor Gott zu sterben«. Zahlreiche alte Männer stehen morgens frühzeitig auf, um die Gebete nachzuholen, die sie in ihrer Jugend versäumt haben.

Istanbul

Yaşar beschrieb 1985 den Islam, den er im Dorf kennengelernt hatte, mit folgenden Worten:

»Also die Liebe zum Propheten ist in seinem Herzen vorhanden, nur hat niemand zu ihm gesagt: du bist Muslim, mein Sohn, *lerne* über den Islam, glaube an Gott und die Propheten. Er *befolgt* nicht die Befehle Gottes. Was ist die Ausrede? ›Ich habe Arbeit, ich habe keine Zeit.‹ Oder: ›Ich bin noch jung‹ … Er glaubt an die Einheit Gottes, daß der Prophet der Botschafter Gottes ist … Was nun [aber] die Verehrung betrifft, so besteht [sie] aus den Befehlen Gottes und der Sünnet[10] des Propheten. Dieser werden sie nicht gerecht« (1985:40).

Damit ist die Wendung angedeutet, die seine religiöse Praxis in Istanbul nahm: Mit den Begriffen der Weberschen Religionssoziologie ließe sich sagen, daß seine Praxis im Vergleich zum Dorf systematischer wurde. Yaşar begann, sich stärker für religiöses Wissen zu interessieren und versuchte, es auf seinen Alltag zu beziehen, es umzusetzen.

Diese Veränderung der Religiosität reflektierte ein verändertes Verhältnis gegenüber anderen und gegenüber sich selbst. Gegenüber den anderen versuchte Yaşar nicht mehr, seinen überkommenen Verpflichtungen gerecht zu werden, sondern er versuchte, gerade im Bruch mit diesen etwas Neues und Besseres zu realisieren. Er wollte nicht den, seitens der Familie in ihm gesetzten Erwartungen entsprechen, sondern umgekehrt, der Familie ein neues Fundament schaffen. In dieser Haltung mußte ihm der dörfliche Islam, dessen Charakter durch die *Korrektur* einer (im Grunde als richtig und selbstverständlich betrachteten) Ordnung geprägt war, als nichtssagend erschienen sein: Yaşar ging es nicht mehr um ein richtigeres Leben *in* der Ordnung, sondern um ihre Umgestaltung von einem Ziel her. Es ist dabei anzunehmen, daß damit die islamische Vision einer schönen Gesellschaft eine neue Bedeutung bekam. Sie wurde zu einer *Utopie*, zu einem Zustand, der nicht gleichzeitig existiert, sondern erst in Zukunft herzustellen ist. Mit ihr konnte er direkt an dem familialen Thema der Suche nach Gerechtigkeit, Gleichheit und Harmonie anknüpfen – und dieses Thema gleichzeitig überhöhen und begründen. In diesem Sinne skizzierte er einmal sein Ideal einer islamischen Familie: »Ich möchte, daß alle Muslime in Einheit und Gemeinsamkeit und unter den gleichen Bedingungen leben.« So konnte er nun *mit* dem Islam rechtfertigen, warum er sich gelegentlich gegen den Vater stellen mußte. Dabei ist für Yaşars Islam dieser Phase kennzeichnend, daß es ihm nur um die Umsetzung dieser Vision in seinem Privatleben ging[11].

Daraus ergibt sich auch eine ganz andere Orientierung der religiösen Interessen. An die Stelle kollektiver und gemeinschaftsstiftender Vergegenwärtigung trat die individuelle Suche nach Wahrheit. Nur Wahrheit schließlich kann legitimieren, daß man sich gegen die Gesellschaft stellt. Yaşar kaufte und las religiöse Bücher. Das bedeutete nun nicht, daß er bei dieser Suche immer allein gewesen wäre. Er hebt, ganz im Gegenteil, gerade die Bedeutung der Gemeinde für ihn hervor. Entscheidend ist der im Vergleich zum Dorf ganz andere Charakter dieser Gemeinde: Sie ist nicht mehr vorgegeben, sondern ist eine Interessengemeinschaft, der man sich freiwillig und individuell anschließt. Es handelt sich um eine Gruppe von Gleichgesinnten, in die man sich einbringen kann und mit der man seine Meinung präzisieren und ausformulieren kann. Ihr anzugehören ist politisch weitgehend irrelevant[12]. In Istanbul transformiert sich die Gesellschaft zu sakralen Zeiten nicht mehr in eine Gemeinschaft, sondern der Gläubige verläßt zu diesen Zeiten sozusagen die Gesellschaft und begibt sich in seine Gemeinde.

Die neue religiöse Wendung steht aber auch in enger Beziehung zu einem gewandelten Verhältnis zu sich selbst. Schlüsselbedeutung hat der Satz: »Ich habe mich selbst erzogen.« In ihm ist impliziert, was Tilman Nagel die »Islamisierung« des Selbst nennt (1981:309–325) – der Versuch, die große islamische Utopie einer harmonischen Ordnung, einer Einheit von Individuum und Gesellschaft, von Natur und Kultur, auf sich selbst zurückzubeziehen und in sich selbst zu realisieren. Dies verlangt weniger den Bruch als die Domestizierung der unmittelbaren Begierden (*nefis*), denen nachzugeben nur Unordnung und Disharmonie nach sich zieht, wobei das Ideal ein Ausgleich von innerer Natur und gesellschaftlicher Verpflichtung ist.[11] Auch hierin dürfte sich der junge Migrant wiedererkannt und sein Lebensprogramm überhöht gesehen haben. Auch er nahm sich ja, zugunsten eines höheren Zieles, ständig selbst zurück.

Von diesem Selbstverständnis her gewinnt das Gebet eine ganz andere Bedeutung: Der *namaz* wird nicht mehr als eine äußere Verpflichtung gesehen, die man Gott eben schuldig ist, sondern als eine spirituelle Übung, mit der man sich selbst erzieht. »Im Dorf beten sie den *namaz*, um ihre Schulden zu reduzieren, aber sie sehen nicht, daß der *namaz* Tugend bedeutet (*namazda fazilet var*). Der *namaz* ist eine große Sache« (Gedächtnisprotokoll, 1988). Anders als die Bauern wirkt Yaşar beim Gebet sehr in sich gekehrt und konzentriert.

Die neue spirituelle Bedeutung des Gebets spricht aus Yaşars Kritik an der Leichtigkeit, mit der die Bauern den *kaza*, das Nachholen der Gebete, praktizieren: Für Yaşar macht es einen zentralen Unterschied, ob man das Gebet, das man nachholt, aus zwingenden Gründen oder einfach aus Lust und Laune unterlassen hat:

»Aber habe ich das *namaz* Gebet aus Lust und Laune unterlassen – oder war ich gezwungen dazu? Nur wenn ich es gezwungenermaßen [unterlassen] habe, gilt meine Schuld [durch ein *kaza* Gebet] als abgegolten. Wenn ich es aber aus Lust und Laune unterlassen habe – nun, dann liegt es in Gottes Hand [ob er es anerkennt oder nicht]. Es macht einen großen Unterschied, ob man ein Gebet aus Lust und Laune, oder ob man es aus Notwendigkeit unterläßt« (1985:38).

Entsprechend kritisiert Yaşar die Schnelligkeit, mit der die Bauern seines Heimatdorfes mit einer Entschuldigung bei der Hand sind, wenn es darum geht, das Gebet zu unterlassen.

»Was sie sagen (nämlich, daß die Arbeit ihnen keine Zeit zum Gebet lasse), ist keine Entschuldigung. Den *namaz* zu beten, dauert zehn Minuten. Zehn Minuten! Am Tag betet man fünfmal den *namaz*, darunter allenfalls dreimal am Arbeitsplatz« (1985:35).

Damit zusammenhängend wird für ihn in Istanbul die islamische Praxis von einer Frage der Lebensphase zu einer des Lebensstils. Die Entscheidung für den Islam wird zur Existenzfrage, die sich völlig unabhängig vom Alter stellt:

»Sie sagen: ›Wir sind noch jung ... Wenn wir älter als 40 sind [dann werden wir unsere religiösen Pflichten erfüllen].‹ Das wurde bei uns so Brauch ... Beispielsweise gibt es auch Leute, die sagen zu mir: ›Warum hast du dir einen Bart stehen lassen, wo du doch noch so jung bist?‹ Aber der Islam unterscheidet nicht zwischen Jungen und Alten. Man muß sich sagen: ›Vielleicht sterbe ich morgen‹ ... Hätte ich dann noch Zeit, mir einen Bart wachsen zu lassen?[14] Ich bedauere auch, daß ich bisher nicht die Pilgerfahrt machen konnte. Seit dem Alter von 16 ist die *hac* für mich Pflicht« (1985:48).

Regelmäßiges Gebet, Bart und Pilgerfahrt sind im Dorf Attribute der Lebensphase des *ihtiyar*, des Greises, der seine innerweltlichen Verpflichtungen erfüllt hat und nun ganz der Religion lebt. Für Yaşar werden sie Ausdruck seiner »Liebe zum Glauben«. Auch hier ist die Korrespondenz zur innerweltlichen Lebensgestaltung Yaşars deutlich: So wie er sich als Fünfzehnjähriger bereits in der Rolle des Familienoberhauptes sieht, übernimmt er auch im religiösen Bereich den Habitus, der traditionalerweise weit älteren Männern vorbehalten ist.

Der defensive Islam der Anfangszeit

Eine weitere Zäsur seiner spirituellen Entwicklung setzt Yaşar mit der Migration nach Deutschland. Konfrontiert man indes die Aussagen von 1978 mit denen von 1985, dann erkennt man, daß es sich um (mindestens) zwei Schritte handelt. Einem eher defensiv geprägten, um Fragen der Selbstvergewisserung sich drehenden, Islam der ersten Jahre der Migration, steht ein sehr stark politisch geprägter in der späteren Phase der Migration gegenüber.

Bezeichnend für den Islam der ersten Phase ist folgende Passage:

»Heute ist es für einen Muslim sehr schwer, mit ihnen (den Deutschen) auszukommen – und es kommt auch vor, daß sich einige sogenannte Muslime ihnen anpassen. Aber bis zu diesem Augenblick habe ich selbst nun fünf Jahre lang, Gott sei gepriesen, an meinem Türkisch-Sein, an meinem Islam, festgehalten« (*Fakat şu anda ben kendim Türklüğüme, Müslemanlığıma beş senedir, el Hamdüllilah, muhafaza ettik*)« (1978: 233).

Hier ist zunächst auffallend, daß der Islam als etwas erscheint, daß »bewahrt« werden muß (*muhafaza etmek*): Dies ist nicht nur in dieser Passage der Fall. Diese Redewendung kehrt in dem Text von 1977 insgesamt fünfmal wieder, während sie in dem von 1985 kein einziges Mal benutzt wird. Der zweite auffallende Punkt ist das Parallelsetzen von Türkisch-Sein (*Türklük*) und Islam (*Islamiyet*). Dies verweist darauf, daß hier die Frage der Identität[15] eine zentrale Rolle spielt: Würde er den Islam aufgeben, würde er auch sein Türkisch-Sein aufgeben. Beides zusammen läßt darauf schließen, daß er den Islam zu dieser Zeit wie einen Anker sieht, an dem er sich, angesichts eines drohenden Identitätsverlustes, festhält.

Als ein Grund für den drohenden Identitätsverlust werden in dieser Passage die Schwierigkeiten mit Deutschen angegeben. Dies drückt das Gefühl aus, daß er als Muslim nun – ganz anders als in Istanbul – gezwungen ist, sich gegen die Haltung einer Mehrheit zu bewegen. Er beschreibt an anderer Stelle Nötigungen am Arbeitsplatz, denen er ausgesetzt ist – Nötigungen, die etwa das Trinken von Alkohol betreffen. So ist es auch konsequent (und wahrscheinlich korrekt), daß er das Gefühl hat, als Türke und Muslim größere Schwierigkeiten zu haben, häufiger Diskriminierung ausgesetzt zu sein, als die anderen Migranten. Es bedarf eines besonderen Kraftaufwandes, in einer

Minderheitensituation am Islam und seinen Ausdrucksformen festzuhalten und sich damit abwertenden Blicken auszusetzen. Die Versuchung, hier nachzugeben, mag auch dadurch gesteigert sein, daß andere, wie er sagt, sich leichtherziger anpassen.

Noch bedrohlicher für sein Selbstverständnis mag die sexuelle Versuchung in Deutschland gewesen sein – und auch hier sind es andere Arbeitsmigranten, die die prinzipielle Möglichkeit einer Alternative zu der vierjährigen sexuellen Enthaltsamkeit aufzeigen:

»Wirkliche Muslime … sind Herren ihres Glaubens, sind, was soll ich sagen, Herren ihres Türkisch-Seins. In dieser Hinsicht setze ich nicht jeden Türken gleich. … Aber leider gibt es unter unseren türkischen Arbeitern solche, die nicht dorthin (zu den Gebetstreffen) kommen. Sie sind entweder (unverst.) oder sind mit einem deutschen Mädchen oder einer deutschen Frau zusammen. Im Islam ist es für alle Muslime verboten, *zina* (außerehelichen Geschlechtsverkehr) zu begehen, nach einer Frau zu sehen, nach einer Frau in niedriger Weise zu sehen. Aber unsere Muslime lernen das in Europa und verhalten sich mehr und mehr wie Christen. Das sind für uns Muslime sehr schmerzhafte Ereignisse. Das ist sehr *günah* (sündhaft). Aber Allah wird ihnen ihre Strafe entweder in dieser Welt oder in der jenseitigen geben. Außer Allah weiß das keiner« (1978:255).

An dieser Passage ist verräterisch, daß die Nicht-Teilnahme am Gebet nicht einfach auf religiöse Indifferenz zurückgeführt wird (was in jeder Hinsicht die näherliegende Erklärung gewesen wäre), sondern auf die Beziehung zu einer deutschen Frau. Auch hier wirkt es so, als sei die Teilnahme am Gebet ein Bollwerk gegen die Versuchung – wobei Yaşar sowohl an den spirituellen Aspekt des Gebets denken mag, wie an die Tatsache, daß die Zugehörigkeit zu einer Gemeinde auch bedeutet, sich freiwillig einer sozialen Kontrolle zu unterstellen. Auffallend ist ebenfalls die Diktion – die Betonung auf das »Herr« sein (*sahib olmak*) – und damit auf Herrschaft und Selbstbeherrschung. Dieser Versuchung nachzugeben hätte, auf seinem Hintergrund, eine radikale Abwendung von seinem Familialismus bedeutet; es hätte einen Bruch mit seinem bisherigen Leben bedeutet, der ihm wahrscheinlich wie die Aufgabe seines Selbst erschienen wäre.

Der Islam in den ersten Jahren der Migration bekommt eine neue Bedeutung für Yaşar: In Istanbul überhöhte die Zugehörigkeit zur Gemeinde seinen Lebensentwurf und half ihm, ihn zu präzisieren und auszuformulieren. Hier nun hilft der Islam ihm zunächst, an ihm festzuhalten – und damit, sich nicht selbst aufzugeben. Im gleichen Zug dürfte ihm in Deutschland die Besonderheit seines Lebensentwurfes wie auch seiner Gläubigkeit deutlicher geworden sein: Der wiederholte Verweis auf andere, die anders handeln, spricht dafür. Yaşar dürfte sich in den ersten Jahren der Migration seiner selbst bewußter geworden sein.

Die Entwicklung des politischen Islam

Der defensive Islam der Anfangszeit wurde allmählich überlagert von einem politischen Islam. Yaşar selbst assoziiert diesen Schritt mit dem Kennenlernen von Gemeinden, die in der Türkei verboten sind. Rekonstruieren wir also seine eigene Entwicklung im Zusammenhang mit der Entfaltung der politisch-islamischen Gemeinden in P.

1978 gab es zwei Moscheen – und korrespondierend – zwei Gemeinden in P. Eine erste war 1974 von der Süleymanlı-Bruderschaft gegründet worden; eine zweite 1976 vom staatlichen Amt für Glaubensangelegenheiten der Türkei (*Diyanet Işleri Bakanlığı*).

Die Süleymanlı-Bruderschaft, die sich nach ihrem Gründer, dem Nakşıbendi Scheich Süleyman Tunalı (1888–1959) nennt, hat starke millenaristische und mystische Züge. Von seinen Anhängern wird Süleyman Tunalı mit religiösen Würden ausgestattet, die nicht unumstritten sind: Er wird als »Siegel der Heiligen« betrachtet und damit in eine bemerkenswerte Reihe eingegliedert. In den Worten eines *hocas* dieser Bewegung: »Der Koran ist die letzte Offenbarung, Muhammad ist der letzte Prophet und Süleyman der letzte *mürşit* (Lehrer) der Nakşıbendi.« Während die Bruderschaft in ihrem engeren Kern sehr exklusiv ist – und fast wie ein Geheimbund wirkt –, waren die von ihr gegründete Moschee für alle offen. Die Süleymanlı-Bruderschaft wird von den Muslimen in P. dem revolutionären Islam zugerechnet, der für eine Einrichtung des *şeriat*, des islamischen Gesetzes, in der Türkei eintritt.[16]

Das staatliche Amt für Glaubensangelegenheiten vertritt dagegen den »offiziellen« Islam im Rahmen der Türkischen Republik: Es kontrolliert die Ausbildung der *hocas* und verpflichtet sie, einen »aufgeklärten« unpolitischen Islam zu vertreten[17].

Yaşar, der ursprünglich wie alle die Süleymanlı Moschee aufsuchte, ging nach 1976 vor allem zu den »Diyanetçi«. An den Süleymanlı hatte ihn die Bedeutung gestört, mit der Süleyman Hilmí Tunalı ausgestattet wurde, aber auch manche ethischen Positionen (s.u.) waren ihm nicht plausibel[18]. Man hat indes den Eindruck, daß die amtliche Moschee für ihn nur das kleinere Übel war. Er selbst bewegte sich zu dieser Zeit schon in einer kleinen Gruppe von Anhängern der »Nationalen Sicht« (*Milli Görüş*), der im Ausland existierenden Partnerorganisation der damaligen Religiösen Heilspartei (*Milli Selamet Partısı*)[19]. Er begründete dies damals mit folgenden Worten:

»Das ist eine Partei, die sowohl für das Land und die Nation als auch für den Glauben arbeitet ... Die anderen Parteien ziehen vor allem Europa und den Westen vor. ... Aber die Partei, die ich gewählt habe, tritt dagegen an und arbeitet dafür, mein Land auf den wirklichen Weg Allahs, den Weg des Propheten, den wahren Islam zu führen« (1978:247).

In dem »sowohl- als auch« drückt sich die gleiche Präokkupation mit Identität aus wie wir sie bereits oben kennengelernt haben. Die Passage vermittelt den Eindruck, daß Yaşar mehr vom Islam innerhalb der gegenwärtigen Ordnung der Türkei verwirklicht sehen wollte. Diese Haltung deckt sich mit der vieler städtischer Muslime in der Türkei, denen an einer stärkeren islamischen Durchdringung der Gesellschaft, nicht aber an einem radikalen Umbruch liegt[20].

1978 spalteten sich die Anhänger der Nationalen Sicht von der Moschee des Amtes für Glaubensangelegenheiten ab und gründeten ihre eigene Moschee in einem Geschäftshaus in der Innenstadt. Nach dem Militärputsch in der Türkei und unter dem Eindruck der Revolution im Iran kam es dann in der neuen Moschee wieder zu Spannungen: Die Gründung eines islamischen Staates schien auf einmal nicht mehr ausgeschlossen. Die Mehrzahl der Mitglieder, darunter Yaşar, fanden Interesse an dem damals aus der Türkei ausgewiesenen Müfti von Adana, Cemaleddin Kaplan[21]. Dieser verwarf in einer fundamentalistischen Argumentation den von der »Nationalen Sicht« angestrebten parlamentarischen Weg zum *şeriat*: Dieser würde den Gläubigen allzuviel Kompromisse abverlangen. Statt dessen trat er für einen Umsturz von unten nach iranischem Vorbild ein. Aus dieser Konstellation resultierte eine erneute Spaltung: Die Anhänger Kaplans organisierten sich in der *Tebliğ* – Gemeinde (Verkündigungsgemeinde) und übernahmen 1983 (weil in der Mehrzahl) die Moschee, während die Gläubigen, die Erbakan treu blieben, auszogen und eine eigene Moschee gründeten. Die Verkündigungsgemeinde sollte für Yaşar zum entscheidenden Bezugspunkt werden. Er wurde zu einem der tragenden Mitglieder der Gemeinde.

Während Yaşar an diesen Segmentationsprozessen aktiv beteiligt war, nahm er zwei andere Gründungen eher beobachtend wahr: 1987 spaltete sich von der offiziellen Moschee des Amtes für Glaubensangelegenheiten die Moschee der »Nationalisten« (*Ülkücü*) ab, eine Moschee, die politisch der faschistoiden »Nationalen Bewegungspartei« beziehungsweise ihrer in Deutschland vertretenen Organisation der »Grauen Wölfe« zugerechnet wird. An einer weiteren Gründung waren mehrere Mitglieder der Verkündigungsgemeinde beteiligt: Einige der jüngeren Mitglieder bauten eine Loge der Nurcu auf, die sich der von Said Nursi initiierten Bewegung eines innerlich geprägten Islam verpflichtet weiß.

Yaşars Engagement in diesem Prozeß der Spaltungen läßt zunächst erkennen, wie für ihn die Idee des Traumes von einem islamischen Staat in den Jahren zwischen 1977 und 1985 wichtiger wurde. Man könnte hier von einer Verschiebung des Zentrums seiner Religiosität sprechen: In Istanbul und in der ersten Zeit in Deutschland ging es ihm zentral um die Verwirklichung des Islam in seinem Privatleben; jetzt kreiste sein religiöses Interesse um den Aufbau der islamischen Ordnung in der Öffentlichkeit[22].

Dies dürfte mit seiner Erfahrung zusammenhängen, daß die Realisierung seines Traumes gescheitert ist. Obwohl er nach Kräften gearbeitet hat, kam er der Versöhnung von familialen Verpflichtungen und individueller Verwirklichung nicht wirklich näher. Während er die Pflichten seiner väterlichen Familie gegenüber erfüllte, zeigte es sich, daß er und seine eigene Familie dabei zu kurz kamen. Die ökonomischen Bedingungen verlangten immer wieder leidvolle Trennungen voneinander. Dies mag ihn zu der Einsicht gebracht haben, daß die Verwirklichung einer islamischen Utopie in einer nichtislamischen Gesellschaft nicht möglich ist. Ein Bild, das er 1985 von einer islamischen Ordnung entwarf, läßt sich gerade als Erlösungsutopie angesichts einer zerrissenen sozialen Situation lesen:

»Weil die Menschen den Islam nicht kennen, kennen sie keine Menschlichkeit. Sie denken nur an sich. Nimm beispielsweise die Arbeitgeber heutzutage. Ein Arbeitgeber müßte meine Rechte respektieren, solange er mich beschäftigt ... Aber leider macht er das nicht. Der Mann denkt immer nur an seinen Geldbeutel. Er denkt nicht an seine Arbeiter. Er denkt nicht an dich, daran, ob du Kinder hast, eine Frau hast, ob deine Kinder ausgebildet werden. Aber eigentlich wäre das seine menschliche Pflicht. Der Islam belehrt uns über diese Sache. Der Islam sagt: ›Ein Hirte ist verantwortlich für die Herde, die er beaufsichtigt.‹ Also so, wie ein Hirt seine Schafe, seine Ziegen hütet, sie niemandem überläßt, sie nicht in die Dürre treibt, so müßten eigentlich die Regierenden für ihre Völker verantwortlich sein. Es ist die Aufgabe der Regierung, daran zu denken, wer hungrig sein könnte, wer arm sein könnte, wer welche Bedürfnisse haben könnte« (1985:58a).

Hier wird eine Gesellschaft erträumt, in der Arbeit und Familie nicht mehr konfligierende Ansprüche stellen; in der die Notwendigkeit des ökonomischen Überlebens es nicht mehr erzwingt, daß man sich voneinander trennt (man erinnere sich, daß diese Utopie zu einer Zeit formuliert wird, wo er sich gezwungen gesehen hatte, seine Tochter in die Türkei zurückzuschicken). Das Bild des Hirten steht für Versöhnung und Harmonie. Wenn die Türkei ein Staat dieser Art gewesen wäre – so läßt sich folgern – wäre es gar nicht notwendig gewesen, ins Ausland zu gehen.

Noch wichtiger dürfte gewesen sein, daß der Prozeß von Gemeindespaltungen sich auch als Prozeß der Auseinandersetzungen lesen läßt – und zwar weniger um die Inhalte und Ausgestaltung eines islamischen Staates (dies bleibt weitgehend nebulös) als um die Frage, wie ein islamischer Staat hergestellt werden kann und welche Konsequenzen daraus für die Alltagspraxis erwachsen. Die unterschiedlichen Positionen, die von den Gruppen vertreten werden, zwingen den Gläubigen geradezu zu einer kognitiven Auseinandersetzung damit, was unter einer islamischen Lebensführung zu verstehen ist.

In politischer Hinsicht unterscheiden sich die Gemeinden, die von den Gläubigen dem »revolutionären Islam« zugerechnet werden, nach der Strategie, mit der das *şeriat* eingeführt werden soll: Die Süleymanlı betreiben eine Realpolitik, in der durch kluge Allianzen mit der jeweils an der Macht befindlichen Partei Schritt für Schritt der Einfluß islamischer Kräfte ausgebaut werden soll. Die Nationale Sicht setzt auf den Wahlerfolg einer religiösen Partei; die Nuraı betreiben eine Politik der Errichtung von geheimen Logen, und versuchen so, zentrale Schaltstellen von Wirtschaft, Politik und Gesellschaft zu unterwandern. Diese unterschiedlichen Strategien haben als Gemeinsames, daß sie, um Realpolitik betreiben zu können, zwischen »eigentlichen« Zielen und »Strategie«, zwischen Innen- und Außendarstellung unterscheiden müssen. Am stärksten ist dies vielleicht bei den Süleymanlı ausgeprägt, der wohl undurchsichtigsten Gruppe in diesem Spektrum. Kompromissen anderer Art sieht sich die Nationale Sicht ausgesetzt: – Der Parteienweg macht es erforderlich, sich auf die Verfassung einzulassen, die Strukturen parlamentarischer Demokratie zu praktizieren und damit mitzutragen – auch wenn man sie innerlich ablehnt.

Mit dieser Unterscheidung von innen und außen bricht die von Kaplan initiierte Bewegung: In einer bewußten Verwerfung von jedweder Strategie, setzt sie darauf, daß Gottes Wort wirken wird. Es ist wohl kaum zufällig, daß die beiden Antipoden in diesem Spektrum – die realpolitischen Süleymanlıs und die visionäre Verkündigungsgemeinde – regelrecht die Beziehungen abgebrochen haben. Während man sonst auch in die Moschee einer anderen Gruppe zum Beten geht, meiden die Angehörigen dieser Gemeinden einander. Dies drückt sich auch in gegenseitigen Bezichtigungen aus: Die Süleymanlı seien »schlau«, »durchtrieben« (*kurnaz*) erklärte mir ein Freund von Yaşar, während ein Mitglied der Süleymanlı umgekehrt den Leuten der Verkündigungsgemeinde politische Dummheit vorwarf: Kaplan hätte durch sein Auftreten viel von dem kaputtgemacht, was sie bereits aufgebaut hätten.

Yaşar selbst scheint den politischen Radikalismus und die Kompromißlosigkeit primär als Geradlinigkeit zu empfinden. »Wir sind die wahren Revolutionäre«, sagte er einmal zu mir und stimmte zu, als ein anderes Gemeindemitglied die Absage an Strategien in folgende Worte faßte: »Muhammad hat dargestellt, was ihm offenbart wurde. Er hat nicht gefragt, ob dies nützlich oder schädlich ist.« Er mag darin sich selbst wiedererkannt haben – die Konsequenz und die Geradlinigkeit seines Lebensweges. Es mag sich allerdings auch ein bäuerlicher Hintergrund darin reflektieren, daß er die eine und nicht die andere Position für plausibel hält: Personen, die in einer urbanen Umgebung aufgewachsen sind, dürfte ein strategisches Denken, das zwischen Innen- und Außendarstellung unterscheidet, vertrauter sein als Personen, die, wie er, vom Land kommen.

Die Verkündigungsgemeinde betont die entscheidende Bedeutung des der Bewegung den Namen gebenden Begriffes der »Verkündigung« – *Tebliğ*. Für eine Organisation, die auf die Erweckung einer religiösen Bewegung und nicht auf Parteitaktik setzt, ist Verkündigung *die* Aufgabe schlechthin. Cemaleddin Kaplan leitet aus der Notwendigkeit der Verkündigung vor allem zwei Folgerungen ab. Die erste ist der Erwerb systematischen religiösen Wissen. Verkündigung verlangt Begründung. »Diese ist ohne Wissen nicht möglich, weil man sonst in bester Absicht ... unter Umständen das Gegenteil erreicht« (*Hicret Konuşması* – Rede in der Hedschra). Dabei ist die Art des Wissens hervorzuheben. Einen Hinweis gibt die in der Hauszeitschrift *Tebliğ* von ihm verfaßte Kolumne: »Was ist der Islam und was nicht?« In dieser Serie wird eine explizit politische Interpretation der zentralen islamischen Rituale vorgenommen. So wird beispielsweise das Freitagsgebet als politische Versammlung interpretiert, in der die politische Führung Rechenschaft ablegt. Oder es wird gezeigt, wie, in der Aufstellung zum *namaz* Gebet, die Vision einer islamischen Gemeinde formuliert wird. Bei dem Wissen, das Kaplan vorschwebt, geht es also, neben Kenntnissen etwa des Koran, vor allem um ein Verstehen der immanenten Verknüpfung von ethischen und rituellen Forderungen mit politischen. Dies scheint für die Gläubigen in P. eine Reihe von Aha-Erlebnissen ausgelöst zu haben – was nicht verwundert, wenn man weiß, daß die politische Dimension des Islam systematisch aus den Predigten in der Türkei ausgeklammert wird[23]. So sagte Yaşar:

»Ich habe Verwandte in Istanbul, jede Menge, aber unser Verhältnis ist nicht gut. Wenn ich anfange vom Islam zu reden, wenn ich etwas gegen den Laizismus sage, sagen sie sogleich: ›Du hast dir deinen Kopf in Deutschland verkühlt.‹ *In der Türkei gehst du eben zum Beten in die Moschee. Du lernst dort nichts« (Gedächtnisprotokoll).*

Das religiöse Wissen, das er in der Türkei erworben hatte, erscheint ihm auf diesem Hintergrund bemerkenswert reduziert:

»In der Türkei habe ich nur gelernt: Mach das nicht, mach jenes nicht. Es war gut zu wissen: Das ist Gottes Wille. Aber *warum* ich das nicht machen soll, hat man mir nicht gesagt« (Gedächntisprotokoll).

Das Wissen, um das es ihm geht, eignet er sich durch die Lektüre der Zeitschrift *Tebliğ* an – vor allem aber durch das Aufsuchen der alle zwei bis drei Monate stattfindenden größeren Treffen der Bewegung, bei denen dann mehrere Prediger, und vor allem Cemaleddin Kaplan sprechen, »der immer etwas Neues zu sagen hat«.

Die zweite Forderung, die von Kaplan aus der Notwendigkeit der Verkündigung abgeleitet wird, ist die der methodischen Lebensführung. Noch einmal Kaplan: »Man muß zunächst selbst das machen, wozu man einlädt; man muß es erst persönlich leben; erst dann kann man anderen davon erzählen. Sonst wird es nicht akzeptiert« (*Hicret Konuşması* – Rede in der Hedschra).

Auch dies dürfte Yaşar sehr plausibel gewesen sein. Schließlich war – wie er in seiner religiösen Biographie hervorhebt – bei ihm der persönliche Kontakt zu anderen entscheidend für seine spirituelle Entwicklung gewesen. Fast programmatisch erklärt er:

»Den Islam muß man sowohl kennen, wie ihm gemäß leben. Wenn ich zum Beispiel hier sitze und rede, aber nicht entsprechend dem Islam lebe, dann kannst du von mir nichts lernen. Ich muß den Islam so leben wie ich von ihm rede ... Das Ziel ist nicht zu reden, das Ziel ist [es, den Islam] zu leben, ihn zu praktizieren« (Gedächtnisprotokoll).

Dies sind nicht nur Worte. Yaşar sieht es beispielsweise als seine Aufgabe, auch gegen türkische Kollegen, durchzusetzen, daß am Arbeitsplatz gebetet werden kann. Die Deutschen würden dann kommen, es sehen und sich fragen: »Was ist das für ein Glaube, der so überzeugend praktiziert wird.« Sie würden sich erkundigen und konvertieren. »Wenn alle Türken, die hierhergekommen sind, ernsthafte Muslime gewesen wären, dann wären alle Deutschen inzwischen zum Islam konvertiert.« Yaşar missioniert auch aktiv. Ich lernte in Augsburg einen jungen Türken kennen, der durch seinen Einsatz für die Gemeinde gewonnen wurde.

Aus dieser methodischen Haltung leitet sich im übrigen ein zweiter, häufig gegen die Süleymanlı vorgebrachter Vorwurf ab. Diese (so die Anhänger von Kaplan) machten in vieler Hinsicht inakzeptable Zugeständnisse – und zwar vor allem, was die (in der Migrationssituation entscheidenden) Fragen der Arbeitstätigkeit von Frauen und die Frage des Anlegens von Geld betreffe. Beides wird von den Süleymanlı explizit mit dem Hinweis auf die alte Unterscheidung gestattet, daß man sich in Deutschland nicht im *dar ul Islam*, auf islamischen Gebiet befinde, wo all dies untersagt sei, sondern im *dar ul harb*, auf feindlichem Gebiet. Yaşar sieht darin einen Verstoß gegen das Gebot der Verkündigung, kann sich aber dennoch nicht ganz von Neidgefühlen freimachen. Über einen wirtschaftlich weit erfolgreicheren Nachbarn, der Mitglied bei den Süleymanlı war, bemerkte er: »Wieviel Geld hätte ich nicht auch verdienen können, wenn ich meine Frau zur Arbeit geschickt hätte.«

Der politische Islam – vor allem derjenige der Verkündigungsgemeinde – scheint in bezug auf religiöses Wissen und methodische Lebensführung an zwei Aspekte von Yaşars Religiosität anzuknüpfen, die sich bereits in Istanbul entwickelt hatten; gleichzeitig werden sie um eine Dimension erweitert: Der Erwerb des Wissens und die methodische Lebensführung sind nun nicht mehr nur Aspekte des Verhältnisses von Yaşar zu seinem Gott, sondern auch eminent politische Aufgaben. Besonders diese neue Begründung scheint ihnen weit mehr Nachdruck zu verleihen.

Mit beiden Punkten scheint noch ein weiterer auffälliger Unterschied in den Interviews von 1977 und 1985 zusammenzuhängen. Yaşar tendierte 1985 dazu, sein Leben mehr und mehr unter islamischen Vorzeichen zu interpretieren. Bezeichend waren Sätze wie: »Gott hat mir geholfen; er hat mich nicht in Not gestürzt. Eigentlich hatte ich gar keine Hoffnung, nach Deutschland gehen zu können. Aber... die Genehmigung kam innerhalb von vier Monaten« (1985). Oder über die Tatsache, daß er nach dem Militärdienst wieder in der gleichen Firma Arbeit fand: »Ein Muslim wird überall geliebt. Er verhält sich überall beispielhaft.« Hier bekommt die Islamisierung des Selbst eine zusätzliche Bedeutung: Das ganze Leben wird als eine Einübung in den Islam aufgefaßt. Es wird gleichsam zu einem einzigen Gebet.

Es scheint die Auseinandersetzung mit den politischen Spaltungen gewesen zu sein, die Yaşars Islam seine spezifische Akzentuierung gab: Dieser Prozeß verlangte dem einzelnen Gläubigen bewußte Entscheidungen ab. Er förderte damit eine Bewußtseinsbildung wie sie innerhalb *einer* Gruppe wohl kaum hätte stattfinden können. Dies verstärkte noch einen anderen Zug an Yaşar – nämlich sein Selbstverständnis als Suchender nach der Wahrheit. Als wir gemeinsam einen Video-Film mit der Aufzeichnung einer Predigt Cemaleddin Kaplans betrachteten, sagte Yaşar:

»Ich bin auf der Suche nach Wahrheit. Deswegen habe ich mich auch von der ›Nationalen Sicht‹ getrennt. Ich werde weitersuchen. Vielleicht werde ich auch irgendwann diesen Mann (er zeigt auf den am Bildschirm sichtbaren Kaplan) verlassen und mich einem anderen zuwenden« (Gedächtnisprotokoll, 1987).

Anmerkungen

1 Ich hatte Yaşar bei meinem Aufenthalt 1977 in Subay kennengelernt und bereits dort ein Gespräch in Deutschland vereinbart. Ich besuchte ihn dann im Februar 1978 in P., einer Stadt in Süddeutschland (die Anonymisierung der Stadt ist erforderlich, weil die Bewegung, der er sich später anschließen sollte, in der Türkei verboten ist). Er teilte damals mit zwei Freunden eine Wohnung. Sie waren anwesend, als das Interview geführt wurde. 1985 führte ich ein zweites Gespräch mit Yaşar, dieses Mal alleine. Beide Gespräche wurden auf türkisch geführt und auf Band aufgezeichnet. 1986–1989 hielt ich mich dann wiederholt in Augsburg auf, um eine Untersuchung bei der fundamentalistischen Gemeinde durchzuführen, der Yaşar angehörte. In dieser Zeit kam es zu zahlreichen kürzeren Gesprächen mit ihm, von denen ich Gedächtnisprotokolle anfertigte.

2 Die schwierige Situation des *üvey* (die Ibrahim mit Veli Doğan teilt) ist sprichwörtlich (Schiffauer 1983:78).

3 U. Mıhçıyazgan hebt bei ihren Gesprächspartnerinnen ebenfalls den Zusammenhang von Selbstwertgefühl, Wunscherfüllung und Sonderstatus hervor: »... das Gefühl des Auserwähltseins [ist] für Frauen dadurch von Bedeutung ... daß durch die besondere Zuneigung eines signifikanten anderen die kollektive Bevorzugung der Jungen individuell und an die besondere Person gebunden aufgehoben wird. Es macht besonders glücklich, geliebt zu werden, wenn man eigentlich nicht erwarten kann, daß man geliebt wird« (1986:277).

4 In der dörflichen Hochzeit »zwischen zwei Dörfern« wird die Ablösung der Tochter aus einem Dorf und ihre Inkorporation in ein anderes rituell dargestellt. Die Hochzeit besteht dabei aus verschiedenen und getrennten Feiern: Die Seite der Braut feiert die Verabschiedung aus der Familie, die Seite des Bräutigams ihre Aufnahme. Die städtische Hochzeit besteht dagegen aus *einer* Feier, bei der die Seite des Mannes und die der Frau an

einem dritten Ort (einem Hochzeitssalon) gemeinsam die Begründung einer neuen Ehe feiern (Schiffauer, 1987:16–45).

5 So etwa Nail Mutlu: »Im Heim zu wohnen ist ziemlich gut. Wir kommen mit einigen Freunden zusammen, sprechen; wir können also unsere Freizeit verbringen und plaudern« (1977:449).

6 Siehe hierzu auch Schiffauer (1987:156 ff.).

7 »Sosyete hayat« – der Begriff bezeichnet das »schicke Leben« der türkischen Oberschicht. Auf die Assoziation mit Deutschland werden wir unten bei der Diskussion von Weltbildern zu sprechen kommen.

8 Umschreibung für Sexualität.

9 Als das Gesetz verabschiedet wurde, entstanden deshalb überall Kreditbüros, denen man die Rente überschrieb. Die Migranten nahmen dabei erhebliche Verluste in Kauf. Yaşar erwähnte eine Summe von 3 000,– DM bei einer Rentenzahlung von 25 000,–DM.

10 Sünnet bzw. Sunna bezeichnet Muhammads maßgebliches Vorbild (bei seinem Tun, Sprechen oder unausgesprochenem Gutheißen).

11 Hierzu eine Passage von Geertz: »Es (das Kernstück der religiösen Perspektive) ist vielmehr die Überzeugung, daß die Werte, an die man glaubt, in der Struktur der Realität selbst verankert sind, daß zwischen dem Leben, das man führen sollte und der realen Existenz der Dinge eine unauflösliche innere Verbindung besteht. Die heiligen Symbole repräsentieren für jene, denen sie heilig sind, ein Bild von der Struktur der Welt und ein Programm für das menschliche Verhalten, die einander völlig entsprechen« (Geertz 1988:141). Dem würde ich zustimmen. Allerdings meine ich, daß Geertz diesen Sachverhalt zu statisch interpretiert: In seinem Buch über den Islam stellt er die These auf, daß eine Veränderung der Wertstruktur zu einem Aufbrechen dieses Zusammenhangs führt und damit zu einem Verlust religiöser Sicherheit (hierzu vor allem S. 96). Ich möchte dagegen zeigen, daß gerade die Sehnsucht, die Werte mit der »realen Existenz der Dinge zu verbinden«, immer neue Synthesen hervorruft. Eine Veränderung der Werte kann auch zu einer Veränderung der Struktur des Glaubens führen.

12 In dem elementaren Sinn, daß eine Zugehörigkeit keine personalen Rechte mehr verleiht.

13 Die Vision ist die des Gartens: »Il reconnait le corps et la matière comme réalité correlative et complémentaire de la réalité spirituelle« (Lahbabi 1967:58/59). Vergleiche hierzu auch die Arbeiten zur Sexualtheorie des Islam: Bousquet (1966), Mernissi (1975) und Schiffauer (1983:82 ff.).

14 Der Bart ist *sünnet*, d.h. eine Handlung, durch die man versucht, dem Vorbild Muhammads nachzueifern; dies ist empfohlen, auch wenn die Handlung nicht direkt im Koran festgeschrieben ist. Zur Bedeutung der Muhammad-Verehrung im Islam siehe Schimmel (1981).

15 Hier im Sinn von »Gruppenzugehörigkeit« und »Selbstverortung« gebraucht.

[16] Zu den Süleymanlı: Blaschke 1985:312–315.

[17] Zur geschichtlichen Entwicklung des Islam in der Türkei siehe: Jäschke (1951, 1959, 1966/7, 1971, 1977); Spuler (1979), Toprak (1985). Eine inhaltliche Darstellung der Positionen des offiziellen Islam leistet Prätor in ihrer Analyse von Freitagspredigten (1985).

[18] Für seine Entscheidung mag auch eine, zu dieser Zeit sehr deutliche, Polemik seitens der Süleymanlı gegen die der Nationalen Heilspartei nahestehenden Gruppen geführt haben, mit denen er sympathisierte. Die Süleymanlı »wandten sich gegen Kontakte mit allen anderen Religionsgemeinschaften und warfen in diesem Zusammenhang den MSP (*Milli Selamet Partısı*, d.h. Religiöse Heilspartei) nahen Gruppen Zionismus vor, da diese mit jüdischen und christlichen Repräsentanten verkehren« (Blaschke 1985:315).

[19] Zur Politik und zum Weltbild der Nationalen Heilspartei siehe: Landau, (1976), Debus (1984), Mardin (1977), Sarıbay (1985).

[20] Der Zeitpunkt der Äußerung ist wichtig: In der Mitte der siebziger Jahre stand für die »Religiöse Heilspartei«, wie Yaşar korrekt wiedergibt, die Identitätsfrage im Mittelpunkt. In einer Darstellung der Position der Partei, die Erbakan zu dieser Zeit gab, wird die Unterentwicklung der Türkei auf die durch Verwestlichung bedingte »Entfremdung des Türkischen von seinen eigenen kulturellen Werten« zurückgeführt; entsprechend müßten »Moral und Geist« belebt werden, um den Rückstand aufzuholen (Sarıbay: 263 ff.).

Anfang der achtziger Jahre radikalisierte sich die »Nationale Sicht«. »Damals wuchs die Militanz von Milli-Görüş Gruppierungen, die nicht mehr auf die Partei der Nationalen Bewegung in der Türkei selbst Rücksicht nehmen mußten. In den der Nationalen Sicht nahestehenden Zeitungen wurden Utopien eines islamischen Staates zunehmend thematisiert. In der Zeitschrift des europäischen Milli-Görüş-Vereins »*Avrupa‹ da Hicret*« wurde Anfang der achtziger Jahre eine islamische Verfassung für die Türkei veröffentlicht, die sich am iranischen Modell orientierte (Blaschke 1985:331).

[21] Zu Cemaleddin Kaplan und der von ihm initiierten Bewegung siehe die ausgezeichnete Artikelserie von Uğur Mumcu in der Zeitschrift CUMHURIYET (1987).

[22] Sayad (1983) weist eine ähnliche Verschiebung von einem selbstvergewissernden zu einem politischen Islam bei französischen Migranten aus dem Maghreb nach.

[23] Hierzu die Analyse von Sabine Prätor (1985).

Zeitstrukturen und Selbstwahrnehmung

Nachdem Yaşar den Widerstand des Vaters gegen einen Umzug in die Stadt geschildert hatte, fügte er hinzu:

»Aber andererseits gibt er auch uns Brüdern recht. *Zwischen seiner Zeit und der heutigen Zeit gibt es einen Unterschied wie zwischen Tag und Nacht.* Zu seiner Zeit gab es noch keine Transportmittel, kein Geld, die Menschen waren arm, es gab keine Industrie, das Land war noch nicht entwickelt. Deshalb hat mein Vater die Zähne zusammengebissen und ist dort geblieben, bis er uns ernährt und aufgezogen hatte« (1985:66).

Das Zitat drückt die Erfahrung einer grundsätzlichen Verzeitigung des Verhältnisses von Individuum und Gesellschaft aus. Zum einen ist die Dimension der Geschichte für die Wahrnehmung der Gesellschaft entscheidend geworden. Diese habe sich in den letzten Jahren massiv verändert und sie, wird man wohl hinzufügen können, wird sich weiter verändern. Zur Jugendzeit des Vaters hatte sich das noch nicht so dargestellt: Die durch den symbolischen Tausch geprägte dörfliche Gesellschaft schien relativ stabil und kontinuierlich zu sein[1]. Der Vater habe in ihr seinen Platz eingenommen, »die Zähne zusammengebissen« und seine Verpflichtungen erfüllt, so gut er konnte. Die Gesellschaft heute dagegen sei bestimmt durch »Geld«, »Transportmittel« und »Industrie«, mithin durch den abstrakten Tausch, durch die Möglichkeit zur Mobilität und von einem offenen Arbeitsmarkt. Im Vergleich zu früher ist sie dynamisch: Das Leben in ihr ist bis in die alltäglichsten Verrichtungen bestimmt von einem sich ständig ändernden Markt. In dem Ausmaß, in dem geschichtliche Veränderung für die Wahrnehmung von Gesellschaft wichtig wurde, wurde auch das Dorf unter Zeitkategorien wahrgenommen: Wir haben bereits mehrere Zitate angeführt, in denen es als stagnierend und zurückgeblieben beschrieben wurde.

Aus dem Zitat, das diesem Kapitel vorangestellt ist, wird zum anderen deutlich, daß eine sich ständig verändernde Gesellschaft auch eine Verzeitigung des Selbstverhältnisses erzwingt. Das Zitat insgesamt ist eine Rechtfertigung der Arbeitsmigration und der Änderung des Lebensortes. Anders formuliert: Die Erfahrung von Veränderung verlangt eine *aktive* Antwort; sie verlangt dem Individuum ab, sich seinen besonderen Weg durch die Gesellschaft zu suchen. Sie erfordert mit anderen Worten die Konstitution des Selbst als Entwurf – und korrespondierend die Entwicklung des Selbstbildes als Biographie. Dies gilt auch dann, wenn man sich entscheidet, nicht zu handeln. Ob jemand im Dorf bleibt oder migriert, wird auf diesem Hintergrund zu einer nachgeordneten Frage: Da es nun eine Alternative gibt, ist das eine ebenso eine Entscheidung und Ausdruck eines Selbstentwurfes wie das andere[2]. Dies unterscheidet die Situation prinzipiell und fundamental von der des Vaters, der keine andere Wahl hatte, als im Dorf zu bleiben.

Man mag anmerken, daß sich diese Erfahrung der Verzeitigung prinzipiell von der früheren Erfahrung von Geschichte unterscheidet. Natürlich gab es immer schon Einbrüche: Die Revolution, das Banditenwesen in den Jahren danach, die als Diktatur erlebte kemalistische Zeit, die Knappheit während des Zweiten Weltkriegs usw. setzten deutliche Zäsuren und prägten den einzelnen Phasen ihren Stempel auf – aber dennoch haben diese Ereignisse den Alltag sozusagen nur von außen beeinflußt, ähnlich wie Naturkatastrophen. Was nun erlebt wird, ist dagegen eine innere Umstrukturierung des Alltags: Die neue Zeit erfordert neues Handeln, setzt neue Imperative. Und es ist diese Einsicht, die den Vater den Brüdern recht geben läßt, wenn sie ihn zur Migration nach Istanbul zwingen und so gleichsam die herkömmliche Ordnung auf den Kopf stellen.

Die Erfahrung der Verzeitigung des Verhältnisses von Individuum und Gesellschaft ist eine zentrale Erfahrung des Lebens in der Moderne. Sie wird in der Situation der Internationalen Arbeitsmigration in einer besonderen und zugespitzten Weise erlebt. Ausgehend von den Biographien von Yaşar und Süleyman gilt es nun, die besonderen Facetten dieser Erfahrung, ihre Bedeutung für die Selbstwahrnehmung und ihre Implikationen für das Selbstbild zu rekonstruieren.

Die Herrschaft über die Zeit

Von Süleyman und Yaşar – wie auch von den anderen Migranten aus Subay – wurde die Zeit in Europa als Übergangszeit konzipiert. Für Yaşar war es eine Phase im Leben, die ursprünglich ausschließlich dem Arbeiten und Geldakkumulieren gewidmet sein sollte: In ihr sollte die (rational konzipierte) Verpflichtung seiner Familie gegenüber eingelöst und der Grundstein für eine geachtete urbane Existenz gelegt werden. Bei Süleyman trat noch das in der Anfangszeit alles andere überschattende Motiv hinzu, seine Ehe mit Alime zu retten. All diesen Motiven ist jedoch gemeinsam, daß der Aufenthalt nur Mittel zum Zweck war – er wurde als zeitlich begrenzte Ausnahmesituation gesehen.

Es ist das Phänomen der Übergangsphase, das die verschiedenen Aspekte der Zeiterfahrung der Migranten prägt. In den ersten Jahren schien »Übergang« primär Fortschritt und Veränderung zu bedeuten. Die Migranten hatten anfänglich (zur Zeit der Gespräche im Winter 77/78[3]) das Gefühl, ihren Zielen rasch näher zu kommen. Süleyman Doğan und Salih Akkaya hatten Grundstücke gekauft. Asiz Hasanoğlu hatte in den vier Jahren erheblich Geld akkumuliert, Yaşar Fuad hatte einen großen Teil der Verpflichtungen gegenüber seiner väterlichen Familie erfüllt. Eine Ausnahme bildete lediglich die Familie Eren in Berlin. Asiz Subayoğlu und Memed Akkaya, die zu dieser Zeit auf langfristige Investitionen verzichtet hatten, vermittelten doch das Gefühl, es jederzeit nachholen zu können.

Diese Fortschritte hingen zum einen natürlich mit der Höhe der Gehälter zusammen, die ein Vielfaches von dem betrugen, was die einzelnen in der Türkei verdient hatten – wobei noch hinzukam, daß man von der unterschiedlichen Preisstruktur der beiden Länder profitieren konnte. Haus- und Grundstückspreise liegen in der Türkei weit unter deutschen Preisen; für gehobene Luxusgüter, die meist importiert werden (Auto, Farbfernseher und ähnlichem), gilt das Umgekehrte.

Noch wichtiger als das Lohnniveau war aber, daß man in dieser Übergangszeit sehr konsequent wirtschaften konnte. Die meisten Migranten erzählten von erheblichen Arbeitsstunden (nicht selten bis zu sechzig in der Woche) und großer Zurückhaltung in bezug auf Konsum. Vor allem letzteres unterscheidet die Situation einer Übergangszeit von der der »Normalität« in der Türkei: Die Fremde ist ein weitgehend entsymbolisierter Raum, in dem man von den Verpflichtungen der Repräsentation befreit ist, die man in der Heimat hat. Man braucht nichts »darzustellen«, wenn man vorübergehend in einem Land lebt, mit dem man nichts im Sinn hat. Süleyman und Yaşar konnten in Deutschland in einem Ausmaß Konsumaskese üben, wie sie in der Türkei kaum vorstellbar ist. Wenn sie dort eine ähnlich schlechte Wohnung wie in Deutschland beziehungsweise Österreich bezogen hätten, wäre unausweichlich der Vorwurf laut geworden, sie liebten das Geld. Der Druck von Verwandten und Freunden hätte sie gezwungen, ihrem Einkommen gemäß zu wohnen. Vor allem die Möglichkeiten, frei zu wirtschaften, erlaubten eine in der Türkei kaum vorstellbare Verdienstspanne:

»Hier kann ich mit dem Verdienst von einem Monat ein Auto kaufen ... In der Türkei mußt du 20 Jahre [dafür] arbeiten ... Hier kannst du dir mit dem Verdienst aus zwei Jahren Arbeit ein Haus (in der Türkei) kaufen ... Wenn du in der Türkei arbeitest, mußt du ... [dafür] dreißig Jahre lang arbeiten und das reicht nicht einmal ... Also es liegen Welten dazwischen« (Memed Akkaya 1985:10/11).

Wenn die Zeitspanne, die einen von der Realisierung eines wichtigen Zieles wie dem Erwerb eines Hauses trennt, von 30 auf zwei Jahre schrumpft, dann wird die Zeit beherrschbar und berechenbar. Ein gut Teil der Unwägbarkeiten, die immer eintreten können, scheint ausgeschlossen. Das Ziel liegt einem gleichsam »vor Augen« und man kann nun realistisch einschätzen, wie lange man noch brauchen wird, um es zu erreichen.

Die meisten der Migranten hätten 1977 wohl folgende Äußerung von Memed Akkaya unterschrieben: »Also derjenige, der Geld verdient und damit umgehen kann, hat hier alle Möglichkeiten ... « Aus diesem Satz spricht das Gefühl der Machbarkeit des Lebens – und damit das Gefühl, Subjekt seiner Geschichte zu sein.

Die Migranten empfanden sich aber auch in anderer Hinsicht als Subjekte ihres Lebens. Sie waren, um der Zukunft willen, wenig ausgetretene und schwierige, aber lohnende Wege gegangen. Wie Yaşar und Süleyman hatten sich auch die anderen frei (und zum Teil gegen den Willen der Eltern) zur Migration entschlossen. Bei drei der Migranten stand ein Bruch mit einer vorgezeichneten Laufbahn am Anfang: Yaşar hatte das Versprechen, Meister zu werden, in den Wind geschlagen, Memed Akkaya hatte eine Laufbahn als Beamter bei der Post mit der unsicheren Existenz eines illegal eingereisten Arbeiters vertauscht und Hasan eine Beamtenstelle bei den Istanbuler Verkehrsbetrieben geopfert. Gegen die Konventionen der Ehre haben sich die beiden Familien verhalten, bei denen die Frauen zuerst nach Deutschland gegangen sind. Kurz: Die Migranten haben einen je eigenen Weg eingeschlagen, um ihre Zukunft zu sichern. Sie waren damit auch Subjekte *ihrer* Geschichte.

Dieses Gefühl scheint in der Anfangszeit der Migration durch die Bewältigung von Schwierigkeiten eher gewachsen zu sein als abgenommen zu haben. Es gibt mehrere Passagen, in denen der Stolz zum Ausdruck kommt, ganz alleine und ganz auf sich selbst verwiesen die Probleme bewältigt zu haben, die das Leben in der Fremde aufwirft. So etwa, wenn Süleyman sagt:

»Ich bin selbst zum Finanzamt gegangen. Ich habe es vorgezogen, keinen Dolmetscher zu nehmen. Ich habe das nicht richtig gefunden. So gut ich konnte, habe ich das alles alleine gemacht, bin alleine zum Arbeitsamt gegangen, bin allein zur Arbeitskammer gegangen, ... bin allein zum Finanzamt gegangen. All das habe ich allein gemacht (*hep onları kendim yaptım*). Ich bin allein zum Arzt gegangen und habe versucht, mich zu erklären, so gut ich eben konnte. All das, um die Sprache schneller zu lernen« (1985:1).

Das Wort »allein« taucht in dieser kurzen Passage sechsmal auf – es ist das Zeugnis der Entfaltung eines Selbstbewußtseins als Individuum. Die Probleme der Anfangszeit scheinen also nicht die Erfahrung der Beherrschbarkeit des Lebens in Frage zu stellen: Im Gegenteil – aus ihrer Bewältigung konnte man ableiten, daß das Leben machbar war, wenn man es nur wollte.[4]

Das prinzipielle Gefühl der Machbarkeit scheint auch eine gewisse Gelassenheit mit sich gebracht zu haben: Yaşar etwa löste seine Verpflichtungen seiner väterlichen Familie gegenüber großzügig ein. Was seine eigene Zukunft betraf, so schien er am Anfang das Gefühl zu haben, daß dafür »noch Zeit sein wird« – ein Gefühl, das direkt mit der oben genannten Verkürzung der Zeit zusammenhängt. Dies war auch das Gefühl bei Asiz Subayoğlu und Memed Akkaya, die zu dieser Zeit aus eher hedonistischen Gründen noch auf Investitionen verzichteten. Es sollte sich jedoch zeigen, daß genau dies eine entscheidende Fehleinschätzung war.

Die Schwierigkeiten der Rückkehr

Bereits 1977/78 zeichnete sich eine Erfahrung ab, die mit dem Gefühl, das eigene Leben zu beherrschen, unvereinbar war: Es war die zunehmende Realisierung der Tatsache, daß es weitaus schwieriger war, zurückzukehren, als man es sich zu Beginn der Migration vorgestellt hatte.

Dies lag zum einen daran, daß die Migranten sich der Erwartung einer glänzenden Rückkehr ausgesetzt sahen und sich wohl auch mit ihr identifizierten.

»Um in die Türkei zurückzukehren, sind aber einige Dinge notwendig. Diejenigen, die zurückgeblieben sind, erwarten einige Dinge von denen hier. ›So lange hat er gearbeitet, bestimmt hat er einiges gemacht.‹ Sie erwarten einiges: ›Bringt er Dinge mit, also Möbel oder was auch immer?‹ So denken sie. Oder ißt er etwa das Geld selbst, oder hat er es selbst gegessen? Er hat uns getäuscht – er hat das Geld selbst gegessen« (Süleyman Doğan 1978:85).

Eine Rückkehr ohne vorweisbaren Erfolg wäre also entweder als Niederlage oder als Verrat wahrgenommen worden.

Noch wichtiger war, daß die Migranten nach einigen Jahren, vor allem aus Altersgründen, nicht mehr damit rechnen konnten, in der Türkei einen Arbeitsplatz zu finden – zumindest nicht, wenn sie (wie alle Migranten aus Subay) darauf verzichtet hatten, sich weiterzuqualifizieren[5]. Oder anders: Der *Wunsch*, selbständig zu werden, der am Beginn der Migration stand, schlug damit in den *Zwang* um, in der Türkei eine eigene Existenz zu begründen, um überhaupt zurückkehren zu können. Er veränderte damit grundlegend seinen Charakter. Was vormals die Hoffnung auf Befreiung war, verlor seinen strahlenden Charakter und wurde zunehmend zu einer nüchternen Notwendigkeit[6]. Bei Yaşar scheint der Zeitpunkt des ersten Interviews ziemlich genau den Umschlag von Befreiung zu Zwang zu charakterisieren:

»Als ich kam war ich 25, jetzt bin ich 31. Die Zeit dazwischen ist verloren – ob sie mir heute noch einen normalen Lohn zahlen oder die gleiche Arbeit wiedergeben [weiß ich nicht]. In der Zwischenzeit ist viel Zeit vergangen. Und dann: Mein Arbeitgeber in der Fabrik war nicht damit einverstanden, daß ich hierherkam (...) Aus diesem Grund wäre es etwas schwierig, in die gleiche Fabrik zurückzukehren. Und in eine andere Fabrik zu gehen? In der Türkei herrscht Arbeitslosigkeit. (...) Kurzum: [Es bleibt mir nichts übrig als,] einige Jahre hier [zu] arbeiten, Geld [zu] machen, zurück[zu]kehren. ... Wenn du kein Geld machen kannst, ist es nicht das gleiche. Du mußt [dann mit] leer[en] [Händen] zurückkehren oder hierbleiben. *Aber du kannst [eigentlich] nicht zurückkehren.* Heute hängt alles vom Geld ab. Wir sind doch nur gekommen, um Geld zu verdienen (...)« (1978:241)

Zu dem Zeitpunkt hielt Yaşar es also bereits für schwierig, einen Arbeitsplatz zu finden – aber noch nicht für völlig ausgeschlossen. Bemerkenswert ist die Steigerung am Schluß: Zunächst sagt er, daß eine Rückkehr noch möglich, wenn es auch »nicht das gleiche« wäre – was auf die oben erwähnte Erwartungshaltung anzuspielen scheint[7] ; dann aber widerruft er diesen Gedanken und sagt: »Aber du *kannst* nicht zurückkehren.« Er steht, mit anderen Worten, 1978 an dem Punkt, jenseits dessen es keine Rückkehr mehr gibt, sondern man dazu gezwungen ist voranzuschreiten. Für Hasan Akkaya, dem ältesten in dieser Gruppe aus Subay, war 1977 der Zeitpunkt dafür bereits verstrichen:

»Als ich hierhergekommen bin, war ich 22 Jahre alt, nicht wahr? Ich war stark, hatte kräftige Hände, als Jugendlicher bin ich gekommen. Jetzt bin ich gealtert. Wenn ich jetzt in die Türkei gehe, in eine Fabrik gehe und frage: ›Brauchen Sie Arbeiter?‹ – dann werden sie mich nach meinem Alter fragen: Ich bin 40 Jahre alt. ›Eh, du bist älter als 40.‹ 40 Jahre! Wenn du älter als 40 Jahre alt bist, dann mach dich mal auf den Weg und suche Arbeit. Mal schauen, ob sie dir Arbeit geben« (1977:13).

Der Aufbau einer eigenen Existenz ist naturgemäß schwierig. Das zentrale Problem sehen die Migranten dabei in der Akkumulation von genügend Kapital. Die Bedeutung von *Know-how* wird nicht in Rechnung gestellt[8]. Man betrachte etwa folgenden Ausschnitt aus dem Gruppeninterview in dem Arbeiterwohnheim, in dem Asiz Hasanoğlu lebte:

Wahdet Öztürk: »Also 60% [der Migranten] haben keinen Erfolg.«
Werner Schiffauer: »Warum nicht?«

Nail Mutlu: »Weil das türkische Geld seine Kaufkraft ... ständig verliert, kann man es nicht investieren. Und wenn man nicht gleich eine Arbeit findet, gibt man es sehr schnell aus ... Vom Geld bleibt nichts übrig, man kann es nicht investieren. Und dann geht man wieder in die Fabrik, wird wieder Arbeiter.«

Schiffauer: »Das Problem ist also, daß man hier nicht genug verdient hat.«

Wahdet Öztürk: »Ja.«

Asiz Hasanoğlu: »Weil er (der Migrant) zuwenig Geld hat, kann er nichts machen« (1977:479).

Das Wissen um das Scheitern der Rückkehrer erhöht wiederum den Druck auf die Migranten, genügend Kapital zu akkumulieren. Die Migranten sehen sich offenbar vor die Situation des Alles oder Nichts gestellt: Wenn man nicht über einen bestimmten Betrag kommt (in dem Gespräch war die Rede von umgerechnet 50 000 DM), wird man auch das wieder völlig verlieren, was man sich bis dahin mühsam zusammengespart hat[9]. Fast unnötig zu betonen, daß dieses Wissen um eine Grenze (die niemand genau anzugeben weiß) angsteinflößend ist – und den Entschluß zur Rückkehr schwierig macht. Das Lähmende dieses Wissens wurde von Süleyman unterstrichen:

»Aber es gibt auch folgendes: Man kommt hierher, arbeitet hier, wartet. Man sagt sich: ›Ich möchte noch drei Jahre arbeiten, noch zwei Jahre arbeiten, ich möchte noch etwas mehr verdienen, ich möchte noch eine Million (Lira) mehr nach Hause bringen ...‹ Dann vergeht die Zeit. Der Zeitpunkt, zu dem man in die Türkei zurückkehren könnte, verstreicht, das Alter [in dem man zurückkehren könnte] verstreicht. In diesem Fall vertraut man sich selbst nicht. Man sagt sich: ›Was könnte ich in der Türkei machen, ich könnte nichts machen.‹ Alle Hoffnungen werden zerstört. Auch das gibt es« (1978:85).

Als ob das nicht reichen würde, verschlechterten sich die Investitionschancen des einzelnen Migranten von Jahr zu Jahr. Dies liegt nicht zuletzt an der Massenmigration selbst. Das aus dem Ausland einströmende Kapital führte dazu, daß die Investitionskosten in den urbanen Zentren (vor allem die Grundstückspreise) explodierten[10]. Wer nicht sehr schnell investierte, kam zu spät. Memed Akkaya konnte 1985 nur resignierend auf verpaßte Gelegenheiten zurückblicken:

»Ich hatte Geld in der Hand, aber mein größter Fehler war, daß ich damals, als die Lebensbedingungen in der Türkei noch sehr billig waren, keine Investitionen gemacht habe. (...) Investitionen wären möglich gewesen.

Wenn ich beispielsweise in der Türkei ein Stück Land von 10 Parzellen erworben hätte oder einen Bauunternehmer beauftragt hätte, mir ein fünfstöckiges Haus zu bauen, dann hätte ich viel Profit gemacht (1985:7).

Die Massenmigration trieb jedoch nicht nur die Immobilienpreise in die Höhe, sie führte auch zu einer Senkung der Rentabilität der angestrebten Unternehmen. Die Bereiche, in denen Investitionen ohne *Know-how* möglich sind, sind naturgemäß beschränkt. Entsprechend werden immer wieder die gleichen Tätigkeiten (Einzelhandel, Transportgewerbe) von den Migranten genannt. Diese Gewerbe waren aber rasch überfüllt[11].

Man gewinnt den Eindruck, daß die Migranten auf Grund der inneren Dynamik der Gesellschaft und der damit gegebenen Veränderung der Randbedingungen um so höhere Schwierigkeiten vor sich aufgetürmt sahen, je länger sie in Deutschland blieben. Chancen, die nicht gleich am Anfang ergriffen wurden, waren unwiderruflich verpaßt. Die Migranten machten damit eine Zeiterfahrung, die derjenigen in der ersten Phase der Migration direkt entgegengesetzt war. Anstatt in den Jahren des Aufenthaltes dem Ziel der Rückkehr immer näher zu kommen, schien es immer gleich weit entfernt zu bleiben – ganz ähnlich dem legendären Schatz unter dem Regenbogen[12].

Die Unheimlichkeit der Zeit

Die unvorhergesehenen Schwierigkeiten der Rückkehr führten zu einer ungeplanten Verlängerung des Aufenthaltes. Dies war von entscheidender Bedeutung für die meisten Migranten. Für sie verwandelte sich nämlich damit die Migrationssituation in ein »Feld innerer Widersprüche« (*champs contradictoire*) – ein Begriff, den der französische Soziologe Sayad eingeführt hat (Sayad 1983). Wenn sich nämlich die Zeit in der Fremde, die als Ausnahmesituation ausgegrenzt wurde, allzusehr ausdehnt, wenn aus der Migration ein »dauerhaftes Provisorium« (*provisoire qui dure,* Sayad 1983:1749) wird, dann treten Mittel und Ziel der Migration immer mehr in Widerspruch zueinander. Die Lebensphase in Deutschland wird sich dann zunehmend als eine Abfolge von Dilemmata darstellen. Dies ist der systematische

Grund für die Zerrissenheit von Yaşars Leben, die wir in der biographischen Analyse eher *en passant* erwähnt haben.

Die Verlängerung des Aufenthalts über die zunächst von den meisten ins Auge gefaßten zwei oder drei Jahre hinaus bedeutete, daß die Trennung von den Angehörigen zu Hause zunehmend zum Problem wurde. Daraus ergab sich ein erstes Dilemma: Würden die Migranten in dieser Situation, um der Verfolgung des ökonomischen Ziels willen, weitermachen wie bisher, dann würden sie für Jahre hinaus soziales Leid auf sich nehmen und – wichtiger noch – Entfremdung gerade von denen riskieren, für die sie emigriert waren. Würden sie aber andererseits die Angehörigen zu sich nehmen, dann würden sie wegen der Verteuerung der Lebenshaltungskosten riskieren, nicht mehr akkumulieren zu können[13].

Es gab nur einen Migranten aus Subay, der sich angesichts dieses Dilemmas konsequent für die erste Alternative entschied, nämlich Asiz Hasanoğlu aus Wuppertal: Er blieb fünf Jahre lang im Arbeiterwohnheim und kehrte dann in die Türkei zurück. Die Schwierigkeiten dieses Weges wurden in dem Gespräch mit ihm und den anderen Bewohnern des Arbeiterwohnheims sehr deutlich.

Neben der generellen Tristesse des Lebens im Junggesellenwohnheim (von der wir bereits Yaşars Schilderung kennen) wurde von ihnen vor allem die sexuelle Verelendung als Problem genannt[14]:

> »Es handelt sich um die Sexualität. Wir haben unsere Frauen im jungen Alter dort zurückgelassen und sind hierhergekommen, als 20jährige oder als 25jährige haben wir sie zu Hause zurückgelassen und sind hierhergekommen ... Was die Sexualität betrifft, sind sie seelisch erkrankt, sie sehnen sich nach uns. Auch wir sehnen uns nach ihnen, auch wir sind erkrankt« (Nail Mutlu 1977:441).

Eine Folge war die vor allem unter den zuhausegebliebenen Partnern grassierende Furcht, der Ehepartner werde sich nach außen orientieren und die Ehe deshalb zerrüttet werden. Die Versuchung ist wohl sehr groß: Die Migranten meinten in dem Gespräch, daß »60%«[15] der türkischen Arbeiter in Deutschland außereheliche Partner suchten.

Die Probleme nahmen noch zu, als auch Kinder geboren wurden. Bei ihnen wurde noch schneller und auch drastischer deutlich, daß Trennung in jedem Fall auch Entfremdung bedeutet:

Nail Mutlu: »Ich fahre jedes Jahr für einundeinhalb Monate, für 6 Wochen, in die Türkei. In diesen 6 Wochen empfinden die Kinder mir gegenüber Fremdheit, weil sie mich eine so lange Zeit nicht gesehen haben. Auch ich ihnen gegenüber. Dennoch sehnen sich die Kinder nach mir, ein Jahr lang sehnen sie sich nach meiner Ankunft. Sie sehnen sich – und wenn ich dann zu Hause ankomme, kommen sie plötzlich nicht zu mir. Auf diese Weise wird Fremdheit sichtbar. Auch in den anderthalb Monaten schaffen wir es nicht, uns ganz unseren Kindern zu nähern.«

Asiz Hasanoğlu: »Während man hier arbeitet, wird ein kleines Kind geboren. Wenn man dann ins Dorf kommt, müssen erst die großen Kinder »Baba« sagen, damit es kommt und dich umarmt. Du kommst im Urlaub, du gehst wieder, das Kind kann keine Liebe zum Vater [entwickeln], es kann den Vater nicht lieben, es sieht ihn nicht« (1977:453)[16].

Wir haben gesehen, daß Yaşar sich auf diesem Hintergrund nach einer vierjährigen Trennung dazu entschloß, seine Ehefrau zu sich zu nehmen. Dies warf allerdings zwei Folgeprobleme auf: Das erste war, daß die Ausgaben stiegen. Eine Wohnung mußte angemietet werden. Noch problematischer war jedoch das Problem der Vereinsamung der Ehefrau. Sie war nun zwar mit dem Gatten zusammen – aber dafür von allen anderen sozialen Bezügen abgeschnitten. Dieses Problem wurde von mehreren Migranten aus Subay angesprochen. Besonders eindringlich war jedoch die Beschreibung, die der bereits mehrmals zitierte Nail Mutlu gab:

»Ja, ich habe meine Frau hierhergebracht. Sie ist 15 oder 16 Monate hiergeblieben. Nun – sie hat im Grunde das Leben einer Gefangenen geführt. Ich bin zur Arbeit gegangen, meine Frau ist zusammen mit dem Kind zu Hause geblieben. Besuch kam nicht – wir hatten keine türkischen Nachbarn. Wenn überhaupt mal, dann kam alle 15 oder 20 Tage jemand. Und wenn ich von der Arbeit kam, dann blieb nach zehn Stunden Arbeit auch nicht mehr viel Zeit zum Spazierengehen oder Ausgehen. Einmal in der Woche, zum Beispiel am Samstag oder Sonntag, konnten wir etwas ausgehen, um Luft zu schnappen. Sie ist hier krank geworden, man könnte sagen, sie ist an der Seele krank geworden. Denn sie kam in ein fremdes Land, in ein Land, das ihr unbekannt war. Sie konnte mit den Deutschen, mit den deutschen Nachbarn nicht sprechen, sich nicht verständigen, wegen der Sprachkenntnisse. In jeder Hinsicht hat sie Fremdheit empfunden, und sie wollte sobald wie möglich wieder in die Türkei zurückkehren. Sie war sehr traurig darüber, daß sie sich von mir getrennt hat, weil sie wieder getrennt von ihrem Gatten lebt. Mit Trauer ist sie wieder in die Türkei gefahren« (1977:447[17]).

Während Nail Mutlu es bei diesem einen Versuch bewenden ließ, versuchte das Ehepaar Fuad 1979 ein erneutes Mal zusammenzuziehen. Ein gewisser resignativer Zug spricht aus dieser zweiten Entscheidung: Die Absicht, mit der Migration die Zukunft gleichsam zu erzwingen, scheint aufgegeben worden zu sein. Das duale Zeitverständnis, das einer entsagungsreichen Gegenwart eine verheißungsvolle Zukunft gegenübergestellt hatte, wurde damit aufgegeben. Die Familie entschied sich für einen Kompromiß: Eine längere Phase wurde eingeplant, in der die Familie zusammen war, allerdings in einem Land und in einer Umgebung, in der sie sich nicht wohlfühlte; eine Zwischenphase, in der die psychischen Kosten, allerdings auch der materielle Ertrag, geringer sein würde. Die Zukunft sollte nicht mehr in *einem* Kraftakt erzwungen, sondern über einen längeren Zeitraum hinweg erarbeitet werden.

Diese zunächst vernünftig wirkende Lösung zeitigte jedoch neue Probleme, als die Kinder eingeschult werden mußten: Würde man die Kinder in Deutschland einschulen, würde man sich entweder auf Jahre hinaus festlegen oder den Kindern früher oder später einen Schulwechsel in die Türkei zumuten müssen – was von allen als ungünstig erachtet wurde. Würde man andererseits die Kinder in der Türkei einschulen, hieße das Trennung und erneute Probleme[18]. Man stand mit anderen Worten nun im Grunde vor der Entscheidung, die Zukunft der Kinder gegen die eigene Zukunft abwägen zu müssen. Räumt man der Schulausbildung Priorität ein, mußte man sich entweder mindestens für ein weiteres Jahrzehnt Aufenthalt in Europa entscheiden[19] oder zu *diesem* Zeitpunkt in die Türkei zurückkehren. Beides hieße eine Absage an die eigenen Zukunftspläne. Würde man aber mit der Gefährdung der Schulausbildung die Zukunft der Kinder in Frage stellen, kämen noch größere (freilich zu dem Zeitpunkt nicht immer ganz absehbare) Probleme auf einen zu. Man wäre nämlich genötigt, ihnen dann einen eigenen Arbeitsplatz einzurichten. Dies würde aber nichts anderes bedeuten, als daß der Erfolgszwang, unter dem die Migranten leben, auch im Alter nicht wegfallen wird. Denn auch wenn sie selbst als Rentenbezieher ausgesorgt haben sollten, stehen sie doch unter dem Zwang, nun für ihre Söhne etwas aufbauen zu müssen. Die Tragik geht vor allem aus einem Fall hervor, den Ursula Mıhçıyazgan detailliert analysiert hat: Die Erfüllung des Traumes der ersten Generation (der Bau eines eigenen Hauses) wurde mit der abgebrochenen Schulausbildung des Sohnes bezahlt – was dazu führte, daß das erträumte Haus wahrscheinlich niemals bezogen werden wird, weil die Eltern nun arbeiten, um dem Sohn eine Werkstatt einzurichten (Mıhçıyazgan 1986:107 ff.). Ein Freund Yaşars sah sich vor ein ähnliches Problem gestellt. Ein Vater, der nach seiner Rückkehr in die Türkei seinem Sohn eine Tischlerei in Konya eingerichtet hatte, kam wieder (alleine) nach Deutschland zurück, weil es sich zeigte, daß das Unternehmen nicht auf eigenen Füßen stehen konnte: Diese Neuauflage der Migration war mit einer erheblichen Verschlechterung der Arbeitsbedingungen verbunden.

In dieser Situation versuchten viele Familien wie Yaşar, das Problem noch einmal bis zum fünften Schuljahr zu vertagen – dem Zeitpunkt des Übertritts in die türkische Mittelschule – in der trügerischen Hoffnung, daß es sich dann von selbst erledigen würde. 1984 war dann im Fall Yaşars deutlich, daß das Problem keinen weiteren Aufschub duldete – eine Umschulung in die Türkei mußte jetzt oder nie erfolgen. Wir haben gesehen, daß die Erfahrung der Schwierigkeiten, die die Tochter hatte, zu einer erneuten Trennung von den Familienangehörigen und somit zu einer Neuauflage des ursprünglichen Dilemmas führte.

Die Widersprüche zwischen ökonomischen Imperativen und sozialen Notwendigkeiten stellten sich etwas anders für Familien, die in bezug auf Frauenarbeit weniger festgelegt waren als Yaşar. Bei zwei der Familien wurde die Arbeitstätigkeit der Ehefrau mit der Flucht vor der häuslichen Langeweile begründet. So argumentierte etwa Hasan Akkaya, der seine Frau nach Deutschland brachte:

»Wir haben geheiratet. Dann habe ich meine Frau hierhergebracht. Nun hat meine Frau gesagt: ›Ich bin hier alleine. Ich langweile mich. Wie wäre es, wenn ich Arbeit hätte?‹ Und so haben wir diese Idee [zu arbeiten] ausgeheckt (*böyle fikir yaptık*), wir zwei, wir saßen zu Hause« (1977:293).

Diese Lösung war jedoch nur für die kinderlosen Paare unproblematisch (in unserer Gruppe nur die Ehe von Hasan Akkaya). In den anderen Fällen stellte sich das Problem der Versorgung der Kinder. Süleyman und Alime entschieden sich wegen der doppelten Arbeitstätigkeit, ihren ersten Sohn die ersten zwei Jahre in der Türkei bei den Großeltern zu lassen – die dadurch bedingte Entfremdung führte zu

Angst und Gewöhnungsproblemen bei dem Kind, als die Eltern es nach Österreich holen wollten. »Das Kind ist 15 Tage nicht zu seiner Mutter gegangen. Es hat nur geschrien.« Sie konnten allerdings eine zufriedenstellende Lösung finden, indem sie Alimes Mutter mit nach Österreich brachten[20] – allerdings entgingen auch sie nicht den mit der Einschulung verbundenen Problemen. Sie hatten es zwar vermieden, die Schulausbildung während der ersten Jahre zu unterbrechen, wurden aber mit anderen Konsequenzen des Lebens in der Fremde konfrontiert: Auf Grund der Sprachschwierigkeiten versagten beide Kinder in der Schule. Die anderen Paare mit Kindern sahen sich mit einer Variante des ursprünglichen Dilemmas konfrontiert, nämlich mit der Frage, ob um des Ziels der Migration willen beide Partner arbeiten sollten (was die Vernachlässigung der Kinder nach sich ziehen würde) oder ob nur einer arbeiten sollte, was dann wieder eine Verlängerung des Aufenthalts mit allen Folgeproblemen nach sich ziehen würde.

Je länger der Aufenthalt im Ausland dauerte, desto schwieriger wurde es also, die sozialen und wirtschaftlichen Erfordernisse miteinander zu vereinbaren. Das Trennen der sozialen und wirtschaftlichen Handlungsbereiche schien ursprünglich eine Befreiung zu bedeuten. Man löste das wirtschaftliche Handeln aus den sozialen und politischen Fesseln, die es im Dorf begrenzten. Diese Trennung – die bezeichnend für die Moderne ist – wurde im Feld der Internationalen Arbeitsmigration besonders deutlich gemacht. Gerade die territoriale Trennung, die Tatsache, *dort* zu verdienen, um *hier* zu leben, schien die Möglichkeit zu bieten, sich nicht bloß von Fesseln zu befreien, sondern umgekehrt die Zeit zu beherrschen. Einzelne waren mit Sicherheit in der Lage gewesen, dies auch zu realisieren. Für das Gros der Migranten indes – darunter alle Migranten aus Subay – war das Gegenteil der Fall. Je weiter sich die Rückkehr hinausschob, desto nachdrücklicher machten sie eine komplementäre Erfahrung. Sie sahen sich zunehmend vor der Notwendigkeit, die verschiedenen Handlungsbereiche zu einer Synthese zu bringen. Was sich in der dörflichen Ordnung von selbst geregelt hatte, weil dort das Wirtschaften *von vornherein* den Imperativen des sozialen und politischen Handelns unterstellt war, mußte nun von jedem einzelnen *im nachhinein* zusammengebracht werden[21]. Der Zwang zur Synthese bedeutete in zeitlicher Hinsicht den Zwang zur Synchronisierung. Es galt, die »Eigenrhythmen« der verschiedenen Handlungsbereiche aufeinander abzustimmen. Die Schulausbildung der Kinder, die sozialen Verpflichtungen (besonders die Versorgung der Eltern im Alter) und die wirtschaftlichen Erfordernisse mußten miteinander vereinbart werden. Für die Arbeitsmigranten war dies wegen derselben territorialen Zerrissenheit des Lebens, die ursprünglich eine Maximierung des Profits versprach, oft kaum möglich. Sie sahen sich deshalb in einem extremen Maß mit der Notwendigkeit konfrontiert, Prioritäten zu setzen, d.h. Kosten und Nutzen einer Entscheidung für die verschiedenen Handlungssphären gegeneinander abzuwägen. Die Schäden für die Kinder, das Leiden unter der Trennung, mußte mit dem wirtschaftlichen Verlust in Beziehung gesetzt werden, den eine Vereinigung mit der Familie bedeuten würde: Jede Entscheidung führte zu massiven Folgeproblemen und mündete in eine Erneuerung des Dilemmas – unter einer anderen Form. Oder anders: Die meisten Familien gerieten in eine Situation, in der sie sich entscheiden konnten, wie sie wollten – es stellte sich doch als falsch heraus. Die Problematik nimmt dabei im Verlauf der Migration eher zu als ab. Dies läßt sich graphisch als »Problembaum« darstellen (siehe S. 176).

Die Migranten lassen sich (wenn man etwas vereinfacht) nach den Entscheidungen einordnen, die sie an den jeweiligen Knotenpunkten fällten. Die Zerrissenheit von Yaşars Leben ist also alles andere als ein Ausdruck einer individuellen Unentschlossenheit: Sie ist nur eine Form, in der die objektive Zerrissenheit einen individuellen Ausdruck findet.

Damit schlägt der Traum von *istikbal*, der Traum einer selbstbestimmten Zukunft, in das Gegenteil um. Schien es am Anfang der Migration noch, als käme man über das Erreichen von Zwischenzielen (dem Kauf eines Hauses, der Versorgung der Eltern) dem großen Endziel – dem Aufbau einer geachteten urbanen Existenz – zügig näher, so zeigte es sich zunehmend, daß jeder Schritt vorwärts in der einen Hinsicht einen Rückschritt in einer anderen Hinsicht bedeutete. Statt eines linearen Fortschritts machte man zunehmend die Erfahrung eines Nullsummenspiels: Was man auf der einen Seite gewann, verlor man auf der anderen. Anstatt die Zeit zu beherrschen, sah man sich zunehmend von der Zeit beherrscht.

Der Antagonismus zwischen sozialen und ökonomischen Erfordernissen

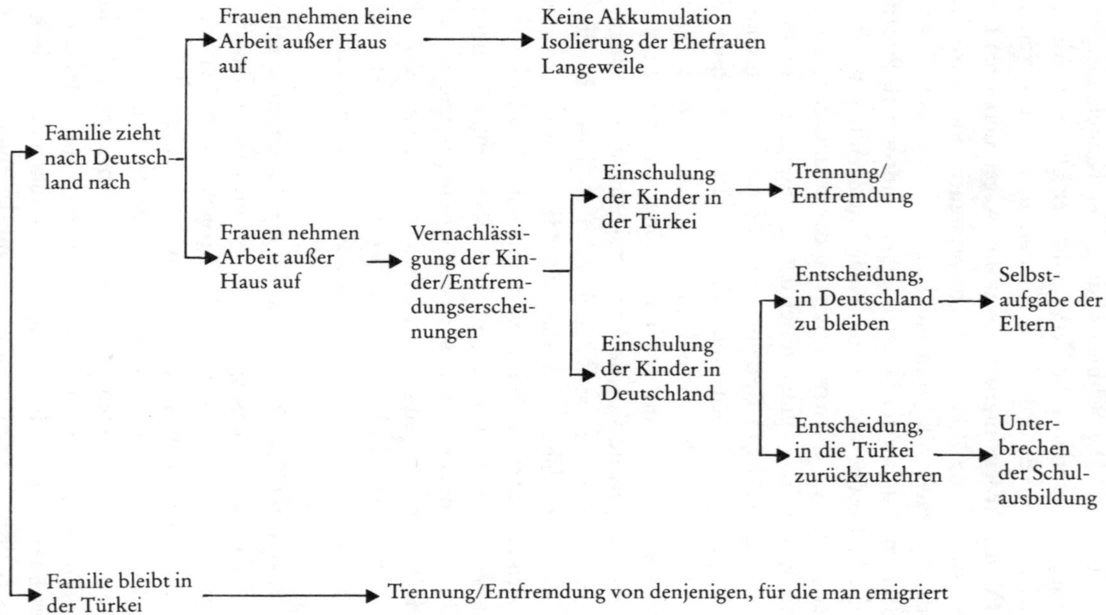

Der Überblick zeigt die Migration als eine Abfolge von Dilemmata. Zu beachten ist, daß hier keine empirischen Konsequenzen einer einmal getroffenen Entscheidung dargestellt werden – sondern vielmehr die realistischen Risiken, die mit einer Entscheidung verbunden sind und die deshalb berücksichtigt werden müssen.

Dieser Umschlag der Zeiterfahrung drückt sich am deutlichsten in den Äußerungen über die beabsichtigte Aufenthaltsdauer aus. Die ursprünglich geäußerte Absicht, zwei oder drei Jahre zu bleiben, hatte etwas Strahlendes: Das Leben sollte mit einem großen Kraftakt erzwungen werden. Ganz anders klingt derselbe Satz, wenn er, wie im Fall der Migranten aus Subay, unzählige Male wiederholt wird. Er mutet dann so an, als schlage man immer wieder von neuem mühsam drei oder vier Jahre heraus (bis zur Einschulung der Kinder, bis zu ihrer Umschulung, bis zur Wiedervereinigung mit ihnen), in denen man es dann endgültig geschafft haben möchte. An die Stelle des einen großen Entwurfes ist das mühsame Zusammenstoppeln von Zweijahresabschnitten getreten. Es wirkt nur noch defensiv, wenn Yaşar sagt: »Es ist das Beste, in kürzester Zeit hier drei bis fünf *kuruş* zu verdienen und dann zurückzukehren.«

Angesichts dieses Umschlagens ist es kaum erstaunlich, wenn plötzlich in bezug auf Deutschland eine Redewendung gebraucht wird, die bisher nur in bezug aufs Dorf verwendet wurde: Wurde in der Türkei immer von der Notwendigkeit gesprochen, »sich aus dem Dorf zu retten« (*kendini köyden kurtarmak*), so wird immer häufiger die Notwendigkeit erwähnt, sich »aus Deutschland zu retten«[22].

Zeitstrukturen des Alltags

Die volle Problematik des ständig verschobenen Aufschubs der Rückkehr wird indes erst deutlich, wenn man zusätzlich zu den Zeitstrukturen der Lebensentwürfe auch die Zeitstruktur des Alltags analysiert.[23]

Das Leben in der Fremde, einem weitgehend entsymbolisierten Raum, ist – so haben wir oben argumentiert – ein gestaltbares Leben. Es bietet dem einzelnen bislang ungeahnte Chancen, es kann und wird, jedenfalls eine Zeitlang, als Befreiung von traditionalen Zwängen erlebt. Das Leben in einem entsymbolisierten Raum hat jedoch auch eine Kehrseite, nämlich die einer prinzipiellen Leere. Diese korrespondierende Erfahrung wird immer wichtiger, je länger die Migration dauert.

Eine Beschreibung dieses Sachverhalts stammt von Memed Akkaya – sie ist eine bemerkenswerte Leistung auch deshalb, weil die Allgegenwart des Phänomens es schwierig macht, es zu fassen:

»Ein Fremder, der aus der Türkei hierherkommt, führt hier ein monotones (*monoton*) Leben ... Ich zum Beispiel habe das ganze Nachtleben mitgenommen, die Diskotheken, die Bars, die Musik, die Abende, die Vergnügungen, *und dennoch war es ein monotones Leben*. Man findet hier nicht das Leben, das man in der Türkei findet. In der Türkei gibt es die (Tee)gärten: du kannst deine Frau mitnehmen, mit deinen Kindern dorthin gehen. So etwas findet man hier in Deutschland nicht. Im Sommer gibt es (in der Türkei) Plätze, an die man sich begeben kann, den Strand, man kann an die Küste fahren. *Hier kann man nirgendwo hingehen*. Denn wenn du ständig Schicht arbeitest, dann führst du ein präzises Leben wie ein Roboter ... Also es ist ein tödliches Leben für einen Ausländer. Und dann denke an die türkischen Frauen. Die türkische Frau ist hier wie ein richtiger Gefangener ... Es ist von der Religion her verboten, daß eine islamische Frau ins Gasthaus geht, etwas trinkt, sich mit Männern hinsetzt, mit ihnen redet und plaudert ... Von der Arbeit nach Hause, von der Arbeit nach Hause, sie sehen immer das gleiche. Aber in der Türkei ist es anders. Eine türkische Frau kann dort z.B. zu einer Nachbarin gehen, die Nachbarin kommt zu ihr, es gibt eine Gemeinschaft der Nachbarn ... Aber hier findet man so etwas nicht. Denn hier geht der Mann früh am Morgen zur Arbeit. Wenn die Frau auch arbeitet (verhält es sich folgendermaßen): Wenn die Frau kommt, geht der Mann; wenn der Mann kommt, geht die Frau zur Arbeit. Dann muß man noch nach den Kindern sehen, den Einkauf erledigen, also *um zu einem Nachbarn zu gehen und zu plaudern, fehlt einfach die Zeit*. Vielleicht arbeitet man einmal im Monat die gleiche Schicht, dann hat man Samstag und Sonntag zusammen frei und kann zu einem Nachbarn gehen. Dann kann man auch nicht lange bleiben, eine Stunde, zwei Stunden. Das ist in der Türkei ganz anders« (1985:21).

Die Beschreibung verdient zunächst schon deshalb ernst genommen zu werden, weil sie (nach immerhin 12 Jahren Aufenthalt in Europa) von dem Mann stammt, der sich stärker als die anderen auf die deutsche Kultur eingelassen hat und sich nicht (wie etwa Yaşar) dagegen gesperrt hat. Er habe alles mitgenommen, sagt er, und trotzdem sei es ein »monotones Leben« geblieben.

Dafür werden nun mehrere gewichtige Gründe angegeben: Der erste liegt in der kulturellen Prägung des Freizeitangebots. In einer gegenüberstellenden Argumentation arbeitet er heraus, daß man »dort« zahlreiche Möglichkeiten zur Freizeitgestaltung habe, »hier«

dagegen »nirgendwo« hingehen könne. Angesichts des Umfangs des Freizeitangebots in der Bundesrepublik läßt sich dieser Satz nur folgendermaßen lesen: Es gibt hier nicht die Orte, wo man sich als Türke wohlfühlen würde – sie entsprechen einfach nicht den kulturell geprägten Vorstellungen einer angenehm verbrachten Freizeit[24]. Daraus ergibt sich sehr deutlich das Problem der Freizeit als leere Zeit, als überzählige Zeit, die auf die eine oder andere Weise verbracht wird. Noch einmal nachdrücklicher als Memed hat Süleyman diese Erfahrung in Ebelsberg bei Linz gemacht: »Also, was können wir hier gegen die Langeweile machen? Es gibt nichts, was man machen könnte... Ja, das ist schwer, etwas erdrückend.«

Besonders kritische Zeitpunkte dürften dabei die Festzeiten sein: Die Zeit in Deutschland verlaufe *»bayramsız, mayramsız«* – ohne jede Feste –, läßt die Schriftstellerin Füruzan eine Migrantin sagen (1977:335). Dies scheint wichtig: Die Zeitpunkte, die wie die großen Feste, das Opferfest und das Zuckerfest, das Jahr skandieren, fallen in Deutschland nun zwar nicht weg, verlieren aber doch viel von ihrem festlichen Charakter[25]. Es sind diese Augenblicke, in denen der entleerte Charakter der in der Fremde verbrachten Zeit am deutlichsten ins Bewußtsein tritt.

Ein zweiter Grund für die Monotonie und die Leere, so Memed, sei die Ausrichtung des Alltagslebens an der abstrakten Zeit, die keine Rücksicht auf die Eigenrhythmen des Körpers und des sozialen Lebens nehme: Dies sei vor allem dann spürbar, wenn man jahrelang Schichtarbeit (wie fast alle Migranten aus Subay) mache. In seinem Gespräch 1977 hatte er ausführlich von den Schlafproblemen gesprochen, die ein Schichtwechsel immer mit sich bringen würde.

Ehepaare, die Schichtarbeit leisten, sehen sich besonders nachdrücklich mit dem Phänomen der abstrakten Zeit konfrontiert. Die Erfahrung, daß die Ehepartner sich sozusagen wochenlang nur die Türklinke in die Hand reichen, hat Memed selbst jahrelang gemacht. Die Folge war, wie er beschreibt, daß man einfach keine Zeit hat, und zwar nicht unbedingt keine Zeit schlechthin, sondern keine Zeit füreinander. Dem Überfluß an leerer Zeit korrespondiert ein Mangel an sinnvoller Zeit.

In einer anderen Weise spitze sich, so Memed drittens, die Situation bei Frauen zu, die nicht außerhalb des Hauses arbeiteten. Sie seien geradezu Gefangene. In dem Bild des Gefängnisses wird die Öde und Langeweile einer sinnlos verbrachten Zeit prägnant und genau gefaßt. Die Zeit erscheint hier nur noch als etwas, was irgendwie vergehen muß. Angesichts dieser Tatsache ist selbst Arbeit noch ein privilegierter Zustand. So sagt Yaşar: »Durch die Arbeit macht mir [der Aufenthalt in Deutschland] nicht soviel aus [wie meiner Frau]. Ich gehe zur Arbeit, und bei der Arbeit vergeht die Zeit.«[26] Nicht weniger deutlich wird dieses Empfinden von Zeit durch ein bemerkenswert genaues Zählen von Zeit ausgedrückt. Bei dem ersten Gespräch konnte Yaşar – nach immerhin fünf Jahren Aufenthalt – ohne nachdenken zu müssen, die in Deutschland verbrachte Zeit auf die Woche genau angeben!

Auch in dieser Hinsicht schlägt die Hoffnung der Beherrschbarkeit der Zeit, die sich mit der Migration verband, auf geradezu beklemmende Weise in ihr genaues Gegenteil um. Im Dorf war es gerade das Ausgeliefertsein an außengesetzte Rhythmen (vor allem jahreszeitlicher Art), was als leidvoll empfunden wurde: Im Sommer – so wurde geklagt – habe man keine Zeit, stehe man unter dem Druck, die Ernte einzubringen, im Winter dagegen habe man Zeit im Überfluß und leide unter Langeweile. Dagegen, so die Bauern, sei das Leben des Industriearbeiters berechenbar. Er könne sich darauf einrichten, ab einer bestimmten Zeit frei zu sein, könne sein Leben also darauf einrichten und planen. Die oben skizzierte Erfahrung läßt genau das Gegenteil erkennen. Die Konsequenz der verplanten Zeit ist nur ein um so radikaleres Ausgeliefertsein: Die Langeweile im Dorf steigert sich zur Öde; der Druck zur Hetze. Die Monotonie, der man entgehen wollte, stellt sich wieder ein. Es ist bemerkenswert, daß Memed bei der Darstellung der Situation die gleichen Stilmittel verwendet wie die Bauern. Die Monotonie des Dorflebens wurde von einem Bauern so beschrieben:

> »Hier gibt es nichts als Arbeit, Arbeit, Arbeit. Du gehst in den Wald, fällst Holz, transportierst es ab. Du holst Brennholz, mähst Getreide, bringst das Getreide ins Dorf. Du bewässerst deinen Garten, hast Streit mit dem Nachbarn. Du erledigst die Drescharbeiten, fährst mit dem Dreschschlitten, trennst die Spreu vom Weizen. Du füllst die Säcke, bringst sie zur Mühle, pflügst. Und bei der ganzen Arbeit bleibt kein Geld in der Hand« (Schiffauer 1987:173).

Und Memed:

»Du gehst am Morgen zur Arbeit, kommst am Abend zurück und legst dich schlafen, ißt etwas, am Morgen gehst du wieder zur Arbeit. Oder je nachdem spielt sich das Ganze nachts ab. Du arbeitest bis zum Morgen, kommst am Morgen um 6 von der Arbeit nach Hause zurück. Am Abend gehst du wieder zur Arbeit« (1985:21).

Beide verwenden das Mittel des Aneinanderreihens, um die Monotonie einzufangen, beide entwerfen Bilder von einer Tretmühle. Doch während der Bauer eine Reihe unterschiedlicher Tätigkeiten nennt, von der die eine unablässig die andere ablöst, kommt die Darstellung Memeds mit zwei Tätigkeiten aus: Du gehst zur Arbeit, du kommst von der Arbeit. Zur Monotonie ist die Uniformierung getreten.

Es sind wohl hauptsächlich diese Schwierigkeiten im Alltag, die die Migranten an der Rückkehr in die Türkei festhalten lassen – und damit an der Widersprüchlichkeit der Situation. Es ist wiederum Memed, der die Situation auf den Punkt bringt.

»Dennoch ist es ein monotones Leben (in Deutschland). Vor allem für die Ausländer. Eben deswegen sind die türkischen Familien in diesem Land in seelischen Nöten, *so lange sie bleiben*, selbst dann, wenn alles vorhanden ist, das Geld, [selbst dann], wenn sie alle Bedürfnisse befriedigen können« (1985:23).

Nun ist ein Andauern einer unangenehmen oder schwierigen Situation natürlich immer leidvoll. Beklemmend wird diese Erfahrung jedoch, wenn sie sich mit derjenigen der Unwiederbringlichkeit der Zeit verbindet – mit der Erfahrung des Alterns des Körpers. Die Konfrontation mit dem Altern läßt die abstrakte Zeit als mechanische (oder physikalische) Illusion erscheinen. Es widerspricht grundsätzlicher Erfahrung, daß sich die Zeit in homogene und gleichlange Abschnitte teilen läßt. Diese Annahme, die erst ein Leben für die Zukunft sinnvoll macht (weil man jetzt investiert, um später was davon zu haben), wird unplausibel, wenn die Zeit nicht homogen ist, sondern sich ihr Charakter unter der Hand wandelt[27]. Damit stellt sich das Problem, um sein Leben betrogen zu werden. Dies führt zu dem sehr verbreiteten Gefühl, die Jugend in Deutschland verschwendet zu haben. Besonders nachdrücklich ist dieses Gefühl bei den Migranten vorhanden, die getrennt von ihren Frauen und Kindern leben:

»So verschwenden wir die Jugend unseres Lebens so ziemlich in Deutschland. Die fruchtbarste (*verimli*) Zeit unseres Lebens können wir nicht in der Türkei verbringen, können wir nicht bei unseren Frauen verbringen ...« (Gruppeninterview Arbeiterwohnheim).

Deutlicher könnte nicht gesagt werden, daß das Leben für die Zukunft in der Radikalität, wie es die Bewohner des Arbeiterwohnheims führen, fast zwangsläufig ein verfehltes Leben ist, weil man – selbst bei Erfolg – diesen doch nicht mehr genießen wird können.

Bei Yaşar und Süleyman machte sich der Aspekt des Alterns (und des körperlichen Verfalls) vor allem an der Tatsache des Erkrankens fest. Wichtig war dabei das Gefühl, *in Deutschland* krank geworden zu sein – die Zeit in der Türkei wird als Zeit der Gesundheit erinnert und die eingehende Untersuchung am Internationalen Arbeitsamt als Beweis dafür zitiert:

»Ich bin als Jugendlicher (im Alter von 24) gekommen, jetzt bin ich 37 Jahre alt. Und was wurde? Ich habe überall Krankheiten, das heißt, ich bin gesund gekommen und gehe krank wieder weg ... Als wir nach Deutschland kamen, haben sie uns untersucht ... Keinen Nadelstich breit haben sie ausgelassen bei der Untersuchung ... Wenn die Zähne eines Mannes kaputt waren, haben sie ihn nicht akzeptiert. Was haben denn die Zähne eines Mannes mit seiner Fähigkeit, zu arbeiten zu tun? Aber schau, sie haben ihn nicht genommen, so genau haben sie es untersucht ...« (1985:11)

Die Einsicht, daß die in Deutschland verbrachte Zeit doch einen einmaligen und unwiderruflichen Charakter hat, hat dem Aufenthalt eine andere Note gegeben: Man hat das Gefühl, einen Teil seiner Existenz in Deutschland gelassen zu haben. Der rationale Akt des Kaufs und des Verkaufs der Arbeitskraft als Ware erscheint in einem anderen Licht, wenn einem mit zunehmendem Alter bewußt wird, daß die Arbeitskraft eine erschöpfbare Ressource ist. Das wirtschaftliche Kalkül, das in der Jugend als befreiend erlebt wurde, erscheint nun als zynisch.

Süleyman meint sogar, daß er in Europa schneller gealtert sei als es in der Türkei der Fall gewesen wäre. Nach einer Schilderung des Gefühls der Hilflosigkeit angesichts der Diskriminierung sagte er: »Und deshalb wird ein Mensch in Europa sehr schnell alt. Ohne es zu merken, verliert er sehr schnell seine Kraft.« Der Satz ist interessant, weil auch er die Neuaufnahme eines dörflichen Topos ist: Im Dorf verweisen die Bauern auf ihr schnelleres Altern im Vergleich zu den Brüdern in der Stadt, um die Härte des dörflichen Lebens zu belegen: Auch in dieser Hinsicht schlug die Befreiung durch die Migration in eine um so größere Bedrängnis um.

Die Erfahrung des Alterns ist jedoch nicht nur die Erfahrung der Einmaligkeit und Unwiderruflichkeit der gegenwärtigen und vergangenen Zeit, sondern auch die Erfahrung der Verknappung der vor einem liegenden Zeit. Erneut scheint das überwunden geglaubte Lebensphasenkonzept eine Rolle zu spielen. Zu dem Gefühl, die Jugend vergeudet zu haben, trat 1985 die Angst, nun auch noch das Alter zu verspielen. Das Alter (das irgendwann zwischen dem 40. und 50. Lebensjahr beginnt) war im Dorf die Zeit des Rückzugs von der körperlichen Arbeit (nicht aber vom Handel – eine der beliebten Tätigkeiten) und des Lebens für die Religion – was heute auch dort faktisch nicht mehr gilt, aber doch noch normative Gültigkeit besitzt[28]. Eine der Konsequenzen des Lebensphasenkonzepts ist, daß den Migranten der Gedanke, bis zum 65. Lebensjahr zu arbeiten und als Rentner in die Türkei zurückzukehren, inakzeptabel, wenn nicht geradezu absurd erscheint: »Bis dahin sterben sowieso die meisten« (Yaşar). Gerade dies scheint dazu geführt zu haben, daß Yaşar und Süleyman – und wie wir sehen werden, auch Memed Akkaya – als vierzigjährige noch einmal versuchten, das Schicksal mit Gewalt zu zwingen, indem sie sozusagen die ursprüngliche Situation der Arbeitsmigration wiederherstellten[29].

Zeiterfahrung und Selbstbild

Die Tatsache, als Subjekt über seinen Lebensweg zu entscheiden, führt zu einer grundlegend neuen Bedeutung der individuellen Geschichte für die Selbstwahrnehmung. Für das Selbstbild der Bauern war ihr »Ort« in einem weitgehend stabilen Gemeinwesen entscheidend, also ihre Haushaltszugehörigkeit, ihr Geschlecht und ihr familialer Status. Für das Selbstbild der Migranten wird dagegen ihre Geschichte wichtig – das heißt ihr je besonderer »Weg« durch ein sich ständig veränderndes Gemeinwesen. Das Selbstbild verzeitigt sich.

Der Ort, den der einzelne zu einem gegenwärtigen Zeitpunkt einnimmt, ist nur noch wichtig in der Spannung zu dem, was der einzelne war und zu dem, was der einzelne sein wird: Er markiert, was der einzelne »schon« ist und was er »noch nicht« ist – er wird eingebettet in eine Biographie und in einen Lebensentwurf.

Die Bedeutung des Entwurfs für die Selbstwahrnehmung zeigt sich in der Forderung nach einer eigenen Zukunft, mit der die Arbeitsmigration begründet und gegen die Eltern durchgesetzt wurde. Dahinter steht weit mehr als ein bloßer Wunsch, den man haben oder auch aufgeben könnte. Der Nachdruck, mit dem sich Süleyman und Yaşar um diese Frage mit ihren Vätern auseinandersetzen, läßt vielmehr erkennen, daß sie das Gefühl hätten, sich selbst aufzugeben, wenn sie sich in dieser Hinsicht beugen würden. Bei Süleyman zeitigt dieses Gefühl die Antagonismen, die sein Leben zerreißen; bei Yaşar bestimmt es den Lebensplan, den er konsequent umsetzt und an dem er scheitert. Die Pläne und Träume von der Zukunft sind also für die Migranten weit mehr als ein Akzidens, weit mehr als eine äußerliche Bestimmung: Die Konflikte lassen vielmehr erkennen, daß der Entwurf für ihr Selbstverständnis und Selbstbewußtsein *wesentlich* ist.

Die Migranten sind bis in ihr Innerstes von den Entwürfen geprägt, sie *haben* nicht nur Entwürfe, sie *sind* vielmehr ihre Entwürfe. Von ihnen her entfaltet sich »ihre Welt«: kognitiv, weil sie von ihren Zielen her in Möglichkeiten, Wege, Barrieren und Grenzen gegliedert wird; und emotional, weil sie von den Zielen her Wut, Euphorie, Schuld, Versagen usw. empfinden. Man kann dies in existentialistischer Terminologie formulieren. Indem sie sich selbst entwerfen, machen sich die Migranten in voller Freiheit zu dem, was sie sind. Sie wählen ihre Existenz und sind damit für sie auf eine ganz neue Weise verantwortlich.

Retrospektiv drückt sich die Verzeitigung der Wahrnehmung von sich selbst in der neuen Bedeutung der Lebensgeschichte aus. Anders als die Bauern in Subay organisieren die Migranten ihre Selbstwahrnehmung in der Form von Biographien. Der Unterschied in dieser Hinsicht zu den Bauern war so augenfällig, daß ich im November 1977 nach dem ersten Zusammentreffen mit Arbeitsmigranten aus Subay notierte: »Zum ersten Mal höre ich biographische Erlebnisse.«

Tatsächlich fügen sich die Erzählungen, in denen die Bauern eigene Erlebnisse berichten, nicht zeitlogisch in ein früher oder später. Sie gleichen Perlen in einer Kette, deren Reihenfolge (in einem gewissen Rahmen) beliebig ist. Dagegen geben die Migranten, wenn sie aufgefordert werden, einen Lebenslauf, dessen Gerüst vor allem die unterschiedlichen Arbeitsverhältnisse und Wohnorte bilden. Die einzelnen Erzählungen lassen sich zeitlich eindeutig einordnen; häufig thematisieren sie »Gabelpunkte« der Biographie – Situationen des Umbruchs, aus denen sich der eine oder andere Lebensweg hätte ergeben können: Hierzu gehören etwa – bei Yaşar – die Auseinandersetzung mit dem Vater um die Migration nach Istanbul, die Prüfung am Internationalen Arbeitsamt usw.

Der sehr augenfällige Gegensatz in der Selbstwahrnehmung der Bauern und Migranten läßt sich mit der Phänomenologie des Gedächtnisses erklären, die Halbwachs (1967) vorlegte. Das individuelle Gedächtnis verweise, so Halbwachs, auf die anderen, und zwar grundsätzlich, weil die Deutungen des Kollektivs die individuelle Wahrnehmung und damit auch die Erinnerungen strukturieren; darüber hinaus aber auch, weil das individuelle Gedächtnis prinzipiell offen sei[30]. Eine Gruppe erinnere kollektiv gemeinsam erlebte Ereignisse; sie interpretiere und reinterpretiere sie ständig. Das individuelle Gedächtnis werde derart von den Gedächtnissen der anderen »durchdrungen« und reorganisiere sich dergestalt ständig. Diese Verwobenheit des individuellen mit dem kollektiven Gedächtnis sei nun am dichtesten in kleinen überschaubaren Gemeinschaften:

> »In solchen Milieus denken und erinnern sich alle Individuen gemeinschaftlich. Jeder sieht zweifellos die Dinge aus seiner eigenen Sicht, aber in so enger Verbindung und Übereinstimmung mit der der anderen, daß, wenn seine Erinnerungen sich verformen, er nur den Blickwinkel der anderen einzunehmen braucht, um sie zu berichtigen« (1967:66).

Daran anknüpfend könnte man argumentieren, daß in solchen Kontexten die Biographie als individuell erinnerte Geschichte nicht hervortritt: Die meisten Erinnerungen, die man hat, beziehen sich auf Ereignisse, die in dem Kollektiv stattgefunden haben, in dem man immer noch lebt: Sie überschneiden sich mit den Erinnerungen anderer, sie ergänzen und korrigieren sich. Sie verschmelzen und verlieren vor allem ihren spezifischen zeitlichen Ort. Um so deutlicher tritt ihre Einordnung in ein soziales Koordinatensystem hervor. Bei einem Konflikt mit einem Nachbarn beispielsweise werden plötzlich die Erinnerungen an all die Ereignisse aktuell, die »schon immer« diese Beziehung bestimmt haben: Diese liegen unter Umständen zeitlich so weit zurück, daß sie einem Städter, der an ein abstraktes Zeitschema gewöhnt ist, keinen Zusammenhang mehr mit dem Vorfall zu haben scheinen.

Dies verhält sich prinzipiell anders unter den Bedingungen der Migration: Auch hier ist das Erinnnern zwar prinzipiell kollektiv konstituiert, nur haben jetzt die Individuen mit den Arbeitsverhältnissen und Wohnorten auch die gedächtnistragenden Gruppen mehrmals gewechselt. Dies hat zunächst die Folge, daß sich die Erinnerungen *nach außen* sozusagen verkapseln: Wenn man nicht mehr in der Gruppe lebt, in der sich die Erinnerung gebildet hat und auf die sie sich bezieht, erlischt auch die Durchdringung des Gedächtnisses durch andere. Die dergestalt verkapselten Erinnerungen aber fügen sich in ihrer Ganzheit zu einer für das Individuum spezifischen Erinnerung und einer individuellen Geschichte. Zwar mag jede einzelne Erinnerung kollektiv geprägt sein: In ihrer unverwechselbaren Zusammensetzung mit anderen Erinnerungen ist sie Sache des einzelnen. Mit der Heterogenität der Orte und Bekanntschaften bekommt die einzelne Geschichte ihren immer »persönlicheren« Stempel.

Nun heißt »Verkapselung« der Erinnerungen nicht, daß sie unangetastet blieben: Auch die individuell zusammengefügte Geschichte wird immer wieder, nun allerdings *von innen*, reinterpretiert und neu zusammengefügt. Auf die eigene Geschichte wird in synthetischen Akten geblickt: Individuelle Geschichte ist, wenn sie erinnert wird, immer weit mehr als die bloße zeitlogische Anordung von Ereignissen. Sie impliziert immer auch bestimmte Ordnungsprinzipien: Die Ereignisse werden selektiert, einander zugeordnet, gewertet, Wichtiges von Unwichtigem geschieden usw. Die synthetische Anstrengung wirkt schließlich wieder zurück auf die einzelnen Erinnerungen – sie verändert ihren Charakter und ihre Einfärbung. Dabei ist nicht ausgeschlossen, daß die ursprünglichen Erinnerungen in diesem Fall einer noch stärkeren Veränderung ausgesetzt sind als im Fall der kollektiven Reinterpretation. Man könnte dies auf die Formel bringen, daß die Vereinzelung in der Migration bewirkt, daß Geschichte von einer kollektiven zu einer individuellen Konstruktion wird.

Der konstruierte Charakter von Geschichte zeigt sich besonders deutlich an zwei Phänomenen: Zum einen hat ein Individuum in der Regel nicht nur eine, sondern mehrere Geschichten – und rückt, durchaus interessegeleitet, die eine oder andere Geschichte in der konkreten Interaktion in den Vordergrund. Zum anderen verändern sich die Synthesen in der Zeit: Die meisten der Migranten akzentuierten ihr Selbstbild 1985 anders als 1977.

Bei aller Pluralität von Selbstentwürfen gibt es indes nicht beliebig viele. Bei den Migranten lassen sich vor allem zwei Konstruktionsprinzipien unterscheiden. Ein erstes ist zunächst der Entwurf des eigenen Lebens als *Bildungsgeschichte*. Wir haben gesehen, daß Yaşar sein Leben als einen geistigen Lernprozeß ordnet, der mit der Migration nach Istanbul begann und in Deutschland durch den Kontakt mit fundamentalistischen Gruppen seinen (einstweiligen) Höhepunkt fand. Von diesem Standpunkt aus gesehen gewinnt sein Leben eine bemerkenswerte Einheit und Geschlossenheit. Die Brüche und Diskontinuitäten erscheinen auf dieser Folie (wenigstens tendenziell) als Bereicherung: Wäre er nicht nach Deutschland emigriert, hätte er zwar sich und seiner Familie mit Sicherheit viel seelisches Leid erspart – andererseits wäre er aber auf seinem islamischen Weg bei weitem nicht so vorangekommen.

Strukturell ähnliche Phänomene finden sich auch bei den anderen, weltlicher gesinnten Migranten. So sagt etwa Asiz Subayoğlu aus München:

»Wenn ich nicht vom Dorf hierhergekommen wäre, wenn ich hier an *einem* Arbeitsplatz weitergemacht hätte, wenn ich die Arbeitsplätze nicht gewechselt hätte, verschiedene Dinge nicht gesehen hätte, wären meine Ansichten nicht so. Das zum einen. Und zum zweiten: Ja, im Grund ist es doch das zweite: Diese ersten Freunde, mit denen ich Freundschaft geschlossen habe, [waren wichtig für die Entstehung meiner Ansichten]... Ich glaube, daß viele meiner Ansichten aus dieser Freundschaft entstanden sind ... Auch in der Türkei war es schon so. Aber von meinen jetzigen Gedanken hatte ich damals nur wenige. Ich hatte zwar einige ... aber das weitete sich alles sehr aus, nachdem ich diese Freundschaft geschlossen hatte. Und weil ich an verschiedenen Orten verschiedene Menschen getroffen habe« (1977:19).

Hier wird gerade die Heterogenität und Vielfalt der Erfahrungen hervorgehoben; zum anderen die Bedeutung neuer sozialer Kontakte – und zwar gerade mit Personen, die *nicht* aus dem Dorf stammen. In diesen Beziehungen wurden Deutungen und Interpretationen der Erfahrungen in der Fremde erarbeitet. Man erinnert sich an die Betonung dieser Freundschaften auch bei Yaşar.

Die Passage läßt sich als Abgrenzung gegen die eigene Vergangenheit im Dorf lesen, sie impliziert aber auch eine abschätzige Meinung über die Bauern. Yaşar sagt es noch deutlicher: »Sie wissen nichts, weil sie nicht gereist sind ... Wir haben diese Erfahrung, aber die im Dorf sind (dieser Erfahrung) beraubt. Sie wissen nichts.« Diese Wendung ist entscheidend und wird von fast allen Migranten vollzogen. Der Bedeutung des Individuierungsprozesses auf dem Weg durch die Gesellschaft korrespondiert die Abwertung dörflicher Auffassungen. Den Migranten erscheinen die Bauern in einem tatsächlichen und einem metaphorischen Sinn »zurückgeblieben«.

Die Bewertung der eigenen Geschichte als Bildungsgeschichte ermöglicht es, individuelle Besonderheit zunehmend positiv zu bewerten. Es ist auffallend, wie stolz alle Migranten darauf sind, sich von anderen zu unterscheiden. Zunächst fällt auf, wie häufig Redewendungen auftauchen wie: »Das ist meine persönliche Meinung (*şahsen görüşüm bu*)« – eine Lieblingswendung von Memed Akkaya, beziehungsweise »das ist meine Sache (*benim kendi şeyim*)«. Der Unterschied zum Dorf ist auffallend. Dort besteht die Redestrategie gerade darin, den individuellen Aspekt zu verschleiern und so zu tun, als sei die eigene Meinung nur Ausdruck des Allgemeinen (was sich etwa in der Vorliebe zum sprichwörtlichen Argumentieren ausdrückt, die sich bei den Migranten so gut wie nie findet)[31]. Hier aber wird die individuelle Besonderheit nicht selten fast prahlerisch hervorgehoben, etwa wenn Asiz (München) sagt: »Unter denen (den Bauern des Dorfes) ist vielleicht einer so wie ich« oder:

> »Diejenigen, die den gleichen (politischen) Weg wie ich gehen, sind sehr selten. Es gibt ein paar, unter ihnen die Lehrer, also die Gebildeten ... Die normalen Bewohner sind fast alle gegen mich, also nicht gegen mich, sondern gegen die politischen Ansichten, die ich habe« (1978:151).

Nur ein Schritt ist es von da zu der Überzeugung, daß sich Ansehen und Status zunächst und vor allem auf individuelle Qualitäten gründen müsse. Wir haben oben ein Gespräch wiedergegeben, in dem Asiz Subayoğlu kritisierte, daß das Rederecht im Dorf an den Status der Verheiratung geknüpft sei und nicht an Intelligenz, Ausbildung oder Erfahrung. Durch die Hochzeit oder den Militärdienst, sagt er an anderer Stelle, werde aus einem Esel kein Mensch. An dieser Stelle wird deutlich, daß der Entwurf einer eigenen Geschichte nicht nur einen kognitiven, sondern auch einen legitimatorischen Charakter hat: Es geht in diesen Äußerungen um Rechte und nicht nur um Einsichten.

Hier zeigt sich im übrigen das Janusgesicht des Individuierungsprozesses. Einerseits bedeutet er zweifellos die Befreiung von äußeren Zwängen, ein Abschütteln des Festgelegt-Seins auf einen bestimmten Weg durch die Gesellschaft. Andererseits wurde aus der äußeren Ungleichheit, die in der traditionalen Gesellschaft selbstverständlich ist, eine innere – und wohl um so massivere. Die im Dorf geltende Selbstverständlichkeit, *trotz* individueller Schwächen einen Anspruch auf eine Position in der Gesellschaft und damit auf Würde und Anerkennung zu haben, wird hinfällig.

Es bleibt indes darauf hinzuweisen, daß mit der Konstruktion der Lebensgeschichte als Bildungsgeschichte auch das Scheitern der Migration bewältigt wird. Eine denkbare Alternative wäre ja das Leben als Erfolgsgeschichte – und im Vergleich dazu wirkt eine Bildungsgeschichte wie ein sicherer Rückzugsort: Wenn man auch nichts in Deutschland erreicht hat, so hat man doch wenigstens etwas gelernt und gesehen.

Die Migranten konstruieren indes ihre Lebensgeschichte noch in einer weiteren Hinsicht – nämlich als Entfaltung eines je besonderen Selbst- und Weltverhältnisses. Dabei wird nicht Veränderung und Entwicklung betont, sondern Kontinuität und Bindung. Verblüffend klar wird dieses Strukturierungsprinzip von Memed Akkaya formuliert:

Werner Schiffauer: »Als du hierhergekommen bist, was war da dein Ziel: Wolltest du nur Geld verdienen oder wolltest du sparen, um einen Laden eröffnen zu können?«

Memed Akkaya: »Es gibt auf der Welt viele Menschen, die alle verschieden sind. Sie haben nicht die gleichen Ideen, Gedanken, Ziele, keiner ähnelt dem anderen. Er soll ihm nicht ähneln. Selbst die von einer Mutter geborenen Geschwister sollen sich nicht ähneln; sie sollen unterschiedlich sein. So haben die Menschen auch unterschiedliche Ansichten. Das ist meine persönliche Meinung. Mein Kopf ist anders als andere. Man kann die Menschen nicht vergleichen, eine Person kann sich nicht mit der anderen vergleichen. Jeder hat seine Gedanken. Jeder ist zwar Mensch, jeder lebt, ißt, geht spazieren, vergnügt sich. Aber bei jedem gibt es doch einen anderen Geschmack, ein anderes Herz; das gibt jedem seine Struktur (*bünye*), der Allmächtige hat es so gemacht« (Memed 1977:7).

Der allgemeine Diskurs über Individuierung scheint zunächst an der Frage vorbeizugehen, wird aber offenbar durch sie ausgelöst. Diese bezieht sich auf einen grundsätzlichen Wendepunkt in Memeds Leben: Mit der Migration nach Deutschland ist er von dem vorgegebenen Weg abgewichen. Anstatt nun direkt auf die Frage nach den Motiven zu antworten, geht Memed zunächst zurück auf Grundsätzliches, nämlich gerade auf die Unterschiedlichkeit in der Konstitution der Menschen, die sich positiv entfalten können sollte. Dies hat einen kognitiven und einen legitimatorischen Aspekt.

Was den kognitiven Aspekt betrifft, so kann man davon ausgehen, daß diese Struktur, diese Disposition dem einzelnen zunächst nur halb oder gar nicht bewußt ist. In den meisten Entscheidungssituationen wird ein undurchdringliches Gewirr von Einschätzungen, Hoffnungen und Gefühlen die Regel sein. Ein »roter Faden« zeigt sich oft erst in der Retrospektive. Dies aber heißt nichts anderes, als daß der einzelne sich selbst um so deutlicher und klarer erkennen kann, je mehr »Kreuzungen« und »Gabelungen« der Lebensweg aufweist. Je mehr Entscheidungen er fällen muß, desto deutlicher treten die Optionen hervor, desto mehr wird sich das Individuum in und durch seine Geschichte seiner selbst bewußt. Es ist also nicht so, daß die Migranten sich objektiv stärker voneinander unterscheiden würden als die Bauern – es ist aber so, daß sie ein deutlicheres und schärferes Bewußtsein ihrer individuellen Persönlichkeiten haben, weil ihr Lebensweg weniger vorstrukturiert ist.

Wir werden bei der Diskussion von Memeds Biographie auf seinen Selbstentwurf als Kämpfer, der die Auseinandersetzung liebt, eingehen. An dieser Stelle genügt es, auf die Selbstbilder bei Yaşar und Süleyman hinzuweisen. Yaşar selbst entwarf 1977 ein synthetisches Selbstbild, indem er sich als jemanden bezeichnete, »der seinen Vater und seine Mutter liebt« und sich als »Muslim, der seiner selbst bewußt ist (*kendini bilen bir müsülman*)« charakterisierte. Er zeichnete sich damit selbst als »islamischen Familialist«, der als Erstgeborener in einer besonderen Verantwortung gegenüber den Eltern und den Geschwistern steht – und interpretierte sein bisheriges Leben damit als Auslegung dieses grundsätzlichen Welt- und Selbstverhältnisses. 1985 entwarf er sich dagegen gerne als »*mücahit*« – als Glaubenskrieger – und kam damit zu einer etwas anders akzentuierten Synthese. Süleymans Bild von sich selbst war dagegen geprägt von einer depressiv gestimmten Selbsteinschätzung, die am ehesten aus seiner Selbstcharakterisierung als »alter Mann« spricht.

Neben dem kognitiven Aspekt zeigt die oben zitierte Passage jedoch auch den legitimatorischen Wert eines derart entfalteten Weltbildes. Jeder, so der Text, hat ein Recht auf seinen Weg durch die Gesellschaft – auf den Weg, der seiner Konstitution am ehesten entspricht. Dies verweist auf eine zentrale Erfahrung: Gerade *weil* Memed seinen individuellen Weg gegangen ist, beruft er sich auf seine Persönlichkeit. Mit ihr kann er *rechtfertigen*, daß er den einen und nicht den anderen Weg eingeschlagen hat. Auch hier zeigt sich, daß es sich bei einer Biographie nicht nur um eine neutrale und kognitive »Selbsterfahrung« handelt, sondern auch um einen interessegeleiteten »Selbstentwurf«. Während die Migranten mit ihrer Bildungsgeschichte bestimmte Rechte für sich reklamieren, rechtfertigen sie mit ihren Selbstcharakterisierungen bestimmte Entscheidungen.

Es gilt zum Abschluß auf ein Paradox hinzuweisen: Der Prozeß der Entäußerung scheint nicht nur ein Prozeß der Entfaltung des ursprünglichen Welt- und Selbstverhältnisses zu sein, sondern auch ein Prozeß seiner Domestizierung. In der Form der Biographie wird man für ihn zur Rechenschaft gezogen. Die ursprüngliche Kraft, die den Lebensentwürfen im Dorf innewohnt (und die sich in den höchst individuellen Gesichtern der Bauern – »Typen« sagt der Städter – spiegelt) wird dadurch gebrochen. Mit der Entfaltung der Struktur ist eine Verfeinerung der Differenzierung gegeben. Dies führt zu der befremdlichen Erscheinung, daß sich die Migranten, was ihren Lebensweg, ihre Überzeugungen usw. betrifft, weit mehr voneinander unterscheiden als ihre Väter – und daß sie sich doch weit ähnlicher sind, als es ihre Väter jemals waren. Man kann dies auch mit Heideggers Kategorie des »man« fassen. Indem man sich von dem anderen absetzt, bezieht man sich auch auf ihn und definiert sich über ihn: Man wird mit anderen Worten immer mehr (wie) der andere und bleibt immer weniger man selbst. Die abstrakte Herrschaft des »man« wird zementiert (1984:126ff.).

Anmerkungen

1 Der Zusammenhang von Gabentausch und Zeiterfahrung wird in den »Bauern von Subay« ausführlich erörtert (Schiffauer 1987:103–178).

2 Eine prinzipielle Alternative war natürlich immer schon gegeben – es hatte immer schon Aussteiger gegeben. Was jedoch neu war, war, daß sich die Möglichkeit einer Alternative jedem einzelnen stellte und damit ganz anders das Alltagsbewußtsein bestimmte.

3 Zu dieser Zeit waren die meisten Migranten erst wenige Jahre in Deutschland. Yaşar, Süleyman, Memed, Asiz Hasanoğlu und Fatma waren zwischen 1972 und 1974 eingereist. Salih war 1970 gekommen, Asiz Subayoğlu 1968. Nur Hasan Akkaya, der auch altersmäßig aus dieser Gruppe herausfällt, war wesentlich früher, nämlich 1964, gekommen.

4 Das hier zum Ausdruck kommende Selbstbewußtsein korrespondiert mit dem Bewußtsein, das Karpat in den von Migranten der ersten Generation bewohnten *gecekondus* (*squatter*-Siedlungen) beobachtet hat. In bezug auf Äußerungen wie: »Ich vertraue nur auf mich selbst« (1976:114) bemerkt er: »This form of expression, boasting and speaking in the first person is not characteristic of the Turkish culture in general; a drastic change has occured in the personality of these former subdued and docile villagers« (1976:115). Zu der Zeit, in der Karpat die Untersuchung vorgenommen hat, herrschte in diesen Siedlungen eine ähnliche Aufbruchstimmung wie sie hier für die Anfangszeit der Migranten beschrieben ist.

5 Vergl. hierzu auch Matter (1987:67).

6 Auf diese Weise stellt sich für den Handelnden der von Nikolinakos klassenanalytisch bestimmte Widerspruch zwischen dem Klassencharakter der Migration und dem Migranten als Individuum dar. »Für den einzelnen kann Migration (kurzfristig) ein gewisses Maß an Sicherheit gewähren, aber für die Klasse als Ganzes gibt es lediglich die Unsicherheit eines vom Prozeß der Akkumulation abhängigen und ihm untergeordneten Proletariats. Dem widerspricht auch nicht die Tendenz, daß Arbeitsmigranten nach ihrer Rückkehr eigene Geschäfte gründen – weil andere Möglichkeiten kaum bestehen. Die durch Kapitalisierung der einheimischen Land-

wirtschaft enteigneten und proletarisierten Bauern überfüllen die Städte« (1980:67).

[7] Tatsächlich sagt er an einer anderen Stelle des Interviews, daß er sofort eine Arbeit in der Türkei annehmen würde.

[8] Ich tendiere dazu, in der Mißachtung des Gedankens der Qualifikation weniger Naivität als ein sozusagen hemdsärmeliges Selbstvertrauen zu erblicken: Es wäre also Ausdruck einer Tugend, die in der dem Gedanken der Ehre verpflichteten Sozialisation bewußt vermittelt wird (siehe Schiffauer 1989:24 ff.). Zu dem Scheitern auf Grund mangelnder Qualifikation siehe auch Babalık (1986:50).

[9] Hier tritt hinzu, daß auf Grund administrativer Maßnahmen eine Rückkehr in der Regel endgültig ist. Matter weist darauf hin, daß »die Rückkehr in die Türkei für die meisten Remigranten eine nicht mehr rückkgängig zu machende, endgültige, schicksalsschwere Entscheidung bedeutet« (1987b:229).

[10] Es war allerdings nicht nur die Massenmigration. Ein weiterer entscheidender Faktor, der zur Explosion der Immobilienpreise führte, waren wohlhabende iranische Emigranten, die sich nach der Revolution 1980 in Istanbul niederließen.

[11] Hierzu Akçaylı (1986:32).

[12] Dies scheint mir der Grund für die immer wieder revidierten Aussagen über Bleibeabsichten zu sein (siehe auch Mehrländer 1986:55).

[13] Hierzu auch Matter (1987b: 222).

[14] Eine bedrückende Darstellung der psychischen Konsequenzen der sexuellen Verelendung von Arbeitsmigranten findet sich bei Tahar ben Jelloun (1977).

[15] Die Zahl entspricht einer in der türkischen Kultur herrschenden Vorliebe für prozentuale Angaben und gibt natürlich nur die grobe Schätzung des Gesprächspartners wieder.

[16] Vergleiche hierzu auch das beeindruckende Fallbeispiel bei Kudat (1975:88).

[17] Die generelle Bedeutung dieses Punktes, nämlich das systematische Anpassungs- und Akkulturationsdefizit der »Heiratsmigrantinnen« (Wolbert) wird bei Heckmann (1980:104) angesprochen.

[18] Auch die Einschulung in der Türkei bietet keine Sicherheit dafür, daß die Schulausbildung nicht doch unterbrochen wird – de facto scheint eher das Gegenteil die Regel zu sein. Süleyman erzählte von Fällen, bei denen die Kinder in der Türkei eingeschult und dann nach zwei oder drei Jahren nach Europa nachgeholt wurden, weil sich der Zeitpunkt der Rückkehr doch wieder verschoben hatte. Zerrissene Biographien dieser Art sind sehr häufig und reflektieren die objektive Widersprüchlichkeit der Situation. Ein Fall dieser Art wird auch ausführlich bei Mıhçıyazgan diskutiert (1986:166 ff.).

[19] Man würde außerdem riskieren, daß sich die Kinder so in Deutschland

einleben, daß sie nicht mehr in die Türkei zurückkehren wollen. Ein weiteres (und vielleicht das schlimmste) Dilemma wäre damit vorprogrammiert: Man stünde im Alter vor der schwierigen Alternative, entweder sich von den Kindern zu trennen und allein in die Türkei zurückzukehren; oder – um des Zusammenlebens mit den Kindern willen – auf die Rückkehr in die Heimat zu verzichten; oder die Kinder zur Rückkehr in die Heimat zu zwingen und damit sehr ernste familiale beziehungsweise persönliche Konflikte heraufzubeschwören. Die Kinder der Migranten von Subay sind zu jung, als daß dieses Problem aktuell wäre – sie beobachten aber die Probleme bei Bekannten.

20 Bei Memed Akkaya führte indes, wie wir sehen werden, die gleiche »Lösung« zum Scheitern der Ehe.

21 Diese Schwierigkeiten lassen sich auch mit der Terminologie beschreiben, die U. Mıhçıyazgan vorschlägt. Sie führt den Unterschied zwischen Innen- und Außenlaufbahn ein. Die »Innenlaufbahn« ist die familiale, die »Außenlaufbahn« die berufliche Karriere. Während im Dorf beide Laufbahnen ineinander verzahnt sind – der außerhäusliche Status hängt unmittelbar mit der innerfamilialen Position zusammen – tritt beides in der Migration auseinander. Es gilt nun, zwei Laufbahnen mit eigengesetzlichen Zeitrhythmen aufeinander abzustimmen (1986:247–345).

22 So etwa bei Süleyman (1978:10): »Wenn ich es (ein Taxi) habe, werde ich mich schließlich endgültig von der Diskriminierung in Europa oder in Österreich retten ...«

23 Der prinzipielle Gegensatz von Alltagszeit und Lebenszeit wird von Kohli thematisiert: »Prinzipiell ist zwar klar, daß ›alles fließt‹ und sich ständig verändert, aber für alle praktischen Zwecke folgt ein Tag dem anderen und ist ihm gleich ... Handeln im Relevanzrahmen der Lebenszeit ist dagegen stärker durch Veränderung und Irreversibilität gekennzeichnet« (Kohli, 1981:11).

24 Dem korrespondiert im Bereich des Konsums von Lebensmitteln, daß es in Deutschland »nichts« zu kaufen gibt. So etwa Fatma, Hasan Akkayas Frau: »Insgesamt gesehen ist unser Leben hier materiell besser, freier, aber dort, in unserem eigenen Land, haben wir gekauft, was wir wollten. Wir konnten z.B. alle Gemüse finden, die wir wollten. Hier nehmen wir 100 oder 150 Mark mit, gehen einkaufen und können doch das Gemüse nicht finden, das wir wollten. Wir kehren um und gehen heim« (1977:311).

25 Der Charakter der Fremde als »entsymbolisierte Situation« kommt auch deutlich bei den Gesprächen zum Ausdruck, die Wolbert führte. Eine Informantin: »Ich habe gesagt, das übrige Geld soll auf der Bank bleiben. Wir haben es nicht angerührt, es ist auf der Bank, das Geld vom letzten Jahr ... Can (Eigenname,W.S.) sagte: ›Kauf dir davon Schmuck oder so etwas!‹, ›Ich nehme es nicht‹, habe ich gesagt, ›die ‚Marken' sollen auf der Bank bleiben, Schmuck ist nicht so wichtig.‹ Deswegen, weißt du: Hier wird nicht wie in der Türkei Schmuck getragen. Wo willst du den tragen?

In der Türkei fängt das zur Winterszeit an, jeder trägt was, legt Schmuck an und geht aus. Aber hier gibt es so was doch überhaupt nicht! Deshalb habe ich gesagt: ›Laß es vielleicht lieber für den Militärdienst auf der Bank‹ (Wolbert 1984: 419).

[26] Eine andere Form, von der Zeit zu sprechen, ist es »sie voll zu machen«. So geht es etwa darum, »die Frist vollzumachen« (*tarih doldurmak*), die dem nachziehenden Ehepartner gesetzt ist, bis er (sie) Arbeit aufnehmen darf. Auch hier erscheint Zeit hauptsächlich als etwas, das verbracht werden muß.

[27] Dies scheint mir der zentrale Grund für die in allen Industriegesellschaften beobachtbare Tendenz zu sein, Tod, Krankheit und körperliche Hinfälligkeit zu verdrängen. Der Kult der Jugendlichkeit heißt nichts anderes, als die Illusion vorzuspiegeln, daß man unbegrenzt Zeit habe, oder anders: Nichts wäre so bedrohlich für die Ideologie der Arbeit wie ein Bewußtsein des Seins zum Tode.

[28] Dies war eine der Folgen der Arbeitsmigration für das Dorf. Die jungen Männer sind zum größten Teil migriert und können den Eltern daher die Arbeit nicht mehr abnehmen (vergl. Schiffauer 1987).

[29] Das Problem wird auch von Engelbrektsson diskutiert: »A village man of stature in Turkey does not engage in hard physical work after he ist fifty. An older man – in Turkish villages a man is old when he is fifty – is expected to demonstrate his dignity by refraining from work. Musa, Irfan and Ali are all over fifty and obviously becoming increasingly uneasy about how much they work« (Engelbrektsson 1978:238).

[30] Dies ist eine abgemilderte Version der Halbwachsschen These. An ihr läßt sich festhalten, auch wenn man die Zuspitzung von Halbwachs nicht akzeptiert, daß auch die individuellste Gedächtnisleistung kollektiv sei: Halbwachs argumentiert damit, daß auch die scheinbar individuellste Erinnerung auf den anderen verweise, weil sie nicht möglich sei, »ohne jene Instrumente, die durch Worte und Vorstellungen gebildet werden, die das Individuum nicht erfunden und die es seinem Milieu entlehnt hat« (1967:35). Dies besagt nur, daß die Wahrnehmung und damit das Gedächtnis gesellschaftlich strukturiert sind: Aber in dieser Allgemeinheit formuliert verliert der Gebrauch der Worte Individuum und Gruppe meines Erachtens seinen Sinn.

[31] Die Häufigkeit, mit der die Migranten in den Interviews auf Sprichwörter rekurieren, läßt sich an einer Hand abzählen: Bemerkenswerterweise finden sich Sprichwörter fast ausschließlich in Passagen, in denen die Migranten im Geist mit den Bauern abrechnen. Etwa wenn Süleyman sich auf das Sprichwort beruft, daß man erst den Balken im eigenen Auge entfernen müsse, bevor man sich dem Splitter im Auge des anderen zuwende.

Fatma: Die Auseinandersetzung mit der männlichen Ordnung

Karataş, Kurşunlu, Istanbul

Fatma Eren[1] wurde 1950 im Dorf Karataş, dem Nachbardorf von Subay, geboren. Sie hatte zwei Brüder und sechs Schwestern.

Der Vater Mahir war – wie auch Yaşars Vater – in ungünstigen Verhältnissen aufgewachsen. Als Kind hatte er als Hirt (*çoban*) bei Cemal, seinem Onkel mütterlicherseits, arbeiten müssen, eine Tatsache, die ein deutliches Licht auf das materielle Elend seiner Familie wirft. Die Armut bedingte es, daß er eine Ehe schließen mußte, die nach dörflichen Ehrvorstellungen als demütigend angesehen wird[2]: Seine Frau Ayşe war bereits zweimal vorher verheiratet gewesen. Sie hatte sich von ihrem ersten Mann getrennt, als dieser eine zweite Ehe schloß und war von ihrem zweiten Mann, den sie nicht liebte, davongelaufen.

Nach der Eheschließung trennte sich Mahir von Cemal. Es gelang ihm, durch Viehhandel – vor allem mit Pferden, aber auch mit Hunden, Hähnen und Zugvieh –, einen gewissen Wohlstand zu erwerben. Mit dem wachsenden Vermögen erhöhte sich auch das Ansehen (*şeref*) Mahirs im Gemeinwesen: »Wenn ein hoher Gast aus Andıraz (der Kreisstadt) kam, dann klopfte er immer an Mahirs Tür.« Mahirs Interesse an Reputation bezeugt vor allem eine Kandidatur um das Amt des Dorfvorstehers (*muhtar*). Er machte die demütigende Erfahrung der Niederlage: Offenbar hatte Cemal gegen ihn intrigiert – aus Angst, meinte Fatma, von seinem früheren Knecht zu Dorfarbeiten gerufen zu werden und dann unter seinem Befehl zu stehen.

Dieser Suche nach äußerer Anerkennung entprach Mahirs auf Selbstdarstellung bedachter Gestus. Als ich ihn im Dorf besuchte, berührte mich seine prahlerische Art unangenehm. Sie wirkte wie eine

Kompensation der früher erfahrenen Demütigungen. Dem Bemühen um Ansehen nach außen korrespondierte Strenge, manchmal Härte gegenüber den Kindern. Bei meinem Besuch strich er die Leistungen seines ältesten Sohnes Tahir, der einen LKW erworben hatte, heraus, zeigte dann mit dem Zeigefinger auf den neben ihm sitzenden jüngeren Sohn und sagte: »Tahir ist stark, nicht so Scheiße, wie der da.«

Als Fatma ihr Leben schilderte, setzte sie mit ihrer Verheiratung ein. Dieser uns relativ spät erscheinende Zeitpunkt entspricht einem kulturellen Muster[3]:

Sie war 15 Jahre alt, als der Vater aus einem zehn Wegstunden entfernten Dorf in der Provinz Kurşunlu eines Tages überraschend Ramis Eren mit nach Hause brachte, den Mann, den er als Schwiegersohn ausgesucht hatte. Ramis war der Sohn eines anderen Viehändlers und Handelspartners von Mahir. Er war relativ spät eingeschult worden und nach zwei Schuljahren – im Alter von elf oder zwölf nach Istanbul geflohen; dort hatte er sich als Teeverkäufer auf der Rennbahn, als Ticketverkäufer im Kino und als Arbeiter in einer Weinfabrik durchgeschlagen. Man hatte Mahir die ökonomische Lage von Ramis geschönt wiedergegeben und ihm erzählt, Ramis habe einen Laden in Istanbul.

»An einem Tag machten wir (Frauen) Heu unterhalb der Moschee von Subay. An diesem Tag brachte mein Vater Ramis, meinen Mann (*beyim*, wörtl. mein Herr), mit nach Hause. Er wollte ihn mit mir verheiraten. Er schickte ihn zu dem Platz, wo wir Heu machten. Auch Asiz (Subayoğlu)[4] und sein älterer Bruder Ercep (beides Nachbarn) kamen zu dem Ort. Asiz sieht Ramis und fragt ihn: ›Wo kommst du her‹ – ›Aus Kurşunlu‹ – ›Wo bleibst du?‹ – ›Im Haus von Mahir‹ – ›Was machst du hier?‹ – ›Ich mache Heu‹. Da verstand Asiz, daß Ramis gekommen war, um mich zu heiraten und er sprach mit Ercep darüber, daß er mich am gleichen Abend entführen würde. Ramis hat sehr gezürnt und hat gesagt: ›Gehen wir zu einem Ort, wo keine Frauen sind und schlagen uns!‹

Natürlich sind Asiz und Ercep nicht gegangen. Wir haben eine Frau zu Mahir geschickt. Er solle kommen. Dann hat Ramis seine Pistole gezogen und Asiz und Ercep bedroht. Da sind sie gegangen.«

»Am gleichen Abend hat Yarasır (der Vater von Asiz und Ercep) eine Frau als Brautwerber gesandt. Aber mein Vater hat immer: ›Nein!‹ gesagt. ›Warum habt ihr nicht früher Brautwerber geschickt?‹ fragte er. ›Das Mädchen soll noch etwas älter werden, dachten wir, deswegen haben wir noch keine geschickt.‹ Aber mein Vater wollte mich nicht Yarasır geben. Was weiß ich?

Er konnte ihn nicht leiden. Aber meine Mutter wollte, daß ich in Yarasırs Haus gehe. Denn meine Schwester wohnt in Subay und die Schwester von Asiz ist mit meinem Onkel mütterlicherseits verheiratet. Aber meine Mutter hat sich vor meinem Vater gefürchtet und hat nichts gesagt. Auch ich selbst wollte Asiz heiraten.«

»Als mein Vater mich schon Ramis versprochen hatte, war ich unterhalb der Sommerweide beim Hüten der Schafe. Da kam Yarasırs Sohn (Asiz) vorbei und sprach mit mir. Er sagte: ›Geh zu deinem Vater und sage ihm: ›Ich möchte nicht nach Kurşunlu gehen. Mein Bruder soll vom Militärdienst zurückkommen, bis zu dieser Zeit möchte ich warten.‹ Asiz machte weiter nichts. Er sagte nur das und ging dann. Er wollte Zeit [gewinnen], um Brautwerber schicken zu können. Ich ging zu meinem Vater und sagte: ›Ich möchte nicht nach Kurşunlu gehen. Mein Bruder soll vom Militärdienst zurückkommen. Bis zu dieser Zeit möchte ich warten.‹ Ich sagte aber nichts davon, daß Asiz mir das gesagt hatte. Ich schämte mich. Erst nach meiner Hochzeit erzählte ich es meinem Vater und Ramis. Ramis ist auch aus diesem Grund so wütend auf Yarasırs Sohn. Ich habe gesagt: ›Ich gehe nicht nach Kurşunlu!‹ Da sagte mein Vater: ›Wenn du nicht gehst, dann steche ich dich ab, wie ein Tier!‹ Verstehst du? ›Wenn du nicht gehst, dann steche ich dich ab, wie ein Tier!‹ – Aber ich hätte Asiz sowieso nicht mehr heiraten können. Es war falsch von meinem Vater gewesen, Ramis in seinem Haus zu beherbergen. Jedesmal, wenn ein Streit entstanden wäre, hätte man zu Asiz gesagt: ›Ramis hat vor deiner Ehe eine Woche lang bei euch gewohnt!‹ Es war falsch von meinem Vater. Ich habe Ramis geheiratet, weil mein Vater ihn eine Woche lang bei uns wohnen ließ.«

Fatma scheint damals erwogen zu haben, mit Asiz zu fliehen. Wahrscheinlich fehlte ihr der Mut zu diesem entscheidenden Schritt, der einen jahrelangen, manchmal auch endgültigen Bruch mit den Eltern bedeutet.[5] Eine jüngere Schwester von ihr sollte dies später erleben. Im nachhinein begründete Fatma ihre Entscheidung mit der Furcht vor dem Fluch des Vaters:

»Wenn das Mädchen nicht gehorcht und wegläuft, wird der Vater sie verfluchen. Verstehst du? Er wird sagen: *Allah belanı versin* – Gott soll dich peinigen. Das ist sehr schlimm. Hüsnü [Subayoğlu] beispielsweise hat seine Frau entführt. Er hat drei Brüder, die in der Stadt arbeiten. Und sie hat zwei Schwestern, die ebenfalls in der Stadt verheiratet sind. Nur die beiden (Hüsnü und seine Frau) müssen sich im Dorf abrackern, weil ihr Vater sie verflucht hat. Ein anderes Mädchen wollte ebenfalls dem Vater nicht gehorchen. Es gab einen Streit und er verfluchte sie. Wir haben große Angst vor dem Fluch. Ich habe deshalb auch nichts dagegen, daß mein Mann monatlich 200,– oder 300,– Mark an seine Eltern überweist. ... Es ist wegen unserer Religion: Wir müssen dem Vater gehorchen, weil er uns ernährt und aufgezogen hat. Der Fluch der Mutter verwirklicht sich [dagegen] nicht, weil wir an ihrer Brust Milch getrunken haben. Der Fluch des Vaters aber ist gefährlich.«

Dem Vater lag offenbar an der Heirat, um die ökonomischen Beziehungen zu Ramis Vater zu festigen[6]. Aber auch eine gewisse Sorge um die Tochter mag eine Rolle gespielt haben:

»Ich hatte als Kind meinen Arm dreifach gebrochen. Mein Vater sagte: ›In den Dörfern von Kurşunlu ist es einfacher. Dort brauchen die Frauen nicht soviel zu arbeiten.‹«

Nach der Hochzeit kam sie nach Kurşunlu. Ramis arbeitete zu dieser Zeit in Istanbul und ließ sie mit ihren Schwiegereltern im Dorf allein. Die nun folgende Zeit war die schlimmste in ihrem Leben.

»Meinen Schwiegervater habe ich sehr geliebt. Er hat gesagt: ›Ich liebe dich ebenso wie meine neun Kinder.‹ Aber das Verhältnis zur Schwiegermutter war schlecht. Verstehst du, sie machen alles anders in Kurşunlu. Ich habe sehr oft geweint in dieser Zeit. Deswegen wollte ich auch Yarasırs Sohn heiraten. In seinem Haus hätte ich alles gekonnt, Brot backen, kochen. Aber in Kurşunlu machen sie alles anders.«

Die Folge waren offenbar massive Auseinandersetzungen zwischen Schwiegermutter und Schwiegertochter. Entscheidend war auch, daß sie in der fremden Umgebung niemanden kannte, bei dem sie Rückhalt hatte:

»Zu wem hätte ich flüchten sollen? Unser Dorf ist zehn Wegstunden entfernt. Und ich kannte niemanden in Kurşunlu, zu dem ich hätte fliehen können.«

Auch von ihrem Mann hat sie in diesen Konflikten keinen Rückhalt erwarten können.

»Wie hätte er mir helfen können? Er kann doch seinen Vater und seine Mutter nicht schlagen. Und ich wollte auch nicht, daß er gegen seinen Vater und seine Mutter auftritt. Sie haben ihn ernährt und aufgezogen. Ich wollte mich ja anpassen. Aber es war schwer. Ein halbes Jahr später hat er mich dann gerettet (*kurtarmak*) und zu sich nach Istanbul geholt.«

In Istanbul wurde ihr erstes Kind, ein Sohn, geboren. Ihre wirtschaftliche Situation war sehr schwierig. Als ihr Mann zum Militär eingezogen wurde, sah sie sich gezwungen, eine Arbeit als Putzfrau aufzunehmen. Es zeugt von dem sehr schlechten Verhältnis zu den Schwiegereltern, daß sie dies einer zeitweiligen Rückkehr ins Dorf vorzog. Nach der Rückkehr des Mannes verbesserte sich die materielle Lage der Familie. Ramis fand damals Arbeit als Pförtner beim staatlichen Versorgungsamt für Fleisch und Fisch (*Et ve Balık Kurumu*). Sie konnten sich ein Grundstück in Istanbul kaufen.

In diese Zeit fallen zwei Episoden, auf die wir weiter unten zurückkommen werden, weil sie ein Licht auf Fatmas Persönlichkeit werfen:

»Einmal war mein Mann ins Dorf gefahren und ich war allein mit meinem zweijährigen Sohn in Istanbul geblieben. Wir hatten einen Nachbarn, der war Junggeselle, richtiger gesagt: er war verlobt. Wir hatten mehrmals miteinander Tee getrunken und waren gute Nachbarn. Die Wohnung war in einem Neubau und die Türen schlossen nicht richtig. Als nun mein Mann weg war, hörte ich, wie nachts die Tür aufging. Ich sah nach – und da war der Nachbar. Wir waren so gute Nachbarn gewesen und dann kam er so! Ich fing an, ihn zu beschimpfen: ›Ist das der Dank dafür, daß wir dich zum Essen und zum Trinken eingeladen haben?‹ Als ich so schimpfte, ging er weg. Über uns wohnte ein pensionierter Polizist. Ich stieg zu ihm hoch und erzählte ihm von dem Vorfall. Er rief gleich die Polizei und sagte zu mir: ›Geh nach unten und warte vor der Tür des Mannes!‹ Da kam die Polizei und verhaftete ihn. Wir fuhren alle zur Polizeiwache. Dort sagte der Polizist zu mir: ›Laß die Klage doch fallen und sage nichts. Es soll niemand davon erfahren.‹ – Ich sagte zu ihm: ›Hast du eine Frau zu Hause?‹ – ›Ja‹, sagte er – ›Was würdest du sagen, wenn sie dir so etwas verheimlichen würde?‹ Da sagte er: ›Du hast recht‹ und ließ den Mann ins Gefängnis werfen.«

Einmal, erzählte Fatma, habe Ramis eine Beziehung zu einer Frau gehabt, die das Ehepaar in Istanbul besucht hatte. Das Verhältnis habe damit begonnen, daß die Frau sich neben ihn auf die Couch legte, auf der er seinen Mittagsschlaf hielt. »Nun, er ist ein Mann« (*tabii erkektir*), sagte Fatma. Sie selbst sei dahintergekommen, als Ramis von ihrer Seite weg zu der Frau gegangen sei. »Ich bin dann aufgestanden, ins andere Zimmer gegangen und habe Licht gemacht. Ich habe mich trotzdem nicht scheiden lassen. Was anderes wäre es gewesen, wenn er die Beziehung aufrechterhalten hätte. Dann hätte ich mich wahrscheinlich von ihm getrennt.«

Die ersten Jahre in Berlin

Die Familie hatte sich für eine Arbeitserlaubnis in Deutschland beworben. Da sich zu dieser Zeit Frauen leichter vermitteln ließen, erhielt nur Fatma eine Erlaubnis[7]. Das Ehepaar entschied sich dafür, daß sie zunächst gehen und Ramis sobald wie möglich nachholen sollte. Diese Entscheidung stieß auf heftige Kritik in ihrer direkten Umgebung:

»Als der Bescheid kam, daß ich nach Deutschland gehen konnte, rieten uns alle ab. ›Sie wird ihren Mann vergessen‹, sagten sie, ›sie wird sich scheiden lassen‹, ›sie wird ein Verhältnis mit einem Deutschen eingehen.‹ Ich bin trotzdem gegangen und habe sie alle beschämt.«

». . . Im Dorf arbeiten wir [Frauen] – du entschuldigst – wie die Tiere, aber in den Städten lassen die Männer die Frauen nicht außer Haus arbeiten. Sie sagen: ›Die Frauen werden mit anderen Männern gehen, wenn sie außerhalb arbeiten.‹ Das ist doch dumm. Wie könnte man denn bei der Arbeit eine Beziehung eingehen? Wenn ich daran denke, was man mir gesagt hat, als ich nach Deutschland ging! Ich würde meinen Mann und mein Kind verlassen! Ein Onkel mütterlicherseits von Ramis hat es mir sogar offen ins Gesicht gesagt. Wir kamen im Dorf an und Ramis erzählte, daß ich nach Deutschland gehen würde. ›Und du und das Kind, ihr geht auch mit?‹ fragte er. Und Ramis: ›Nein, wir bleiben hier.‹ Und der Onkel sagte zu mir: ›Du wirst an jedem Finger deiner Hand einen Mann haben. Du wirst es für Geld machen und dich von deinem Mann scheiden lassen.‹ Das hat er gesagt und der gleiche Mann wollte ein Jahr später Geld von mir, 10 000 Lira wollte er von mir, um ein Haus in Istanbul zu bauen. Ich habe es ihm nicht gegeben.«

1972 kam sie nach Berlin und zog zunächst in ein Arbeiterwohnheim am Schöneberger Ufer. Nach einem halben Jahr fand sie eine Wohnung in einem Haus in Kreuzberg. Sie fühlte sich einsam und hilflos: »Ich kannte nicht einmal das Wort für ›Brot‹«. Obwohl zu diesem Zeitpunkt bereits mehrere andere Männer aus dem Dorf in Deutschland waren, nahm Fatma nur zu einem einzigen Kontakt auf, zu einem Verwandten: »Du weißt doch, wie sie sind. Ich bin zuerst gekommen, mein Mann war noch in der Türkei. Ich konnte nicht den Männern Briefe schreiben«.

Nach einem Jahr in Deutschland holte Fatma ihren Mann nach Berlin nach. Die Entscheidung ist ihr offenbar schwergefallen. Von ihrer Mutter weiß ich, daß sie damals auf einer Postkarte dem Vater mitteilte, sie wolle ihren Mann nicht nachholen. Der Vater wies sie in seiner Antwort auf ihre Pflichten als Ehefrau hin. Über die Gründe ihres Zögerns kann ich nur Vermutungen anstellen. Möglicherweise hängen sie damit zusammen, daß die Ehe erzwungen wurde. Möglicherweise spielten auch die im letzten Kapitel dargestellten wirtschaftlichen Bedenken eine Rolle. Ramis nachkommen zu lassen, bedeutete eine Absage an alle Pläne, schnell Geld zu verdienen und damit bald in die Türkei zurückzukehren. Es war absehbar, daß er Schwierigkeiten haben würde, einen Arbeitsplatz zu finden. Es mag jedoch gerade mit einer gewissen Selbstüberwindung in dieser Frage zusammenhängen, daß diese Entscheidung für Fatmas Selbstverständnis sehr wichtig wurde:

»Ich bin die einzige Frau aus ganz Kastamonu (Provinz, in der Subay liegt), die vor ihrem Mann nach Deutschland gegangen ist. Es gibt Frauen, die haben das gemacht. Sie haben ihren Mann in der Türkei gelassen und sind hier eine Beziehung mit anderen Männern eingegangen. Aber ich mache das nicht.«

Indes bewahrheiteten sich ihre Befürchtungen. Ramis hatte große Schwierigkeiten bei der Arbeitssuche. Er hatte nur eine eingeschränkte Arbeitserlaubnis; außerdem war die allgemeine Arbeitsmarktsituation schlecht. Zu allem Überfluß fiel er auf Betrüger herein: Gegen eine Bezahlung von 2000 Mark versprach man ihm die Vermittlung eines Arbeitsplatzes. Obwohl der Betrüger gefaßt wurde, erhielt Ramis sein Geld nicht wieder. Weitere 1000 Mark verlor er bei einem zweiten ähnlichen Versuch an ein türkisches Übersetzerbüro. Später mußte er erleben, daß eine Stelle, die er durch Eigeninitiative gefunden hatte, einem deutschen Arbeitslosen zugeteilt wurde, als er am Arbeitsamt eine Arbeitserlaubnis für sie beantragte[8].

Zu diesen äußeren Schwierigkeiten gesellten sich indes auch selbstverschuldete. Ramis verlor wiederholt Arbeitsplätze wegen häufigen Fehlens. So war Fatmas Einkommen als Putzfrau über Jahre hinaus die einzige stabile Geldquelle der Familie.

1975 kam ihr Sohn in das schulfähige Alter. Die Familie entschloß sich, ihn in der Türkei einzuschulen, um seine Ausbildung später nicht unterbrechen zu müssen. Als er kaum zwei Monate dort war, erkrankte er an einer Blinddarmentzündung und starb. Fatma, die selbst zu dieser Zeit im Krankenhaus war, konnte nicht gleich heimkehren als sie von der Krankheit benachrichtigt wurde. Sie sah ihn nur kurz, bevor er begraben wurde.

Im gleichen Jahr begann Ramis um Geld zu spielen. Ich weiß nicht, ob dies mit dem Tod des Sohnes zusammenhing. Es ist aber wohl als verzweifelter Versuch zu werten, einen Ausweg aus seinen wirtschaftlichen Schwierigkeiten zu finden.

»Damals ist er jeden Abend ins Lokal gegangen und hat um Geld gespielt. In einem Monat hat er 3000 Mark verspielt. Das ist doch unmöglich. Ich habe zu ihm gesagt: ›Wenn du nicht aufhörst, gehe ich zum Konsulat und lasse mich scheiden. Er hat dann aufgehört und hat geschworen, niemals mehr um Geld zu spielen.«

1977 wurde eine Tochter geboren – ein Ereignis, das, wie Fatma sagte, etwas den Schmerz um den Sohn linderte. Ramis, der inzwischen eine Stelle in einem Möbelgeschäft gefunden hatte – sein erstes stabiles Arbeitsverhältnis in Deutschland –, wollte, daß seine Frau die Arbeit in der Reinigungsfirma aufgeben und sich ganz dem Kind widmen sollte. Fatma lehnte dies ab: »Dann können wir kein Geld sparen. Warum sind wir denn hierhergekommen, wenn wir kein Geld sparen können?« Sie gaben das Kind in eine Krippe. Zwei weitere Kinder wurden 1980 und 1982 geboren.

Ich hatte 1977 den Eindruck, daß sich Ramis und Fatma durch die Austragung der familialen Konflikte nähergekommen waren. Fatma äußerte sich zu dieser Zeit beinahe euphorisch über ihre Beziehung. Sowohl die Türken als auch die Deutschen im Haus würden sie wegen ihrer Ehe beneiden: »Manchmal spreche ich mit Ramis nicht wie Ehefrau zu Ehemann, sondern wie Schwester zu Bruder.« Zu einem anderen Zeitpunkt meinte sie:

»Ramis ist nachgiebig (*uysal*). Er schlägt mich nicht. Ich kann ihm alles erzählen. Selbst wenn mich jemand vergewaltigen würde, würde ich es ihm erzählen. Ich könnte ja nichts dafür. Es wäre ja mit Gewalt geschehen. Was anderes wäre es natürlich, wenn ich willentlich mit einem Mann zusammenkomme. Dann könnte Ramis mich verstoßen und er hätte ein Recht dazu.«

Das Ehepaar hatte einen bemerkenswert egalitären Modus der Konfliktbewältigung entwickelt. Fatma beschrieb ihn so:

»Wenn er einmal wütend ist und schreit, sitze ich da und höre zu und sage nichts. Und wenn ich wütend bin und schreie, sitzt er da und sagt nichts. Das ist gut so. Sonst würden wir uns gleich ins Gesicht springen und uns schlagen.«

Gelegentlich wurden Konflikte aber auch auf eine sehr drastische Weise ausgetragen.

»Ich habe Blumen sehr gerne, aber Ramis kann sie nicht leiden. Er gießt sie mit Salzwasser, damit sie eingehen. Was soll ich da machen? Wegen ein paar Blumen lasse ich mich doch nicht scheiden.«

Daneben gab es jedoch auch Beispiele für ein bemerkenswertes Einfühlungsvermögen. Aus Sorge, daß es wegen des Geldes zu ernsten Konflikten zwischen ihr und Ramis kommen könnte, richtete Fatma ein gemeinsames Konto ein und trug damit der schwierigen Situation von Ramis Rechnung:

»Es gibt türkische Frauen, die geben ihren Männern kein Geld. Die sagen: ›Ich verdiene es und gebe es auch aus.‹ Ich denke nicht, daß das richtig ist. Ich habe mein Konto auf zwei Namen eröffnet, auf meinen und auf den meines Mannes. Er macht die ganzen Einkäufe für den Haushalt und kocht. Ich frage nicht, wieviel er ausgibt.«

Die Sensibilität gerade in diesem Punkt ist bemerkenswert. Bei ihrer Untersuchung in Berlin fand Ayşe Kudat, daß sich zahlreiche Migrantinnen in dieser Frage anders entschieden. Sie ließen sich ihr Gehalt auf ein persönliches Konto überweisen. In diesen Fällen führte die Arbeitstätigkeit der Frauen zu offenen Dominanzkonflikten, die sich an Budgetfragen festmachten (Kudat 1975:92)[9].

In den ersten Jahren der Migration hatte die Familie, vor allem wegen Ramis' Schwierigkeiten, keinen Fortschritt gemacht: Nach fünf Jahren Aufenthalt in Deutschland hatten sie noch nichts sparen können. Erst 1978 schien sich die wirtschaftliche Lage zu stabilisieren. Dies erlaubte es ihnen, 1980 einen Kredit von 30 000 DM aufzunehmen, um ein Grundstück in Camlıca, einem Stadtteil Istanbuls, zu erwerben und darauf das erste Stockwerk eines auf mehrere Stockwerke angelegten Mietshauses zu errichten. Die anderen Stockwerke würden dann nach und nach errichtet werden. Eine Wohnung im Haus wollten sie nach der Rückkehr selbst beziehen; die anderen Wohnungen und die zwei Läden im Erdgeschoß vermieten. 1983 wären sie jedoch fast gezwungen gewesen, das Haus wieder abzustoßen, weil damals beide arbeitslos waren. Es kam nicht soweit, weil Ramis in letzter Minute Arbeit bei einer Baufirma fand. Als ich die Familie 1985 wiedersah, war der Kredit zwar getilgt, aber das Bauvorhaben noch nicht weiter gediehen. Fatma und Ramis waren der Meinung, sich übernommen zu haben. Sie überlegten, das Grundstück und das begonnene Haus wieder zu verkaufen, um ein kleineres Projekt zu beginnen. Die Rückkehr in die Türkei war auch 1985 nicht nähergerückt.

Bei unseren Gesprächen 1985 und 1986 hatte ich den Eindruck, daß die ökonomische Stagnation und die damit verbundene Andauer der Migration die Beziehung des Paares zunehmend belastete. Besonders Ramis empfand die Lage in Deutschland als schwer erträglich. Er sagte explizit, er bereue es, nach Deutschland gekommen zu sein und seine feste Arbeit als Portier beim Staatlichen Versorgungsamt aufgegeben zu haben. Als ich nachfragte, sagte er, er sei *nur* gekommen, weil seine Frau hiergewesen sei. Dies ist eine bedeutsame Reinterpretation der Familiengeschichte. Schließlich war in der Türkei der Entschluß zur Migration gemeinsam gefällt worden – und sie war von vornherein als Familienmigration gedacht gewesen. Nun stellte er es jedoch als Fatmas Entscheidung dar und empfand sich als derjenige, der seiner Frau hinterhergezogen ist. Er sah sich also als den schwächeren Part und als denjenigen, dessen Leiden durch den anderen verursacht wurde.

Auch Fatma empfand den Druck der Migration. Dies äußerte sich in einer wachsenden Wut auf die Deutschen und einem immer schärferen Empfinden von Diskriminierung[10]. Als ich 1983 die Arbeitslosigkeit des Paares mit den Worten kommentierte: »Die Wirtschaftskrise ist schwer«, korrigierte sie mich: »Es ist nicht die Wirtschaftskrise. Sie wollen uns Türken keine Arbeit geben.« Und als ich meinen Umzug erwähnte, bemerkte sie: »Du bist ein Deutscher. Wie solltest du auch kein Haus finden.« Und dennoch war es auch deutlich, daß für sie die Situation in Berlin immer noch der im Dorf bei weitem vorzuziehen war – und daß sie keinesfalls ins Dorf zurückkehren wollte.

In dieser Situation entwickelten sich die Zukunftsvorstellungen der beiden Partner auseinander. Für Ramis scheint eine Rückkehr in das

Dorf das kleinere Übel zu sein und er hat – offenbar ohne Wissen von Fatma – in seinem Heimatdorf Land gekauft. Fatma andererseits hat, ebenfalls ohne Ramis zu konsultieren, 7000,– DM einem Aktienspekulanten gegeben. Diese Transaktion kam bei dem Besuch zur Sprache, weil sie befürchtete, einem Schwindler aufgesessen zu sein. Die Tendenz zu einsamen Entscheidungen unterschied sich bemerkenswert von der Situation 1977.

Zwischen den Partnern haben die Spannungen zugenommen. Fatmas ohnehin starke Stellung in der Familie hat sich weiter verstärkt. 1977 hatte ich den Eindruck einer egalitären Beziehung – 1986 hatte ich das Gefühl, daß sie eindeutig dominierte. Bemerkenswert war ein kleiner familialer Konflikt, dessen Zeuge ich wurde. In meinem Tagebuch notierte ich damals:

Wir sitzen zusammen beim Abendessen. Ramis ist bereits fertig. Er befiehlt der neunjährigen Tochter, die noch beim Essen ist: »Los, steh auf, mach Tee!« Darauf sagt Fatma, in sehr scharfem Ton: »Kommandier hier nicht so herum. Du bist fertig mit dem Essen. Steh selber auf.« Ramis sagt nichts weiter. Die Tochter bleibt sitzen. Vergleichbare Szenen scheinen sich häufiger abzuspielen. Als der Wortwechsel einsetzte, meinte die neunjährige (auf deutsch) zu mir: »Jetzt streiten sie wieder!«

Eine derartige Szene wäre in der Türkei kaum vorstellbar gewesen. Eine Aufforderung, wie die von Ramis an seine Tochter, wäre in der städtischen Türkei (auf dem Dorf sowieso) als völlig normal erachtet worden – ähnliche Szenen habe ich zu Dutzenden beobachtet. Aber auch die Schärfe der Intervention Fatmas war auffallend: Auch wenn sie es vielleicht nicht ganz wörtlich meinte, so forderte sie doch ihren Mann auf, eine Tätigkeit zu verrichten, die eindeutig dem Bereich der Frauenarbeit zugeordnet ist. Bemerkenswert war schließlich, daß sich der Vorfall in der Gegenwart des (männlichen) Gastes abspielte. All dies deutete auf einen rapiden Autoritätsverfall des Mannes hin. Die Schwächen, die er als Versorger der Familie gezeigt hatte, haben schließlich seine Stellung in der Familie untergraben[11].

Beide Partner flüchteten sich in dieser Situation öfter in Schatzgräberphantasien. Bei mehreren Besuchen in der Familie war die Rede von merkwürdigen Hügeln in Ramis' Heimatdorf in Kurşunlu, in denen »auf jeden Fall« Schätze verborgen seien – man müßte einfach wissen, wo man graben müsse. Metalldetektoren wären praktisch –

oder auch Schatzkarten. Wenn das Gespräch auf dieses Thema kam, herrschte auf einmal eine ganz andere, eine fröhliche und entspannte Atmosphäre: Alles mögliche wurde durchgespielt – ob ich als Partner in Frage kommen würde; ob man die Hilfe eines *hocas* zum Bannen der bösen Geister benötigen würde, die den Schatz bewachen. Es schien, als würde mit dieser Phantasie nicht nur das Ende der materiellen, sondern auch der seelischen Schwierigkeiten des Paares erträumt.

Das Erwachen der islamischen Begeisterung

Bei den zahlreichen Gesprächen, die ich 1977/78 mit dem Ehepaar führte, wurde wiederholt das Thema Islam angesprochen, doch eher im Vorübergehen. Bei Ramis hatte ich das Gefühl, daß er den Aufenthalt in Deutschland einfach als Ausrede benutzte, um die von ihm als Last empfundenen religiösen Verpflichtungen zu umgehen. So lehnte er es mit dem Argument: »Hier ist Deutschland« ab, zu fasten. Bezeichnend war, daß er den Genuß von Alkohol rechtfertigte: Der Prophet, so führte er eines Abends aus, habe mit dem Verbot nur die Schwachen schützen wollen. Wer jedoch – wie er – stark sei und sich nicht betrinke, könne dem Alkohol durchaus zusprechen. Dies ist, gelinde gesagt, eine kühne Interpretation. Bei Fatma schien mir der Fall komplizierter zu liegen. Bei ihr hatte ich damals den Eindruck, daß für sie in der ganz anders strukturieren Alltagswirklichkeit der deutschen Gesellschaft der Islam seine unmittelbare Plausibilität verloren hatte. Sie selbst sagte, sie könne hier nicht den *namaz* beten, weil deutsche sanitäre Anlagen die, für das Gebet notwendigen, Waschungen außer Haus nicht zuließen. Damit schien aber auch das Beten zu Hause für sie seinen Sinn zu verlieren. Das gleiche galt für das Fasten. Das Argument, mit dem sie begründete, warum sie nicht fastete – es sei unvereinbar mit ihrer Arbeit – ist schwerlich ernstzunehmen. Später sollte es ihr möglich sein, beides zu vereinbaren[12]. Der eigentliche Grund scheint mir der Verfall der Plausibilität der bäuerlichen kommunalen Religion zu sein[13].

Damit war durchaus vereinbar, daß Religion sporadisch zur Rechtfertigung von Praktiken herangezogen wurde, von denen sie wohl ohnehin das Gefühl hatte, sie seien richtig. So etwa, wenn sie sagte, es sei »wegen der Religion«, daß man den Fluch des Vaters fürchten müsse oder wenn sie begründete, warum sie das Kopftuch trug. Die Frauen an ihrer Arbeitsstelle würden über sie lachen und sagen, sie sei eine Bauersfrau, weil sie ein Kopftuch trage: »Es ist [aber] wegen der Religion. Die Stellen, die nicht bedeckt sind, werden vom Höllenfeuer verbrannt werden.« Dies wurde mit einer Geschichte begründet, bei der ein wohliger Schauder unüberhörbar war:

»Eines Tages kam eine über und über mit Brandwunden übersäte Frau zu Taşlı Tarla in Istanbul gerannt. Sie rief den Gläubigen zu: ›Nehmt mich als Beispiel für den Ratschluß Gottes. Mein Haus ist abgebrannt und ich habe nun Brandwunden über der Brust, weil ich ein ausgeschnittenes Kleid trug, Brandwunden im Gesicht, weil ich mich geschminkt habe, obwohl Gott mir Schönheit gegeben hat. Meine Haare sind verbrannt, weil ich sie offen trug; die Beine, weil ich mit nackten Beinen spazierenging, und – du verzeihst – mein Hintern, weil ich mich jeden Abend von meinem Ehemann abgewandt habe und ihm nicht zu Willen war.«

Ein Zufall brachte die Familie Ende der siebziger Jahre in Kontakt mit einer der wichtigen in Deutschland vertretenen fundamentalistischen Gruppen. Die Nurcu kauften das Gebäude, in dem die Familie Eren zur Miete wohnte, und richteten im Hinterhaus eine Moschee und eine religiöse Druckerei ein.

Die Nurculuk Bewegung[14] war in den zwanziger Jahren in der Türkei als Reaktion auf die kemalistische Politik entstanden. Ihr Begründer, Said Nursi (1873–1960), machte nach einer ursprünglich sehr politisch-kämpferischen Phase die Wendung zu einem religiös missionierenden Islam. Sein Anliegen war es, die im Lauf der Zeit unverständlich gewordene Offenbarung des Koran den Menschen wieder näherzubringen. Dabei ging es ihm vor allem darum, die Herausforderung, die eine säkularisierte Schulausbildung für das islamische Weltbild bedeutete, zu beantworten, also die Ergebnisse der modernen Naturwissenschaft mit dem Wissen des Islam zu versöhnen.

»Überspitzt«, schreibt eine der besten Kennerinnen der Bewegung, »könnte man die Nurculuk-Bewegung bis heute als eine Vereinigung zur Lektüre und Verbreitung der Schriften Said Nursis betrachten« (Spuler, 1977:1248). Dies findet etwa in dem jeden Samstagabend stattfindenden sogenannten »Unterricht« *(ders)* statt, den ich einige Male miterleben durfte. In ihnen wurde aus den Werken Said Nursis vorgelesen und die Gemeindeangehörigen wurden zu Fragen ermuntert. Sieht man von dieser Lektüre ab, haben die Nurcu kein eigenes Ritual entwickelt. Die ursprüngliche Intention von Said Nursi wurde vor allem in einem bemerkenswerten Bildungsprogramm fortgesetzt. So gibt die Bewegung die Zeitschrift *Zafer – Ilim Araştırma Dergisi* (»Sieg – eine Zeitschrift für wissenschaftliche Forschung«) heraus, die im Vierfarbdruck über Ergebnisse der Naturwissenschaften berichtet und versucht, sie in die Lehre von Said Nursi einzubinden. Dabei ist das Ergebnis eine gewisse Erbaulichkeit. Die »Wunder der Natur« werden, ähnlich wie in manchen christlichen Sekten, als Offenbarungen Gottes interpretiert. Sie reflektieren die Größe und die Schönheit seiner Schöpfung. Das Ziel, einen islamischen Staat zu errichten, wurde dabei nicht aufgegeben, spielt aber eine weit weniger prominente Rolle als bei den anderen Gruppen.

Für Fatma dürfte der Kontakt mit den Nurcu geradezu ein intellektuelles Abenteuer bedeutet haben. Man darf nicht vergessen, daß in ihrem Heimatdorf die Religionsausübung der Frauen weitgehend auf das Haus beschränkt ist. Frauen suchen nur ausnahmsweise die Moschee auf – etwa wenn 40 Tage nach einem Todesfall Seelenmessen (*mevlut*) gelesen werden. Der Zugang zu religiösem Wissen ist damit bemerkenswert eingeschränkt. In Berlin ergab sich nun, in einem ihr bisher völlig unbekannten Ausmaß, die Möglichkeit, über Religion zu lernen. Als ich sie 1983 nach einer langen Pause wiedersah, hatte sie begonnen, regelmäßig den Saal aufzusuchen, in den die Lesungen von Said Nursis Werken für Frauen übertragen wurden. Wichtig waren für sie ebenfalls Tonkassetten, auf denen sowohl Lesungen, als auch Moscheepredigten aufgezeichnet waren. Sie zeigte mir ebenfalls eine Arabisch-Türkische Ausgabe des Koran, in der sie intensiv gelesen hatte. Mit anderen Frauen aus dem Haus hatte sie einen Kurs organisiert, um die arabische Schrift zu lernen und damit den Koran im Original rezitieren zu können. »Ich lerne den Koran lesen. Wenn im Fegefeuer auch alles verbrennt, dann wenigstens meine Zunge nicht, weil sie den Namen Gottes angerufen hat.« Wie tief sie dieses Wissen ansprach, mag folgender Satz verdeutlichen: »Wie habe ich geweint, als ich hörte, wie arm der Prophet Isa (Jesus) auf die Welt gekommen ist.«[15]

Von der religiösen Begeisterung, die sie ergriffen hatte, waren unsere Unterhaltungen nun nachdrücklich geprägt. Fatmas Interessen hatten sich, im Vergleich zu 1977, deutlich verschoben. Damals war ein Austausch über die Lebensverhältnisse in Deutschland und in der Türkei im Zentrum unserer Gespräche gestanden. Sie hatte farbig und intensiv über ihr eigenes Leben erzählt und sich ausführlich nach meinem erkundigt. Mit Interesse hatte sie etwa das Leben von »Christa«, einer deutschen Nachbarin mit einem nicht ehelichen Kind verfolgt – und sich auffallend fragend und wenig wertend verhalten. 1983 hatte sie das Interesse an diesen Fragen verloren. Ich hatte nun den Eindruck, daß die Individualgeschichte – ihre eigene und die anderer – ganz hinter der »Heilsgeschichte« zurückgetreten war: Nicht mehr die konkreten Lebensumstände interessierten sie, sondern die Aneignung und Umsetzung des Islam im Leben. Ich hätte wohl niemals ihre oben wiedergegebenen Schilderungen zur Hochzeit gehört, wenn ich sie erst damals kennengelernt hätte. Vielleicht mag ein kurzes Zitat ihre neue Haltung beleuchten, mit dem sie meine Zurückhaltung angesichts ihrer neuen Begeisterung kommentierte:

»Warum stellen sich die Deutschen niemals solche Fragen? Fragt ihr euch nie, was nach dem Tod passiert? Habt ihr keine Angst [im Fegefeuer] zu brennen? Habt ihr keine Angst vor der Zukunft? Fragt ihr euch nie, was Gott befohlen hat?«

Sie bezog nun die Regeln der Religion systematischer auf den Alltag als früher – freilich ohne daß die konkreten Umstände es ihr erlaubt hätten, die Differenz zwischen Normen und alltäglichen Erfordernissen aufzulösen:

»Es ist nicht richtig, daß die Frau arbeiten geht. Die Religion will, daß der Mann arbeitet. Aber natürlich: Was soll ich machen, wenn mein Mann nicht arbeitet? Aber wenn ich arbeiten würde, obwohl ich es nicht nötig habe, wäre dies *haram* (untersagt).«

In diesem Zusammenhang war auch auffallend, daß sie nun Unbehagen daran äußerte, sich mit mir alleine zu unterhalten, was in unseren früheren Gesprächen unproblematisch gewesen war:

»Es ist für uns (Frauen) verboten, einem Mann die Hand zu geben oder mit ihm zu sprechen. Wenn ich so neben dir sitze, ist das *günah* (Sünde, schlechtes Werk) und falsch.«

Als ich sie daraufhin fragend anschaute, wendete sie sich zur Seite und murmelte gleichsam entschuldigend: »Aber natürlich, wenn es im Inneren stimmt (das heißt, wenn keine schlechte Absicht dabei ist) kann man es machen.«

Während um 1977 der Islam in die Lebenspraxis eingebunden gewesen war – und nur überhöhte, was selbstverständlich war – wurde er nun als Forderung der Lebenspraxis gegenübergestellt. Die Regeln der Religion wurden jetzt ernster genommen, die Kompromisse waren nicht so schnell bei der Hand wie früher. Der ganze Diskurs war belehrender und damit methodischer geworden – und damit in einem genauen Sinn islamischer. Dabei standen in dem Mittelpunkt die ethischen Forderungen an sie als Frau, kein einziges Mal aber die reziproken Forderungen an ihren Ehemann – was bezeugen mag, wie sehr sie die Predigten auf sich selbst bezog und ernst nahm. Dies fiel auch deshalb auf, weil die Gesprächssituation eigentlich andere Argumentationen nahegelegt hätte: Es hätte sich angeboten, mir als Mann etwa die Forderungen an Männer (oder auch nur die Komplementarität der Forderungen an Frauen und Männer) zu erörtern. Das aber kam kein einziges Mal zur Sprache. So begann sie beispielsweise bei einem Treffen 1983 aus ziemlich heiterem Himmel darzustellen, daß eine Ehefrau vier Dinge erfüllen müsse, um erlöst zu werden. Sie müsse absoluten Gehorsam dem Ehemann gegenüber zeigen (»Wenn er arbeitslos ist, darf man nicht sagen: ›Was bist du für ein Mann, du verdienst kein Geld‹«); sie müsse sich bekleiden, wie es der Islam verlangt, sie müsse das rituelle Gebet praktizieren und fasten.

Als ich sie im Ramazan 1986 wiedersah, hatte sie sich von den Nurcu abgewandt und der Gemeinde der Nationalen Sicht (*Milli Görüş*) angeschlossen. Sie hatte sich bei den Nurcu nicht zu Hause gefühlt. Sie waren ihr zu intellektuell:

»Sie lesen den Koran nur auf arabisch und es gibt niemanden, der ihn erklärt. Das ist gut für Leute die studiert haben und viel wissen. Sie haben dort keinen *hoca* , der den Sinn auf türkisch wiedergibt.«

Die etwas volkstümlicheren Prediger der Nationalen Sicht schienen sie dagegen eher anzusprechen – und eher die Art von religiösem Wissen zu vermitteln, an dem sie Interesse hat. Dabei mag durchaus auch eine nach wie vor bei ihr vorhandene Begeisterung für gute Geschichten eine Rolle zu spielen. 1986 wurde ich bei dem Besuch von Erzählungen wie folgenden überhäuft. Es war deutlich, daß ihr Herz voll davon war:

»Ein Mann ist gestorben und liegt im Sarg. Auf einmal: Ein Licht! Der Mann fragt sich: ›Eh (*yahu*), was ist das für ein Licht?‹ Er weiß es ja nicht. Da spricht das Licht: ›Ich bin dein *namaz*-Gebet.‹ – Du weißt, die *namaz*-Gebete, die er verrichtet hat. ›Fürchte dich nicht. Ich werde dir beistehen, wenn etwas später der Frageengel kommt.‹ Das Licht verschwindet. Etwas später. Wieder ein Licht! Wieder fragt der Mann sich: ›Was ist das für ein Licht?‹ Da spricht das Licht: ›Ich bin dein *zekat* (das Almosen), das du gegeben hast.‹ Auch dieses Licht verschwindet. Ein drittes Licht kommt, diesmal ist es der *oruç* (das Fasten). Wenn man den *namaz* betet, den *zekat* gibt und den *oruç* hält, braucht man den Frageengel nicht zu fürchten.«

»Ein junger Deutscher geht spazieren. Er tritt zufällig auf ein Stück Papier. Dieses Stück Papier bleibt an seinem Schuh kleben. Schau, wie kommt das? Es ist klar, daß das von Gott kommt. Der Mann bückt sich, um das Papier abzustreifen. Er betrachtet es. Er sieht: Da steht etwas auf türkisch, auf arabisch und auf deutsch. Er steht, er betrachtet das Papier, er sinnt nach. Ein Freund kommt. Er zeigt ihm das Papier. Auch der Freund steht und sinnt nach. Ein *hoca* betrachtet sie durch das Fenster. Er sieht: Sie stehen da und lesen das Papier. Sie stehen eine halbe Stunde. Einer von ihnen sagt: ›Auf dem Papier ist eine Adresse. Laß uns hingehen und dort fragen.‹ Es ist die Adresse der Moschee. Sie gehen hin und reden mit dem *hoca*. Sie fragen: ›Wo können wir etwas über den Islam lernen?‹ Er sagt: ›Ihr könnt es hier lernen.‹ Sie fragen: ›Was kostet das?‹ Schau: Sie fragen: ›Was kostet das?‹ Der Hoca sagt: ›Das kostet nichts. Erfährt man von Gott nur gegen Geld? Nein, der Kurs ist umsonst.‹ Sie gehen zum Korankurs. Es waren am Anfang zwei. Jetzt sind es schon zehn oder mehr.«

»Der erste amerikanische Astronaut landet auf dem Mond. Er hört etwas, aber er weiß nicht, was es ist. Er vergißt es. Einige Jahre später kommt er zufällig nach Mekka. Er hört wie der *ezan* (Gebetsruf) ertönt. Da merkt er: Was er auf dem Mond gehört hat, war der *ezan* gewesen. Da wird er Muslim.«

In der Art ihres Erzählens teilte sich deutlich ihre religiöse Begeisterung über die Wunderkraft und das Wirken Gottes in dieser Welt mit. Dabei hat sie das Empfinden, mit ihrer Abkehr von den Nurcu und ihrer Hinwendung zu den Predigern der Nationalen Sicht eine Art

Abstimmung mit den Füßen vollzogen zu haben.[16] Sie sieht sich darin von einem Nachbarn bäuerlicher Herkunft bestätigt, der den gleichen Schritt vollzogen hat. Mit leicht süffisantem Unterton merkte sie an: »Auch Hüseyin geht nicht mehr zu denen, sondern kommt mit zur Mevlana Moschee.« Dieses Bewußtsein, daß *sie* es ist, die sich für die Prediger entscheidet, die ihr zusagen, erinnert stark an Yaşar und dürfte ein Kennzeichen der türkischen Muslime in Deutschland generell sein.

Das religiöse Erwachen Fatmas hatte naturgemäß auch für ihre Kinder weitreichende Folgen. Hatte sie die beiden ältesten noch in die deutsche Krippe und den deutschen Kindergarten geschickt, nahm sie bei ihrem jüngsten davon Abstand. Sie fürchtete, er könne mit Schweinefleisch in Kontakt kommen. Die Töchter (damals neun und sieben Jahre alt) wurden in den Korankurs geschickt. Als ich frage, ob dies den Kindern nicht zuviel werde, meinte Fatma:

»Die Lehrer sagen, die Kinder müßten schon Englisch lernen. Wie sollten sie gleichzeitig auch arabisch lernen können. – Aber ich frage: Was ist wichtiger. Arabisch (also die Sprache der Offenbarung) oder Englisch? Warum sollten sie Englisch lernen?«

Die Mädchen versuchen aber auch von sich aus, der Mutter nachzueifern. Fatma erzählte, daß die Kinder im Ramazan 1985 zusammen mit ihnen um drei Uhr morgens aufgestanden seien und erklärt hätten, sie wollten mitfasten.

»Die Deutschen müssen ihre Kinder zu etwas prügeln, und sie machen dann doch nicht, was sie eigentlich machen sollten: Wir versuchen, unsere Kinder davon abzuhalten – und sie machen dann doch, was sie eigentlich machen sollten.«

Ramis schien – etwas zögerlich – seiner Frau bei ihrer religiösen Begeisterung zu folgen. 1983 sagte Fatma mit spürbarem Spott über ihn: »Auch Ramis hat letztes Jahr begonnen, zu beten. Er wird jetzt älter. Aber er wird ganz schön [im Fegefeuer] brennen.« 1985 versuchte er dann zum ersten Mal mitzufasten, schaffte es aber nur eine Woche lang. 1986 versuchte er es wieder. Ich erinnere mich noch deutlich an das etwas säuerliche Gesicht, mit dem er sich selbst wiederholt bei meinem Besuch zuredete, daß es doch eigentlich gar nicht schwer sei, den ganzen Tag über nichts zu sich zu nehmen.

Bemerkenswert auch seine Einstellung zur Frage der Einführung des religiösen Gesetzes, des *şeriat*, in der Türkei. Es sei nötig, es einzuführen, aber:

»Wir haben uns an etwas anderes gewöhnt. Wenn das *şeriat* nun eingeführt wird, wird es uns sehr schwerfallen. Jetzt kann ich fasten oder kann es bleiben lassen – wenn das *şeriat* eingeführt wird, muß ich dagegen fasten. Also für uns, die etwas anderes gewöhnt waren, wird es sehr schwer sein. Aber die nächste Generation wird die Schwierigkeiten nicht merken. Sie ist es nicht anders gewöhnt.«

Eine bemerkenswerte Nüchternheit spricht aus diesen Zeilen. Sie steht in auffallendem Kontrast etwa zu den Hoffnungen, die Yaşar mit einer islamischen Republik verbindet.

Die religiöse Wende von Fatma hat ihre schon vorher bedeutende, wenn nicht dominante Stellung in der Familie verstärkt. Zwar betonte sie immer wieder den vom Islam vorgeschriebenen Gehorsam gegenüber dem Ehemann – er sei wichtiger als Gebet oder Fasten –, doch wichtiger als der Inhalt der Äußerungen scheint mir zu sein, daß *sie* sie machte und nicht Ramis. Mit anderen Worten, Fatma nimmt in bezug auf die Religion die Stellung ein, die traditionalerweise dem Mann vorbehalten ist – während Ramis auch in dieser Hinsicht immer nachzieht. Es ist auch deshalb wohl kaum überraschend, daß sich die Kinder mit ihr identifizieren und versuchen, ihr nachzueifern. Der Zuwachs an Autorität, den Fatma durch die religiöse Wende zu verzeichnen hatte, zeigte sich besonders bei gemeinsamen Gesprächen. Sie hatte schon immer selbstverständlich an Gesprächen zu dritt oder im größeren Kreis teilgenommen – in einem Ausmaß, das in ihrem Heimatdorf, zumindest wenn Besuch anwesend ist, undenkbar gewesen wäre. Sobald aber das Gespräch jetzt auf religiöse Themen kam, beherrschte sie den Diskurs – und Ramis rückte völlig an den Rand. Er merkte das sehr deutlich. Einmal, bei unserem Gespräch 1986, sagt er zu ihr: »Sprich nicht soviel« und fügte, an mich gewendet, hinzu: »Sie redet ununterbrochen« – eine Intervention, die allerdings völlig folgenlos blieb.

Die Auseinandersetzung mit der männlichen Ordnung

Bemerkenswert an Fatmas Leben ist, daß sie als Frau in Bereiche eindrang (wenn nicht gar sie okkupierte), die in der dörflichen türkischen Gesellschaft eindeutig Domänen der Männer sind. Sie vertritt in der Familie die normative Instanz. Es stellt sich die Frage, wie sie sich diese Ordnung aneignete und wie sie sie als Frau vertritt.

Von Rechtlosigkeit zur normativen Autorität

Betrachten wir zunächst noch einmal den Konflikt um die Verheiratung. Die Relevanz, die dieses Ereignis für Fatma hatte, zeigt sich daran, daß sie an zwei Abenden sichtlich betroffen von ihm erzählte. Die Todesdrohung des Vaters: »Wenn du nicht gehst, steche ich dich ab, wie ein Tier« wurde in der einen Erzählung von ihr wiederholt und dadurch gleichsam unterstrichen.

Mit dieser existentiellen Drohung, wurde die vom Vater vertretene dörfliche Ordnung gegen ihre Interessen und Neigungen durchgesetzt. Der Vater war dabei auch für die Verhältnisse in der ländlichen Türkei ungewöhnlich hart: Es ist in Subay üblich, daß der Tochter zumindest ein Vetorecht eingeräumt wird. Ungewöhnlich ist auch, daß die Mutter sich fürchtete, zu vermitteln.

In dieser Episode um die Verheiratung tritt ein Zug besonders deutlich hervor, der für Fatmas Leben bis zur Migration nach Deutschland bezeichnend war – nämlich die passive Rolle, auf die sie als junge Frau festgelegt wird. Die Handelnden in der Erzählung sind die Männer – ihr Vater, Asiz, Ramis. Zu dem einzigen Zeitpunkt, an dem sie aktiv wird, wird sie mit einer brutalen Drohung in ihre Schranken verwiesen. Die Recht- und Sprachlosigkeit, die hier zum Ausdruck kommt, steht in deutlichem Kontrast zu den Erzählungen der beiden Männer, die wir bisher kennengelernt haben. Fatma ist Objekt in einer Ordnung, die von anderen bestimmt wird. Sie *erleidet* die Ordnung, ihr Spielraum ist weit eingeschränkter, als der der Männer.

Diese passive Rolle wird durch das Unglück der folgenden Monate besonders unterstrichen; sie zeigt sich indes auch in der auffallenden Dankbarkeit, mit der sie erzählte, daß Ramis sie aus dem Dorf »errettet« habe.

Bei der Erzählung von Fatma fällt nun ein Zug auf, der in auffallendem Kontrast zu dem Leiden steht: Sie wird den verschiedenen Handelnden bemerkenswert gerecht. Dies zeigt sich besonders an den Motivierungen, die sie auf sehr feine Weise herausarbeitet. So wird *auch* geschildert, warum der Vater an der einmal getroffenen Entscheidung festhält, wie er sich selbst unter Handlungszwänge gesetzt hat, usw. Damit wird nichts von dem Unrecht und der Gewalt, die ihr angetan wurde, beschönigt: Aber es wird genau bestimmt, wo und in welcher Hinsicht der Vater unrecht hatte. Diese Haltung ermöglicht es ihr, die traumatische Erfahrung zu bewältigen. Indem sie differenziert die unterschiedlichen Anteile herausarbeitet und die Aspekte, die die Beziehung zu ihr betreffen, von denen unterscheidet, in denen der Vater dörflichen Handlungsimperativen folgt, behauptet sie sich. Der Unterschied zu Süleyman, der dies nicht kann, ist augenfällig: Dieser nimmt etwa die Weigerung des Vaters, ihn in der Schule richtig zu kleiden, global als Verweigerung der Liebe – und läßt sich von diesem Gefühl überschwemmen. Fatma dagegen differenziert und kann so *auch* die positiven Motive des Vaters sehen – etwa das Motiv, in dem er sich um die Härte der Arbeit in Subay sorgt. Sie leidet unter der dörflichen Ordnung – aber sie zerbricht nicht unter ihr.

Dem korrespondiert eine deutliche Orientierung an dem, was sie als »richtig« emfindet: Richtig ist es, nicht zu fliehen, richtig ist es auch, sich in dem neuen Haus anzupassen. Fast alle ihre Erzählungen kreisen um die Frage von Recht und Unrecht – oder münden in sie: ob es richtig gewesen wäre, sich nach dem Seitensprung von Ramis zu trennen; ob der Polizist recht hatte, als er ihr vorschlug, zu schweigen usw. Wenn sie im Urlaub in das Dorf kommt, zeigt sich ihre Orientierung an dem Gerechtigkeitsgefühl an einem kleinen, aber sehr bemerkenswerten Punkt: Sie achtet peinlich darauf, genau die gleiche Zahl von Tagen in ihrem Heimatdorf und in dem Dorf ihrer Schwiegerverwandten zu verbringen. Ein Zug, der ihr in Subay hoch angerechnet wird.

Die Gewalt, mit der der Vater die Ordnung – wahrscheinlich nicht nur in diesem Fall – gegen Fatmas Interessen und Neigungen durchsetzte, prägte ihre Beziehung zu ihm: In unseren Gesprächen äußerte sie sich kein einziges Mal positiv über ihn. Sie liebe ihre Mutter, habe aber zu ihrem Vater kein Verhältnis und wolle zu ihm auch keines. Er sei streng und hart. Sie zeigte sich nicht sehr betroffen, als ich sie 1985, ein halbes Jahr nach dem Tod des Vaters, aufsuchte. Dennoch scheint mir dies nur der manifeste Aspekt der Beziehung zu sein. Ich habe den Eindruck, daß sie sich in ihrer Orientierung an Gerechtigkeit weitgehend mit ihrem Vater identifiziert. Durchaus möglich, daß, wie in Yaşars Familie, die Härte, die der Vater in der Kindheit erlebte, als Unrecht empfunden und zu einem Familienthema wurde. Dies ist indes Spekulation. Ein Beweis dafür, daß Gerechtigkeit auch für den Vater zentral war, ist jedoch ein Satz, mit dem Fatma beschreibt, wie er vorhatte, das angestrebte Dorfvorsteheramt auszufüllen:

»Denn mein Vater hat immer die Stimme erhoben und gesagt: ›Entweder wir gehen alle zur Dorfarbeit oder wir bleiben alle zu Hause‹ – So hat er darauf beharrt, daß alle arbeiten.«

Aus diesem Satz, den Fatma mit auffallendem Stolz zitierte, spricht das Egalitätsbewußtsein des Aufsteigers. Er, der früher Hirte war, hat es den anderen gezeigt, daß er nicht weniger wert ist als sie[17]. Und er wird darauf bestehen, daß jeder – ob arm oder reich – sich an den Gemeinschaftsarbeiten beteiligt. Es ist diese Haltung, die ihm offenbar den Wahlsieg kostete. Während man indes bei Mahir – auch aus diesem Satz – eine etwas kraftmeiernde Rechthaberei heraushören kann, ist diese Haltung bei Fatma merklich sublimierter und feiner.

Die Identifikation mit dem Vater erklärt einen zunächst sehr befremdlichen Zug in ihrer Biographie. Sie fragt ihren Vater – und nicht die geliebte Mutter! – ob sie Ramis nachkommen lassen soll. Dabei hätte sich die Mutter auch deshalb als Gesprächspartnerin angeboten, weil sie sich bereits erfolgreich aus zwei Ehen gelöst hatte, mit ihr hätte sie Vor- und Nachteile der Entscheidung abwägen können. Im Gegensatz dazu stand die Antwort des Vaters eigentlich von vornherein fest. Es war nicht zu erwarten, daß er durch eine Zustimmung zu einer Trennung die Handelsbeziehung, wegen der die Ehe überhaupt geschlossen worden war, gefährden würde. Genauso unwahrscheinlich war die Zustimmung zu einer Handlung, die sein Ansehen im Dorf gefährden würde. Er wies seine Tochter dann auch auf ihre »Verpflichtungen« (*görev*) als Ehefrau hin.

Indem sie sich an den Vater wandte, fragte Fatma denjenigen, der für sie wohl die Ordnung, das Richtige, verkörperte. Dies wirkt, als wolle sie in dem Moment, in dem sie zum ersten Mal (jedenfalls in einer Frage dieser Tragweite) ihre passive Rolle mit einer aktiven eintauschte, sich vergewissern, daß sie richtig handele.

Mir scheint es hier eine Parallele zu dem Verhalten zu geben, das wir oben in Zusammenhang mit dem »defensiven Islam« angesprochen haben: Angesichts einer sich plötzlich öffnenden Freiheit, der Möglichkeit, auch anders zu handeln, scheint die Reaktion häufig nicht Ausbruch, sondern Festhalten und Selbstvergewisserung zu sein. Yaşar hielt sich am Islam fest – Fatma fragte ihren Vater.

Gleichzeitig hat sich damit etwas radikal Neues ergeben: Die bewußte und freiwillige Entscheidung für die Ordnung bedeutete eine Bejahung. Fatma und Yaşar beschließen, diese Ordnung in ihrem Leben zu verwirklichen, sie als Richtschnur für ihr Handeln gelten zu lassen. Sie vollziehen damit den Schritt zu einer inneren Identifikation mit der Ordnung.

Gerade deshalb läßt sich aus dieser Entscheidung Selbstwertgefühl und Selbstbewußtsein ableiten. Mit dieser Entscheidung beginnen beide, sich von anderen – und zwar innerlich – zu unterscheiden. »Ich war die einzige Frau in Kastamonu die das gemacht hat«, meinte Fatma etwas übertreibend. Äußerungen dieser Art haben wir auch von Yaşar gehört. Was bei Fatma indes noch dazu kam, war, daß sie mit dieser Entscheidung diejenigen widerlegt hat, die ihr Unrecht zugefügt haben, indem sie ihr unterstellten, sie würde sich prostituieren. Yaşar hatte die ohnehin an ihn gerichteten gesellschaftlichen Erwartungen erfüllt – Fatma hatte die (negativen) Erwartungen widerlegt. Sie hatte sich damit in einem weit prägnanteren Sinn »bewährt«.

Deshalb ließ sich aus dem freiwillig erfolgten Bekenntnis zur Ordnung eine Position der Stärke gegenüber dem Ehemann ableiten. Dies zeigt schon die Tatsache, daß ich die oben wiedergegebenen Gespräche mit ihr führen konnte. Im Dorf wäre es unmöglich gewesen, mit ihr allein zu sprechen. Es wären sofort Zweifel an ihrer Ehrenhaftigkeit aufgekommen. Als ich sie jedoch in Berlin fragte, ob ihr Mann nichts dagegen habe, wenn ich mich mit ihr allein treffen würde, meinte sie nur: »Kennt ein Mann die Frau an seiner Seite nicht?« Da ihr Mann weiß, daß sie sich dem Gesetz verpflichtet fühlt, kann er ihr vertrauen. Mit dem gleichen Argument kann sie begründen, daß sie arbeiten geht.

Ich weiß nicht, ob Fatma daran lag, aber durch ihr Verhalten gewann sie die Anerkennung ihres Vaters. Als ich 1983 im Dorf war, äußerte er sich in den höchsten Tönen über sie – und gleichzeitig sehr abwertend über Ramis, von dessen unsicheren Arbeitsverhältnissen er enttäuscht war. Bemerkenswerterweise übertrieb er die Dauer von Fatmas alleinigem Aufenthalt in Berlin (er sprach von drei Jahren, während es sich faktisch um ein Jahr handelte) und unterstrich damit ihre Tüchtigkeit. Als ich den wachsenden Druck auf die Arbeitsmigranten erwähnte, meinte Mahir: »Wer fleißig [wie Fatma] ist, wird aus Deutschland nicht rausgeschmissen. Sie schmeißen nur solche wie Ramis heraus.«

Die Hinwendung zum Islam scheint mir auf diesem Hintergrund nur konsequent. Hier wird die Suche nach dem, was richtig ist, systematisch und konsequent fortgesetzt. Dabei habe ich den Eindruck, daß man bis in Kleinigkeiten hinein das gleiche Muster nachweisen kann, das ihren Lebensentwurf als Ganzes kennzeichnet: Sie versagt sich subjektive Wünsche, indem sie sich dem Gesetz unterordnet, und leitet daraus Selbstbewußtsein und Stärke ab. So fällt es ihr offensichtlich schwer, die Kleiderregeln des Islam einzuhalten – verräterisch oft kommt sie darauf zu sprechen. Sie überwindet sich jedoch – und kann sich deshalb anderen überlegen fühlen: »In dieser Welt lachen die Deutschen über unser Kopftuch – in der anderen Welt lachen wir über sie.«

Noch wichtiger ist jedoch, daß sie durch die Wendung zum Islam zur normativen Autorität in der Familie wurde. Durch das Akzeptieren der Ordnung war sie bereits in die Lage versetzt worden, Rechte für sich zu reklamieren; mit der religiösen Wende kam sie in die Situation, über Rechte zu entscheiden[18].

Von der Sprachlosigkeit zur Rede

Fatmas Entwicklung von der rechtlosen Stellung der jungen Frau zur normativen Instanz in der Familie korrespondiert die Entwicklung von Sprachlosigkeit zur Dominanz im familialen Diskurs. Dieser Entwicklung wollen wir uns nun zuwenden. Dadurch werden wir die spezifische Art und Weise verstehen, in der Fatma nun als Frau die Ordnung vertritt.

Dazu gilt es zunächst zu präzisieren, inwiefern junge Frauen im Dorf »sprachlos« sind. Die unterschiedliche Rechtsstellung von Männern und Frauen drückt sich im dörflichen Diskurs aus. Die Rede der Männer ist auf eine enge Weise auf die soziale Ordnung bezogen. Drei Formen dieser Rede lassen sich unterscheiden: die repräsentative, die kontrollierende und die ermahnende Rede. In der offiziellen und repräsentativen Rede vertreten die Männer als Personen ihren Haushalt. Sie stellen sich selbst (und ihre Angehörigen) als Personen dar, die ihre Rolle erfüllen und konzedieren das gleiche dem Gegenüber: Es ist ein Diskurs gegenseitiger Bestätigung, der dadurch notwendigerweise oft fassadenhaft und allgemein wirkt. Von diesem offiziellen Diskurs unterscheidet sich der kontrollierende Diskurs des Klatsches über abwesende Dritte, der, schonungslos, und gelegentlich böswillig, Normenbrüche unterstellt. Zu diesen beiden Formen der Rede tritt schließlich der ermahnende Diskurs, in dem sich die Männer als Muslime gegenseitig zur Pflichterfüllung anhalten. »Sprachlosigkeit« der Frauen bedeutet, von *diesen* Formen des Diskurses ausgeschlossen zu sein.

Während die männliche Rede Gewicht hat, weil sie auf die Ordnung bezogen ist, zählt das Wort einer Frau (jedenfalls auf den ersten Blick) nicht viel[19]. Es ist deshalb freier und ungebundener. Dies zeigt sich zunächst daran, daß die Tabus, die die männliche Rede bestimmen, für die weibliche nicht gelten: Mit auffallender Freizügigkeit werden etwa sexuelle Themen unter Frauen angesprochen, Schwierigkeiten mit Ehemännern thematisiert usw. (Petersen 1985:63).

Dies äußert sich auch in der Struktur der Frauenrede, die Andrea Petersen folgendermaßen beschreibt:

»Anders als die Männer, die in ihren Gesprächen ein bestimmtes Thema diskutieren, Argumente abwägen, sich bemühen, in wohlgesetzten Worten etwas vorzutragen oder einen Dialog zu führen, sind die Gespräche von Frauen viel weniger strukturiert, verlaufen eher assoziativ, sprunghaft von einem Gegenstand zum nächsten und kreisen fast ausschließlich um die unmittelbar anliegenden Dinge: Hausarbeit, Familie, Kinder, Sexualität, Krankheiten, Handarbeiten, Preise oder besondere Ereignisse. Frauen sprechen auch durcheinander und unterbrechen sich gegenseitig. Auch die Art, wie etwas erzählt wird, der emotionale Ausdruck, unterscheidet sich von der männlichen Kommunikation. Wenn eine Frau eine traurige Geschichte erzählt, ist es durchaus möglich, daß sie und ihre Zuhörerinnen dabei zu weinen anfangen« (1985:61).

Halten wir an dieser Bestimmung drei Aspekte fest: Die Frauenrede ist konkret, kontextbezogen und emotional – während die Rede der Männer allgemein, abstrakt und kontrolliert ist. Auf den ersten Blick scheint dem Diskurs Fatmas nun nicht mehr viel von dem Diskurs der Frauen im Dorf anzuhaften. Sie ergreift, wie wir gesehen haben, selbstbewußt und argumentativ das Wort. Ihre Rede scheint auf den ersten Blick »männlich« geworden zu sein. Sieht man jedoch genauer hin, zeigt sich, daß die Eigenschaften, die die weibliche Rede im Dorf auszeichnen, nicht verlorengegangen sind. Vielmehr wurden sie im doppelten Sinn des Wortes »aufgehoben« – nämlich gleichzeitig überwunden und bewahrt.

Zunächst transformiert sich die Freiheit, die die weibliche Rede im Dorf auszeichnet, in Offenheit. Es ist für mich bemerkenswert, daß aus den Erzählungen Fatmas die Situation in der Familie, vor allem die Beziehungen zwischen den Ehepartnern, weit plastischer und deutlicher hervortritt als aus den Erzählungen der anderen, männlichen Gesprächspartner.

Zum zweiten scheint bei Fatma die Konkretheit, die die dörfliche Rede auszeichnet, zu einer auffallenden Genauigkeit geworden zu sein. Vor allem bei unseren Gesprächen in den siebziger Jahren fiel mir eine suchende Haltung auf. Auf eine allgemeine, oft normative Frage wurde vergewissernd, nachdenklich und klärend geantwortet. In der Regel folgte zunächst eine allgemeine Antwort und dann – was bei Männern selten der Fall ist – eine Präzisierung durch ein Beispiel. Das Konkrete und das Allgemeine ergänzten sich. Die Folge war ein bezeichnender Realismus. Die Realität wurde von Fatma als das genommen, was sie ist, und nicht als das, was sie sein sollte. Dies macht die Beschreibungen oft konkreter und genauer als die der

Männer. Auch Widersprüche wurden eingeräumt. Anders als bei den Gesprächen mit den Männern verflüchtigte sich die Rede bei Fatma nicht ins Allgemeine. Dem entspricht auch die bereits oben erwähnte empirische und neugierige Haltung gegenüber der deutschen Gesellschaft.

Drittens finden sich die Emotionalität und Spontaneität, die das dörfliche Denken auszeichnet, in der Lebendigkeit wieder, die Fatmas Diskurs auszeichnet. In diesem Zusammenhang scheint auch ihre Vorliebe für Geschichten angesiedelt zu sein. Während die Männer tendenziell eher beschreiben, erzählt Fatma mehr[20]. Dabei tritt sie mit ihren Gefühlen weit deutlicher hervor als dies oft bei den Männern der Fall ist. Eine auffallende Frische spricht aus den oben wiedergegebenen Berichten zu ihrem eigenen Leben. Die später erzählten islamischen Geschichten vermittelten die emotionale Bedeutung der Religion weit deutlicher als etwa die abstrakteren Erörterungen von Yaşar.

Nun ist Fatmas Rede mit der religiösen Wende tatsächlich normativer und auch allgemeiner geworden. Allerdings unterscheidet sich auch jetzt die religiöse Rede von der bei Männern üblichen. Bei meiner Untersuchung einer fundamentalistischen Gemeinde in P. wurde ich immer wieder mit einer missionierenden Rede konfrontiert: Die elementaren Grundzüge – die Tatsache der Einheit Gottes, die Tatsache, daß Muhammad das Siegel der Propheten ist – wurden immer wieder ausgeführt. Kurz: Die Männer schienen immer wieder die Notwendigkeit zu empfinden, die repräsentative Fassade des Islam zu errichten. Fatma war daran nicht interessiert. Sie faszinierten, wie wir festgestellt haben, vor allem die Regeln, die konkret für ihre Lebenssituation von Bedeutung waren. Man kann darin noch die Kontextbezogenheit des dörflichen Lebens erkennen: Ein Wissen, das losgelöst von der alltäglichen Praxis ist, war für sie irrelevant. In diesem Zusammenhang dürfte auch stehen, daß sie die Frage der Errichtung des religiösen Gesetzes schlichtweg nicht interessierte – auch wenn sie eine politische Gemeinde aufsuchte. Ich hatte den Eindruck, daß diese Frage in ihrer Allgemeinheit für sie nach wie vor »Männersache« war[21].

Vergleichen wir zum Schluß den Islam Fatmas mit dem von Yaşar. Bei Yaşar scheint die Bewältigung der Migrationssituation die Logik seiner islamischen Entwicklung zu bestimmen, nämlich die Abfolge eines ethischen, defensiven und politischen Islam. Bei Fatma ist die Situation komplexer: Neben der Bewältigung der Migrationssituation ist ihr Islam auch geprägt durch die Tatsache, daß sie als Frau Zugang zu einer Männerdomäne gefunden hat. Wie Yaşar ist sie auf der Suche nach Gerechtigkeit, nach dem, was richtig ist – und findet schließlich Antworten im Islam. Gleichzeitig dringt sie jedoch in neue Bereiche ein: Die intellektuelle Faszination, die der Zugang zu einer für sie neuen Form des Wissens bedeutet, spricht aus ihrer religiösen Begeisterung. Sie erwirbt damit eine neue Stellung in der Familie – während Yaşar die seine eher zementiert. Gleichzeitig ist ihr Islam weiterhin geprägt durch ihren Hintergrund als dörfliche Frau. Er scheint mir konkreter, aber auch suchender zu sein, als der ihrer männnlichen Glaubensgefährten.

Es mag an dieser doppelten Bedeutung liegen, daß der Islam für Fatma auch hilfreich ist, um das Scheitern der Migration zu bewältigen:

»Vielleicht kehren wir in zwei Jahren in die Türkei zurück. Wir haben nichts gespart – aber wir werden sowieso nichts mitnehmen können, wenn wir einmal tot sind. Unser *hoca* hat gesagt: ›Selbst wenn ich ganz Berlin besitzen würde, würde es mir am Jüngsten Tag doch nichts nützen.‹«

Anmerkungen

[1] Fatma Eren lebte bis 1983 in Berlin in meiner unmittelbaren Nachbarschaft. Da ich sie öfter besuchen konnte, verzichtete ich auf ein förmliches Interview mit Band. Bei den im Wortlaut wiedergegebenen Passagen handelt es sich um Gedächtnisprotokolle, die unmittelbar im Anschluß an die Gespräche angefertigt wurden. Die meisten Gespräche fanden im Herbst und Winter 1977/78 statt. Soweit nicht anderes angegeben stammen die Zitate aus dieser Gesprächsrunde.

[2] Eine Heirat mit einer geschiedenen Frau ist für einen unverheirateten Mann problematisch, weil sie zu Zweifeln an seiner Männlichkeit führen kann – es heißt, er wäre nicht potent genug, eine Frau zu entjungfern. Für bereits geschiedene Männer ist dagegen eine Wiederheirat unproblematisch.

[3] Hierzu Mıhçıyazgan (1986:108).

[4] Es handelt sich um den in diesem Buch beschriebenen Asiz.

[5] Die gemeinsame Flucht (*kız kaçırma* bzw. *kaçma*) bedeutet eine sehr ernste Infragestellung der Ehre des Vaters, wie auch eine Verletzung der Achtung, die man ihm schuldet. Zu dem Komplex siehe Schiffauer (1987:205 ff.) und Yasa (1962).

[6] In der Gesellschaft von Subay müssen Austauschbeziehungen früher oder später durch eine Verheiratung bekräftigt werden, wenn sie andauern sollen (Schiffauer 1987:179 ff.).

[7] Aus einer in der Mitte der siebziger Jahre in Berlin durchgeführten Erhebung geht hervor, daß diese – für die türkische Familie ungewöhnliche – Rollenkonstellation bei 23,8% der türkischen Familien gegeben war (Wilpert 1980:107).

[8] Vergl. oben S. 97.

[9] Eine gleiche Regelung haben auch Süleyman und Alime getroffen: »Wieviel Geld es auch sein mag, es gehört uns beiden ... niemand sagt: ›Das ist dein Geld‹ und ›soviel ist mein Geld‹« (1978:121).

[10] Bei den Gesprächen 1977 war davon nichts zu spüren gewesen.

[11] Der Nexus zwischen außerfamilialer Rollenerfüllung und innerfamilialer Autorität ist eine der klassischen Hypothesen der Familiensoziologie von T. Parsons. Sie wurde aufgegriffen von A.Parsons in ihrer Studie über süditalienische Familien (1967). Sie mündete in die Ressourcenmodelle ehelicher Macht (vergl. auch die Darstellung bei Nauck 1985:252).

[12] Dies steht auch im Widerspruch zu ihren häufigen Äußerungen, in denen sie betont, daß die Arbeit in Deutschland weit leichter sei als die dörfliche Arbeit.

[13] Vergleiche hierzu den Begriff der Plausibilitätsstruktur in der Religionssoziologie von Peter L. Berger.: »Für das Individuum bedeutete Existenz in einer bestimmten religiösen Welt zugleich Existenz in dem besonderen sozialen Kontext, in dem diese Welt sich ihre Plausibilität erhalten kann. Wenn der Nomos des einzelnen mehr oder weniger mit seiner religiösen Welt koexistiert, droht bei der Trennung von dieser Welt Anomie. So waren für traditionsbewußte Juden Reisen in Gebiete ohne jüdische Gemeinden nicht nur rituell unmöglich, sondern auch inhärent anomisch« (1973:49). Dies ist ein vergleichbarer Prozeß. Gleichzeitig erscheint mir der von Berger verwendete Begriff der »Anomie« zu stark: Was stattfindet, scheint mir zunächst Verweltlichung zu sein – aber keineswegs Orientierungslosigkeit.

[14] Zur Nurculuk Bewegung, siehe: Spuler (1973, 1977, 1981); Abdullah (1980); Mardin (1985); Blaschke (1985).

[15] Die Wirkung, die ein Zugang zu Wissen gerade für Personen haben kann, die bis dahin der Möglichkeit zur Bildung beraubt waren, wurde mir besonders bei einer Untersuchung der Gemeinde von Yaşar deutlich: Die tragende Schicht in dieser Gemeinde sind bäuerliche Autodidakten, die

nach der Migration in die urbanen Zentren der Türkei von einem wahren Lesehunger ergriffen wurden.

[16] Die Nurçu – jedenfalls die reflektierteren unter ihnen – würden das nicht so sehen, sondern eher dahingehend interpretieren, daß es verschiedene Weg zu Gott geben müsse.

[17] Für die Identifikation von Fatma mit ihrem Vater spricht auch ihr Stolz, mit dem sie erwähnt, daß hohe Gäste aus Andıraz bei Mahir zu Gast waren.

[18] Diese Bedeutung des Zugangs zu religiösem Wissen war auch bei protestantischen Fundamentalisten zu beobachten. Valenze registriert, daß bei den protestantischen Sekten im England des 19. Jahrhunderts Religion nicht selten von den Frauen als Waffe gegen die Ehemänner eingesetzt wurde (Valenze 1985:47).

[19] Dennoch kann das Wort einer Frau, gerade *weil* es nicht direkt auf die Ordnung bezogen ist, eine spezifische Wirkung entfalten: »Frauen sind zu einem großen Teil an der Bildung der öffentlichen Meinung beteiligt, da sie auch Nachrichten austauschen können, über die Männer nicht sprechen können, ohne sich zu entehren ... Über ... Informationen, die unter Frauen zirkulieren und die Männer über ihre Frauen erfahren »können diese Meinungen und Entscheidungen der Männer beeinflussen« (Petersen 1985:63).

[20] Die Erzählforschung hat den Unterschied von Beschreibungen und Erzählungen herausgearbeitet. Grob geht es bei Beschreibungen eher um die Wiedergabe von Strukturen; bei Erzählungen (wenn sie nicht bloße Beispiele sind) um die Suche nach Strukturen (Kallmeyer/Schütze 1977:201; Mıhçıyazgan 1986:228): Der Ausgangspunkt von Erzählungen ist ein Durchbrechen und Problematisch-Werden einer Struktur, die dann eine Handlung in Gang setzt. Emotional drücken Beschreibungen eher Distanz aus, während Erzählungen Involviertsein und Betroffenheit haben. »›Erzählen‹ ist die Form des Diskurses , in welcher der Sprecher in das Erlebnis eingeschlossen ist. Demgegenüber wird im Bericht die Wirklichkeit als ein Sachverhalt abgehandelt, den der Sprecher gewissermaßen ›von außen‹ schildert« (Lehmann 1983:64).

[21] Die Eigenschaften, die Fatmas Rede auszeichneten, ließen sich auch bei den anderen, in diesem Buch beschriebenen, Frauen aufzeigen. So war bei den Gesprächen mit Süleyman und Alime auffallend, wie oft sie ihn durch kurze aber genaue Einwürfe auf den Boden der Tatsachen herunterholte, wenn er zu schwadronieren begann.

Familie, Wertewandel und Strukturen der Subjektivität

Mit der Entscheidung, die eigene Arbeitskraft als Ware auf dem internationalen Arbeitsmarkt zu verkaufen, setzte sich ein rationales Konzept von Arbeit durch; es impliziert ein befristetes, kontraktuelles und eindimensionales Verhältnis zu einem Arbeitgeber. Der wirtschaftliche Bereich des Lebens wurde damit vom familialen Bereich getrennt. Letzterer wird damit zunehmend zum Privatraum. Dies hat weitgehende Konsequenzen für die Beziehungen in der Familie.

Die Stellung der Familie in der Gesellschaft

Die Erzählung Fatmas über ihre Verheiratung und die Zeit im Haus der Schwiegerverwandten eignet sich, einige Züge von dem in Erinnerung zu rufen, was in dem einleitenden Kapitel zu den dörflichen Strukturen der Intersubjektivität ausgeführt wurde: Sie zeigt sehr deutlich, was es bedeutet, wenn eine Ehe nicht nur eine psychosoziale sondern auch eine wirtschaftliche und politische Bedeutung hat und was es heißt, wenn das Schicksal von zwei Ehepartnern mit dem Schicksal ihrer jeweiligen Häuser verknüpft ist.

So wurde die Ehe zwischen Fatma und Ramis vor allem aus ökonomischen Gründen geschlossen. Sie diente zunächst dazu, eine ökonomische Allianz zwischen zwei Haushalten zu bekräftigen. Der wirtschaftliche Aspekt war jedoch noch in einer anderen Hinsicht wichtig: Mit Fatma wurde dem anderen Haushalt eine Arbeitskraft zur Verfügung gestellt. Die Bedeutung gerade dieser Tatsache zeigt sich daran, daß ihr Widerstand gegen die Ehe mit Ramis hauptsächlich damit zusammenhing. Ihr war klar, daß »sie in Kurşunlu alles anders machen«, daß also Schwierigkeiten auf sie zukommen würden; *des-*

halb hätte sie die Ehe mit Asiz vorgezogen, in dessen Haus sie »alles gekonnt« hätte. Der Gang der Ereignisse bestätigte ihre Befürchtungen: die Schwierigkeiten mit der Schwiegermutter dürften sich an diesen Fragen entzündet haben.

Die politische Dimension einer Eheschließung tritt sehr deutlich daraus hervor, wie sehr die Sorge um den Ruf – und damit um den politisch-rechtlichen Status im Gemeinwesen – den Gang der Ereignisse in der Erzählung bestimmt. Bezeichnend ist Fatmas Äußerung, daß die Entscheidung über ihre Ehe bereits in dem Moment gefallen war, als Mahir Ağa Ramis mit zu sich nach Hause gebracht hatte: Jeder andere, der sie danach geheiratet hätte, wäre von der Dorföffentlichkeit mit dieser Tatsache konfrontiert worden. Der Satz: »Ramis hat vor deiner Ehe eine Woche bei dir gewohnt« impliziert: »Ramis hat mit dir geschlafen«. Damit wäre die Ehre von Fatma selbst, aber auch die ihres künftigen Mannes (der sich mit der Heirat einer ehrlosen Frau selbst entehrt hätte) und die ihres Vaters (der nicht in der Lage gewesen war, die Ehrlosigkeit seiner Tochter zu verhindern) in Zweifel gezogen worden. Dies hätte für alle ernstzunehmende Konsequenzen für ihren politisch-rechtlichen Status in der Dorföffentlichkeit gehabt – sie wären nicht mehr als Rechtspersonen im vollen Sinn anerkannt gewesen. Die Gefahr hätte bestanden, aus der Ordnung schrittweise ausgegrenzt zu werden[1]. Mahir Ağa hätte also, selbst wenn er gewollt hätte, dem Wunsch seiner Tochter nicht mehr nachgeben können. Dabei ist festzuhalten, daß es gar nicht einmal so darum ging, was faktisch passiert ist, sondern darum, was hätte passieren *können*. Dies läßt sich verallgemeinern: Die Ehre muß nicht nur gelebt werden – sie muß vor allem auch nach außen glaubhaft demonstriert werden. Nur ehrenhaft zu *sein* reicht nicht – die Nachbarn müssen es auch glauben. Die Ehre verlangt eine Politik der Reputation; sie erfordert es, immer zu berücksichtigen, wie eine Handlung auf die anderen wirken könnte. In anderen Worten: Bei allem, was man tut, gilt immer, zu überlegen, wie dies von anderen »gelesen« werden kann, welches Zeichen man damit setzt. In der dörflichen Gesellschaft fallen Schein und Sein nicht auseinander, sondern ergänzen sich. Wer dies nicht berücksichtigt, ist zum Scheitern verurteilt.

Eine Weigerung von Fatma hätte aber auch deshalb politische

Konsequenzen gehabt, weil sie als Infragestellung der Achtung und des Gehorsams (*saygı*) interpretiert werden kann. Auch hier dürfte entscheidend gewesen sein, daß ein Widerstand vor der Dorföffentlichkeit nicht hätte geheimgehalten werden können: Der Vater hatte seinen Wunsch, die Tochter mit Ramis zu verheiraten, ja gleichsam öffentlich erkärt. Hätte er nun seiner Tochter nachgegeben, wäre er im Dorf als jemand erschienen, der sich seinen Kindern gegenüber nicht durchsetzen kann, als *kılıbık* – als Schwächling[2]. Auch dies hätte gernsthafte Probleme für seinen Status aufwerfen können. Diese Gefahren für den Status mögen den Vater zu der harten und unnachgiebigen Haltung gegenüber der Tochter bewogen haben.

Hinter der wirtschaftlichen und politischen Bedeutung trat die Tatsache, daß mit einer Ehe auch eine psychosoziale Beziehung zwischen zwei Personen eingegangen wird, fast ganz zurück. Das Vetorecht, das in Subay gemeinhin den Söhnen und Töchtern in der Heiratsfrage zugebilligt wird, wurde Fatma auf Grund der oben geschilderten Zwänge verweigert[3]. Zwar spielte für den Vater das Wohlergehen der Tochter eine Rolle (etwa in der Aussage, daß es Frauen in Kurşunlu einfacher hätten) –, aber dieser Aspekt trat doch hinter den instrumentellen Aspekten der Beziehung stark zurück. Fatma war tatsächlich das, wogegen sich Süleyman so heftig gewehrt hatte – ein Mittel für die Bündnispolitik des Vaters.

Mit der Migration in die urbanen Zentren der Türkei veränderte sich die Stellung der Familie im sozialen Umfeld. In bezug auf die wirtschaftlichen Aufgaben verlor sie ihren Charakter als Ort der Produktion und wurde zum Ort der Konsumption. Dabei war die Familie Eren insofern eine Ausnahme, als beide Ehepartner arbeiteten. Dies ist bei der ersten Generation der Migranten aus Subay aus Gründen der Ehre verpönt. Fatma drückte es so aus: »Im Dorf arbeiten wir – du entschuldigst – wie die Tiere, aber in den Städten lassen die Männer die Frauen nicht außer Haus arbeiten.« In ihrem Fall war es die wirtschaftliche Not, die ein Abweichen von der Regel erlaubte. Eine zweite Veränderung ergab sich in Hinblick auf die politisch-rechtliche Stellung der Familie. In der Stadt verlieren die innerfamilialen Beziehungen ihre öffentlich-rechtliche Bedeutung; der Ruf ist nicht mehr zentral für den Personenstatus. Nichts bezeugt dies so deutlich, wie die oben wiedergegebene Episode, in der Fatma gegen das Anraten des Polizisten an der Anzeige gegen den Nachbarn festhielt: Im Kontext einer dörflichen Politik der Reputation wäre es dagegen tatsächlich ratsam gewesen, den Vorfall zu verschweigen – man hätte es nämlich gar nicht vermeiden können, daß er auf Fatma zurückfällt. Eine dritte Veränderung ergab sich schließlich aus dem Lösen der Beziehungen innerhalb der Kleinfamilie aus den weiteren Beziehungen des dörflichen *domus*. In dieser Hinsicht dürfte die Familie Eren weitergegangen sein, als die meisten anderen Migranten aus Subay: Zu bitter waren die Erfahrungen, die Fatma mit ihrem eigenen Vater und mit ihrer Schwiegermutter gemacht hatte, als daß sie noch bereit war, zur Arbeitshilfe ins Dorf zu gehen. Selbst als Ramis zum Militär mußte zog sie es vor, sich alleine in der Stadt durchzubringen. Diese Veränderungen lassen sich in zwei Punkten verallgemeinern: (1) In Istanbul konstituiert sich die Familie als Privatraum im Gegensatz zur wirtschaftlichen Sphäre einerseits[4] und zur öffentlich-rechtlichen Sphäre andererseits. (2) Die Kernfamilie löst sich tendenziell (und in sehr unterschiedlichem Ausmaß) aus dem Kontext der großfamilialen Einheit, dem Stadt-Land-Haushalt. Sie wird damit zunehmend zu einem abgegrenzten, nach außen tendenziell abgeschirmten Raum.

Mit der Migration nach Europa veränderte sich erneut die Stellung der Familie. In wirtschaftlicher Hinsicht ist zunächst die verbreitete Arbeitstätigkeit der Ehefrauen bemerkenswert. Was in Istanbul die Ausnahme war, wurde in Europa zur Regel. Von den sieben in Europa lebenden Familien aus Subay arbeiteten in fünf die Frauen mit. In politisch-rechtlicher Hinsicht ist mit dem Leben in der Fremde der private Charakter der familialen Beziehungen noch unterstrichen. Die Familien sind der sozialen Kontrolle weit weniger ausgesetzt als in der urbanen Türkei. Nicht weniger wichtig ist schließlich, daß die Migranten in Europa sich dem direkten Zugriff der Haushaltsvorstände im Dorf völlig entzogen haben. All dies hat weitgehende Konsequenzen für die Paarbeziehung.

Wichtig war zunächst, daß sich mit der Berufstätigkeit der Frauen ihre wirtschaftliche Abhängigkeit von den Ehemännern verringerte – und sich damit die Machtverhältnisse in der Ehe entscheidend veränderten. Immerhin versetzte die Berufstätigkeit Fatma in die Lage, eine Trennung von Ramis zu erwägen. Süleyman befürchtete ähnliches in

Alimes Fall. Bei Fatma und Alime Doğan kam außerdem hinzu, daß sie vor ihren Männern migriert waren. Sie hatten damit das in der Türkei existierende patriarchalische Schema , daß die Frauen in den Haushalt der Männer ziehen, auf den Kopf gestellt.

Daneben war der Wandel der Motivation wichtig, mit der die Arbeit aufgenommen wurde. Nur ausnahmsweise – und dann auch nur, wenn bestimmte Voraussetzungen gegeben waren[5] – wurde Frauenarbeit bei den Migranten in Istanbul auch positiv begründet, nämlich als Mittel, um ein Familienziel zu erreichen[6]. Dies aber sollte das entscheidende Motiv in Deutschland werden. Ganz im Sinn der herkömmlichen Logik argumentierte Ramis, als er 1977 Fatma aufforderte, sie solle nun aufhören zu arbeiten – er habe ja jetzt eine feste Arbeitsstelle. Sie lehnte diesen Vorschlag ab, in dem sie sich positiv auf das Familienziel berief: Würde sie nicht mehr arbeiten, dann könnten sie kein Geld mehr verdienen. »Warum sind wir dann hergekommen?« Entscheidend ist, daß sie sich damit durchsetzte. Dies bedeutet die Anerkennung der Tatsache, daß es nicht mehr nur die Sache des Mannes ist, für die ökonomische Zukunft zu arbeiten – sondern die gemeinsame Sache eines Paares.

Damit verändert sich auch die Logik der Arbeitsteilung: Im Dorf folgte die Aufteilung von Männerarbeit und Frauenarbeit der symbolischen Arbeitsteilung; in der türkischen Stadt der von Lohnarbeit und reproduktiver Arbeit; bei den berufstätigen Paaren in Deutschland bildet sich nun das Ideal des gemeinsamen Arbeitens auf ein Ziel hin heraus. Die Idee des »Teilens« der Arbeit verdrängt dabei zunehmend die Idee des »Tauschens« von Arbeitsleistungen. Der Unterschied besteht darin, daß im ersten Fall Bedürfnisse und Fähigkeiten ausschlaggebend sind, im zweiten dagegen positional festgelegte Rechte und Pflichten. In diesem Sinn argumentierte Süleyman, wenn er sagte: »Wir sind in der gleichen Situation ... Ganz bestimmt müssen wir die Hausarbeit teilen.« Etwas ausführlicher ging er an einer anderen Stelle auf die Arbeitsteilung ein:

»Wir machen in dieser Hinsicht keine großen Unterschiede. Wir gehen in den Laden, kaufen ein. Ich gehe manchmal, aber hauptsächlich geht meine Frau. In den Laden zu gehen, geht mir nämlich etwas gegen den Strich. Ich sage: ›Geh du, ich bin müde‹, sage ich, ›Ich hacke [dafür] Holz zu Hause.‹ Also ich hacke zum Beispiel Holz, [mache also] Arbeiten, die Frauen schwerer fallen

... Im Haus helf ich dann auch. *Wir müssen beide das gleiche machen.* Und so helfe ich zum Beispiel beim Essen, beim Abwaschen ... Man fängt früh zur gleichen Zeit an, zu arbeiten, steht zur gleichen Zeit auf. Zur gleichen Zeit kommt man von der Arbeit zurück, deshalb ist es notwendig, zu Hause alles aufzuteilen. Deshalb machen wir es so« (1988:119).

Hier ist ein Pragmatismus der Rollenaufteilung zu beobachten, der in der Türkei auf gleichgeschlechtliche Gruppen beschränkt ist. Süleyman lehnt es ab, einzukaufen (traditional eher sein Bereich), weil er keine Lust hat, und beteiligt sich dafür beim Kochen und Abwaschen. Explizit wird betont, daß es darum geht, gemeinsam eine schwierige Situation zu bewältigen. In diesem Sinn konstatierte auch Fatma:

»Heute habe ich einen Zettel von ihm gefunden, auf den er geschrieben hat, daß er den ganzen Einkauf erledigt hat. Manchmal kocht er auch. Sie (die Männer) sagen: *Burası Almanya* – hier ist Deutschland – lassen die Frauen außerhalb arbeiten und kaufen ein« (Gedächtnisprotokoll, 1977).

In dem: »Hier ist Deutschland« schwingt mit, daß ein korrespondierendes Verhalten in der Türkei wohl nur mit Schwierigkeiten gegen die Gesellschaft durchzusetzen wäre.

Damit soll nun kein familiales Idyll entworfen werden. Die Beteiligung der Männer an der Hausarbeit hat mit Sicherheit ihre Grenzen. Fatma etwa konstatierte an anderer Stelle, ihr Mann würde ihr zwar helfen, »aber ein Mann kann doch nicht Geschirrspülen und Wäschewaschen«. Sie klagte über die Doppelbelastung von Beruf und Hausarbeit. Und als Süleyman sich mit folgenden Worten von seinem Heimatdorf abgrenzte: »[Dort] waschen die Männer keine Wäsche, beteiligen sich nicht am Abwasch oder an der Hausarbeit«, machte Alime einen der für sie bezeichnenden freundlich-ironischen Einwürfe: »Du beteiligst dich doch auch nicht am Wäschewaschen«. Memed Akkaya, der in meiner Gegenwart die Wohnung kehrte, machte dies sichtlich ungern und träumte davon, seine Mutter für die Erledigung dieser Arbeiten nach Deutschland zu holen. Dennoch erscheint es mir wichtig, daß sich eine neue Logik der Aufgabenteilung herausgebildet (wenn vielleicht auch noch nicht durchgesetzt) hat. Auf diese Logik können sich auch Frauen in Konflikten berufen: So etwa, wenn Fatma in dem Ehestreit ihren Mann auffordert, sich seinen Tee selbst zu kochen.

Anders verhält es sich freilich bei den Familien, bei denen die Frauen nicht berufstätig sind. Süleyman selbst merkte an, daß mit seiner Beteiligung an der Hausarbeit Schluß sein würde, wenn seine Frau nicht mehr berufstätig wäre. Salih Akkaya schließlich wollte explizit die Arbeit der Frau nicht, *weil er sich nicht an der Hausarbeit beteiligen wollte*. Gerade in seiner Ablehnung bestätigt er aber den beschriebenen Zusammenhang von Berufstätigkeit und Arbeitsteilung.

»Wenn sie auch arbeiten würde, dann käme sie müde nach Hause ... kommt, ist müde, ich komme, bin müde, sie sagt: ›Steh auf, mach Essen!‹, ich sage: ›Steh auf, mach Essen!‹ Aus diesem Grund. Ich komme nach Hause, am Abend brennt der Ofen, das Haus ist sauber ... ich habe keine Probleme, die Wäsche ist gewaschen und sauber. Deshalb arbeitet sie nicht [außer Haus]« (1977:15).

Bei den anderen jedoch bildete sich über die Genese eines geteilten Familienziels und der Einsicht in die Notwendigkeit, einer gemeinsamen Bewältigung der Schwierigkeiten, ein partnerschaftliches Eheideal heraus.

Genauso wichtig wie die wirtschaftlichen Veränderungen war die gewandelte Stellung der Familie in ihrem unmittelbarem Umfeld. Die Migranten von Subay verzichteten in Deutschland darauf, zusammenzuziehen. Sie traten damit aus allen vorgefundenen familialen, verwandtschaftlichen oder lokalen Gruppen. Damit entzogen sie sich weitgehend der sozialen Kontrolle. Auch wenn sie alle weiterhin in einer türkischen Subkultur verkehrten, so hatte sich der Charakter der Beziehungen doch verändert. Sie waren tendenziell befristet. Nach der Rückkehr in die Türkei würde man nichts mehr mit den Bekannten aus Deutschland zu tun haben. Unter diesen Umständen mag eine negative Meinung der Nachbarn vielleicht noch unangenehm sein – aber sie ist doch vergleichsweise irrelevant. So konnte Süleyman Doğan sagen:

»Ich selbst achte nicht viel auf Klatsch von links und rechts. Es interessiert mich nicht; was der Nachbar vorzubringen hat, soll er doch sagen. So denke ich« (1978:123).

Die Freiheit, die man damit gewonnen hatte, schwingt in der Redewendung: *Burası Almanya* – hier ist Deutschland, mit. Damit wurde immer begründet, wenn man von einer in der Türkei üblichen Praxis abwich. Wir haben oben gehört, wie Ramis wiederholt diese Redewendung gebrauchte. Das Verlassen des Bereiches der sozialen Kontrolle führte so zu einem Wachsen der »strukturellen Autonomie« der Familie[7].

Die Isolierung von der weiteren Gesellschaft hatte jedoch noch eine zweite entscheidende Bedeutung. Sie führte dazu, daß die Ehegatten in einer Weise aufeinander angewiesen sind, wie es in der Türkei nur ausnahmsweise der Fall ist. Damit wird die psychosoziale Bedeutung der Ehe zu einer, und häufig wohl zu *der* entscheidenden, Funktion der Familie. Die Partner brauchen sich in einer ganz neuen Weise, um sich in der fremden und oft feindlichen Gesellschaft behaupten zu können[8]. Dies bietet einerseits spezifische Chancen für die Entwicklung einer Partnerschaft, birgt aber auch Risiken, wenn einer der Partner nicht in der Lage ist, den neuen Anforderungen gerecht zu werden.

Die neue Bedeutung der Familie zeigt sich auch am Ausmaß, in dem miteinander gesprochen wird. Fatma faßte diese Vertrautheit in der bemerkenswerten Aussage, sie spreche mit Ramis nicht »wie Mann und Frau«, sondern wie »Bruder und Schwester«. In einer eher programmatischen Form äußerte Asiz Subayoğlu:

»Wenn die Frau etwas sagen will, soll sie es doch sagen dürfen. [In Subay] lehnt der Mann von vornherein die Worte der Frau ab. Wenn die Frau nicht sehr schön sprechen kann oder wenn sie nicht genau zum Thema spricht, ... dann unterbricht sie der Mann gleich: ›Du schweigst. Sprich nicht. Du weißt nichts.‹ ... Die Frau wird damit zum Schweigen gebracht. In diesem Fall sagt die Frau nun nicht: ›Was willst du von mir? Auch ich rede, auch ich kann reden.‹ Auf diese Weise antwortet sie nicht und wenn sie so antworten würde, hätte sie es sowieso in der Zukunft schwer ... Unter denen [im Dorf] ist vielleicht einer so wie ich, nämlich daß er seine Frau [reden] läßt und nichts sagt, selbst dann, wenn sie einmal etwas Falsches sagt, oder er ihre Worte nicht mag ... Da ist doch nichts dabei. Man braucht einer Frau doch nicht den Mund zu stopfen« (1978:157).

Die gegenseitige Verwiesenheit wächst mit dem Grad der Isolation. Sie war geringer bei Yaşar und Fatma, die sich in der türkischen Subkultur ihrer jeweiligen Städte bewegten, und am größten bei den Doğans, die sich in der ländlichen und extrem fremdenfeindlichen Umgebung Niederösterreichs behaupten mußten. Hier waren die

Ehegatten während der Woche die einzigen Gesprächspartner füreinander. Bei diesem Paar war auch die Vertrautheit und Zärtlichkeit, die sich unter diesen Umständen entwickeln kann, besonders deutlich. Ein Beispiel mag genügen. Süleyman hatte in seiner Jugend Gedichte verfaßt. Alime holte in unserem Gespräch das Heft, in dem sie niedergeschrieben waren, hervor, und zeigte es mir. Nachdem er einige vorgelesen hatte, meinte er, er habe einige an seine Freunde verteilt, aber niemand habe sie geschätzt. Alime sei die einzige, der er seine Gedichte vorlese.

Hasan Akkaya erwähnte einen weiteren Aspekt des Aufeinander-Verwiesenseins: Er langweile sich in seiner Freizeit, wenn seine Frau nicht auch frei hat (er arbeitet Schicht und hat immer eine Woche frei). Schön sei es dagegen, wenn beide frei hätten:

»Wenn deine Frau auch nicht arbeitet, machst du dich auf, machst einen Ausflug zum Beispiel nach Düsseldorf oder Köln oder irgendwohin. Sonst bin ich bis zum Abend zu Hause. Aber wenn meine Frau auch nicht arbeitet, kann ich in der Woche schön Urlaub machen« (1977:291).

Daraus entwickelten sich auch neue Interaktions- und Konfliktstrategien. Die im Dorf üblichen, äußerlichen Konfliktmuster (die Flucht, das Schweigen, das Schlagen) verloren an Bedeutung – freilich ohne zu verschwinden. Ein Beispiel für ein traditionales Konfliktmuster wäre Ramis Begießen der Blumen mit Salzwasser; ein anderes wäre Süleymans Telegramm an Alime, in der er sie unter Vorspiegelung einer falschen Tatsache dazu brachte, in die Türkei zurückzukommen um ihn zu holen. In Deutschland haben wir bei Fatma und Ramis die Entwicklung einer beachtlichen Konfliktkultur beobachtet; auch Yaşar registrierte es als Unterschied zum Dorf, daß seine Frau bei einem Streit hier nur einen Tag schweigen würde – während die Frauen dort im Konfliktfall tagelang schwiegen. Bemerkenswert häufig ist auch eine Absage an Zwang und Gewalt: Fatma registrierte, daß Ramis sie nicht schlägt. Eine sehr gewachsene Empfindsamkeit gegenüber Gewalt spürte ich auch bei Asiz Subayoğlu, der mir während seines Urlaubs im Dorf mit Abscheu und Betroffenheit erzählte, daß er Zeuge geworden war, wie ein Bauer seine Frau geschlagen hatte. Das Ideal einer diskursiven Konfliktaustragung wurde schließlich explizit von Memed Akkaya formuliert:

»In jeder Ehe kommen zwischen den beiden Menschen gute und schlechte, positive und negative Situationen. Aber das sind Probleme, die man lösen kann, *indem man sich zusammen hinsetzt und miteinander spricht. Aber dazu braucht man Zeit«* (1985:17).

Die Veränderungen im Verhältnis zwischen den Ehepartnern spiegeln sich nicht zuletzt in dem Insistieren auf der eigenen Wahl des Gatten. Es ist sowohl Ursache als auch Folge dieses Prozesses. Ursache – weil man durch den Widerstand gegen die Heiratspläne des Vaters seine Absage an den Stadt-Land-Haushalt zum Ausdruck bringen konnte; Folge, weil das Bestehen auf einer eigenen Wahl zeigte, wie sehr sich bereits die Aufwertung des psycho-sozialen Aspektes der Gattenbeziehung durchgesetzt hat. Ein Ideal, das Süleyman in die Worte fassen sollte: »Warum heirate ich denn, wenn meine Frau dann bei meinem Vater lebt? Nein, meine Frau soll bei mir bleiben; sie soll bei mir leben.«

Die Bedeutung dieser, im Dorf praktisch nicht existenten, Form der Eheschließung mag ein knapper Überblick zeigen: Von den acht Migranten haben vier (Yaşar, Süleyman, Memed und Salih) sich bereits in der städtischen Türkei selbst mit Frauen verheiratet, die nicht aus dem Dorf kamen – bereits dies zeigt wie schnell im urbanen Kontext die Sorgen um technische Fertigkeiten sekundär werden, die Fatma geplagt haben. Dieser Prozeß sollte in Deutschland seine Fortsetzung finden: Hasan, der im Dorf mit einer Cousine verheiratet worden war, ließ sich, nachdem er nach Deutschland gekommen war, scheiden und heiratete eine Frau aus dem Nachbardorf Geyik. Memed ließ sich von seiner Frau (die er selbst gewählt hatte) scheiden und heiratete eine Deutsche. Fatma entschied sich aus freien Stücken, Ramis nachzuholen[9]. Sechs der acht Migranten aus Subay leben so in Ehen, für die sie sich (in der einen oder anderen Form) selbst entschieden haben[10].

Die Bedeutung der größeren Unabhängigkeit in Deutschland zeigt sich daran, daß zwei der Ehen in der Türkei keine Chance zum Überleben gehabt hätten: Die Ehe Süleymans wäre, wie oben ausgeführt wurde, mit großer Wahrscheinlichkeit an dem Druck des Vaters gescheitert. Auch die Ehe von Memed Akkaya mit einer deutschen Frau hätte keine Aussicht gehabt. Zumindest hätte Memed auf einer Konversion Monikas zum Islam bestehen müssen. Einen, auf die

Dauer wahrscheinlich zermürbenden Druck wäre wohl auch die Ehe von Hasan Akkaya ausgesetzt gewesen. Dieser hatte Verbitterung bei seinen engsten Verwandten im Dorf hervorgerufen, weil er mit der Scheidung von seiner Cousine ein Allianzbündnis im engsten Kreis bedroht hatte.

Was in diesem Prozeß zum Ausdruck kommt, beleuchtet ein Zitat. Memed Akkaya, der sich mit der Heirat einer Nicht-Muslimin am weitesten vorgewagt hat, formulierte es am nachdrücklichsten:

»In dieser Heiratssache, dieser Familiensache, ob ich nun eine Deutsche heirate oder eine Amerikanerin, da habe ich mich an niemanden gewendet. Warum nicht? Es handelt sich um *meine persönliche* Zukunft, meine persönliche Meinung. Ich lebe *hier*. Sie (die Eltern) leben nicht mit meiner Frau. Verstehst du? Meine Frau lebt heute hier, meine Eltern nicht – sie werden morgen tot sein« (1977:359).

In diesem Zitat wird die Trennung der Ehebeziehung von den weiteren großfamilialen Beziehungen explizit als Grund für die Freiheit der Wahl genannt. Die Radikalisierung dieser Trennung mit der Migration nach Deutschland wird dabei durch die Juxtaposition von hier und dort noch einmal unterstrichen. Nicht weniger bezeichnend ist das Erwähnen der eigenen Zukunft – ein Hinweis auf das Programm mit dem die Migranten aufgebrochen sind. Es ist sehr deutlich, daß sich hier ein Individuum als völlig unabhängig von der Gruppe darstellt. Das Individuum tritt als Einzelnes und nicht als Teil einer Gruppe dem anderen gegenüber, den es ebenfalls als Einzelnen wahrnimmt. Damit ist auch ein verändertes Verhältnis zu sich selbst als wollendem Subjekt gesetzt: Man ist mit dem anderen zusammen, weil man selbst es will, nicht weil die Gruppe es will. Konnte man in der traditionalen Gesellschaft seinen Willen nur in der Verneinung, als Negation äußern, so jetzt in der positiven Wahl.

Die Veränderungen in der Eltern-Kind-Beziehung

Die veränderte Stellung der Familie in der Gesellschaft hat für die Beziehung von Eltern zu ihren Kindern nicht weniger einschneidende Konsequenzen als für die Beziehung unter den Gatten. Dies gilt zunächst für die Bedeutung, die Kindern beigemessen wird.

Betrachten wir zunächst einen Satz Fatmas, der sich auf Gedanken bezieht, die in den ersten Jahren der Ehe, also noch in Istanbul, von den Ehepartnern formuliert wurden. Sie sagte: »Die meisten türkischen Familien haben sehr viele Kinder. Wir dachten uns, daß wir nur ein Kind haben möchten, um es richtig ausbilden zu können, um es schön kleiden zu können.« Der Satz drückt eine, im Vergleich zum Dorf, grundlegend gewandelte Einstellung zu Kindern aus.

Dies wird deutlich, wenn wir ihn mit ähnlichen Sätzen aus dem Dorf kontrastieren: Dort erklärte mir ein Bauer, sein Ideal seien zwei Söhne und zwei Töchter. Der ältere der Söhne würde in die Stadt emigrieren, der jüngere den Hof übernehmen, die Töchter würden verheiratet werden. Ein anderer plädierte für mehr Kinder: »Hier im Dorf kann man Kinder immer einsetzen.« Auch wenn die Meinung über eine sinnvolle Zahl von Kindern auseinandergeht, so ist beiden Äußerungen gemeinsam, daß die Kinder ganz unter der Perspektive des Überlebens des Hauses und des Hofes gesehen werden. Die gewünschte Kinderzahl ergibt sich aus den augenblicklichen ökonomischen und politischen Bedingungen[11].

Wenn wir die Äußerung von Fatma mit der der Bauern vergleichen, so fällt eine direkte Verkehrung auf: Während bei den Bauern die Frage im Vordergrund steht, was die Kinder für die Familie leisten können, steht bei Fatma zunächst die Frage im Vordergrund, was die Familie für die Kinder leisten kann. Mit dem kritischen Schritt der Migration in die Großstadt hat sich offenbar die Struktur des zwischengenerationalen Gabenflusses verändert. Während im Dorf, wie oben beschrieben, von einer zyklischen Vorstellung ausgegangen wurde (die Kinder stehen in einer prinzipiellen Schuld gegenüber den Eltern, womit ein Verhältnis asymmetrischer Reziprozität begründet ist – und sie arbeiten ein Leben lang, um ihre Schulden abzuarbeiten), geht Fatma offenbar von einer linearen Vorstellung aus. Sie wird arbeiten, damit es das Kind einmal besser hat (das dann seinerseits mit dem Ziel arbeiten wird, daß sein Kind es wiederum besser haben wird)[12]. Es scheint, als habe sich der Kreis zu einer Linie geöffnet.

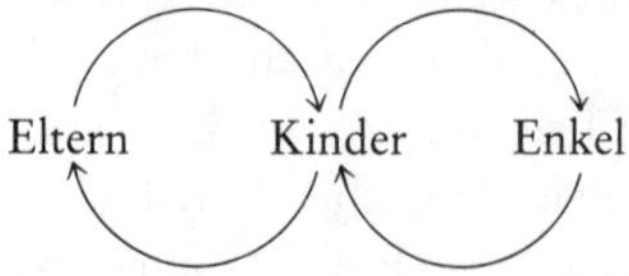

Eltern → Kinder → Enkel

Damit ist – dies sei eher im Vorübergehen erwähnt – ein Problem gegeben, auf das wir bereits bei Süleyman und Yaşar gestoßen sind: Mit dem Aufbrechen des Kreises ergibt sich offenbar auch das Gefühl, daß man mehr seinen eigenen Kindern als seinen eigenen Eltern verpflichtet sei (oder sein sollte). Bei Yaşar (der die Verpflichtungen den eigenen Eltern gegenüber sehr ernst genommen hat) führte das zu dem Gefühl, seine Kinder hintangestellt zu haben. Bei Süleyman ist es bezeichnend, daß einer der sehr erregten Passagen über den Vater seine Spannung gerade aus der Gegenüberstellung der Diaden bezieht. Seinem Vater, der aus Repräsentationsgründen darauf besteht, mit dem Auto ins Dorf zu fahren, hält er vor: »Du denkst nicht an die Zukunft deines Enkels.« Die Sorge um seinen Sohn ist ihm deutlich wichtiger, als die Sorge um seinen Vater.

Wie kam es zu diesem Aufbrechen? Im Dorf war die Idee der zyklischen Vorstellung des intergenerationalen Gabenflusses mit der Idee der Nachfolge unmittelbar verknüpft: Die Kinder, genauer: die Söhne – übernahmen vom Vater den Platz in der Gesellschaft. Sie traten damit an seine Stelle. Ingrid Pfluger-Schindlbeck (1989:77ff.) hat die Implikationen für das Erziehungsverhalten herausgearbeitet. Im Dorf – und das gilt für Subay ebenso wie für das von Pfluger-Schindlbeck untersuchte Dorf in Sivas – lernt man die Aufgaben eines Nachfolgers durch Partizipation. Die Kinder erwerben die notwendigen technischen Fertigkeiten durch Beteiligung an den dörflichen Arbeiten; und sie lernen die notwendigen sozialen Fertigkeiten, indem sie als »Stellvertreter« bei Abwesenheit des Vaters beziehungsweise der Mutter deren Rolle übernehmen. Gegenüber ihren jüngeren Geschwistern, aber auch nach außen nehmen sie so gelegentlich den Platz der Eltern ein. Sie üben also gleichsam die Rollen von Vater und Mutter ein, indem sie reale (und nicht simulierte) Aufgaben übernehmen. In diesem Zusammenhang war es für mich sehr beeindruckend zu erleben, wie etwa achtjährige Jungen bei Abwesenheit des Vaters Besuch empfangen: Ganz der Vater geben sie der Mutter Anordnungen und unterhalten den Gast.

Es folgt übrigens fast von selbst aus diesem Prinzip, daß eine Gleichbehandlung der Geschwister als widersinnig erschiene. Die Rechte und Pflichten sind eindeutig durch den Ort in der Geschwisterfolge definiert. Den älteren Brüdern muß kaum weniger Achtung (*saygı*) gezollt werden als den Eltern selbst. So gilt es als akzeptabel, wenn der ältere Bruder den jüngeren schlägt, keinesfalls aber umgekehrt.

Mit der Verzeitigung des Verhältnisses zur Gesellschaft verliert der Gedanke, daß die Kinder igendwann den Platz der Eltern einnehmen würden, von selbst seine Plausibilität. Die Kinder *müssen* nun etwas anderes realisieren. Süleyman:

»Ich möchte ihnen (seinen Kindern) eine Zukunft hinterlassen ... also ich sage nicht, sie sollen irgendwann einmal Doktor werden ... Was sie selbst wählen, das sollen sie machen. Aber ich beabsichtige, sie studieren zu lassen und sie, so lange sie studieren, zu unterstützen. [Wenn mein Sohn aber nicht studieren kann], dann ist es meine Aufgabe, ihm eine Arbeit zu besorgen.«

Damit fällt auch das Stellvertreterprinzip weg. Der Gedanke gewinnt an Bedeutung, daß die *Vorbereitung auf die Gesellschaft* – die Ausbildung – wichtiger ist, als die Partizipation an den familialen Rollen. Kinder sollten lieber lernen, als im Haushalt mithelfen. Damit wird Kindheit zunehmend als eine eigenständige Phase gesehen, die der eigentlichen gesellschaftlichen Partizipation zeitlich vorgeordnet ist. Dies drückt sich etwa in der bemerkenswerten Selbstverständlichkeit aus, mit der die Migranten ihren Kindern – und zwar Töchtern nicht weniger als Söhnen – es ermöglichen, das für sie höchstmögliche Schulziel anzustreben[13]. Pfluger-Schindlbeck beobachtete bei den Migranten aus Sivas, daß die Kinder in der Regel weit mehr von Arbeiten entlastet werden als ihre Altersgenossen im Dorf.

Eine der Konsequenzen ist eine andere Statuskonfiguration in der Familie. Waren die Status von Eltern und Kindern in der dörflichen Gesellschaft über den Gedanken der Stellvertreterschaft miteinander verzahnt – so daß der älteste Sohn (und nicht die Mutter) die Vaterrolle übernahm, wenn der Vater nicht anwesend war –, so werden in der Migrationssituation zunehmend die Kinder als eine Einheit den Eltern gegenübergestellt. Pfluger-Schindlbeck beschreibt, wie es zu einer Monopolisierung des Erziehungsanspruches der Eltern kommt und es zunehmend den älteren Geschwistern verboten wird, Sanktionen gegenüber den Jüngeren auszusprechen[14]. Daneben ist eine zunehmende Gleichbehandlung von Geschwistern zu beobachten. Es scheint indes, als ob es gerade in dieser Hinsicht Barrieren gibt, den faktisch ablaufenden Prozeß auch kognitiv einzuholen. Oft hat man den Eindruck, daß die Geschwister untereinander ein weitgehend egalitäres Verhältnis herstellen, während die Eltern an der zunehmend zur Fiktion geratenden Sonderrolle des älteren Geschwisters festhalten.[15]

Nun konstituiert sich in Deutschland Kindheit als Lebensphase unter besonderen Voraussetzungen – nämlich der der scharfen Trennung von inner- und außerfamilialem Bereich. Diese Trennung wirft im Hinblick auf die Sozialisation noch einmal anders gelagerte Probleme auf als im Hinblick auf die Ehegattenbeziehung. Während für die Partnerschaft vor allem der Aspekt der (Freiheit verbürgenden) Anonymität entscheidend war, so wird in bezug auf die Kinder zunehmend wichtig, daß der gesellschaftliche Raum, konkreter: die außerfamilialen Erziehungsinstitutionen, durch eine andere Kultur geprägt sind. Diese Tatsache erzwingt eine bewußtere Auseinandersetzung mit Kindheit, als sie im Dorf, aber auch in der türkischen Stadt notwendig ist. Dort ist die Erziehung weitgehend von der Idee der Reifung geprägt. Man geht davon aus, daß die Kinder gleichsam von selbst die gesellschaftlichen Regeln der Umwelt ablesen – und man *kann* davon ausgehen, weil in der weiteren Umwelt im großen und ganzen die gleichen Normen und Werte vertreten werden wie in der Familie[16]. Die erzieherische Sorge besteht dabei primär darin, daß die Kinder keinen Schaden nehmen, was bedeutet, daß man eher die Räume kontrolliert, in denen die Kinder sich aufhalten als das, was in diesen Räumen geschieht. Bemerkenswerterweise läßt sich der Unterschied der Sozialisation von Mädchen und Jungen auch in der städtischen Türkei auf den Punkt bringen, indem gezeigt wird, welche Räume dem jeweiligen Geschlecht offenstehen. Während Jungen gestattet wird, relativ freizügig einen »Außenraum« zu erobern, wird für Mädchen eine Klassifikation nach »guten« (einsehbaren) und »schlechten« (nicht einsehbaren) Räumen vollzogen[17].

In Deutschland muß man dagegen damit rechnen, daß die Kinder andere (und den eigenen Vorstellungen oft widersprechende) Normen und Werte übernehmen, wenn sie sich die Umwelt eigenständig aneignen. Die außerfamiliale Umwelt in Deutschland wird mehr und mehr als ein Bereich gesehen, *vor dem man die Kinder schützen muß*. Dabei gilt vielen Eltern vor allem der Einfluß der institutionalisierten außerfamilialen Sozialisation (Kindergarten, Schulen) als bedenklich. Die Eltern sehen sich damit vor einen Zielkonflikt gestellt. Sie müssen abwägen zwischen der Notwendigkeit, die Kinder auf die Gesellschaft vorzubereiten und der Notwendigkeit, sie vor der Gesellschaft zu schützen. Ein Zitat mag zeigen, worum es dabei geht:

»[Es wäre] vielleicht gut gewesen, wenn sie [in den Kindergarten] gegangen wären ... in bezug auf Sprache, auf das Auskommen mit Freunden, auf das Kennenlernen von Freunden. Im Kindergarten lernt man, den Wert eines Freundes, seine Persönlichkeit, den Wert von Gegenständen zu schätzen, solche Sachen lernt man sehr gut ... Andererseits geben sie im Kindergarten den Kindern natürlich auch Schweinefleisch« (Asiz Subayoğlu 1985:6).

Hier werden sehr bewußt und nachdenklich die Vor- und Nachteile der Sozialisation im Kindergarten gegeneinander abgewogen. In der Frage des Schweinefleischverzehrs verdichtet sich die Sorge vor der kulturellen Entfremdung. Noch präziser stellte Asiz diese Frage dann in bezug auf die Einschulung. Er wollte, daß sein Sohn die ersten fünf Jahre auf die türkische Schule geht:

»Also folgendermaßen: Er sollte, wenn er heranwächst, Deutsch lernen ... Das ist gut, aber dennoch ... er soll sich nicht von mir entfernen, er soll sein Türkisch-Sein, seine Persönlichkeit nicht verlieren. Deswegen bin ich der Meinung ... daß er bis in die fünfte Klasse Türkisch lernen sollte. Natürlich wird er, wenn wir hierbleiben, danach hauptsächlich Deutsch lernen und der Türkischunterricht wird etwas vernachlässigt werden ... Aber dennoch: Wenn ein Kind bis zur fünften Klasse Türkisch gelernt hat ... dann hat es das Türkische wenigstens zur Gänze begriffen. Es wird dann nicht mehr mit dem

Türkischen brechen und es *wird nicht mehr mit mir brechen*. Nicht wahr? Auch wenn er dann fünfzig Jahre alt sein sollte, ein deutscher Professsor sein sollte, ein großer Deutscher sein sollte ... *so wird er doch seine Persönlichkeit nicht mehr verlieren* ... Also ich möchte eigentlich nicht, daß mein Kind sich in der Zukunft ganz an die deutschen Bräuche und Sitten anpaßt ...« (1985:7).

Sehr deutlich formuliert Asiz hier, daß (wenigstens bei ihm) hinter der Sorge um kulturelle Identität nicht abstrakte nationalistische Überlegungen stehen, sondern sehr konkrete Gedanken über Persönlichkeitsentwicklung und die Sorge um die Entfremdung von seinen Kindern.

Während sich dieser Zielkonflikt allen Migranten stellt, unterscheiden sie sich darin, wie sie mit ihm umgehen. Der eben zitierte Asiz Subayoğlu würde im Zweifelsfall der Vorbereitung auf die Gesellschaft eine größere Bedeutung beimessen als dem Schutz vor ihr. Was die kulturellen Gefährdungen betrifft, so vermittelt er den Eindruck, daß er es sich zutraut, seinen Sohn einzuführen und ihn so gegen Schwierigkeiten zu wappnen:

»Mein Sohn soll ... mit mir *überall hingehen, soll alles sehen und machen*. Damit er dann später, wenn er allein sein wird, nicht ins Unglück gerät ... Laß es mich so sagen: Wenn wir draußen etwas gesehen haben, was wir der Mutter nicht sagen können, dann ... wir müssen alles sehen, aber er muß lernen, daß er damit nicht sofort kommen und es der Mutter erzählen kann. Also zum Beispiel ich ... ach es ist nicht nötig alles zu erzählen« (1985:12).

Ich weiß nicht genau, an was Asiz hier denkt und assoziiere peep show oder Nachtklub – jedenfalls ist es sein Plan, seinen Sohn geradezu in die Gesellschaft zu initiieren, um ihn dadurch zu schützen. Deutschland erscheint zwar auch in diesem Zitat als ein Raum, in dem man unter die Räder kommen kann: Aber dieser Gefahr begegnet man am ehesten, indem man den Stier bei den Hörnern packt.

Yaşar und Fatma würden dagegen bei einem Zielkonflikt dem Schutz vor der Gesellschaft größere Bedeutung beimessen als der Vorbereitung auf sie. Beide halten die Gefahren, die von der deutschen Gesellschaft ausgehen, für bedrohlicher als die anderen Migranten:

»In Deutschland ist alles frei. Alles. Vor allem die Sexualität, also beieinander zu sitzen, sich miteinander zu vergnügen, zu lachen, zu spielen. Alles das ist hier sehr frei. Bei uns ist das anders. Unsere Bräuche und Sitten erlauben das nicht. Wir sind Muslime. Nun bekommen unsere Kinder Lust, wie Deutsche zu leben. Beispielsweise ist es im Islam verboten, Schweinefleisch zu essen. Jetzt sehen unsere Kinder, daß die deutschen, die italienischen , die griechischen Kinder Schweinefleisch essen. Sie sehen es und werden neugierig. Sie essen selbst Schweinefleisch« (Yaşar 1985:16).

Angesichts dieser Versuchung empfiehlt sich tendenzieller Rückzug und Isolation. Fatma schickt ihre Kinder nicht mehr in den Kindergarten. Dabei ist bezeichnend, daß ihr Unbehagen über die Jahre hinweg zu, und nicht (wie man erwarten könnte) abgenommen hat. Ihre älteste Tochter ist noch einem deutschen Hort anvertraut worden – bei den jüngeren lehnt sie dies kategorisch ab. Für Yaşar gab, wie wir gesehen haben, gerade die Sorge um die Normen und Werte den letzten Ausschlag für die Entscheidung, seine Tochter in die Türkei zurückzuschicken. Für ihn ging es, wie er wörtlich sagte, darum, »sein Kind zu retten«. Und während Asiz seinen Sohn bewußt mit den Gefahren der Gesellschaft konfrontieren wollte, um ihn dagegen zu wappnen, setzen Fatma und Yaşar eher auf zusätzliche pädagogische Institutionen, wie den Korankurs:

»Zwischen Kindern, [die zum Korankurs gehen], und anderen Kindern gibt es einen sehr großen Unterschied, was die Erziehung ... was die Achtung dem Vater gegenüber betrifft, was die Achtung dir [als Gast] gegenüber betrifft. Wenn ein Gast das Haus betritt, wird das Kind ihn respektieren. Aber ein anderes Kind wird unnötig losquatschen, es wird einem auf die Nerven gehen, es wird einen zornig machen. Ein Kind, das zum Korankurs geht, wird dagegen wissen, wie man sich einem Gast gegenüber verhält, wie man sich hinsetzt, wenn ältere anwesend sind, wie man sie bedient, wie man beispielsweise Wasser reicht. Man kann ein Glas Wasser reichen und dabei sagen: ›*Efendi buyrun*‹ - ›Mein Herr, bitte schön‹, man kann es ihm aber auch geben und dabei *ahuu-ohoo* grölen. *Also es handelt sich um unsere Sitten und Gebräuche. Die lernt ein Kind im Korankurs.* Es lernt sie nicht in der Schule ... Die Kinder lernen das in der Moschee. Der Lehrer sagt: ›Das ist der Befehl des Islam. Das müßt ihr machen. Das müßt ihr lernen.‹ Eigentlich müßten sie das in der Grundschule lernen. Also sie müßten sowohl weltliche Dinge lernen, Politik, Wirtschaft ... usw. und daneben Glaubensdinge« (Yaşar, 1985:52).[18]

So unterschiedlich die Antworten des weltlich gesinnten Yaşar und der beiden fundamentalistischen Familien ausfallen, sie haben doch ein Gemeinsames darin, daß in ihnen eine pädagogische Einstellung gegenüber den Kindern zum Ausdruck kommt. Bei all diesen Familien wird die Idee des gleichsam naturwüchsigen Heranwachsens, bei dem man die Kinder weitgehend sich selbst überlassen kann, durch die Idee der Sozialisation, der kontrollierten Einführung in die Gesellschaft, ersetzt. Der Zielkonflikt zwingt die Familien, Stellung zu beziehen. Es gilt, je nachdem, die Einflüsse von außen aufzunehmen, ihnen entgegenzuwirken, sie zu ergänzen. Erst in Deutschland wird Erziehung zu einem bewußten und geplanten Vermittlungsprozeß von Normen und Werten.

In diesem Zusammenhang wird noch eine weitere Konsequenz der Gegensätze von inner- und außerfamilialem Bereich bedeutsam: In Europa sind die Druckmittel der Eltern in ihrem Verhältnis zu den Kindern schwächer geworden. Das weitere gesellschaftliche Umfeld vertritt ja nicht nur abweichende Normen und Werte, sondern es wird auch nicht mehr – wie noch in der städtischen Türkei – sanktionierend im Sinn der Eltern tätig und bietet sogar in Grenzfällen Rückhalt gegen die eigene Familie.[19] Damit werden elterliche Strategien, die auf Zwang und physischer Gewalt beruhen, oft kontraproduktiv. Anstatt die Kinder wieder in die Familie einzubinden, führen sie nicht selten zu wachsender Entfremdung und schließlich zum Bruch.[20] Ich habe wiederholt einen Teufelskreis von Schlagen – zunehmender Entfremdung – noch mehr Schlägen bei delinquent gewordenen türkischen Jugendlichen beobachten können (Schiffauer 1983:32 ff.). Wie Asiz Subayoğlu bemerkenswert klarsichtig kommentierte: »Eine Sache, die erzwungen wird, geht sowieso nach drei bis fünf Tagen den Bach hinunter.«

Angesichts des Wegfalls äußerer Mittel haben nur solche Entscheidungen Bestand, die auf Einsicht gründen. Die Migrationssituation verlangt damit eine Sozialisation, die auf die Formung des inneren Menschen abzielt. Dies bedeutet eine Hinwendung zu argumentativen und verbalen Strategien, um etwas durchzusetzen:

> »Ich würde ihn auch *nicht herumkommandieren* ... es ist nötig, das, was ich ihm sagen werde, auf eine Weise zu sagen, die er verstehen kann. Ich verlange von ihm ohnehin nichts schlechtes ... Und ich werde mich bemühen, daß er die ... geforderten Sachen auch versteht« (Asiz 1985:17).

Süleyman, Yaşar und Fatma teilen mit Asiz die Meinung, daß es um die Formung des inneren Menschen gehe, betonen aber weniger die Notwendigkeit argumentativen Eingehens als die Erfordernisse einer systematischen Erziehung:

»Wenn ich mein Kind tatsächlich *von Anfang an* selbst aufziehen kann, selbst erziehen kann, dann entsteht dieses Problem (nämlich daß der Sohn in Gegenwart des Vaters rauchen möchte) gar nicht ... Also wenn ich das Kind ordentlich, mit Verstand aufziehen kann ... dann entsteht sowieso kein Problem. Dann wird es mich auch achten, auch lieben. Es wird sich verhalten können. Also wenn beispielsweise ein Gast kommt, wird es wissen, wie es den Gast begrüßen muß, wie es in seiner Gegenwart sitzen muß, wie es reden muß« (1985:58).

Damit wird zunehmend ein »einstrahliger« (Schütz), ein synthetischer Blick auf die Kindheit gerichtet: Im Dorf konnte man den Kindern im Vertrauen darauf, daß sie sich selbst die Umwelt aneignen einen Freiraum einräumen; in Europa wird dagegen »von Anfang an« gezielt auf die Gesellschaft vorbereitet. Die spezifische Freiheit, die gerade der unsystematischen, Brüche keineswegs vermeidenden, dörflichen Erziehung anhaftet, geht damit verloren.

Familialer Wandel und Wertesystem

Die weitgehenden Veränderungen der Praxis, wie wir sie hier für die türkische Familie in der Migration beschrieben haben, lassen auf eine Veränderung der Wertestruktur schließen: Offenbar haben sich die Kriterien von dem, was als richtig und falsch gilt, verändert. Diese Veränderung drückt sich nun in diesem Fall nicht darin aus, daß ein Wert durch einen anderen ersetzt würde: Die Migrantenfamilien bekennen sich nicht weniger zu den Werten von Ehre (*namus*) und Achtung (*saygı*), als die Familien in ihrem Heimatdorf. Was indes stattgefunden hat, ist ein sublimer Bedeutungswandel von diesen Begriffen; ein Bedeutungswandel, der dadurch in Gang gesetzt wurde, daß diese Werte in einem neuen und andersgearteten Kontext gebraucht werden.

Die Veränderungen in bezug auf den Wert der Ehre wurden von Asiz Subayoğlu mit folgenden Worten beschrieben:

»Aber nun gibt es bei uns das Problem von Ehre (*namus*) und Hurerei (*orospuluk*) – also daher kommt es [daß manche Türken ihren Frauen verbieten, zu arbeiten]. Wenn eine Frau zur Arbeit geht, wird sie dann verdorben? Wenn *im Inneren* einer Frau (*kadının içinde*) ein Wunsch verdorben zu werden (*bozulma hissi*) existiert, dann wird sie auch verdorben, wenn sie zu Hause sitzt. Du läßt die Frau ja am Morgen alleine zu Hause zurück, ... neun, neuneinhalb Stunden lang. ... Ob nun nachts oder tagsüber: Wenn sie sich ehrlos verhalten will, dann verhält sie sich ehrlos. Also das kommt *von innen, von innen heraus, es ist ein Gefühl*. Wenn sie sich ehrlos verhalten will, macht sie es; wenn sie sich nicht ehrlos verhalten will, dann macht sie es auch nicht, wenn du sie zum arbeiten schickst. Es gibt [prinzipiell] zwei Möglichkeiten. Im Wald, auf dem Berg bleibt die Frau gezwungenermaßen ehrenhaft. Also sie bleibt ehrenhaft durch den Druck eines anderen. *Das ist aber eine ganz andere Sache, wenn sie von ihrem Gefühl her ehrenhaft ist*. Das kann sie dann in der Stadt sein, denn in der Stadt gibt es keinen Zwang ... Wenn sie ehrenhaft ist, ist sie ehrenhaft. Es kommt vom Herzen, und wenn es vom Herzen kommt, dann spielt der Ort sowieso keine Rolle mehr. Das wollte ich sagen« (1985:28).

In dieser Passage vergleicht Asiz die Handlungsbedingungen in seinem Heimatdorf (»im Wald, auf dem Berg«) mit denen der Migration. Der Unterschied liege in der sozialen Kontrolle. Im Dorf bleibe man gezwungenermaßen ehrenhaft, »also durch den Druck eines anderen«. Dies muß näher erläutert werden. Wir haben oben darauf hingewiesen, daß es im Dorf nicht genügt ehrenhaft zu sein – man muß es vor allem auch demonstrieren. Dies begründet einen situationalen Zug der Kontrolle: Was die Ehre betrifft, so müssen Frauen es vermeiden, sich in Situationen zu begeben, in denen sie mit einem Mann unbeobachtet zusammentreffen könnten. Deshalb dürfen Frauen in der Stadt nicht außerhalb des Hauses arbeiten. Frauen dürfen nicht alleine spazierengehen, nachts nicht ohne Begleitung eines Mannes aus dem Haus gehen, auf keinen Fall einen Mann alleine besuchen. Busgesellschaften haben eigene Warteräume für Frauen und Kinder, zu denen alleinstehende Männer keinen Zutritt haben. Der Ruf einer Frau würde leiden, wenn sie sich nicht diesen Einschränkungen unterwirft. Zugespitzt formuliert: Die traditionale Ethik kontrolliert die Situationen und nicht die Individuen. Die Unterstellungen, mit denen Fatma konfrontiert wurde, als sie nach Deutschland ging, erklären sich aus dieser Situationskontrolle: Nur die Tatsache, daß sie sich in eine Situation begeben würde, in der die

Kontrolle ihres Mannes nicht mehr gegeben war, war entscheidend; ihrem Charakter, ihrer individuellen Persönlichkeit wurde keine Rechnung getragen. Die Schilderung Fatmas läßt das zutiefst verletzende dieser Unterstellungen erkennen.

Der äußerliche situationsbezogene Charakter der Kontrolle ist besonders für Frauen kleinteilig und repressiv. Andererseits entsprechen ihm jedoch auch gewisse Freiräume. Da ein Verhalten erst den Ruf gefährdet, wenn es öffentlich wird, ist Verheimlichen eine oft und gerne gebrauchte Strategie. In Subay ist es zum Beispiel gebräuchlich, daß die jungen Männer und Frauen sich vor der Eheschließung heimlich treffen (siehe auch Petersen 1985:35). Jeder weiß davon, und zahlreiche Bauern billigen es, weil es ihnen vorteilhaft für die Stabilität der Ehe zu sein scheint – allgemein gesprochen. Es gäbe nämlich einen unglaublichen Skandal, wenn ein tatsächliches Treffen dieser Art öffentlich würde. Die Ehre der jungen Frau wäre dann zerstört, ihr Vater würde sie verprügeln, der junge Mann würde von ihren Brüdern bedroht werden. Man mag sich diese Treffen ähnlich vorstellen wie das von Fatma und Asiz, in der er ihr die Argumentation nahelegte, die sie dem Vater gegenüber gebrauchen sollte. In diesen Treffen kommt auch zum Ausdruck, was Asiz impliziert, nämlich daß die Bedeutung der äußeren Kontrolle innerlich entlastend wirkt. Sich heimlich zu treffen, weckt offenbar keine moralischen Skrupel. Wie wenig moralisch verwerflich der traditionalen Ethik das Verheimlichen eines Sachverhaltes gilt, zeigt der Vorschlag, den der Polizist in Istanbul Fatma macht, doch die Belästigung durch den Nachbarn zu verschweigen.

Gleichzeitig läßt diese Episode bereits erkennen, wie anachronistisch die äußere soziale Kontrolle in einem anonymen urbanen Zusammenhang ist. Dies gilt noch einmal nachdrücklicher für Deutschland. Auf Grund des generellen Wegfallens der sozialen Eingebundenheit der Familie, ist der Raum des Hauses nicht mehr von Nachbarn oder von anderen Familienangehörigen kontrolliert. Unter diesen Umständen muß die äußere Kontrolle einer inneren Kontrolle Platz machen. In einer für mich frappanten Klarheit formuliert Asiz den Gedanken, daß es unter den Handlungsbedingungen einer komplexen Gesellschaft zu einer *Internalisierung des Wertes* kommen muß.

Die Äußerung von Asiz läßt sich wie ein Kommentar zum Leben von Fatma lesen. Dieses zeigt wahrscheinlich klarer und zugespitzter als andere, wie es in einer Art doppelten Negation zu einer inneren Identifikation mit der Ordnung kam: Sie negierte durch die Migration zunächst die traditionale Ethik, indem sie auf der Migration nach Deutschland beharrte, trotz aller Konsequenzen, die dies für ihren symbolischen Status hatte. Sie widerlegte aber auch die Unterstellungen, mit denen sie im Heimatdorf konfrontiert war, indem sie (in vollem Bewußtsein, auch anders handeln zu können) ihren Gatten nachholte. Auf diese Weise hob sie die traditionale Ethik auf – sie überwand und bewahrte sie gleichzeitig. Dergestalt »beschämte« sie all diejenigen, die ihr anderes unterstellt hatten.

Kehren wir noch einmal zu dem Ausgangszitat zurück. »Wenn sie ehrenhaft *ist*«, sagt Asiz, »ist sie ehrenhaft.« Dies ist nur scheinbar eine Tautologie. Der Satz besagt nichts anderes, als daß unter den Handlungsbedingungen der Moderne der Wert für sich gesehen wird. Anders formuliert: In der Migration werden Norm und Wert einander auf eine neue Weise zugeordnet. Im Dorf ist das Verhältnis von Norm und Wert zeichenhaft. Die Norm (also eine bestimmte Kleidung zu tragen, sich nicht in eine bestimmte Situation zu begeben) wird gleichsam als äußere Seite des Wertes gesehen, zwischen ihr und dem Wert wird eine innere und notwendige Beziehung gesetzt. Unter den Handlungsbedingungen des Dorfes könnte man also sagen: Eine Frau, die sich immer den Normen der Ehre entsprechend verhält, *ist* ehrenhaft. Oder umgekehrt: Eine Verletzung der Norm *ist* (jedenfalls für alle praktischen Zwecke) so gut wie eine Verletzung des Wertes (nämlich der sexuellen Integrität) selbst. Fatma wurde auf den Kopf zugesagt, sie sei unehrenhaft, weil sie nach Deutschland ging (und nicht etwa nur: Sie laufe in die Gefahr, unehrenhaft zu handeln). Wenn in der Migrationssituation nun der Wert tendenziell für sich gesehen wird, heißt das nun nicht, daß die Normen völlig bedeutungslos werden würden. Es heißt nur, daß der innere und notwendige Nexus aufgebrochen und durch ein hierarchisches und rationales Verhältnis ersetzt wird. Eine Norm muß nun durch einen Wert gerechtfertigt sein. Sie wird als Interpretation des Wertes gesehen – sie ist dem Wert sekundär und nachgeordnet.

Damit wird zunächst der Handlungsspielraum erheblich erweitert.

Wenn die Normen nicht mehr als notwendiger Ausdruck des Wertes betrachtet werden, können sie aufgegeben werden, ohne daß der Wert selbst in Frage gestellt würde. Es mache etwa, so Asiz, für die Ehre keinen Unterschied, ob die Frau außerhalb des Hauses arbeitet oder nicht. Ähnlich argumentierte Fatma: »[Sie sagen:] ›Die Frauen werden mit anderen Männern gehen, wenn sie außerhalb des Hauses arbeiten.‹ Das ist doch dumm. Wie sollte man bei der Arbeit eine Beziehung beginnen?« Die damit gewonnene Flexibilität zeigte sich auch im Wandel des Gastrituals. Im Dorf verlangt es die Ehre der Familie, daß ein männlicher Gast keinesfalls mit den Frauen der Familie essen kann – in Deutschland wird diese Regel umstandslos fallengelassen.

Während die Norm tendenziell abgewertet und zur bloßen »Ausführungsbestimmung« wird, wird der Wert eher aufgewertet. Hier ist noch einmal an die Szene mit dem Polizisten in Istanbul zu erinnern. Fatma lehnt es ab, zu schweigen, weil ihre Ehre durch den Nachbarn verletzt worden *ist* – auch wenn niemand davon weiß. In gewissem Sinn wird damit das Individuum stärker und nachhaltiger eingebunden, als es im Dorf der Fall gewesen ist. Die äußere Kontrolle des Dorfes bedeutete auch, daß die Ehre erst verloren war, wenn die Öffentlichkeit davon erfuhr. Jetzt ist eine Verletzung unabhängig von der Öffentlichkeit; die dörfliche Politik der Reputation wird damit unmöglich. Von der Bindung an die Situation gelöst, gilt der Wert nun in allen Situationen.

Dieser neue Zusammenhang, in den Norm und Wert gesetzt werden, wird nun durch eine andere Erfordernis der Migration noch unterstrichen – nämlich durch die oben erwähnte Notwendigkeit, im Sozialisationsprozeß explizit Normen und Werte an die Kinder weiterzugeben. In diesem Zusammenhang lohnt es sich, eine längere Überlegung von Asiz Subayoğlu wiederzugeben, die nun allerdings nicht den Wert der Ehre, sondern den der Achtung betrifft: Er wurde eines Tages damit konfrontiert, daß der jüngere seiner beiden Söhne begann, den älteren Bruder mit dem Vornamen, anstatt mit der Bezeichnung *ağabey* (»älterer Bruder«) anzusprechen, wie es eigentlich die Norm erfordert hätte. Dies gab Anlaß zu folgender Überlegung:

»Mein Kind kann mit mir zusammen Alkohol trinken ... es kann auch Zigaretten rauchen. Das Zigarettenrauchen wird von manchen als Ungezogenheit (*terbiyesizlik*) gegenüber dem Vater gesehen. Aber meiner Meinung nach handelt es sich dabei um keine große Respektlosigkeit ... Weil es nämlich in der besten Gesellschaft praktiziert wird, in Gegenwart von Willy Brandt, von Gorbatschow, vom großen Reagan [raucht man] ... Aber was halte ich nun für respektlos? [Ich halte es für respektlos, wenn mein Kind herumkommandiert]: ›Vater, komm her!‹ sagt, oder: ›Vater, gib mir Geld!‹ Also auf diese Weise primitiv und ungehörig zu reden – das *ist eine größere Respektlosigkeit,* als Zigaretten zu rauchen. Und was den Alkohol betrifft. Alles Extreme ist schlecht. Aber wenn man in normalem Ausmaß trinkt, beim gemütlichen Zusammensitzen, wenn man mit Würde trinkt, dann ist das keine Respektlosigkeit ... Laß mich noch einen anderen Aspekt erwähnen: Es ist bei uns Brauch ... daß man alle, die älter sind, als ›älterer Bruder‹, ›ältere Schwester‹, als ›Tante‹ oder als ›Cousine‹ anspricht.[21] Aber hier, du hast es ja gehört, sagt er (sein Sohn) immer ›Salih‹ (also den Vornamen). Weil er das hier hört ... Auch anderen gegenüber gebraucht er niemals den Titel, sondern immer den Vornamen. Aber ich werde ihn dazu bringen ... Ich werde ihm beibringen, daß man den älteren Bruder respektieren muß« (1985:8).

Für den Umgang mit dem Wert der Achtung gilt in der dörflichen Gesellschaft ähnliches wie für den Wert der Ehre: Auch hier wird die Ausdrucksform betont. Der Höherstehende muß mit Titel und nicht mit Namen angesprochen werden, in seiner Gegenwart darf man nicht rauchen, nicht Alkohol trinken, sich nicht locker hinsetzen; man darf ihm nicht widersprechen und sollte in seiner Gegenwart, wenn überhaupt, dann auf eine sehr zurückhaltende Art und Weise das Wort ergreifen (Schiffauer 1983:67). In Subay wird diesen Ausdrucksformen sehr großer Wert beigemessen: An ihnen wird die familiale Solidarität gemessen und beurteilt; von ihnen hängt der gesellschaftliche Status ab (Schiffauer 1987:49).

In Deutschland, wo sich offenbar andere Umgangsformen einspielen, gibt es keinen äußeren (etwa aus der Sorge um den gesellschaftlichen Status gespeisten) Zwang mehr, der den Familienvater dazu zwingen würde, seine Söhne auf diese Ausdrucksformen festzulegen – im Gegenteil. In dieser Situation sieht er sich gezwungen zu präzisieren, was der Wert der Achtung für ihn bedeutet.

Dies führt zu einer Art Sichtungsprozeß. Asiz versucht in seiner Argumentation zunächst zu erklären, was der Wert unabhängig von der Ausdrucksform bedeutet – und faßt ihn als Interaktionsregel (Respektlosigkeit wäre, wenn der Sohn herumkommandiert). Daran anschließend stellt er die Frage, ob die unterschiedlichen Normen, die allgemeine Regel zum Ausdruck bringen oder nicht, ob sie (um es anders zu formulieren), »dem Geist« des Wertes entsprechen oder nicht. Dabei verwirft Asiz den Gedanken, daß Zigarettenrauchen und Alkoholtrinken Zeichen für Respektlosigkeit sind. Anders verhalte es sich indes mit der Anredeform. Wenn Asiz daran festhält, dann offenbar weil ihm die Anrede direkt auf die Interaktionsform bezogen zu sein scheint. Er begründet dies mit seinem Ideal der familialen Beziehungen:

»Ich möchte sehr gerne der Freund von meinem Kind, von meinem Sohn sein. Aber es soll eine Freundschaft mit Respekt sein. Laß es mich folgendermaßen formulieren: Kann ich als zwanzigjähriger mit einem fünfzigjährigen Mann eine Freundschaft schließen? Ich kann seine Ideen kennenlernen, ich kann ihn mögen. Ich kann ... (eine Freundschaft schließen) was die Ideen, die Interessen ... betrifft ... Aber selbst wenn der vierzigjährige Mann mit mir eine Freundschaft schließt, dann muß ich doch wissen, daß es Grenzen gibt, die ich nicht überschreiten darf. In dem Moment in dem ich das nicht mehr weiß, wird dieser Mann seine Freundschaft mit mir abbrechen. Und mit meinem Sohn möchte ich etwas Ähnliches« (1985:12).

Was ihm vorzuschweben scheint, ist also eine freundschaftliche, warme, aber keine egalitäre Beziehung. Und es ist auf diesem Hintergrund, daß er den Anredeformen ein so großes Gewicht einräumt. Die ganze Argumentation verrät ein dialektisches lebendiges Verhältnis von Begründungszusammenhang, Wert und Ausdrucksform.

Gerade die Notwendigkeit der pädagogischen Vermittlung scheint fast notwendigerweise zu einer Rationalisierung der Wertestruktur zu führen. Damit wird wertrationales Verhalten möglich, das heißt ein Verhalten, das sich diskursiv auf einen bestimmten Wert bezieht. Gleichzeitig ist offensichtlich, daß dieser Prozeß offen ist: Es ist gut denkbar (wenn nicht gar wahrscheinlich), daß den Söhnen Asiz' Begründung nicht mehr einsichtig ist, und daß sie nun, mit neuen Argumenten, den von ihm postulierten Nexus in Frage stellen.

Dieser Prozeß beschränkt sich nicht auf die Seite von Norm und Wert, sondern setzt sich sozusagen nach oben hin fort: Es gibt ein zunehmendes Bedürfnis, auch den Wert zu begründen – und ihn in einem allgemeinen Weltbild zu verankern. Wir haben gesehen, wie dieses Bedürfnis die religiöse Suche bei Fatma und Yaşar in Gang setzte. Im letzten Kapitel werden wir darauf zurückkommen.

An den Zitaten läßt sich schließlich ein weiterer Aspekt der »Internalisierung« der Wertstruktur aufzeigen. Im Dorf wird gefordert, Achtung zu »zeigen« – nicht aber zu empfinden: Jetzt dagegen ist sehr deutlich, daß der Respekt, der Asiz vorschwebt, sich auf ein Gefühl bezieht und nicht auf eine mechanische Ausdrucksform. Der Jüngere soll wissen, daß es Grenzen gibt – aber diese liegen nicht mehr von vornherein fest. Was gefordert wird, ist eher eine generative Regel, auch Empathie und situationsspezifische Rücksicht – und nicht mehr demonstratives Verhalten.

Die Trennung von Norm und Wert, die Etablierung eines rationalen Zusammenhangs zwischen ihnen und schließlich die Internalisierung der Werte besagen, daß sich im Kontext der Migration das Konzept »Ehre« von dem eines mechanischen Schutzschildes in das eines Wertes im engeren und eigentlichen Sinn wandelt. Die Frage nach dem politischen und sozialen *Überleben* macht der Frage nach dem *richtigen* Leben Platz[22].

Entfaltung neuer Strukturen der Subjektivität

Mit der Migration in die urbanen Zentren der Türkei, besonders nachdrücklich aber mit der Migration nach Europa, akzentuiert sich der Gegensatz von Familie und Gesellschaft: Während die Beziehungen nach außen verrechtlicht und damit anonymer und instrumenteller werden, werden die Binnenbeziehungen tendenziell partnerschaftlicher, persönlicher und intimer. Während der Spielraum im Außenbereich geringer wurde, ist der Spielraum innerhalb der Familie größer geworden. Es gibt weit mehr zu verhandeln[23]. Mit dieser Veränderung der Struktur der intersubjektiven Beziehungen änderte sich auch die subjektive Verfaßtheit der Migranten.

Subjektivität bezeichnet den Selbstbezug des empfindenden, wollenden und erkennenden Subjektes[24]. Nun ist zentral, daß diese drei Dimensionen nicht unabhängig voneinander existieren, sondern in einem strukturellen Zusammenhang stehen. Frankfurt (1971) hat diesen Zusammenhang sprachanalytisch bestimmt: Demnach bauen sich Willensakte als Stellungnahmen zu den Bedürfnissen auf: Einfache Bedürfnisse (*first order desires*) sind körperliche Bedürfnisse; sie werden in der Form *»to want«* ausgedrückt. Willensakte beziehen sich dagegen auf diese einfachen Bedürfnisse – es sind *»second order desires«*, die die Form *»to want to want«* haben. Stellungnahmen sind Urteile – und, im Falle des Willens, »präreflexive Urteile«. Sie lassen sich, um auf dem von Frankfurt eingeschlagenen Weg weiterzudenken, in die Form des *»to want to want«* bringen, aber nicht (was reflexive Urteile auszeichnen würde) in die Form *»to decide to want«*. Indes bauen sich reflexive Urteile wiederum auf präreflexive auf: Etwa in der Form, daß man sich bewußt wird, was man will – oder daß man durch Reflexion verändert, was man will. In einer erneuten Stellungnahme zu dieser Struktur kann dann »Subjektivität«, je nachdem, welcher Aspekt betont wird, primär als Selbsterfahrung beziehungsweise Selbstverwirklichung (Betonen der Befindlichkeit), als Selbstbestimmung oder Selbstbehauptung (Betonen des Willens oder Handelns) oder als Selbstbewußtsein (Betonen des reflexiven Aktes) gefaßt werden. Subjektivität entfaltet sich also in sukzessiven Akten des Sich-zu-sich-selbst-Verhaltens.

Welchen Impakt hat die Migrationssituation auf diese Struktur? Erinnern wir uns anhand von Fatmas Fall noch einmal an das, was wir oben zu den Strukturen der Subjektivität im dörflichen Kontext ausgeführt haben. In bezug auf die Verheiratung beschränkte sich die Sorge des Vaters um ihr Wohlergehen sozusagen auf die Randbedingungen der Ehe – er erkundigte sich nach den materiellen Umständen von Ramis und stellte Überlegungen zur Arbeitssituation in den Dörfern von Kurşunlu an. Den Gefühlen, die Fatma Ramis entgegebrachte, wurde keine besondere Bedeutung beigemessen. Aus diesen Überlegungen spricht eine positive Wahrnehmung von Grundbedürfnissen – Defizite in diesen Bereichen gelten als gefährlich, weil sie die Betroffenen zu einem gesellschaftswidrigen Verhalten *zwingen*. Gefühle (etwa Zuneigung oder Abneigung gegen einen Gatten), die darüber hinaus gehen, werden in der Regel erst dann ernstgenommen, wenn sie sich so zuspitzen, daß Kurzschlußhandlungen zu befürchten sind.[25] Dem korrespondiert die Struktur des Wollens: Der Willen kann sich (wenn überhaupt) bezeichnenderweise in der Form der

Negation äußern – nach dörflichen Maßstäben hätte Fatma ein Vetorecht zugestanden. Im ersten Fall einer Verweigerung von Grundbedürfnissen ist der Wille gleichsam außer Kraft gesetzt; im Fall einer Verletzung sekundärer Bedürfnisse hat das Individuum nur die Möglichkeit einer dichotomen Ja/Nein Stellungnahme.

Ein Zitat mag beleuchten, wie sich im Vergleich dazu die Situation in Deutschland darstellt. Asiz Subayoğlus Frau Seval stellte nach drei Jahren Anwesenheit in Deutschland den Antrag auf Arbeitserlaubnis. Dies wurde von Asiz mit folgenden Worten beschrieben:

»Zu Hause langweilt man sich. Wenn auch rechts und links Türken wohnen, so ist es doch auch mit Türken nicht immer einfach, sich anzufreunden und mit Deutschen konnte sie sich sowieso nicht anfreunden – wegen der Sprache. Und ständig zu Hause bleiben … Selbst wenn sie zum Spazierengehen rausgegangen ist, so war es doch nicht gut für sie; sie hatte niemanden, mit dem sie beim Spazierengehen sprechen konnte. Und dann arbeiteten auch die Frauen der Kollegen, die ich am Arbeitsplatz kennengelernt hatte. … Das hat meine Frau etwas beeinflußt: ›Auch ich möchte arbeiten, denn ich langweile mich‹ … Aber es herrschte eben keine Eile bei uns. Es ging nicht darum, so schnell wie möglich Arbeiterin zu werden … Das hat sich nach und nach herausgestellt … Und ich habe auch nichts dagegen gesagt, etwas in der Art wie: ›Arbeite!‹ oder: ›Arbeite nicht, das ist unmöglich. Türkische Frauen arbeiten nicht, deswegen wirst du auch nicht arbeiten …‹ Das habe ich ihrem eigenen Willen überlassen. Aus eigenem Willen arbeitet sie seit damals und arbeitet immer noch« (1985:26).

Man mag zunächst festhalten, daß die im Zitat ausgedrückte Sensibilität für die Gefühle seiner Frau keinen Einzelfall darstellt. Eine sehr ähnliche Äußerung gibt es etwa von Hasan Akkaya. Auch andere Beispiele für eine differenzierte und feine Berücksichtigung von Bedürfnissen, Wünschen und Gefühlen haben wir bereits erwähnt: Ich erinnere an Fatmas Sensibilität in Bezug auf ein gemeinsames Konto (auch in dieser Frage gibt es Parallelstellen bei Süleyman und Hasan Akkaya) oder Alimes Würdigung von Süleymans Gedichten[26].

Der gewachsene Spielraum in der Fremde erlaubt eine entfaltete Stellungnahme zu den Gefühlen. An Stelle einer einfachen Ja/Nein Entscheidung eröffnet sich ein ganzes Spektrum von Möglichkeiten, mit ihnen umzugehen. In diesem Zitat weist Asiz auf den prozessualen Charakter hin, in dem sich für Seval herausgestellt hat, was sie *will* – das heißt wie sie sich zu den Bedürfnissen verhalten will.

Asiz orientiert sich dabei offensichtlich an einem Ideal der Selbstverwirklichung. Er betont die Bedeutung, die den Gefühlen zukommt. Dies zeigt sich daran, wie er sich von anderen Migranten absetzt, die entweder aus Sorge um ihren Status den Frauen verwehren, zu arbeiten oder die – umgekehrt – aus materiellen Interessen ihre Frauen sofort zum Arbeiten schicken. »Dann«, so fährt er fort, »gibt es wiederum einige ... wie mich ... die überlassen es ihr. Wenn sie will, soll sie arbeiten, wenn nicht, dann nicht.« Um es pointiert zu sagen: Sowohl die Statusinteressen wie die wirtschaftlichen Interessen werden in diesem Zitat im Vergleich zum psychischen Wohlbefinden als sekundär betrachtet. Es ist richtiger und wichtiger (so läßt sich Asiz paraphrasieren), den Bedürfnissen gerecht zu werden, als irgendwelche Pläne zu verfolgen.

Ein Vergleich mit Fatma mag die Parallele in der Struktur bei aller Differenz der Einzelentscheidungen sichtbar machen. Fatma, die in einem regen Kommunikationszusammenhang stand, langweilte sich nicht zu Hause. Wenn sie 1978 sagte, daß sie arbeiten will (um des Familienziels willen), dann handelt es sich deutlich um ein *»second order desire«* – um eine präreflexive Stellungnahme zu dem Bedürfnis, zu Hause zu bleiben (was etwa die von ihr beklagte Arbeitslast reduziert hätte). Sie gab diesem Bedürfnis nicht nach, weil ihr ein selbstbestimmtes Leben wichtiger als ihr Wohlbefinden war.[27] Dies sollte sich in den achtziger Jahren, im Zusammenhang mit ihrer religiösen Neubestimmung verändern: Sie begann nun, den Wunsch, zu arbeiten, zu reflektieren und verwarf ihn, weil er im Gegensatz zu islamischen Prinzipien stand. Mit der Wendung der achtziger Jahre hat somit auch eine Umorientierung ihres subjektiven Ideals stattgefunden. Nun wurde die Frage nach dem richtigen Leben entscheidend. Die bewußte Orientierung an der islamischen Ethik wurde für sie bestimmend. Mit der Betonung des reflexiven Moments war ihre subjektive Verfaßtheit von nun an stärker von Selbstbewußtsein als von Selbstbestimmung geprägt.

Eine dritte Stellungnahme findet sich schließlich bei Yaşar in der gleichen Frage: Als seine Frau 1975 nach Deutschland kam, stellte sich auch für sie das Problem der Langeweile (auch hier bezeugt die Beschreibung, daß sich die Familie intensiv damit auseinandersetzte). Da aus ethischen Gründen eine Arbeit nicht in Frage kam, stellte sich in dieser Familie das Problem noch etwas anders. Zwei Bedürfnisse ließen sich nicht miteinander vereinbaren: nämlich der Wunsch, mit dem Gatten zusammenzuleben, und das Bedürfnis, in einem sozialen Umfeld zu leben, in dem man nicht isoliert wäre. Auf dem Hintergrund dieser Probleme sahen sich die Familienmitglieder ständig vor der Notwendigkeit, zu klären, was sie wollten und was nicht, was sie richtig fanden und was nicht. Kurz: Sie wurden sich ihrer subjektiven Verfaßtheit bewußt.

Die Entfaltung der Subjektivität in den ineinander verschalten Prozessen der Wahrnehmung von Bedürfnissen, der Stellungnahme zu den eigenen Bedürfnissen und der Überhöhung der Stellungnahmen durch normative Begründungen scheint unabtrennbar von der Wahrnehmung der inneren Unterschiedlichkeit voneinander zu sein. Die Migranten aus Subay grenzen sich sehr bewußt gegeneinander ab und beurteilen zum Teil sehr hart das Verhalten der anderen. So äußert sich etwa Yaşar sehr negativ über Memed, der eine Deutsche geheiratet hatte: Dies sei prinzipienlos und unislamisch: »Was kann denn eine Frau von diesem Türken lernen. Wenn jemand so ist, dann hätte sie keinen Muslim heiraten brauchen.« Memed seinerseits kritisiert an den Fundamentalisten, daß sie nicht auf die Bedürfnisse ihrer Frauen eingehen würden: »Die türkische Frau ist hier wie ein richtiger Gefangener.«

Die Wahrnehmung der inneren Unterschiede geht so weit, daß oft das Gefühl entsteht, sich gegenseitig nichts mehr zu sagen zu haben. Es ist kein Zufall, daß, mit Ausnahme von Memed und Salih Akkaya, die in Deutschland lebenden Migranten aus Subay keinen Kontakt miteinander haben. Dies fällt naturgemäß bei denjenigen am meisten auf, die in Nachbarschaft zueinander wohnen. Yaşar und Asiz, die in benachbarten Städten leben, haben sich in den fünfzehn Jahren kein einziges Mal besucht. Yaşar über Asiz: »Er betet nicht, er fastet nicht. Was soll ich bei ihm?« und zu einem anderen Zeitpunkt: »[Unsere Ideen] passsen nicht zueinander. Obwohl wir Landsleute sind. Wir sind Landsleute, beide Muslime, aber unsere Ideen passen nicht zueinander. Denn er ist so erzogen, er schloß sich einer bestimmten Gesellschaft an; ich dagegen habe mich einer anderen Gesellschaft angeschlossen. Ich habe mich der islamischen Gemeinde angeschlossen« (1985:71).

Eine ähnliche Distanz äußerte Memed Akkaya über den 1977 nur wenige Schritte entfernt wohnenden Asiz Hasanoğlu:

»Asiz kommt nicht sehr oft hierher. Ich kenne auch keinen anderen ... Ich habe im Grund keinen *Freund*, jedenfalls nicht aus *meinem Land*. Ich kann nicht mit jedem Türken ein herzliches Verhältnis haben.«

Der in diesem Zitat gebrauchte Ausdruck »mein Land« (*memleketim*) bezieht sich auf die engere Heimat – er umfaßt also die Migranten des eigenen Dorfes wie auch der Region Andıraz. Freundschaft wird hier der Landsmannschaft gegenübergestellt. Bei Memed, wie bei den anderen Migranten[28] aus Subay, überlagerte das Interesse an Personen, die eine ähnliche »Grundhaltung« zum Leben einnahmen, das landsmannschaftliche Interesse am anderen – freilich ohne es ganz zu ersetzen. Die von Memed getroffene Entgegensetzung von Freund und Landsmann steht in bemerkenswertem Gegensatz zu einer herkömmlichen (und bäuerlich anmutenden) Haltung, die besagt, daß eigentlich nur der Landsmann ein Freund sein kann. Am explizitesten hörte ich sie von einem Berliner Migranten aus Konya ausgedrückt:

»Man kann sagen, Türke sei Türke. Aber das ist nicht so. Wenn ich mit jemandem aus einer anderen Stadt zusammenkomme, dann will er über seine Stadt sprechen, aber was geht mich das an? Oder ich spreche über meine Stadt, und das interessiert ihn nicht. Besonders in der Fremde sind Landsleute aus derselben Provinz wichtig. Du kannst nicht auf deine Gesundheit bauen. Wenn du einen Verkehrsunfall hast, wer besucht dich dann im Krankenhaus? Deine Landsleute! Und wer hilft deiner Familie? Deine Landsleute« (Schiffauer 1983:17).

Die sich hier entfaltende Struktur der Subjektivität steht in engem Zusammenhang mit der im vorletzten Kapitel angesprochenen Entäußerung des Lebensentwurfs. Der Lebensentwurf beschreibt die diachrone Dimension des Sich-zu-sich-Selbst-Verhaltens; die Subjektivität dagegen seinen synchronen Aspekt. Im Alltag ist beides untrennbar verknüpft: So wird man sich oft erst im Rückblick darüber klar, was man »eigentlich« wollte – und wird klarer, wie man sich in einer augenblicklichen Situation entscheiden muß. In der Wahrnehmung ihrer eigenen Geschichte und ihrer Subjektivität, werden sich die einzelnen ihrer Besonderheit bewußt.

Anmerkungen

[1] Ich habe die Konsequenzen des Ausgrenzen ausführlich beschrieben (Schiffauer 1987:46 ff.).

[2] Das Wort *kılıbık* wird gewöhnlich mit »Pantoffelheld« übersetzt (siehe Steuerwald). Die Übersetzung wirkt verharmlosend. Im Dorf beruht die Fähigkeit, den Rechtsstatus der Familie zu behaupten auf der *erkeklik*, der Virilität, der männlichen Haushaltsangehörigen. Ein *kılıbık* hat diese Fähigkeit nicht.

[3] Es geht aus einer anderen Erzählung Fatmas hervor, daß der Vater bei anderen Geschwistern keinesfalls so despotisch verfuhr. Ihre Schwester sollte mit einem ärmeren, aber von Ramis Ağa als tüchtig eingeschätzten, Mann aus dem Dorf verheiratet werden. »Meine Schwester wandte sich an mich und sagte: ›Ich möchte ihn nicht heiraten.‹ Wenn man niemanden kennt, muß man dem Wunsch des Vaters nachgeben. Ich aber habe damals meinen jetzigen Schwager vorgeschlagen« (Gedächtnisprotokoll 1978).

[4] Wenn ein städtischer Familienbetrieb eingerichtet wird, bleibt die familiale Einheit natürlich auch eine gemeinsam produzierende Einheit. Der Unterschied zum Dorf liegt darin, daß nur noch die Männer der Familie zusammen produzieren.

[5] Hier wurde vor allem die Existenz eines für die Ehre der Frau unbedenklichen Arbeitsplatzes genannt. Ein Arbeitsplatz dieser Art ist etwa eine Putzstelle im gleichen Haus, in dem der Mann Hausmeister ist.

[6] Eine ähnliche Einschätzung hat Gartmann in ihrer Untersuchung eines Ankaraner *gecekondus* festgestellt. Dabei waren die Frauen öfter motiviert Arbeit aufzunehmen, wurden aber von den Ehemännern auf Grund von Ehrbedenken daran gehindert (Gartmann 1981:117–126).

[7] Dies wurde von Nauck systemtheoretisch formuliert: »Es ist ... zu vermuten, daß unter den Handlungsbedingungen in der Aufnahmegesellschaft sich Migrantenfamilien durch besonders scharfe System-Umwelt Grenzziehungen auszeichnen, da sich diese Grenzen auf weit mehr Handlungsdimensionen als bei Familien der Bevölkerungsmajorität oder der Herkunftsgesellschaft beziehen, d.h. bei Migrantenfamilien wird der Grad der Organisation vergleichsweise hoch, der der Integration in die Handlungsumgebung vergleichsweise gering sein. Damit wird die strukturelle Autonomie, die ohnehin eine Eigenschaft der Ehe und Familie auf Grund ihres Charakters als Intimgruppe und ihrer Abgeschlossenheit gegenüber ›gesellschaftlichen Normen auch im Hinblick auf Visibilität und soziale Kontrolle‹ in differenzierten Gesellschaften ist, bei Migrantenfamilien noch gesteigert« (Nauck 1985:249).

[8] Besonders bedeutsam ist dabei die wachsende Verwiesenheit der Männer auf die Frauen. Kağıtçıbaşı hatte bei einer Untersuchung in Istanbul einen

erheblichen Unterschied der psychosozialen Orientierung am Partner bei Männern und Frauen festgestellt. Als Lebensziel wurde ein »nahes Verhältnis zum Ehepartner« von 63% der Frauen, aber nur von 19% der Männer genannt (1985:150). In diesem Zusammenhang möchte ich auch auf die beeindruckende literarische Bearbeitung dieser Problematik bei Özakin (1982) hinweisen.

9 Die zentrale Bedeutung dieser Freiheit des Eingehens von Beziehungen für das Selbstverständnis spricht auch deutlich aus den Fällen, die Wolbert aufgezeichnet hat: So sagt etwa Neslihan: »Ich ... ,wenn er mich jeden Tag geschlagen hätte, mir kein Geld gegeben hätte, mich nicht ausgeführt hätte, wenn das nicht der Fall gewesen wäre, wäre ich zu einer türkischen Freundin in der Straße gegangen ... « (1984:441, siehe auch: 438/439/442).

10 Ich plädiere auf Grund dieser Überlegung zu einer differenzierteren Betrachtung der nun in der Tat sehr hohen Scheidungsraten bei türkischen Migranten. Sie lassen sich meines Erachtens keinesfalls nur als Ausdruck anomischer Verhaltensweisen interpretieren, wie dies etwa Kudat (1975:31) vorschlägt.

11 Hierzu die ausführliche Analyse bei Schiffauer (1987:151 ff.).

12 Kağıtçıbaşı in ihrer Diskussion von Caldwell (1977) hebt die universale Bedeutung des Zeitpunktes hervor, in der die Richtung des Gabenfluß sich verkehrt – und die Güter nicht mehr von Kindern zu Eltern, sondern von Eltern zu Kindern fließen. Diese Veränderung falle zusammen mit einer Reduzierung familialer Aufgaben, der Entwicklung hin zur Kernfamilie und der Verlagerung gefühlsmäßiger Investitionen von den Großeltern zu den eigenen Kindern (1985:152). Siehe in diesem Zusammenhang auch die Arbeiten von Nauck zum »value of children« Erklärungsansatz (Nauck 1989, 1990).

13 Die sehr hohen Erwartungen, die türkische Eltern an ihre Kinder stellen, sind in der pädagogischen Forschung allgemein registriert worden (Boos Nüning (1983:153), Stüwe (1982:135). Dies mag neben der hier konstatierten »Pädagogisierung« des Verhältnisses zu Kindern auch mit der im letzten Kapitel beschriebenen Zeitproblematik zusammenhängen. In der Literatur wird häufig angenommen, daß der von den Eltern erhoffte soziale Aufstieg nicht stattgefunden hat und sie die Hoffnung auf Zielerreichung auf die Kinder projizieren (Stüwe (1982:27/135), Albrecht/Pfeiffer (1979:50), Hoffmann-Nowotny (1973:235), Neumann (1980:179), Schrader/Nikles/Griese (1976:88). Dies tritt bei den von uns diskutierten Fällen bei Süleyman besonders hervor. Eine Rolle mögen auch die Vorstellungen einer geachteten urbanen Existenz spielen. Mit dem Wunsch, die Kinder sollten es schaffen, auf die andere Seite des Schreibtisches zu kommen, könnte die bezeichnende »Alles oder Nichts« Haltung zusammenhängen, die Boos-Nüning registriert hat (1983:153). Bezeichnend ist auch der von ihr registrierte Sachverhalt, daß bei einem Scheitern eines der

Söhne die Erwartungen dann an den nächsten weitergegeben werden. Hier scheint das dörfliche Stellvertreterschema noch wie ein Palimpsest durchzuschimmern.

[14] Vergl. etwa Pfluger-Schindlbeck (1989:237): »Die *abla* (ältere Schwester) vertritt die Mutter nicht in ihrem Verhältnis zu den Geschwistern, sie übernimmt keine Erziehungsfunktion. Nicht nur die erzieherischen Aufgaben der Erwachsenen werden nicht mehr stufenweise nach unten delegiert, sondern auch im Bereich der Arbeit wird darauf verzichtet.« Vergl. auch die Szenen: 232 und 233.

[15] Vergl. auch die Schilderung des egalitären Umgangs von Geschwistern miteinander bei der von Pfluger-Schindlbeck beschriebenen Familie Bulut (1989:263 ff.).

[16] Vergl. in diesem Zusammenhang den wichtigen Hinweis bei U. Mıhçıyazgan (1986:313): »In der Alltagssprache der Dorfbewohner wird *alışmak*, ›sich gewöhnen‹, weitgehend synonym mit *öğrenmek*, ›lernen‹, verwendet. Dieser Sprachgebrauch läßt darauf schließen, daß Lernen in erster Linie durch Nachahmung und Habitualisierung stattfindet.«

[17] Vergleiche auch Mihçiyazgan (1986:286). Eine sehr eindringliche literarische Beschreibung dieses Sachverhalts bei Özakin (1989:32,34).

[18] Das hier geschilderte Motiv ist im Zusammenhang mit dem »defensiven Islam« zu sehen, auf den wir, im Zusammenhang mit Yaşars Biographie, zu sprechen gekommen sind: Dieses Bedürfnis ist mit dem Familiennachzug gewachsen. Der große Erfolg der fundamentalistischen Süleymanlı Bewegung dürfte zu einem guten Teil darin begründet sein, daß sie dieses Defizit erkannt hat und als erste Institution systematisch Korankurse angeboten hat (hierzu: Blaschke, 1985). Diese Kurse wurden auch von zahlreichen Migranten genutzt, die sich mit den Überzeugungen der Süleymanlı Bewegung nicht identifizierten. Asiz – ein bewußter Gegner der Fundamentalisten – würde gerne seine Kinder zu einem Kurs schicken, der etwa vom türkischen Amt für Glaubensangelegenheiten ausgerichtet wird.

[19] Dies betrifft in besonderem Maß die heranwachsenden Töchter. Die Möglichkeit des »Jugendamta kaçmak« – »zum Jugendamt fliehen«, das heißt für die Töchter, sich an Sozialarbeiter zu wenden, wenn etwa die Gefahr einer Verheiratung besteht, ist allen präsent. In fundamentalitischen Familien wird dies als Bedrohung wahrgenommen. Bezeichnend für die Ängste ist ein Interview, das in der fundamentalistischen Zeitung »Tebliğ« (Nr.52, 15.–29.2.1988) abgedruckt wurde. Auf die Frage des Interviewers: »Was ist das Jugendamt?« antwortete der Befragte: »Wenn die Kinder von ihren Eltern unterdrückt werden, werden sie von seiten des Staates beschützt. Das heißt sozusagen ›beschützt‹. Tatsächlich werden die Kinder vom richtigen Weg abgebracht. Natürlich unserer Auffassung nach. Nach Meinung der Deutschen ist dies eine sehr gute Institution. Wenn ein Kind 15 Jahre alt ist, lernt es nun von ihrer Existenz. Wenn nun die Eltern sagen: ›Mädchen, du bist nun herangewachsen, morgen oder in einigen Tagen

werden Brautwerber kommen, sei wohlerzogen‹ – dann ist die ganze Sache verdorben. Dann bedroht das Kind die Eltern mit den Worten: ›Wenn ihr weiter Druck ausübt, dann haue ich ab‹« (:9). In diesem Zusammenhang siehe auch die von Wilpert (1983) aufgenommene Interviewpassage: »Den Kindern gefällt das Leben hier. Sie fangen an, sich den Eltern zu widersetzen. Die Kinder hier kannst du noch nicht einmal schlagen. Die Gesetze hier sind auf der Seite der Kinder. Dann ist es für die Kinder natürlich leicht, sich gegen die Eltern aufzulehnen« (153).

[20] Hierzu siehe auch die ausgezeichnete Fallstudie von Sayad (1979).

[21] Zur Logik der Ansprache vergl. Schiffauer 1987:218.

[22] Die in diesem Kapitel konstatierten Veränderungen in der Gattenbeziehung aber auch in der Eltern-Kind Beziehung, sind auch nach der Rückkehr in die Türkei spürbar. Siehe Matter (1987b:237).

[23] Hier läßt sich Kritik an Wirth (1938) formulieren: Die generelle Aussage, daß urbane Beziehungen »unpersönlich, oberflächlich, temporär und segmentiert« seien, ist nur eine Verallgemeinerung der Außenbeziehungen. Die Unzulänglichkeit der Wirthschen Position wurde schnell bemerkt, allerdings nicht systematisch begründet. Auch Hannerz verfehlt den Punkt, wenn er einfach relativierend anmerkt: »If Wirth was not 100% correct in the character of urban social relations, he was hardly 100% wrong either. It would not do to propose that relationships between city dwellers are typically deep and wide, intimate and durable. It is the variability of relations in the city that deserves recognition and some more analytical attention« (1980:72). Ich würde diesen Sachverhalt etwas schärfer fassen: Gerade der Gegensatz von intimen und instrumentellen Beziehungen scheint mir städtische soziale Beziehungen zu charakterisieren.

[24] Diese Ausführungen verdanken viel dem von Jürgen Habermas an der Universität Frankfurt gehaltenen Seminar »Identität, Subjektivität und Individualität«.

[25] Der holzschnittartige Charakter dieser Wahrnehmung, ihre Reduktion auf einige zweifellos elementare und wesentliche Grundzüge tritt noch aus einigen anderen hier wiedergegebenen Äußerungen hervor: Etwa wenn an den Vätern wiederholt die Eigenschaft gerühmt wurde, sie hätten für reichliches Essen gesorgt.

[26] Die neue Bedeutung des Erratens von Gefühlen, der Empathie wird sehr schön deutlich auch aus einem Text, den Wolbert aufgenommen hat. Die zentrale Bedeutung des Einfühlungsvermögens, das der Mann der Interviewpartnerin (Neslihan) in verschiedener Hinsicht zeigt (Rücksicht auf Trauer, Erraten von Wünschen), wird in seiner zentralen Bedeutung erst auf dem Hintergrund der gegenseitigen Angewiesenheit der Partner aufeinander deutlich: »Er ist ein guter Mensch. Wenn Kadir mich nicht gut behandeln würde, also, wenn er ein schlechter Mensch wäre, wie hätte ich hier arbeiten können, in diesem fremden Land? Wie hätte ich hierbleiben können? Ich hätte bestimmt nicht mit ihm leben können, wenn er ein

schlechter Mensch wäre« (1984:464; wichtig in diesem Zusammenhang ist die ganze Passage 463 ff.).

[27] Die gleiche Haltung zeichnet ja auch ihre Entscheidung aus, Ramis nachzuholen

[28] So hat Yaşar auch keinen Kontakt zu anderen Migranten aus Andıraz, die in der gleichen Stadt wohnen.

Memed: Die Last des väterlichen Auftrags

Kindheit und Jugend in der Türkei

Memed[1] wurde 1944 als der älteste der vier Söhne von Mustafa Akkaya, dem »Dürren Offizier«, und seiner Frau Rukiye geboren.

Die Brüder des »Dürren Offiziers« gehörten in den fünfziger Jahren zu den ersten Migranten aus Subay. Der zweite Sohn wurde Arbeiter in Istanbul, der dritte, Bayram, wurde zunächst Lehrer und später Direktor der Grundschule in der Kreisstadt Andıraz, der jüngste ging wiederum nach Istanbul und wurde dort Kaffeehausbesitzer. Besonders Bayram beeinflußte die Meinungen und Auffassungen des im Dorf gebliebenen Bruders. Es ist auf ihn zurückzuführen, daß der »Dürre Offizier« einer der wenigen Anhänger der kemalistischen Republikanischen Volkspartei im Dorf war.

Der Haushalt des »Dürren Offiziers« gehört zu den wohlhabenderen im Dorf – und war es immer schon gewesen. Anders als Mahir Ağa oder Ibrahim Fuad, die sich hochgearbeitet haben, hat der »Dürre Offizier« sein Land ererbt. Es mag darauf zurückzuführen sein, daß ihn ein gewisses dynastisches Denken und ein darauf gegründeter Stolz charakterisieren. Einmal begründete er mir gegenüber die Unveräußerlichkeit von Landbesitz mit den Worten: »Ich sterbe, mein Sohn stirbt, aber das Land stirbt nicht.« Obwohl der »Dürre Offizier« zu den geachtetesten und einflußreichsten Bauern im Dorf gehört, hat er doch niemals irgendwelche dorfpolitischen Neigungen erkennen lassen: Die Ambitionen von Veli, Ibrahim oder Mahir sind ihm fremd. Im Vergleich zu ihnen ruht er stärker in sich selbst und bezieht seinen Stolz eher aus der Bewältigung seiner Verpflichtungen und aus harter Arbeit. »Ich muß ständig etwas zu tun haben, sonst langweile ich mich.«

Auch dem »Dürren Offizier« schwebte ein Stadt-Land-Haushalt vor. Memed sollte dabei allerdings eine besondere Rolle zufallen.

Gelegentlich wird nämlich einer der Söhne, der die Fähigkeiten hat, dazu ausersehen, »etwas besonderes« zu werden, das heißt eine geachtete städtische Laufbahn einzuschlagen, die sich von der der normalen Migranten unterscheidet. Dem Familienunternehmen soll damit gleichsam ein Glanzlicht aufgesetzt werden. Dabei handelt es sich um eine zusätzliche Investition, die gemacht wird, wenn das Unternehmen ansonsten auf stabilen Füßen steht, also wenn andere Brüder da sind, die den Hof und seine städtischen Dependancen tragen. Die ganze Familie trägt dann zu dem Erfolg bei.

Einen Fall dieser Art erlebte ich während meines Aufenthaltes im Dorf bei der Familie des »Tabakhändlers« (eines Verwandten des »Dürren Offiziers«): In dieser war es Hasan, der jüngste Sohn, der für die Laufbahn eines Polizeikommissars ausersehen worden war. Nach dem erfolgreichen Abschluß der Polizeiakademie galt es, ihn auszustatten, das heißt ihm eine Wohnung in der Stadt mit Farbfernsehen, Kühlschrank usw. einzuräumen. Schließlich, so wurde argumentiert, müsse er Gäste standesgemäß empfangen und bewirten können. Ich notierte damals mit Erstaunen in meinem Tagebuch, wie selbstverständlich es für den älteren Bruder war, den jüngeren (dem es immer schon besser gegangen war als ihm selbst) durch harte Arbeit mit Luxusgütern auszustatten, von denen er selbst nur träumen konnte. Die Sonderrolle zeigte sich auch an den Heiratsplänen, die der Vater spann. Auch hier standen Standesfragen im Vordergrund: In der weiteren Verwandtschaft in Istanbul befand sich eine junge Ärztin, die, so der Vater, von der Ausbildung her eigentlich die geeignete Braut für seinen Sohn wäre. Es versteht sich fast von selbst, daß in diesem Fall eine Mitarbeit des jungen Paares auf dem Hof nicht mehr in Frage kommen würde. Andererseits kann von jemandem, der eine geachtete städtische Position hat, Hilfe in anderer Hinsicht in Anspruch genommen werden. So erwirkte der Kommissar seinem Bruder einen Führerschein.

In der Generation des »Dürren Offiziers« hatte Bayram diese Rolle innegehabt. In der nächsten Generation sollte sie Memed zufallen. Sein Leben sollte sich in der Auseinandersetzung mit diesem Anspruch entwickeln.

Zunächst wurden gute Voraussetzungen für eine Ausbildung geschaffen. Nach dem Abschluß der Grundschule wurde er 1957 zu einem der Onkel nach Istanbul geschickt, um dort die Mittelschule (*orta okul*) zu besuchen[2]. Sowohl in Hinblick auf die Wohnsituation, als auch in Hinblick auf die materielle Ausstattung hatte er weit günstigere Bedingungen als Süleyman. Nach dem erfolgreichen Abschluß der Schule mußte er seine Ausbildung unterbrechen. Das Viertel, in dem sein Elternhaus stand, war völlig niedergebrannt und seine Hilfe wurde beim Wiederaufbau benötigt. 1962 begann er eine Ausbildung als Maschinenschlosser an der Berufsschule in Karabük. In dieser Zeit zeichnete sich ab, daß er Schwierigkeiten hatte, den an ihn gerichteten Erwartungen zu entsprechen:

»Das nötige Geld bekam ich damals von meiner Familie, von meinem Vater... Mein Vater wollte, daß ich mehr lernen sollte, damit ich später Ingenieur [werden] oder ein noch höheres Amt einnehmen könnte. ... Aber dazu reichten meine Möglichkeiten nicht aus. Möglich ist aber auch, daß ich damals einfach nicht die richtigen Freunde hatte. Ich habe mich jedenfalls immer mit meinen Freunden dem Trinken und Freizeitvergnügungen (*boş hayat*) hingegeben, wenn ich mich allein fühlte ... Wir führten die Ausbildung nicht zu Ende« (1977:315).

Anschließend ging er nach Istanbul:

»Es war eine gute Zeit. Ich habe neue Sachen kennengelernt und das Leben war voll von großen Abenteuern ... Ich kämpfte, ohne zu ermüden; ich führte ein unabhängiges Leben. Es war das Leben, das ich wollte – ein Leben allein. Ich hatte keine Verantwortung, niemand wollte etwas von mir« (1977:317).

Warum brach er die Ausbildung ab? Eine Möglichkeit, die er selbst andeutet ist, daß ihm die Fähigkeiten fehlten. An anderer Stelle sagt er, daß er in der Schule in Mathematik schwach war – dagegen Spaß an sozialkundlichen Fächern hatte. Ein zweiter Grund dürfte jedoch hinzugetreten sein: Aus den zitierten Passagen spricht eine Faszination für die städtische Freiheit und Ungebundenheit, die er wohl als Gegensatz zu den dörflichen Zwängen und Einschränkungen wahrgenommen hat[3]. Man gewinnt den Eindruck, daß es nach einem Aufwachsen in einer sozialen Situation, in der Forderungen und Grenzen immer von außen gesetzt sind, sehr schwierig ist, nun in einer Situation der Freiheit eine innere Methodik zu entwickeln, die die Voraussetzung für eine höhere Ausbildung ist – vor allem dann, wenn das soziale Umfeld (die von Memed genannten Freunde) kein

Gegengewicht zu dem verständlichen Wunsch darstellt, die neuen Möglichkeiten auszukosten.

Es ist kaum überraschend, daß es zu Auseinandersetzungen mit dem Vater kam:

»Mein Vater war gegen folgendes: Er wollte, daß ich etwas lerne, viel, viel mehr lerne. Damit in Zukunft etwas aus mir werden würde. Aber meine Freunde und ich hatten andere Ideen; wir führten die Ausbildung nicht zu Ende, wir konnten sie nicht zu Ende führen« (1977:319).

Hier handelt es sich um eine grundsätzlich andere Konfliktkonstellation als im Fall der anderen Migranten. Memed war alles von selbst in den Schoß gefallen, worum Süleyman und Yaşar hatten kämpfen müssen. Er brauchte es nicht gegen den Vater durchzusetzen, »seine« Zukunft leben zu dürfen. Er war privilegiert – ein Auserwählter. Die Konflikte kreisten demnach hauptsächlich darum, daß er der Mission nicht gerecht zu werden versprach, für die der Vater ihn auserwählt hatte – und für die man beträchtliches Geld investiert hatte. Die Fäden, die Memed an das Familienunternehmen ketteten, waren unsichtbarer, aber auch nachhaltiger, als die der anderen Migranten. Gegen ein Privileg läßt sich kaum rebellieren. Wir haben damit eine bemerkenswerte Konfiguration: eine Sonderrolle, die Stärke und Selbstbewußtsein verleiht; ein Auftrag, der über ihn hinausweist – und gleichzeitig die Schwierigkeiten, diesem Auftrag auf eine methodische Weise, also Schritt für Schritt, gerecht zu werden. Auf diesem Hintergrund sollte sich die innere Verpflichtung entwickeln, *doch noch* etwas zu werden – wobei in dem »doch noch« bereits anklingt, daß er, wie er immer wieder sagen wird, darum »kämpfen« wird.

Bei seinem Rückblick auf die Jahre in Istanbul tritt noch ein anderer Zug hervor. Er betonte nämlich die Bedeutung, die diese Jahre für die Entwicklung seines Weltbildes hatten:

»Ich arbeitete nicht, ich ging [nur] spazieren. Ich wurde ein bißchen gescheiter ... Ich habe die moderne Stadt kennengelernt, ich [habe] die großen Unterschiede zwischen Dorf und Stadt [erlebt]. Istanbul ließ sich mit meinem Dorf und meiner Kreisstadt nicht vergleichen. [Es gab] Unterschiede in bezug auf Lebensbedingungen, Unterschiede, die aus natürlichen oder später [entstandenen?] materiellen Bedingungen resultierten und die die Leute egoistisch haben werden lassen« (1977:317).

Das soziologische Interesse, das aus diesen Zeilen spricht, hatte sich bereits in der Mittelschule und der Berufsschule gezeigt:

»Seit meiner Schulzeit waren meine Ideen [von denen anderer] unterschieden. In Mathematik war ich schwach, aber bei meinen Gedanken über die Gesellschaft war das anders. Jederzeit, auf der Mittelschule, auf der Berufschule, gegen alle Lehrer, habe ich meine Ideen in bezug auf meine gerechten Anliegen in der Gesellschaft verteidigt« (1977:365).

Es ist gut möglich, daß auch hier der Einfluß seines Onkels Bayram wirksam ist – vielleicht auch von dessen politisch stark engagierten Söhnen. Memed hätte dann neben der familialen Rolle, die er von Bayram geerbt hatte, auch seinen republikanischen Traum einer modernen und gerechten Türkei übernommen.[4]

Dabei verdient die Redewendung, daß er seine Ansichten »verteidigt« habe, besondere Beachtung. Memeds Interesse an gesellschaftlichen Fragestellungen war wohl niemals nur theoretisch, sondern immer auch praktisch. Es überrascht deshalb kaum, daß er sich in der Forstkooperative von Subay engagierte, die die Waldarbeiten organisierte:

»Ich habe im Vorsitz der Kooperative mitgearbeitet ... Die Menschen verkaufen sich gegenseitig für Geld. Ich habe gekämpft: Irgendwelche Forstangestellte haben gestohlen. Sie haben sich Geld mit Nebeneinkünften verdient (das heißt sie haben Holz illegal verkauft, Bestechungsgelder angenommen); sie dachten nur an sich selbst. Als wir das bekämpften, bezeichneten sie uns als schlechte Menschen ... [Wir sagten zu ihnen:] ›Ihr betrügt uns um unseren Anteil ... - dazu habt ihr kein Recht. Wenn du essen willst, nimm den Spaten, grabe, schwitze dabei ...‹« (1977:365)

Eine kurze Zeit arbeitete er noch in Andıraz als Aushilfsbeamter bei der Forstverwaltung, dann wurde er zum Militär eingezogen. Wegen seiner Ausbildung konnte er auf der Kommandantur arbeiten. 1966 wurde er entlassen und ging wieder nach Istanbul.

Dort trat er zunächst als Arbeiter bei den Ford Automobilfabriken ein. Dies stellte ihn indes nicht zufrieden: »Das Leben als Arbeiter ist mir schwergefallen; es war schwierig, weil ich vorher an das Beamtenleben gewöhnt war.« Dabei ist es wahrscheinlich, daß es weniger die Arbeitsbedingungen an sich waren, die ihm zu schaffen machten (in Deutschland sollte er harte körperliche Arbeit verrichten, ohne daß es ihm etwas ausmachte), als der Status eines Arbeiters. Er entsprach wohl nicht dem besonderen Auftrag, den er von zu Hause mitbekommen hatte – und den er sich zu eigen gemacht hatte.

Er bewarb sich zunächst beim Zoll, und, als er die Aufnahmeprüfung nicht bestand, bei der Post. Dort war er erfolgreicher und trat im Oktober 1968 seinen Dienst als Beamtenanwärter bei einem Postamt in Istanbul an. Eine für das erste Jahr vorgesehene Ausbildung absolvierte er in weit kürzerer Zeit als vorgesehen. Als einer der besten seines Jahrgangs wurde er dem drahtlosen Nachrichtendienst zugeteilt.

Hinter dem Postschalter lernte Memed Ayşe, eine Lehrerin aus Istanbul, kennen. Nach mehreren Gesprächen am Schalter fragte er sie, ob sie seine Frau werden wolle. Die Verlobung fand im August 1969 statt, die Hochzeit im Herbst des gleichen Jahres. Memeds Vater erhob keine Einwände, denn »es handelte sich um eine Beamtin mit Stelle«. 1970 wurde aus der Ehe ein Sohn geboren.

Memed hätte nun eine sichere Karriere vor sich gehabt: Wie er 1977 in unserem Gespräch bemerkte, waren in der Zwischenzeit alle, die mit ihm eingestellt worden waren, zu Direktoren geworden. Doch auch hier – wie schon im Fall der Schule – gewinnt man den Eindruck, daß ihm der langsame und methodische Weg nicht zusagte. Jedenfalls begann er zu dieser Zeit um Geld zu spielen. Wie ich von Memeds Bruder Ahmet 1982 erfuhr, hatte Memed um 1971 beträchtliche Spielschulden. Sie hätten sich auf 50 000 TL belaufen (damals ungefähr 10 000,– DM), eine für Memeds Verhältnisse unglaublich hohe Summe – das Monatseinkommen eines Beamten in Memeds Position betrug damals umgerechnet zwischen 300,– und 400,– DM).

Die Spielschulden mögen der Anlaß (wenn vielleicht auch nicht die Ursache) dafür gewesen sein, daß sich das Ehepaar nach Deutschland bewarb. Wie im Fall Fatmas wurde nur die Ehefrau genommen. Ayşe und Memed kamen darin überein, daß Ayşe gehen und Memed nach drei Monaten nachkommen lassen sollte. Es kam jedoch zum Widerstand von ihrer Familie.

»Sie sagten: ›Unser Kind kann nicht nach Deutschland gehen!‹ [Ich sagte:] ›Warum denn nicht? Jeder geht doch und arbeitet. Arbeiten ist doch nichts schlechtes! Sie ist sauber (*tertemiz*), sie ist stark – also soll sie arbeiten!‹ So ist es zum Streit zwischen uns gekommen. ... Weil sie aus dem Dorf stammen, finden sie so etwas komisch. Sie sind an so etwas nicht gewöhnt. Sie kennen die Sitten, die Gesetze und Bräuche in den Städten nicht ... Sie leben nach den alten Überlieferungen. Aber heute ist das anders« (1977:325).

Die Argumentation Memeds verrät implizit, daß es der Familie um die Ehre der Tochter ging: Er verwies im Gegenzug darauf, daß sie »sauber« *ist* – eine Eigenschaft, die seiner Meinung nach (ganz wie im letzten Kapitel analysiert) situationsunabhängig gilt –, und kritisierte die Ansichten der Schwiegerverwandten als zurückgeblieben und hinterwäldlerisch. Über die Frage der Migration kam es schließlich zu einem offenen Streit zwischen dem älteren Bruder Ayşes und ihm. Die Auseinandersetzung hatte offenbar Auswirkungen auf das Eheverhältnis: Memed zog damals von zu Hause aus, um seine Frau und die in der Nachbarschaft lebenden Schwiegerverwandten (jedenfalls eine Zeitlang) nicht mehr sehen zu müssen. In dieser Zeit der Trennung entschieden sich seine Schwiegerwandten um, und ließen Ayşe doch nach Deutschland gehen[5]. Memed, der zu dieser Zeit in einem anderen Viertel Istanbuls lebte und jeden Kontakt abgebrochen hatte, wurde nicht informiert. Durch diesen Affront gekränkt, entschloß Memed sich zur Scheidung. Trotz – diese besondere Mischung aus Demütigung und Stolz – spricht aus den Worten, mit denen er dies kommentierte:

»Eine Frau, die mich verläßt, ohne mich zu informieren, ist für mich niemals [eine Frau]. Und wenn es sich um hundert Frauen handeln würde – ich würde mich wieder von ihr trennen ... Und wenn sie aus Gold wäre ... wenn sie Prinzessin, Königin wäre, rundum vergoldet wäre ... sie wäre mir schnuppe« (1977:333).

Auch in Memeds Fall scheint mir sein sprachlicher Gestus viel von seinem Habitus zu verraten. Ein Detail ist dabei besonders bedeutsam: In seinen Argumentationen kommt es immer wieder vor, daß er einen logischen Schritt unterschlägt – und so von einem Argument zum übernächsten springt. Ein Beispiel dafür ist die Sequenz oben, die er mit dem Satz einleitet: »Wogegen mein Vater war, war folgendes« – dies wird dann aber gar nicht erst ausgeführt, sondern er geht gleich dazu über, zu erklären, *wofür* der Vater war. Eine ähnliche Struktur findet sich in der Erzählung über die Auseinandersetzung mit den Schwiegerverwandten: Auch hier überspringt er ihre Argumente, um gleich zu seinen Gegenargumenten zu kommen. Ein drittes Beispiel dieser Art ist seine Ausführung über die Konstitution des Menschen (oben S. 189). In all diesen Fällen handelt es sich um Hastigkeit, nicht aber um logische Brüche – das fehlende Glied läßt sich meist einfach ergänzen. Er ist hier ganz das Gegenteil zu dem behäbig Schritt für Schritt argumentierenden Yaşar. Seine Sprache hat etwas vorwärtseilendes, vorandrängendes und ungeduldiges (während Yaşar abwägend und vorsichtig wirkt). Memed gibt einem das Gefühl, er sei immer im Aufbruch. Dabei ist er andererseits (im Unterschied zu Süleyman) in jeder Äußerung ganz präsent. Man spürt ihn – und merkt, daß es ihm ernst ist und nahegeht: Wenn er sich, was nicht selten ist, in seiner manchmal sich überstürzenden Art in Widersprüche verwickelt (wir werden im nächsten Kapitel Beispiele analysieren), dann hat dies nichts Beliebiges oder Geschwätziges wie bei Süleyman, sondern zeigt zwei Aspekte einer Sache. Er ist bemerkenswert aufrichtig und unverhohlen – bis zur Rückhaltlosigkeit. Diese engagierte Haltung hat er auch, wenn er nicht über sich sondern über gesellschaftliche Fragen spricht. Dann wirkt er oft wie ein Staatsanwalt beim Plädoyer.

Als illegaler Arbeiter in Deutschland: 1972–75

Mit der Ehe war auch die Möglichkeit, nach Deutschland zu kommen, gescheitert. Genauer: Memeds Stolz ließ es nicht zu, nach der erlittenen Demütigung, seiner Frau nachzureisen. Auf diese Situation reagierte er mit einer für ihn bezeichnenden Handlung. Geradezu als wolle er sagen »jetzt erst recht«, reiste er mit einem Touristenvisum 1972 in die Bundesrepublik und besuchte Hasan und Salih Akkaya, seine im Ruhrgebiet lebenden Verwandten:

»Ich wollte meine Laune verbessern und eine Reise machen. Ich kündigte also nicht im Amt. Als ich jedoch die Lebensverhältnisse in Deutschland gesehen hatte, als ich mit einigen Verwandten gesprochen hatte, als ich etwas umhergereist war, da habe ich mich entschlossen, nicht mehr zurückzukehren« (1977:327).

Damals begann für ihn eine bewegte Zeit in Deutschland:

»Ich arbeitete zunächst in der Landwirtschaft, einen Monat, 36 Tage lang. Die 36 Tage sind mir sehr schwergefallen. Ich war an ein Beamtenleben hinter dem Schreibtisch, an ein blitzsauberes Leben gewöhnt gewesen, und nun diese schwere Arbeit! Jetzt waren die Hände schmutzig. Ein Nahkampf, ein Kampf. Ich habe den Lebenskampf gekämpft. Ich glaube, ich habe das Leben bis zu dieser Zeit noch nie so bitter zu schmecken bekommen. Ich lebte das Leben, das ich wollte, aber zu dieser Zeit hatte das Leben einen bitteren Geschmack« (1977:337).

Danach arbeitete er kürzere Zeit bei einem Blumenhändler. Aus jahreszeitlichen Gründen wurde er nach acht Monaten wieder entlassen. Anschließend verdiente er seinen Lebensunterhalt bei einem Transportunternehmen. Er begleitete damals als Ladearbeiter LKW Transporte – eine Arbeit, die er sehr schätzte.

»[Der Chef] hat die Versicherung bezahlt, also Altersversicherung und Krankenversicherung ... Obwohl ich ›*turist*‹[6] war, habe ich Urlaub bekommen und alles, was mir gesetzlich zustand ... Ich verdiente zwischen 1100 und 1900 DM. Wir wurden nach Stunden bezahlt. Damals mußte ich zwischen 12 und 15 Stunden am Tag arbeiten ... Wenn zuviel geliefert wurde, mußte man Überstunden machen. Der Mann war sehr zufrieden mit mir. Ich hatte die Sprache gelernt; ich habe alles so erledigt, wie er es wollte. Er zahlte mir mit der Zeit mehr Lohn. Ich war daher ziemlich zufrieden, auch der Arbeitsplatz gefiel mir. Ich hatte keinen Meister, keinen Chef. Alles unterstand mir, ich hatte selbst die Verantwortung ... Ich wußte, daß ich die Arbeit erledigen mußte. So war es ausgemacht und so habe ich mich verhalten ... Das war besser als die Arbeit in der Fabrik ... Du gehst spazieren, fährst draußen herum, du bist nicht unbeweglich« (1977:343).

»[Zu dieser Zeit] bin ich oft alleine ausgegangen. Wenn meine Seele sich zusammenpreßte, bin ich rausgegangen, bin ins Wirtshaus gegangen und habe dort getrunken. Ich habe zuviel getrunken ... Ein, zwei Flaschen (wahrscheinlich Whisky). Das war üblich, wenn ich dort gesessen habe. Warum das alles? Du erstickst, du denkst, du denkst. Wo du wohnst, langweilst du dich. Du kommst mit den Gedanken nicht klar. Eine Art Krise. Gedanken. Schließlich fühlst du dich einsam. Dann wirst du traurig. In solchen Zeiten ging ich ins Gasthaus: ›Ruhe, ruhe dich aus, mein Kopf, schlafe!‹ Ich legte meinen Kopf hin. Und dann war es wieder eine Woche gut« (1977:395).

Seine wichtigste Bezugsperson zu dieser Zeit war ein Freund:

»[In Neuss] waren wir zwei Türken, der eine ich, ein ›*turist*‹, der andere einer, der schon elf Jahre da war. Wir hatten beide einen Bart. Jeder kannte uns dort. Wenn du jemanden gefragt hast, wo ich wäre, wo ich mich aufhalten würde oder, wohin mein Freund gegangen wäre, dann wußte jeder Bescheid« (1977:391).

Zusammenfassend charakterisierte er diese Lebensphase:

»Damals bin ich tausend Schwierigkeiten begegnet. Als ›*turist*‹ hatte ich kein sicheres Einkommen. Ich hatte ja keine Rechte ... Vier Jahre lang war ich ›*turist*‹. Für mich war das schwer. Sorgen mit der Polizei. Eine Wohnung findet man nicht. Arbeit findet man nicht, wenn man arbeitslos ist. Man lebt von einem niedrigen Lohn. Alle möglichen Schwierigkeiten hatte ich auf diese Weise. Aber ich ließ mich nicht einschüchtern. Es war einfach notwendig, daß ich mich an dieses Leben anpaßte. Zuerst lernte ich die Sprache, zu reden und zu verstehen ... Aber ich bin in dieser Zeit auch müde geworden« (1977:331).

Vergleicht man diese Äußerungen über die Anfangszeit in Deutschland mit denjenigen über die Zeit in Karabük oder Istanbul, so fällt auf, daß er sich nun weit mehr *gefordert* fühlte. Es war weit schwieriger, sich in Deutschland zu behaupten als in der Türkei. An die Stelle der vagen, wenig faßbaren Probleme, die ihn dazu brachten, die Schule aufzugeben, treten nun ganz konkrete Handlungsprobleme: die Sprache, die Angst vor der Polizei, die Sorge um die Wohnung. Mit aller Kraft warf er sich auf die Bewältigung dieser Schwierigkeiten: Von seinem Bruder Ahmed weiß ich, daß er absichtlich monatelang jeden Kontakt mit anderen Türken vermied, um Deutsch zu lernen. Auch ein Arbeitstag von zwölf bis fünfzehn Stunden spricht für sich.

In der ganzen Schilderung schwingt die Atmosphäre von Abenteuer mit. Es war nicht nur eine harte und anstrengende Zeit, sondern auch eine Zeit von Freiheit und Ungebundenheit. Gleichzeitig war es materiell eine lohnende Zeit. All das zusammen scheint ihm entgegen gekommen zu sein: seinem Freiheitsdrang ebenso wie seiner Ungeduld.

Auch Stolz spricht aus diesen Zeilen. Die Schilderung der Schwierigkeiten unterstreicht eher sein Selbstbild, als daß es durch sie in Frage gestellt wird. Er hat einen schwierigen Weg eingeschlagen und sich dabei nicht unterkriegen lassen. Bezeichnend ist die Metapher des Lebenskampfes (aus dem er als Sieger hervorgeht), die besonders die Beschreibung des ersten Monats prägt. Auch später werden die einzigen Äußerungen über Diskriminierung von seiner Frau gemacht werden.

In diese Zeit fällt auch die Scheidung von seiner ersten Frau und damit die Trennung von Gültekin, seinem Sohn. Er erscheint nicht bei der Hauptverhandlung, weil er dann nicht wieder nach Deutschland hätte zurückkehren können. Das Kind wurde auch deshalb der Mutter zugesprochen.

»Und wie sehr ich es wollte. Aber weil ich nicht da war, haben sie es mir nicht gegeben. Ich zahle jetzt für das Kind – nicht für die Frau ... Aus Liebe zu ihm schicke ich alles erforderliche« (1977:335).

Die erste Zeit der Ehe mit Monika: 1975–1977

1974 oder 1975 lernte Memed in Neuss Monika Pfeil in der Gaststätte ihres Onkels kennen. Sie war eines von sieben Geschwistern. Der Vater war seit 1967 arbeitslos. Nach der Hauptschule hätte sie gerne eine Ausbildung als Kindergärtnerin gemacht. Die Eltern schlugen dies aus finanziellen Gründen ab und stellten sie vor die Wahl, entweder in die Fabrik zu gehen oder bei ihrem Onkel hinter dem Tresen zu arbeiten. »Und da bin ich zu meinem Onkel gegangen. In der Fabrik nehmen sie nicht gerne jemanden, der jünger als 18 ist.« Bei dem Onkel verdiente sie 200,– Mark im Monat »und dafür mußte ich zwölf Stunden am Tag hinter der Theke stehen. Und dann hat er noch nicht einmal die Versicherung bezahlt. Ich mußte mit der Klage drohen, damit er nachzahlte.« »Mein Onkel ist ein Schwein. Er hatte ein Haus, in dem er Türken unterbrachte. Er nannte es ›Hotel‹. Er hatte fünf Leute auf ein Zimmer gelegt und sie mußten jeder 140,– Mark zahlen. Sie konnten nichts machen, sie konnten ja nirgendwo hingehen« (Monika Pfeil, Gedächtnisprotokoll).

Als sie sich trafen, war Memed ungefähr 30 Jahre alt, Monika ungefähr 18. Monika wurde schwanger und sie entschlossen sich, zu heiraten. »Das Kind wurde [jedoch] geboren, bevor wir verheiratet waren. Als ›*turist*‹ konnte ich ja nicht überall und offiziell hingehen.

Ich konnte ja nicht einfach zur Polizei gehen, weil ich keine Aufenthaltserlaubnis hatte« (1977:347). Die Umstände der Hochzeit gestalteten sich dramatisch. Die Papiere, die aus der Türkei angefordert worden waren, kamen im letzten Augenblick – zwei Tage später wäre Memed ausgewiesen worden.

Monikas Vater hatte gegen Memed erhebliche Vorbehalte: »Er versteht auch heute noch nicht, daß Gastarbeiter auch Menschen sind« (Monika Pfeil). Dennoch fand sich ihre Familie schließlich mit der Hochzeit ab, wobei möglicherweise finanzielle Erwägungen eine Rolle spielten. »Die Eltern kommen immer nur vorbei, wenn sie Geld wollen. Die ganze Zeit lassen sie sich nicht blicken. Auch beim Umzug haben sie nicht geholfen. Aber einen Tag nach dem Zahltag stehen sie da« (Monika Pfeil). Auch Memeds Vater riet damals von einer Ehe ab: »Ich habe ihm geschrieben: ›Monika stammt aus einem anderen Volk. Vielleicht versteht ihr euch jetzt, aber nicht mehr in einigen Jahren. Heirate sie nicht.‹« (Gedächtnisprotokoll, 1983). Memed ließ sich davon nicht beeindrucken.

1977 zog das Ehepaar nach Wuppertal, wo beide Arbeit in den Glanzstoffwerken fanden. Kurz vor meinem Besuch, im November 1977, hatten sie eine Altbauwohnung in der Nähe des Firmengeländes bezogen: eine Dreizimmerwohnung mit Ofenheizung und Außentoilette.

Das Ehepaar arbeitete in einer Abteilung, in der Ölfäden für medizinische Zwecke hergestellt wurden. An Memeds Arbeitsstelle durchlief der Ölfaden ein Säurebad und wurde dann auf Rollen aufgespult. Seine Arbeit sei relativ einfach, sagte Memed. Dreimal am Tag seien die Spulen zu wechseln und nur dieser, jeweils zwanzigminütige Arbeitsgang, erfordere Schnelligkeit und Konzentration. Die übrige Zeit sei mit einfachen Tätigkeiten wie Etikettenkleben ausgefüllt. Schwierig werde es nur bei einem Ausfall der Maschinen; dann kämen die Arbeiter mit Säure in Berührung. Memed zeigte mir seine Arme, die bereits nach vier Monaten Arbeit in der Fabrik von Säurewunden übersät waren. Wegen der Säurebelastung war sein Stundenlohn relativ hoch. Memed fand die Arbeit gut. Über meinen Einwand in bezug auf die Säure ging er hinweg: »Es gibt nichts gutes, wo nichts schlechtes dranhängt.« Monika arbeitete in derselben Abteilung in der Pakkerei.

Der Alltag in der Ehe war bestimmt durch die Schichtarbeit. Nur alle vier Wochen arbeiteten Memed und Monika in der gleichen Schicht. Zu den übrigen Zeiten sahen sie sich selten. Memed belasteten dabei auch Schlafprobleme: »Kaum habe ich mich daran gewöhnt, zu einer bestimmten Zeit zu schlafen, ändert sich die Schicht wieder« (Gedächtnisprotokoll, 1977).

Wegen der Schichtarbeit lebte Anja, die damals zweijährige Tochter, bei Monikas Eltern. Memed und Monika hatten allerdings vor, sie zu sich zu nehmen: Nur wenn beide in der gleichen Schicht arbeiteten, sollte das Kind in Zukunft zu den Schwiegereltern. Die Trennung vom Kind brachte Probleme mit sich. Monika beschrieb die Entfremdungserscheinungen mit folgenden Worten:

> »Es ist an meine Eltern gewöhnt. Wenn es bei mir ist, gehorcht es nicht und schreit die ganze Zeit. Wenn Memed da ist, schreit es allerdings nicht – es fürchtet sich vor ihm. Neulich war ich weg und nur Memed war zu Hause. Er hat Anja ins Bett gebracht und sie war ruhig. Aber wie ich dann hereinkam, war es deutlich, daß sie nicht geschlafen, sondern nur die Augen zugedrückt hatte« (Gedächtnisprotokoll 1977).

Die Schichtarbeit machte es auch notwendig, daß Memed im Haushalt mitarbeitete. »Wir arbeiten beide, natürlich müssen wir da auch den Haushalt zusammen machen« (Memed). Das war keine bloße Behauptung. Als ich bei der Familie übernachtete, stand Memed am Sonntag morgen als erster auf und schürte den Ofen. Monika folgte gegen halb zehn und richtete das Frühstück. Ich sah Memed auch einkaufen, kehren und den Tisch abräumen. Den Aufwand für das Kochen versuchte das Ehepaar zu reduzieren, indem es hauptsächlich von Fertignahrung lebte. Memed war unzufrieden mit der Situation. Während meines Besuchs äußerte er, er würde gerne seine Mutter zu sich nehmen, um von den Hausarbeiten entlastet zu werden und um Anja zu sich nehmen zu können.

Gesprächsstoff zwischen den Ehepartnern lieferten vor allem die täglichen Vorkommnisse in der Fabrik – Rempeleien mit dem Meister, Klatsch über Kollegen, Verlegungen von Abteilungen, Fehler bei Lohnabrechnungen und Beschwerden bei der Firmenleitung. So diskutierten sie eines Abends den Sinn der Maßnahme, die Packerei in ein anderes Gebäude zu verlegen. Monika wandte ein, daß die Fäden beim Transport beschmutzt würden; Memed argumentierte dagegen mit der Notwendigkeit, für eine Erweiterung der Produktion Platz zu schaffen. Nach einer kurzen Überlegung wurde, mit einer Bemerkung von Monika, das Thema fallengelassen. »Das haben sie sich nicht richtig überlegt. Na ja. Mein Bier soll das nicht sein. Hauptsache, ich bekomme mein Geld« (Gedächtnisprotokoll, 1977).

Beide hatten in Wuppertal kaum Außenkontakte. Monikas Kolleginnen waren alle um die vierzig, also wesentlich älter als sie. Auch lehnten sie ihre Ehe mit Memed ab: »Die sagen, ich wäre verrückt, einen Ausländer zu heiraten. Die verstehen nicht, daß ein Ausländer auch ein Mensch ist.« Memed selbst war nach wie vor eher ein Einzelgänger:

»Ich bin erst vier Monate hier und kann deshalb keine herzliche Beziehung haben. Es kommt noch etwas hinzu: Ich rede nicht gerne am Arbeitsplatz; also nicht erst heute, das war schon immer so. Ich kann auch nicht sehr eingebunden (*bağlı bağlı*) sein. *Merhaba* (›guten Tag‹), das ist alles« (1977:389).

Auch zu dem nur fünf Minuten entfernten Asiz hatte er, wie wir bereits oben angemerkt hatten, wenig Kontakt. Sie hatten sich wenig zu sagen. Memeds Äußerung über die Heiminsassen insgesamt dürfte auch auf Asiz zutreffen: »Sie gehen vom Heim zur Arbeit und von der Arbeit zum Heim. Sie interessieren sich für nichts anderes als dafür, Geld zu verdienen. Ich kann so nicht leben.« Man erkennt hier sein Unbehagen an der methodischen zukunftsorientierten Haltung wieder, die ihn auch bereits in der Schule zu schaffen gemacht hat. Er empfindet sie einfach als Trott, der ihm unmöglich ist: »Wer wie ich unabhängig aufgewachsen ist, wer keine Geldsorgen hatte, dem ist es unmöglich, so etwas zu machen« (1977:385).

1977 hatte Memed das Gefühl, die schwierigste Zeit der Migration sei ausgestanden: Er hatte einen legalen Status, eine Wohnung, war verheiratet. Für ihn schien alles zu laufen. Durch das doppelte Einkommen hatte das Ehepaar fünftausend Mark im Monat zur Verfügung. Damals schien er direkt davorzustehen, den geachteten Platz einzunehmen, den seine Familie für ihn vorgesehen hatte:

»Damals habe ich auch Autos gekauft, neu, vom Händler weg. Wenn ich etwas gekauft habe, dann habe ich es neu gekauft, Möbel zum Beispiel. Alle zwei Jahre habe ich meine Möbel gewechselt. Also es klappte. Ich habe Geld verdient« (1985:6).

Es war in der gleichen Zeit, daß er seinen Traum von dem Beratungsbüro in Yalova ausspann, den wir oben diskutiert haben[7]. Dieser Traum wäre tatsächlich eine fast vollkommene Synthese von geachteter urbaner Existenz, Unabhängigkeit und gesellschaftskritischem Engagement gewesen. Doch im Vollgefühl seiner Kraft glaubte er, sich Zeit lassen zu können.

»Ich bin mit meinem Leben glücklich ... Ich arbeite, ich bin ruhig, es gibt keinen Lärm, ich habe ein Haus, einen Ort an dem ich bleiben kann. Und dann lebe ich so, wie ich will. Ich habe keinen Freund, der mich einengt, das habe ich nicht gewollt. ... Auf absehbare Zeit werden wir noch in Deutschland bleiben. Irgendwann, es ist noch nicht klar, werden wir dann in die Heimat zurückkehren. Ich denke an mein Leben. Ich lebe das Leben, das ich will. Ich bin ich und nicht ein anderer. Ich frage niemanden. ... Ich habe vor, mich auf einem eigenen Grundstück zur Ruhe zu setzen. Ich möchte [dann] ein ruhiges und unabhängiges Leben führen« (1977:383).

Im Rückblick auf sein Leben entwarf er in unserem Gespräch ein bemerkenswertes Selbstbild von sich. Er stellte sich als unabhängigen Mann dar, der seinen eigenen schwierigen Weg gegangen ist und die damit zusammenhängenden Probleme bewältigt hat – und der nun das Leben führt, das er will. »Ich bin ich und kein anderer.« Ebensoviel Gewicht wie auf seinen Erfolg legte er auf die besonderen Erfahrungen, die er gemacht hatte, und auf das eigene Wissen. Immer wieder fielen in dem Gespräch Sätze wie: »Das ist meine persönliche Meinung« oder »Was die Ideen betrifft, bin ich eben anders«. Es charakterisiert ihn, daß er einen Vollbart trug – und damit das Erscheinungsbild eines städtischen Intellektuellen übernommen hatte. Nicht weniger wichtig war wohl für sein Selbstild die Tatsache, mit einer deutschen Frau verheiratet zu sein. All dies läßt sich auf den Begriff der Unkonventionalität bringen. Dies scheint mir der Modus zu sein, in deren Memed den familialen Auftrag übernahm und ihn sich zu eigen machte. Indem er immer wieder hervorhob, daß er wenig ausgetretene Pfade eingeschlagen hatte, konnte er sein Scheitern, was den direkten und methodischen Weg betraf, positiv umformulieren. Der Glanz, den all dies vermittelte, spiegelte sich in der Bewunderung, die seine jüngeren Brüder ihm entgegenbrachten. Es zeigte sich jedoch auch daran, daß an einem Abend 108 Personen zu Besuch kamen, als er mit Monika ins Dorf kam[8].

Zu dieser Zeit war es der Gestus der Unkonventionalität, der zu Konflikten mit seinem Vater und mit den Bauern im Heimatdorf führten: Sie fühlten sich durch seinen Vollbart provoziert[9], nahmen aber auch Anstoß an seinen Meinungen und an der Tatsache, daß er eine Nicht-Muslimin geheiratet hatte. Bemerkenswert ist auch, daß er sich bei seinem Besuch 1976 das Recht herausnahm, in Gegenwart seines Vaters zu rauchen. Der Vater vermied damals die Auseinandersetzung mit seinem Sohn, von dem er wohl das Gefühl hatte, daß er sich innerlich entfernt hatte.

»Sobald ich nur angefangen habe [zu reden], sagt er (der Vater): ›Was du auch gesagt hast, es reicht. Geh' und sprich nicht mit mir.‹ Ich habe auch in diesem Jahr begonnen, in seiner Gegenwart zu rauchen[10] ... Er sagt nichts, er geht raus, er geht spazieren« (1977:403).

Gleichwohl tauchte in dem Gespräch 1977 noch ein zweites, komplementäres Motiv auf: Meist unvermittelt folgte auf eine zuversichtlich gefaßte Darstellung pötzlich ein Eingeständnis von Müdigkeit und Erschöpfung. Bezeichnend ist die oben wiedergegebene Passage, die nach der Schilderung seiner erfolgreichen Bewältigung von Problemen mit den Worten endet: »Aber ich bin in dieser Zeit auch müde geworden.« Hier klingt die Sehnsucht an, die Anspannung abzustreifen und einfach loszulassen.

»Es ist unwichtig, wo es ist. Und mag es auch eine Baracke sein. Ein kleiner Garten sollte jedoch dabei sein. [Ich sage mir dann:] ›Ruhe dich aus, du bist schließlich müde ... In deiner Jugend hast du dich abgerackert, im Alter ruhst du dann aus.‹ ... Bisher haben wir uns noch nicht entschieden. Ein Wunsch wäre Yalova, ein sehr schöner Ort an der Meeresküste« (1977:367).

Diese Beschwörung einer Idylle, die ruhig ärmlich sein könnte, klingt ganz anders, als das immer wieder formulierte Bedürfnis nach Neuem und Strahlendem. Man wird es als Erlösungsutopie lesen dürfen, als Hoffnung auf die Befreiung von den Zwängen der Individuation, von den Notwendigkeiten, etwas besonderes darstellen zu müssen. Bezeichnend ist, daß dieser Traum der Ruhe, des Schlafens, sich nicht nur auf die wirtschaftliche, sondern auch auf die kognitive Anspannung bezieht. Eine grundsätzliche Überlegung zu Arbeitsmigration und Personenstatus[12] beendete er abrupt mit den Worten: »Wenn ich so denke, ermüdet mein Kopf, er wird müde, wird müde.«

Das Scheitern der Ehe mit Monika

Bei meinem Besuch 1977 zeigten sich bereits Risse in ihrer Beziehung, die einige Jahre später zum Scheitern der Ehe führen sollten.

Ich hatte den Eindruck, daß Monika an den Plänen über die Zukunft nicht beteiligt wurde. Sie schien mir von der Perspektive, in die Türkei zu ziehen, nicht begeistert zu sein, sprach sich aber auch nicht offen dagegen aus. Bereits in Deutschland war ihre Situation nicht einfach, wenn sie mit anderen türkischen Familien zusammentrafen.

»Bei unserem gemeinsamen Besuch bei Salih Akkaya stand Monika völlig am Rand. Die Männer unterhielten sich untereinander nur auf türkisch. Nach zwanzig Minuten begannen Salih und Memed, ›Sechsundsechzig‹ (ein Kartenspiel) zu spielen. Die Frauen – und in diesem Fall auch ich – waren völlig ausgeschlossen. Nachdem das erste Spiel zu Ende war, machte Monika einen zaghaften Vorstoß und forderte die Männer auf, doch gemeinsam Rommée zu spielen. Der Vorschlag wurde glatt übergangen. Bezeichnend fand ich auch, daß Memed selbst mich, den deutschen Gast, während meines dreitägigen Aufenthaltes fast nur auf türkisch anredete. Monika war meistens aus den Gesprächen ausgeschlossen; in der Regel saß sie schweigend dabei und strickte« (Tagebuch, 1977).

Noch schwieriger war offenbar ein gemeinsamer Besuch in Subay für sie verlaufen. Sie erzählte mir, daß ihr Schwiegervater sie eines Tages mit der Aufforderung weggeschickt habe, sie solle zu den Frauen gehen. Memed habe ihm beigepflichtet.

»Da bin ich aus dem Zimmer, in dem die Männer saßen, hinausgegangen. Aber ich bin nicht zu den Frauen hinuntergegangen, sondern in den Vorraum. Dort habe ich mich hingesetzt und habe geheult. Schließlich kam Memed heraus und hat mich wieder hereingeholt. Da hatte er mit seinem Vater gesprochen gehabt ... Ich verstehe die Frauen nicht, daß die sich alles gefallen lassen ... Ins Dorf gehe ich nicht gerne« (Gedächtnisprotokoll, 1977).

Es ist kaum überraschend, daß es zu erheblichen Spannungen kam, als Memed 1978 seinen Plan realisierte und seine Mutter nach Wuppertal holte. Als wir uns 1985 darüber unterhielten, meinte er, dies sei der Anfang des Endes der Ehe gewesen:

»Als ich 1978 meine Mutter hierhergebracht habe, haben sich [meine Frau und sie] nicht verstanden. Darauf habe ich [meine Mutter] wieder weggeschickt. Zu dieser Zeit begannen die Auseinandersetzungen« (1985:1).

Die Mutter war nur ein Vierteljahr geblieben – und nicht, wie ursprünglich geplant, ein oder sogar zwei Jahre.

1979 wurde noch eine Tochter geboren. Im gleichen Jahr eröffnete das Ehepaar eine türkische Speisegaststätte, 1980 noch eine zweite. Beide Lokale wurden, aus Gründen des Ausländerrechts, auf Monikas Namen geführt. Monika widmete sich dabei ganz der neuen Arbeit, während Memed seine Beschäftigung bei den Glanzstoffwerken beibehielt und nur in seiner freien Zeit in den Lokalen arbeitete. Über diese Lokale kam es zu weiteren Konflikten zwischen den Ehepartnern. Memed äußerte sich in unserem Gespräch 1985 nur sehr allgemein darüber. Ich habe allerdings einen, freilich sehr parteiischen, Bericht von seinem Bruder während meines Aufenthaltes in Subay im Winter 1982 erhalten:

»Memed hatte einen türkischen Koch eingestellt und die Türken kamen von überallher, um dort zu essen. Auch Deutsche kamen und aßen dort gerne. Sie essen ja sonst nur Fertiggerichte. So hatte er an jedem Tag 40 000 Lira Einnahmen. Monika saß an der Kasse. Eines Tages begannen plötzlich die Einnahmen zu fallen: Nur noch 15 000 Lira am Tag. Memed wunderte sich. Sind die Gäste weggeblieben? Was ist passiert? Er setzte die Schwester von Monika an die Kasse – wieder 15 000 Lira Einnahmen. Dann setzte er eines Tages ein Mädchen aus Hatay (Provinz im Südosten der Türkei) an die Kasse. 40 000 Lira Einnahmen! Na ja. Eines Tages wurde die Tochter krank. Memed sagte zu Monika, sie solle sie ins Krankenhaus bringen. Als er von der Arbeit nach Hause kam, hatte Monika sie jedoch nicht ins Krankenhaus gebracht, sondern war in die Diskothek gegangen. Am nächsten Tag sagte Memed: ›Geh zum Arzt [mit dem Kind]‹. Da ist sie überhaupt nicht aufgestanden. Da hat er sie geprügelt. Ich an seiner Stelle hätte die Frau erschlagen.«

Dieser Bericht gibt die Ereignisse aus der Sicht Memeds wieder – und betrachtet (und kommentiert) sie außerdem aus der Sicht des Dorfes. Dennoch erscheint er mir nicht unwahrscheinlich. Es ist gut möglich, daß Monika die Einschränkungen, die ihr Memed, sowohl in bezug auf Konsum wie auf Freizeitgestaltung, auferlegt hat, nicht mehr ertrug, zumal ihr das Motiv für die Askese, nämlich eine Existenz in der Türkei aufzubauen, fremd war[13]. Unter diesen Umständen hat sie vielleicht tatsächlich von dem Geld genommen, das ja auch rechtlich und moralisch ohnehin ihnen beiden gehörte.

1981 reichte Memed die Scheidung ein:

»Monika hat es bereut [mich geheiratet zu haben]. Aber *ich* war es, der vor Gericht gegangen ist und die Scheidung eingereicht hat. Also das ist mein Charakter; jeder hat doch seine besondere Persönlichkeit und seinen besonderen Stolz« (1985:12).

Die Scheidung von Monika bedeutete zunächst die Trennung von den Kindern. Er betonte in dem Gespräch 1985, daß ihm viel daran gelegen hätte, sie zu sich zu nehmen:

»Hätte ich die Kinder zu mir nehmen können, wäre ich keine Sekunde länger in Deutschland geblieben. Ich bin Türke und wollte deshalb niemals mein Kind hier lassen und einfach gehen. Es ist ein Teil meines Blutes, meines Ansehens … Und wegen der Kinder bin ich noch hier … « (1985:13)

An der Argumentation fällt freilich ein formaler Zug auf: Er sagt nicht, daß er die Kinder liebe – sondern daß er das Gefühl habe, sie seien »ein Teil seines Blutes, seines Ansehens«. Dies läßt zumindest den Verdacht aufkommen, daß die Trennung von den Kindern für ihn weniger das Problem des Verlustes von geliebten Personen bedeutet, als vielmehr das Problem des Scheiterns einer bestimmten Lebenskonzeption, zu der Kinder einfach gehören. Dieser Verdacht wird auch durch die Tatsache gestützt, daß er sein Besuchsrecht nicht wahrnimmt:

»Im Grunde hätte ich das Recht, meine Kinder jede Woche einmal zu mir zu nehmen. Aber ich hole sie nicht. Denn zwischen der Art und Weise, wie ich sie aufziehen würde und wie ihre Mutter sie aufzieht, liegt ein großer Unterschied« (1985:14).

Die Scheidung bedeutete auch den wirtschaftlichen Ruin. Die beiden Gaststätten wurden Monika zugesprochen und er hatte die Gerichtskosten zu tragen:

»Mein ganzes Geld war verloren … Ich hatte alles in die neueröffneten Geschäfte gesteckt. Damals waren 70 000, 80 000 Mark sehr viel Geld« (1985:14).

Insgesamt schätzte er seinen Verlust auf 100 000 Mark. Damit war auch der Plan, sich in Yalova niederzulassen, gescheitert:

»Hätte ich nicht alles verloren … wäre ich inzwischen bestimmt in die

Türkei zurückgekehrt. Ich wollte damals [in Yalova] ein schönes Landgut erwerben ... Aber ich hatte keinen Erfolg, ich konnte es nicht erwerben. Und wenn ein kleiner Mann wie ich in die Türkei zurückkehrt, kann er nicht viel machen. Ohne Kapital hat das nicht viel Sinn. Deswegen mußte ich bleiben« (1985:23/24).

»Also alles was ich hier verdient hatte, wurde im Gasthaus verfressen. Auf türkisch gesprochen! Ich habe es verdient und ein anderer hat es aufgefressen. Ich wurde ruiniert, aber ich habe mich – Gott sei Dank – nicht gegen Gott aufgelehnt. Ich habe mich nicht besiegen lassen. Ich habe gekämpft« (1985:3).

In dieser Zeit ging er eine kurze und ungut verlaufende Beziehung zu einer Türkin ein:

»Damals lernte ich eine türkische Frau kennen. Wir befreundeten uns ... Ich habe mir gesagt: Auch sie ist Türkin, sie kann Türkisch und ist schon lange in Deutschland. Wir sind einige Zeit zusammengeblieben, aber dann passierten wieder einige ... häßliche Sachen. Ich merkte, daß sie stahl. Auch wenn ich nur einen einzigen *kuruş* haben sollte – ich lebe doch für mein Ansehen (*şeref*). Arbeiten und Verdienen! Ich habe gesehen, daß sie Schwierigkeiten macht. Sie geht irgendwohin und stiehlt; dann anderswohin und stiehlt wieder. Was weiß man – vielleicht stiehlt sie auch hier. Dann habe ich sie ertappt. Ich habe gesagt: ›Los, hau ab, geh weg!‹ So habe ich sie aus dem Haus geschmissen. So ist eben mein Leben vergangen« (1985:2).

Er war also in jeder Hinsicht gescheitert.

»Diese Magenschmerzen dauern jetzt schon fünf Jahre. Sie kamen, nachdem ich mich von meiner Frau getrennt hatte, als ich begonnen hatte, zuviel Alkohol zu trinken, als ich niedergeschlagen, traurig und deprimiert war. Denn vorher ging es mir gut ... Ich bin [damals] etwas müde geworden. Ich bin früh gealtert. Dann kam noch der Alkohol dazu. Ich habe zuviel getrunken. Das alles kam von dem seelischen Druck« (1985:2).

Ich war 1983 in Subay, als mit dem Verlieren des Prozesses das ganze Ausmaß seines Scheiterns deutlich wurde. Damals traf ein sehr verzweifelter und niedergeschlagener Brief von ihm im Dorf ein: Er schilderte in ihm seine Situation und fuhr dann fort:

»Ich habe so lange nicht geschrieben, weil ich Euch nicht traurig machen wollte ... Ihr habt von mir als Sohn überhaupt keinen Nutzen ... Es gibt einen Mann in Istanbul, der Hunde vergiftet.[14] Ein solches Gift müßte man mir geben. Der größte Feind meiner Eltern und meiner Brüder bin ich. Ich habe mit Eurem Geld, Eurem Brot und Eurer Zukunft gespielt« (Gedächtnisprotokoll; Memeds Bruder Ahmed hatte mir den Brief vorgelesen).

Als der Brief eintraf, erkrankte die Mutter. Die Reaktion des Vaters war bitter: Wenn er dort kein Geld verdienen könne, solle er doch zurückkommen:

»Ich habe ihm doch gesagt: ›Wenn du mit einer Frau nicht auskommen kannst, dann heirate sie doch nicht‹ ... Ich werde von Memed nichts anrühren. Er soll sich selbst retten. Ich will von ihm nichts. Soll er in Deutschland bleiben und dort seine Rente beziehen ... Er hätte in Istanbul bleiben können. Er hatte Arbeit bei der Post. Alle hatten ihn gerne gehabt, weil er soviel gearbeitet hat« (Gedächtnisprotokoll).

Als Gruß an seinen Sohn trug er mir auf: »Geh zu ihm und sag: ›Los, heirate noch drei weitere Frauen!‹«

Auch die anderen Bauern äußerten sich sehr kritisch. Damals, der Brief war eben eingetroffen, verfolgte ich folgendes Gespräch im Haus von Ahmet Akdemir:

Ahmet Akdemir: »Sie haben eine Gaststätte aufgemacht. Monika wird sich wohl mit jemandem geküßt oder geliebt haben; er vielleicht auch. Jedenfalls hat er geschrieben, daß es wegen einer Ohrfeige zur Trennung kam.«

Mustafa, der Riese: »Das alles wäre nicht passiert, wenn Monika Muslim geworden wäre oder Memed Christ.«

Ahmet Akdemir: »Ja dieser Scheißkerl. Die Ehe in Istanbul hat er kaputtgemacht und jetzt auch noch diese. Wenn ihm wenigstens die Kinder zugesprochen worden wären. Aber so ist er in Deutschland, ohne den geringsten Nutzen davon zu haben.«

Der »Dürre Offizier«: »Der Mann hat drei Frauen gehabt. Von den beiden ersten hat er Kinder. Von seiner jetzigen Frau wird er wieder Kinder haben. Das ist doch schlimm.«

Vielleicht war es auf dem Hintergrund des ehemals strahlenden Erscheinungsbildes, daß die Reaktionen so bitter ausfielen.

Das Überwinden der Krise

Memed lernte 1983 bei einem Flug in die Türkei Nurtem Köksal kennen. Die Bekanntschaft dürfte ihm geholfen haben, seine Depression zu überwinden. Nurtem war 1945 als Tochter einer Izmirer Beamtenfamilie geboren worden. Als sie 15 war, war sie mit einem zehn Jahre älteren Offizier verheiratet worden. Aus der offenbar sehr glücklich verlaufenen Ehe stammten eine, inzwischen in der Türkei verheiratete, Tochter und ein Sohn, der mit Nurtem in Wiesbaden lebte. Als Nurtem 21 Jahre alt war, zog das Ehepaar nach Deutschland. Zwei Jahre später starb ihr Mann. Nurtem war von ihrem städtischen Hintergrund geprägt: Ihr Habitus hatte etwas geziertes.

Sie ließ sich nur zögernd auf eine Beziehung mit Memed ein. Dennoch sagte sie zu, als er sie fragte, ob sie ihn heiraten würde .

»Ich hatte ihn inzwischen auch kennengelernt und sah, daß er nicht spielte und keinen Alkohol trank. Ich sah auch, daß er meinen Sohn mochte und mein Sohn ihn und sagte ja« (Nurtem Köksal, Gedächtnisprotokoll, 1985).

Es sollte jedoch nicht zur Hochzeit kommen. Zum einen war es der unterschiedliche Hintergrund – Stadt und Dorf – der zu Differenzen führte. Nurtem und Memed hatten aber verschiedene Vorstellungen über Partnerschaft. Dies wurde zunächst während eines gemeinsamen Urlaubs 1984 in der Türkei deutlich:

»Wir waren in Istanbul bei der Schwester seines Vaters in Ümraniye gewesen. Eine Woche lang saßen wir nur im Haus. Es war heiß, aber kein einziges Mal hat Memed uns ausgeführt, um ein Eis essen zu gehen. Kein einziges Mal hat er gesagt: ›Komm, wir gehen zum Strand.‹ Nach diesen Wochen hat mein Bruder einmal mit ihm geredet, er hat gesagt: ›*Affedersin* (du verzeihst), aber ein Mann muß einmal auch seine Frau ausführen, er muß mit ihr an den Strand gehen, er muß mit ihr essen gehen.‹ Aber Memed kennt das nicht. Er ist ein Bauer« (Nurtem Köksal, Gedächtnisprotokoll, 1985).

Nach diesem Urlaub wollte sie die Beziehung abbrechen und vermied es ein halbes Jahr, Memed zu sehen. »Aber dann kam er und flehte so, daß ich doch wieder nachgab.« Ihre Zweifel kamen jedoch wieder, als Memed, ohne sie zu fragen, bei einem kurzen Aufenthalt die Hälfte eines Zweifamilienhauses in Ümraniye erwarb – dem Stadtteil, in dem die meisten Migranten aus Subay sich niedergelassen haben und der von seinem sozialen Klima her konservativ-ländlich ist[15].

»Er hat mich nicht gefragt, obwohl er mein Geld mitverwendete. Er ist ein Bauer. Er beachtet die Frauen nicht ... also wenn ich gewußt hätte, daß er etwas in Ümraniye kauft, hätte ich es nicht zugelassen. Aber er ist losgegangen ..., er hat die Verhandlungen geführt. Er hat alles selbst gemacht. Erst als er es gekauft hatte, als die Papiere unterzeichnet waren, hat er mich informiert. Darüber hatten wir dann einen Streit« (Nurtem Köksal, Gedächtnisprotokoll, 1985).

Neben diesen Differenzen in bezug auf Vorstellungen über den Charakter der Beziehung traten bald andere. Memed hatte, durch die Beziehung zu Nurtem, offenbar Mut gefaßt, es doch noch einmal zu wagen, seinen ursprünglichen Lebensauftrag zu verwirklichen. Mit 20 000 Mark, die er von ihr lieh und weiteren 20 000 Mark, die er als Kredit bei der Bank aufnahm, eröffnete er im September 1985 eine Gaststätte. Die Arbeit bei den Glanzstoffwerken führte er dabei weiter. Die Arbeitsbelastung war daher extrem hoch. Nurtem beschrieb die Situation im Dezember 1985:

»Ich mache mir Sorgen um ihn. Wird er sich rasieren, wenn ich nicht da bin? Wird er sich auch nur einmal hinsetzen und sich ausruhen? Wird er etwas essen? ... Er schläft nur fünf Stunden. Er kommt von der Arbeit und geht, ohne eine Pause zu machen, ins Lokal. Ich sage zu ihm: ›Setz dich hin, wasch dich, rasiere dich. Zieh ein sauberes Hemd an.‹ Als ich gekommen bin, hat er – du entschuldigst – gestunken. Er findet noch nicht einmal Zeit, um ins Bett zu gehen. Am Donnerstag saß er bis zwei Uhr früh über Rechnungen ...« (Gedächtnisprotokoll, 1985)

Der Druck, unter den er sich stellte, zeigt sich auch daran, daß er nicht wagt, die Gaststätte einige Tage zu schließen. Noch einmal Nurtem:

»Zu Neujahr sind mein Sohn und ich immer in den Schwarzwald gefahren. Es ist sehr schön dort. Dieses Jahr werden wir nun nicht fahren. Memed hat mich gebeten, die Feiertage nach Wuppertal zu kommen. Ich hatte zu ihm gesagt: ›Laß uns zusammen Urlaub machen.‹ Er sagte nur: ›Zu Neujahr kommen viele Kunden. Zu Neujahr verdiene ich soundsoviel‹« (Gedächtnisprotokoll, 1985).

Dabei ist dieser Druck auch deshalb besonders problematisch, weil er sich im Februar 1985 (also neun Monate vor dem Gespräch) einer Magenoperation unterzogen hatte. Die Nähte waren im Herbst wieder aufgegangen; eine zweite Operation war damit unumgänglich. Memed schob den Zeitpunkt jedoch hinaus. Wie er erklärte, sei es ordnungsrechtlich wichtig, daß eine Gaststätte drei Monate lang geöffnet sei; nach Ablauf dieser Frist könne das Ordnungsamt das Lokal nicht mehr umstandslos schließen: »Das ist auch etwas, was mich bedrückt. Wenn ich sie (die Operation) doch nur durchführen lassen könnte. Aber ich kann mich ihr nicht unterziehen, sonst verliere ich meine ganze Investition« (Gedächtnisprotokoll, 1985).

Es ist aber gerade diese Entschiedenheit, mit der er nun versucht, seine Zukunft zu erzwingen, die die Beziehung mit Nurtem belasteten:

»Er sagt: ›Ich arbeite noch fünf Jahre und setze mich dann zur Ruhe.‹ Aber in fünf Jahren bin ich 47. Was soll ich dann mit dem Geld machen. Ich möchte das Geld, das ich jetzt verdiene, auch jetzt ausgeben« (Nurtem Köksal, Gedächtnisprotokoll, 1985).

Das Unbehagen macht sich konkret an der extremen Askese fest, die Memed sich um des Zieles willen auferlegt und die das Zusammensein mit ihm bestimmt. Nurtem:

»Schau dir dieses Wochenende an. Ich bin am Donnerstag gekommen. Da habe ich die Wohnung betreten. Erst jetzt (am Sonntag) habe ich sie wieder verlassen. Dazwischen sind wir kein einziges Mal an die frische Luft gegangen; oder einmal am Abend in ein Lokal gegangen. Ich habe sechs Maschinen Wäsche gewaschen« (Gedächtnisprotokoll, 1985).

All diese Schwierigkeiten führten dazu, daß Nurtem sehr deutlich machte, daß sie die Beziehung auf eine Freundschaft beschränken wollte. Am liebsten wäre es ihr gewesen, wenn sie in Wiesbaden wohnen bleiben, ihren Arbeitsplatz (an dem sie sehr hing) behalten und Memed an den Wochenenden sehen würde. Memed dagegen lag viel an einer Ehe – sie gehörte für ihn mit zu dem Neuanfang, den er setzen wollte:

»Aber jetzt habe ich ein funkelnagelneues Leben begonnen. Ich hatte eine erste Ehe, eine zweite, das wird meine dritte sein ... Ich wollte mit Nurtem niemals nur als Freund zusammenleben. Warum? Es gibt einen großen Unterschied, ob du nur als Freund zusammenlebst oder ob du offiziell verheiratet bist – in bezug auf familiäre Bindung ... In jeder Ehe treten zwischen zwei Menschen Probleme auf ... Man kann sie lösen, indem man sich zusammen hinsetzt und sie bespricht. Aber dazu braucht man Zeit« (1985:16/17).

Die Beziehung hielt die unterschiedlichen Erwartungen nicht aus. Als ich Memed ein Jahr später wieder sah, hatte sich Nurtem von ihm getrennt. Er kommentierte dies mit Resignation:

»Ich wollte, daß meine Kinder heranwachsen, daß sie auf gute Weise heranwachsen. Ich wollte, daß das Innere meines Hauses blitzsauber sein sollte. Es sollte neu sein, es sollte sauber sein. Wenn ich von einer Frau etwas erwartet habe, dann war es folgendes: Sie sollte mir, wenn ich zur Türe hereintrat, mit freundlicher Rede und lachendem Gesicht gegenübertreten. ... Wenn ich von der Arbeit kam, sollte sie mir mit einem Lächeln, mit Freundlichkeit begegnen, nicht aber mit Bitterkeit, nicht mit Zorn. Also das ist mein Charakter. Was soll ich sagen. Ich habe immer gewollt, daß sie so sei. Aber wenn man nicht findet, was man sucht, wird man traurig. Dann zerbricht man in seelischer Hinsicht. Ja, dann wendet man sich dem Alkohol zu« (Gedächtnisprotokoll, 1986).

Die Erfahrung des Scheiterns und des Neuanfangs bestimmten stärker und nachhaltiger sein Selbstbild als vorher. In einem bemerkenswerten Rückblick auf sein Leben sagte er:

»Seit 1956 bis heute muß ich mich ständig auseinandersetzen weil ich in die Fremde gegangen bin. Und es gab Unglück, Pech, alles was du dir ausdenken kannst. Meine Sachen gingen alle schief. Alle schief. Und *trotzdem gebe ich nicht auf* ... Es ist notwendig, sich auseinanderzusetzen, hartnäckig zu sein... Die seelische Kraft ist das wichtigste. Sie ist notwendig, um Erfolg zu haben. Und ich hatte Erfolg. Aber ich habe viele Schwierigkeiten und Krisen durchgestanden. Was ich in den Händen hatte, ist verlorengegangen. Dann habe ich mich wieder zusammengerissen; ich habe von neuem begonnen, etwas aufzubauen. Also ich habe der Arbeit nicht den Rücken gekehrt. Nun wirst du fragen: Hast du um Geld gespielt? Hast du für Glücksspiele Geld ausgegeben? Nein, Gott sei Dank nicht. Ungefähr seit 1978 habe ich nicht mehr um Geld gespielt« (Gedächtnisprotokoll 1986).

Nach dem Durchstehen der Krise ist sein Selbstbild, noch stärker als früher, bestimmt von der Idee des Kampfes, der Auseinandersetzung. Das zeugt von einer persönlichen Stärke – und von dem Gewicht des familialen Auftrags, der noch immer auf ihm lastet. Dennoch wirkt nun alles anders: Das Strahlende ist nicht mehr vorhanden, das den Aufbruch der ersten Jahre in Deutschland kennzeichnete. Das rückwärtsgewandte Gefühl, trotz aller Niederlagen nicht besiegt worden zu sein, ist stärker geworden; das vorwärtsgewandte, aufbauende, schaffende Moment schwächer. Er hat die Krise überwunden, aber durch sie ist ein Schatten auf sein Lebensprogramm gefallen. Dies wird auch dadurch unterstrichen, daß der Erwerb eines Hauses in Ümraniye weit biederer wirkt als der Traum von Yalova.

Gleichzeitig steht mehr auf dem Spiel. Memed ist älter geworden und hat sehr deutlich das Gefühl, es jetzt oder nie schaffen zu müssen. Dies bestimmt seine Entschiedenheit und seine extreme Askese. Wenn man so will, holten ihn mit der Krise die Zeitzwänge der Arbeitsmigration ein. 1977 betonte er noch die Notwendigkeit »zu leben«:

»Ich muß leben ... Ich lebe heute ... Wenn ich eine Million habe ... aber gleichzeitig ... einen oder zwei Arme verliere, wenn die Augen erblindet sind oder eine Seite gelähmt ist, kann ich nicht mehr schön leben. Das Geld hat dann keinen Wert mehr für mich ... Ich bin jung, wenn ich jetzt dem Leben keinen Geschmack mehr abgewinne, werde ich ihn morgen sowieso nicht gewinnen ... Heute kann ich genießen, was mir Spaß macht. Ich kann das Leben führen, das mir Spaß macht. Ich kann hinfahren, wo ich will. Ich kann machen, was ich will. *Deshalb lebe ich«* (1977:369).

Die ersten Sätze dieser Passage sind dabei beklemmend real geworden: Er macht jetzt genau das, was er 1977 abgelehnt hatte – er zerstört, um der Zukunft willen, seinen Körper. 1985 sollte er sagen:

»Und du mußt auch hier, wie die Deutschen sagen, *sparen, sparen* (im Text auf deutsch), also das ist notwendig, wenn du nämlich was verdient hast, und nichts zurückbehalten hast, *dann hat das alles keinen Wert gehabt.«*

Auf diesem Hintergrund wirkt die Härte gegen sich, die er immer schon gezeigt hat, nun geradezu selbstverachtend.

Ein dritter Unterschied zu früher hängt damit zusammen: 1977 äußerte er sich viel über gesellschaftliche Fragen. Ich hatte damals das Gefühl, daß er in unserem Gespräch eine Möglichkeit sah, Gedanken, die ihn oft und lange beschäftigt hatten, zu äußern. Jetzt schien sein Denken völlig von seinen Unternehmungen bestimmt zu sein. Eine Obsession von Zahlen war auffällig – Zahlen, die er sogar völlig Fremden gegenüber sofort und rückhaltlos aussprudelte.

»Auch jetzt habe ich als Ausgaben in einem Monat siebentausend Mark. Wenn ich an einem Tag die Tür nicht aufsperre, verliere ich 250 Mark ... Also im Grunde ist es erforderlich, daß ich am Tag 1000 Mark verdiene, [mindestens aber] 500 oder 600 Mark ... Damit ich meine Ausgaben decken kann. Denn ich muß die Reinemachefrau bezahlen, die Kellner bezahlen, die Kassiererin bezahlen, den Koch bezahlen ... Da gibt es die Miete, die Stromkosten, die Steuer. Also insgesamt gehen ungefähr 6800 Mark im Monat weg. Da ist die Abzahlung des Kredits noch nicht dabei. Aber die Automaten bringen gutes Geld ... « (1985:8)

Schließlich ist er durch die Krise auch selbstbezogener geworden. Folgende Passage wirkt geradezu egozentrisch:

»Ich habe Schwierigkeiten gehabt. Ich habe alles gesehen. Es ist nichts übrig geblieben was ich nicht gemacht hätte, ... Aber ich habe mich nicht gefürchtet. Ich habe einen Lebenskampf geführt. *Von niemandem habe ich etwas erwartet.* Ich habe selbst nachgedacht, verdient, eigene Ideen entwickelt. Ich habe die Ideen anderer nicht beachtet.«

Dies äußert sich direkt in den Schwierigkeiten, seine Pläne mit denjenigen abzusprechen, die sie direkt betreffen. Bereits bei seiner Ehe mit Monika war aufgefallen, daß er zwar den Anspruch formulierte, gemeinsam zu entscheiden – aber doch die Entscheidungsbildung sehr dominierte. Nun aber entschied er zunehmend für sich und allein. Dies betraf nicht nur die Entscheidung für das Haus in Ümraniye, sondern auch den Entschluß, die Gaststätte zu eröffnen. Nurtem Köksal:

»Wir (ihr Sohn und sie) kamen ihn besuchen. Plötzlich ist da eine Gaststätte. Ich frage ihn (Memed): ›Warum hast du uns nichts gesagt?‹ Er sagte: ›Ich wollte dich überraschen.‹ Es war aber mein Geld! Er hätte mich fragen müssen. Inzwischen zahlt er mir im Monat 1500 Mark zurück. Er hat zu mir gesagt: ›Warum soll ich es dir zurückzahlen, wenn wir ohnehin heiraten?‹ Ich habe zu ihm gesagt: ›Es ist wegen meines Sohnes. Es ist sein Erbe. Wenn dir etwas passiert, soll er sein Recht nicht verlieren‹« (Gedächtnisprotokoll, 1985).

Es lag nicht zuletzt an dieser Unfähigkeit, daß die Beziehung zu Nurtem gescheitert ist.

Als ich 1986 Memed zum letzten Mal sah, war sein Vater aus dem Dorf zu Besuch gekommen. Der »Dürre Offizier« zeigte sich beeindruckt von der Gaststätte:

»Memed ist ein mutiger Mann. Er hat kein Geld, 900,– Mark im Monat. Und dann nimmt er einen Kredit von 40 000 Mark auf.«

Was allerdings Memeds Ehen betraf, konstatierte der »Dürre Offizier« trocken, daß Memed mit seinen Vorstellungen über eine selbstgewählte Ehe gescheitert ist:

»Es hat keinen Sinn. Ich habe ihn selbst wählen lassen. Aber es hat immer nicht geklappt. Jetzt werde ich ihn wohl verheiraten. Nur so kann noch etwas daraus werden.«

Anmerkungen

[1] Mit der Familie Memed Akkayas in Subay hatte ich während meiner Aufenthalte enge Beziehungen: Ich wohnte im Haus des Bruders von Mustafa Akkaya, von Bayram, dem Direktor in der Grundschule in Andıraz. Bei der ersten Gesprächsrunde im Dezember 1977 war ich drei Tage lang Gast bei Memed und seiner Frau in Wuppertal. Damals entstand das erste Interview und eine Reihe von Gesprächsnotizen. Das zweite Interview fand 1985 in seiner Wohnung in Wuppertal statt. Streckenweise war bei diesem Gespräch seine damalige Bekannte Nurtem Köksal anwesend. Dieses Gespräch dauerte nur eine Stunde, war aber sehr dicht und konzentriert: Es mußte abgebrochen werden, weil Memed in der, eben von ihm eröffneten, Gaststätte benötigt wurde. Wichtig war ebenfalls, daß ich Nurtem Köksal in Anschluß an das Gespräch mit dem Wagen nach Wiesbaden brachte. 1986 sah ich Memed erneut: Damals war sein Vater aus der Türkei zu Besuch gekommen und hatte mich rufen lassen.

[2] Die Türkei hat ein Gesamtschulsystem. Die »Mittelschule« schließt an die fünfklassige Grundschule an.

[3] Es ist wohl kaum ein Zufall, daß die oben zitierten Zeilen von dem gleichen Geist zeugen, der aus einer Äußerung von Memeds Bruder Ismail sprach. Kurz vor meiner Abreise kommentierte er meine Situation als Ethnologe in Subay: »Du wohnst hier *allein* und brauchst dich nicht über Vater und Mutter zu ärgern. Wenn du willst, arbeitest du, wenn du nicht willst, sagst du ›Ahh‹ und legst dich eine Stunde hin. Aber ich bin ständig mit meinem Arbeitgeber zusammen. Setze ich mich zu Hause hin – so wie jetzt bei dir –, dann kommt mein Vater und sagt: ›Es gibt eine Menge Arbeit. Lieg nicht herum. Mach diese und jene Arbeit.‹« Man bemerkt die gleichen Stichworte: Alleinsein, Unabhängigkeit; keine Verantwortung.

[4] Aysel Özakin versucht in ihren Romanen, diesen Traum und die damit verbundene Bewußtseinshaltung nachzuzeichnen: So beschreibt sie in *Der fliegende Teppich* (1987) die Gestalt eines Lehrers – eine an Don Quichotte mahnende Figur.

[5] Diese Umentscheidung zeigt bemerkenswert deutlich den oben beschriebenen Sog, den der Internationale Arbeitsmarkt ausübte.

[6] »Turist« (Tourist) ist die Bezeichnung für den Status eines illegalen Arbeiters, der nur mit einem Touristenvisum eingereist ist.

[7] Es ist kein Zufall, daß die klarste Formulierung dieses allgemein bei den Migranten verbreiteten Traumes von ihm stammt. Bestimmte psychische Dispositionen lassen bestimmte Erfahrungen, Utopien, aber auch Probleme schärfer hervortreten als andere. So ist es auch kein Zufall, daß die einprägsamsten Beschreibungen der Diskriminierung von Süleyman stammen.

[8] Der Vergleich der Besuchszahlen ist ein wichtiger Hinweis für den Status: Die Migranten vergleichen sich untereinander gerne in dieser Hinsicht.

[9] Der Vollbart ist in der traditionalen Türkei religiös besetzt: Er ist das Signum des Mekkapilgers. In den siebziger Jahren wurde er von der Linken und avantgardistischen Jugend als Symbol für eine gesellschaftskritische Haltung benutzt. Die Bedeutung der Barttracht in der türkischen Kultur geht weit über die in Deutschland hinaus: An der Barttracht konnte man in den siebziger Jahren die politische Meinung ablesen.

[10] Die Bedeutung dieser Geste zeigt sich auch darin, daß Memed sie explizit erwähnte.

[11] Es ist unklar, an was er dabei denkt.

[12] Wir haben sie oben auszugsweise wiedergegeben: Siehe oben S. 98.

[13] Für diese Interpretation spricht vor allem der Bericht von Nurtem Köksal, Memeds späterer Freundin.

[14] Möglicherweise eine Anspielung auf eine Szene in Yılmaz Güneys Film *Düşman* (»Der Feind«). Aus Not ist dort der Held gezwungen, für die Stadtverwaltung Hunde zu vergiften, das heißt, die entwürdigendste und niedrigste Arbeit zu übernehmen, die vorstellbar ist.

[15] Ein wichtiger Indikator für die Klassifizierung von Stadtvierteln ist, ob die Frauen dort gezwungen sind, ein Kopftuch zu tragen oder nicht. In Ümraniye ist dies der Fall. In der Familie eines in Istanbul lebenden Migranten aus Subay erlebte ich mit, daß sich die Töchter weigerten, aus dem freizügigeren Stadtteil Kadıköy mit nach Ümraniye umzuziehen.

Identitätsverwerfungen und Sinnproblematik

Wir haben das Problem der Identität in den vorausgehenden Kapiteln immer wieder berührt, ohne es bislang explizit aufzuwerfen. Zum einen haben wir beschrieben, wie die Konstruktion von Geschichte als Entwurf, als Bildungsgeschichte und als Entfaltung einer Struktur, für die Selbstwahrnehmung wichtig wurde. Zum anderen haben wir gezeigt, wie Denken, Fühlen und Wollen als Dimensionen des Selbst deutlicher in den Blick rückten und in Bezug zueinander gesetzt wurden. In beiden Prozessen entwirft sich das Subjekt als Einheit. In diesem Kapitel geht es nun darum, einen Blick auf die Brüche zu werfen, die dabei auftreten. Ihre Analyse wird einen Eindruck von den Schwierigkeiten geben, Identität in der komplexen Gesellschaft zu wahren.

Diese Notwendigkeit war im dörflichen Kontext dem Individuum nicht aufgetragen: Die Einheit des Selbst war durch den inneren Zusammenhang und durch die Transparenz der Rollen sozusagen von selbst gegeben. Mit dem Heraustreten aus dem festen Rahmen wird die Last der Synthese dem einzelnen selbst aufgebürdet. Er muß, auf welcher Stufe der Explizitheit auch immer, ein Wissen und ein Gefühl von einer Einheit des Ich in den unterschiedlichen und widersprüchlichen Kontexten bewahren, in denen er sich bewegt[1].

Die Begriffe »Synthese« und »Identität« erfordern ein klärendes Wort: In ihrer genauen logischen Bedeutung beziehen sie sich auf das Aufheben von Widersprüchen im dialektischen Prozeß. Wenn man sie nun auf soziale und geschichtliche Prozesse bezieht, lassen sich die Begriffe »Synthese« und »Identität« sinnvoll nur in einer übertragenen Bedeutung, das heißt als Metaphern, verwenden. Wörtlich genommen hieße Synthese nämlich Aufhebung von Geschichte, und damit Versteinerung; ein Gewaltverhältnis zu neuen Erfahrungen wäre damit gesetzt. Am deutlichsten hat Sartre herausgearbeitet, daß diese Form der Identität notwendigerweise das Signum des Sich-Verfehlens trägt: Wer meint, sich ein für allemal gefunden zu haben, hat sich in jedem Fall über sich selbst getäuscht. Die Kritik an der starken Bedeutung des Begriffs der Identität bedeutet nun aber nicht, daß damit die Frage nach innerer Kohärenz und Einheitlichkeit obsolet wäre. Sie muß lediglich, in einer abgeschwächten Bedeutung, als Fähigkeit beschrieben werden, heterogene Erfahrungen in Beziehung zueinander zu setzen. Sie muß als Prozeß gefaßt werden, der niemals bei sich ankommt. »Mit sich identisch sein« kann dann nur heißen: In der Lage sein, immer wieder vorläufige, revidierbare und revisionsbedürftige Vorstellungen von sich selbst als Einheit herzustellen – und sich über den tentativen Charakter dieser Selbstbilder bewußt zu sein[2]. Dies bedeutet in diachroner Hinsicht, daß man in der Lage ist, auf sich selbst in der Form der Geschichte als Einheit hinzublicken, ohne sich auf nur eine Geschichte festzulegen. In synchroner Hinsicht bedeutet dies, in der Lage zu sein, ein fließendes, offenes, gewaltloses Verhältnis zwischen Denken, Wollen und Fühlen herzustellen.

Diese Notwendigkeit läßt sich auch als Frage nach dem Sinn von Erfahrungen paraphrasieren. Sinnvoll ist ein lebensgeschichtliches Ereignis, aber auch ein Gefühl, wenn es mit anderen Ereignissen, Erfahrungen und Gefühlen in eine Beziehung gesetzt werden kann. Als »sinnlos« wird dagegen ein Erlebnis empfunden, bei dem dies nicht der Fall ist – das also nicht in eine Struktur (und sei es als »Fehler«) eingeordnet werden kann; »sinnwidrig« schließlich ist ein Erlebnis dann, wenn zu befürchten ist, daß es die Struktur, mit der man bislang Ordnung und Sinn in sein Leben brachte, sprengen würde. Beide Formen von Erlebnissen werden in der Regel unterdrückt, abgespalten und nicht zur Kenntnis genommen. Auch hier muß der prozessuale Charakter unterstrichen werden. Es ist nicht wichtig, daß ein Erlebnis ein für allemal einen festen Sinn besitzt (auch dies wäre Erstarrung), sondern daß es in unterschiedliche Zusammenhänge eingeordnet werden kann und werden muß, daß es reinterpretierbar bleibt und reinterpretationsbedürftig ist.

Das Interesse des Kapitels zielt somit auf die Schwierigkeiten in der Migrationssituation, Identität beziehungsweise Sinnhaftigkeit herzustellen. Das Augenmerk gilt deshalb den Brüchen in den Erzählungen der Migranten, Brüchen, die nicht nur auf unterschiedliche Lesarten von Ereignissen hindeuten sondern auf Unvereinbarkeiten, die sich nicht mehr unter einer Perspektive zusammenbringen lassen. Dies wird zunächst in diachroner und anschließend in synchroner Hinsicht erörtert.

Lebensgeschichte und Identität

Das oben analysierte Umschlagen der Zeiterfahrung von einem Beherrschen der Zeit in ein Beherrscht-Werden durch Zeit führt, bei allen der hier untersuchten Migranten, zu Problemen der Identität, das heißt zu Schwierigkeiten, die unterschiedlichen Episoden des Lebens zwanglos in eine Perspektive zu bringen.

Ich habe oben darauf hingewiesen, daß dieser Umschlag der Zeiterfahrung Bewußtseinslagen reproduzierte, die an dörfliche Erfahrungen erinnern: Auch im Dorf fühlt man sich der Zeit ausgeliefert und damit fremd- beziehungsweise außenbestimmt. Diese Erfahrung ist indes für die Migranten weitaus bedrohlicher als für die Bauern und zwar deshalb, weil sie in einer ganz anderen Weise ihre Geschichte *sind* , das heißt ihr Selbstverständnis an ihren je besonderen Lebensentwurf und an ihre Biographie knüpfen. Entscheidend ist, daß sich mit dieser anderen Sicht auf sich selbst das Problem der Eigenverantwortlichkeit grundsätzlich neu stellt. Man kann sich einerseits einen Erfolg ganz persönlich zu Gute schreiben; andererseits ist man aber auch für ein Scheitern in einer sehr grundsätzlichen Weise rechenschaftspflichtig. Wenn man im Dorf unverschuldet scheitert (etwa weil Unwetter die Ernte ruinieren, oder das Vieh bei einer Seuche stirbt), dann ist das schmerzhaft, wirft aber kein Sinnproblem auf. Es sind *äußere* Umstände, an denen man scheitert. Dies ist anders in der Migration: Da man sich seinen Weg selbst gewählt hat – und ihn nicht selten gegen den erklärten Willen der Angehörigen eingeschlagen hat –, ist man auf eine ganz prinzipielle Weise für ihn verantwortlich. Wenn man jetzt unverschuldet scheitert – etwa wegen Arbeitslosigkeit –, dann bleibt die Verantwortung doch auf einer anderen Ebene bestehen: Man hätte sich der Situation ja, von Anfang an, nicht auszusetzen brauchen. Scheitern wird zur Sinnfrage.

Individuellem Fortschritt fällt damit eine ganz zentrale Rolle für das Selbstverständnis zu: Ein zwangloser Blick auf die Zukunft, beziehungsweise auf die Vergangenheit, ist nämlich relativ einfach, so lange es »vorangeht« – dann haben die verschiedenen Episoden des Lebens einen Sinn und lassen sich ohne größere Probleme einander zuordnen: Die Zukunft läßt sich in der Struktur von ineinander verschalten Zielen, Zwischenzielen und Mitteln verstehen, und die Vergangenheit als Erfolgs- oder zumindest als Bildungsgeschichte begreifen. Weitaus schwieriger ist jedoch ein synthetischer Blick auf das eigene Leben, wenn man stagniert – oder wenn jeder Schritt in der einen Richtung ein Problem an einer anderen Stelle aufwirft.

Wenden wir uns zunächst der Frage zu, wie Memed dieser Erfahrung begegnete. 1977 sagte er:

»Allzu lange wollen wir dann auch nicht bleiben ... Wenn nun unser Kind mit 7 Jahren in der Schule beginnt, müssen wir entweder in die Türkei zurückkehren oder hierbleiben. Denn wie auch immer, wir müssen es [entweder in Deutschland oder in der Türkei] ganz ausbilden ... Das sind meine Gedanken, sie ermüden meinen Kopf« (1977:387).

Die Passage steht an der Stelle seines Lebenslaufes, an der sich auf Grund der Verlängerung des Aufenthalts, die inneren Widersprüche der Migration abzuzeichnen beginnen. Die Alternative, nach drei Jahren entweder zu bleiben oder zu gehen, kommt ihm ungelegen. Wenn er sich für das Gehen entscheidet, müßte er darauf verzichten »zu leben«, das heißt sich disziplinieren und vor allem den Konsum einschränken – wozu er gerade in dieser Lebensphase nicht bereit war. Wenn er sich für das Bleiben entscheidet, müßte er seine Träume bezüglich Yalova auf unabsehbare Zeit zurückstellen. So läßt sich die ganze Passage wohl dahingehend paraphrasieren: »Eigentlich müßte ich mich, um meiner Tochter willen, für das eine oder andere entscheiden, aber ich will beides nicht.« Gedanken dieser Art »ermüden« ihn – was in diesem Kontext wohl ganz wörtlich zu lesen ist: Am liebsten würde er vor den Problemen die Augen verschließen.

Hier läßt sich gleichwohl noch nicht von Identitätsproblemen im eigentlichen Sinn sprechen: Die Probleme werden benannt, und lassen sich – wie wir in der Paraphrasierung versucht haben – noch in einen Bezug zueinander bringen. Problematischer ist indes die Haltung von Yaşar und Süleyman. 1977 wie 1985 richteten sie sich, *ohne einen Zweifel erkennen zu lassen*, auf einen Zeitraum von zwei bis drei Jahren ein. Bei beiden wirkte dies wie Selbstbetrug. Angesichts der Schwierigkeiten, die sie (sowohl 1977 als auch 1985) antizipierten, wenn sie noch länger bleiben würden, formulierten sie die feste Überzeugung, daß sie es innerhalb dieser Frist schaffen würden.

Wo Memed artikulierte, daß er am liebsten die Augen verschließen würde, machten Süleyman und Yaşar sie tatsächlich zu. Diese Lebenslüge erlaubte die Wahrung einer Perspektive – und damit eines einstrahligen Blickes auf die Zukunft – auch dann noch, wenn ein weiterer Blick nur noch Sachverhalte aufdecken würde, die so sperrig sind, daß sie die sinnhafte Ordnung des Lebens sprengen würden. Yaşar und Süleyman rekurrierten zur Kurzsichtigkeit, weil sie nur noch so Ordnung in ihre Zukunft bringen konnten.
Bei Süleyman läßt sich noch eine komplementäre Strategie festhalten:

»Als ich nach Österreich kam, hatte ich überhaupt keine Probleme. In einem Jahr haben sie mir dann den Zahn gezogen. Wenn sie so mit dir reden, was sollst du dann [schon] machen? Du sagst dir: ›Geduld‹ und beißt die Zähne aufeinander. Auf jeden Fall ist es dein Schaden ... Wir müssen das machen, um unsere Arbeit, um unseren Verdienst sichern zu können, um leben zu können. Auf einen Menschen folgt noch etwas anderes. Auch das ist wichtig. Das alles ist nicht nur für mich« (1978:65).

Hier wird das Scheitern geradezu auf eine umgekehrte Weise bewältigt. Der Blick wird weit über das eigene Leben hinaus auf die nächste Generation gerichtet. Das eigene Leben wird damit relativiert und entwertet. Eine sinnvolle Ordnung läßt sich offenbar auch in das eigene Leben bringen, wenn man den Blick in die weite Ferne richtet und geflissentlich die dazwischenliegenden Phasen übersieht. Diese Strategie der Weitsichtigkeit hat mit der des Parzellierens des Lebens die Gemeinsamkeit, daß auf die Vermittlungssschritte verzichtet wird. Gegenwart und Zukunft werden nicht mehr aufeinander bezogen, sondern zwischen Gegenwart und Zukunft wird gleichsam ein Bereich ausgespart. In beiden Fällen läßt sich das Leben nicht mehr als »entworfenes Projekt« (Berger 1975) erfassen – es ist bestimmt durch ein kurzatmiges Reagieren.

Die eben zitierte Passage ist auch in einer anderen Hinsicht interessant. Sie zeigt, wie einer spezifischen Haltung gegenüber der Zukunft auch eine bezeichnende Haltung gegenüber der Vergangenheit korrespondiert. Süleyman betont, daß er emigrieren *mußte*, »um leben zu können«. Dieser bemerkenswerten Verkürzung des Migrationsmotivs (es ging ihm ja wesentlich um die Rettung seiner Ehe) begegnen wir bei ihm auch anderswo:

»In Europa gab es damals eben Arbeit. Also es gab die Möglichkeit, Arbeit zu finden, zu arbeiten, Geld zu verdienen. In der Türkei waren damals die Möglichkeiten, Arbeit zu finden und Geld zu verdienen, zu sparen, sehr schlecht. Wir haben daran gedacht und sind gekommen« (Gedächtnisprotokoll, 1978).

Diese Passage steht auch in offenem Widerspruch zu einer anderen, in der er, um seine Würde gegenüber den österreichischen Arbeitgebern zu behaupten sagt: »Wir sind nicht mittellos gekommen.«

Die Betonung der Unfreiwilligkeit der Migration taucht nun sehr häufig auf. So sagte etwa Yaşar:

»Wenn ich heute mit meiner Familie zusammensäße, aber kein Geld hätte ... Ich habe Kinder, sie brauchen Kleidung, auch ich brauche Kleidung. Was wäre ohne Kleidung, nichts wäre dann. ... *Wenn ich heute kein Geld hätte, wäre es noch schlechter*« (1978:243).

Man hat den Eindruck, daß er die Situation in der Türkei dramatisieren muß – und zwar dahingehend, daß es dort am Elementarsten fehle –, um das Leiden hier (zu dieser Zeit die Trennung von der Familie) zu verkraften. Es stimmt einfach nicht, was er sagt: Er hätte in der Türkei zwar weniger verdient, aber er hätte auch nicht hungern brauchen.

Am stärksten fällt bei Memed Akkaya eine Diskrepanz auf. Auf die Frage, wie er es empfinde, die islamischen Feiertage in Deutschland verbringen zu müssen, sagte er:

»Ich kann es ertragen, [die Feste nicht mitfeiern zu können], indem ich mir sage, daß ich meinen Lebensunterhalt nicht aufgeben kann. Zunächst ist für mich die Zukunft wichtig, mein Gehalt ist wichtig. Ich muß meinem Kind das tägliche Brot geben. Erst verdienen, dann verbrauchen. Ohne etwas zu verdienen, kann ich in der Türkei keine Rechnung bezahlen, nirgendwo hingehen« (1977:393).

»Die Türkei ist dein Vaterland, aber mit dem Lebensunterhalt ist es schwierig. Ich bin hierhergekommen, weil es notwendig war, weil ich arbeiten mußte. [Zuerst gilt es,] *den Lebensunterhalt zu sichern* und dann an das Wertvolle zu denken« (1977:393).

Memed unterschlägt, angesichts einer schmerzhaften Erfahrung, in diesen Äußerungen die Tatsache, daß er sich für die Migration freiwillig entschieden hat – und daß die Migration für einen bestimmten Lebensentwurf steht. An anderen Stellen ist gerade die Tatsache, daß er nicht aus einer Notlage heraus emigriert ist, entscheidend für sein Selbstverständnis (etwa wenn er sich mit den Bewohnern des Arbeiterwohnheims vergleicht). Die hier vorgenommene Interpretation der Migration als Ausdruck einer Notlage entlastet: Er stellt sich selbst als lediglich reagierend dar und entbindet sich damit von der Verantwortung für den eigenen Lebensentwurf. Wenn es die äußeren Zwänge – »das tägliche Brot« – waren, weshalb er gekommen war, braucht er sich nicht mehr vorzuwerfen, sich für die Migration entschieden zu haben. Er konnte ja nicht anders. Damit wird also gleichsam die Konstruktion des Selbst als Entwurf zurückgenommen. Der »innen-geleitete« Lebensentwurf – auf den man sich an anderen Stellen soviel zu gute hält – wird zugunsten eines außengeleiteten Entwurfes geopfert. Dies wirkt wie eine Regression auf dörfliche Muster[3].

All diese Stilisierungen sind partiell: Sie werden eingenommen, wenn die Migranten eine bestimmte Gruppe von Erfahrungen ins Auge fassen – Memed in den letzten Äußerungen etwa die Erfahrung der Einsamkeit und des Leidens. Die hier diskutierte Gattung der Geschichten über sich selbst tritt nun nicht etwa nur zu den anderen hinzu – sondern sie steht zu anderen Geschichten und Synthesen in einem ausschließenden Verhältnis.

Die Angst vor der Freiheit

Im Diskurs der Migranten taucht relativ oft ein bemerkenswertes Thema auf, das man als Motiv des »Verschlungenwerdens durch die deutsche Frau« bezeichnen könnte. Betrachten wir zwei Varianten. Die erste stammt von Süleyman:

»In Europa werden diese Freundschaften, diese Beziehungen von Mann und Frau häufiger ... Weil es sie zu häufig gibt, ergreift es diese Menschen, sie verlieren ihre *Herrschaft über sich selbst* , etwas von ihrer *Willenskraft*. Wenn sie sie verloren haben, was passiert dann? Sie besuchen eine Frau, sprechen mit ihr, so entwickeln sich die Dinge. Im Laufe der Zeit gerät alles unter den Einfluß der Frau. Sie können dem Einfluß nicht entgehen – und nach einiger Zeit *können sie nicht mehr zurück*, nur noch vorwärts. Es geht immer weiter. Wenn es dann soweit gekommen ist, das hören wir viel, begehen sie Selbstmord, sie gehen soweit, sich gegenseitig zu töten, sich zu trennen. All das passiert. Einige unserer Freunde denken nicht mehr an ihre Kinder und an die Frau, die sie in der Türkei zurückgelassen haben, sie denken nur noch an sich. Viele ... denken nur noch von Tag zu Tag. Manchmal entsteht ein Kind [aus der Beziehung]. Unter meinen Landsleuten gibt es ungebildete Leute ... Wenn sie dann an diesem Punkt angelangt sind, müssen sie schließlich eines aufgeben: entweder [sie müssen die Frau], die in der Türkei geblieben ist, verlassen, oder die Freundin, die sie hier gefunden haben, aufgeben. Meist haben sie in der Zwischenzeit ihren ganzen Verdienst selbst verzehrt« (1978:83).

»Einige Leute stürzen sich in ein Abenteuer, weil sie vom *Leben nichts erwarten*. Sie sind *Träumer*. Diese Leute reißen einige Personen mit sich. Aber dies passiert in der Regel nicht bei denen, die Frau und Kinder bei sich haben. Bei den Ledigen kommt das [aber] oft vor« (1978:87).

Es lohnt sich eine zweite Version dieses Motivs wiederzugeben. Es stammt aus dem Gespräch im Arbeiterwohnheim.

»Dann gibt es aber solche Freunde, die sich hier eine Freundin genommen haben und mit ihr zusammenleben. Die meisten von ihnen, ungefähr 90%, sind in der Türkei verheiratet. Sie haben hier eine Freundin genommen und ihre Frau in der Türkei ist vernachlässigt worden. *Er muß auch der Frau, die er hier in Deutschland kennengelernt hat, Geld geben.* ... Auch ist er natürlich wegen seiner Jugend an die Frau gebunden: Wenn ich sie verliere, finde ich keine mehr, denkt er sich und gibt das verdiente Geld mit ihr zusammen aus. So *vergißt* er seine Frau zu Hause« (1977:439).

Beide Versionen sind völlig getrennt voneinander aufgezeichnet worden. Eine dritte (allerdings etwas abgeschwächte) Version erzählte Yaşar. Die frappante Ähnlichkeit in diesen Geschichten erlaubt es wohl, von einem Mythem zu sprechen.[4] Dabei ist zunächst wichtig, daß es sich um die Reaktivierung eines dörflichen Klischees handelt[5]. Dieses Mythem hat, anders als beispielsweise das Klischee des fleißigen Deutschen, *keine* korrigierende Bearbeitung gefunden – sondern wurde ganz im Gegenteil noch weiter ausgearbeitet.

Bestimmend für die Struktur der beiden Diskurse ist die Zwangsläufigkeit, mit der sich ein Schritt aus dem anderen ergibt. Wer sich auf eine Beziehung einläßt, der gerät auf eine schiefe Bahn, an deren

Ende nur der Tod steht. Jeder einzelne Schritt hat die schlimmstmögliche Konsequenz. »Und nach einiger Zeit können sie nicht mehr zurück, nur noch vorwärts. Es geht immer weiter. Wenn es dann soweit gekommen ist, das hören wir viel, dann begehen sie Selbstmord.« Mit diesen Worten wird ein Sog beschworen, aus dem man sich nicht mehr befreien kann, der einen immer schneller in den Abgrund reißt.

Neben das Bild des Sogs tritt das Bild der Grenzenlosigkeit. Das Fehlen jedweder Grenzen unterscheidet die Situation in Deutschland von der in der Türkei. Direkt vor der zitierten Passage sagt Süleyman: »Auch in Istanbul kann man nach eigenen Vorstellungen (*kendi başına*) leben. Man kann dort zum Beispiel eine Freundin finden. ... Aber das ist begrenzt (*sınırlı*), es gibt eine Grenze, etwas Extremes passiert nicht« (1978:83)[6]. Beides, die völlige Entgrenzung, in der man verlorengeht, und der Sog, in dem man verschlungen wird, sind Bilder der Angst.

In diesen Passagen ist, allerdings in der Form der Inversion, genau von den Strukturen die Rede, die im letzten Kapitel diskutiert wurden: Der bewußten Stellungnahme zu den Bedürfnissen wird hier das Unterworfensein unter die Bedürfnisse gegenübergestellt; der Herrschaft über sich selbst, der Willenskraft, die völlige Willenlosigkeit; der Idee des innen-geleiteten Subjekts, der außen-geleitete Triebmensch; dem Bewußtwerden seiner Selbst, die Bewußtlosigkeit des Träumers; der Eigenverantwortlichkeit, die Unverantwortlichkeit; der zukunftsorientierten Sorge um die Kinder, die Gegenwartsfixierung – die bemerkenswerterweise mit Dummheit assoziiert wird.

Die Beschwörung des Verlustes seiner Selbst dient offenbar als Warnung an sich selbst. Das Heraustreten aus der festen Ordnung des Dorfes wird als Befreiung erlebt – bringt aber offenbar ebenfalls Verunsicherung mit sich. Es scheint fast, als seien für einen großen Teil der im Dorf sozialisierten ersten Generation die Strukturen der Subjektivität noch so ungefestigt, daß einer Versuchung nicht mit Gelassenheit begegnet werden kann. Auch ein kleiner Schritt in die falsche Richtung bedeutet tendenziell Unheil und Selbstaufgabe und bringt den einzelnen auf eine Bahn, von der er sich nicht so einfach befreien kann.

Diese Angst dürfte einen entscheidenden Antrieb für die Verwandlung von Fremd- in Selbstzwänge (Elias) darstellen: Die plötzlich existierende Freiheit ruft Angst vor dem Sich-Verlieren, vor dem Chaos hervor. Und diese Angst führt offenbar dazu, daß man sich gleichsam von vornherein selbst zurücknimmt, beziehungsweise zu Mitteln greift, die dann (vom Standpunkt eines gefestigteren Selbstbewußtseins) als äußerlich erscheinen[7] – und es doch gleichwohl nicht sind, weil sie selbst auferlegt (und nicht wie im Dorf sozial erzwungen) wurden. Die Angst der ersten Generation gebiert oft einen viktorianisch anmutenden Rigorismus[8]. Erst wenn die Strukturen dann gefestigter und selbstverständlicher sind, kann man sich wieder nach außen wagen[9]. Was dann als »Lockerung« erscheint, ist indes nichts anderes, als daß ein äußerer »Panzer« in ein inneres »Skelett« transformiert wurde.

Das Motiv des Verschlungenwerdens erinnert auch an das Sirenenmythem in der Odyssee[10]. Die Ideen der Beherrschung des Selbst (*kendine sahip olmak*) und die Idee der Selbsterkenntnis (*kendini bilmek*) werden aufgeboten, um die Kraft der Sirenen (beziehungsweise in diesem Fall der Rheintöchter) zu bannen. In der kaum verdeckten Sehnsucht, die auch in den Passagen anklingt, drückt sich die Ahnung aus, daß man nie sich selbst so äußerlich ist wie in den Momenten, in denen man auf sich selbst blickt – und daß man, wie Musil es formuliert, nur dann ganz bei sich selbst ist, wenn man außer sich ist. Die damit verbundene Gefahr ist – wie in der Odyssee – die des Vergessens und die Gefahr, nicht mehr nach Hause zurückzukommen. Die Dialektik des Prozesses der Moderne tritt hier deutlicher als anderswo zu Tage. Wichtig scheint mir nun zu sein, daß diese Angst, wenn man sich ihr hingibt, so umfassend werden kann, daß man mit ihr jede Einschränkung begründen kann. Wenn eines aus dem anderen folgt, läßt sich kaum mehr über Alternativen reden. So etwa in folgender Passage, wo Süleyman Doğan argumentiert, daß gemeinsames Spazierengehen von Jungen und Mädchen zu Rauschgiftsucht und Mord führen kann:

»Sie (die in Deutschland aufwachsenden türkischen Mädchen) haben Freunde ... ›Los‹, sagen sie, ›mit dir gehe ich spazieren, laß uns einen Spaziergang machen.‹ Natürlich – wenn man sich selbst kennt, entsteht nichts Schlechtes, das ist richtig. Aber dann gibt es ja auch folgendes: Er läßt sie zum Beispiel Rauschgift nehmen, er bringt sie in einen üblen Zustand[11]. Und dann entsteht etwas noch Schlechteres, noch unmenschlicheres. Er verläßt sie ... und kehrt nach Hause zurück. Oder noch schlimmer: Er tötet sie. Das Ganze kommt dann einige Tage später raus. Etwas ganz schlimmes ist passiert: Etwas, was man keineswegs hinnehmen kann. Also aus diesem Grund lassen wir sie (die Mädchen) nicht [ausgehen]« (1978:127).

Argumentationen dieser Struktur finden sich vor allem in fundamentalistischen Kreisen – und es ist sicherlich eine der Gründe für die Faszination des islamischen Fundamentalismus, daß er diesen Ängsten Ausdruck verleiht und Antworten darauf formuliert[12]: So wurde ich bei einer Untersuchung in Yaşars religiöser Gemeinde in P. immer wieder mit Äußerungen wie den folgenden konfrontiert:

»Im Grunde ist [klassische islamische] Kunstmusik schlimmer als ›arabeske‹ Musik (das heißt Schlagermusik). Warum? Weil sie die Musik als harmlos erscheinen läßt. Es verhält sich damit wie mit Bier. Es gibt Leute, die sagen: ›Warum seid ihr gegen das Biertrinken? Das Trinken von Bier ist nicht ernst. Bier enthält nicht viel Alkohol.‹ Alle Süchtigen haben jedoch mit Bier angefangen. Das gleiche gilt für das Anschauen einer Frau. Aber der Ehebruch beginnnt mit Blicken, mit dem Sprechen, mit dem Berühren. Wenn man eine fremde Frau gar nicht erst anblickt, nicht mit ihr spricht, sie nicht berührt – kann es dann zum Ehebruch kommen?« (Gedächtnisprotokoll, 1988)

Den gleichen Gedanken impliziert auch folgendes Bild:

»Eine Kiste Tomaten hält sich einundeinhalb bis zwei Monate. Wenn in einer Kiste Tomaten aber eine faul ist, wird sie innerhalb von wenigen Tagen die ganze Kiste verderben« (Gedächtnisprotokoll 1988).

Auch hier ist es ein unscheinbarer Anfang, der weitreichende Konsequenzen hat. Der fundamentalistische Diskurs artikuliert nun nicht nur die Ängste, sondern er formuliert auch eine bemerkenswerte Antwort auf sie. Ich habe, wiederum in dem Bekanntenkreis von Yaşar, relativ oft Äußerungen, wie die folgende, aufgezeichnet:

»Wenn im Islam Alkohol verboten ist, wenn der Koran sagt: ›Es ist verboten‹, dann ist es verboten. *Dann braucht man darüber nicht mehr nachzudenken.* Also das gibt es nicht: Ich bin nach Deutschland gekommen und habe dort meinen Glauben verloren. Du weißt, daß Alkohol *haram* (rituell verboten) ist – also trinke keinen« (Gedächtnisprotokoll, 1988).

Hier wird ein geradezu äußerlich zu nennender Halt angeboten. Die Überzeugung, daß der Islam die alltägliche Lebenspraxis bis in das banalste Detail regelt, entlastet von der Komplexität der Stellungnahmen. Ein klares Lebensprogramm befreit von der Last, Denken, Fühlen und Handeln gegeneinander abzuwägen. Dem korrespondiert eine klare Entscheidungsstruktur: Entweder man entscheidet sich für dieses Programm oder dagegen. So sagte ein Bekannnter von Fatma bei einem Gespräch in Berlin:

»Wenn man als Türke nach Deutschland kommt – und das sage ich jetzt nicht nur für mich, sondern für alle Türken, die hier leben –, muß man sich entscheiden. Will man sich den Deutschen anpassen oder will man nach türkischen Bräuchen und Sitten leben? Will man in die Gastwirtschaft gehen oder in die Moschee? Es gibt – du entschuldigst – einige Bräuche in Deutschland, denen man sich als Türke nicht anpassen kann« (Gedächtnisprotokoll, 1983).

Diese polare Struktur wird kosmisch überhöht durch die Beschwörung jenseitiger Sanktionen:

»Alle unsere türkischen Freunde versuchen sich in Europa wie Christen zu bewegen und sich an sie anzupassen. Aber für einen Muslim ist das *haram*; er macht das nicht. Für den Fall, daß sie es machen, hat Gott Himmel und Hölle erschaffen ... In den Himmel kommen diejenigen, die den Willen Gottes befolgen, also diejenigen, die nicht machen, was Gott verboten hat« (Yaşar Fuad: 1978:253).

Nun ist die Angst vor dem Verlust des Selbst verbreiteter als die Zugehörigkeit zu fundamentalistischen Gruppen (und umgekehrt läßt sich die Zugehörigkeit nicht ausschließlich aus dieser Angst ableiten). So stammen die beiden Passagen, mit denen wir diesen Abschnitt eingeleitet haben, gerade *nicht* von Fundamentalisten, sondern von Süleyman Doğan und Wahdet Öztürk (der mit Asiz Hasanoğlu im Arbeiterwohnheim lebte). Die beiden Fundamentalisten dagegen, die in ihrem Alltag die Konsequenz aus diesen Äußerungen gezogen haben, lassen in ihren Äußerungen kaum noch Angst erkennen. Dies scheint mir ein Hinweis zu sein, daß die Hinwendung zur radikalen Religiosität tatsächlich die Konflikte lösen kann – allerdings zu einem Preis, der für die meisten nicht akzeptabel ist. Auch dies läßt sich wie ein Zurückgehen auf bäuerliche Muster lesen: Für den Fundamentalisten stehen aus transzendentalen Gründen die Regeln, denen er folgt, genauso fest wie für den Bauern aus sozialen Gründen. Seine Welt ist genauso festgefügt wie die bäuerliche und erlaubt genauso wenig Freiheit – die gleiche Sicherheit in der Orientierung hilft offenbar die Angst zu bewältigen.

Die Bewältigung von Enttäuschungen

Memed Akkaya hat sich weiter als die anderen Migranten vorgewagt, um die Möglichkeiten, die die Fremde bot, zu nützen. Wir haben das Selbstbild nachgezeichnet, das er 1977 von sich entworfen hatte: Es ist das Bild eines »Selfmademan«, der sein Leben in die eigene Hand genommen hat und dem die Zukunft zu Füßen liegt. Er sieht sich als jung, stark, modern, durchsetzungsfähig und unkonventionell. In weiten Passagen des Interviews äußert er Überzeugungen, die diesem Bild entsprechen.

Bei ihm ist von Angst und Abwehr nichts zu spüren. Er hatte nie befürchtet, in Deutschland verlorenzugehen – und kann entsprechende Ängste wahrscheinlich kaum nachvollziehen. Statt dessen ließ er sich selbstbewußt auf die deutsche Umwelt ein. Fast programmatisch vertritt er die Position, daß die Forderung nach Bedürfnisaskese ein Relikt des letzten Jahrhunderts sei und fordert selbstbewußt eine kritischen Sichtung von Normen, eine Überprüfung ihres Sinns angesichts einer sich verändernden Lebenswelt.

Nun gibt es jedoch im Diskurs von Memed einen bemerkenswerten Bruch zwischen abstrakten Äußerungen über die Welt und konkreten Äußerungen über Lebenssituationen – vor allem dann, wenn Schwierigkeiten zur Sprache kommen. Dieser Widerspruch ist besonders auffallend in einer Passage, in der er auf die Konflikte mit der Familie seiner ersten Frau und die darauffolgende Trennung Bezug nimmt:

»In der Türkei verläßt ein Mädchen mit der Hochzeit Vater und Mutter. Es geht sie nichts mehr an. Natürlich bleibt eine Tochter eine Tochter und eine Mutter wird niemals ihr Kind aufgeben, ein Vater auch nicht. Aber einzugreifen und ihre Meinung zu beeinflussen, ist doch wohl nur Sache ihres Ehemanns. *Denn jetzt sorgt der Ehemann für ihr Auskommen; er sorgt dafür, daß sie nicht mehr arbeiten muß. Sie sitzt zu Hause und hilft ihm; sie bereitet das Essen und putzt das Haus; sie erfüllt die normalen Aufgaben einer Frau«* (1977:6). ... Eine Frau ist mir dauerhaft (verbunden); sie verbringt ihr Leben mit mir zusammen; sie ist ein Leben lang an mich gebunden; sie ist meine

Gattin (*eşim*), meine Frau (*ailem*). Wenn sie ... irgend etwas anstellt, *liegt die halbe Schuld bei mir. Denn ich bin ihr Herr,* mit mir hat sie ein Leben begründet. ... Es ist notwendig, daß sie meine Überzeugungen akzeptiert« (1977:323).

Diese Passage ist – rein logisch betrachtet – unsinnig. Die ganze Argumentation beruht darauf, die Rechte des Ehemannes daraus abzuleiten, daß er seine Frau versorgt. Nun war aber die Frau, um die es sich hier handelt, berufstätig – und in gewissem Sinn entwickelte sich der ganze Konflikt aus ihrer Berufstätigkeit: Sie wurde ja von ihren Eltern nach Deutschland geschickt. Damit bricht die Argumentation zusammen. Wenn man Memed ernst nehmen würde, dann könnte man aus seiner Argumentation folgern: Seine Frau war berufstätig, ihr Ehemann, also Memed, sorgte nicht für ihr Auskommen, also ist sie autonom in ihrer Entscheidungsfindung (und kann sich deshalb beeinflussen lassen, von wem sie will). Dieser Umkehrschluß ist nun nicht etwa nur konstruiert, sondern wurde von Memed an anderer Stelle explizit formuliert:

»Es gibt heute, entschuldige, keinen Unterschied mehr zwischen Männern und Frauen. Was er macht, macht sie auch. Was eine Frau macht entspricht dem, was ein Mann macht. ... Es gibt nur noch Menschen. Sie haben alle die gleichen Rechte. Du, ich, wir haben alle die gleichen Rechte« (1977:357).

Wir sind bereits oben auf diese Passage zu sprechen gekommen. Es ist dabei wichtig, daß diese Entwicklung von Memed nicht etwa nur registriert, sondern von ihm auch begrüßt und bejaht wird. Nun könnte er freilich auch aus dieser Grundüberzeugung eine Kritik am Verhalten seiner Frau entwickeln. Nur dürfte er nicht mit Rechtspositionen und ökonomischer Versorgung argumentieren, sondern müßte auf das Ideal einer partnerschaftlichen Ehe rekurrieren. Dann aber wäre der Vorwurf nicht, daß seine Frau ohne seine Erlaubnis, sondern daß sie ohne sein Wissen, ohne eine klärende Diskussion, nach Deutschland gegangen wäre. Nicht Ungehorsam, sondern mangelnde Solidarität, nicht der Rechtsstatus, sondern der Vertrauensbruch wären das Problem. Eine solche Argumentation stünde weit mehr im Einklang mit seinen allgemeinen Überzeugungen.

Wie kommt er aber zu einer Argumentation, die nicht nur nicht auf diesen Fall paßt, sondern auch im Widerspruch zu seinen sonstigen

Äußerungen steht? Betrachtet man sie genauer, dann erkennt man, daß in ihr die dörflichen Rechtspositionen in bemerkenswerter Klarheit formuliert werden. Die Symbolik des Brautpreises besagt, daß mit der Heirat die Rechte des Vaters durch den Ehemann abgegolten werden und daß die junge Frau die Verpflichtungen, die sie bislang dem Vater gegenüber hatte, auf den Ehemann überträgt (Schiffauer 1987:28). Zu diesen Verpflichtungen gehören Gehorsam, die Erledigung der Arbeiten einer Frau, die als »dienende« Arbeiten für den Mann konzipiert werden. Gleichzeitig wird durch die Ehe ein neuer Rechtsstatus formuliert: Die Frau wird Teil der Rechtsperson des Haushaltes des Mannes: Deshalb liegt, wie Memed sehr klar formuliert, bei jeder Verfehlung ihrerseits, »die halbe Schuld bei ihm« (vergl. Schiffauer 1987:22–27). Er hat ja nach dörflicher Rechtsauffassung seine Pflicht zur Kontrolle der Angehörigen vernachlässigt.

Man kann also festhalten, daß Memed unterschiedliche Deutungsmuster verwendet, wenn er allgemeine Probleme formuliert, und wenn es um die Bewältigung einer, als demütigend empfundenen, Erfahrung geht. Mit konkretem Leiden konfrontiert, greift Memed auf dörfliche Muster zurück. Dies ist verräterisch. Es zeigt, daß die in der Migration erworbenen Bewußtseinsstrukturen in dem Moment zusammenbrechen, in dem es wirklich ernst wird: In diesem Augenblick greift man auf Konzeptionen zurück, in denen man sich sicher fühlt. Memed beruft sich auf die Subjektivität des Kosmopoliten, wenn er in sicherer Distanz »theoretisieren« kann. Er wird wieder zum »Bauern«, wenn es wirklich ernst wird.

Dies passiert bei ihm nun nicht nur einmal. So vertritt er theoretisch das Ideal einer partnerschaftlichen Ehe, in der die Gatten miteinander sprechen und in der Zwang keine Rolle spielt. Davon zeugt unter anderem die folgende Passage, in der er sich über die Ehe mit Monika äußert. Auf die Frage, ob die kulturellen Unterschiede nicht auch Probleme aufwarfen, sagte er:

»Natürlich, das war ständig so. Denn es gab den kulturellen Unterschied. Sie war Katholikin, ich war Muslim. Was ihre Kleidung betrifft, habe ich sie gelassen [wie sie wollte]. Zwang ist niemals gut ... Was das Lesen, die Musik, die Glaubensvorstellungen betrifft – diese Sachen müssen aus dem Inneren eines Menschen kommen. Sie können nicht durch Zwang kommen. Es hat keinen Wert, wenn ich dich zu etwas zwinge. Das gilt vor Gott genauso, wie vor der Gesellschaft. Aber wenn jemand etwas aus seinem Inneren heraus macht, wenn er danach lebt und handelt, dann ist das etwas ganz anderes. Es war sehr schön einige Jahre lang ... Ich habe nicht darauf bestanden. Ich habe es ihr nur empfohlen [daß sie zum Islam übertritt]. Ich habe Bücher darüber gekauft und mitgebracht. Ich habe sie ihr gezeigt. Es gibt ja sogar Bücher auf deutsch, von einem deutschen Professor ... Das muß von Innen kommen, das muß aus Liebe geschehen ...« (1985:12)

Die Empathie, die er hier für sich reklamiert, ist ein wichtiger Bestandteil seines Selbstbilds. Der Anspruch, den er formuliert, steht jedoch in bemerkenswertem Kontrast zu seinen Fähigkeiten. Wenn es darum geht, tatsächlich Einfühlung zu zeigen, ist für ihn eher ein geradezu bäuerlicher Umgang mit Gefühlen charakteristisch. Bezeichnend ist etwa die Haltung, die er einnahm, als er und Monika sein Heimatdorf besuchten. Er ging auf ihren Widerwillen, sich auf die Frauen im Dorf einzulassen, erst in dem Moment ein, als sie weinend zusammenbrach – als die Gefühle also so massiv wurden, daß sie ihn zum Handeln zwangen. Genauso vielsagend ist folgende Antwort auf die Frage, ob er bei einer Rückkehr in die Türkei mit Schwierigkeiten für Monika rechne:

»Das wird kein Problem sein, weil wir in der Stadt bleiben. In Anatolien lasse ich mich nicht nieder. Wenn meine Frau Türkin wäre, hätte ich als Wohnort Anatolien vorgezogen. Aber nun ist meine Frau Deutsche und mein Kind spricht Deutsch« (1977:375).

Nun stellt er hier durchaus Monikas Gefühle und Probleme in Rechnung: Es ist wahr, daß eine bikulturelle Ehe an einem Ort wie Yalova einfacher zu führen ist, als in Zentralanatolien. Auf der anderen Seite kam es ihm offenbar nicht in den Sinn, Monika selbst zu fragen. Sie äußerte zu dieser Zeit mir gegenüber nämlich explizite Bedenken: Die Empathie hat also ihre Grenzen – letztendlich überlegt er alleine, was für seine Frau am Besten wäre. Die gleiche Haltung trug zu seinem Bruch mit Nurtem bei: Bei der Eröffnung der Gastwirtschaft mit ihrem Geld und bei dem Erwerb des Hauses in Ümraniye, ging er jeweils naiv davon aus, daß er das Beste für sie beide machen würde, ohne daß es ihm in den Sinn gekommen wäre, dies vorher mit ihr abzusprechen.

Als Regression auf dörfliche Muster sind schließlich wohl ebenfalls die eindeutigen Schuldzuweisungen zu bewerten, mit denen Memed

Monika, aber auch Nurtem das Scheitern der Ehen in die Schuhe schiebt: Von der Komplexität der Überlegungen, der Selbstdistanz, zu denen er sonst in der Lage ist, bleibt dann (in bezug auf Monika) nur der banale Satz: »Aber das Geld ändert alles. Als das Geschäft auf sie überging, hat sie sich sofort geändert.« Ähnlich beschrieb er 1985 sehr differenziert und auch einfühlsam die Opfer, die es für Nurtem bedeuten würde, wenn sie in eine Ehe mit ihm eingehen würde:

»Sie (Nurtem) hat ein Kind [in Wiesbaden]. Man kann nun ein Kind nicht plötzlich aus der Schule nehmen und hierherbringen, es gibt Anpassungsprobleme ... Auch verdient meine jetzige Frau (Nurtem) schon seit 22 Jahren Geld in Deutschland ... sie hat ständig gearbeitet, ohne Unterbrechung« (1985:17).

Als er ein Jahr später auf die Trennung von Nurtem zu sprechen kam, reduzierte sich alles auf die Tatsache der Ehrlosigkeit: »Die türkischen Frauen hier sind schlimmer als die Afrikanerinnen.«

Die Regression auf bäuerliche Denkmuster tritt bei Memed einfach deshalb deutlicher als bei den anderen hervor, weil er sich sozial weiter vorgewagt hat als die anderen: Die bikulturelle Ehe mit Monika verlangte ebenso wie die Beziehung zu der Städterin Nurtem offenbar ein Maß an Einfühlungsvermögen, das Memed schlechterdings nicht aufbringen konnte. In vielem schien er es sich einfach nicht vorstellen zu können, was von ihm erwartet wurde. Das zumindest folgere ich aus Nurtems Äußerung:

»Er unternimmt nichts. In Ordnung. Er sagt, er gehe nicht gerne tanzen. Das verstehe ich. Aber man kann doch einmal schön ausgehen, in ein Lokal mit Musik beispielsweise. Memed kennt das nicht. Oder mit dem Geburtstag. Er kommt einfach nicht vorbei, um ein Geschenk zu machen, in dieser Hinsicht gebe ich Monika recht, ich gebe ihr wirklich recht. Sie wollte ausgehen, in Diskotheken gehen. Mit Memed kann man das nicht machen. Seine erste Frau hat das auch gesagt. Ich habe sie in Istanbul kennengelernt« (Gedächtnisprotokoll 1985).

Memed setzt sich also durchaus den Erfahrungen aus, die die anderen Migranten auf dem Hintergrund der Angstphantasien vermeiden – aber er wird damit überfordert.

Die reflektive Bewältigung von Erfahrungen

Besonders bei Memed konstatierten wir einen Bruch zwischen kognitivem Anspruch und praktischem Handeln in Krisensituationen. Noch häufiger scheint indes das umgekehrte Phänomen zu sein, nämlich daß sich auf der Ebene des Handelns Veränderungen einspielen, Problemlösungen gefunden werden, die auf der Ebene der Reflexion keine Entsprechung haben. Hier hängt nicht die Praxis der Reflexion, sondern die Reflexion der Praxis hinterher. Die tatsächlich gemachten Erfahrungen werden dann nicht in den Bestand an Alltagswissen integriert: Sondern dieser wird sozusagen abgeschottet. Die Äußerungen wirken dann stereotyp, wie Allgemeinplätze.

Betrachten wir zur Verdeutlichung des Gemeinten eine Interviewpassage aus dem Gespräch mit Süleyman und Alime.

Süleyman: »In Istanbul, Ankara, Izmir, in diesen großen Städten ist es genauso wie in Deutschland oder Österreich, da gibt es keinen Unterschied. Sie (die jungen Männer und Frauen) gehen miteinander aus und sehen sich, wann immer sie wollen. Sie gehen mit dem, den sie heiraten wollen, ins Kino, spazieren, tanzen ... Nur in ländlichen Gebieten ist es anders.«

Alime: »Was? In Istanbul ist es nicht eingeschränkt?«

Süleyman: »In Istanbul gehn sie miteinander. Sie gehen mit ihren Verlobten spazieren und gehen ins Kino.«

Alime: »Aber ohne verlobt zu sein ist das nicht so. Dann kannst du nicht ausgehen. Ohne verlobt zu sein.«

Süleyman: »In Istanbul können sie immer gehen, in Ankara und den großen Städten. Aber in den Dörfern ist das verschieden.«

Alime: »Wir waren in Istanbul. Warum haben wir uns dann nur heimlich gesprochen – zum Beispiel?« (1978:133)

Aus den knappen und korrigierenden Einwürfen Alimes wird deutlich, wie wenig Süleyman seine generalisierenden Bemerkungen auf das eigene Leben, auf das eigene Erleben bezieht. Er hat die allgemeine These im Auge, daß das Leben in Istanbul sich nicht mehr von dem in europäischen Metropolen unterscheidet und verficht sie, ohne jemals daran zu denken, sie an den eigenen Erfahrungen zu überprüfen. Passagen dieser Art sind im übrigen besonders häufig bei ihm.

Häufig scheint es die Rolle der Frauen zu sein, durch kommentierende Einwürfe, die Männer sozusagen auf den Boden der Tatsachen zurückzuholen.

Eine ähnliche Struktur findet sich bei Yaşar: In dem Interview 1985 äußerte er zum Beispiel:

»Ich habe ... von den materiellen Möglichkeiten Deutschlands profitiert. Aber was das Seelische betrifft, so hatte ich keinen Nutzen. Meine Kinder haben hier die Bräuche und Sitten vergessen. Mein Kind zum Beispiel geht in die Schule, es erlebt dort die deutsche Erziehung. ... Türkische Lehrer kommen in den deutschen Unterricht. Dennoch erfolgt in den deutschen Schulen keine türkische Erziehung. Wenn die Lehrer auch Türken sind, dann sind sie doch keine türkischen Erzieher. Sie praktizieren die deutsche Erziehung. ... Unsere Kinder werden hier schlecht und unmoralisch. Nicht als einzelne, sondern insgesamt (*yani bu şahsi yönden değil, bütün toplum olarak*).«

Würde man nur diese Passage kennen, so würde man vermuten, daß er Probleme mit seinen Kindern hat. Wie wir wissen, ist das Gegenteil der Fall. Yaşar hat es fertiggebracht, seinen Sohn so konsequent im Geist des Islam zu sozialisieren, daß er ihn poblemlos deutsche Institutionen aufsuchen lassen kann. Der Junge lehnt es beispielsweise von sich aus ab, mit deutschen Kindern zu spielen, weil sie nach Schweinefleisch röchen. Auch hier wird eine eher positiv bewertete Erfahrung nicht in Verhältnis zur allgemeinen Aussage gesetzt. Der einzige Hinweis darauf findet sich im letzten Satz der Passage (»nicht als einzelne, sondern insgesamt«), der etwas ungeschickt formuliert ist und wohl besagen soll, daß es immer wieder Ausnahmen zu der allgemeinen Regel gibt (freilich ohne daß dies dann ausgeführt würde).

Wahrscheinlich liegt diese Gefahr bei einer Wendung zum Fundamentalismus besonders nahe – und zwar deshalb, weil man es hier mit einem ausformulierten Korpus von Sätzen zu tun hat. Bei Fatma – die, wie wir gesehen haben, in der Familie keineswegs zurücksteckt – wirkt die Verselbständigung der Rede gegenüber der Erfahrung manchmal geradezu komisch: Nämlich dann, wenn sie, die in der Familie das Sagen hat, mit religiösem Eifer doziert, daß eine Ehefrau ihrem Ehemann gegenüber absolut gehorsam sein müsse (»Wenn er arbeitslos ist, darf man nicht sagen: ›Was bist du für ein Mann, verdienst kein Geld‹«) oder wenn sie die Geschichte einer Frau erzählt, deren Rücken verbrannt sei, weil sie dem Ehemann im Ehebett den Rücken zugekehrt und sich damit verweigert habe.

Der Diskurs bekommt in diesen Fällen eine Eigendynamik, die abgehoben von der Erfahrung ist. Er wird damit beliebig: Vor allem aber erkennt man die Person nicht mehr hinter dem Diskurs. Man spürt nicht mehr die Erfahrungen, die den einzelnen dazu brachten, eine bestimmte Position einzunehmen.

Die Disposition, Erfahrung und Rede voneinander zu trennen, führt in der Regel zu einer gewissen Geschwätzigkeit (beziehungsweise zu einer Freude am Predigen.) Dies dürfte harmlos sein, so lange es, wie im Diskurs von Fatma und Yaşar, Risse gibt, durch die das Individuum immer wieder sichtbar wird, die deutlich machen, daß sie sich zwar vergaloppieren, aber doch wieder zurückfinden. Problematischer und zugespitzter scheint diese Struktur jedoch bei Süleyman zu sein: In einem fast extremen Maß tendiert er, wie wir gesehen haben, zur Trennung von Erfahrung und Reflexion. Seine Rede wirkte über weite Passagen (und viel stärker als bei den anderen Migranten) unverbindlich und nichtssagend. Hier hat man den Eindruck der Unwirklichkeit – des Verlustes des Bezugs zu sich selbst[13].

In gewissem Sinn kann man in diesen Redestrukturen den im Dorf gepflegten fassadenhaften Diskurs wiedererkennen. Auch dort wird das konkrete Individuum mit seinen Erfahrungen nicht transparent. Der Unterschied liegt darin, daß dieser Diskurs der Fremd- und Selbstinszenierung niemals unwirklich wirkt, weil der Referenzrahmen, in dem er angesiedelt ist, jedem bewußt ist – zudem existiert mit dem Klatsch eine komplementäre Diskursform, die immer wieder die kunstvoll aufgebauten Inszenierungen zerstört (vergl. Schiffauer 1987:217ff.). Das Fehlen dieses Rahmens ist entscheidend. In der komplexen Gesellschaft muß man von der Fremdheit ausgehen: Wenn man sich hier auf zwei Ebenen bewegt, wirkt das nur irritierend.

Die hier analysierten Schwierigkeiten, Denken, Fühlen und Handeln, beziehungsweise Vergangenheit, Gegenwart und Zukunft in einen zwanglosen Bezug zu setzen, haben mit Sicherheit das Thema der Identitätsprobleme nicht erschöpft. Sie haben ein Gemeinsames: Wenn die Schwierigkeiten zu groß werden, tendieren die Migranten dazu, auf Muster der Bewältigung zurückzugreifen, die sie im Dorf erworben haben. Unter Druck werden die in der Kindheit erworbenen und deshalb sehr tief sitzenden kognitiven und emotionalen Muster gleichsam aktiviert. Da dies gegen die eigenen – an anderen Stellen explizit geäußerten – Ideale und Vorstellungen geschieht, ist es wohl berechtigt, von »Regressionen« zu reden. Die Schwierigkeiten zeigen, daß der Bruch zwischen Bauern und Migranten nicht nur *zwischen* den Individuen verläuft, sondern in ihnen selbst.

Anmerkungen

1 Zu dieser Notwendigkeit siehe Krappmann, 1975.

2 Krappmann hat versucht, diesen tentativen Charakter von Identität zu fassen, indem er nachdrücklich auf die Notwendigkeit von Rollendistanz und Ambiguitätstoleranz hinwies. Beides meint letztendlich die Fähigkeit, Widersprüche bestehen zu lassen – das heißt sie weder leugnen zu müssen, noch sie zwanghaft aufheben zu müssen (1975:132–173).

3 Streiff-Fenart (1990) hat ein ähnliches Phänomen von Selbsttäuschung analysiert: Oft ermöglicht nur noch die bewußte Unklarheit und Ambivalenz die innerfamiliale Integration in Migrantenfamilien: So definiert bei den maghrebinischen Migranten in Frankreich die Elterngeneration den Gabentransfer anläßlich der Hochzeit als (traditionale) Brautzahlung, während die Kinder die gleichen Gaben als Ausstattung definieren. Die Unklarheit erlaubt es, einen potentiell zerstörerischen Konflikt zu umgehen.

4 Die Existenz dieses Mythems wurde auch von Straube (1987) registriert: »Mythen über die deutsche Frau sind entstanden, die auch im türkischen Dorf verbreitet sind. In der Literatur und in den Gastarbeiterliedern geht es immer wieder um die deutsche Frau, die die Moral der türkischen Männer bedroht und die türkischen Ehen gefährdet. Meist sind darin die Frauen nur spärlich bekleidet, blauäugig, blond und tragen Namen wie Monika, Helga, Lola und Eva« (78).

5 Vergl. unten S. 339.

6 Diese Angst vor Grenzenlosigkeit dürfte zwar eine Begleiterscheinung der Moderne sein; sie wird aber auf dem Hintergrund der türkischen Kultur noch einmal besonders gemacht. Die städtischen urbane Kultur der Türkei ist eine Kultur der Segregation: Grenzen werden prinzipiell positiv eingeschätzt. Dies unterscheidet sie von der zentral- und nordeuropäischen urbanen Kultur, die eine Kultur der Integration ist (Schiffauer 1991).

[7] Eine meisterhafte Darstellung eines aus Angst geborenen Rigorismus liefert der Film des türkischen Regisseurs Başer: »40 m^2 Deutschland«.

[8] Gestützt auf Sennett (1983:147ff.) – aber mit einer anderen Interpretation der von ihm beschriebenen Fakten – ließe sich sagen, daß es ähnliche Umbrüche des Verhältnisses von Individuum zu Gesellschaft im städtischen Europa des 19.Jahrhunderts gegeben hat. Mit der massiven Industrialisierung und Stadtflucht verfiel die standesgebundene Übersichtlichkeit der Stadt. Die industrielle Massenproduktion trug dazu bei, die äußeren Unterschiede zu verschleiern. Die Antwort darauf war die Herausbildung geradezu zwanghafter Mechanismen der Selbstkontrolle.

[9] Bei der Verwandlung von Fremd- in Selbstzwänge würde es sich deshalb nicht um einen kontinuierlichen Prozeß handeln, wie dies manchmal in Elias Zivilisationstheorie anklingt – sondern um einen sprunghaften Prozeß, bei dem man sich gleichsam in einem ersten Schritt (fast überdeterminiert) mit Panzern wappnet, die dann später wieder abgestreift werden können.

[10] Ich beziehe mich hier natürlich auf Adorno und Horkheimers Interpretation (Adorno/Horkheimer 1971:55).

[11] Nicht ganz klar: Möglicherweise im Zusammenhang mit der Passage über Rauschgift zu lesen; möglicherweise ist auch Schwangerschaft impliziert.

[12] Dies gilt nicht nur für den islamischen Fundamentalismus. Die Faszination, die von den Spielarten des methodistischen Fundamentalismus im England des 19. Jahrhunderts ausging, scheinen sich auf die gleichen Ängste zurückführen zu lassen. Auch hier waren die Ansprechpartner Migranten der ersten Generation (Valenze 1985).

[13] Die Vermutung, daß es ein Gefühl der Unwirklichkeit nach sich zieht, wenn veränderte Lebensumstände nicht reflektiert werden, scheint mir auch bei der Interviewpartnerin von Ursula Mıhçıyazgan anzuklingen – und zwar in der Passage, der Mıhçıyazgan den Titel ihres Buches entlehnte (»Wir haben uns vergessen«). Sie sagt dort: »In diesem Augenblick vergißt du nicht nur die Religion, du vergißt dich sogar selbst ... hier. Also eigentlich sind ... wir nicht an diese Arbeit gewohnt ... Unsere Männer arbeiten ... unsere Frauen bleiben im Haus. Schön ... Sie machen ihnen Essen, sie machen ihre Häuser sauber, ... und wir schicken unsere Kinder zur Schule ... Aber wir sind hierhergekommen, was haben wir gemacht? ... Die Männerarbeit ist uns auch zugefallen. Was willst du machen« (Mıhçıyazgan 1986:197). Auch hier scheint der Punkt zu sein, daß veränderte Alltagspraxis und Reflexion nicht aufeinander bezogen werden. Die Versöhnung von beiden wird auf die Rückkehr in die Türkei projiziert: »Wenn wir wieder in die Türkei gehen, dann werden wir wieder mit unserem Allah ... mit unserem Buch anfangen ... Wir werden wieder in eine Ordnung reinkommen« (ebda.).

Asiz: Die durchaus erträgliche Leichtigkeit des Seins

Der jüngste Sohn

Asiz[1] wurde 1942 als jüngstes der sechs Kinder – drei Söhnen und drei Töchtern – von Süleyman Subayoğlu in Subay geboren. Der älteste Sohn, Bayram, war damals bereits nach Istanbul emigriert, wo er später eine Marmorwerkstatt aufbauen sollte. Ercep, der zweite, war damals noch im Dorf und wurde später Gelegenheitsarbeiter in Istanbul. Asiz, der jüngste, war offenbar dazu ausersehen, im Rahmen eines Stadt-Land-Haushaltes den Hof zu führen.

Um seine dörfliche Zukunft auf sichere Füße zu stellen, schickten ihn die Eltern nach Abschluß der fünfklassigen Grundschule auf die damals noch existierende *medrese* (Koranschule)[2] in Mergüze, einem Ort in der Nachbarschaft: Dort hätte er die Fähigkeit erworben, den Koran im Original zu rezitieren und als Vorbeter die kollektiven Gebete anzuleiten. Diese Ausbildung genießt kein besonders hohes Ansehen; man kann von ihr nicht leben, sondern allenfalls »drei oder fünf *kuruş*« zusätzlich zur Landwirtschaft verdienen. Asiz ließ sich nur halbherzig darauf ein: Er wäre lieber zur Mittelschule und anschließend auf eine Berufsschule gegangen. In Mergüze selbst hielt er es nur drei Monate lang aus. Er mußte mit den anderen Schülern in einem Raum schlafen, es fehlte an Feuerstellen und Öfen. Bayram holte ihn deshalb nach Istanbul, um ihm dort die Möglichkeit zu geben, den Koranunterricht fortzusetzen. Aber auch dort lernte er, wie er sagte »nicht viel«, und scheint eher froh gewesen zu sein, als sein Vater ihn nach elf Monaten ins Dorf zurückholte, weil sein Bruder Ercep zum Militär mußte.

Asiz blieb im Dorf, bis sein Bruder vom Militär zurückkam. Als er danach – er war inzwischen sechzehn Jahre alt – wieder in die Fremde ging, war ihm endgültig klar geworden, daß die Ausbildung zum Dorfgeistlichen für ihn nicht in Frage kam.

»Es muß 1959 oder 1960 gewesen sein, es war im Frühling, im März. Da bin ich nach Karabük gegangen. Dort habe ich mit Hilfe von alten Freunden meines Vaters in der Stahlfabrik eine Stelle gefunden. In die Koranschule konnte ich deshalb nicht mehr zurück. Sowieso hatte ich in den elf Monaten dort keine vernünftige Ausbildung gehabt ... Dann war mir auch das Ganze in den einundeinhalb, zwei Jahren, die ich im Dorf verbracht habe, fremd geworden ... Richtiger: Ich war gegenüber dieser Art von Ausbildung kalt geworden, also innerlich. Diese Art von Ausbildung ist schließlich etwas Zurückgebliebenes. Es ist mir sehr schwergefallen, mich mit dem alten Türkisch, d.h. dem arabischen Alphabet, abzumühen ... Ich wollte es nicht, von innen kam nichts. Ich möchte sagen: Ich wollte eigentlich kein *hoca* werden« (1978:139).

In Karabük arbeitete er zweieinhalb Jahre lang als angelernter Schweißer. Danach ging er zum Militär. Als er zurückkam, plante sein Vater, ihn zu verheiraten:

»Er wollte, daß ich heirate: ›Mein Sohn, spaziere durchs Dorf. Schau nach einer aus, die du magst.‹ So, auf diese Weise. Aber ich sagte zu meinem Vater: ›Ich bin noch nicht in dem Alter, zu heiraten.‹ Ich hatte mir [nämlich] in den Kopf gesetzt, mir ein Fundament [zu schaffen] ... Ich wollte zuerst in der Lage sein, eine Frau zu versorgen, und dann erst heiraten ... Ich habe deshalb spät geheiratet. Es gab im Dorf nur wenige wie mich. Die wirtschaftliche Lage meines Vaters war nicht schlecht. Leute im heiratsfähigen Alter, die nicht heiraten, [obwohl] sie in guter materieller Situation sind, sind selten« (1978:161).

Die Begründung, die er hier für das Ablehnen der Heiratspläne nennt, zeigt, daß er zu diesem Zeitpunkt endgültig entschlossen war, das Dorf zu verlassen. Der Wunsch, erst in der Lage zu sein, eine Frau zu versorgen, und dann zu heiraten, macht nur im städtischen Kontext Sinn. Mit dieser Entscheidung ist eine Entwicklung abgeschlossen, die bereits mit dem Unbehagen an der Ausbildung zum Geistlichen eingesetzt hatte. Auffallend ist nun der Stolz, mit dem er erzählt, daß er sich den Plänen des Vaters widersetzt hat. Nur wenige im Dorf hätten sich so verhalten wie er. Eine zweite Passage hilft, diesen Stolz zu verstehen. 1978 kam er an einer anderen Stelle des Gesprächs noch einmal auf die Heirat zurück:

»Mein Vater und meine Mutter mischen sich nicht in meine Angelegenheiten und Auffassungen ein. Das ist folgendermaßen gekommen. In unserem Dorf, in Subay, heiratet jeder, indem er den Ochsen des Vaters verkauft; es gibt den Brautpreis bei uns. Der muß bezahlt werden. Sie heiraten also, indem sie den Ochsen des Vaters verkaufen. Aber ich habe das nicht so gemacht« (1978:161).

Die Ablehnung der Hochzeit bedeutet auch, auf die Hochzeitsgaben zu verzichten, mit denen der Vater, wie es im Dorf heißt, dem Sohn »eine Frau kauft«. Wir haben bereits darauf hingewiesen, daß mit diesen Gaben die prinzipielle Verschuldung (*borç*), in der ein Mann seinem Vater gegenüber steht, erneut bekräftigt und bestätigt wird. Umgekehrt bedeutet eine Ablehnung dieser Gabe auch eine Ablehnung der Verpflichtungen (*görev*), die sich aus dieser Schuld ergeben. Indem er sich weigerte zu heiraten, hat sich Asiz ein Stück Freiheit erobert – und das Zitat legt nahe, daß auch seine Eltern dies so sahen.

Eine weitere Passage wirft ein Licht auf die Gefühle, die sich mit dieser Verweigerung verbanden:

»Obwohl ich Türke bin [macht es mir nichts aus], ob mein Sohn im Alter nach mir schaut oder nicht. Vielleicht wird meine Meinung sich [noch] ändern, im Moment vertraue ich [jedenfalls] auf meine Kraft. Aber ich kann es eigentlich nicht [von ihm] erwarten. Das ist eine der Ansichten, die ich in Deutschland erworben habe. In der Türkei ernähren sie ein Kind, sie ziehen es auf: ›*Aman* (›Ach! Um Gottes Willen!‹), mein Kind, wenn ich ein Greis bin, dann sorge für mich. *Aman*, mein Nachkomme, mein Sohn.‹ (*Aman evladım, ben ihtiyar oldum, aman evladım, benim oğlum bak bana.*) Die Eltern laden dem Sohn viel Verantwortung, viel Last auf. *Mein Gott, du kannst wissen, daß auch ich ein wenig dagegen revoltiert habe.* Wenn man zuviel einem Kind gegenüber macht ... Mach wenig! Mein Gott – dein Kind kann schließlich für sich selbst sorgen. Du hinterläßt ihm ja sowieso keine Fabrik, hinterläßt ihm kein Erbe. Vielleicht hinterläßt du ihm ein bißchen Land, aber doch kein Vermögen ... Es wird sich sowieso selbst mit dem Verdienst aus der Fabrikarbeit verheiraten ... Und das Kind muß für seinen Unterhalt selbst aufkommen. Wenn man dann noch als Eltern ihm den eigenen Lebensunterhalt aufbürdet, als ob die eigene Last nicht genug wäre! ... So denke ich. Und ich möchte jetzt für mein eigenes Rentenalter sparen. Mein Kind wird meinen Lebensunterhalt nicht aufgebürdet bekommen. Jedenfalls nicht zu 100%, vielleicht zu 20 oder 30%. Ich werde ihm eine leichte Last hinterlassen« (1978:191).

Spätestens die Stelle: »Mein Gott, du kannst wissen, daß auch ich ein wenig dagegen revoltiert habe« verrät, daß es sich bei diesem imaginären Dialog mit einem Sohn tatsächlich um eine Auseinandersetzung mit dem eigenen Vater handelt. Asiz selbst datiert die Genese dieser Einstellungen auf seine Zeit in Deutschland, aber es ist wohl anzunehmen, daß sich die Positionen, die hier vertreten werden, schon in der Türkei herausgebildet haben – und wahrscheinlich in der Fremde nur präzisiert und geklärt wurden.

Wir erkennen in dieser Passage das Lebensgefühl seiner Generation wieder, das Gefühl, unter den Erwartungen der Eltern zu ersticken. Während Süleyman eher die direkten Forderungen abwehrt, hat man bei Asiz den Eindruck, daß er sich aus einem Netz befreien muß, das durch ein »zuviel« an Gaben von den Eltern geknüpft wurde. Angesprochen wird auch hier der konkrete historische Ort, in dem die dörfliche Konzeption des Eltern-Kind-Verhältnisses in einen Alptraum umschlägt. Es ist der Zeitpunkt, an dem sich die Überzeugung bildet, daß es sich nicht mehr lohnt, im Dorf zu bleiben: Man erbt keine Fabrik (lies: Arbeitsplatz) und kein Vermögen – sondern nur »ein bißchen Land«. Auch Asiz hätte das Gefühl gehabt, sich selbst aufzugeben, wenn er sich durch die Einwilligung in die Heirat »einfangen« und zu einem Leben hätte verpflichten lassen, mit dem er innerlich abgeschlossen hatte.

Gleichsam wie eine Bilanz dieser Überlegungen und Gefühle wirken die Worte, mit denen er die Beschreibung einer neuen Phase seines Lebens einleitet:

»[Dann] wurde mein Leben wieder unruhig (*karıştı*). Ich hatte weder Studium, noch einen richtigen Beruf. Was blieb also übrig? Ich mußte mich irgendwie in Bewegung setzen, eine Arbeitsstelle finden, um so einen Aufstieg (*kademeleşme*) zu machen, um so mehr Geld zu verdienen. Nur so ein Leben war mir noch möglich (*ancak bu şekil bir hayatta insan olabilirdim*)« (1978:139).

Halten wir hier nur fest, daß er seine Entscheidung zur Migration *negativ* begründet: Er formuliert nicht positiv einen Plan, sondern konstatiert – nüchtern und keineswegs klagend –, daß er keinen »richtigen« Ort in der modernen (und, so könnte man aus den anderen Passagen ergänzen) auch in der traditionalen Gesellschaft hat. Er nahm eine Arbeit als Marmorhauer in der Werkstatt seines Bruders Bayram auf. Zur gleichen Zeit stellte er seinen Antrag auf Arbeitserlaubnis bei dem deutschen Arbeitsamt in Istanbul.

»Aber die Arbeit [bei meinem Bruder] dauerte nicht sehr lange, fünf, sechs Monate, dann bin ich wieder ins Dorf zurückgekehrt ... Ich wäre vielleicht noch bei meinem Bruder – er hat mir selbst vorgeschlagen, sein Teilhaber zu werden, aber eine Auseinandersetzung hat uns auseinandergebracht« (1978:141).

Asiz sagt nicht explizit, an was sich die Auseinandersetzung entzündete. Es klingt jedoch an, daß mit seinem Bruder schwer auszukommen war.

»Mein Bruder ist ein harter Mann, eine Person, die sehr schlimm redet. Aber niemals verletzt er die Rechte der Arbeiter. Er ist jemand, der die Rechte der Arbeiter buchstabengetreu einhält. Um es kurz auszudrücken: Er verhält sich den Arbeitern gegenüber wie ein Bauer. Aber was die Löhne betrifft, ist er sehr genau« (1978:141).

Sein Bruder Bayram ist ein dörflicher Aufsteiger. Im Alter von zehn Jahren (!) ist er nach Istanbul gegangen, um dort eine Lehre als Marmorhauer zu beginnen. Eine derart frühe Emigration läßt, in der Regel, auf innerfamiliale Konflikte schließen. Nach dem Militärdienst eröffnete er dann eine eigene Werkstatt für Grabsteine. 1977 beschäftigte er acht Arbeiter; sein Betrieb war (nach seinen eigenen Angaben) der zweitgrößte in Istanbul. Mir erschien er als ein von sich selbst überzeugter, erfolgreicher Mann, der hart gegenüber sich selbst und anderen ist. In dieses Bild fügt sich zwanglos der Charakterzug ein, den Asiz oben hervorhebt, nämlich ein Hang zum Prinzipiellen[3].

Asiz kehrte nach der Trennung von Bayram wieder in sein Heimatdorf zurück. Sein Bruder Ercep hatte sich zu dieser Zeit mit seiner Frau zerstritten – sie war in ihr Elternhaus zurückgekehrt und er nach Karabük zum Arbeiten gegangen:

»Ich lebte wieder einundeinhalb Jahre im Dorf und habe dort gearbeitet. Dann wollte mein Bruder wieder seine Frau, und die beiden sind mit großer Hilfe von mir wieder zusammengekommen. Damals hatten sie auch ein Kind. Als sie wieder zusammen waren, brauchte ich nicht mehr im Dorf zu bleiben« (1978:141).

Er fand damals Arbeit bei den Elektrizitätswerken in Gümüşhane (südlich von Trabzon), und wurde ein Jahr später nach Ankara versetzt. Dort kam die Bewilligung des Antrags auf Arbeitserlaubnis in Deutschland.

»Was das betrifft, habe ich nicht nach der Erlaubnis von Vater und Mutter gefragt. Ob ich ins Ausland gehen darf? Und wenn sie mir die Erlaubnis nicht gegeben hätten, hätte ich dann nicht gehen sollen? Nein, ich wäre auch dann gekommen, weil ich es mir fest in den Kopf gesetzt hatte. Ich bin nicht so geschaffen, daß man mir einen Rat geben könnte. So war es eben. Aber mein Vater war nicht damit einverstanden. Ich bin von selbst gekommen, von selbst, das heißt es gab niemanden, der mich daran hätte hindern können, zu kommen. Das wäre unmöglich gewesen« (1978:143).

Auch Asiz Jugend ist also bestimmt von dem Verfall der Sinnhaftigkeit der bäuerlichen Existenz und durch den Versuch, sich von dem Dorf zu befreien. Während Süleyman, Yaşar und Memed jedoch eigene Projekte entwarfen und weitreichende Pläne formulierten, ist davon bei Asiz nichts zu spüren. Die anderen versuchten, sich aktiv einen Ort in der sich wandelnden Gesellschaft zu schaffen – Asiz steht diesen ehrgeizigen Plänen distanziert gegenüber. Nach seinen Träumen zu dieser Zeit befragt, sagte er:

»Damals [war die wichtigste Frage], einen Lebensunterhalt zu verdienen und zu heiraten. Was die Heirat betrifft: Ich wollte keine besonders reiche Frau, sondern eine normale – Ich wollte sozusagen im eigenen Öl braten. Also, so einen Gedanken wie: ›Ich möchte ein reiches Mädchen heiraten und dann selbst reich sein‹ – solche Gedanken hatte ich nicht. Ich wollte auch nicht so aufgedonnert, so glänzend leben, so mit Tanz, *saz* (Laute) in Bars oder so, das war es auch nicht. Ich wollte normal leben – so denke ich auch noch heute. Also ich hatte kein Bedürfnis danach, in der Welt eine Nummer 1 zu werden oder sagen wir ein erstklassiger Boxer oder Fußballer zu werden ... Aber ich wollte mein eigenes Leben leben. Laß es mich so sagen: Ich wollte materiell von niemandem abhängig werden« (1985:19).

Für ihn war das mit der Moderne verknüpfte Versprechen der Freiheit – das Versprechen, das »eigene Leben leben zu können« – wichtiger, als das Verprechen von *istikbal* , der glänzenden Zukunft. Er hatte das relativ bescheidene Ziel, einfach materiell besser zu leben. So sagte er hier auch wieder, was er *nicht* wollte, nannte aber keinen positiven Traum, auf den hin er sich entwirft. Das machte ihn flexibler als die anderen: Er arbeitete nicht systematisch auf ein Ziel hin und es machte ihm deshalb offenbar nichts aus, einen Arbeitsplatz aufzugeben, wenn im Dorf Not am Mann war – so lange er nur die prinzipielle Freiheit behaupten konnte, wieder gehen zu können.

Diese besondere Haltung zum Leben scheint eng mit der Tatsache zusammenzuhängen, daß er der jüngste Sohn der Familie ist. Wir sind bereits wiederholt auf die Bedeutung des Ortes in der Geschwisterreihe zu sprechen gekommen. Der besonderen Rolle des Ältesten, der der Stellvertreter des Vaters ist, korrespondiert die besondere Rolle des Jüngsten. Er hat kein jüngeres Geschwister, für das er verantwortlich wäre und das ihm die Verantwortung mit Achtung vergelten würde. Statt dessen hat er nicht nur den eigentlichen Vater, sondern besonders in seinem ältesten Bruder noch einen zweiten »Vater«, der kaum weniger zu respektieren ist. Jedenfalls in der Kindheit kommt er relativ selten in die Situation, die »Ehre der Familie« nach außen zu vertreten: In der Regel erledigt dies ein anderer für ihn. Auch in seiner Herkunftsfamilie war er, um es in seinen eigenen Worten auszudrücken, nie die »Nummer 1«. Umgekehrt sind die Lebensentwürfe von Süleyman, Yaşar und Memed wohl sehr stark dadurch bestimmt, daß sie, auf die eine oder andere Weise, versuchten, den Erwartungen an eine »Nummer 1« gerecht zu werden. Dies schließt im übrigen nicht aus, daß er nicht froh wäre, wenn sein Sohn ein »erstklassiger Fußballer« werden würde – tatsächlich macht er Anstrengungen in dieser Richtung.[4] Mit der Rolle des Jüngsten scheint ebenfalls zusammenzuhängen, daß Asiz sich eher in der Welt einrichtet, als daß er eine Mission empfindet, sie zu gestalten. Die Vorgaben wurden in seiner Kindheit immer von den anderen gemacht – er lebte sozusagen immer in der Welt der anderen.

Die konkrete Familienkonstellation trug dazu bei, Asiz noch weiter von Verantwortung freizustellen. Mit seinem Bruder Ercep war immer jemand da, der prinzipiell auch den Hof hätte übernehmen können. Anders als Bayram war Ercep nur Hilfsarbeiter; er hätte also jederzeit kündigen und ins Dorf kommen können. Dies mag der Grund dafür gewesen sein, daß der Druck, den der Vater auf Asiz ausübte, wohl nicht allzu heftig war:

»[Mein Vater] wollte, daß entweder mein älterer Bruder Ercep oder ich im Dorf bleibt. Also die Tür [des Elternhauses] sollte geöffnet bleiben, der Ofen sollte brennen. Aber weil man in dieser Gegend nur sehr schwer seinen Lebensunterhalt erwerben kann, konnte mein Vater mich nicht dazu bewegen. *Er übte keinen besonderen Druck aus.* Wenn er Druck ausgeübt hätte, hätte er es vielleicht durchsetzen können. Aber er zwang mich nicht« (1985:20).

Asiz sollte zeit seines Lebens dazu tendieren, Aufgaben, die ihm unangenehm waren an Ercep zu delegieren.

Bezeichnend für das Verhältnis zu sozialen Rollen, das Asiz in seiner Kindheit erworben hat, scheint mir die Art und Weise zu sein, mit der er seine Migrationsentscheidung durchsetzte: Er umging einfach die Auseinandersetzung mit den Eltern.

Der Jüngste in der Familie ist jedoch nicht nur derjenige, der von Verantwortungen weitgehend befreit ist, sondern auch derjenige, der die meiste liebevolle Zuwendung bekommt. Während sowohl Bayram wie auch Ercep massive Konflikte mit dem Vater hatten, war davon im Zusammenhang mit Asiz offenbar keine Rede. Dies mag bei Asiz zu der Entwicklung einer auffallenden Selbstsicherheit geführt haben: Er ruht in sich und wirkt auf eine bemerkenswerte Weise mit sich zufrieden. Damit mag schließlich auch die Herausbildung einer ihn bezeichnenden Weichheit und Flexibilität zusammenhängen. Diese Eigenschaften machten ihn zum erfolgreichen Vermittler bei dem Ehekonflikt seines Bruders Ercep – worauf er, wie man seinen Worten entnehmen kann, stolz war.

Jahre der Ungebundenheit

1969 kam Asiz, inzwischen 27 Jahre alt, nach Bremen. Die nächste Phase seines Lebens beschrieb er am Anfang unseres Gesprächs in einem knappen Bericht, der ein bemerkenswertes Licht auf sein Selbstbild zu dieser Zeit wirft:

»... Nach einem Jahr habe ich einen Kurs besucht, einen Kurs der Firma, einen Schweißerkurs. Ich habe ihn in 23 Tagen als Bester abgeschlossen. So kam es, daß ich drei, vier Monate weiter in der Fabrik arbeitete. Dann habe ich, um mehr zu verdienen, gekündigt und bin in eine andere Fabrik gegangen.«

»Diese Fabrik war in Hamburg. Aber es war Winter und ich bekam Rheuma. Das konnte ich nicht vorhersehen. Nach fünf oder sechs Tagen, das heißt einer Woche, nach einer ganz kurzen Zeit, bin ich sehr an Rheuma erkrankt. So verließ ich auch diese Firma und blieb im Krankenhaus. Ich bin lange geblieben, also mindestens zwei Monate, es kann auch mehr gewesen sein. Und dann war ich in Deutschland – arbeitslos und krank. Deshalb nahm mich auch nicht jede Firma. Aber ich kenne doch diese Krankheit, es ist Rheumatismus, es kann verheilen. Natürlich fürchtete ich mich, aber es kann verheilen. Das war klar. Jedenfalls bin ich wieder zurückgekehrt, nach Bremen, nach Vegesack ... also in die Stadt, in der ich schon gewesen war und fing an, dort in der Autofabrik zu arbeiten. Aber ich hatte Schwierigkeiten, eine Wohnung zu finden, ich hatte die Probleme eines Fremden. Da habe ich den Plan, mich dort niederzulassen, aufgegeben, und habe wieder in meiner alten Firma, aber in einer anderen Abteilung, zu arbeiten begonnen ... Dort mußte ich sehr hart arbeiten.«

»Zu dieser Zeit setzte ich mir in den Kopf, auf einem deutschen Schiff [anzuheuern] und als Arbeiter auf einem deutschen Schiff ins Ausland zu fahren, also überall herumzukommen und alles zu sehen. Außerdem hätte ich mehr verdient. So habe ich Arbeit auf einem Schiff gesucht und habe auch Arbeit gefunden, in Bremerhaven ... Aber wir waren zwei Freunde. Ich wollte mich nicht von meinem Freund trennen; es gab aber nur Arbeit für eine Person. Mein Freund trennte sich nicht von mir, um die Arbeit anzunehmen, und ich ließ nicht von ihm ab. Wir wollten zu zweit auf ein Schiff gehen. Da wurde aber nichts draus.«

»Dann fuhr ich ohne besonderen Plan und Absicht in den Urlaub. Ich verbrachte den Urlaub [im Dorf]. Zu der Zeit kam dann im Dorf, in der Heimat so eine Heiratssache, ein Heiratsvorschlag. Und bei diesem Aufenthalt habe ich [meine jetzige Frau] geheiratet ... Anschließend zog sie nach Istanbul zu meinem Bruder. Sie blieb dort. Und ich bin nach Deutschland zur Arbeit zurückgekehrt ... Da ich jedoch von der Firma ... ohne mir Erlaubnis zu holen, in den Urlaub gefahren bin, konnte ich dort nicht wieder arbeiten. Zu der Zeit bin ich also zum zweiten Mal von dort weggegangen. Ich mußte in einer anderen Firma Arbeit finden und habe sie auch gefunden. Diese Arbeit war in Oldenburg, in Braken ... Dort habe ich ein Jahr gearbeitet. Während ich dort gearbeitet habe, ist der Freund, von dem ich erzählt habe, und mit dem ich sehr eng zusammen war, hierher nach München gezogen. Ich mußte damals bei meinem Freund bleiben, wir hatten einige Geschäfte zusammen. Ich bin also dann auch aufgebrochen und habe den Norden verlassen. Ein bißchen auch, um meinen Rheumatismus zu kurieren. Das war so 1972. Ein Jahr habe ich dann bei einer kleinen, unbekannten Firma gearbeitet, dann habe ich gekündigt und bin, als ich arbeitslos war, in die Türkei in den Urlaub gefahren.«

»Als ich wiederkam, habe ich bei einer zweiten Firma in München zu arbeiten begonnen, bei einer Brotfabrik, die »Müllerbrot« heißt und habe dort zweieinhalb, drei Jahre, also eine ziemliche Zeitlang, gearbeitet. Von dort bin ich dann wieder aufgebrochen und in den Urlaub gefahren. Wenn ich in den Urlaub fahre, bleibe ich sowieso eine lange Zeit – oder ich nehme einen unbezahlten Urlaub. Nach »Müllerbrot« begann ich in eigener Sache dieses Transportunternehmen und dies ging aus verschiedenen Gründen nicht gut. Damals halfen mir auch meine Freunde nicht. Da dieses Transportunternehmen für mich ... sehr schmerzhaft wurde, ließ ich diese Arbeit und kehrte wieder nach Deutschland zurück. Mein Paß war sowieso noch nicht abgelaufen ... Nach dieser Zeit nahm mich ›Müllerbrot‹ natürlich nicht mehr, weil ich ohne Urlaub weggegangen bin. In Ismaning habe ich dann bei ›Kinder-Backwaren‹ zu arbeiten begonnen. Auch bei ›Kinder-Backwaren‹ ging es mir gut. Dort arbeitete ich als Mechaniker. Aber dann gaben sie mir nur drei Wochen Urlaub – ich hatte neun Monate dort gearbeitet – also nur einen kurzen Urlaub. Ich habe dies für zu wenig gehalten, aber sie gaben mir nicht mehr Urlaub. So bin ich denn von dort weggegangen und es war klar, als ich in Urlaub ging ... daß ich nach der Rückkehr nicht mehr dort anfangen konnte. Und aus verschiedenen Gründen bin ich länger im Urlaub geblieben« (1978:145–149).

Dieser Bericht ist bis auf einige unwesentliche Kürzungen als Ganzes wiedergegeben. Man hat den Eindruck, daß der Aufenthalt in Deutschland ihm ein freies und ungebundenes Leben erlaubt: Der Bericht ist von dem häufigen Wechsel der Arbeitsplätze bestimmt. Anders als bei den anderen Migranten, trat auch nicht nach einer ersten Orientierungsphase eine Phase der Stabilisierung ein. Bezeichnend ist vielmehr, daß auch nach einigen Jahren des Aufenthalts der Grund für Kündigungen wiederholt ein überzogener Urlaub ist. Kennzeichnend für diese Phase der Freiheit und Unternehmungslustigkeit scheint mir auch der Plan zu sein, zur See zu fahren. Die Leichtfertigkeit schlug in Leichtsinn um, als er sich auf ein Abenteuer mit Haschischhandel einließ und dafür in der Türkei eine dreimonatige Gefängnisstrafe verbüßen mußte. Auf diese Episode in seinem Leben beziehen sich die Passagen in dem Text, in denen etwas dunkel von den »Geschäften« mit seinem Freund und dem »Transportunternehmen« die Rede ist. Es ist kaum überraschend, daß er in diesen acht Jahren kein Geld sparen konnte. Die Beliebigkeit der Biographie, der häufige und unbedenkliche Arbeitsplatzwechsel, hat eine Entsprechung in einem fast spielerischen Umgang mit Plänen. Alles mögliche kommt in Frage, nichts wirkt ernst oder verbindlich.

»Ich denke unter Umständen auch daran, in meine Gegend zurückzukehren. Wenn ich zum Beispiel einen LKW hätte – oder einen Traktor mit Anhänger... Aber wie weit sich das nun realisieren läßt oder nicht, darüber habe ich noch nicht entschieden ... Wenn ich in die Türkei zurückgekehrt bin, werde ich mich entweder in Istanbul niederlassen ... oder in der Kreisstadt Andıraz. Das kann beides sein, nichts ist endgültig. Das ist Gottes Sache, das ist nicht klar ... Nein, ins Dorf selbst würde ich nicht zurückkehren, ins Dorf nicht. Aber in die nächste Kreisstadt, nach Andıraz« (1978:153).

Die Abschnitte, die für ihn zu dieser Zeit entscheidend sind, sind die von Arbeitsplätzen, Orten und Freundschaften: Abschnitte, die von ihm selbst gesetzt werden. Während sein Leben in der Türkei durch den Zusammenhang mit dem Hof gleichsam eingebunden und skandiert worden war – in den Ferien und bei Bedarf kehrte er immer zurück –, fällt dieser Bezugspunkt nun weg. Weil er es vermied, an die Stelle äußerer Zwänge innere Verpflichtungen zu entwickeln – sprich eine Perspektive –, wirkt sein Leben nun weit weniger strukturiert. Es tendiert zur Anomie. Dies wird besonders deutlich, wenn man seine Haltung in bezug auf seine Hochzeit betrachtet.

Bemerkenswerterweise spielt in seinem Lebensbericht die Zäsur, die durch die Verheiratung gegeben ist, kaum eine Rolle – die entscheidende Zäsur in der dörflichen Gesellschaft. Noch wichtiger ist, daß er die Geburt eines Sohnes nicht einmal erwähnt. Auffallend ist auch die Beiläufigkeit, mit der er die Erzählung über die Hochzeit einleitet: »Dann fuhr ich ohne besonderen Plan und Absicht in den Urlaub.«

Die Verheiratung ist wohl als Versuch des Vaters und des Bruders zu interpretieren, ihn, der vom Dorf wegzudriften schien, wieder einzubinden. Asiz leistete zu dieser Zeit offenbar keinen Widerstand: Vielleicht weil er einfach überrumpelt worden war, vielleicht auch, weil er sich in Deutschland vor der Gefahr, an das Dorf gefesselt zu werden, sicher fühlte.

Es gibt einen deutlichen Hinweis darauf, daß auch den Bauern nicht sehr wohl dabei war. 1973, ein Jahr nach der Hochzeit und kurz nach der Geburt des Sohnes, verbrachte Asiz seinen Urlaub wieder im Dorf. Damals – so sagte er im Interview – habe er geplant, seine Frau zu sich nach Deutschland zu nehmen. Aber die Verwandten hätten sie nicht gehen lassen:

»Nachdem meine Frau fünf oder sechs Monate bei meinem Bruder Bayram geblieben ist, hat sie mein Vater aus Istanbul zu sich [ins Dorf] geholt, um Hilfe zu haben ... Ich bin in Urlaub gefahren ... und wollte sie danach mit mir nach Deutschland nehmen. Aber mein Bruder Bayram und der Vater meiner Frau, mein Schwiegervater, waren dagegen. Sie sagten, na ja sie sagten: ›Wir finden das nicht gut!‹ Ich weiß auch nicht, warum sie das nicht gut fanden. So eben. Ich würde hier nicht arbeiten, säße untätig herum, mein Einkommen werde knapp. Weil sie sagten, daß mein Einkommen nicht reichen würde, gaben sie mir nicht die Erlaubnis. Ich wollte nicht mit ihnen brechen. Weil es seit alters das ›Milchrecht‹[5] gibt, läßt sich gegen die Alten nichts sagen. Aber das ist eine unnormale Sache. Wenn ich damals [mit ihnen] gebrochen hätte, sie hierhergebracht hätte, wäre es besser gewesen. Damals hatte ich nicht so gedacht. Ich hatte unrecht« (1978:149).

Aber auch seine Frau selbst hatte sich offenbar geweigert:

»Nun zunächst wollte sie nicht [mit nach Deutschland kommen]. Es war so. Vor unserer Hochzeit kannten wir uns nicht allzugut – [nur] vom Sehen ... Vielleicht wollte sie deshalb nicht kommen. Nein, das war es auch nicht. Was ihren Willen anbelangt, so wäre sie einverstanden gewesen und gekommen. Aber es war eben der Druck ihres Vaters, meines Bruders, meiner Tante, [der dazu führte,] daß sie nicht kommen wollte. Zu dieser Zeit habe ich die Sache nicht mit allzu großem Nachdruck verfolgt, aus Achtung vor den Älteren ... Aber wenn es nach ihr gegangen wäre, wäre sie gekommen. Sie selbst wollte es ... « (1978:163)

Es scheint nicht nur die »Achtung vor den Älteren« zu sein, daß Asiz nicht nachdrücklicher auftrat: Er scheint ganz froh darüber gewesen zu sein, daß er seine Frau im Dorf lassen konnte. Nach diesen Auseinandersetzungen kehrte er drei Jahre lang nicht in das Dorf zurück – und sah also weder Frau noch Sohn. So unerwartet die Ehe geschlossen worden war, so bedeutungslos blieb sie für das Leben von Asiz bis 1979. Es änderte sich für ihn so gut wie nichts. Die Beziehung zu seinem Freund schien in dieser Zeit weit wichtiger gewesen zu sein, als die zu seiner Frau: Wegen ihm fuhr er nicht zur See, wegen ihm zog er nach München, mit ihm begann er den Haschischhandel.

Es ist bei alldem kaum überraschend, daß das Unbehagen im Dorf in den nächsten Jahren noch zunahm. Ich habe bereits oben die Änderung zitiert, mit der Ahmet Akdemir, ein Verwandter von Asiz, 1977 seinen Unmut Luft machte:

Die Frau von Asiz lebe nun seit einigen Jahren bei ihrem Schwiegervater im Dorf. Seit drei Jahren habe Asiz weder einen Brief geschrieben noch Geld überwiesen, sagte er. »Man sagt, daß er mit einer italienischen Frau zusammenlebt. Das ist schlimm. Man muß doch seine Frau mit Achtung behandeln (*izzet etmek*) und nicht nur an die eigene sondern auch an ihre Befriedigung (*zevk*) denken. Sie ist nun hier und hat keinen Mann. Er aber wohnt mit der italienischen Frau zusammen und kann sich dort befriedigen. Irgendwann wird dann seine Frau mit einem anderen schlafen« (Gedächtnisprotokoll, 1977)[6].

Diese Kritik hat nicht nur die seelische Not der jungen Frau im Auge, sondern ebenfalls die Ordnung des Gemeinwesens. Asiz treibe durch sein Verhalten seine Frau zum Ehebruch, zu einer Verletzung der Regeln der Ehre (*namus*), die unweigerlich ernste Auseinandersetzungen nach sich ziehen würde.

Zwei Monate nach diesem Gespräch kam Asiz selbst ins Dorf. Sein Bruder Bayram – der auch schon bei den vergangenen Auseinandersetzungen den Platz des Vaters eingenommen hatte – kam zur gleichen Zeit aus Istanbul, um, wie er sagte, Asiz dazu zu bewegen, seine Familienangelegenheiten endlich in Ordnung zu bringen. Angesichts der Einsicht einerseits, daß der momentane Zustand für eine Ehe untragbar war und der Bedenken andererseits, die junge Frau und das Kind dem Asiz anzuvertrauen, erschien es Bayram am sinnvollsten, Asiz dazu zu drängen, aus Deutschland zurückzukehren. Sein Vorschlag war, Asiz solle bei ihm im Geschäft einsteigen – in Deutschland bringe er es sowieso zu nichts. »Er ist jetzt acht Jahre lang dort und hat noch nicht einmal 50 000 TL (damals ca. 6000 DM) gespart.« Asiz lehnte diesen Vorschlag ab.

Es stand damals jedoch nicht nur das Verhältnis zwischen Asiz und seiner Frau zur Diskussion, sondern auch das zwischen ihm und den Eltern. Der Vater war damals schon sehr alt und bettlägrig, die Mutter war zwar noch rüstig, aber auch schon betagt. Es war absehbar, daß sich das Problem ihrer Versorgung sehr schnell stellen könnte. Ein halbes Jahr später kam Asiz auf die Diskussion zurück:

»Das ist ein großes Problem ... zwischen uns Brüdern ... Meine Ideen und die meiner Brüder weichen in diesem Punkt voneinander ab ... Bayram und ich helfen mit Geld. Ich werde ihnen (den Eltern) auf diese Weise den Lebensunterhalt sichern. Mein Vater und meine Mutter möchten das Dorf, in dem sie geboren und aufgewachsen sind, in dem sie gelebt haben, nicht aufgeben und nach Istanbul ziehen. Sie wollen nicht ... Wir [Brüder] lehnen es alle ab, ins Dorf zu gehen, weil der Acker nicht fruchtbar ist. Aber dennoch wäre es sehr gut. Der geeignetste wäre Ercep, der mittlere Bruder. Aber auch der möchte nicht, weil er irgendwann mit dem Vater Streit hatte ... Aber eigentlich wäre es doch normal, [wenn er] ins Dorf ginge. Wenn er nicht geht, werden wir die Alten früher oder später nach Istanbul bringen müssen« (1978:171).

Die aus diesem Text sprechende Haltung war für ihn bezeichnend: Er versuchte, sich selber aus der Verantwortung zu stehlen und die sehr deutlich als Last gesehene Sorge um die Eltern am liebsten Ercep aufzubürden. Und wenn Ercep nicht geht – dann müssen sie eben bei Bayram wohnen. Auch hier machte er sehr deutlich, daß er nicht daran dachte, aus Deutschland zurückzukommen.

Die Situation zwischen den Brüdern war damals sehr gespannt. Bayram demütigte Asiz in der Öffentlichkeit. Ich wurde damit schon konfrontiert, als ich die Brüder kennenlernte. Ich unterhielt mich mit Bayram in seinem LKW, als Asiz dazu kam. Den Höflichkeitsregeln entsprechend wollte ich mich erheben, um ihn zu begrüßen. Bayram zog mich jedoch wieder auf den Sitz zurück: »Du kannst ruhig sitzenbleiben. Mein Bruder ist verrückt *(deli)*.‹«

Diese Demütigung läßt sich fast als Aufkündigung der ansonsten zwischen Brüdern geforderten Solidarität interpretieren. Sie wurde nicht einmal nach außen mehr vorgespiegelt. Auch die Haltung der anderen Bauern gegenüber Asiz stand in einem auffallenden Gegensatz zu den ansonsten geltenden Regeln.

So wurde eine politische Diskussion im Hause Mustafas des Riesen einmal sehr bitter. Die Berechtigung von Asiz, überhaupt Aussagen zu Normen und Werten zu machen, wurde bestritten. Angeführt wurde seine Verurteilung wegen Haschischhandel (Asiz dagegen: »Das ist eben freies Unternehmertum« – *işte serbest ticaret*), und daß er nicht faste. Sie sagten ihm auf den Kopf zu, er sei in Deutschland verdorben worden. Er solle doch Frau und Sohn mitnehmen und dort bleiben. Vier Jahre brauche er noch, meinte Asiz, dann werde er es geschafft haben und zurückkommen. Yaşar, »der Blinde«: »Das hast du schon vor acht Jahren gesagt!« Mustafa, »der Riese« (in meine Richtung): »Er hat seinen Glauben verloren.«

Ironische und aggressive Seitenhiebe fehlten auch sonst nicht. Ich erinnnere mich an die bitter vorgebrachte Bemerkung von Ahmet Akdemir, als Asiz und ich einmal gemeinsam zum Dreschplatz kamen: »Da kommen die beiden. Der eine ein halber Deutscher, der andere ein ganzer.«

Die offene und direkte Kritik an Asiz stand in einem bemerkenswerten Gegensatz zu dem sonst im Dorf gepflegten Diskurs der Repräsentation und gegenseitigen Bestätigung. Weder der Bruder noch die anderen Bauern behandelten Asiz wie den Repräsentanten eines Haushaltes , dessen Ehre und Integrität man respektiert, sondern wie einen Außenseiter, der nicht ernst zu nehmen ist – eben wie jemand, der *deli,* »verrückt«[7], ist.

Form und Inhalt der Kritik reflektieren die Herausforderung, die Asiz' Handeln für die dörfliche Lebenswelt bedeutete. Indem er seine Verpflichtungen nicht erfüllte, zwang er die Bauern im Dorf zu einem Verhalten, das dem üblichen geradezu entgegengesetzt war. Traditionalerweise bedeutet eine Hochzeit die Übertragung der Rechte über die Tochter an einen neuen Haushalt und das Erlöschen der Verantwortung des Vaters. In diesem Fall jedoch führte das Verhalten von Asiz dazu, daß sich der Vater der Frau und Bayram zusammensetzten, um über die Zukunft der Ehe zu beraten – und Asiz zu verbieten, seine Frau mit nach Deutschland zu nehmen. Die übliche bedingungslose Solidarität der Angehörigen eines Haushaltes und ihre Opposition gegen andere Haushalte (einschließlich des verschwiegerten) wurde damit durchbrochen: An ihre Stelle trat die Solidarität der Bauern gegen die Migranten. Dies veränderte nicht zuletzt die Beziehungen innerhalb von Asiz' Familie. Herkömmlicherweise hat die Schwiegertochter (*gelin*) einen schwierigen Status: Sie ist die Frau, die von außen kommt, die »Fremde« (*el kızı*), der man nicht trauen kann, und die möglicherweise den Sohn entfremdet. Hier aber war diese Rolle Asiz zugefallen. Statt der üblichen Solidarisierung von Ehemann und Eltern gegen die Ehefrau erlebte ich die Solidarisierung von Schwiegermutter und Schwiegertochter gegen Asiz.

Es wirft nun ein sehr bemerkenswertes Licht auf Asiz' Persönlichkeit, wie er auf diese, ja sehr harte, Kritik reagierte. Sie schien einfach an ihm abzuprallen. Bei den Auseinandersetzungen trug er eine bemerkenswerte Gleichmütigkeit, Nachgiebigkeit und Zurückhaltung zur Schau, und vermied damit eine Zuspitzung der Kontroversen.

Auch hielt er sich trotz aller gegen ihn vorgebrachten Kritik offenbar gerne im Dorf auf. Ihm machten die dörflichen Arbeiten Spaß und er unterhielt sich gerne mit den Bauern. Er überzog sogar seinen Urlaub und blieb drei Monate statt, wie geplant, einem. Der Satz, mit dem er im Winter darauf das Verhältnis zu den Bauern charakterisierte, stimmt so mit meinen eigenen Beobachtungen überein:

»Ehrlich, das Verhältnis zu den Bauern ist warm, zu den Frauen und Männern, zu den jüngeren wie zu den älteren ... Die Urlaube verbringe ich ja sowieso immer im Dorf ... Wir sind ein kleines Dorf. Wir haben uns gern. Wenn es auch kleine Auseinandersetzungen gibt, so enden sie doch nicht mit Totschlag oder damit, daß man sich verletzt ... « (1978:153)

Es liegt nahe, auch dies auf seine Rolle als Jüngsten in der Familie zurückzuführen: Für ihn sind die gefühlsmäßigen Register offenbar wichtiger als die normativen. Er steckte Kritik und Kränkung relativ leicht ein – was bei einem Ältesten kaum denkbar wäre – und war in der Lage, auf einer emotionalen Ebene einen Bezug zu den anderen herzustellen, der sich bei aller Kritik als tragfähig erwies.

Kurzum: Er mag die Bauern – und lehnt gleichzeitig ab, wofür sie leben. Dieser Widerspruch führte bei ihm zu einer Haltung ironischer Distanz, deren Leichtigkeit in einem auffallenden Kontrast zum Ernst der Bauern stand. Einige Episoden, die ich während des Aufenthaltes im Dorf 1977 aufzeichnete, lassen eine respektlos spöttische Haltung zum Dorf erkennen:

Während des Ramazan sitzen wir am Rande des Dreschplatzes. In Gegenwart seiner Mutter und einiger anderer Bauern sagt Asiz (auf türkisch) zu mir: »Die essen zur Zeit nichts. Sie glauben, auf diese Weise kommen sie ins Paradies« (Gedächtnisprotokoll).

Ein andermal betraten Asiz und ich zusammen das Haus seiner Eltern. Wir überraschten die Mutter, die das Kopftuch abgelegt hatte. Asiz zu mir: »Du kommst nun in die Hölle. Du hast das Haar meiner Mutter gesehen.« Die Mutter sagte nichts, hatte aber Tränen in den Augen (Gedächtnisprotokoll).

Im Winter 1982 erzählten die Bauern empört, daß Asiz, der im Sommer vorher in Subay gewesen war, eine provozierende Parabel zum Besten gegeben hätte. Ein Mann geht mit einem Korb Gurken zum Markt. Auf dem Weg fällt ihm eine Gurke in den Schmutz. Wird er dann den ganzen Korb waschen? Diese Parabel dient den Aleviten als Polemik gegen die Sunniten – genauso unnötig, wie das Waschen aller Gurken im Korb, sei die von den Sunniten anerkannte Pflicht zur Ganzwaschung nach dem Geschlechtsverkehr.

Episoden wie diese haben Asiz im Dorf den Ruf eingetragen, ein *gavur*, ein Gottloser zu sein. Es ist jedoch eher Spaß am Provozieren, was hier zum Ausdruck kommt, als Betroffenheit oder gar missionarischer Eifer. Von der Moral der Gurkenparabel ist er nicht einmal überzeugt. Als ich ihn 1985 danach fragte, erklärte er, daß er selbstverständlich zur rituellen Ganzwaschung stehe:

»Unser Buch (der Koran) sagt gute Sachen; es ist nicht notwendig, etwas hinzuzufügen oder zu übertreiben. Kurz: Ich möchte, daß man sich wäscht. Das befiehlt unser Buch« (1985:35).

Ein spielerischer Umgang mit dem Diskurs kommt hier zum Ausdruck, eine Lust an der Auseinandersetzung um ihrer selbst willen. 1977 sagte er: »Daß die meisten Bauern eine andere Meinung haben als ich, was die politischen Meinungen betrifft, macht mir sogar Spaß.« Dem entspricht sein Gesprächsstil:

»Sollen sie sich doch über den Glauben mit mir streiten ... sollen sie sich doch abmühen, mit mir über politische Dinge zanken. Das endet doch nicht böse. Wenn es aber nicht so sein sollte, wenn es sich zeigt, daß [die Auseinandersetzung] schlimm enden könnte, dann treibe ich es nicht weiter, sondern beende die Angelegenheit. Auch wenn ich hundertprozent recht hätte ... Ich schließe das dann ab, und bitte zum Beispiel [meinen Gesprächspartner] um Verzeihung oder irgendetwas in der Richtung« (1978:154).

Es lag wohl an dieser Haltung, daß er trotz allem beliebt war: Was ihm außerdem zu Gute kam, war der bemerkenswerte Witz, der ihn auszeichnete und der ihn zu einem gerne gesehenen Gesprächspartner auch bei denen machte, die ihn ansonsten kritisierten. Ich erinnere mich an eine ironische Geschichte, die er im Dorf zum Besten gab: In der multikulturellen Gesellschaft einer Fabrik in München habe er die olympischen Spiele verfolgt: Abwechselnd wäre immer eine andere Gruppe in Jubel ausgebrochen, wenn ein Angehöriger der gleichen Nationalität eine Medaille gewonnen hätte: Nur die türkische Ecke hätte die ganze Zeit über ruhig bleiben müssen, weil sich kein einziger türkischer Sportler ausgezeichnet habe. Und das dörfliche Klischee, das Kommunismus mit sexueller Anarchie gleichsetzt, kommentierte er einmal spöttisch mit der Erzählung, daß er zwölf Tage in der Hoffnung auf ein sexuelles Abenteuer in Sofia verbracht hätte: »Aber keine Frau, verstehst du, nichts zu machen.«

Nachgiebigkeit, Unverbindlichkeit, Flexibilität – dies alles widerspricht dem Habitus der Ehre, der die Demonstration von Stärke,

Entschlossenheit und Nachdruck verlangt. Asiz wirkt viel weicher als die Bauern, manchmal im Umgang mit seiner Frau sogar charmant. Im Dorf konnte man ihn und seine Frau zusammen lachen sehen – ein seltener Anblick in Subay. Er war sich dieses Unterschieds sehr bewußt. Sein alter ego, die Person, auf die er sich besonders bezog und von der er sich besonders absetzte, war dabei sein Bruder Bayram.

»Obwohl er so lange in Istanbul gelebt hat, also in einer entwickelten Stadt in der Türkei ... beschneidet er überall die Rechte seiner Frau ... Sie soll eine Frau bleiben, nicht zuviel reden, sich nicht in seine Angelegenheiten einmischen. Auch wenn sie eine Idee hat, darf sie ihm nicht helfen. Jetzt kann sie das schon nicht mehr. Verstehst du? ... Was weiß ich. Wenn er beispielsweise etwas trinkt und sie sagt dann: ›Trink nicht‹, dann ist er sehr streng und schimpft. So ist er. Wenn aber meine Frau zu mir sagt: ›Trink wenig, du trinkst zuviel!‹ – dann sage ich: ›Meine Seele will es, ich trinke.‹ Es ist doch nicht notwendig, auf sehr harte Weise zu antworten« (1978:161).

Die zweite Phase in Deutschland: 1978–1985

Als ich Asiz im März 1978, also ein halbes Jahr nach den geschilderten Ereignissen, in München aufsuchte, bestätigte sich der Eindruck, daß die dörfliche Kritik spurlos an ihm vorübergegangen war. Er war zu diesem Zeitpunkt arbeitslos. Nach seiner Perspektive befragt, äußerte er sich so unverbindlich wie eh und je:

»Ich gehe jetzt zum Arbeitsamt und lasse mir eine Arbeit suchen. Schauen wir einmal, was für eine Arbeit gefunden wird. Ein Wechsel im Beruf [wäre gut]. Schweißerei soll es nicht sein, sondern etwas anderes. Was ich früher einmal machen konnte, [würde ich gerne wieder machen], nämlich bei einer Straßenbaufirma als Fahrer zu arbeiten. Das wäre gut ... Wenn der Winter kommt, werde ich dann sowieso drei Monate lang zum Arbeitsamt geschickt ... Im Frühjahr würde ich dann wieder die Arbeit aufnehmen, so gegen Ende März. Für mich wäre das gut. Dann bräuchte ich nicht getrennt von meiner Frau leben – also für den Fall, daß meine Frau in der Türkei bleibt. Wenn ich sie andererseits hierherbringe, dann hat meine Frau [nur] einen Touristenstatus und kann nicht arbeiten. Das Geld wird reichen, aber wir können dann nichts sparen. Wenn ich andererseits beim Straßenbau arbeite und meine Frau noch ein weiteres Jahr in der Türkei bleiben wird, dann kann ich drei Monate Ferien machen und den Verdienst fast völlig sparen« (1978:177).

Diese Perspektive betont eher Abwechslung und Leichtigkeit der Arbeit als Lukrativität. Wenn etwas *nicht* aus diesen Zeilen spricht, dann ist es eine Entschlossenheit, seine Familie nachzuholen.

Nur wenig später muß jedoch ein Umdenken stattgefunden haben – ausgelöst unter Umständen durch die Geburt eines zweiten Sohnes im Frühsommer 1978 und durch die Entscheidung, seine Familie im Sommer 1979 nach Deutschland zu bringen. Als er 1985 noch einmal auf die eben erwähnte Phase zu sprechen kam, rückte er sie retrospektiv in ein ganz anderes Licht:

»Ja, ich habe damals gesagt, daß ich bei der Straßenbaufirma zu arbeiten anfangen würde. Aber ich habe dann doch dort nicht gearbeitet ... Ich habe mich also beworben und man hat mich auch genommen. Aber dann habe ich eine Woche vor dem eigentlichen Arbeitsbeginn eine andere Arbeit gefunden. [Ich habe sie genommen], weil die Arbeit im Straßenbau *nur vorübergehend gewesen wäre*. Im Winter wäre es aus damit gewesen. Und weil ich damals meine Familie hierherbringen wollte, sagte ich mir, daß ein Verdienst von neun Monaten nicht ausreicht, um Kinder zu ernähren. Deshalb habe ich mir eine neue Arbeit gesucht.«

Was diesen konkreten Arbeitsplatz angeht, mag es sich um eine Konstruktion a posteriori handeln. Es ist indes zweitrangig, ob die Änderung der Einstellung, die hier ausgedrückt wird, schon zu diesem Zeitpunkt oder erst etwas später stattfand. Er wechselte noch mehrmals den Arbeitsplatz, aber Motive wie Abwechslung, Leichtigkeit der Arbeit usw. traten zunehmend zurück und entscheidend wurde das Kriterium der *Sicherheit* des Arbeitsplatzes. Aus diesen Überlegungen heraus entschied er sich 1979, Arbeit in einer Brotfabrik aufzunehmen, einer »krisensichere (n) Firma. Brot wird immer hergestellt werden, das Volk will ernährt werden.« Noch auffälliger ist, daß er nach einer Phase sehr häufigen Arbeitsplatzwechsels nun seinen Arbeitsplatz behalten sollte:

»Nachdem ich meine Frau zu mir genommen habe, habe ich begonnen, am Arbeitsplatz auszuhalten, auch wenn es schwierig wurde. Der Grund für diese Ausdauer war, daß meine Frau nun bei mir wohnte ... Man muß nämlich sagen, daß es auch in dieser Firma nicht anders war, als in den anderen. Auch hier gab es Situationen, in denen ich sehr niedergeschlagen war. So, wenn am Arbeitsplatz ein böser Streit ausbrach oder so etwas Ähnliches. Das ist passiert, aber trotzdem konnte ich die Arbeit nicht aufgeben. Ich durfte sie nicht aufgeben, wenn meine Kinder nicht in Armut fallen sollten« (1985:3).

Seval war damals mit den beiden Kindern in Asiz' Junggesellenwohnung gezogen: ein Zimmer mit Küche, Ofenheizung und Außentoilette. Sie blieb zunächst zu Hause. 1982 wurde der Familie gekündigt. Die Subayoğlus zogen zunächst in eine Werkswohnung der Firma, in der Asiz beschäftigt war. Anschließend bekamen sie vom Wohnungsamt eine sehr schöne, allerdings auch vergleichsweise teure Wohnung am südlichen Stadtrand von München vermittelt. Im gleichen Jahr begann Seval zu arbeiten – was von Asiz und ihr mit dem Wunsch begründet wurde, der Langeweile zu Hause zu entkommen.

Die Bereitschaft, relativ viel für die Wohnung auszugeben, verrät eine grundsätzlich andere Perspektive, als wir sie bei Yaşar oder Süleyman antreffen. Trotz doppelter Berufstätigkeit kann das Ehepaar nichts sparen: »... 780 Mark Miete, alle zwei Monate 150 Mark Elektrizität, Telefon, 1200 Mark geben wir für Essen aus« (Seval). Bezeichnenderweise macht dies Asiz offenbar wenig zu schaffen. Er lebt nicht auf die Rückkehr hin. Es scheint für ihn keinen großen Unterschied zu machen, ob er erst als Rentner oder vielleicht auch gar nicht zurückkehrt.

»Es geht mir im allgemeinen gut. Wenn ich ... mit meiner Frau und meinen beiden Kindern jetzt in der Türkei, im Dorf, oder irgendwo anders wäre ... dann wurde es mir auch nicht besser als jetzt gehen ... Es wäre [natürlich] besser, wenn ich dort leben könnte, wo ich geboren und aufgewachsen bin ... Aber dort hätte ich materielle Probleme. Ich hätte dort kein Auskommen. Deshalb ist es hier besser« (1985:22).

Dieser Verzicht darauf, auf die Rückkehr hin zu leben, führte zu einer weit größeren Gelassenheit in bezug auf die Zeitsperspektive als bei den anderen Migranten. Asiz dürfte der einzige in der hier untersuchten Gruppe sein, der nicht das Gefühl hat, von der Zeit beherrscht zu werden. Die Erfahrung einer äußeren und inneren Zerrissenheit ist deshalb dieser Familie erspart geblieben. Was die Zukunft betrifft, so fehlt sehr deutlich der Druck zu akkumulieren:

»Also die Eile habe ich nicht: Wenn das Monatsende gekommen ist, 2000 Mark gespart zu haben, am nächsten Monatsende dann 4000 Mark, am Jahresende dann soundsoviel, um so schnell wie möglich zu meinen Kindern zurückzukehren ... Aber für diejenigen, die ihre Kinder nicht bei sich haben, ist es schwierig: Sie denken so. Sie zählen die Tage bis zum Monatsende, bis zum Jahresende. Es soll möglichst schnell kommen ... Sie sagen sich: Wir möchten heimkommen, bevor unsere Jugend völlig vergangen ist. Daher kommt das. Und sie geben dann natürlich kein Geld aus. Aber sie haben ja auch nichts, sie wohnen nicht in so einer Wohnung [wie ich]. Sie wohnen in einem einfachen Zimmer und zahlen vielleicht 200 oder 300 Mark, aber nicht 700 Mark wie ich« (1985:24).

Auch was die Vergangenheit betrifft, so ist Asiz das unter Migranten verbreitete Gefühl, seine Jugend in der Fremde verschwendet zu haben, offenbar fremd:

»Was wäre denn, wenn ich meine besten Jahre dort verbringen würde? Auch dort hätte ich in meiner Jugend Geld verdient und es verzehrt. Und ich hätte, wie hier auch, meine Kinder ernährt. ... Ich habe zwar meine Jugend hier verbracht, aber ich hätte auch meine Jugend mit Arbeit verbracht, wenn ich auf dem Feld meines Vaters gearbeitet hätte ... « (1985:23)

Es sind also bemerkenswerterweise gerade die Eigenschaften von Asiz, die am härtesten der dörflichen Kritik ausgesetzt waren – vor allem sein Unwillen, eine Perspektive zu entwickeln –, die es dieser Familie ermöglichen, einen relativen Frieden mit ihrer Situation in Deutschland zu schließen. Dies heißt indes nicht Sorglosigkeit. Der Verzicht darauf, eine Perspektive in der Türkei zu entwickeln, bedeutet auch, auf eine gewisse Absichterung zu verzichten:

Asiz: »Also es geht gerade so auf ... Es ist wie bei den Deutschen: Am Monatsende haben wir [kein Geld]. Wenn einmal etwas eintreten sollte, wenn ich arbeitslos sein sollte, [dann müßte ich Schulden aufnehmen] ... Dann wäre es aus. Wenn ich Schulden aufnehme, wie sollte ich sie dann zurückzahlen. Mein Geld reicht gerade eben aus.«

Seval: »Dann schicken uns die Deutschen in die Türkei zurück« (1985:30).

Mit der Übernahme der familialen Verantwortung ist das Thema der Rebellion gegen die dörflichen Versuche, eingebunden zu werden, von selbst verblaßt. Es scheint indes in einem Zug, der für Asiz' Selbstbild besonders wichtig ist, aufgehoben zu sein. 1985 war es ihm wichtig, als Liberaler zu erscheinen. Die Rebellion gegen den Zwang mündete damit in eine dezidierte Absage an Zwang. Äußerungen in dieser Hinsicht haben wir bereits oben wiedergegeben, als wir auf das Verhältnis zu seinen Kindern zu sprechen kamen. Nicht weniger bezeichnend für ihn ist ein Bekenntnis dazu, daß jeder seine eigene Meinung haben sollte:

»Meine Frau mag die Ideen von Demirel und wählt seine Partei – ich mag die Ideen von Ecevit, ich mag die Linke, ich wähle seine Partei.«

»Was die [politischen] Ansichten und Ideen [meines] Sohnes betrifft, was seine Freiheit betrifft, soll er so handeln wie er denkt. Ich kann ihm sowieso meinen Weg [nicht vorschreiben] ... also das wäre zwanghaft ... « (1985:14)

Auch die in dieser Familie geübte religiöse Praxis bezeugt das zwanglose Nebeneinander verschiedener Orientierungen. Asiz hat einen religiösen Kalender gekauft, weil seine Frau fastet und betet. Er selbst beteiligt sich indes nicht daran:

»Ich faste nicht. Also es vergeht kaum ein Tag, an dem ich kein Bier trinke. Also es gibt Tage an denen trinke ich drei oder vier Biere. Es gibt auch Tage an denen trinke ich gar nichts. Aber die sind selten« (1985:39).

Diese Liberalität gibt seinen politischen Ansichten einen bemerkenswerten Zug. Wenn sie sich auch inhaltlich kaum von denen Memeds unterschieden, bewahrt Asiz jedoch weit größere Distanz. Es liegt ihm ferne, für eine Sache zu kämpfen:

»Aber was mich betrifft, so mache ich nichts, weil ich kein Thema habe. Also ich sehe nichts, wofür ich mich mit großem Eifer engagieren sollte« (1985:32).

Diese Distanz erlaubt es ihm andererseits, auch Freundschaft mit Berufskollegen zu pflegen, die zum Fundamentalismus tendieren – ohne daß er das Thema Religion ausklammern würde.

Dies war jedoch nicht die einzige Veränderung im Selbstbild: Nicht nur wurde das Bild des Rebellen allmählich von dem des Liberalen überlagert; auch das Bild des ironischen Spötters wurde durch die Selbstzeichnung als Intellektueller überformt. Eine hohe Meinung von der eigenen Intelligenz spricht etwa aus folgender Äußerung:

»Also es (die religiöse Ausbildung) wäre gut gewesen, wenn ich ein sehr guter *hoca* geworden wäre, also einer der den Koran hätte übersetzen können, der sehr in die Tiefe hätte gehen können, der vielleicht ein *müfti*[8] hätte werden können. Aber so eine halbe Sache zu machen, und beispielsweise so ein ziemlich lächerlicher Dorfhoca zu werden, das ist mir doch komisch vorgekommen ... Nimm doch so jemand wie Hafis (den Dorfprediger): der hat drei oder vier Sachen auswendig gelernt und zusammengesammelt. Also das hätte mir nicht gereicht. Zumindest hätte ich *müfti* werden müssen. Aber das andere paßte nicht zu meiner Intelligenz« (1985:32/33).

Seine Selbsteinschätzung scheint mir durchaus der Realität zu entsprechen: Seine Distanz zur sozialen Welt ermöglichte ihm auch einen offenen Blick. Nicht weniger auffallend war eine bemerkenswerte Empathie: Er ahnte in unseren Gesprächen sehr genau, was mich interessieren könnte und ging bereitwillig darauf ein. Einen gewissen Höhepunkt in dieser Hinsicht bedeutete es, als er in unserem Gespräch 1985 eine Frage vorwegnahm, die mir tatsächlich in diesem Moment auf der Zunge lag:

»Du willst doch noch etwas anderes wissen. Ich sag' es dir, ohne daß du danach gefragt hast ... Du willst fragen: ›Du hast deine Frau hierhergebracht – wie denkst du darüber daß sie arbeitet?‹« (1985:25)

Mit diesen Veränderungen ging eine wachsende Distanz zum Dorf einher. Er reibt sich inzwischen weniger an den Bauern seines Heimatdorfes, als an anderen Migranten:

»Wenn ich zu den Bauern sage: ›Das ist so und so‹, dann glauben sie es nicht. Die Bauern in meinem Dorf ... Aber nimm auch die Kollegen, mit denen ich hier in München zusammenarbeite, auch ihnen kann ich mich nicht verständlich machen ... Laß das Dorf, es ist zurückgeblieben. Auch die Freunde in Deutschland ... akzeptieren [meine Meinung] nicht« (1985:33/34).

Dieses Selbstbild als Liberaler, Intellektueller und Städter drückte er schließlich besonders deutlich in der Art und Weise aus, wie er sich gab: Als ich ihn 1985 wiedersah, hatte er die gleiche Frisur und Barttracht wie sein Vorbild, der Politiker und Dichter Bülent Ecevit.

Anmerkungen

[1] Ich lernte Asiz Subayoğlu 1977 bereits im Dorf kennen: Er hielt sich dort drei Monate auf. Während dieser Zeit führte ich zahlreiche Gespräche mit ihm, von denen Gedächtnisprotokolle angefertigt wurden. Damals hielt

ich mich öfter in seinem Elternhaus auf und lernte darüber seine ganze Familie kennen. 1978 führte ich in seiner Wohnung in München das erste Interview mit ihm; es wurde auf Band aufgezeichnet. Bei diesem Gespräch waren wir alleine. 1985 führte ich das zweite Interview mit ihm; bei dem zweiten Gespräch war die meiste Zeit seine Frau Seval anwesend.

2 Die *medreseler* wurden in den zwanziger Jahren verboten, überlebten jedoch teilweise auf dem flachen Land. Außer islamischen Kenntnissen im engeren Sinn erlernte man dort (nach Auskunft der Bauern) auch magisches Wissen – das Anfertigen von Amuletten (*muska*), das Brechen von Zauber usw. Die *medrese* in Mergüze ist inzwischen geschlossen. Heute werden die Prediger auf den *Imam Hatıp* Gymnasien ausgebildet.

3 Es kann im übrigen durchaus sein, daß sich ein weiteres Prinzip nach dem Konflikt mit Asiz herausgebildet hatte. Bayram sagte zu mir: »Ich stelle keine Verwandten ein. Sie arbeiten nicht. Mit Verwandten kann man ein herzliches Verhältnis haben, aber kein geschäftliches.«

4 Die reaktive Haltung von Asiz unterscheidet sich insofern von der Süleymans, als das Moment des Leidens fehlt: Asiz wirkt stark und ungebrochen.

5 »Milchrecht« (*süt hakkı*) bezeichnet das durch die Pflege der ersten Jahre konstituierte Recht der Eltern auf Achtung und Gehorsam durch die Kinder – wobei diese Haltung gleichsam als Gegengabe konzipiert wird (vergl. Schiffauer 1987:27).

6 Zur Sexualethik, die dieser Äußerung zu Grunde liegt, vergl. Schiffauer 1983:82 ff.

7 Das Wort *deli* bezeichnet im Türkischen alle Formen abweichenden Verhaltens.

8 *müfti*: »Mufti *urspr.* geistlicher Würdenträger, der ein Fetwa (eine religiöse Rechtsauskunft, W.S.) erteilt; heute in der Türkei oberster Geistlicher eines größeren Bezirkes« (Steuerwald 1972).

Die eigene und die fremde Kultur – Strukturelle Veränderungen des Weltbildes

In den vergangenen Kapiteln wurden im Detail die Veränderungsprozesse untersucht, denen das Verhältnis vom Individuum zur Gesellschaft unterworfen war; in diesem abschließenden Kapitel sollen die Konzeptionen untersucht werden, in denen die soziale Welt *als Ganzes* begriffen wird. Die Frage ist, wie sich die Überlegungen und Auffassungen zu einzelnen Erfahrungsbereichen zu mehr oder weniger stimmigen Bildern zusammenfügen. Dabei wird die Frage im Zentrum stehen, wie das Verhältnis von eigener zu fremder Kultur gedacht wird[1].

Fremdbild und Selbstbild in Subay

Das Weltbild der Bauern läßt sich durch drei konzentrische Kreise wiedergeben: Im innersten Kreis steht das eigene Dorf; in ihm gelten die von einem selbst vertretenen Regeln; das Verhalten des anderen ist daher vorhersehbar und nachvollziehbar. Dieser innere Kreis ist von einem zweiten Kreis umgeben, in dem prinzipiell die gleichen Regeln und Gesetze gelten, aber andere Ausdrucksformen finden. Man weiß etwa, daß sich die Art der Zubereitung der Speisen, die Modalitäten der Arbeitsteilung, die Kleidung, die Hochzeitssitten von Dorf zu Dorf unterscheiden, und daß diese Unterschiede mit wachsendem geographischem Abstand größer werden. Dennoch gelten überall die gleichen Speisetabus, die gleichen Bedeckungsvorschriften, werden die gleichen Prinzipien im Hochzeitsritual ausgedrückt. In diesem zweiten Bereich ist zwar das Handeln nicht mehr immer vorhersehbar, aber es bleibt doch nachvollziehbar. Dieser zweite Kreis ist durch eine scharfe Grenze von dem dritten Kreis, dem Kreis des Fremden getrennt. Von diesem besitzt man nur indirekte Kenntnisse – durch Hörensagen, Beobachtung von Touristen oder Massenmedien. In diesem Bereich ist das Verhalten der anderen weder vorhersehbar noch nachvollziehbar; in ihm erscheint prinzipiell alles möglich. Dabei werden aus der Vielzahl von Kulturen, die anders sind, einige hervorgehoben, die in einem expliziten Sinn als *Gegenteil* zur eigenen Kultur gesehen werden. Hier ist zum Beispiel Sowjetrußland zu nennen, der »kommunistische« Staat schlechthin, für die Bauern ein Reich der erklärten Gottlosigkeit, ein Staat, in dem die Kinder im Alter von vier Jahren gewaltsam den Eltern entrissen werden, und in dem Promiskuität und Vergewaltigung an der Tagesordnung sind[2]. Aber auch Deutschland wird als explizites Gegenteil zur eigenen Kultur wahrgenommen und dargestellt.

Dies wird besonders deutlich aus einer mythomorphen Erzählung, die in Subay – aber auch in anderen Dörfern Anatoliens[3] – über Deutschland erzählt wird: Deutsche Männer seien nicht eifersüchtig – ganz im Gegenteil seien sie stolz darauf, wenn ihre Frauen von möglichst vielen anderen Männern begehrt würden und mit ihnen verkehrten. Dies komme vom Schweinefleischverzehr. Die Schweine seien nämlich die einzigen Tiere, die das Gefühl der Eifersucht nicht kennen. Im übrigen seien die deutschen Frauen sehr schön, was daher komme, daß sie sechzehn Stunden am Tag schliefen. In dieser mythomorphen Erzählung wird das Bild einer verkehrten Welt zur türkischen Kultur gezeichnet. Während für das Selbstverständnis von dörflichen Türken der Wert der Ehre maßgebend ist, der ein eifersüchtiges Bewachen und Beschützen der Frauen verlangt, so gilt für die deutschen Männer offenbar das Gegenteil. Dies wird mit der Außerkraftsetzung eines anderen, die Phantasie sehr beschäftigenden, Tabus erklärt, dem des Schweinefleischverzehrs. Mit diesem Element wird gleichzeitig Opposition von Islam und Christentum beschworen.

Jüngere Männer zeigten sich von diesem Bericht peinlich berührt. Allzu märchenhaft und phantastisch waren für sie die erwähnten Details. Dennoch schien ihre Kritik eher die Form als den Inhalt der Darstellung zu betreffen. Auch sie hoben, wenn sie über Deutschland befragt wurden, vor allem die Elemente Erotik, Luxus und »Ungläubigkeit« hervor.

Zu diesen drei klassischen Topoi haben sich in den letzten Jahren vor allem zwei weitere gesellt: Der Egoismus und die Selbstbezogenheit der Deutschen wird mit dem eigenen Ideal der Großzügigkeit und Solidarität kontrastiert: Dies wird zum Beispiel am *»alman usüllü«* , am sogenannten »deutschen Brauch«, festgemacht, nach dem jeder im Lokal für sich selbst bezahlt (was in der eigenen Kultur undenkbar wäre), oder aber auch an der Vorstellung, daß deutsche Kinder am Tag ihres 18. Geburtstags sozusagen vor die Tür gesetzt würden und danach nichts mehr von den Eltern zu erwarten hätten (und umgekehrt). Zum anderen wird der deutsche Fleiß und die deutsche Gründlichkeit der eigenen Faulheit und Schlampigkeit gegenübergestellt[4]. Die einzelnen Topoi lassen sich durchaus frei kombinieren. So verknüpfte der im letzten Kapitel vorgestellte Bayram Subayoğlu das Bild des fleißigen und gründlichen Deutschen mit dem des genießenden Deutschen, als er sagte: »Ich lebe nach dem deutschen Prinzip: Tagsüber hart arbeiten und nachts leben.« Eine andere Verknüpfung – nämlich der Elemente Fleiß und Religion, wurde in folgender Redewendung hergestellt: »Ihr Glauben ist wie unsere Arbeit (nämlich wenig befriedigend *to say the least*); ihre Arbeit wie unser Glauben« *(onların dini bizim işimiz gibi; onların işi bizim dinimiz gibi*).

Das Fremde – Deutschland – erscheint in diesen Äußerungen als Inversion des Eigenen, geradezu wie sein fotografisches Negativ. Allerdings würde es wohl den prozessualen Charakter der Fremdwahrnehmung verfehlen, wenn man aus den verschiedenen Bemerkungen ein Deutschland*bild* zusammenfügen würde. Entscheidend ist vielmehr der prozessuale Charakter der Fremdwahrnehmung: Es wird nämlich weniger ein festes Bild aus den verschiedenen Informationen zusammengesetzt, als daß, einer generativen Matrix folgend, bestimmte Informationen aufgenommen, andere dagegen übergangen werden. Anders formuliert: Von den Informationen über das Fremde wird nur das rezipiert und erinnnert, was dem eigenen entweder diametral entgegengesetzt ist oder ihm (auch das entspricht der Struktur der Inversion) genau entspricht. So rief ich während meines Aufenthaltes eines Tages völlig unbeabsichtigt erhebliches Erstaunen hervor, als ich erzählte, daß mir in der Kindheit das Essen verweigert wurde, wenn ich zu spät zu Tisch erschien. Nach einer vergewissernden Nachfrage, die klärte, warum ich mich nicht einfach bei einem Nachbarn eingeladen hätte, brach die Entrüstung los: Ein solcher Erziehungsstil hieße, ein Kind zum Dieb zu machen. In den Tagen darauf wurde ich von mehreren Bauern darauf angesprochen: Die Erzählung hatte von selbst ihre Runde durch das Dorf gemacht. Andererseits wurde ich bei jeder Beerdigung, die ich miterlebte (immerhin fünf), immer wieder erneut darauf angesprochen, daß die Deutschen sich einäschern ließen – ein in den Augen der Bauern nicht gutzumachender Frevel. Ich versuchte immer wieder zu erklären, daß es dazu unterschiedliche Positionen gäbe und ebenfalls einen Eindruck von der Seelenvorstellung zu geben, die eine Einäscherung als unproblematisch erscheinen läßt. Dies wurde angehört, scheinbar akzeptiert – und wieder vergessen. Es schien einfach kein Ort vorhanden zu sein, wo diese relativierende (und nicht in das Schema der Verkehrung passende) Darstellung hätte eingeordnet werden können. Es liegt nicht zuletzt an dieser Struktur, daß das Bild über Deutschland auch dann nichts von seiner Fantastik verlor, als die ersten Migranten zurückkamen und von ihrer persönlichen Erfahrung berichteten[5].

Die exponierte Stellung gerade von Deutschland in diesem Weltbild mag mit einer mythisierenden Auffassung von Geschichte zusammenhängen – und zwar mit dem zur Waffen*brüderschaft* verklärten Bündnis mit dem wilhelminischen Deutschland im Ersten Weltkrieg. Auf diese Allianz wird man nach wie vor angesprochen. Das Mythem der Bruderschaft enthält die gleichen Strukturmomente von Gleichheit und Opposition, wie sie den Inhalt des Deutschlandbildes auszeichnen.

Weltbilder sind wohl immer Komplexitätsreduktionen: Es ist nun aber entscheidend, *wie* Komplexität reduziert wird. In bezug auf dieses bäuerliche Weltbild lassen sich drei Eigenheiten festhalten:

1. Seine innere Struktur ist analog zum Raum gebildet: Die Welt wird gleichsam in eine eigene, eine benachbarte und in eine fremde Zone gegliedert – wobei das Fremde auch räumlich am entferntesten ist.

2. Dem korrespondiert, daß der innere Raum, der eigene Kreis homogener konstruiert wird, als er faktisch ist: Wenn man das Bild betrachtet, das die Bauern in diesen Redewendungen von sich selbst

entwerfen, so fällt eine bemerkenswerte innere Geschlossenheit auf: Gesellschaftliches Handeln, kulturelle Werte und religiöse Orientierungen werden in *einen* inneren Zusammenhang gestellt. Wenn beispielsweise, in dem oben dargestellten Mythem, eine unterschiedliche Haltung zu Eifersucht und Ehrenhaftigkeit auf Schweinefleischverzehr zurückgeführt wird, dann wird eine kulturelle Norm (Ehre) und eine religiöse Regel (Eßtabu) sozusagen in eins gesetzt. Die Möglichkeit, daß auch Christen Eifersucht und Ehrenhaftigkeit zeigen könnten, wird durch das Herstellen einer Opposition gleichsam ausgeschlossen. Kurz: Man selbst ist islamisch, solidarisch, ehrenhaft – und die anderen sind christlich, selbstbezogen und lasziv. Es wird so getan, als sei man entweder das eine oder das andere.

3. Der Bereich des Fremden wird übersteigert, insofern er als Verkehrung des Eigenen wahrgenommen wird. Er erscheint schillernder, faszinierender und auch gefährlicher, als er tatsächlich ist: In der Fremde scheint ja gerade das erlaubt zu sein, was zu Hause verboten ist – und deswegen stellt sich in ihr die Gefahr, verschlungen zu werden oder unterzugehen. Andererseits ist die Fremde aber auch harmlos: Als Inversion des Eigenen bestätigt sie es immer wieder.

Die Architektonik der Blicke

In Subay ist das Fremde gleichzeitig das Ferne – ein schillernder Horizont, der das Eigene, Vertraute, auch Nüchterne und Alltägliche begrenzt und umschließt. In der Migration ist das Fremde dagegen alltäglich präsent – und das Eigene, Vertraute ist nun entfernt und abwesend. Diese exzentrische Position der Migranten hat nun weitgehende Konsequenzen für die Struktur des Weltbildes.

Die Verschränkung der Blicke – Dezentrierung und Entzauberung

In der ersten Zeit der Migration nimmt man an der Fremde hauptsächlich das wahr, was invers zum Eigenen ist. Zum Teil mit Schock wird registriert, daß in der anderen Umgebung andere Selbstverständlichkeiten gelten. Während die Struktur der Wahrnehmung des Fremden sich also zunächst nicht verändert hat, haben sich die Gefühle dem Fremden gegenüber grundlegend gewandelt. Das imaginäre Fremde bedeutete Faszination und Versuchung, das faktische Fremde löst dagegen eher Befremden und Ablehnen aus. Das Fremde wird damit radikal entzaubert. Besonders Süleyman sah sich dieser Erfahrung ausgesetzt. Ich erinnere an den Kulturschock, den er erlebte, als er und seine Frau die österreichische Nachbarin besuchten – die Gefühle, die aus seinem Bericht sprechen, sind Hilflosigkeit, Demütigung und Widerwillen, wenn nicht gar Ekel. Die Skepsis, mit der nun das Andere wahrgenommen wird, spricht auch aus zahlreichen anderen Passagen. Es genügt hier, zwei von ihnen wiederzugeben. Sie stammen beide von Memed Akkaya:

»Wir leisten uns gegenseitig Hilfe. Ihr Deutschen kennt das ... nicht ... Nehmen wir einmal an, einer von uns leiht einem Geld. Dann kommt der Deutsche und sagt: ›Warum gibst du es ihm. Er wird es dir niemals zurückerstatten.‹ ... Was passiert denn, wenn ich es ausleihe? – Am Monatsanfang bringt er es mir doch zurück! ... Hilf doch dem Mann! Mit 1000 oder mit 200 Mark. So eine Hilfe gibt es bei euch nicht, so eine Nähe ... «

»Was die Schuldisziplin betrifft, ist es hier freier (*daha serbest*). Man übt in Deutschland keinen Druck aus. Die Kinder machen, was sie wollen. Sie brauchen nichts zu lernen. In der Türkei, in der Schule, wird ein Kind dagegen [zum Lernen] gezwungen ... Hier darf ein Lehrer einem Kind keine Ohrfeige geben ... Das ist verboten. Aber in der Türkei darf ein Lehrer an den Ohren ziehen. Dort bemüht sich ein Lehrer eben, zu unterrichten« 1977:19).

Das Verhältnis von Eigenem zum Fremden erscheint hier vertauscht. Erschien im Dorf das Fremde als Verkehrung des alltäglichen Eigenen, so erscheint jetzt das Eigene – oder vielmehr: die Türkei – als die Verkehrung des alltäglich gewordenen Fremden. Die Befriedigung unerfüllt gebliebener Wünsche erwartet man nicht mehr von einem Aufenthalt in der Fremde, sondern erhofft sie von einer Rückkehr in die Heimat. Die verzauberte Fremde wird durch die idyllische Heimat ersetzt (vgl. Stölting 1986): Die Türkei erscheint in diesen Äußerungen als ein Land, in dem nicht alles gegen Geld stattfindet, als ein Ort, wo es lebendig ist, wo man menschlich leben kann, wo man sich gegenseitig hilft, wo die Autoritätsverhältnisse noch in Ordnung sind.

Wenn auch in den bisher diskutierten Äußerungen noch Inversion das Weltbild strukturiert, so ist doch im Vergleich zum Dorf etwas neues hinzugetreten: Durch die Konfrontation mit dem faktischen Fremden hat man begonnen, Züge am Eigenen wahrzunehmen, die vorher nicht bewußt waren. Es hat eine Erweiterung und Schärfung des Blickes auf das Eigene begonnen. Der Mechanismus der Projektion wurde durchbrochen. Vor allem in dem Gespräch mit Süleyman gibt es immer wieder Stellen, wo er die eigenen kulturellen Werte in Abhebung von den in Österreich geltenden Regeln artikuliert – was darauf hindeutet, daß er sich ihrer erst in der Fremde bewußt wurde. Ein Beispiel ist folgende Äußerung über die verschiedenen Konnotationen des Wertes der Achtung:

»[Ein Sohn] muß [dem Vater] Achtung erweisen. Heute beim Bäcker habe ich gesehen, wie ein Sohn (ein Österreicher) in Gegenwart seines Vaters ... geraucht hat. Ich bin älter als er – und dennoch ist es mir nicht erlaubt ... Sie können hier mit ihrem Vater an einem Tisch sitzen und Rakı trinken, ganz wie sie wollen. Aber in unseren Überlieferungen und Sitten gibt es das nicht ... In Gegenwart des Vaters darfst du nicht rauchen. Sobald er hereinkommt und sich setzt, kannst du nicht mehr so sitzen, wie du willst oder dich ausstrecken« (Süleyman Doğan 1978:47).

Hier tritt gleichsam auf der Folie des Anderen die Charakteristik des Eigenen deutlicher hervor. Die eigene Praxis verliert an Selbstverständlichkeit – wenn sie auch nach wie vor als die bessere und sinnvollere erscheint.

Wichtig war nun eine weitere Erfahrung, die die Migranten regelmäßig machten, wenn sie im Urlaub in ihr Heimatland zurückkehrten. Sie wurden dabei plötzlich mit Dingen und Sachverhalten konfrontiert, die sie vorher nicht wahrgenommen hatten. Oft wirkte das wie ein zweiter Kulturschock. 1977 erlebte ich die Ankunft von Asiz Hasanoğlu im Dorf mit. In einem der ersten Gespräche beschimpfte er lautstark die türkischen Zustände: Er habe sein Flugbillet bei der Türkischen Luftfahrtgesellschaft THY gekauft (»Mein Geld soll meinem Land zugute kommen«) und dann am Flughafen herausgefunden, daß sein Platz an einen anderen weiterverkauft worden war, der Bestechungsgelder gezahlt hatte. Dagegen werde man in Deutschland nicht betrogen. Dort sei jede Ware mit einem Preisschild ausgestattet und jedes Taxi habe einen Taxometer. Vorbildlich sei zum Beispiel das Verhalten von Zigarettenverkäufern. Am Tag vor einer Preiserhöhung habe ein Verkäufer ihn darauf hingewiesen und ihm empfohlen, sich einzudecken – ganz im Gegensatz zu türkischen Zigarettenverkäufern, die in diesem Fall die Ware unter dem Tisch verschwinden lassen würden, um einen um so höheren Profit zu machen.

Es zeigte sich also nicht nur, daß das faktische Eigene der Imagination einer idyllischen Heimat nicht standhielt, sondern auch, daß man vermißte, woran man sich in der Fremde gewöhnt hatte – zum Teil wohl, ohne es zu merken. In der Heimat mochte immer noch mehr Menschlichkeit herrschen, man mochte sich auch besser vergnügen können – gleichzeitig mußte man sich jedoch mit der Bürokratie herumärgern, wurde von Taxifahrern betrogen usw. Diese Erfahrung wurde noch dadurch gesteigert, daß die Migranten als *Alamancı*, »Deutschländler«, klassifiziert werden und das Gefühl haben, daß man ihnen mit Ressentiments begegnet oder sie übervorteilt, weil man ihnen Wohlstand und Reichtum unterstellt (vergl. Straube 1985:349). Gerade die in den Urlauben wiederholt erlebte Konfrontation mit dem Eigenen führte zur Auflösung der einfachen Opposition.

Durch die doppelte Destruktion, zunächst des imaginären Fremden und dann des imaginären Eigenen, wurde die polare Struktur des dörflichen Fremd- und Selbstbildes gesprengt. Das Andere war nicht mehr die Inversion des Eigenen, das Eigene aber auch nicht mehr die Inversion des Fremden. Das Fremde und das Eigene wurden in ihren Qualitäten und ihren konkreten Vor- und Nachteilen erkennbar. 1985 – bei meiner zweiten Gesprächsrunde mit den Migranten – war von einer Überhöhung der Heimat nichts mehr zu spüren. Ich zitiere noch einmal Memed Akkaya:

»Ich habe mich an ein bestimmtes Leben hier [in Deutschland] gewöhnt. Jetzt fühle ich mich als Fremder, wenn ich dorthin zurückfahre. Im Dorf kenne ich niemanden mehr. [Außerdem] bin ich hier freier als in der Türkei. Man kann sich hier alles mögliche aus dem Nichts erschaffen, jedenfalls so lange man sich an die Gesetze hält ... Also, es liegen Welten dazwischen. Dann die Lebensbedingungen hier. Ich habe mich an sie gewöhnt, an das hiesige Leben ... Als Land ist die Türkei schöner, das Klima ist dort besser. Was die Menschen und die Höflichkeitsregeln, auch was den Glauben und das Alltagsleben betrifft, ist das hier nicht mit der Türkei zu vergleichen ... Das Gesetz hat [dort] alles offen gelassen, alles ... Dort gibt es Leute, die sind Beamte und haben gleichzeitig eine Fabrik ... Man hat [oft] mehrere Einkommen ... Um fünf Uhr verläßt [so ein Mann] den Arbeitsplatz und sitzt dann bis acht, neun Uhr in seinem Laden ... Das ist alles frei. Aber wo hätte denn hier ein Laden bis neun Uhr geöffnet? Um halb sieben ist Schluß ... Alles geht nach der Uhr, die Uhrzeit ist hier wie Eisen. Und die Gesetzesauflagen sind schwer. Man muß sie einhalten. In der Türkei gibt es so etwas nicht ... Jemand, der nun hierhergekommen ist, jemand, der das hier gesehen hat, hat sich an das Leben hier gewöhnt, und er wird Schwierigkeiten haben, wenn er in die Türkei zurückkehrt. Diejenigen, die fünfzehn, zwanzig Jahre hier sind, wollen deshalb nicht in die Türkei zurückkehren. Sie finden dort nicht die Ruhe, die sie hier haben« (Memed Akkaya 1985:11).

Diese Äußerungen Memed Akkayas' haben eine ganz andere Struktur als seine 1977 gemachten Bemerkungen zu Hilfe und Autorität. Bemerkenswert ist nun vor allem das völlige Fehlen von Verklärung; sowohl die Lebensbedingungen in der Türkei, wie die in Deutschland, werden bemerkenswert nüchtern beschrieben. Fast dialektisch muten die Passagen zu Gesetzesordnung und Zeit an: Sie ermöglichen einerseits Freiheit – in Deutschland könne man alles machen, so lange man sich an die Gesetze hält –, andererseits legen sie dem Leben eine gewisse Zwangsjacke an (sie sind »wie Eisen«). Dadurch aber verbürgen sie eine gewisse »Ruhe«, die man in der Türkei nicht finde und an die er sich gewöhnt habe.

Man könnte einwenden, daß Memed ein Einzelfall ist – immerhin hat er Realschulabschluß und hat acht Jahre lang eine Ehe mit einer Deutschen geführt. Ich möchte deswegen noch Yaşar Fuad zu Worte kommen lassen:

»Die Alten (in Deutschland) sind nach allem, was ich beobachtet habe, konservative und fleißige Menschen. ... Sie achten ... auf Sauberkeit und Ordnung. Die Straßen müssen sauber sein und es muß vor den Haustüren sauber sein. Also das war für mich eine Sache, aus der ich eine Lehre gezogen habe ... Die Deutschen haben in ihrem Verhalten und in ihren Tätigkeiten übernommen, was es bei uns in der osmanischen Zeit gab. Heutzutage kann man bei uns in der Türkei nicht mit einer ähnlichen Behandlung ... rechnen. Nun kann zwar an den deutschen Ämtern einem Ausländer etwas passieren, was einem Deutschen nicht passieren würde, aber an den Krankenhäusern – dafür muß man dankbar sein – wird kein Unterschied gemacht. Die Ärzte interessieren sich persönlich für einen und versuchen zu helfen ... Wenn ich zum Beispiel ein Deutscher wäre, würden sie mich auch auf den Ämtern genau wie die anderen behandeln ... ein Deutscher kommt zum Beispiel auf ein Amt, er schnurrt sein Anliegen herunter, der Beamte hilft ihm, er macht seine Arbeit. Aber bei uns ist das nicht so. Bei uns lassen uns die Beamten bitten.... Also, all das fand ich sehr gut.... Ich beobachte in der letzten Zeit [aber] auch, wie die deutsche Jugend in Schwierigkeiten ist. Um sich darüber hinwegzuhelfen, beginnnen sie entweder zu trinken, oder Heroin zu nehmen, oder sie geben sich dem Vergnügen hin, auf den Straßen, in der Fabrik, in der Diskothek, im Omnibus ... « (1985:23)

Auch in diesem Zitat erhellen sich das Fremde und das Eigene gegenseitig, auch hier wird ein sehr differenziertes Bild entworfen. Im Kontrast zueinander tritt das jeweils Charakteristische hervor. Man findet nun eine Verschränkung der Perspektiven, bei der das Fremde aus der Perspektive des Eigenen, das Eigene dagegen aus der Perspektive des Fremden wahrgenommen wird.

Sehen und Gesehen-Werden

Der Aufenthalt in der Fremde führt nicht nur zu einem geschärften Blick auf die eigene und die fremde Kultur, sondern auch zu einer klareren Wahrnehmung der Differenzen in der eigenen Kultur. Zwei Prozesse scheinen mir hier ineinanderzuspielen: Der Blick der Angehörigen der anderen Kultur auf die eigene Kultur und der Blick auf die anderen Angehörigen der eigenen Kultur.

Zunächst ist man als Mitglied einer religiösen, kulturellen und ethnischen Minderheit in einer Weise wertenden und beurteilenden (und nicht selten abwertenden und aburteilenden) Blicken ausgesetzt, wie man es im eigenen Land nie erlebt. Tatsächlich erkannten sich die Migranten in dem – wissenschaftlich eher zweifelhaften – Unterfangen einer Frankfurter Studentin wieder, die, drei Monate als Türkin verkleidet, Erfahrungen der Diskriminierung machte. Süleyman Doğan beschrieb seinen Eindruck von dem Experiment:

»Also sie sah wie eine richtige türkische Frau aus, war es aber nicht ... Sie hat im Omnibus keinen Platz gefunden, sie haben sie beschimpft, sie haben sie den Omnibus nicht betreten lassen, sie haben neben ihr getuschelt, gespottet, gelacht, sie wußten ja nicht, daß sie Deutsche war ... Sie hat erzählt: ›Drei Monate lang bin ich in türkischer Kleidung spazierengegangen und in diesen drei Monaten wäre ich aus seelischem Druck beinahe geplatzt ...‹« (1985:52)[6]

Man zieht die Blicke auf sich und fällt auf. Angesichts dieser plötzlichen Sichtbarkeit sind eine Reihe von Reaktionen möglich. Bezeichnend war etwa Alimes Verhalten. In der ersten Phase ihres Aufenthaltes, in der sie sich in Österreich sehr unsicher fühlte, legte sie ihr Kopftuch ab; als dann Süleyman nach Österreich nachkam, zog sie zu Hause das Kopftuch wieder an, blieb aber, gegen ihre Überzeugung, dabei, es in der Fabrik abzulegen. 1985 war sie sich ihrer selbst sicherer geworden und trug es nun auch in der Öffentlichkeit. Nun konnte sie auch in Gegenwart ihres Mannes davon sprechen:

»Damals war er (Süleyman) nicht da. Da habe ich mein Haar offengetragen. Dann, als er kam ... meine Seele, jeder trug sein Haar offen, nur ich hatte ein Kopftuch an. Deshalb habe ich es abgelegt. Als er (Süleyman) dann kam [habe ich es so gemacht:] als ich die Fabrik betrat, habe ich es abgenommen. Als ich die Fabrik dann wieder verließ, habe ich es wieder aufgesetzt. Er wußte nichts davon« (1985:61/62)[7].

Noch etwas zugespitzter stellte sich das Problem der Blicke für Yaşar und seine fundamentalistischen Freunde dar – und zwar deshalb, weil sie mehr auffallen. Bezeichnend war die Klage eines seiner Freunde über die Blicke der Deutschen, wenn er an einem öffentlichen Platz – etwa dem Waschraum an einer Autobahnraststätte – die für das rituelle Gebet (*namaz*) unerläßlichen Waschungen vollzog. Während dieser sich offenbar in dieser Situation immer selbst zwingen mußte, seine religiösen Verpflichtungen zu erfüllen, hatte der gleiche Akt für Yaşar andere Konnotationen. Für ihn hat das Gebet einen eher demonstrativen Charakter – und zwar gerade wegen der ihn beobachtenden Deutschen: In einer gewissen Verkennung der Realität erhofft er sich davon, daß diese dann kommen, ihn sehen und sich fragen: »Was ist das für ein Glauben, der so überzeugend praktiziert wird?« Unter Umständen würden sie sich erkundigen und konvertieren.

In diesen Äußerungen wird ein Spektrum von Selbstzurücknahme bis Selbstbehauptung, ja Selbstinszenierung deutlich[8]. Eine Äußerung von Asiz zeigt noch eine weitere Möglichkeit. Bei einem Gespräch, das ich mit ihm während seines Urlaubs im Dorf führte, deutete er auf einige Frauen und fragte mich, was ich von der dorfüblichen Tracht halten würde. Als ich wahrheitsgemäß sagte, daß ich sie sehr schön fände, meinte er: »Mach' keinen Quatsch. Wenn ich davon ein Bild in Deutschland zeige, lachen sie sich tot.« Hier wird mit dem (imaginierten oder tatsächlichen) Blick der anderen auf die eigene Kultur geblickt. Dabei wird das Gefühl von Lächerlichkeit – und korrespondierend von Scham – artikuliert.

Nun sieht man nicht nur Blicke auf sich gerichtet – und reagiert, je nach Person, unterschiedlich auf sie – sondern man registriert, gerade in der Fremde, besonders sensibel, wie andere Mitglieder der gleichen Kultur darauf reagieren. Dies liegt daran, daß man durch diese Blicke einer Klasse – der Klasse der Türken – zugeordnet wird[9], was bedeutet, daß man sich von den Verhaltensweisen der anderen unmittelbar betroffen sieht.

Eine Passage aus Aras Örens Roman: »Die verspätete Abrechnung« wirft ein Licht auf diesen Prozeß. Der Held beobachtet eine ländlich gekleidete Familie im Treppenaufgang eines Berliner Mietshauses:

»Früher hätte ich mich über sie aufgeregt; Hornochsen, die nichts von der Zivilisation gesehen haben, nannte ich sie bei mir. Ich sah sie auf der Straße und regte mich auf, ich sah sie im Bus und regte mich auf ... Da ich nicht so sein wollte wie sie, regte ich mich schon auf, wenn mich nur jemand Türke nannte ... Ich wollte immer anders sein, achtete ihretwegen sogar noch mehr auf korrektes Benehmen und wurde noch pedantischer, als ich ohnehin schon war. Manches Mal dachte ich daran, mich für ihr Benehmen zu entschuldigen, um unseren Ruf zu retten« (Ören 1988:181–183).

Die Bildung der Klasse »Türken« durch die Deutschen führt zu einer geschärften Wahrnehmung der Unterschiede untereinander. Die zunehmende Zahl von Personen mit bäuerlichem Habitus in türkischen Städten irritiert auch dort die alteingesessene urbane Population; sie wird aber nie als Peinlichkeit empfunden oder wächst sich gar zu einem Identitätsproblem aus. Es sind »die anderen«, die in die Stadt kommen. In Deutschland dagegen, stellen nicht selten die eigenen Landsleute ein größeres Ärgernis dar als die Deutschen – gerade weil eine Distanzierung unmöglich ist.

Man beachte die Struktur der folgenden Äußerung von Yaşar Fuad über Memed Akkaya:

»Ich würde eine Deutsche nicht heiraten, wenn ich nur vorhätte, sie zu verlassen ... Ich würde nur heiraten, wenn ich vorhätte, eine Familie zu gründen ... Ich möchte dir jetzt etwas sagen: Es gibt hier Türken, die heiraten Deutsche. Und die deutsche Frau sagt zu Recht: ›Ist das der Islam? Ich‹, sagt sie, ›lebe besser als du.‹ Und es gibt Streit und sie können sich nicht verstehen. Aber ein Muslim müßte eigentlich ein Mensch sein, der für seine Frau und seine Kinder ein Vorbild ist ... So trinken die Christen Alkohol. Es gibt nun auch Türken, die Alkohol trinken. Christen spielen Glücksspiele. [Manche] Türken spielen nun auch Glücksspiele. Also, was kann eine Frau nun von so einem Türken lernen? Wenn er so ist, hätte sie keinen Muslim zu heiraten brauchen« (1985:71).

Wahrscheinlich hätte sich Yaşar auch in der Türkei ablehnend über Memeds Ehe geäußert. Dennoch ist die Schärfe des Urteils über Memed wesentlich durch die Opposition Türkei-Deutschland bestimmt. Yaşar, der es für wichtig hält, den Islam gerade gegenüber und für die Deutschen zur Geltung zu bringen und darzustellen, fühlt sich offenbar durch ein Verhalten, wie das von Memed, geradezu in den Rücken gefallen.

Dies geht nicht selten so weit, daß man den jeweils anderen für die erlebte Diskriminierung verantwortlich macht. Yaşar etwa führte die negative Haltung der meisten Deutschen auf die Tatsache zurück, daß sich die Türken nicht wie wahre Muslime verhielten:

»Heute haben die türkischen Arbeiter, die nach Deutschland gekommen sind, den Befehl Gottes vergessen und wollen die gleichen Sachen machen wie die Christen. In dieser Hinsicht bewahren sie ihren Islam nicht. Die Deutschen hielten die Türken, bevor die türkischen Arbeiter nach Deutschland kamen, für Muslime, für aufrechte Menschen. Jetzt jedoch haben die Deutschen herausgefunden, wie die Türken sind. Aber sie haben [eben] keinen wirklichen Muslim gefunden, gesehen und gesprochen« (1978:253).

Eine gewisse Gegenposition wurde von Nurtem Köksal, der zeitweiligen Lebensgefährtin von Memed, bezogen. Sie führte die Diskriminierung auf die Unfähigkeit zur Anpassung zurück:

»Die Türken hier sind komisch. Ich habe das meinem Vater gesagt, aber mein Vater glaubt es nicht. ›Warum machst du die Türken in Deutschland schlecht‹, fragt er. ›Vater‹, sage ich, ›ich mache sie nicht schlecht, es ist mein Volk, wenn jemand etwas schlechtes sagt, lasse ich es nicht zu.‹ Aber dann wiederum: Sie bringen hier fünf Kinder zur Welt – gut, das mag in Ordnung sein, das mag normal sein, Gott hat sie gegeben. Sie wollen es so, gut. Auf der Straße drücken sie jedem der Kinder ein Stück Brot in die Hand. So einem Kind nach dem anderen. Nacheinander. Man muß doch ... auch auf Deutschland schauen. Man muß sich an dieses Land anpassen ... Aber leider sind unsere Leute nicht so geschaffen ... Es gibt keine Möglichkeit, Türken zu verändern ... Man muß sich doch anpassen, wenn auch nur ein wenig an dieses Land« (1985:15/16)[10].

Die Notwendigkeit, sich in einer anderen Kultur zu bewegen, schärft das Bewußtsein für die eigene Kultur. Einmal, weil eine Verschränkung der Blicke stattfindet – man nimmt das Fremde mit den eigenen Augen wahr und das eigene mit fremden Augen; zum anderen aber auch, weil man vor den Augen der anderen Kultur die Blicke aufeinander richtet – und damit die Differenzen und Unterschiedlichkeiten in der eigenen Kultur mit geschärftem Blick wahrnimmt. Die je besonderen Stellungnahmen und Weiterentwicklungen der eigenen Kultur treten somit deutlicher hervor.

Die drei Weltbilder

Das zentrische und geschlossene Weltbild der Bauern zerspellt in Deutschland. An die Stelle der Opposition der eigenen und der fremden Kultur tritt eine Verschränkung der Perspektiven und unter dem Blick der anderen zerfällt die Illusion der Geschlossenheit. Man wird sich in der Migrationssituation sehr deutlich bewußt, daß es in der eigenen Gruppe unterschiedliche Haltungen zu Gesellschaft, Kultur und Religion gibt. Die klaren und einfachen Sortierungen sind nicht mehr möglich.

Damit werden neue Synthesen notwendig. Was nun einsetzt, ist der für die Moderne bezeichnende Prozeß der aktiven Konstruktion von individuellen Weltentwürfen, der Prozeß, in dem der einzelne »sein« Weltbild entwickelt. Dies heißt nicht, daß diese Prozesse individuiert ablaufen – Weltentwürfe werden in der Regel kollektiv entwickelt –, sondern vielmehr, daß man sich die Gruppe und das Weltbild »sucht«, die der eigenen Erfahrung am ehesten entsprechen. Hier nun bekommt die individuelle Migration der Subaylı ihre eigentliche Bedeutung. Sie führte nicht zu Vereinzelung, sondern dazu, daß sich jeder der Migranten eine Gruppe von Gleichgesinnten suchte: Eine Gruppe, die ihr rasion d'être nicht mehr in Herkunft oder Verwandtschaft, sondern in Überzeugung und Weltbild hat[11].

Nun zeigt es sich, daß bei aller Komplexität und Vielfalt dieser Stellungnahmen im einzelnen, bei aller Pluralität und Vielzahl der Gesinnungsgruppen, die Definitionen von Wirklichkeit ausarbeiten, es doch Vereinbarkeiten und Unvereinbarkeiten gibt – und zwar vor allem in zeitlogischer Hinsicht. Diese führen dazu, daß sich drei in sich konsistente Weltbilder herauskristallisieren. Je nachdem, ob Kultur, Gesellschaft oder Religion zum Ausgangspunkt des Denkens genommen werden, entstehen Gedankengebäude mit spezifischer Architektur. Dabei scheint es mir gerade der kollektive Charakter der Entwicklung der Weltbilder zu sein, der zur Herausbildung innerer Konsistenzen beiträgt: Sie müssen sich diskursiv ausweisen[12].

Das fortschrittsbewußt-universalistische Weltbild

Memed Akkaya und Asiz Subayoğlu konstruieren das Verhältnis von Religion, Kultur und Gesellschaft von der Perspektive der Gesellschaft aus. Man könnte ihr Weltbild als »fortschrittsbewußt-universalistisch« charakterisieren. Ausgangspunkt ist die Idee der sozialen Entwicklung, die als Fortschritt in Richtung einer auf säkularer Vernunft basierenden Gesellschaft gesehen wird. Entscheidend für das Selbstverständnis dieser Position sind Begriffe wie »modern« (*modern*) und zeitgemäß (*çağdaş*).

Dies impliziert zunächst eine kritische Haltung gegenüber der real existierenden Gesellschaft. Dies war besonders bei dem jungen Memed deutlich, der sich für die Kooperative engagierte und aktiv gegen Korruption kämpfte. Auch wenn dieses politische Engagement im Lauf der Jahre eingeschlafen ist, so ist es doch noch etwa in dem Traum vom Schreibbüro oder in seiner politischen Orientierung an der Sozialdemokratie wiederzuerkennen.

Von diesem Standpunkt aus läßt sich eine spezifische Haltung zur Alltagskultur gewinnen – und zwar sowohl in Hinsicht auf die materielle Kultur als auch auf die Normen und Werte. Die Alltagskultur wird daraufhin befragt, ob sie noch »zeitgemäß« ist: Elemente, die nicht mehr in die Zeit passen, die antiquiert sind, werden aufgegeben oder mit neuen Bedeutungen ausgestattet. Fast programmatisch meinte Memed dazu:

»Also, ich war noch nie für etwas zu haben, was alt und überholt ist. Auch jetzt nicht. Also ich möchte alles von neuem schaffen, modernisieren. *Es muß in die Gesellschaft passen*« (1985:8).

Dieses Zitat bezog sich auf Möbel und Einrichtungsgegenstände. Der gleiche Geist – bezogen nun auf die Norm der Achtung – spricht aus der Tatsache, daß er begann, in Gegenwart des Vaters zu rauchen. Er rechtfertigte dies folgendermaßen:

»Das [mit dem Verbot des Rauchens] ist eh nur Brauch, von altersher überliefert, das verschwindet allmählich. Die Leute müssen das Rauchen als ganz normal auffassen. Ich habe mich daran gewöhnt. Werde ich also rauchen? Eine Zigarette annehmen? Ich nehme sie an. Er (der Vater) muß die Erlaubnis dazu erteilen. Wie auch immer, das muß er machen. Aber so ist das bei diesen Männern aus dem letzten Jahrhundert, alle haben sie rückständige Ideen. Wir haben jetzt das zwanzigste Jahrhundert, wir kommen ins 21. Das kann man nicht leugnen. So geht es nicht weiter. Heutzutage sagt ein fünfzehnjähriges Kind: ›Genug!‹ Die Familie akzeptiert das oder auch nicht« (1977:403).

Bezeichnend ist in diesem Zitat die Verwendung des Begriffs »Brauch«: Während der Verweis auf »Brauch und Sitte« (*örf ve adet*) im Dorf legitimierend war, wird hier der Begriff »Brauch« mit Irrationalität und Überholtsein gleichgesetzt. Es hat keinen Sinn, seine Bedürfnisse auf Grund eines bloßen Brauches einzuschränken. Zeitlichkeit wird hier zum Maßstab, was sich auch in der Charakterisierung der Bauern als »rückständig« ausdrückt; umgekehrt wird »Fortschritt« und Innovation prinzipiell positiv gewertet.

Es ist nur folgerichtig, daß Memed Akkaya und Asiz Subayoğlu relativ selten auf ihre türkische Herkunft verweisen, wenn sie Positionen begründen. Memed bezieht sich nur einmal darauf, wenn er sagt: »Denn ich bin Türke, deshalb wollte ich niemals mein Kind, das ein Teil meines Blutes, meines Ansehens ist, hier lassen und gehen ... « (1985:13)[13]. Auch Asiz argumentiert kaum damit; statt dessen leitet er einen für ihn ganz zentralen Gedankengang mit den Worten ein: »Obwohl ich Türke bin, macht es mir nichts aus, ob mein Sohn im Alter nach mir schaut oder nicht.«

Eine weitere Konsequenz aus dieser fortschrittsorientierten Haltung ist die Tendenz, den kulturellen Unterschied von Türkei und Deutschland abzuschwächen. Die zentrale Differenz zwischen beiden Ländern liegt für Asiz und Memed in dem Ausmaß der gesellschaftlichen Entwicklung; kulturelle Verschiedenheiten werden wahrgenommen, sind aber zweitrangig. Zum großen Teil werden sie sich auflösen, wenn sich die Türkei weiterentwickelt. Für beide ist es wichtiger, in einem ökonomisch fortgeschrittenen Land zu leben als im Land der eigenen Kultur. So sagt etwa Memed:

»Aber für jemand, der wach ist, *gibt es keinen Unterschied zwischen der Türkei und hier*. Es ist sogar einfacher hier. Denn hier kannst du dich entsprechend der Gesetze bewegen, kannst darauf setzen, daß sie angewandt werden. In der Türkei kommt es oft vor, daß die Gesetze nicht anerkannt werden« (1985:22).

Dem entspricht, daß sich beide hier stärker etabliert haben als die anderen Migranten aus Subay. Sie leben in Neubauten und zahlen vergleichsweise hohe Mieten – während Yaşar, Fatma und besonders Süleyman in Altbauten mit sehr geringer Miete wohnen. Beide haben sich auch mit neuen Möbeln eingerichtet – während die anderen sich mit Möbeln aus zweiter Hand zufriedengaben.

Wer eine derartige Haltung vertritt, für den ist Anpassung relativ unproblematisch. Gerade weil Kultur zweitrangig ist, bedeutet es keine Selbstaufgabe, wenn man sich in Fragen der Kleidung beispielsweise an der anderen Gesellschaft orientiert. Die oben von Memed vertretene Position, ein Verhalten müsse in die Gesellschaft passen, wurde von ihm im gleichen Atemzug auch auf Deutschland bezogen. Er fuhr fort:

»Dazu muß ich mich auch an die Gegend anpassen. Ich muß mich entsprechend der Umgebung verhalten ... Mein Leben, meine Situation ist verschieden, je nachdem, ob ich in Deutschland lebe oder in Anatolien ... Also es gibt kulturelle Unterschiede, dennoch: man kann sich anpassen« (1985:8).

Dies heißt indes nicht, daß einer von ihnen die eigene Kultur zugunsten der deutschen aufgegeben hätte: Beide entwickeln ihre Positionen sowohl in der Differenz zur deutschen wie auch zur dörflichen türkischen Kultur – und keineswegs erscheint ihnen die deutsche Kultur als ein erstrebenswertes Ideal[14]. So entwickelt etwa Asiz seine Haltung zu Respekt in deutlicher Differenz zu der deutschen Mehrheitskultur, indem er seine Äußerungen mit dem kritisch gemeinten Satz einleitet: »Also Gleichheit hat man sich in den Kopf gesetzt.«

Die Haltung gegenüber dem Islam ist bei beiden durch wachsende Distanz geprägt. Für beide scheint mir die Haltung bezeichnend, die Asiz mit folgenden Worten charakterisiert:

»Wenn ich sage, ich kann nicht beten, dann meine ich das folgendermaßen: Ich habe keine Zeit, und selbst wenn ich Zeit habe, bin ich müde, und wenn ich nicht müde bin, ist irgend etwas anderes los. Also im Grund handelt es sich darum, daß ich es nicht als notwendig erachte. Im Grunde müßte ich es machen, als Muslim müßte ich es machen. Aber ich bin eben etwas abgekühlt. Und dann ist es auch die Faulheit ... Also nichts anderes. Im Grunde müße ich es machen« (Asiz 1985:39).

Bei beiden führte das Verlassen der dörflichen Gemeinde zu einem Verfall der Plausibilität der religiösen Praxis. Wir haben oben darauf hingewiesen, daß die kommunale Religion ihren Sinn mit der Migration in die Stadt verliert. Wenn es dann nicht, wie etwa bei Yaşar, zur Entwicklung einer urbanen, rationalen und individuellen Religiosität kommt, bleibt nur das bläßliche Gefühl, daß Religion schon ihre Richtigkeit besitzt – ein Gefühl, das übrigens im höheren Alter durchaus zu einer religiösen Neubesinnung führen kann.

Neben der Indifferenz ist bei beiden das Gefühl unverkennbar, daß eine strenge islamische Praxis die Individuen in einen Gegensatz zur weiteren Gesellschaft stellt und deshalb nicht selten gewalttätig ist:

»Aber wenn der Islam es nun so und so befiehlt? Der Islam. Ja, er ist wahr, unser Islam. Aber schau her: Vorhin waren hier Frauen, sie trugen ihr Haar offen. Auch bei meiner Frau sieht man sie (die Haare), man sieht sie ein bißchen. Der Islam möchte nun, daß sie völlig bedeckt sind. Und was nicht alles. *Aber das können wir heutzutage nicht erfüllen.* Also, wenn der überholte (*geri*) Islam[15] das heute erfüllen will ... also das geht nicht, das ist unmöglich ... es ist wiederum nicht unmöglich, es geht halt nicht« (1985:29).

Auch hier wird wieder (der Verweis auf »heutzutage« zeigt es) der Maßstab des Zeitgemäßen angelegt. Islamische Forderungen und Gesellschaft kollidieren – daraus wird aber bemerkenswerterweise nicht der Schluß gezogen, daß die Schuld an der Gesellschaft liegt.

Ebenso wie Memed und Asiz den Unterschied zwischen der türkischen und deutschen Kultur abschwächen, nehmen sie auch den von Christen und Muslimen zurück.

»Es gibt einen Glaubensunterschied [zwischen Christen und Muslimen], gut. Aber du mußt auch einen Unterschied machen zwischen einem Muslim im Dorf und dem Muslim in der Stadt, dem Millionär. ... Wegen ihrer Existenz, des Einkommens, des Gehalts! ... Heutzutage haben Unruhen in Anatolien begonnen. Warum? Eben darum: Wir beide sind zwar Muslime, du aber bist ein reicher Muslim und ich ein armer« (1977:353).

Der Klassenunterschied ist für Memed eindeutig wichtiger als der Religionsunterschied. Deshalb erscheint es Memed auch absurd, im Namen der Religion Krieg zu führen. In bezug auf Ghaddafi sagte er:

»Arabien ernährt die Anarchisten. Arabien ist ein islamisches Land. Warum verwirklichen sie nicht das, was im Koran geschrieben ist? Sind da an allem nur die Christen schuld? Oder haben der allmächtige Gott des Islam und der Prophet Muhammad gesagt: ›Ernähre die Anarchisten‹? ... Vom allmächtigen Gott kam so etwas nicht« (1977:363).

Eine Kritik der Religion ist nun allerdings schwieriger zu leisten als eine Kritik der Kultur – außer natürlich, wenn man den Standpunkt eines Agnostikers wählt. Wenn man aber prinzipiell am Islam festhalten will, kann dies nur so geschehen, daß man die Interpretation, die Überlieferung angreift. Die Botschaft an und für sich ist richtig – sie wurde nur von denjenigen, die sie vertreten, verzerrt. Die Konsequenz, die Memed daraus zieht, ist die Forderung nach einem eigenen Zugang zur Schrift. In einem imaginierten Dialog mit einem islamischen *hoca* sagte er:

»Deine Meinung hast du von deinem Lehrer ... Nun, ich glaube dir nicht, ich glaube dir nicht – in deiner Hand hast du die arabische Schrift, ich in meiner Hand die türkische. Dein Buch ist das gleiche wie das meine. Du hast arabisch gelernt und verstehst auf diese Weise das Volk zu verführen. Ich lese Türkisch, ich kann nicht arabisch« (1977:363).

Hier wird also ein bewußt individueller und rationaler Zugang zur Religion gefordert – ein Zugang, der ein Bemühen um den Text erfordert[16]. Ähnliche Äußerungen finden sich bei Asiz. Für ihn stellt sich diese Frage vor allem im Zusammenhang mit der Glaubenserziehung seiner Kinder:

»Ich kann [mein Kind] nicht in den Glaubensunterricht schicken, weil er einseitig und tendenziös ist. Wenn ich im Urlaub in die Türkei fahre, werde ich unabhängige religiöse Bücher kaufen, sie sollen kosten was sie wollen. Ich kann dann selbst Glaubensunterricht geben, ich ziehe das Buch zu Rate oder lese es zusammen mit meinem Kind. Der wichtigste Punkt ist natürlich: Welche Ansichten vertritt derjenige, der das Buch geschrieben hat? War er einseitig?« (1985:16)

Das Selbstbewußtsein des Gläubigen in der Moderne spricht aus diesen Zeilen. Asiz und Memed stellen ihre Überlegungen nicht durch den Islam in Frage, sondern umgekehrt: Sie zweifeln am Islam, wo er ihren Überlegungen und Einsichten widerspricht. Sie suchen sich die Lehrer, die der Meinung Ausdruck verleihen, die sie sich selbst gebildet haben. Von diesen Lehrern wird im übrigen verlangt, daß sie sich rational ausweisen – und das heißt: am Text überprüfbar. Freilich sind hier Brüche unvermeidlich – und zwar deshalb, weil diese Position fast notwendigerweise mit der islamischen Grundüberzeugung einer offenbarten und damit absoluten Gesellschaftsordnung kollidiert. Es zeichnet Asiz' intellektuelle Redlichkeit aus, daß er diese Brüche benennt. In bezug auf Frauenarbeit sagte er:

»Es ist einfach notwendig, daß die Frauen arbeiten ... Es geht auch nicht, daß die Frauen nur an Orten arbeiten, die geeignet für sie sind ... Der Verdienst des Mannes allein reicht nicht ... *Also unsere Zeit erlaubt das nicht.* Aber dann tritt natürlich folgendes Problem auf: Wenn man sagt, daß unsere Zeit das nicht erlaubt, bedeutet das dann, daß der Islam keine Gültigkeit mehr besitzt? Daß die Gebote des Islam aufgehoben wären? Nein, das heißt es nicht. Sie können nicht aufgehoben werden ... Unser Buch hat dieses und jenes befohlen ... Aber dann verhält sich unsere Regierung, unser Staat nicht danach, daher kommen unsere Probleme« (1985:30).

Mit dem Zeitaspekt ist der zentrale und unauflösliche Widerspruch benannt. Der Ausweg, der am Schluß angedeutet wird (in einer falschen Gesellschaft ist es nicht möglich, richtig zu leben), wird nicht selten eingeschlagen. Asiz ist indes zu klug, um nicht zu bemerken, daß diese Argumentation eine Ausflucht darstellt:

»Es ginge im Grunde, [daß man nach den Regeln des Islam lebt], man kann nicht sagen, daß es nicht geht. Aber wenn ich mich heute gemäß den Grundsätzen des Islam verhalten würde, käme ich nicht aus. Ich könnte nicht in diesem Haus wohnen, ich könnte keinen Pfennig sparen. Wenn ich dann als Ausländer, sagen wir in vier Jahren, nach Hause zurückkehre und hier aber keinen Pfennig hätte sparen können: Ach, wie würde es mir gehen« (1985:29).

Asiz hat sich also, angesichts des Widerspruchs in seiner Alltagspraxis, bereits zugunsten der gesellschaftlichen Bedingungen entschieden. Er räumt zwar ein, daß er nach den Prinzipien des Islam leben könnte – eigentlich –, aber dann müßte er grundsätzlich anders leben. Man könnte die Passage auch mit dem bereits zitierten Wort Memeds auslegen: Wenn es auch möglich wäre, nach dem Islam zu leben, so würde es doch nicht »in die Gesellschaft passen«.

Fatma und Yaşar setzen Religion, Kultur und Gesellschaft in ein grundsätzlich anderes Verhältnis. Sie betrachten Geschichte nicht als Prozeß der Entfaltung einer vernünftigeren sozialen Ordnung, sondern – im Gegenteil – als Verfallsprozeß.

Ausgangspunkt dieser Konstruktion ist die Überzeugung, daß Gott dem Propheten Muhammad die wahrhafte gesellschaftliche – und damit die einzig menschengerechte – Ordnung offenbart habe, »ein heiliges und universales Rechtssystem, das bis zum Weltuntergang allen Bedürfnissen der gesamten Menschheit gerecht wird« – so Cemalettin Kaplan[17], der Begründer der fundamentalistischen Bewegung, der sich Yaşar zurechnet. Diese ideale Ordnung sei zur Zeit Muhammads und der ersten vier Kalifen verwirklicht worden. In dieser Zeit habe der Islam »in der kürzesten Zeit den ganzen Mittleren Osten erobert und in drei Kontinenten geherrscht«. Alle Probleme, die sich den islamischen Staaten seither stellen, seien durch den Abfall von dieser Ordnung entstanden[18]. Diese prinzipielle Konstruktion wird von den modernen Fundamentalisten in den letzten Jahren immer unverhohlener auf die türkische Revolution bezogen, auf die Abschaffung des *şeriat* und des Kalifats. In diesem Akt wiederholt und konkretisiert sich der ursprüngliche Sündenfall. Noch mal in Kaplans Worten:

»Der Staat hat ... vor sechzig Jahren eine dem Koran entsprechende Staatsverwaltung aufgehoben; die Usurpatoren, die an die Staatsspitze gelangt waren, haben eine dem Koran entsprechende Staatsverwaltung aufgehoben und an ihre Stelle ein menschliches System und eine menschliche Ordnung gesetzt, die einem menschlichen Kopf entsprungen waren. Sie haben die Gesetze der Ungläubigen eingeführt.«

Der Versuch, eine »menschliche« Ordnung einzuführen, wird hier als Hybris gebranntmarkt. Er ist der eigentliche Grund für soziale Ungerechtigkeit und Leiden. Während Memed soziale Unruhen auf Klassendifferenzen zurückführt, führt Yaşar sie auf das Abfallen von der Religion zurück.

»Heute gibt es in allen Staaten der Welt Unruhe. Warum? Weil der Islam nicht lebt. Der Islam wird nicht praktiziert, die Befehle des Islam werden nicht gehört, deswegen sind die Staaten, die Menschen, die Reichen, die Armen alle in Unruhe. ... « (1985:45)

Auch bei Yaşar hat die Erfahrung der Dezentrierung zu einer Präzisierung und Konkretisierung der Kritik an der Türkei beigetragen. Von außen – und im Vergleich zu Deutschland – werden einige Schwächen der türkischen Gesellschaft deutlicher wahrgenommen. Eine längere Passage in dieser Hinsicht haben wir bereits zitiert. Das logische Problem, das sich für einen fundamentalistischen Muslim ergibt, wenn er die Institutionen eines christlichen Landes als vorbildlich empfindet, löst Yasar durch zwei Argumentationsstrategien. Die erste besteht in der These, Deutschland habe die Traditionen des osmanischen Reiches aufgegriffen und fortgeführt:« ... heute (haben) die Deutschen in ihrem Verhalten und bei ihren Betätigungen das übernommen, was es im Osmanischen Reich gab«, sagt er in der oben zitierten Passage. Dabei scheint vor allem die Erfahrung des Sozialstaates für die Präzisierung der Idee der islamischen Republik fruchtbar gewesen zu sein. Die zweite Argumentationsstrategie ließe sich folgendermaßen paraphrasieren: Wenn etwas schon in Deutschland, einem christlichen Land, praktiziert wird, dann müßte es erst recht in der Türkei praktiziert werden:

»In Deutschland werden für alle Kirchen Steuern eingetrieben. Bei uns in der Türkei gibt es Moscheen, aber dafür werden keine Steuern erhoben. Sie sind auf die Unterstützung durch die Bevölkerung angewiesen« (1985:24).

Und an anderer Stelle:

»Auch mit dem Glauben ... Hier nimmt beispielsweise ein Mensch seine Kinder bei der Hand und bringt sie zur Kirche. Auch wenn es sich nicht um den richtigen Glauben handelt, so hat er ihn doch nach dem besten Gewissen gewählt ...« (1985:24).

Eine gewisse Variante dieses Arguments lautet: »Wenn dies und jenes schon in Deutschland erlaubt ist, dann müßte es doch erst recht in der Türkei erlaubt sein«:

»Hier können wir uns beispielsweise verschleiern und einen Bart tragen. Wir können in jeder Hinsicht frei leben. In Deutschland gibt es kein Kleidungsgesetz, in der Türkei dagegen schon ... Also, was das betrifft, kann man in Deutschland besser leben« (1985:55).

Wichtig für die Möglichkeit der Rezeption deutscher Institutionen ist schließlich, daß die Idee der Verfallsgeschichte nur in sozialer Hinsicht gilt; was das technisch-naturwissenschaftliche Wissen angeht, so tendieren die fundamentalistischen Denker zu einer Auffasung, die man als »Idee der Entfaltung« beschreiben könnte: Es herrscht die Überzeugung, daß der Koran als gottgegebene Offenbarung alles Wissen über die Welt enthalte – wenn auch in verschlüsselter Form – und es deswegen, strenggenommen, auch keinen Fortschritt in wissenschaftlichen Fragen geben könne. Dies ist keine wissenschaftsfeindliche Position: Wissenschaft sei weiterhin notwendig, weil der Koran nicht vollständig entschlüsselt worden sei. Wissenschaftliche Erkenntnis hat damit den Status einer Interpretation dessen, was zwar bereits im Koran enthalten ist, bisher aber nicht richtig erkannt beziehungsweise verstanden worden ist.

Die fundamentalistische Konzeption der Geschichte als Verfallsgeschichte bestimmt auch die Haltung gegenüber der Kultur. Genausowenig wie Gesellschaft wird Kultur als Bereich mit eigenem Wert gesehen. Von den Normen und Werten läßt Yaşar nur das bestehen, was islamisch gerechtfertigt werden kann. Auch dies impliziert eine kritische Stellungnahme. Während indes die Haltung der »Progressiven« sich als Interpretation, Weiterentwicklung, Sichtung beschreiben ließe, wäre das fundamentalistische Verhältnis zur Kultur eher als »purgatorisch« zu bezeichnen. In immer erneuten Anläufen wird das kulturelle Erbe »geläutert«, von nicht-islamischen Hinzufügungen befreit.

Ein sehr schönes Beispiel dieses purgatorischen Impetus ist eine Stellungnahme der Zeitung *Tebliğ* – dem auch von Yaşar gelesenen Zentralorgan der Bewegung – zu einer Sendung im türkischen Programm zu Hıdrellez, einem (am 5. Mai, vor allem bei Aleviten) begangenen Frühlingsfest. In einer heftigen Polemik wurde angegriffen, daß ein Ritual dargestellt wurde, das von asiatischen Turkvölkern übernommen und islamisch verbrämt worden sei. Es gäbe keine Rechtfertigung für diesen Brauch (*Tebliğ* Nr. 20 vom 1.6.86:13).

Dennoch gibt es bei aller Differenz zu Memed und Asiz eine bemerkenswerte Gemeinsamkeit – eine Gemeinsamkeit, die wir oben bei der Darstellung der Biographien schon erwähnt haben. Es ist der gleiche Geist des Suchens, der individuellen Vergewisserung und der rationalen kritischen Aneignung von Tradition, die auch Yaşar und Fatma auszeichnet. Wie Memed und Asiz auch, suchen sich beide aktiv die Prediger aus, in deren Äußerungen sie sich am ehesten wiedererkennen.

Das kulturalistische Weltbild

Die dritte, und in unserer Gruppe von Süleyman vertretene, Position denkt das Verhältnis von Gesellschaft, Religion und Kultur von der Kultur aus. Die Quintessenz dieser Haltung wurde von Süleyman formuliert, nachdem er von einem Kulturschock erzählt hatte: In Traun hatte er das Schlachten eines Schweines miterlebt. Da er nur das Schächten kannte, empfand er die Art des Schlachtens in Österreich als besonders brutal:

»Er haute dem Schwein mit dem Beil auf den Kopf und haute noch einmal drauf. Das Tier fiel auf den Boden. Es schrie – aber wie es schrie. Als das Tier so schrie, bin ich vom Platz weggegangen, so stark hat es geschrien. Zu der Zeit kam auch schon aus seinem Mund Blut. Ich habe meine Ohren zugestopft, ich habe mich zur Wand gedreht. Ich habe zur Tür geschaut. Aber die war verschlossen, damit das Schwein nicht nach draußen rennt – so konnte ich also nicht raus. Ich blieb dort. Nocheinmal haben sie uns nicht mitgenommen« (Süleyman 1978:117).

Dieses Erlebnis führte Süleyman zu folgender Bewertung:

»Ich meine also: Sie sind grundverschieden – die Sitten und Bräuche. Aber so: ›Warum machst du das?‹ zu sagen und: ›In Zukunft wirst du das so und so machen!‹ –, das ist etwas falsch. Sicher hast du es so gelernt, vom Vater und Großvater. So wurde es gemacht. Deshalb machst du es so« (1978:119).

Hier wird eine kulturrelativistische Perspektive eingenommen. Obwohl ihm das Erlebnis offenbar unter die Haut geht, hält sich Süleyman mit einer Bewertung zurück. Er hat zwar seine Meinung dazu, denkt aber auch, daß diese nicht besonders maßgeblich ist. Die besondere Art und Weise, ein Tier zu schlachten, ist Teil einer anderen Kultur – und wird damit schon seine Richtigkeit haben. Damit verzichtet er auf eine »progressiv rationale« Argumentation (die etwa darauf hinauslaufen könnte, daß das Tier bei der einen oder anderen Methode weniger leiden würde, woraus zu folgern wäre, daß eine der beiden besser wäre). Er verzichtete aber auch auf eine islamische Argumentation (die darauf hinauslaufen könnte, daß der Fall, wieder einmal, die Überlegenheit der islamischen Überlieferung zeige).

Damit ist bereits die grundlegende Zeitlogik dieses Denkens angedeutet. Die wesentliche Kategorie – nämlich die Kultur – ist nach Süleymans Auffassung durch Dauer ausgezeichnet. Man hat die kulturellen Praktiken, wie er oben sagt, von Vater und Großvater gelernt. An einer anderen Stelle des Interviews versucht er – tastend und vorsichtig, wie es bei der Explikation eines noch nicht artikulierten Gedankens angemessen ist – seine Auffassung von kultureller Dauer und gesellschaftlicher Veränderung zu fassen. Die Frage, um die es ging, war wieder einmal die des Rauchens in Gegenwart des Vaters. Ich hatte ihm von den oben wiedergegebenen Äußerungen Memeds zu dieser Frage erzählt und er kommentierte:

»Du meinst [es gäbe Leute, die sagen:] ›Das ist ein alter und überholter Brauch‹? ... Ich denke nicht so: Man kann nicht sagen, daß Bräuche und Sitten [jemals] überholt wären, Bräuche und Sitten sind niemals überholt. Sie ändern sich nicht; allenfalls die Leute ändern sich ... Es gibt freilich Personen, die die Welt verändern. Sie gehen hin, bauen eine Fabrik, stellen Maschinen hinein, verändern die Gegend. Dann verändern sie sich, dann verändert sich die Natur ... Aber die Welt an sich ändert sich nicht, Brauch und Sitte werden nicht überholt. Nur die Personen ändern sich ... Ich persönlich rauche nicht und habe auch nie in Gegenwart meines Vaters geraucht. Niemals ... Ich rate auch niemandem dazu. Man muß in Gegenwart von Vater und Mutter sich verhalten, wie es die Achtung erfordert. Jederzeit« (1985:58).

Ihm scheint hier vorzuschweben, daß in den verschiedenen Kulturen zwar gesellschaftliche Veränderungsprozesse stattfinden (also beispielsweise Fabriken gebaut werden), daß diese aber nichts am Kern der Kulturen verändern. Es handelt sich dabei um äußerliche Veränderungsprozesse, die das Wesen der Kultur nicht tangieren. Bemerkenswerterweise setzt er »Welt« *(dünya)* mit »Brauch und Sitte« gleich. Wenn auch einzelne von Brauch und Sitte abfallen mögen, so besagt das doch nichts über die Gültigkeit dieser Sitten. Diese Haltung ist wertkonservativ . Süleyman versucht, die Werte zu bewahren – während Asiz und Memed sie an die Gesellschaft anpassen und Yaşar und Fatma sie von nicht-islamischen Entstellungen reinigen wollen.

Dies zeigt sich auch an einem anderen Punkt: Ebenso wie er den Mitgliedern der anderen Kulturen zugesteht, eigene Bräuche und Sitten zu haben, beansprucht er dies auch für die eigene türkische

Kultur. Während Asiz und Memed verlangen, daß man sich (in Grenzen) anpassen müsse (wohlgemerkt: nicht an die Kultur, sondern an das urbane Leben!), betont Süleyman sehr bewußt, daß man sich behaupten müsse. Fast trotzig wirkt er, wenn er eine Rollenverkehrung spielt:

»Du kannst das auch versuchen, du kannst ja türkisch. Sprich doch einmal nur Türkisch und kein Deutsch – und dann beobachte sie: Wie sie sich verhalten, was sie dir ins Gesicht sagen. Manchmal spreche ich nur Türkisch in der Fabrik oder beim Einkauf. Ich sage auf türkisch: ›Wieviel kostet das?‹ Er schaut in mein Gesicht ... Er sagt: ›Ich kann kein Türkisch‹, und zuckt mit den Schultern. Ich sage auf türkisch: ›Lern es doch, wenn du es nicht kannst. Warum hast du noch kein Türkisch gelernt?‹ Er kann natürlich nichts sagen, er schaut so und bleibt stehen« (1985:56).

In diesem Kontext wird auch seine Wut verständlich, wenn er erleben muß, daß seine Bereitschaft zur Respektierung der anderen Kultur nicht auf Gegenseitigkeit stößt.

»Aber es ist doch wahr. Sie sehen die Türken so sehr als Barbaren, als kulturlos, als desinteressiert, als außerhalb jeder Zivilisation stehend. Wir haben nicht das Recht, zivilisiert zu sein – ganz im Gegenteil. Ich denke vielmehr, daß derjenige, der sagt: ›Du bist kein Mensch‹, selbst kein Mensch ist. Er ist selbst ein Barbar« (1978:71).

Nicht weniger als von der Position Memeds und Asiz unterscheidet sich Süleymans Position von der der islamischen Fundamentalisten. Er faßt das Verhältnis von Kultur und Religion genau umgekehrt: Während für Yaşar Kultur ein Teil der Religion ist (und nur die kulturelle Tradition legitim ist, die sich religiös ausweisen kann), so ist für Süleyman Religion ein Teil der Kultur.

Da er von einer Gleichwertigkeit der verschiedenen Kulturen ausgeht, folgt daraus auch die prinzipielle Gleichwertigkeit der verschiedenen Religionen.

»Man muß den Glauben von jedem respektieren. Niemand sollte dem Glauben des anderen Gewalt antun, indem er sagt: ›Aber bei uns sagt man dies oder jenes.‹ Wenn einer ein Christ ist, soll man nicht zu ihm sagen: ›Auch du mußt ein Muslim sein‹ ... Allenfalls in einem normalen Gespräch, in einem ruhigen und freundlichen Gespräch kann man sagen: ›Du bist Christ, willst du nicht den Islam akzeptieren?‹ Wenn er es dann akzeptiert, ist es gut. Man kann so aus der Sorge um den anderen reden. Wenn der andere dann sagt:

›Nein‹, ... dann darf man nicht darauf beharren, dann bleibt es dabei. Also man darf niemandem das Herz brechen« (1977:48).

Es gibt also eindeutig wichtigeres als Religion – nämlich den gegenseitigen Respekt vor den jeweiligen Überlieferungen. Damit ist fast von selbst eine distanziertere Haltung zu religiösen Forderungen impliziert. Bezeichnend für Süleyman ist, daß er einerseits versucht, die islamischen Speiseregeln einzuhalten – und gleichzeitig sehr offen sagt, daß er dabei nicht allzu genau hinsieht:

»Als wir hierhergekommen sind, sind wir einige Male in die Metzgerei gegangen. Wir wollten Rindfleisch oder Kalbfleisch. Ein-, zweimal haben wir es gekauft und sind hierhergekommen. Natürlich haben wir nicht darüber nachgedacht, [ob es ordnungsmäßig geschächtet wurde oder nicht] ... Wenn man wirklich nachdenken würde, dürfte man in diesem Land überhaupt nichts mehr essen. Man müßte ja ganz genau den Mann kennen. Es ist doch immer folgendes möglich: Er hat ein Schwein. Am Morgen gibt er ihm etwas zu fressen, berührt es. Dieser Mann sammelt dann Äpfel oder er arbeitet in der Metzgerei oder im Laden ... Was sollen wir denn unter diesen Umständen machen? Es wäre notwendig, im Jahr 360 Tage zu fasten, und weil das unmöglich ist, untersuchen wir es nicht näher.«

Genau dieses Problem hält Yaşar übrigens davon ab, in normalen türkischen Geschäften Fleisch zu kaufen (und in türkischen Gaststätten zu essen): Da es von deutschen Schlachtern erworben worden sei, könne man nie sicher sein, ob es nicht auf die eine oder andere Weise in Berührung mit Schweinefleisch gekommen ist.

Ebenso indifferent ist Süleymans Haltung zu innerislamischen Auseinandersetzungen: Die Moschee, die er mehrmals frequentiert hatte, war ursprünglich in der Hand der Süleymanlı Brüderschaft gewesen; Anfang der achtziger Jahre war es zu einer Unterwanderung der Nationalisten gekommen: Um sich zu befreien, hatte der Gemeindevorstand daraufhin beschlossen, zu segmentieren und auszuziehen. Offenbar war die nationalistische Restgruppe nicht in der Lage, die alte Moschee weiterzuführen. Süleyman ließ erkennen, daß es ihm gleichgültig gewesen war, wer die Moschee geleitet hätte – er ist nur ärgerlich darüber, daß die Moschee nun am Stadtrand liegt.

Auch in Fragen der Erziehung zeigt sich der Unterschied seiner Position zu den beiden anderen sehr deutlich: Süleyman schickte seine Söhne zu dem Korankurs der Süleymanlı – ohne etwa, wie Asiz, von deren politischer Position irritiert zu sein. Gleichzeitig aber schickte er die Kinder in den österreichischen Kindergarten – ohne, wie etwa Fatma, von den sozialisatorischen Konsequenzen beunruhigt zu sein. Es versteht sich fast von selbst, daß er kein Interesse an Missionierung hat.

Die Welt als Bild

Bei allen inhaltlichen Differenzen der drei Weltbilder gibt es strukturelle Gemeinsamkeiten, die sie von dem Weltbild der Bauern unterscheiden.

Zunächst wird die Raumlogik, die das dörfliche Weltbild strukturiert, durch eine Zeitlogik ersetzt. Alle drei Weltentwürfe sind, in ihrem Kern, Geschichtsphilosophien. Dabei wird bei Memed und Asiz Geschichte unter dem Aspekt des Forschritts, bei Yaşar und Fatma unter dem Aspekt des Verfalls und bei Süleyman als Entwicklung im Rahmen einer zeitlosen kulturellen Struktur hingedeutet. Alle drei Positionen gehen damit von einer geschichtlichen Entfaltung der Gesellschaft aus. Eine Gesellschaft, die sich historisch entwickelt hat, ist auch gestaltbar. In einer geschichtlichen Perspektive ist sie immer auch das, was sie *noch nicht* ist – und damit Aufgabe und Handlungsfeld. Den drei Entwürfen lassen sich deshalb spezifische Utopien zuordnen: Die auf Vernunft basierende Gesellschaftsordnung, der Gottesstaat, das humane Miteinander von Kulturen. Kurz: Während die Bauern die eigene Gesellschaft wie einen vorgefundenen und feststehenden Rahmen betrachten, erscheint den Migranten ihr gesellschaftliches Umfeld als das, was es geworden ist und was es noch nicht ist. Dies heißt nicht, daß einfach Stagnation und Entwicklung einander gegenüberstehen – sondern daß für die Migranten, anders als für die Bauern, Geschichte *zum Problem* wurde. Tatsächlich finden in der dörflichen Gesellschaft ständig Veränderungen statt, ohne daß sie als solche registriert würden[19] – in der urbanen Gesellschaft dagegen werden sie jedoch als Tendenzen mit einer nun ganz neuen Sensibilität registriert. Sie werden als Schritt in Richtung auf die Verwirklichung der einen oder anderen Utopie interpretiert und je nach Standpunkt begrüßt oder angelehnt.

Ein zweiter entscheidender Unterschied zum Dorf liegt in der

Rationalität[20] der Weltentwürfe der Migranten. Kultur, Religion und Gesellschaft verweisen nicht mehr unmittelbar aufeinander, sondern zwischen diesen Bereichen werden – wie wir gezeigt haben – rationale Beziehungen geknüpft. Es wird damit nicht mehr von einer inneren Einheit dieser Bereiche ausgegangen, sondern von ihrer inneren Differenz, ihrer jeweiligen Eigenlogik. Türke-Sein und Muslim-Sein, zum Beispiel, sind nicht mehr die beiden Kehrseiten einer Medaille, sondern werden auf durchaus differenzierte Weise einander zugeordnet. Die rationalen Verknüpfungen sind dabei auf ihre Logik hin befragbar – sie bedürfen der argumentativen Beweisführung. Das rationale Weltbild reduziert im übrigen Komplexität nicht weniger als das bäuerliche Weltbild. Jeder Konstruktion haftet etwas gewalttätiges an. So läßt sich der islamische Einspruch gegen die moderne Gesellschaft nicht (wie Memed und Asiz es gerne hätten) darauf reduzieren, daß der Islam verzerrt gepredigt wird; ebensowenig befriedigend sind Yaşars Interpretationen, wenn er die gesellschaftliche Entwicklung in der Bundesrepublik in Einklang mit seinen islamischen Idealen bringen will.

Ein dritter, eng zusammenhängender Punkt ist der konstruktive Zug der Weltbilder. Die Migranten wählen entweder Gesellschaft oder Religion oder Kultur als Fundament und errichten darauf je spezifische Gedankengebäude. Die Entscheidung im Konkreten dürfte von der eigenen Geschichte abhängen. Die Migranten entscheiden sich für den Ausgangspunkt, der ihnen jeweils »am plausibelsten« erscheint, das heißt der am ehesten den, in ihrer Biographie begründeten, Haltungen zur Welt entspricht. Damit kommt den Weltentwürfen ein dezisionistischer Charakter zu. Es liegt letztendlich in den Zufälligkeiten der Biographie, für welche Konstruktion man sich entscheidet. Man denke etwa an Süleymans Geschichte: In seinem Fall führte die Distanz zur Gesellschaft und zu sich selbst dazu, daß er sich in einem Kulturrelativismus wiedererkannte. Im Alltagsdiskurs wird der Dezisionismus durchaus anerkannt – und zwar immer dann, wenn bestimmte Weltentwürfe mit bestimmten Charakterstrukturen assoziiert werden, wenn also etwa Asiz Subayoğlu die Fundamentalisten kurzerhand als autoritätshörige »Esel« bezeichnet; oder umgekehrt Fundamentalisten weltlich gesinnten Türken Haltlosigkeit und Charakterlosigkeit unterstellen.

Ein vierter Unterschied zum dörflichen Weltbild besteht gerade in der Pluralität der Weltbilder der Migranten. Bei ihnen kann man nur von Weltbildern sprechen, während man mit einiger Berechtigung von *dem* Weltbild der Bauern sprechen kann. Das heißt nicht , daß sich die Bauern ihre Welt alle auf die gleiche Weise zurechtlegen würden – sondern nur, daß die Differenzen zwischen ihren Auffassungen nicht hervortreten. Bei dem im Dorf gepflegten additiven Diskurs, zu dem jeder seinen Beitrag zu den Merkwürdigkeiten der Welt beisteuert, wird Gemeinsamkeit und nicht Unterschied artikuliert. Unvereinbarkeiten werden erst dann deutlich, wenn Weltbilder rational konstruiert werden – und man sich über die Differenz unterschiedlicher Ausgangspunkte bewußt wird. Die Pluralität ist den Migranten bewußt: Je nach Standpunkt klassifiziert man die Weltentwürfe als »progressiv« versus »reaktionär«, oder als »islamisch« versus »gottlos«.

Wenn man sprachlich streng verfahren würde, müßte man mit Heidegger sagen, daß erst in der Migration (und im Fall der Migration ins Ausland deutlicher als im Fall der Migration im eigenen Land) die Welt »zum Bild« wird, das man sich »vor-stellt« (1980)[21]. Es wird deutlich, daß die Welt nicht mehr so ist, wie sie ist, sondern so ist, wie sie erscheint – m.a.W. daß es die Subjekte sind, die ihre Welt entwerfen und konstruieren.

Damit beginnen die Migranten auf eine ganz grundlegende Weise, die Welt anders zu sehen als die Bauern – was zur Folge hat, daß Bauern und Migranten aneinander vorbeireden, wenn sie zusammenkommen. Nichts bringt diese Konflikte so deutlich zum Ausdruck wie die gegenseitigen Stereotypen, die Bauern und Migranten übereinander haben. Ihnen will ich mich zum Schluß zuwenden.

Die Auseinandersetzungen mit den Bauern

Das Migrantenbild der Bauern ist bestimmt von ihrem Deutschlandbild: Mit den Migranten ist das Eigene in den Kontakt mit dem, mit mythischen Qualitäten ausgestatteten, Fremden getreten. Die Folgen dieser Begegnung werden von den Bauern skeptisch eingeschätzt. Ein deutlicher Hinweis ist bereits der Begriff, mit dem die Migranten bezeichnet werden: *Alamancı* – Deutschländler. Süleyman Doğan beschrieb das Konzept mit folgenden Worten:

»Oben *Alamancı*, unten *Alamancı*. Unser Name ist nur *Alamancı* in der Türkei. Wir seien von der Türkei, von unserem Türkisch-Sein abgefallen, wir seien wie die Deutschen. So sehen sie uns. Wir seien ... von unserem Islam abgefallen ... Sie (die *Alamancı*) sind eben nach Deutschland gegangen und unter Deutschen wird man Deutscher. Sie essen mit den Deutschen, sie trinken mit den Deutschen, sie sitzen mit den Deutschen in Gasthäusern ... sie gehen mit Deutschen spazieren, treiben sich mit ihnen herum, heiraten sie, lassen sich scheiden. Sie sind Deutsche geworden« (1985:41).

Die klassischen Attribute des Deutschlandbildes, nämlich Laszivität, Reichtum und Ungläubigkeit werden also umstandlos auf die Migranten übertragen[22]. Bei diesen Vorwürfen ist genau hinzusehen: Die Bezeichnung *Alamancı* besagt gerade nicht, daß die Migranten Deutsche (*Almanlar*) geworden seien, sondern daß sie *wie* Deutsche geworden seien. Der Vorwurf ist nicht (oder seltener) der der Konversion, sondern der der Kontamination, beziehungsweise des Verdorben-Werdens[23]. »Sie verlieren unseren Glauben, ohne daß sie Euren annehmen. Sie sind *weder* Türken noch Deutsche«, charakterisierte Mustafa, der Riese, die »Deutschländler«. In diesem Sinn wurde auch die Scheidung von Memed Akkaya und seiner Frau Monika kommentiert: »Es wäre nicht passiert, wenn Monika Muslim geworden wäre oder Memed Christ.« Dieser Vorwurf der Kontamination schwingt auch in dem Vorwurf mit, Schweinefleisch zu essen, mit dem Süleyman am Anfang der Migration konfrontiert wurde, wie auch in den gegen die Frauen erhobenen Vorwürfen, Ehebruch zu begehen. Beide Vorwürfe artikulieren den Gedanken der Beschmutzung.[24]

Es gibt nun aber auch – und das entspricht gerade dem schillernden Charakter des Deutschlandbildes – ein Motiv, das eine direkte Verkehrung dieses Topos darstellt. Auch hier bedeutet der Kulturkontakt eine Kontamination; nun aber ist es das als, verzauberte Fremde repräsentierte, Deutschland, das durch die Migranten verdorben wird. Verbreitet sind in Subay Erzählungen wie die folgende:

»In einer Fabrik in Deutschland gab es Duschmarken. Wer duschen wollte, mußte sie kaufen. Die Türken in der Fabrik hatten den Trick bald herausgefunden, daß man statt der Marken, Eisstücke in den Automaten stecken konnte. Als am Monatsende der Automat geleert wurde, staunte der Abteilungsleiter, daß keiner geduscht hatte.« Mit den Worten: *Bak bu hilecilik* – »Schau dir nur diesen Betrug an«, schloß der Erzähler (Gedächtnisprotokoll).

Dies wurde, bemerkenswerter Weise, auch von einem aus dem Dorf stammenden Geschäftsmann bestätigt, der nach Deutschland gereist war. Ruşen Bey, der es in Ankara durch die Eröffnung einer Konditorei zu großem Wohlstand gebracht hatte, hatte eine Konditorei-Messe in Nürnberg besucht. Im Dorf berichtete er davon: Türken in Deutschland hätten ihm gesagt, er solle, wenn er ein Taxi nehme, darauf achten, mit einem Deutschen und nicht mit einem Türken zu fahren. Nur dann könne er sicher sein, nicht zuviel zu bezahlen. In Nürnberg, so erzählte er weiter, habe er Türken gesehen, die Schwarzhandel betrieben hätten.

Die Quintessenz dieser Geschichten formulierte Mustafa, der Riese: »Es waren sowieso nur die türkischen Arbeiter, die Deutschland kaputtgemacht haben.« Nur ein kleiner Schritt ist es von da zu der Äußerung:

»Deutschland ist gesund. Sollen sie (die Deutschen) doch sagen: ›Laß es gut sein. Fick die türkischen Arbeiter. Sie sollen abhauen!‹ – dann gibt es in Deutschland keine Arbeitslosigkeit mehr. Was hat ein Mensch denn 15 Jahre in Deutschland verloren?« (Gedächtnisprotokoll)

Oft werden Erzählungen mit der Struktur: »Schlechter Türke migriert ins gute Deutschland« auch herangezogen, um den Umschlag von unterstellter traditioneller Freundschaft in Ausländerfeindlichkeit zu erklären:

»Ein Gastarbeiter möchte in Deutschland ein Zimmer mieten. Er spricht mit dem Hausbesitzer. Dieser ist erfreut, einem Muslim helfen zu können und gibt ihm sofort eine freistehende Wohnung. Am Abend kommt der Deutsche zum Türken zu Besuch und sagt: ›Ich möchte von dir etwas über den Koran erfahren. Lies mir doch aus dem Koran vor.‹ – Der Türke sagt: ›Ich kann den Koran nicht lesen.‹ Da sagt der Deutsche zu seinen Kindern, die ihn begleitet haben: ›Holt die Bibel!‹ Sie holten die Bibel und sowohl die Kinder als auch der Vater lasen daraus vor. Dann sagte der Deutsche: ›Ich dachte, ich hätte einen Muslim aufgenommen und sehe, daß du nichts über die Religion weißt.

Du kannst nicht länger hier wohnen bleiben‹ ... In vieler Hinscht seid ihr Deutschen sauberer als wir« (Gedächtnisprotokoll).

Das Migrantenbild der Bauern wird bei den Interaktionen mit den Migranten immer wieder bestätigt – und zwar durch die gleichen Mechanismen der selektiven Wahrnehmung, wie wir sie bereits oben kennengelernt haben. Die Migranten werden meist mit weit kritischeren Blicken betrachtet als ihre Altersgenossen im Dorf. Während Bauern um die dreißig sich nicht selten dem Fasten im Ramazan entziehen, wird das gleiche Verhalten bei den Migranten als Abfall vom Glauben gewertet. Eine kritische Infragestellung beziehungsweise Weiterentwicklung der eigenen Kultur wird umstandslos als Verrat an ihr gesehen. Dies mußte beispielsweise Memed Akkaya erleben: Er hatte sich – gleichsam als Abzeichen seines Nonkonformismus – einen Bart stehen lassen.

»Ich bin bärtig in die Türkei gereist. In der Türkei ist ein Bärtiger immer ein Kommunist. Ja – wo ist da der Zusammenhang? Wenn einer von den jungen Männer meines Alters, den zwanzig- oder dreißigjährigen, sich einen Bart stehen läßt, dann sagen sie gleich: ›Der ist Kommunist geworden. Wei, der ist ein *gavur* geworden.‹ Das sagen sie wegen der Haare auf dem Kopf. ... Eines Tages versammelten sich alle, alle aus drei Dörfern. Aus Geyik, aus Subay, aus Karataş. Sie sagten zu mir: ›Deine Seele ist eine Kommunistenseele!‹ Aber was habe ich denn mit Kommunisten zu tun?« (1977:361)

Für Memed war der Bart Ausdruck eines individuierten Selbstverständnisses und Weltentwurfes: »Ich lebe das Leben, das ich will. Ich bin ich und kein anderer. Ich frage niemanden. Ich hatte einen Bart, aber ich war kein Mekkapilger.« Für die Bauern war der Bart nichts anderes als ein Zeichen für Ketzerei. Während Memed ausdrückt, daß er weder das eine (Kommunist) noch das andere (Mekkapilger) sei – sondern nur er selbst, beharren die Bauern darauf, daß man nur das eine oder das andere sein könne. Die Migranten haben so das Gefühl, immer wieder auf Positionen festgelegt zu werden, die nicht die ihren sind.

»Bei uns denken sie gleich, wenn du sagst, du seist ein Linker, daß du ein Kommunist bist. Und wenn sie sagen, du seist ein Kommunist, dann denken sie, du fällst über jede Frau her, die dir zufällig auf dem Weg begegnet« (Asiz 1985:33).

Dabei wird von allen Migranten immer wieder betont, daß es fast unmöglich sei, den Bauern etwas zu erklären. Sie könnten sich die Welt in Deutschland nicht vorstellen – und glaubten den Migranten einfach nicht, wenn sie die Lebensbedingungen realistisch schilderten:

»Sie glauben es nicht. Wenn wir ihnen von dem, was wir sehen, erzählen, staunen sie.« »Die Schwierigkeiten, die wir hier haben, kennt niemand – wie wir hier unser Geld verdienen, wie wir es sparen. Weil sie es nicht sehen, erscheint es ihnen einfach« (Yaşar 1978:225).

Es ist nur ein Schritt von der Artikulation dieser Schwierigkeiten zur Formulierung einer expliziten Kritik:

»In Subay ist es sowieso unmöglich, daß ein Mensch etwas weiß ... Wenn ein Mensch viel weiß, gebildet ist, alles gesehen hat, dann muß er doch etwas zu sagen haben ... Und man muß seine Ideen akzeptieren. Aber unsere Bauern in Subay denken nicht so ... Sie sind ein bißchen zurückgeblieben. Es fehlen Schulen und Ausbildung ... Man streitet sich, denn diese Leute lassen nur ihre eigene Meinung gelten ... Ich denke darüber so: Erst wenn ein Mensch sich selbst kritisieren kann, dann wird der Mensch zum Mensch ... Bei uns gibt es das Sprichwort: Zieh erst den Balken aus dem eigenen Auge, bevor du den Splitter aus dem des anderen ziehst ... Bei uns im Dorf können sich die Menschen noch nicht selbst kritisieren. Wenn du dich selbst nicht kritisieren kannst, wirst du dein Gegenüber bitter und ungenießbar zurücklassen« (Süleyman Doğan 1978:105–107).

In dieser Kritik wird die Erfahrung der Dezentrierung, der Genese einer argumentierenden, rationalen, begründenden Haltung zur Welt, gegen die Bauern zur Geltung gebracht. Süleyman fordert hier die Distanz gegenüber sich selbst, eine Distanz, die auch andere Meinungen bestehen läßt – sie zumindest prüft, bevor sie sie verwirft. Dabei kommt der Erfahrung und dem Wissen zentrale Bedeutung zu. Der globale Vorwurf, vom Glauben abgefallen zu sein, wird mit dem ebenso globalen Vorwurf der Dummheit beantwortet. So Hasan, als ich ihn auf das Stereotyp des *Alamance* ansprach: »Sie (die Bauern) sind eben dumm. Auf ihr Geschwätz schaut niemand« (1978:7).

Diese Kritik wird von allen Migranten auf sehr ähnliche Weise formuliert. Darüber hinaus sind jedoch die Punkte, die an den Bauern kritisiert werden, je nach Standpunkt verschieden. Memed und Asiz, die »Progressiven«, erklären die Bauern kurzerhand als zurückgeblieben:

»Die in Subay sind alle fünf Jahre zurückgeblieben. In fünf Jahren werden sie alle *haci* (Mekkapilger) sein, Minister für Glaubensangelegenheiten. Verstehst du? Niemandem im Dorf kannst du was erklären« (Memed 1978:361).

Yaşar dagegen kritisiert am Dorf die inkonsequente Umsetzung des Islam:

»In unseren Dörfern wird der Islam nicht zur Gänze gelebt ... Ob das nun an der Arbeit liegt oder an der Dummheit kann ich nicht sagen ...« (1985:39/40)

»Das kommt nur von Dummheit und Unreife ... Im Islam sind Schimpfwörter verboten ... Im Islam gibt es keinen Konflikt, der Islam ist ein Glaube der Liebe und Herzlichkeit. Weil sie das nicht wissen, fluchen sie aufeinander, streiten sie miteinander, klatschen sie übereinander ... Weil sie den Islam nicht kennen, handeln sie so (1985:36).

Süleyman schließlich kritisiert an seinem Dorf die Kulturlosigkeit (*kültürsüzlük*) und den Ethnozentrismus. Er empfand blankes Unverständnis, als sein Schwager den Käse wegwarf, den sie ihm aus Österreich mitgebracht hatten:

»Wenn er ihn wegschmeißen will, soll er ihn wegschmeißen. Soll er ihn doch wegschmeißen. Nicht wahr? Also es ist doch so: Ich hätte ihm doch wirklich nichts mitgebracht, was ungenießbar gewesen wäre. So etwas hätte ich doch nicht hier in Österreich gekauft und 3000 km mitgeschleppt. Bin ich denn verrückt, daß ich nach so langer Zeit einem Landsmann etwas mitbringe und ihn dann noch zwinge, es zu essen? Soll er's doch wegschmeißen! Was besagt das denn? Er ist eben verrückt« (1978:111).

Vergleicht man die Vorwürfe, die die Migranten an die Bauern richten mit denen, die die Bauern an die Migranten richten, wird deutlich, daß sie sich auf völlig verschiedenen Ebenen ansiedeln: Die Migranten werfen den Bauern »Unwissenheit«, »Altmodisch-Sein«, »Verrückt-Sein«, »Kritiklosigkeit«, »Erstarrung« vor. Bei alldem handelt es sich um psychische Defizienzen. Die Migranten verkennen, daß die Bauern, wenn sie die Migranten immer wieder darauf abtasten, ob sie noch »zu uns« gehören oder schon »zu den anderen« (beziehungsweise, was das schlimmste wäre, zu keinem), die Frage der Solidarität aufwerfen: Die Frage mithin, die für die politische Behauptung im Dorf zentral ist.

Wenn die Bauern umgekehrt den Migranten vorwerfen, vom Glauben abgefallen zu sein, Deutsche geworden zu sein, Kommunisten geworden zu sein, wird dies ihnen ebensowenig gerecht. Die Bauern übersehen die komplexen, in der Migration vollzogenen Synthesen: Den Migranten geht es ja gerade um Veränderungen, ohne ihre Herkunft zu verleugnen. Mit anderen Worten Migranten und Bauern messen sich mit Maßstäben, die ihrem jeweiligen sozialen Kontext entsprechen – und verfehlen die Wirklichkeit des jeweils anderen. Sie reden aneinander vorbei. An diesen Auseinandersetzungen läßt sich ablesen, wie fremd sie einander geworden sind.

Anmerkungen

1 Die in diesem Kapitel aufgeworfene Frage läßt sich auch als Frage nach der »kulturellen Identität« fassen – und zwar insofern, als man kulturelle Identität als Selbstverortung fassen kann (hierzu Bausinger 1986:146).

2 Wir haben im letzten Kapitel Asiz' Spott über dieses Mythem erwähnt.

3 Ich wurde zum ersten Mal 1974 in einem Dorf in Afşin/Maraş mit diesem Mythos konfrontiert.

4 Diese selbstkritische Facette des Selbstbildes ist auch deshalb auffallend, weil sie etwas ungerecht ist. Im internationalen Vergleich steht die Türkei Bezug auf Arbeitsdisziplin nicht schlecht da.

5 Die Migranten bestätigten das Deutschlandbild schon dadurch, daß sie bis dahin im Dorf nie gesehene Konsumgegenstände mitbrachten. Hinzu kam, daß sie die Situation in Deutschland, um ihres eigenen Status willen, geschönt darstellten. Süleyman erzählte, wie gerade durch die Migranten das Bild einer verzauberten Fremde vermittelt wurde: »Damals gab es bereits Leute aus Subay, die hier arbeiteten ... Durch ihre Lügen haben sie die Leute neugierig gemacht. Dann gab es auch einige Sachen, die man in der Türkei nicht finden konnte. ... ein Radio,. ein Tonbandgerät ... und die Leute begannen neugierig zu werden ... zu staunen. Ein Mensch, der nichts hat, beginnt zu staunen« (1985:27).

6 Ähnlich wurde Günther Wallrafs Reportage »Ganz unten« (1985) eingeschätzt. Das Problematische an dem Verfahren besteht in dem Verzicht der Rekonstruktion der Sicht der türkischen Kultur. Man kann nicht davon ausgehen, daß ein Deutscher, auch wenn er sozusagen in die Haut von türkischen Migranten schlüpft, damit schon ähnliche Erfahrungen wie sie macht. Das Verfahren von Wallraff ist die praktische Umsetzung einer Perspektive auf die Fremde, die der Altmeister der Britischen Sozialan-

thropologie, Sir Evans- Pritchard, mit den Worten: »If I were a horse ... « verspottet hatte. Sie führt zu einer äußerst brüchigen emotionalen Identifikation mit dem Fremden.

7 Es ist wohl die traumatische Erfahrung von Nacktheit, die diesen Erlebnissen ihren besonderen Stempel verleiht. Von einer besonders beklemmenden Erfahrung in dieser Hinsicht berichtete mir ein türkischer Bekannter: Er arbeitete unter Tage. Bei Ende der ersten Schicht ging er mit den anderen Kumpels in die Gemeinschaftsdusche; dabei behielt er als einziger (den türkischen Schamregeln entsprechend) die Unterwäsche an. Gerade deswegen sah er sich plötzlich als Opfer aller Blicke und kollektiven Spottes. Das Verbergen der physischen Nacktheit schlug in eine soziale Nacktheit um (mündliche Mitteilung von Faruk Şen). Die Untersuchung von Matter zum Deutschlandbild in der Türkei zeigt, daß dieses Erlebnis häufig als besonders eindrücklich erinnert wird (mündliche Mitteilung von Max Matter).

8 Aras Ören faßte das Spektrum der möglichen Reaktionen in folgende Worte: »Ich kann sie (die Blicke der Deutschen) lachend ignorieren und ich kann sie ignorieren, ohne zu lachen. Oder ich ignoriere sie nicht, trage sie mit mir herum wie eine Last, gewöhne mich allmählich an sie« (Aras Ören 1988:171).

9 In Sartres Terminologie wird durch den Blick des Dritten aus einem »Subjekt-Wir« ein »Objekt-Wir«. Das Subjekt-Wir konstituiert sich durch Gemeinsamkeiten, weist aber keine klar umgrenzten Grenzen auf (weil sich die Gemeinsamkeiten ineinander verschalen, es eine mannigfache Abstufung von Personen gibt, die viel miteinander gemeinsam haben zu denen, die wenig miteinander gemeinsam haben, weil sich die Dimensionen des Gemeinsamen überschneiden usw.). Die Abgrenzung geschieht erst duch den Blick des Dritten. In unserem Fall bildet er die Gruppe der Türken. »Wir sind nur *wir* in den Augen der anderen und vom Blick der anderen aus übernehmen wir uns als Wir.« (Sartre 1962:539). Vergl. hierzu das Kapitel : »Das ›Mitsein‹ und das ›Wir‹« in »Das Sein und das Nichts« (1962:527–548).

10 Ähnlich ein junger Kreuzberger Türke: »Es gibt Türken, wie die in der Türkei leben, leben die auch hier. Du warst in der Türkei, du hast es gesehen. Die waschen so, was weiß ich, Wäsche auf der Straße. O.K. wir sind ein armes Land, aber es ist nicht unsere Schuld. Aber hier fängt es in Deutschland auch an, daß Türken sich fühlen wie in der Türkei. Sie erlauben sich alles und ich gebe ihnen die Schuld« (Schiffauer 1985:167).

11 Besonders Ulf Hannerz hat darauf hingewiesen, daß dies ein entscheidendes Merkmal urbaner Kultur ist – und gerade ihren fluiden dynamischen Charakter auszeichnet (1980:115).

12 Diese Überlegung schließt sich direkt an Bausinger (1986) an und versucht ihn weiterzuentwickeln. Bausinger konstatiert ganz in dem hier konstatierten Sinn: »Tatsächlich suchen die Zuwanderer ja doch einen kulturellen

Standort, suchen Zumutungen der neuen Umgebung und mitgebrachte kulturelle Elemente auszugleichen in einem spannungsreichen Ineinander und Nebeneinander ... « (155) Er fährt fort, daß die Synthesen indes nicht bliebig sind – und verweist auf den kollektiven Charakter der kulturellen Welt. Hier knüpft meine Argumentation im folgenden an.

13 Dieser Bezug findet bezeichnenderweise in einer Situation statt, in der er auf Grund von Überforderung auf Denkmuster zurückgreift, die er sonst überwunden hatte (siehe oben S. 304 ff.).

14 Die Form der Anpassung, die sie praktizieren, ist deshalb streng zu unterscheiden von einer Identifikation mit der deutschen Kultur. Eine großartige Schilderung einer derartigen Identifikation ist im übrigen Salman Rushdie in seinem Roman »Satanische Verse« (1989) mit der Gestalt des Salaadin Chamcha gelungen.

15 Es ist schwer zu entscheiden, ob sich dies auf den Islam selbst oder auf eine Interpretation des Islam bezieht. Das Wort *geri* (überholt, veraltet, unmodern geworden vgl. Steuerwald, 1972:325) würde das erste nahelegen. Auf der anderen Seite hält Asiz am Wahrheitsanspruch der islamischen Offenbarung fest – daraus würde folgern, daß er das Wort »zurückgeblieben« auf eine bestimmte Tradition der Auslegung bezieht. Ich glaube, daß das Schillern zwischen den beiden Interpretationsmöglichkeiten Asiz' eigene Schwierigkeiten wiedergibt.

16 Es ist bemerkenswert, daß sich in dem Bemühen um Schriftsinn die Position der »Progressiven« mit denen der islamischen Fundamentalisten trifft: So kritisiert etwa Canan Ceylan, eine ehemalige Schauspielerin, die eine »Umkehr« (*dönüş*) zum Fundamentalismus vollzogen hat, in ihrer autobiographischen Schrift: *Sahneden mabede* (»Von der Bühne zum Gotteshaus«), den ritualistischen Charakter des herkömmlichen Islam: »Beispielsweise liest so mancher, der sich selbst für wissend hält und auch von uns so akzeptiert wird, die arabische Schrift (das heißt er rezitiert den Koran auf arabisch, ohne den Wortsinn zu verstehen), aber er weiß weder, was im Koran steht, noch lebt er danach ... Bis zu welchem Tag will man denn mit der Lektüre der Kommentare warten, die die Bedeutung des Koran erklären? ... Ist es nicht notwendig zu verstehen, was Gott von uns will und danach zu leben? ... Das Thema läßt sich an einem Beispiel noch besser verstehen. Sie geben jemandem, der ihnen untersteht, einen schriftlichen Befehl. Derjenige, der den Befehl entgegennimmt, küßt das Papier in seiner Hand mit aller Hochachtung, er beriecht es, dann rahmt er es und hängt es an die Wand. Aber die Befehle, die in ihm enthalten sind, führt er nicht aus ... « (Ceylan 1985:56,57). Vergleiche hierzu auch das Selbstbewußtsein von Yaşar und Fatma, die sich bewußt für Prediger entscheiden, die ihrer Meinung Ausdruck verleihen: Auch sie entscheiden damit über Interpretationen.

17 Die folgenden Passagen von Kaplan und Uçar sind Kassettenaufzeichnungen von Predigten entnommen, die ich auf Grund der Empfehlung von

Yaşar in seiner Moschee in P. erworben habe. Die Übersetzungen stammen von mir.

[18] Zur Geschichtsphilosophie des fundamentalistischen Islam siehe Reissner (1980:132–160) und Kepel (1984,1989).

[19] Ein Beispiel sind sprachliche Veränderungen: Die Bauern rezipieren ständig neue Wörter – wie etwa die türkifizierte Version von »caprice« – *kapris* (kapriziös): Dies wird als türkisches Wort empfunden. Erst auf dem Hintergrund einer problematisierten Geschichte wird eine derartige Übernahmen entweder als Entwicklung und Ausdifferenzierung des Wortschatzes begrüßt oder als Abfall von der reinen Sprache verurteilt.

[20] Rationalität wird hier, im Sinn von Max Weber, nicht wertend, sondern deskriptiv gebraucht. Ein »rationales« Weltbild ist auf eine bestimmte Weise strukturiert – es ist aber nicht (im normativen Sinn) »vernünftiger« als ein »traditionales« Weltbild. Gerade Max Webers Philosophie ist (wie später diejenige von Adorno und Horckheimer) von der Überzeugung geprägt, daß Rationalisierung in Unvernunft umschlägt. Siehe vor allem seinen Aufsatz zu »Richtungen und Stufen der religiösen Weltablehnung« (1973).

[21] Ich bekenne, daß ich Heidegger lese, wie ein Rüpel. Ich beziehe ihn auf den Alltag und auf die Alltagserfahrung – auf Banales und Banalstes. Dies ist ein Einspruch gegen das Verblasene, das seine Äußerungen über das Griechentum auszeichnet – und gegen seinen Idealismus. Damit ist es auch ein Versuch, seine Einsichten zu retten. Diese ganze Arbeit ist ein Versuch eine Antwort auf die Frage zu geben, die er in der »Zeit des Weltbildes« formuliert: »Wie kommt es überhaupt dahin, daß sich das Seiende in betonter Weise als Subjectum auslegt und demzufolge das Subjektive zu einer Herrschaft gelangt?« (1980:104). Sie ist der Versuch, die Erfahrungen zu rekonstruieren, die philosophisches Umdenken erst möglich macht, beziehungsweise die einer am Schreibtisch gewonnenen Einsicht allgemeine Plausibilität verleihen.

[22] Diese Struktur der Verkehrung existiert nicht nur im Dorf. Ein deutliches Indiz dafür, daß es sich hier um eine verkehrte Welt handelt, ist, daß den Migranten je nach Position des Sprechers mit unterschiedliche Merkmalen zugeschrieben werden: Die Bauern, aber auch die konservative islamische Bevölkerung assoziieren mit *Alamancı* »Ungläubigkeit« ; Linke heben dagegen eher auf den in Deutschland zu Tage tretenden Fundamentalismus ab und konstatieren etwa, daß die Migranten viel konservativer seien als die türkischen Stadtbewohner.

[23] Es ist deshalb kein Zufall, daß diese Bezeichnung als im höchsten Grade beleidigend und ehrenrührig verstanden wird. Der positive Gegenbegriff, den die Migranten dem Begriff des Deutschländlers gegenüberstellen, ist der des *gurbetçi* – derjenige, der in die Fremde gegangen ist (vergl. auch Schöning-Kalender 1987:254).

[24] Die Logik der Kontamination wurde von Mary Douglas (1966) analysiert:

Das Bild der Beschmutzung wird dabei immer verwendet, wenn Klassen, die durch eine klare Grenze voneinander getrennt sind, miteinander in Berührung kommen.

Literatur

Abadan-Unat, N.: »The Modernization fo Turkish Women«, in: *Middle East Journal* XXXII, 1978, S. 291–306

Abdullah, M. S. : *Die Nurdschuluk Bewegung*, Köln (Christlich-Islamische Begegnung – Dokumentationsleitstelle [CIBEDO]) 1980

Abu-Lughod, L.: »Migrant Adjustment to City Life: The Egyptian Case«, in: *American Journal of Sociology*, 67, 1, Juli 1961, S. 22–32

Adorno, T./Horkheimer, M.: *Dialektik der Aufklärung*, Frankfurt/Main 1971 [1947]

Akçaylı, N.: »Die türkischen Rückkehrer und ihre Chancen in der (sic!) Türkei – Auswirkungen des Rückkehrförderungsgesetzes aus türkischer Sicht«, in: Meys, W./Şen, F. (Hrsg.): *Zukunft in der Bundesrepublik oder Zukunft in der Türkei. Eine Bilanz der 25jährigen Migration der Türken*, Frankfurt/Main 1986

Albrecht, P. A./Pfeiffer, C.: *Die Kriminalisierung junger Ausländer. Befunde und Reaktionen sozialer Kontrollinstanzen*, München 1979

Ariés, P.: *Geschichte der Kindheit*, München 1979 [1975] (L'enfant et la vie familiale sous l'ancien régime [1960])

Ariés, P.: *Studien zur Geschichte des Todes im Abendland*, München 1976 (Essai sur l'histoire de la mort en Occident du moyen-age à nos jours [1975])

Augé, M.: *Ein Ethnologe in der Metro*, Frankfurt/Main 1988 (Un ethnologue dans le métro [1986])

Babalık, F.: »Schulische Probleme der Rückkehrerkinder – Bericht über ein Forschungsprojekt in Balıkesir«, in: Meys, W./Şen, F.(Hrsg.): *Zukunft in der Bundesrepublik oder Zukunft in der Türkei. Eine Bilanz der 25jährigen Migration der Türken*, Frankfurt/Main 1986

Balaman, A. R.: *Te-Ve Köyü Genel Etnografyası* (»Allgemeine Ethnographie des Dorfes Te-Ve«), E.Ü. Sosyal Bilimleri Fakültesi Yayın No.:5, Ege Üniversitesi Matbaası, Bornova- Izmir 1982

Berger, P. L.: *The Sacred Canopy. Elements of a Sociological Theory of Religion*, New York 1967 (Doubleday Inc) Dt.: *Zur Dialektik von Religion und Gesellschaft – Elemente einer soziologischen Theorie*, Frankfurt/Main 1973

Blaschke, J./ Greussing K.: »Einleitung: Arbeitsmigranten – Klasse im Übergang«, in: Blaschke, J./Greussing, K.(Hrsg.): *»Dritte Welt« in Europa. Probleme der Arbeitsmigration*, Frankfurt/Main 1980

Blaschke, J.: »Islam und Politik unter türkischen Arbeitsmigranten«, in: Blaschke, J./ Bruinessen, M.v.(Hrsg.): *Islam und Politik in der Türkei*

(Jahrbuch zur Geschichte und Gesellschaft des Vorderen und Mittleren Orients 1984), Berlin 1985

Boos-Nüning, U.: »Berufliche Orientierung und Berufswahlprozesse türkischer Jugendlicher. Darstellung und Analyse von zwei Fallbeispielen«, in: Hoberg, R.(Hrsg.):*Sprachprobleme ausländischer Jugendlicher: Aufgaben der beruflichen Bildung*, Frankfurt/Main 1983

Boos-Nüning, U./Reich, H.: »Kommunikation und Berufsorientierung in türkischen Familien«, in: Yakut, A./Reich, H./Neumann, U./Boos-Nüning, U.: *Zwischen Elternhaus und Arbeitsamt: Türkische Jugendliche suchen einen Beruf*, Berlin 1986

Bourdieu, P.: *Entwurf einer Theorie der Praxis*, Frankfurt/Main 1976 (Esquisse d'une Théorie de la Pratique, précédé de trois études d'ethnologie kabyle [1972])

Bourdieu, P.: *Die feinen Unterschiede – Kritik der gesellschaftlichen Urteilskraft*, Frankfurt/Main 1982 (La distinction. Critique social du jugement [1979])

Bousquet, G.-H.: *L'éthique sexuelle de l'Islam*, Paris 1966

Buber, M.: *Das dialogische Prinzip*, Heidelberg 1979 (Die Schriften über das dialogische Prinzip [1974])

Bude, H.: »Rekonstruktion von Lebenskonstruktionen – eine Antwort auf die Frage, was die Biographieforschung bringt«, in: Kohli, M./Robert, G. (Hrsg.): *Biographie und soziale Wirklichkeit*, Stuttgart 1984

Bude, H.: *Deutsche Karrieren*, Frankfurt/Main 1987

Çağlar, A.: »Kultur Konzept als Zwangsjacke in den Arbeitsmigrationsstudien«, Vervielfältigtes Manuskript, Berlin 1990

Carrithers, M./Collins, S. /Lukes, S. (eds.): *The category of the person – anthropology, philosophy, history* , Cambridge 1985

Ceylan, C.: *Sahneden Mabede* (»Von der Bühne zum Gotteshaus«), Istanbul 1985

Claessens, D.: *Familie und Wertsystem. Eine Studie zur »zweiten soziokulturellen Geburt« des Menschen und der Belastbarkeit der Kernfamilie*, Berlin 1979

Debus, E.: *Die islamisch-rechtlichen Auskünfte der Milli Gazete im Rahmen des ›Fetwa-Wesens‹ der Türkischen Republik*, Berlin (Klaus Schwarz Verlag) 1984

Dieterlen, G. (ed.): *La Notion de Personne en Afrique Noire*. Paris: Edition du Centre National de la Recherche Scientifique 1973

Douglas, M.: *Purity and Danger. An Analysis of the concepts of Pollution and Taboo*, London 1966

Duerr, H. P.: *Nacktheit und Scham – Der Mythos vom Zivilisationsprozeß*, Frankfurt/Main 1988

Dundes, A./Leach, J.W. /Özkök, B: »The Strategy of Turkish Boys Verbal Duelling Rhymes«, in: *Journal of American Folklore* 83, 1970, S. 325–349

Durkheim, E.: *Die elementaren Formen des religiösen Lebens*, Frankfurt/Main 1981 (Les formes élémentaires de la vie religieuse [1912]

Dwyer, D.H. : *Images and Self-Images. Male and Female in Marocco*, New York 1978

Elias, N.: *Der Prozeß der Zivilisation* (2 Bände), Bern/München 1969

Elias, N.: *Über die Zeit*, Frankfurt/Main 1984

Engelbrektsson, U.B. : *The Force of Tradition*, Göteborg 1978 (Gothenburg Studies in Social anthropology/ Acta Universitatis Gothoburgensis)

Erdentuğ, N.: *Hal Köyü'nün Etnolojik Tetkiki*, (»Ethnologische Erkundung des Dorfes Hal«), AÜDTCF Yayınları 109, Ankara Üniversitesi Basımevi, Ankara 1956

Erdentuğ, N.: *Sün Köyü'nün Etnolojik Tetkiki*, (»Ethnologische Erkundung des Dorfes Sün«) AÜDTCF Yayınları 132, Ayyıldız Matbaası, Ankara 1959

Esser, H.: *Aspekte der Wanderungssoziologie. Assimilation und Integration von Wanderern, ethnischen Gruppen und Minderheiten*, Darmstadt/Neuwied 1980

Foucault, M.: *Überwachen und Strafen. Die Geburt des Gefängnisses*, Frankfurt/Main 1976 (Surveiller et punir. La naissance de la prison [1975])

Frank, M.: *Das Sagbare und das Unsagbare. Studien zur deutsch-französischen Hermeneutik und Texttheorie. Erweiterte Neuausgabe*, Frankfurt/Main 1989 [1980]

Frankfurt, H.: »Freedom of Will and the Concept of a Person«, in: *Journal of Philosophy* 68, 1971 S. 5–20

Füruzan: *Yeni Konuklar* (»Neue Gäste«), Ankara 1977

Gartmann, H.: *Zur Situation der Frau in Gecekondu*, Berlin (Klaus Schwarz Verlag) 1981

Geertz, C.: »Dichte Beschreibung. Bemerkungen zu einer deutenden Theorie von Kultur«, in: Geertz, C.: *Dichte Beschreibung*, Frankfurt/Main 1983

Geertz, C.: *Religiöse Entwicklungen im Islam. Beobachtet in Marokko und Indonesien*, Frankfurt/Main 1988 (Islam Observed. Religious Developments in Marocco and Indonesia [1968])

Geiersbach, P.: *Warten bis die Züge wieder fahren – Ein Türkenghetto in Deutschland*, Berlin 1989

Geiersbach, P.:*Gott auch in der Fremde dienen – Ein Türkenghetto in Deutschland Bd.II*, Berlin 1990

Gellner, E.: »Leben im Islam: Gezeitenwechsel im menschlichen Glauben« in: Gellner: *Leben im Islam*, Stuttgart 1985 (Muslim Society [1981])

Giordano, C.: »›Miserabilismus‹ als Ethnozentrismus«, in: Greverus, I.M./ Köstlin, K./Schilling, H.(Hrsg.): *Kulturkontakt – Kulturkonflikt. Zur Erfahrung des Fremden*, 26. Deutscher Volkskundekongreß in Frankfurt, 28.9.– 2.10.1987, Frankfurt/Main 1988

Greverus, I. M.: *Kultur und Alltagswelt*, München 1978

Greverus, I. M.: »Alltag oder Alltagswelt: Problemfeld oder Spekulation im Wissenschaftsbetrieb«, in: *Zeitschrift für Volkskunde* I/1983

Grunebaum, G. E. v.: »Die islamische Stadt«, in: *Saeculum – Jahrbuch für Universalgeschichte*, Bd.6, Jahrgang 1955, Heft 2, S. 138–153

Güzel, A.: »Erziehung der türkischen Arbeitnehmerkinder in Deutschland und ihr Kulturunterricht«, in: Greverus, I. M./Köstlin, K./Schilling, H. (Hrsg.): *Kulturkontakt – Kulturkonflikt. Zur Erfahrung des Fremden*, 26. Deutscher Volkskundekongreß in Frankfurt, 28.9.– 2.10.1987, Frankfurt/ Main 1988

Halbwachs, M.: *Das kollektive Gedächtnis*, Stuttgart 1967 (La mémoire collective [1950])

Hannerz, U.: *Exploring the City*, New York 1980

Heckmann, F.: »Einwanderung als Prozeß – Ein Beitrag zur soziologischen Analyse der Gastarbeiterbevölkerung als Einwandererminoritäten und zur Entwicklung eines Konzepts ihrer kulturautonomen Integration«, in: Blaschke, J./Greussing, K.(Hrsg.): *»Dritte Welt« in Europa. Probleme der Arbeitsmigration*, Frankfurt/Main 1980

Heckmann, F.: *Die Bundesrepublik: Ein Einwanderungsland? Zur Soziologie der Gastarbeiterbevölkerung als Einwandererminorität*, Stuttgart 1981

Heidegger, M.: *Holzwege* (6. Auflage), Frankfurt/Main 1980 [1950]

Heideggger, M.: *Sein und Zeit* (15.Auflage 2. Druck), Tübingen 1984 [1926]

Hirsch, E. E.: »Person«, in: Bernsdorf, W.(Hrsg.): *Wörterbuch der Soziologie*, Stuttgart 1969

Hoffmann-Nowotny, H.J.: *Soziologie des Fremdarbeiterproblems. Eine theoretische und empirische Analyse am Beispiel der Schweiz*, Stuttgart 1973

Horkheimer, M.: »Geschichte und Psychologie«, in: Horkheimer, M.:*Kritische Theorie – Eine Dokumentation*, Bd.I, Hrsg. von Alfred Schmidt, Frankfurt/Main 1968 [1932]

Jackson, M./ Karp, M.(eds.): *Personhood and Agency – The Experience of Self and Other in African Cultures*, Uppsala Studies in Cultural Anthropology, Uppsala 1990

Jacobson-Widding, A.(ed.): *Identity: Personal and Socio-Cultural – A Symposium*, Uppsala 1983

Jacobson-Widding, A.: »The Shadow as an Expression of Individuality in Congolese Conceptions of Personhood« in: Jackson, M./ Karp, M. (eds.):

Personhood and Agency – The Experience of Self and Other in African Cultures, Uppsala Studies in Cultural Anthropology, Uppsala 1990

Jäschke, G.: »Der Islam in der neuen Türkei«, in: *Welt des Islam*, NS, I 1951, S. 1–174 , II 1953, S. 276–285

Jäschke, G.: »Die heutige Lage des Islams in der Türkei«, in: *Welt des Islam*, NS, VI 1959, S. 185–202

Jäschke, G.: »Neuordnung der geistigen Verwaltung in der Türkei«, in: *Welt des Islam*, NS, X 1966/7, S. 181–192

Jäschke, G.: »Vom Islam in der heutigen Türkei«, in: *Welt des Islam*, NS, XIII 1971, S. 145–161

Jäschke, G.: »Vom Islam in der heutigen Türkei«, in: *Welt des Islam*, NS, XVIII 1977, S. 1–18

Jauß, H. R.: »Gottesprädikate als Identitätsvorgaben in der Augustinischen Tradition der Autobiographie«, in: Marquard, O./Stierle, K. (Hrsg.) : *Identität* (Poetik und Hermeneutik VIII), München 1979

Jelloun, T.b.: *La plus haute des solitudes*, Paris 1977

Kağıtçıbaşı, Ç.: »Intra Family Interaction and a Model of Family Change«, in: Erder, T. (ed): *Family in Turkish Society*, Turkish Social Science Association, Ankara 1985

Kallmeyer, W./ Schütze, F.: »Zur Konstitution von Kommunikationsschemata der Sachverhaltsdarstellung«, in: Wegern, D. (Hrsg.): *Gesprächsanalysen*, Hamburg 1977, S. 159–247

Kammerer, P.: »Arbeitsimmigration, Zusammensetzung der Arbeiterklasse und sozio-ökonomische Stabilität«, in: Blaschke, J./Greussing, K.(Hrsg.): *»Dritte Welt« in Europa. Probleme der Arbeitsmigration*, Frankfurt/Main 1980

Karpat, K.: *The Gecekondu: Rural Migration and Urbanization*, Cambridge 1976

Kastoryano, R.: »Les migrants turcs et leur participation à la vie associative: familles et associations«, Referat gehalten auf dem »Colloque franco allemand sur la famille turque et musulmane« in Beaume les Aix vom 24.–27.10.1990

Kepel, G.: *Le Prophète et Pharaon. Les mouvements islamistes dans l'Egypte contemporaine*, Paris 1984

Kepel, G.: »›Zurück zum Islam‹ – Intellektuelle und Kämpfer in der arabischen Welt«, in: *lettre international* Nr.4, 1989, S. 44–47

Kleff, H.-G.: *Vom Bauern zum Industriearbeiter – Zur kollektiven Lebensgeschichte der Arbeitsmigranten aus der Türkei*, Ingelheim 1984

Kohli, M.: »Die Institutionalisierung des Lebenslaufs. Historische und theoretische Argumente«, in: *KZfSS* Jg.37, 1985, S. 1–29

Krappmann, L.: *Soziologische Dimensionen der Identität*, Stuttgart 1975 [1969]

Kremer, M./Spangenberg, H.: *Assimilation ausländischer Arbeitnehmer in die Bundesrepublik Deutschland*, Königstein 1980
Kudat, A.: *Stabilität und Veränderung der türkischen Familie: vergleichende Perspektiven*, (Arbeitsgruppe internationales Institut für Vergleichende Gesellschaftsforschung, Wissenschaftszentrum Berlin. International Labor Migration Project, vervielfältigtes Manuskript), Berlin 1975
Kurz, U.: »Partielle Anpassung und Kulturkonflikt. Eine soziologische Untersuchung der Gruppenstruktur und des Anpassungsverhaltens in einem italienischen Arbeiterlager Münchens«, in: *KZfSS*, 1965, S. 814–832

Lahbabi: *Le personnalism Musulmane*, Paris 1965
Leithäuser, T.: »Alltagsleben/Alltagsbewußtsein – Untersuchung seiner Entstehungsbedingungen«, in: *Ästhetik im Alltag: Form und Lebensform*, Schriftenreihe der Hochschule für Gestaltung Offenbach a.M. Studien und Materialien, Bd.2, Offenbach 1979, 19–21

Mangin, W. (ed.): *Peasants in Cities: Readings in the Anthropology of Urbanization*, Boston 1970
Mardin, Ş.: »Power, Civil Society and Culture in the Ottoman Empire«, in: *Comparative Studies in Society and History*, Vol. 11, Nr.3, June 1969
Mardin, Ş. »Super Westernization in urban Life in the Ottoman Empire in the Last Quarter of the Nineteenth Century«, in: Benedict, Tümertekin, Mansur (eds.): *Turkey – Geographic and Social Perspectives*, Leiden 1974
Mardin, Ş.: »Religion in Modern Turkey«, in: *International Social Sciences Journal* , Bd. XXIX/2, 1977
Mardin, Ş.: »›Bediüzzaman‹ Said Nursi und die Mechanik der Natur«, in: Blaschke, J./ Bruinessen, M.v. (Hrsg.): *Islam und Politik in der Türkei* (Jahrbuch zur Geschichte und Gesellschaft des Vorderen und Mittleren Orients 1984), Berlin 1985
Marx, K.: *Das Kapital. Kritik der politischen Ökonomie,* MEW Bd.23 Berlin (Ost) 1974 [1890]
Matter, M.: »Dort waren wir Türken – hier sind wir ›Deutschler‹ (Almancılar)«, in: *Zeitschrift für Volkskunde*, 83.Jg., Nr.1 1987 (a)
Matter , M.: »Türkische Remigranten«, in: Kuntz, A./Pfleiderer, B. (Hrsg.): *Fremdheit und Migration* , Berlin 1987 (b)
Matter, M.: »Warum sind wir uns so fremd geworden?«, in: Greverus, I.M./ Köstlin, K./Schilling, H. (Hrsg.): *Kulturkontakt – Kulturkonflikt. Zur Erfahrung des Fremden*, 26. Deutscher Volkskundekongreß in Frankfurt, 28.9.–2.10.1987, Frankfurt/Main 1988
Mauss, M: »Die Gabe«, in: Mauss, M.: *Soziologie und Anthropologie II*, Frankfurt/Main 1978 (Sociologie et Athropologie précédé d'une introduction à l'oeuvre de Marcel Mauss par Claude Lévi Strauss [1950])
Mauss, M.: »Eine Kategorie des menschlichen Geistes: Der Begriff der Person und des ›Ich‹«, in: Mauss, M.: *Soziologie und Anthropologie II*, Frank-

furt/Main 1978 (Sociologie et Athropologie précédé d'une introduction à l'oeuvre de Marcel Mauss par Claude Lévi Strauss [1950])
Mehrländer, U.: *Beschäftigung ausländischer Arbeitnehmer in der Bundesrepublik Deutschland unter spezieller Berücksichtigung von Nordrhein-Westfalen*, Opladen 1969
Mehrländer, U.: »Rückkehrabsichten der Türken im Verlauf des Migrationsprozesses 1961–1985«, in: Meys, W./Şen, F.(Hrsg.): *Zukunft in der Bundesrepublik oder Zukunft in der Türkei? Eine Bilanz der 25jährigen Migration von Türken*, Frankfurt/Main 1986
Meillassoux, C.: »Gegen eine Ethnologie der Arbeitsimmigration in Westeuropa«, in: Blaschke, J./Greussing, K. (Hrsg.): *»Dritte Welt« in Europa. Probleme der Arbeitsmigration*, Frankfurt/Main 1980
Mernissi, F.: *Beyond the Veil*, New York 1975
Mıhçıyazgan, U.: *Wir haben uns vergessen* , Hamburg 1986
Mumcu, U.: »Avrupa'daki Islamcı Örgütler« (»Die islamischen Vereinigungen in Europa«), Siebenteilige Artikelserie, in: *CUMHURIYET* 22.–28.2.1987

Nagel, T.: *Staat und Glaubensgemeinschaft im Islam*, 2 Bde., Zürich 1981
Naipaul, V.S. : *Eine islamische Reise. Unter den Gläubigen*, Frankfurt/Main 1984 (Among the Believers. An Islamic Journey [1981])
Nauck, B.: *Arbeitsmigration und Familienstruktur. Eine Analyse der mikrosozialen Folgen von Migrationsprozessen*, Frankfurt/Main 1985
Nauck, B.: »Intergenerational relationships in families from Turkey and Germany – An extension of the ›value of children‹ approach to educational attitudes and socialization practices«, in: *European Sociological Review*, Vol 5, No.3, December 1989 S. 251–274
Nauck, B.: »Eltern-Kind-Beziehungen bei Deutschen, Türken und Migranten«, in: *Zeitschrift für Bevölkerungswissenschaft*, Heft 1, 1990, S. 87–120
Neumann, U.: *Erziehung ausländischer Kinder. Erziehungsziele und Bildungsvorstellungen in türkischen Arbeiterfamilien*, Düsseldorf 1980
Neyzih, N.: »The Middle Class in Turkey«, in: Karpat, K.H. (Hrsg.): *Social Change and Politics in Turkey*, Leiden 1973
Nikolinakos, M: »Anmerkungen zu einer allgemeinen Theorie der Migration im Spätkapitalismus«, in : Blaschke, J./Greussing, K. (Hrsg.): *»Dritte Welt« in Europa. Probleme der Arbeitsmigration*, Frankfurt/Main 1980

Ören, A.:*Was will Niyazi in der Naunynstraße. Ein Poem*, Berlin 1973
Ören, A.: *Eine verspätete Abrechnung*, Frankfurt/Main 1988
Oevermann, U.: *Zur Analyse der Struktur von sozialen Deutungsmustern*, Arbeitspapier, Max Planck Institut für Bildungsforschung, Berlin 1973
Özakin, A.:*Der fliegende Teppich. Auf der Spur meines Vaters*, Reinbek bei Hamburg 1987 (Gurbet Yavrum [1975])
Özakin, A.: *Die Preisvergabe*, Frankfurt/Main 1989 (Genç kız ve ölüm, o.J.)

Paleczek, G.: *Der Wandel der traditionellen Wirtschaft in einem anatolischen Dorf*, Wiener Beiträge zur Ethnologie und Anthropologie, Bd. 4, Wien 1987

Parsons, A.: »Is the Oedipus Complex Universal? A South Italian ›Nuclear Complex‹«, in: Hunt, R.(ed.).: *Personalities and Cultures* New York 1967 S. 352–399

Petersen, A.: *Ehre und Scham. Das Verhältnis der Geschlechter in der Türkei*, Berlin 1985

Pfluger-Schindlbeck, I.: *Achte die Älteren, liebe die Jüngeren«, Sozialisation türkischer Kinder*, Frankfurt/Main 1989

Prätor, S. : *Türkische Freitagspredigten. Studien zum Islam in der heutigen Türkei*, Berlin 1985

Reissner, J.: *Ideologie und Politik der Muslimbrüder Syriens*, Freiburg (Klaus Schwarz Verlag) 1980

Riesman, P.: »The Person and the life cycle in African social life and thought«, in: *African Studies Review*, 29 (2), 1986 S. 71–198

Rushdie, S. : *Die Satanischen Verse*, o.O. (Artikel 19 Vlg.) 1989 (The Satanic Verses [1988])

Sahlins, M. D.: »On the Sociology of Primitive Exchange«, in: Banton, M. (ed.): *The Relevance of Models for Social Anthropology*, London 1965

Sarıbay, A.Y.: »Die Nationale Heilspartei«, in: Blaschke, J./Bruinessen, M.v.(Hrsg.): *Islam und Politik in der Türkei* (Jahrbuch zur Geschichte und Gesellschaft des Vorderen und Mittleren Orients 1984), Berlin 1985, S. 255–295

Sartre, J. P.: *Das Sein und das Nichts*, Reinbek bei Hamburg 1962 (L'etre et le néant [1943])

Sartre, J. P.: *Marxismus und Existentialismus. Versuch einer Methodik*, Reinbek bei Hamburg (1964)

Sartre, J. P.: *Der Idiot der Familie. Gustave Flaubert 1821–1857*, 5 Bde., Reinbek bei Hamburg 1977–1979 (L'idiot de la famille. Gustave Flaubert de 1821 à 1857 [1971])

Sayad, A.: »Les enfants illegitimes«, in: *Actes de la Recherche en Sciences Sociales* 25/26, 1979

Sayad, A.: »Santé et équilibre social chez les immigrés« in:*Psychologie medicale*, 1983 XIII, Nr.11, S. 1747–1775

Sayad, A.: »Islam et Immigration en France: Les effets de l'immigration sur l'Islam«, Beitrag zur Tagung: *L'Islam en Europe à l'epoque moderne* (organisiert von den Associations pour l'Avancement des Etudes Islamiques) Paris, Collège de France, 30.9.–1.10. 1983

Schiffauer, W.: *Die Gewalt der Ehre*, Frankfurt/Main 1983

Schiffauer, W.: »Gespräche mit türkischen Jugendlichen«, in: Büttner, C./ Ende, A.: *Jahrbuch der Kindheit*, Bd.2 1984, S. 159– 180

Schiffauer, W.: *Die Bauern von Subay. Das Leben in einem türkischen Dorf*, Stuttgart 1987

Schiffauer, W.: »Das Ideal der Segregation – Annäherungen an die urbane Kultur einer türkischen Großstadt«, in: *Südosteuropa Mitteilungen*, 30. Jahrgang, Nr. 4, 1990

Schöning-Kalender, C.: »Die Familie, die Fremde und die Kolonie. Zur Kulturspezifik türkischer Arbeitsmigration«, in: Greverus, I.M./Köstlin, K./Schilling, H.(Hrsg.): *Kulturkontakt – Kulturkonflikt. Zur Erfahrung des Fremden*, 26. Deutscher Volkskundekongreß in Frankfurt, 28.9.–2.10.1987, Frankfurt/Main 1988

Schrader, A./Nikles, B./ Griese, H.: *Die zweite Generation. Sozialisation und Akkulturation ausländischer Kinder in der Bundesrepublik*, Königstein 1979

Sennett, R.: *Verfall und Ende des öffentlichen Lebens – Die Tyrannei der Intimität*, Frankfurt/Main 1983 (The Fall of Public Man [1977])

Shanin, T.: »Die Bauern kommen: Migranten, die arbeiten, Bauern, die reisen, und Marxisten, die schreiben«, in: Blaschke, J./Greussing, K.: *»Dritte Welt« in Europa. Probleme der Arbeitsmigration*, Frankfurt/Main 1980

Simmel, G.: *Philosophie des Geldes*, Gesamtausgabe Bd.6, Frankfurt/Main 1989 [1900]

Spuler, B.: »Betrachtungen zur Lage des Islams in der heutigen Türkei«, in: Grothusen, K.D.: *Die Türkei in Europa* (Beiträge zum IV. Internationalen Südosteuropa-Kongreß), Göttingen 1979, S. 107–117

Spuler, U.: »Nurculuk« in: Spies, O. (Hrsg.): *Studien zum Minderheitenproblem im Islam*, Bd.1 (Bonner Orientalische Studien Bd.27.1 Bonn), (Selbstverlag des Orientalischen Seminars der Universität Bonn) 1973

Spuler, U.: »Nurculuk. Eine moderne islamische Bewegung« in: Voigt, W. (Hrsg.): *XIX. Dt. Orientalistentag, Vorträge*, Wiesbaden 1977

Spuler, U.: »Zur Organisationsstruktur der Nurculuk Bewegung«, in: Roemer, H.R./Noth.A. (Hrsg.): *Studien zur Geschichte und Kultur des Vorderen Orients. Festschrift für Bertold Spuler zum siebzigsten Geburtstag*, Leiden 1981

Steuerwald, K.:*Türkisch-Deutsches Wörterbuch*, Wiesbaden 1972

Stirling, P.: *Turkish Village*, London 1965

Stölting, E.: »Goldene Stadt und arkadische Heimat – Mechanismen im Emigrationsdiskurs«, in: *Zibaldone – Zeitschrift für italienische Kultur der Gegenwart*, Nr. 2, Oktober 1986, S. 4–16

Straube, H.: *Türkisches Leben in der Bundesrepublik*, Frankfurt/Main 1987

Streiff-Fenart, J.: »Représentations et pratiques de la dot chez les familles maghrébines immigrées«, Referat gehalten auf dem »Colloque franco allemand sur la famille turque et musulmane« in Beaume les Aix vom 24.–27.10.1990

Suzuki, P.: »Peasants without Plows: Some Anatolians in Istanbul«, in: *Rural Sociology* 31/4, 428–438

Tan, N.: »›Memleket Mesleği‹ Geleneği ve Ankara'daki Durumu üzerine bir Araştırma« (»Eine Untersuchung zur Tradition von Regionalberufen und ihrer gegenwärtigen Bedeutung für Ankara«), in: *Türk Dünyası Araştırmaları*, Juni 1982

Thomas, W.I./Znaniecki, F.: *The Polish Peasant in Europe and America*, 2 Bde., 1918–1920

Thompson, E. P.: »Zeit, Arbeitsdisziplin und Industriekapitalismus«, in: Thompson, E.P.: *Plebejische Kultur und moralische Ökonomie*, Frankfurt/Main, Berlin, Wien 1980

Toprak, B.: »Die Institutionalisierung des Laizismus in der türkischen Republik«, in: Blaschke, J./Bruinessen, M.v.(Hrsg.):*Islam und Politik in der Türkei* (Jahrbuch zur Geschichte und Gesellschaft des Vorderen und Mittleren Orients 1984), Berlin 1985

Troeltsch, E.: *Die Soziallehren der christlichen Gruppen und Kirchen*, Tübingen 1922

Tugendhat, E.: *Selbstbewußtsein und Selbstbestimmung. Sprachanalytische Interpretationen*, Frankfurt/Main 1979

Twenhoefel, R.: »Kulturkonflikt und Integration. Zur Kritik der Kulturkonfliktthese«, in: *Schweizerische Zeitschrift für Soziologie*, vol 10, Nr.2, 1984

Valenze, D. M.: *Prophetic Sons and Daughters. Female Preaching and Popular Religion in Indsutrial England*, Princeton NJ 1985

Wallraff, G.:*Ganz unten*, Köln 1985

Weber, M.: »Einleitung in die Wirtschaftsethik der Weltreligionen«, in: Weber, M.: *Soziologie – Universalgeschichtliche Analysen – Politik*, Hrsg. von Johannes Winckelmann, Stuttgart 1973, S. 398–440

Weber, M.: »Asketischer Protestantismus und kapitalistischer Geist«, in: Weber, M.: *Soziologie – Universalgeschichtliche Analysen – Politik* , Hrsg. von Johannes Winckelmann, Stuttgart 1973, S. 357–381

Weber, M.: »Vom inneren Beruf zur Wissenschaft«, in: Weber, M.:*Soziologie – Universalgeschichtliche Analysen – Politik*, Hrsg. von Johannes Winckelmann, Stuttgart 1973 S. 311–339

Weber, M.: »Die Protestantische Ethik und der Geist des Kapitalismus«, in: Weber, M.: *Gesammelte Aufsätze zur Religionssoziologie*, Bd.1, Tübingen 1988

Weber, M.: »Die nichtlegitime Herrschaft (Typologie der Städte)« in: Weber, M.: *Wirtschaft und Gesellschaft*, Tübingen 1972 S. 727–814

Wilpert, C.: *Die Zukunft der Zweiten Generation. Erwartungen und Verhaltensmöglichkeiten ausländischer Kinder*, Königstein/Taunus 1980

Wilpert, C./Morokvasic, M.: *Bedingungen und Folgen internationaler Migration*, Soziologische Forschungen, herausgegeben am Institut für Soziologie der Technischen Universität Berlin, Heft 8, Berlin 1983

Wirth, E.: »Die soziale Stellung und Gliederung der Stadt im Osmanischen

Reich des 19.Jahrhunderts«, in: Mayer, Th. (Hrsg.):*Untersuchungen zur gesellschaftlichen Struktur der mittelalterlichen Städte in Europa*, Konstanz 1966, S. 403–426

Wirth, L.: »Urbanism as a Way of Life, « in: *American Journal of Sociology* 44, 1938, S. 1–24

Wolbert, B.: *Migrationsbewältigung: Orientierungen und Strategien. Biographisch–interpretative Fallstudien über die »Heirats–Migration« dreier Türkinnen*, Köln 1984

Yalçın, L.: *Kinship and Tribal Organization in the Province of Hakkari, Southeast Turkey*, PhD. Thesis, London School of Economics and Political Science, London 1986

Yalman, N.: »On Land Disputes in Eastern Turkey«, in: Tikku, G.(ed.): *Islam and its Cultural Divergence*, Univ. of Illinois, 1971

Yasa, I.: *Hasanoğlan Köyü* (»Das Dorf Hasanoğlan«), Ankara 1955

Yasa, I.: *Türkiyede Kız Kaçırma Gelenekleri ve bununla ilgili bazı Idari Meseleler* (»Der Brauch der Mädchenentführung in der Türkei und einige damit zusammenhängende Verwaltungsprobleme«), Ankara 1962

Yasa, I.: *Yirmibeş Yıl Sonra Hasanoğlan Köyü. Karşılaştırmalı Bir Toplum–Bilimsel Araştırma* (»Das Dorf Hasanoğlan 25 Jahre später. Eine vergleichende sozialwissenschaftliche Untersuchung«), Ankara 1969